DAN BROWN
丹・布朗——著
宋瑛堂——譯
大騙局
Deception
Point

銘謝

謹向Jason Kaufman致上誠摯謝意，感激他超絕的指導與別具洞悉力的編輯技巧；（內人）布萊斯．布朗，感謝她不辭辛勞爲我研究背景、提供寫作靈感；威瑟（Wieser & Wieser）文學經紀公司的好友Jake Elwell；國家安全檔案館；美國航空暨太空總署（NASA）公共事務處；Stan Planton是各門知識的請教對象；國家安全局；冰河學家Martin O. Jeffries；Brett Trotter、Thomas D. Nadeau、Jim Barrington等絕頂智囊。我也感謝（家母）康妮與迪克．布朗、美國情報政策文獻計畫、Suzanne O'Neill、Margie Wachtel、Morey Stettner、Owen King、Alison McKinnell、瑪莉與史蒂芬．高曼、卡爾．辛格（Karl Singer）博士、斯克里普斯海洋研究所Michael I. Latz博士、美光電子的April、Esther Sung、國家航太博物館、Gene Allmendinger博士、Sanford J. Greenburger Associates文學經紀公司無可匹敵的蘭姬（Heide Lange），以及美國科學家聯盟（FAS）的約翰．派克。

作者註

三角洲部隊、國家偵察局（NRO）、太空拓荒基金會（SFF）皆為眞實組織機構。本書描述的科技全數確實存在。

如果此一發現經證實無誤，勢必成爲科學界一大斬獲，震撼地球人的宇宙觀，意義極爲深遠，引人讚嘆宇宙之奧祕。即使這項發現可望解答亙古以來的部分疑問，卻也引申出更爲基本的問題待解。

——柯林頓總統，於一九九七年八月七日針對ALH84001*的發現所召開的記者會

*譯註：一火星隕石。

序幕

在這片孤荒之地，死神奪命的形式無數。地質學家查爾斯．卜洛菲在此地忍受蠻荒之美多年，卻對即將降臨自身的命運毫無心理準備。命運之神將以暴戾而反常的方式對待他。

卜洛菲的四條哈士奇拉著載有地質探勘儀器的雪橇橫越凍原，這時狗兒突然放慢腳步，舉頭望向天空。

「女孩們，怎麼了？」卜洛菲步下雪橇問。

在越聚越密的暴風雲之外，有一架雙旋翼運輸直升機正低飛前進，以弧線形緊貼著冰山飛行，行動靈活如軍機。

怪事，他心想。他從未在如此遙遠的北方見過直升機。直升機在五十碼外降落，吹起一陣刺人的顆粒狀雪風。他的愛犬們哀哼起來，露出擔憂的神態。

直升機門滑開後，兩名男子走下來。他們身穿適合各種天候的白色服裝，佩戴著步槍，朝卜洛菲走去，腳步匆促而堅定。

「卜洛菲博士嗎？」其中一人大聲問。

地質學家卜洛菲傻眼了。「你怎麼知道我姓什麼？你們是誰？」

「請取出無線電。」

「什麼？」

「取出無線電就是了。」

困惑中，卜洛菲從大衣裡抽出無線電。

「麻煩你傳一份緊急通報。先把無線電頻率調低到一百千赫。」

一百千赫？卜洛菲百思不解。頻率那麼低，絕對沒人收得到。「是發生了什麼意外嗎？」

另一名男子舉起步槍，指向卜洛菲的頭。「沒時間解釋，照做就是了。」

卜洛菲以顫抖的手調整頻率。

第一名男子這時遞給他一張便條卡，上面打了幾行字。「傳這份消息出去。快。」

卜洛菲注視著卡片。「不會吧。這上面寫的東西不正確。我沒有——」

男子以步槍強抵地質學家的太陽穴。

卜洛菲以顫音傳送這份怪異的訊息。

「好，」第一名男子說。「現在你帶著四條狗上直升機。」

在槍口之下，卜洛菲設法趕著愛犬拉雪橇步上直升機的登機斜坡，進入貨艙。一站定後，直升機立即起飛，轉向西方飛去。

「你們究竟是什麼人？」卜洛菲質問。他的大衣底下猛冒汗。還有，那份訊息到底是什麼意思？

兩名男子不發一語。

直升機向上爬升，強風隨之灌入敞開的艙門。四隻仍拴在雪橇上的哈士奇這時嗚嗚哀叫著。

「至少把門關上吧，」卜洛菲要求。「你們難道看不出我的狗嚇壞了嗎？」

男子仍不回應。

升至四千呎的高空後，直升機陡然轉彎，來到冰地上一連串冰崖與冰隙的上空。兩名男子突然起立。不吭一聲，一把抓住滿載物品的雪橇，推出敞開的艙門。卜洛菲驚恐地看著愛犬無助地掙扎，接著被沉重的雪橇拖出艙門。轉眼之間，哀嚎中的哈士奇已墜落艙門口，消失在視線之外。

兩名男子伸手攫住卜洛菲時，他已經站起來慘叫著。他們將他拖至艙門口。已被嚇得全身麻木的卜洛菲這時用力揮拳，試圖擊退推他出門的勁手。

然而反擊一點用處也沒有。幾秒鐘後，他朝下方的冰崖墜落而去。

1

圖洛斯餐廳位於國會山莊附近，主要招牌菜色如小羊肉與生馬肉片，與主流政治氣候背道而馳，卻成爲正牌華府人士召開巨頭早餐會的熱門地點。這天早上圖洛斯餐廳的生意興隆，刀叉碰撞聲、義式濃縮咖啡機聲、講行動電話的人聲，好不熱鬧。

女子進門時，領班正偷偷喝一口他早上愛喝的血腥瑪麗。他轉頭擺出熟練的微笑。

「早安，」他說。「能爲您效勞嗎？」

這名女子年約三十五，姿色動人，穿著灰色法蘭絨打褶長褲、保守型平底鞋，上衣是象牙色的英國洛拉（Laura Ashley）牌女衫。她的立姿挺直，下頷微微上揚，顯露出不至於傲慢的剛強。女子的頭髮呈淡褐色，梳著時下華府最流行的髮型——「女主播頭」——華麗的羽狀層次，髮梢於肩頭內捲……長度足以流露性感風情，卻也短到足以提醒對方，小女子的頭腦也許比你好。

「我遲到了幾分鐘，」女子以自然大方的語調說。「謝克斯頓參議員約我吃早餐。」

領班不禁心頭一驚。參議員塞爵克·謝克斯頓。參議員是餐廳的常客，目前是全美知名度最高的人物之一。上星期，在超級星期二的共和黨初選中，參議員橫掃全部十二州，幾乎篤定獲提名競逐美國總統的寶座。多數人士相信，今年秋天謝克斯頓極可能將處境危急的現任總統逐出白宮。最近謝克斯頓的臉幾乎上遍了全國發行的雜誌，競選口號也在全美各地滿天飛：「停止揮霍，開始補網。」

「謝克斯頓參議員坐在雅座上，」領班說。「您是？」

「瑞秋．謝克斯頓。他的女兒。」

我有眼無珠啊，他暗叫。父女倆的相似之處相當明顯。瑞秋擁有參議員那雙直透人心的明眸，舉止合度——散發一股別具修養、可收可放的貴氣。參議員的臉孔具有典型的帥勁，顯然遺傳給了下一代，只是麗質天生的瑞秋．謝克斯頓多了一分脫俗與謙遜的味道，而這一點值得父親看齊。

「謝克斯頓小姐，招待您是本餐廳的榮幸。」

領班帶領參議員之女穿越用餐區時，男性食客貪婪地打量著她，有些人只是偷瞄，有些人則放電，令領班尷尬。圖洛斯很少有女性顧客上門，能與瑞秋．謝克斯頓比美的顧客更少。

「身材眞棒，」一名男客悄聲說。「謝克斯頓已經找到下一任老婆啦？」

「別傻了，那是他女兒，」另一人回答。

男客咯咯笑著說，「謝克斯頓的爲人我很清楚，他大概連自己女兒都不放過。」

瑞秋來到父親的餐桌，參議員正講著手機，高聲細數最近頻傳的捷報。他抬頭看了瑞秋一眼，隨即輕叩他的卡地亞錶，提醒女兒遲到了。

不想念寶貝女兒嗎？瑞秋心想。

她父親的本名是湯瑪斯，但很久以前就改用中間名。瑞秋懷疑他是看準了姓名壓頭韻聽起來比較響亮：參議員塞爵克．謝克斯頓（Senator Sedgewick Sexton）。他一頭銀髮，口齒圓滑，在政壇上長袖善舞，此外他得天獨厚地擁有連續劇中醫師的俊美長相，很能搭配他變色龍的本性。

「瑞秋！」她父親按掉手機，站起來親吻她的臉頰。

「嗨，爸爸。」她並沒有以吻回敬。

「妳看起來累壞了。」

開始囉唆吧，她心想。「我接到您的留言了。什麼事？」

「請女兒吃頓早餐難道有錯？」

瑞秋很早以前就知道，若非別有居心，父親鮮少邀她出來。

謝克斯頓啜飲一口咖啡。「怎樣？最近過得如何？」

「很忙。您的陣營聲勢不錯嘛。」

「哎，我們別談公事了。」謝克斯頓倚向桌面，壓低嗓門。「我介紹給妳在國務院上班的那位，進行得怎樣？」

瑞秋重重吐氣，已經開始遏制看錶的衝動。「爸，我眞的找不出時間打電話給他。我也希望您別再——」

「瑞秋，有些重要的事情，妳非抽空去做不可。沒有愛情，其他一切都沒有意義。」

幾種頂嘴的方式浮現腦海，但瑞秋選擇沉默。她與父親交手時，要表現出比父親成熟的氣度並非難事。「爸，您約我出來不是說有重要的事嗎？」

「對。」父親仔細端詳著她。

在他的注視之下，瑞秋感覺部分心防開始崩塌。她暗罵著父親眼神的威力。參議員的雙眼有演戲的天賦——而瑞秋認爲這份天賦可能足以將他送進白宮。他隨時隨地能淚水盈眶，也能轉眼間恢復清澄，宛如打開兩扇窗讓外人一窺他熱情洋溢的靈魂，與所有人搭建互信的橋梁。信任最重要，她父親總是說。參議員多年前早已失去了瑞秋的信任，但國民對他的信任則與日俱增。

「我想跟妳打個商量，」謝克斯頓參議員說。

「讓我猜猜，」瑞秋回應，意圖強化個人立場。「某個有錢有勢的男人離了婚，正想找個年輕的老婆？」

「女兒啊，少往自己臉上貼金了。妳已經沒那麼年輕了。」

與父親見面時，瑞秋常心生一種矮化的感受，此刻也不例外。

「我想扔艘救生艇給妳，」他說。

「我快溺死了嗎？我怎麼不曉得？」

「快溺死的人不是妳，而是總統。妳應該趁現在跳船，以免後悔莫及。」

「我們以前不是討論過這話題了？」

「瑞秋，妳應該爲自己的將來著想。妳可以過來替我做事。」

「請我出來吃早餐，爲的就是這件事？不會吧。」

參議員鎮定的表象崩解了一小塊。「瑞秋，妳難道看不出來嗎？妳替他賣命，會讓我的老臉掛不住，對我的選情也有負面影響。」

瑞秋嘆氣。她與父親已經討論過這件事。「爸，我賣命的對象不是總統。我跟總統甚至還沒打過照面。拜託！我的工作地點在維吉尼亞州的費爾法克斯！」

「政治講求的是表象，瑞秋。妳給人的表象就是正替總統賣命。」

瑞秋吐了一口氣，儘量按捺住性子。「爸，我費盡心血才得到這份工作，不會說辭就辭職的。」

參議員瞇起眼皮。「妳知道嗎？有時候妳這種自私的態度眞的——」

「謝克斯頓參議員？」一名記者出現在餐桌旁。

謝克斯頓的表情瞬間軟化。瑞秋悶哼一聲，從桌上的麵包籃拿起牛角麵包。

「我是羅夫．史尼登，」記者說。「《華盛頓郵報》。方便跟您請教幾個問題嗎？」

參議員面露微笑，一面以餐巾輕拭嘴唇。「榮幸之至，羅夫。不過要訪問得快一點，咖啡涼了就不好喝了。」

記者順著參議員的心意笑一笑。「沒問題，參議員。」接著取出迷你型錄音機，按下錄音鍵。「參議員，您在電視廣告裡呼籲立法保障婦女薪資比照男性員工……也提倡對新家庭減稅。能請您解釋原因嗎？」

「那當然。我向來大力支持女強人和堅實的家庭。」

瑞秋差點被牛角麵包噎住。

「就家庭這方面而言，」記者追問，「您經常把教育掛在嘴邊。為了調撥更多資金給中小學，您提議削減部分預算，引起輿論譁然。您的看法如何？」

「我相信兒童是未來的主人翁。」（譯註：流行歌曲《最偉大的愛》（Greatest Love of All）的首句歌詞。）

瑞秋不敢相信父親已向下沉淪到引述流行歌詞的地步。

「最後一個問題，參議員，」記者說，「過去幾個星期以來，您的民調支持度呈現三級跳，一定讓總統憂心忡忡。您對最近的戰績有什麼看法？」

「我認為這跟信任有關。美國民眾逐漸認清，在處理國內重大議題方面總統不值得信任。政府支出毫無節制，結果讓外債節節高昇，而民眾也開始明瞭到，停止揮霍、開始補網的時機到了。」

瑞秋手提包裡的呼叫器適時響起，如暫緩行刑令一般，她可以不必再忍受父親的大話。她通常不喜歡這種刺耳的電子嗶聲侵擾，但此時聽來卻幾近悅耳。

被呼叫器干擾後，參議員氣呼呼地瞪著女兒。

瑞秋從手提包撈出叩機，按下預先設定的一組五位數密碼，以證實她是手機的持有人。嗶聲停止，顯示幕開始閃動。再過十五秒，她將接到一份加密簡訊。

記者對著參議員咧嘴一笑。「您的千金顯然是個大忙人。看見兩位百忙之中仍能共進早餐，實在令人羨慕。」

「我說過，家庭第一。」

記者點頭贊同，隨後目光強硬起來。「參議員，恕我直言，您與千金如何處理利益衝突的問題？」

「衝突？」謝克斯頓參議員偏著頭，面帶茫然無知狀。「你指的是什麼樣的衝突？」

瑞秋揚起視線，瞥見父親的表演後苦笑一下。她很清楚這番問答的用意何在。可惡的記者，她暗罵。半數記者喝的是政治人物的奶水。這位記者的問題是新聞工作者所謂的葡萄柚——表面上問得犀利，實際上卻暗地套過招。記者投出大弧度的慢速球，讓受訪者看準球路，重砲揮出球場，粉碎幾項傳言。

「這個嘛，參議員……」記者咳了一下，假裝問得侷促不安。「衝突點在於貴千金替您的對手效勞。」

謝克斯頓參議員爆笑出聲，頓時化解了尷尬的氣氛。「羅夫，我想先澄清一點，總統和我並不是對手。我們兩人愛國心切，只是治國理念相左而已。」

記者兩眼一亮。問到值得引述的答案了。「還有呢？」

「還有，我女兒的老闆不是總統；她服務的是情報界。她負責整理情資報告，上呈白宮，位階相當低微。」他停頓一下，望向瑞秋。「其實啊，女兒，妳好像還沒跟總統打過照面吧？」

瑞秋以怒火中燒的眼神盯著他。

呼叫器響了一聲，將瑞秋的視線轉移到顯示幕上的留言。

——RPRT DIRNRO STAT——

她立即轉譯出縮寫文，皺起眉頭。這條簡訊來得意外，極有可能是壞消息。至少她找到了退席的藉口。

「兩位，」她說。「我很想留下，不過我非走不可了。我上班遲到了。」

「謝克斯頓小姐，」記者趕緊說，「在妳走之前，能不能請妳澄清一下謠言？有人說，你們父女倆相約吃早餐，目的是討論辭職替父親助選的可能性。」

瑞秋感覺彷彿被人以滾熱的咖啡潑灑到臉。這問題來得令她措手不及。她看著父親，從父親的冷笑中得知這問題事先推演過。她眞想爬到餐桌另一邊，拿叉子狠刺父親一下。

記者將錄音機直推她面前。「謝克斯頓小姐？」

瑞秋與記者四目相接。「羅夫是吧？我不管你叫什麼名字，照子給我放亮點。我不打算辭職替謝克斯頓參議員效勞。如果你敢登出不實的報導，就等著找鞋扒把那台錄音機從你屁眼中挖出來。」

記者瞪大眼睛。他按掉錄音鍵，按捺住奸笑。「感謝兩位接受採訪。」說完消失無蹤。

瑞秋立刻對自己失態感到遺憾。她遺傳了父親的脾氣，也因此痛恨父親。太猛了吧，瑞秋。太衝了。她暗罵自己。

父親以斥責的眼神瞪她。「個性沉著一點，對妳以後有幫助。」

瑞秋開始收拾自己的東西。「見面到此結束。」

參議員顯然也準備打發她走了。他拿出手機打電話。「再見了，乖女兒。有空過來我辦公室打聲招呼。對了，拜託妳，趕快找人嫁掉吧。都三十三歲了。」

「三十四，」她發飆。「你祕書寄過生日卡了。」

他嘖嘖發聲，故作遺憾狀。「三十四。幾乎算是老小姐了。妳知道吧，我在三十四歲之前，早已經——」

「娶了我媽，搞過了鄰居？」這話的音量大過於瑞秋的本意，不巧的是當時周遭聲響稍歇，因此字字清晰地迴盪餐廳內。附近的客人瞟過來。

謝克斯頓參議員雙眼閃了一下後愣住，眼珠如冰晶穿透她。「妳給我當心，小姐。」

瑞秋向門口走去。「不，該當心的人是您，參議員。」

2

三名男子默默坐在ThermaTech牌的防風雪帳篷中。外面的冰風拍擊著帳篷，狀似隨時要將帳篷連根拔起。三人不予理會；他們都見識過更危險幾倍的狀況。

這座純白帳篷，紮營在淺凹地上，可以避開外人眼線。他們攜帶的通訊器材、交通工具與武器全屬尖端科技。隊長的代號是三角洲一號，筋肉發達，身手靈活，眼神有如置身的地形一般陰鬱。

三角洲一號腕上的計時器發出一記尖銳的嗶聲，與另外兩人佩戴的計時器發出的聲響配合得毫秒不差。

又過了三十分鐘。

時候到了。又得出動了。

三角洲一號做出反射動作走出帳篷，留下兩名隊友，步入暗夜與疾風中。他以紅外線雙筒望遠鏡掃描月光下的地平線。一如往常，他將焦點集中在那棟建築上。建築在一千公尺之外，體積龐大，在不毛之境拔地而起，顯得突兀。打從落成那天起，他與隊友已經觀察了十天。三角洲一號堅信，建築物內的資訊一定能震撼全世界。爲了保護這份資訊已犧牲了數條人命。

此時此刻，建築物外狀況一切平靜。

然而，眞正的挑戰是發生在內部的狀況。

三角洲一號重回帳篷內，對兩名搭檔說，「該去低飛偵察了。」

兩人點點頭。身材較高的一位代號是三角洲二號，他掀開筆記型電腦，按下開關，在螢幕前坐定，一手放在機械操縱桿上短促搖動一下。一千公尺之外，深藏建築內部的一架偵蒐機器人接獲訊號，開始動作。機器人只有蚊子一般大。

3

行駛在理斯博格路上，開著白色本田Integra的瑞秋・謝克斯頓仍怒氣沖沖。佛斯丘奇（Falls Church）市的山麓小丘上，空無一葉的楓樹在清朗的三月天空襯托下顯得孤零，但這片安詳的景色難以平息她胸中的怒火。父親最近民調支持率暴漲，照理說應替他增添些許自信的風度，無奈看情況他只變得更加膨風自大。

虛僞的父親讓瑞秋加倍痛苦的是，父親是她僅剩的唯一近親。瑞秋的母親三年前過世，對她造成深重的打擊，至今心靈傷疤猶隱隱作痛。唯一令瑞秋感到寬慰的是，她心知母親這麼一走，算是擺脫了悲慘婚姻帶來的深度絕望。儘管諷刺，她不由得爲母親慶幸。

瑞秋的呼叫器再次響起，將她的思緒拉回前方的路況。簡訊內容一樣。

——RPRT DIRNRO STAT——

即刻向NRO局長報告。她嘆了一口氣。拜託別再呼叫了，我馬上就到！

瑞秋心中的問號逐漸變大，一面駛進她經常進出的門口，轉入閒人勿進的路上，在火力強大的衛兵哨前緩緩停下。這裡是理斯博格路一四二二五號，是全美最機密的地址之一。

衛兵掃描她的車尋找竊聽器時，瑞秋凝視遠處偌大的建築物。這棟複合式建築佔地一百萬平方呎（譯註：約兩萬八千坪），位於華盛頓特區近郊的維吉尼亞州費爾法克斯，坐落於六十八英畝的森林中，外觀莊嚴。建築正面以片片單面玻璃組成，反射出周遭的天線、衛星訊號接收器和天線屏蔽器，讓原本已夠懾人的陣仗更形浩大。

兩分鐘後，瑞秋停妥車子，走過修剪整齊的環境，來到正門前。正門的花崗石招牌雕刻著：

國家偵察局（NRO）

兩名武裝陸戰隊員分站防彈旋轉門左右，瑞秋通過時兩人四眼直視前方。每次推開旋轉門入內，她總會產生同樣的感覺，這一次也不例外。猶如走進沉睡巨人的腹中。

進入穹頂的大廳後，瑞秋察覺到四面八方有人低聲對話，引起微弱的回音，彷彿人聲從樓上辦公室篩落。地磚以不同顏色拼湊成巨大標語，宣告著國偵局的宗旨：

維護美國戰時與平時之全球情資優勢

此處的牆壁掛了一排排巨幅相片——火箭發射、潛水艇首航、攔截基地——每幅皆代表一樁傲人的成就，知情者卻只能在這幾堵牆內慶祝。

一如以往，瑞秋現在感覺外界的問題逐漸消失在背後。她正進入陰影中的世界。在這個世界裡，牆外的問題如運貨火車般隆隆駛進，而送出解決方案時卻近乎悄然無聲。

接近最後一道檢查哨時，瑞秋納悶著，究竟出了什麼樣的問題，怎會讓呼叫器在三十分鐘內連響兩次？

「早安，謝克斯頓小姐。」警衛對著走向鐵門的她微笑。

瑞秋也微笑以對。警衛遞出一小支棉花棒。瑞秋接下。

「妳知道該怎麼做，」他說。

瑞秋接下密封處理的棉花棒，拆下塑膠套，然後如溫度計般含入嘴裡，壓在舌下兩秒鐘，接著向前彎腰讓警衛取出。警衛將沾濕的棉花棒插入他背後一個機器的小縫。四秒後，機器證實瑞秋唾液中的DNA序列無誤，顯示幕隨即亮起，打出瑞秋的相片與機密權限。

警衛眨眨一邊眼皮。「看樣子，妳還是原來的妳。」他從機器抽出使用過的棉花棒，扔進開口處，棉花棒瞬間焚化。「祝妳一天順心。」他按下按鈕，巨大的鐵門隨之旋開。

門內幾道走廊繁雜如迷宮，人來人往，瑞秋進門後不禁訝異，儘管上班至今已經六年，她仍對這套設施的龐大規模感到敬畏。國偵局另外包含了六個美國單位，雇用的職員一萬餘人，每年營運支出超過一百億美元。

在全盤保密之下，國偵局建立並維護一套尖端間諜科技，威力之強大令人咂舌：全球電子攔截、間諜衛星、嵌入電訊產品中的無聲中繼晶片，甚至包括「古巫師」——一套海軍偵察的全球網絡系統，在全世界海底祕密設置一千四百五十六部水中測音器，能監控全球各地的船隻動靜。

國偵局科技不僅協助美國贏得戰事，在承平時期亦能提供源源不絕的資料給中央情報局、國家安全局（NSA）和國防部，幫助這些機關打擊恐怖主義、揪出破壞自然環境的壞分子、並爲制定政策者提供必要資訊，面對繁多的主題時能依據正確資訊做出決策。

瑞秋在國偵局的職稱是「汲思員」，負責簡化資料，分析複雜的報告並從中汲取精華，最後集結成單頁的簡報。瑞秋證明了自己是這方面的天生好手。*從小到大聽慣父親講的狗屁，練就了去蕪存菁的功夫，*她心想。

瑞秋目前的職位是國偵局的首席汲思員，負責對白宮提出情資報告。她的工作內容是篩選國偵局的每日情資報告，從中決定哪些資料攸關總統，接著將報告淬礪爲單頁的簡報，最後將簡化的資料上呈總統的國家安全顧問。以國偵局的術語而言，瑞秋．謝克斯頓負責「製造成品、服務唯一顧客」。

雖然這份工作吃力，工時冗長，對瑞秋而言卻有如一枚榮譽勳章，等於是強調她從父親掌握中自立門戶。謝克斯頓參議員曾多次主動向瑞秋喊話，假如瑞秋辭職，他願意好好照顧女兒，但瑞秋無意接受塞爵克·謝克斯頓這種人的金援。這種人手中握有太多好牌時，對手會有什麼下場，她的母親是最佳見證。

瑞秋的呼叫器響起，嗶聲在大理石走廊上迴盪。

又來了，不會吧？她懶得查看簡訊。

她納悶究竟出了什麼大事，一面走進電梯，跳過自己辦公的樓層，直接往頂層上去。

4

以相貌平庸來形容國偵局局長的話算是誇大其詞。國偵局局長威廉·匹克陵身材瘦小，皮膚蒼白，禿頭，長相令人過目即忘記。他的一對茶色眼珠雖然看遍了全美最高深的機密，卻仍宛如兩灘淺塘。儘管如此，匹克陵在部屬眼中形同巨塔。他的個性內斂，個人哲學質樸，在國偵局爲人津津樂道。他習慣默默埋頭苦幹，再加上喜歡穿素面的黑西裝，因此贏得「貴格會教徒」（譯註：Quaker，字面上的意義是「震動者」、「製造地震的人」）的綽號。精於謀略的他是高效率的榜樣，治理公私事有條不紊，令人難以望其項背。他的座右銘是：「查明眞相，據實採取行動。」

瑞秋抵達局長室時，匹克陵正在講電話。瑞秋每回見到他時無不感到驚訝：威廉·匹克陵的權力大到可以隨時叫醒總統，外形卻如此其貌不揚。

匹克陵掛掉電話，揮手請她進門。「謝克斯頓小姐，請坐。」他的嗓音清亮而缺乏修飾。

「謝謝局長。」瑞秋坐下。

威廉·匹克陵習慣直來直往，多數人與他相處時總覺得不太自在，但瑞秋一向喜歡與他共處。他與瑞秋的父親是完全相反的兩個人……外貌不具威嚴，毫無領袖魅力，憑著無私的愛國情操執行公務，避開她父親最愛的媒體聚光燈。

匹克陵摘下眼鏡注視她。「謝克斯頓小姐，大約半個鐘頭前，總統打電話給我，直接指名找妳。」

瑞秋在椅子上移動重心。匹克陵習慣單刀直入，這是眾所周知的事。*這種開場白未免太直接了吧*，她心想。「該不會是我的汲思報告出問題了吧？」

「正好相反。總統說白宮對妳的業務很滿意。」

瑞秋靜靜吐了一口氣。「不然他爲什麼找我？」

「想跟妳見個面。親自見面。立刻。」

瑞秋興起一陣侷促不安感。「親自見面？要談什麼事？」

「問得好。他不肯告訴我。」

瑞秋糊塗了。想瞞過國偵局局長，簡直有如隱瞞教廷祕密不讓教宗知道。情報圈裡流傳這麼一個笑話：假如威廉·匹克陵還不知道某件事，就表示這件事還沒發生過。

匹克陵起身，在窗口踱步。「他要求我馬上聯絡妳，叫妳去見他。」

「現在就去嗎？」

「他派了交通工具，正在外面等著。」

瑞秋皺起眉頭。總統的要求固然令人不解，匹克陵憂慮的表情更令瑞秋擔心。「局長顯然有話要說。」

「我當然有話要說！」鮮少顯露眞情的匹克陵動了肝火。「總統挑這個時間點找妳，動機顯而易見，有欠深思。妳父親目前在民調上挑戰他，他卻要求跟妳私下見面？我覺得極爲不妥。要是妳父親知道的話也會有同感。」

瑞秋知道匹克陵說的對——這並非表示她在乎父親的感想。「妳難道不相信總統的動機嗎？」

「我的本職是對現今白宮政權提供情報支援，不是批判他們搞的政治。」

典型的匹克陵回應方式，瑞秋知道。威廉·匹克陵認爲政客是時事棋盤上的卒子，來去匆匆，眞正的主角是匹克陵這種人——經驗老到，「熟稔門道」，待得夠久，深知棋局箇中三昧。匹克陵對這番見解毫不保留。匹克陵常說，就算入主白宮整整兩任，想摸清全球政治景觀的實際複雜程度仍嫌不夠久。

「說不定總統想要求的事情沒什麼，」瑞秋替他接腔，內心卻希望總統別試選戰賤招。「也許總統要我替他簡化某種敏感資料。」

「謝克斯頓小姐，我不是想貶低妳的價值，夠格的汲思員多的是，白宮要誰有誰。如果是白宮內部的事務，總統不會笨到聯絡妳。如果不是白宮內部的事務，他絕對不會糊塗到調走國偵局的資產卻拒絕告知用意。」

匹克陵總是以「資產」兩字形容部屬，許多人聽到這種比喻感到心寒不安。

「妳父親在政壇的聲勢蒸蒸日上，」匹克陵說。「可說是日正當中。白宮不可能不緊張。」他嘆氣。「政治是無所不用其極的一門行業。總統暗中約見挑戰者的女兒，我猜他動的腦筋絕不只是情資簡報。」

瑞秋隱隱感到一陣寒意。匹克陵的第六感經常正中紅心，靈驗得令人毛骨悚然。「你擔心的是，白宮已經走投無路，非把我扯進這場政治渾水嗎？」

匹克陵遲疑了片刻。「妳對父親的感想並非絕口不提，總統的競選團隊大概明白你們父女間的心結。我想到的是，他們可能想設法利用妳來反制他。」

「我正想報名呢，」瑞秋說，玩笑的口氣只佔一半。

匹克陵不覺得好笑。他嚴肅地瞪了瑞秋一眼。「謝克斯頓小姐，我建議妳當心一點。跟總統見面時候，如果和父親的心結可能影響妳的判斷能力，我強力勸妳婉拒總統的約見。」

「婉拒？」瑞秋緊張地咯咯一笑。「我憑什麼拒絕總統約見？」

「沒錯，」局長說，「我卻可以。」

他的話震起隆隆回音，讓瑞秋聯想起「Quaker」這綽號的另一由來。儘管威廉·匹克陵身材矮小，一旦被惹火了，必定引發政壇地震。

「我擔心的理由很簡單，」匹克陵說。「我有責任保護部屬，而且，假如部屬之一有可能被當作政治卒子利用，即使可能性微乎其微，我也不欣賞這種做法。」

「不然局長建議我怎麼做？」

匹克陵嘆氣說，「我建議妳去見總統。什麼也別承諾。總統說完了他想跟妳講的話，馬上通知我。如果我認爲總統想跟妳玩政治狠招，相信我，我會趕緊拉妳脫身，讓總統來不及反應。」

「謝謝局長，」瑞秋說。她感受到局長散發出的護身光環。她經常渴望父親也能提供相同的保護作用。「局長剛才說，總統已經派車過來接我了？」

「不太對。」匹克陵皺眉指向窗外。

瑞秋糊塗了。她走向窗口，朝匹克陵手指的方向望去。

在草坪上待機的是朝天鼻的MH-60G鋪鷹（PaveHawk）直升機。鋪鷹是現今航速最高的直升機之一，印有白宮的標誌。飛行員站在直升機附近看著手錶。

不敢置信的瑞秋轉向匹克陵。「這裡距離華府才十五哩，白宮卻派了鋪鷹來接我？」

「顯然總統若非要妳佩服白宮的本事，就是想唬一唬妳。」匹克陵凝視她。「我建議妳別佩服他也別被他唬到。」

瑞秋點點頭。她既佩服又敬畏。

四分鐘後，瑞秋．謝克斯頓離開國偵局，登上待命中的直升機。她還來不及扣好安全帶，飛機已經升空，急轉掠過維吉尼亞州的樹林。瑞秋凝望下方模糊的樹影，感覺脈搏加速。假如她知道這架直升機的目的地並非白宮，她的心跳速率會竄升得更快。

寒風重擊著ThermaTech帳篷的布料，但三角洲一號幾乎沒有注意到。他與三角洲三號全神貫注在操作儀器的隊友身上。三角洲二號以外科醫生操刀的靈巧手法操縱著控制桿。三人前方的螢幕顯示出直播畫面，影像來自架設在微型機器人上的針孔攝影機。

終極監視工具，三角洲一號心想。每次出動這套裝置，他都會由衷讚嘆。近年來在微機械學的領域中，現實似乎總比小說、電影快了一步。

微型機器人別號MEMS，是微電子機械系統的縮寫，是高科技監視的最新工具，人稱「壁蠅科技」。

的確有如牆壁上的蒼蠅一般。

雖然顯微遙控機器人聽來如同科幻小說，此種科技自一九九〇年代已經問世。《探索》（*Discovery*）雜誌一九九七年五月號以封面報導微型機器人，詳細介紹了「空中」與「水中」兩型。水中型的奈米潛艇微小如鹽巴顆粒，能以注射的方式進入人體血流中，一如電影《聯合縮小軍》（Fantastic Voyage, 1966）的情節。先進醫學單位如今運用奈米潛艇協助醫師，以遙控的方式前進血管，觀察血管內部的即時影像，找出血管堵塞處，絲毫不須動用手術刀。

一般人直覺上認爲，製作空中微型機器人的難度必然更高，實際上卻簡單得多。自從小鷹號升空後，讓機器騰空而起的空氣動力學科技便已存在，待解的難題只剩如何縮小機器。第一批會飛的微型機器人已由航太總署設計而成，只有幾吋長，未來登陸火星進行無人探測時可派上用場。然而由於奈米科技、輕量吸能式材料學與微機械學有長足進步，飛行微型機器人已經成爲事實。

眞正的突破來自仿生學（biomimics）。這門新領域鑽研的是模仿大自然的方法。研發結果顯示，迷你蜻蜓因操作靈巧、效率卓越，是最理想的飛行機器人。三角洲二號現在操縱的PH2即爲這一型機械裝置，長度僅有一公分，大小有如蚊子，使用的雙對透明翅膀以矽膠葉片製成，再以鉸鏈固定，賦予絕佳的空中機動性與效率。

這一型微型機器人的充電機制是另一項突破。第一批原型只能在強光直射下充電，不適合進行祕密行動或深入陰暗的場合。然而新一代的原型卻能停在磁場方圓幾吋內充電。更方便的是，現代社會中的磁場無所不在，配置處也不顯眼——插座、電腦螢幕、電動馬達、音響喇叭、行動電話等等。隱密的充電站似乎不虞匱乏。一旦微型機器人成功進入任務地點，幾乎能源源不絕地將影音傳輸回來。三角洲部隊的PH2已經傳輸了一個多星期，至今未曾出現任何問題。

現在，微型機器人猶如飄浮空盪穀倉內的昆蟲，靜靜逗留在建築內龐大中央廳靜止的空氣中。微型機器人悄悄盤旋在毫不知情的幾人上空，一面鳥瞰現場，將幾名技師、科學家、各領域的專家盡收鏡頭裡。PH2盤旋期間，三角洲一號看見兩具熟悉的臉孔正在對話。這兩人是竊聽的好目標。他吩咐三角洲二號調低PH2下去竊聽。

三角洲二號遙控打開機器人的感音器，調整碟形擴大器，降低高度到科學家頭上十呎處。傳輸回來的訊號微弱卻仍可辨識。

「我還是不敢相信，」科學家之一說。他進中央廳四十八小時以來，嗓音中的亢奮度未見稍減。與他對話的男子顯然也具有同等熱度。「你從小到大……有沒有想過會碰上這種事？」

「從沒想過，」科學家回答，表情欣喜。「像是一場美夢成眞。」

三角洲一號已經竊聽夠了。顯然現場狀況不出所料。三角洲二號遙控機器人飛離對話現場，回到藏身之處。他將機器人停放在發電機的圓筒附近，以躲避偵察。PH2的電池立刻開始充電，以應付下一次任務。

6

今早的情況變化詭譎，令置身獵鷹直升機中的瑞秋．謝克斯頓越想越茫然。直升機劃過晨空，衝過車薩皮克灣（Chesapeake Bay）上空時她才發現行進方向錯得離譜。起初她愣了一下，恐懼心隨即取而代之。

「喂！」她對飛行員大喊。「沒搞錯吧？」螺旋槳幾乎淹沒了她聲音。「你不是要送我去白宮嗎？」

飛行員搖搖頭。「抱歉，小姐，總統今天早上不在白宮。」

瑞秋儘量回想匹克陵是否確實提及白宮兩字，或者只是自己推斷的結果。「好吧，總統人在哪裡？」

「妳跟他見面的地點在別的地方。」

廢話。「別的地方又是哪裡？」

「已經不遠了。」

「你答非所問嘛。」

「再飛十六哩就到。」

瑞秋對他擺出臭臉。這傢伙應該棄飛從政才對。「你躲子彈的時候，跟閃避問題時一樣厲害嗎？」

飛行員沒有回答。

七分鐘不到，直升機已飛越車薩皮克灣。陸地再度進入視線後，飛行員向北轉彎，掠過一條狹長的半島，瑞秋看見半島上有連續幾條跑道以及看似軍方的建築。飛行員開始在這裡降落，瑞秋才明白這是什麼地方。明顯的線索是六座發射臺與焦黑的火箭塔，如果這條線索仍不夠看，建築之一的屋頂漆著偌大的字：瓦洛普斯島。

瓦洛普斯島是航太總署歷史最悠久的發射基地之一，至今仍用來發射衛星、測試實驗性飛行器，目的是避開外人的矚目焦點。

總統人在瓦洛普斯島？沒有道理吧。

飛行員將直升機航線對準狹長半島上的三條縱向跑道，看來正要飛向中央跑道的另一端。

飛行員開始減速。「妳待會兒去總統辦公室見總統。」

瑞秋轉頭，懷疑飛行員是否在開玩笑。「美國總統在瓦洛普斯設有辦公室？」

飛行員的表情正經八百。「美國總統喜歡在哪裡設辦公室隨他高興，小姐。」

他指向跑道盡頭。瑞秋看見遠方的龐然巨物閃耀著光線，心跳幾乎暫停。即使距離三百碼，她仍認得出這架七四七改造的淡藍色機身。

「我見總統的地點是在……」

「沒錯，小姐。是總統的流動住所。」

瑞秋向外直盯這架巨大的飛機。這架飛機來頭不小，軍方替它取的代號是VC-25-A，而外界所知的名稱卻是空軍一號。

「看來妳今天要上的這架是新的，」飛行員邊說邊指向飛機尾翼上的數字。

瑞秋茫然點頭。很少美國人知道，其實空軍一號共有兩架，外觀一模一樣，皆是特地改裝過的747-200-B，其中一架尾翼號碼是28000，另一架是29000。兩架皆能以六百哩的時速巡航，也能在航行中加油，因此航程幾乎不受限制。

獵鷹直升機在總統座機旁的跑道緩緩降落時，瑞秋才明瞭為何有人影射空軍一號是總司令的「可攜式主場優勢」。只看一眼便令人心生畏懼。

美國總統飛至外國會見一國之君時，通常以安全為由請求在跑道上的空軍一號上會晤。雖說部分原因是求安全保密，但在空軍一號上開會絕對另有好處——透過不假修飾的威嚇手段取得協商的優勢。登上空軍一號遠比造訪白宮更令人自覺渺小。機身印著六呎高的大寫字母，高聲宣告著「美利堅合眾國」的名號。尼克森總統曾邀請英國某位女閣員上飛機，女閣員卻指稱總統「以男子氣魄（manhood）對著她招搖」（譯註：manhood另作「陽具」一解）。事後機組人員戲稱空軍一號為「大雞雞」。

「謝克斯頓小姐？」身穿休閒西裝的特勤人員出現在直升機外，替她開門。「總統正在等妳。」

瑞秋步下直升機，抬頭望向陡階上方的巨大機身。踏進飛行陽具裡。她曾聽過這架飛行「橢圓形辦公室」內部樓板共計四千多平方呎，其中包括四間私人寢室、二十六名機組人員的床位，以及兩間足以提供五十人飲食的廚房。

瑞秋拾級而上，感覺到特勤人員在背後亦步亦趨，催著她繼續往上走。高高在上的是敞開的艙門，有如巨大的銀鯨側面出現一小道傷口。她向漆黑的入口移動，感覺自信心開始流失。

別緊張嘛，瑞秋。不過是飛機一架。

來到階梯頂端歇腳處，特勤人員禮貌地牽著她的手臂，帶她進入一道窄得出奇的走廊。兩人右轉後走了幾步，進入一間氣派而寬敞的艙房。見過相片的瑞秋立即認出。

「在這裡等一下。」特勤人員說完離去。

瑞秋獨自站在空軍一號著名的前艙。這間艙房以木板裝潢，可用來開會與招待政要，另一個目的顯然是用來驚嚇初次造訪的來賓。這間艙房橫貫機身左右，厚軟的黃褐色地毯亦然。裡面的家具講究得無從挑剔——哥多華皮面扶手椅，圍著雀眼楓會議桌；拋光處理的黃銅立地燈擺在歐陸沙發旁；附有洗手臺的桃花心木吧檯上陳列著手工蝕刻的水晶器皿。

照理說，波音公司設計前艙時希望提供乘客「一種秩序與寧靜兼具的感覺」。然而，瑞秋・謝克斯頓目前最欠缺的就是寧靜的心情。她只想到多少國家領袖曾坐過這裡，曾在此處做出改變世界的決策。

從菸斗用的上等菸草淡淡清香到無所不在的總統徽章，這間前艙無處不顯示出權力。徽章圖案是老鷹一腳抓著一把箭，另一腳抓著橄欖枝葉，繡在靠墊枕頭上、雕刻在冰桶上，甚至連吧檯上的軟木杯墊也不放過。瑞秋拿起杯墊來細看。

「才上飛機，就開始偷紀念品啦？」背後有人以低沉的嗓音問。

瑞秋嚇了一跳，陡然轉身，杯墊掉落地上。她以不自然的姿勢跪下，想拾回杯墊，一手才握住，回頭卻看見美國總統低頭看著她，齜牙露出微笑。

「我不是皇室成員，謝克斯頓小姐，眞的沒必要下跪。」

7

在華府早晨的車陣中，參議員塞爵克·謝克斯頓的林肯加長禮車朝辦公室蛇行而去，參議員則享受著車上的隱私。坐在他對面的是助理凱蓓兒·艾許，現年二十四歲，正對著他朗讀今日行程。謝克斯頓幾乎聽不進去。

我真喜歡華盛頓，他心想，一面欣賞助理包裹在喀什米爾毛衣下的完美胴體。權力是最佳的催情劑……將這類女人一批批吸引進華府來。

凱蓓兒畢業於紐約的長春藤名校，夢想有朝一日能當上參議員。她一定不成問題，謝克斯頓心想。她的姿色過人，腦筋明快。更重要的是，她明瞭遊戲規則。

凱蓓兒·艾許是黑人，但黃褐的膚色偏向深肉桂或桃花心木的色調，不黑不白。謝克斯頓認為過度同情弱勢的「白人」能放心支持這種混血兒，而不會覺得因此把江山獻給黑鬼。謝克斯頓對弟兄描述凱蓓兒成具備哈莉·貝瑞的美貌，也兼具希拉蕊的頭腦與野心，只不過有時他認為這樣形容還算輕描淡寫。

自從三個月前他將凱蓓兒提拔為個人特助後，凱蓓兒一直是他競選班底的一大資產。更妙的是，她只工作不支薪。她一天上班十六小時的回報是深入政治戰場，向看過世面的政治人物拜師學藝。

當然了，謝克斯頓揚揚自得地說，除了公事之外，我也勸她做了一點其他事情。凱蓓兒升官後，謝克斯頓邀請她深夜來私人辦公室接受「新官指導」。不出所料，妙齡助理懷著崇拜偶像的心前來，一意想討老闆的歡心。謝克斯頓秉持數十年來鍛鍊成的耐心，對她循循善誘，施展他的魔力……先建立起凱蓓兒對他的信任，謹慎地去除她的戒心，主導挑情遊戲，最後在辦公室裡誘她獻身。

謝克斯頓沒有疑問的是，那夜的纏綿是年輕的凱蓓兒最滿意的性體驗之一，然而一覺醒來，凱蓓兒顯然後悔不檢點的舉動。尷尬之餘，她遞出辭呈，卻被謝克斯頓退回。最後凱蓓兒留任卻堅決表態，因此至今兩人的關係僅止於工作夥伴。

凱蓓兒天生微噘的嘴唇仍動個不停。「……今天下午上CNN之前別太輕敵，白宮要派誰跟你辯論還是未定數。我替你打好了這些小抄，你最好過目一下。」她遞給參議員一份檔案夾。

謝克斯頓接下檔案夾，品味著她的香水加上豪華皮椅的氣息。

「你沒聽進去嘛，」她說。

「我當然有。」他咧嘴笑。「別管這一場CNN辯論會了。最壞的情況大不了是白宮派個低階選戰實習生來貶我一下。最好的情況是，白宮派出大角色，我把他們派來的人當午餐吞掉。」

凱蓓兒皺眉說，「好吧。我在小抄裡準備了一份對手最可能提出來的話題。」

「還不是老話題嘛。」

「我加了一道新的題目。你昨晚上《賴瑞金》專訪秀批評到同性戀圈子，今天可能會碰上一些反彈。」

謝克斯頓聳聳肩，幾乎沒聽進去。「對。同性婚姻那檔子事。」

凱蓓兒瞪了他一眼，不表贊同。「昨晚你批評的語氣的確強烈了點。」

同性婚姻，謝克斯頓暗中咒罵。要是由我當家作主，搞同性戀的那群人連投票權都休想擁有。「好吧，我會稍微收斂一點。」

「那就好。最近你挑戰這些熱門話題時語氣重了點，別太神氣。選民說翻臉就翻臉。你的聲勢正在上揚中，而且後勢看好。所以見招拆招就行。今天沒必要揮出紅不讓。穩紮穩打就可以了。」

「白宮方面有沒有消息？」

凱蓓兒露出愉悅而不解的神態。「持續靜音。看來你的對手已經正式成爲『隱形人』了。」

謝克斯頓幾乎不敢相信自己最近的運氣。幾個月來，總統一直奔走拉票。一個星期前，他卻把自己鎖在橢圓形辦公室裡，從此沒人看過他，也沒人聽過他的消息，彷彿總統無法面對敵手陣營的上漲行情。

凱蓓兒一手順了順燙直的黑髮。「我聽說白宮的競選團隊跟我們一樣不懂狀況。總統也沒有爲自己的失蹤提出解釋，所以白宮上下的人也氣炸了。」

「有沒有人提出理論？」謝克斯頓問。

佩戴學院風格眼鏡的凱蓓兒從鏡框上緣注視他。「後來呢，今天早上我從白宮的朋友那裡接到一些有意思的資料。」

謝克斯頓認出她這種眼神。凱蓓兒．艾許再度取得內線情報。謝克斯頓懷疑她是否爲了換取競選內幕，不惜在汽車後座爲某個總統助理口交。謝克斯頓並不在意……只要情報活水不斷即可。

「有謠言指出，」助理凱蓓兒壓低嗓門說，「上個禮拜，航太總署署長向總統做緊急閉門簡報，之後總統的舉止就變得很怪。據說簡報結束後，總統變得神情恍惚，馬上取消所有既定行程，而且一直和航太總署保持密切聯繫。」

這話聽在謝克斯頓的耳朵裡當然舒暢。「妳認爲航太總署是不是又傳出壞消息了？」

「這樣解釋似乎很合邏輯，」她滿懷希望地說。「只不過，事態一定相當緊急，不然總統不會取消所有既定行程。」

謝克斯頓考慮著這一點。顯而易見的是，無論航太總署最近有何進展，肯定是壞消息一樁。否則總統會拿來我面前炫耀。謝克斯頓最近以航太總署補助一事重砲轟擊總統。航太總署近來失誤連連，再加上天文數字的預算超支，已讓航太總署淪爲謝克斯頓非正式的廣告招牌，用來攻擊大而無當的政府揮霍無度、毫無效率的缺點。不可諱言的是，航太總署是令美國人最驕傲的象徵之一，多數政客不會考慮以抨擊航太總署來換得選票，但謝克斯頓擁有一項其他政客少有的武器——凱蓓兒．艾許。以及她精準無誤的直覺。

年輕又冰雪聰明的凱蓓兒數月前才引起謝克斯頓的注意。當時她在謝克斯頓位於華府的競選辦事處擔任協調人。謝克斯頓的黨內初選民調嚴重落後，主打政府透支的口號也激不起回響，那時凱蓓兒·艾許寫了一封信給他，建議採取嶄新的選舉策略。她對參議員說，航太總署的預算大幅超支，而且白宮持續金援，謝克斯頓應該加以抨擊，因爲這正是賀尼總統任意散財的最佳例證。

「航太總署浪費了美國民眾大筆血汗錢，」凱蓓兒寫著。她同時列出財金數據、近來失敗的任務，以及白宮金援的數目。「這些事情，選民並不知道。他們發現後肯定會嚇一跳。我認爲參議員應該拿航太總署當作政治議題來發揮。」

謝克斯頓認爲她未免太天眞，因此悶哼著，「才怪。我不如一面抨擊航太總署，一面痛罵棒球賽前不應該起立唱國歌。」

接下來幾週，凱蓓兒繼續將航太總署的情報傳至參議員辦公桌上。謝克斯頓閱讀到的內容越多，越覺得年紀輕輕的凱蓓兒·艾許言之成理。即使以政府機關的標準來看，航太總署確實是個驚人的錢坑——花大錢卻低效率，而且最近幾年無能得一塌糊塗。

有一天下午，謝克斯頓接受電臺專訪，大談教育問題。主持人追問謝克斯頓，既然承諾徹底改革公立中小學，經費該從哪裡來？謝克斯頓回答時決定測試凱蓓兒的航太總署理論。他以半開玩笑的口吻回答。「教育經費哪裡來？」他說。「這樣好了，我說不定會把太空計畫砍掉一半。如果航太總署一年在太空花掉一百五十億，我總該可以撥出七十五億給地球上的小朋友吧。」

這句脫稿的話傳到控制室裡，令謝克斯頓的幾位競選幹事嚇得倒抽一口冷氣。畢竟，比隨便對航太總署亂開砲更輕微的失言，就足以敗壞整個陣營的選情，歷史上不乏明證。話一出口，電臺的來電指示燈紛紛亮起。謝克斯頓的競選幹事們夾起尾巴；愛國更愛太空的人士準備出擊了。

接著發生的事出人意料。

「一年一百五十億？」第一位叩應進來的聽眾以震驚的語氣說。「是億沒說錯吧？我兒子的數學課人擠人，因爲學校沒錢多請幾位老師，而航太總署卻一年花掉一百五十億美元，只爲了拍幾張太空灰塵的相片？沒搞錯吧？」

「呃……沒錯，」謝克斯頓審愼地說。

「太荒唐了吧！總統有權力阻止吧？」

「那當然，」謝克斯頓回答，同時逐漸恢復信心。「任何單位的預算案，如果總統認爲數字過大，都可以否決退回。」

「這樣的話，謝克斯頓參議員，我一票投給你。一百五十億花在太空研究上，我們小孩的學校卻請不起老師。太過分了！祝你好運，參議員。祝你一路發。」

輪到下一位聽眾。「參議員，我剛在報上看到，航太總署的國際太空站透支預算太多，總統考慮提撥緊急資金給航太總署，讓太空站的計畫進行下去。這是眞的嗎？」

謝克斯頓興奮了。「是眞的！」他解釋，當初提案合作建造太空站的構想時，是希望十二國分擔經費，不過一開工後預算就節節高升，無法節制，很多國家因此賭氣退出。美國總統非但不願放棄整個計畫，竟然決定概括承受其他國家的費用。「美國分擔的太空站費用，」謝克斯頓高聲說，「原本的承諾是八十億，現在已經暴漲到一千億美元了！」

來電聽眾氣呼呼地說，「總統幹嘛不喊停？」

謝克斯頓眞想親一親這位聽眾。「問得好。可惜三分之一的建材已經送上軌道，總統拿各位納的稅把建材送上去，所以中途喊停的話等於承認白花了納稅人好幾十億的血汗錢。」

聽眾持續叩應。看情況美國民眾此時首度覺醒，發現航太總署其實是可有可無的選項，而非國家常設單位。

來電不乏幾位死忠的航太總署擁護者，慷慨激昂地表示人類必須永遠追求知識，但節目結束後，眾人一致的見解是：在誤打誤撞的情況下，謝克斯頓的選戰挖出了聖杯——發現了新的熱門話題——這個備受爭議的話題各方候選人尚未試探過，謝克斯頓卻能引發選民共鳴。

接下來幾星期，謝克斯頓在五項關鍵性的初選中勝出。他宣布將凱蓓兒．艾許升任爲私人選戰助理，讚揚她將航太總署議題呈現在選民面前。謝克斯頓大手一揮，年輕的非裔女子成爲政壇明日之星，他過去歧視種族、歧視女性的參院投票史也在一夕間消散無形。

現在，謝克斯頓與凱蓓兒同坐一輛禮車，他知道凱蓓兒再次證明了自己的身價。她的最新情報顯示，總統上週密會航太總署署長，必然意味著航太總署有更多麻煩即將引爆——也許又有某國希望撤出太空站的投資。

禮車駛過華盛頓紀念碑時，謝克斯頓參議員忍不住自認受到命運之神的欽點。

8

儘管接掌了全世界最高政權，札克理．賀尼卻是個身高中等的男子，身材細瘦，肩膀窄小，臉上雀斑點點，佩戴雙焦眼鏡，頂著日漸稀薄的黑髮。雖然其貌不揚，認識他的人無不以幾近崇拜王侯的方式愛戴他。據說任何人只要見過札克理．賀尼一面，必定願意爲他赴湯蹈火。

「很高興妳能前來。」賀尼總統邊說邊伸手與瑞秋握手。他的手掌溫暖而眞誠。

瑞秋的喉頭沙啞起來，強擠出一句話，「沒……什麼，總統先生。承蒙總統約見是我的榮幸。」

總統對她咧嘴一笑，讓她自在不少，她總算親身體會到賀尼傳奇式的親和力。賀尼擁有政治漫畫家求之不得的隨和面貌，因爲漫畫家無論如何扭曲畫筆下的賀尼，讀者絕不會認不出賀尼那種毫不做作的熱情與親切的微笑。他的雙眼無時無刻不映照出眞誠與尊嚴。

「請妳跟我走，」他以快活的語調說，「我想請妳喝杯咖啡。」

「謝謝總統。」

賀尼按下對講機，請人將咖啡端進辦公室。

瑞秋跟著總統走在空軍一號裡，忍不住注意到他神色極爲欣喜，精神極爲飽滿。照理說民調落後的他應該情緒低落才是。他的穿著也非常隨意——藍色牛仔褲、馬球衫、L.L. Bean牌的健行靴。

瑞秋找話題聊天。「總統先生，要去……踏青是吧？」

「才不是。我的競選顧問替我敲定了這個新形象。妳覺得怎樣？」

瑞秋希望他這話說得不認眞，以免壞了他自己的好事。「這個嘛……非常……嗯……有男人味，總統。」

賀尼一本正經。「那就好。我們認爲這樣可以從妳父親那邊扳回一些女性選票。」停頓一下後，總統展露寬厚的微笑。「謝克斯頓小姐，我在開玩笑啦。我們倆大概都知道，這場選戰不是換上馬球衫和牛仔褲就能打贏的。」

總統的直率與幽默迅速化解了瑞秋置身空軍一號的緊張情緒。總統以圓滑的政治手腕獲得的默契，大大彌補了外貌欠缺吸引力的遺憾。政治手腕講求的是待人接物的技巧，而札克理·賀尼在這方面別具天賦。

瑞秋跟著總統往飛機後半部走去。越往後面，內部裝潢越不像飛機——一道道彎曲的走廊、貼有壁紙的牆壁，甚至也有一間健身房，階梯健步機與划槳機一應俱全。奇怪的是，飛機上似乎幾近空無一人。

「總統先生，您想單獨上哪裡去嗎？」

他搖搖頭。「其實才剛降落。」

瑞秋感到訝異。*從哪裡降落？*根據本週的情資簡報，她並沒有看到總統遠行的計畫。顯然他利用瓦洛普斯島來悄悄外出。

「在妳到達之前，我的部屬剛下飛機，」總統說。「我馬上要回白宮跟他們見面，不過我想捨棄白宮而在空軍一號上接見妳。」

「是想唬一唬我嗎？」

「正好相反。我想對妳表達敬意，謝克斯頓小姐。白宮那地方一點隱私也沒有，我們倆會面的消息一走漏出去，會害妳跟父親鬧僵。」

「感謝您的做法，總統。」

「看來妳拿捏得相當有技巧，我不願破壞妳的局面。」

瑞秋回想起與父親共進早餐的情景，懷疑那樣做是否稱得上「有技巧」。儘管如此，札克理．賀尼儘量表現出風度，而貴為總統的他完全沒必要如此麻煩。

「我可以直接稱呼妳瑞秋嗎？」賀尼問。

「當然可以。」我可以直接稱呼你札克嗎？

「我的辦公室。」總統邊說邊帶她走進一扇雕刻楓木門。

空軍一號上的辦公室絕對比橢圓形辦公室來得舒適，但這裡的家具仍帶有簡樸的氣息。辦公桌上堆滿了紙張，後方掛著一幅氣勢磅礡的油畫，畫中景物是一艘古代三桅縱帆船，展開全帆，試圖與暴風雨競速。這幅油畫是札克理．賀尼目前處境的絕佳寫照。

辦公桌前擺了三張主管椅，總統拉出一張請瑞秋坐下。瑞秋接受後，原本以為總統會坐到辦公桌對面，但他卻拉出另一張椅子，坐在她身邊。

平起平坐，她這才瞭解。果然是默契大師。

「哎，瑞秋，」賀尼說。他一面坐下，一面疲憊地嘆氣。「我猜妳一定滿頭霧水，不知道我為什麼請妳來這裡坐坐，對不對？」

縱使瑞秋仍有心防，此時也被總統率真的語調瓦解。「說實在話，總統，我感到困惑。」

賀尼放聲大笑。「太絕了。讓國偵局的人感到困惑，這種事我可不是天天辦得到的。」

「國偵局員工在空軍一號上讓穿健行靴的總統召見，也不是天天有的事。」

總統再度大笑。

有人輕敲辦公室門，宣布咖啡送到。一名機組人員端來一只熱騰騰的白鑞咖啡壺與兩個白鑞咖啡杯。在總統指示下，她將咖啡盤擺在辦公桌上，然後告退。

「要不要加奶精和糖？」總統問，一邊起身準備倒咖啡。

「請替我加奶精。」瑞秋品嘗著濃郁的咖啡香。美國總統親自替我泡咖啡咧！

札克理．賀尼遞給她一個沉重的白鑞馬克杯。「如假包換的保羅．列維爾（譯註：Paul Revere，美國銀匠，一七七五年美國獨立戰爭前夕，因通報英軍進攻而成愛國英雄）牌，」他說。「是小小的奢侈品之一。」

瑞秋啜飲著咖啡。她嘗過的咖啡就屬這杯最可口。

「言歸正傳，」總統邊說邊替自己倒杯咖啡，然後坐回原位，「時間有限，所以我們開始談論正事吧。」總統噗咚扔下一顆方糖，抬頭看她一眼。「我猜威廉．匹克陵警告過妳吧？他一定說，總統想見妳只有一個原因，是想利用妳來替我造勢？」

「說實在話，總統，他說的正是這樣。」

總統咯咯笑著說，「他一向憤世嫉俗。」

「這麼說來，他料錯了嗎？」

「開什麼玩笑？」總統笑著說。「威廉．匹克陵從來沒有料錯過。他和往常一樣正中紅心。」

9

謝克斯頓參議員的座車在早晨的車陣中駛往辦公大樓，凱蓓兒．艾許則心不在焉地凝視車窗外。她懷疑自己怎麼混到今天這個地位。塞爵克．謝克斯頓參議員的私人助理。她原本追求的不正是這個嗎？

我和下一任美國總統同坐禮車上。

坐在豪華禮車裡的凱蓓兒望向對面的參議員。塞爵克．謝克斯頓似乎陷入沉思。她欣賞著他英俊的五官與完美的服裝。一副總統像。

凱蓓兒初次聆聽謝克斯頓演講是三年前的事，當時她在康乃爾大學主修政治學。令她永遠難忘的是，謝克斯頓以雙眼掃視著觀眾，彷彿直接對她傳達訊息——信任我。演說結束後，凱蓓兒排隊等著見他。

「凱蓓兒．艾許，」參議員朗讀出她的名牌。「人長得漂亮，姓名也響亮。」他的眼神令人放心。

「謝謝參議員，」凱蓓兒回應。兩人握手時，她感覺到對方的力道。「我對參議員的見解眞的很感動。」

「太好了！」謝克斯頓對她遞出名片。「我一直在募集具有相同願景的睿智青年。妳畢業後來找我。我的手下也許能替妳安插一份工作。」

凱蓓兒才開口想向他道謝，他已轉向排隊的下一位觀眾。儘管如此，接下來幾個月，凱蓓兒看電視時不知不覺關心起謝克斯頓的政治生涯。她以景仰的眼神欣賞他公開針砭大而無當的政府支出，一方面倡導刪減預算、精簡國稅局以促進效率、瘦身緝毒署，另一方面甚至提議廢除冗贅的公務人員程序。後來參議員的妻子突然車禍喪生，凱蓓兒看著謝克斯頓設法化悲憤爲力量，不禁對他產生敬畏之心。謝克斯頓壓抑個人傷痛，向全世界宣布他將競選總統，以今後的公職生涯紀念亡妻。凱蓓兒見狀當下決定，她希望能與謝克斯頓參議員的陣營密切合作。

密切的程度，如今已無人能比。

凱蓓兒憶起她與謝克斯頓在豪華辦公室共處的那一夜，不禁皺起眉頭，儘量將令人臉紅的景象排除腦外。當時怎麼那麼糊塗？她明知當時應該推拒卻使不上力。長久以來，塞爵克．謝克斯頓一直是她的偶像……參議員居然想要她。

座車壓過路面突出物，蹦了一下，將凱蓓兒的思緒震回現實。

「妳沒事吧？」謝克斯頓此時看著她。

凱蓓兒趕緊擺出微笑。「沒事。」

「妳該不會還在想著那件八卦傳言吧？」

她聳聳肩。「我還是有點擔心，沒錯。」

「忘掉吧。那件八卦傳言是我的競選過程碰到最好的事。」

凱蓓兒從這樁慘痛的經驗學習到，八卦傳言在政治圈裡相當於刻意走漏風聲，指出對手愛用陰莖增大器或訂閱《俊俏猛男》雜誌。八卦傳言這種策略並不光彩，然而一旦產生效果，效果大得超乎想像。

話說回來，假如產生反效果的話……

確實是產生了反效果。敗下陣來的是白宮。約莫一個月前，總統競選團隊對下滑的民調數據感到緊張，因此決定採取斷然措施，洩露一條他們懷疑可能是眞的消息——謝克斯頓與私人助理凱蓓兒．艾許關係曖昧。可惜白宮缺乏具體證據。謝克斯頓參議員篤信，最好的防衛方式便是強力出擊，因此抓住機會進攻對手。他召開全國記者會宣稱自己清白，對傳言表示震怒。他難掩眼中的痛苦，直視著鏡頭說，我不敢相信，總統竟然惡意散播謊言來玷污我對亡妻的思念。

謝克斯頓參議員在電視上的表演逼真到家，連凱蓓兒自己都差點相信兩人從未翻雲覆雨。凱蓓兒也見識到他撒謊毫不費工夫的一面，因此發現謝克斯頓參議員的確是個危險人物。

最近，雖然凱蓓兒確信自己在總統選戰中壓對了寶，她仍開始質疑自己支持的候選人是否是最好的一位。能與謝克斯頓密切合作令她大開眼界，近似前往環球影城參觀幕後布景，原本像小孩般崇拜電影，卻因發現好萊塢其實並無神奇之處而被澆一頭冷水。

雖然凱蓓兒仍對謝克斯頓宣傳的理念忠貞不二，她卻開始懷疑這位宣傳者。

10

「瑞秋，我即將告訴妳的事，」總統說，「是屬於『本影』級的最高機密。遠超出妳目前的機密權限。」

瑞秋感覺空軍一號的內壁向她緊縮而來。總統派飛機接她來瓦洛普斯島，邀請她上空軍一號，為她倒咖啡，直言打算利用她來打壓父親，現在居然知法犯法，打算對她透露機密資訊。札克理．賀尼表面上再具多少親和力，瑞秋．謝克斯頓剛得知他的一項絕活。賀尼掌握全局的動作飛快。

「兩個禮拜前，」總統緊盯她雙眼，說，「航太總署有了一項新發現。」

這話在空中迴盪了片刻，瑞秋才有能力消化。航太總署有了新發現？最近接獲的情資報告中，並沒有指出航太總署出現任何異狀。當然了，近來所謂的「航太總署新發現」通常表示他們嚴重低估了某項計畫的預算。

「在我們進一步談下去之前，」總統說，「我想瞭解一下，妳是否贊同令尊對太空探險的冷嘲熱諷。」

瑞秋憎恨這句話。「我真的希望總統召見的目的，不是想叫我控制一下父親對航太總署的謾罵。」

他笑著說，「當然不是啦。我在參議院待得夠久了，知道沒有人控制得了塞爵克．謝克斯頓。」

「我父親擅長把握機會，總統。多數成功的政治人物都一樣。不幸的是，航太總署替自己製造出外界攻擊的把柄。」航太總署最近一連串失誤讓人難以忍受，令人哭笑不得。衛星在軌道上解體；太空探測器始終不回報；國際太空站預算暴增十倍，合作國家如沉船上的老鼠般紛紛跳海求生。航太總署損失了數十億，而謝克斯頓參議員卻乘勢而起——而這股勢力似乎註定將他送入賓州大道一六〇〇號。

「我不得不承認，」總統接著說，「最近航太總署的確像個災區。每過一段時間，他們又給我另一個砍除預算的理由。」

瑞秋看準了插話點，連忙開口。「只不過啊，總統，報上不是說你上個禮拜才又提撥三百萬，以緊急資金的名義送到航太總署，以免他們破產？」

總統咯咯笑。「令尊看了樂不可支吧？」

「等於是送子彈給負責槍決你的人嘛。」

「他上《夜線》講的話，妳聽見沒？『札克理．賀尼熱愛太空成癮，納稅人送錢資助他過過癮頭。』」

「可是，總統，你一直證明他說的有道理。」

賀尼點點頭。「我毫不隱瞞自己是航太總署的一大支持者。我一向都是。雙強太空競賽的那個年代，我的年紀還小——史波尼克人造衛星、登月英雄約翰．葛倫、阿波羅十一。對於我國的太空計畫，我毫無保留地表達景仰的態度，認爲太空計畫值得美國人驕傲。在我的想法中，航太總署的男女工作人員是永留青史的現代拓荒者。他們挑戰不可能的任務，接受失敗的打擊，然後退回原點，重新來過。而我們這些人卻向後站開，只顧著批評。」

瑞秋保持沉默，察覺出總統鎮定的表相下義憤塡膺，顯見他不甘心參議員不停砲轟航太總署。瑞秋不知不覺納悶著航太總署究竟發現了什麼鬼東西。總統這個關子賣定了。

「今天，」賀尼加重語氣說，「我打算徹底改變妳對航太總署的看法。」

瑞秋以不確定的眼神看他。「總統，你已經拉到我這一票了。想拉票的話，不如把焦點轉向其他選民。」

「我正有此意。」他喝了一小口咖啡並微笑。「我也準備請妳幫忙。」他遲疑一下，朝著她傾身而來。「幫忙的方式極爲不尋常。」

瑞秋現在能感受到札克理．賀尼仔細觀察她的一舉一動，宛如獵人正在評估獵物是想開溜或想反抗。可惜的是，瑞秋自知無路可逃。

「據我推測，」總統說著替兩人斟咖啡，「妳瞭解航太總署有個計畫稱爲EOS？」

瑞秋點頭。「全名是地球觀測系統。我相信我爸提過一兩次。」

瑞秋這番話略帶諷刺意味，引起總統皺眉。事實上，瑞秋的父親每逮到機會就提地球觀測系統。航太總署鉅資推動的計劃中，這是極具爭議性的一件。地球觀測系統由五顆人造衛星組成，可從太空俯瞰地球，分析地球的自然環境：臭氧層的耗損、極地冰層的融解、全球暖化現象、雨林濫伐的問題。地球觀測系統的用意是提供環保專家前所未有的宏觀數據，協助地球未雨綢繆。

可惜的是，地球觀測系統計劃諸事不順。地球觀測系統與諸多航太總署近年來的計畫一樣，一開始就飽受巨額超支之苦。而承受各方壓力的人是札克理．賀尼。當初爲了讓地球觀測系統計畫順利在國會過關，他引進了環保遊說團，但地球觀測系統非但無法如預期造福各地研究地球生態的人士，還迅速演變成所費不貲的惡夢：發射失敗、電腦當機、氣氛凝重的航太總署記者會。最近唯一的微笑出現在謝克斯頓參議員的臉上。他趾高氣揚地提醒選民，總統花了多少選民的錢在地球觀測系統上，成果卻如此不盡理想。

總統在咖啡裡加了一塊方糖。「說來妳一定會很驚訝，我剛才提到航太總署發現的東西，就是地球觀測系統的功勞。」

瑞秋越聽越糊塗。如果地球觀測系統最近大有斬獲，航太總署絕對會大加宣傳，不是嗎？她父親不斷在媒體上撻伐地球觀測系統，航太總署掌握到了好消息，豈有壓住不放的道理。

「關於地球觀測系統發現的東西，」瑞秋說，「我什麼也沒聽說過。」

「我曉得。航太總署寧願先保留這項好消息，過一段時間再宣布。」

瑞秋不相信。「總統，依我的經驗，航太總署不發布新聞的時候，通常意味著出了狀況。」自制並非航太總署公關部門的拿手好戲。國偵局流傳著一個笑話：只要航太總署有位科學家放個屁，航太總署都會趕緊召開記者會宣布。

總統皺眉。「啊，對了。我忘記妳是匹克陵在國偵局的保防子弟兵。航太總署口無遮攔的舉動，匹克陵是不是還嘮叨怨嘆不休？」

「保密是他的本行，總統。他非常看重保密這件事。」

「那就好。我只是很難相信，國偵局和航太總署這兩個單位相同的地方很多，爲何老是有事沒事槓上對方。」

任職威廉．匹克陵手下之初，瑞秋就領會到一點，儘管航太總署和國偵局同屬與太空相關的機構，兩單位的哲學卻有如天南地北。國偵局屬於軍事單位，所有太空活動皆列爲機密，而航太總署屬於學術機構，一獲得重大突破，立即興奮地對全世界公開──威廉．匹克陵指責，這麼一公開，往往危及國家安全。航太總署最尖端的科技中，例如衛星望遠鏡使用的高解析度鏡片、長程通訊系統，以及電波顯象儀，屢屢淪落敵國情資庫中，讓敵國運用相同的間諜科技反將美國一軍。威廉．匹克陵經常抱怨航太總署科學家的腦容量很大……嘴巴更大。

撇開上述心結不談，讓兩單位更加針鋒相對的問題如下：航太總署負責發射國偵局的衛星，因此航太總署最近許多失誤直接影響到國偵局。最令人怵目驚心的一項敗筆發生於一九九八年八月十二日。一具航太總署／空軍泰坦四號火箭升空四十秒後爆炸，摧毀了火箭承載的衛星。這枚國偵局委託發射的衛星代號旋渦（Vortex）二號，造價十二億美元。匹克陵似乎對這件事特別無法釋懷。

「照總統這麼說，航太總署何苦不公開最近的斬獲？」瑞秋反問。「他們現在最需要的就是好消息。」

「航太總署之所以不公開，」總統高聲說，「是因爲我對他們下了噤口令。」

瑞秋懷疑自己是否聽錯。倘若總統果眞下令封鎖消息，無異是自絕政治前途，令瑞秋難以想像。

「這項發現，」總統說，「怎麼說才好呢……可以說具有驚人的後續影響力。」

瑞秋脊背發涼。在情報界裡，「驚人的後續影響力」鮮少代表好消息。她現在懷疑，總統之所以下令保密，是否因爲地球觀測系統這套衛星系統發現了即將來臨的環境大災難。「是不是出現什麼問題？」

「什麼問題也沒有。地球觀測系統發現的東西相當神奇。」

瑞秋默然無語。

「假如說，瑞秋，我告訴妳，航太總署剛發現的東西具有重大科學意義……驚天動地……值回美國人在太空花費的每一分錢，妳認爲如何？」

瑞秋無法想像。

總統起身說，「我們去散散步，好嗎？」

11

瑞秋跟隨賀尼總統步出空軍一號，踏上閃閃發光的階梯。走下階梯時，瑞秋感覺淒冷的三月清風稍微釐清了頭緒。可惜的是，思路再如何清晰，只會讓總統那番話變得更形光怪陸離。

航太總署發現的東西具有重大科學意義，值回美國人在太空花費的每一分錢？

如此重大的發現是什麼，瑞秋的想像只繞著一個東西轉——航太總署的聖杯——與外星生物進行接觸。可惜的是，瑞秋對這一只聖杯所知甚多，明白這種可能性幾乎為零。

身為情資分析師，瑞秋經常面對朋友提出疑問：據說政府隱瞞了地球人與外星人接觸的事實，究竟是眞是假？這些朋友不乏「受過教育」的人士，他們相信的推論卻始終令她傻眼以對——外星飛碟墜毀後被政府收藏在祕密地堡中、冰凍保存的外星人屍體，甚至有毫不知情的民眾遭外星人架去解剖研究。

當然全是一派胡言。沒有外星人。沒有被隱瞞的眞相。

情資圈人人皆知的是，看見幽浮、被外星人綁架等事件，說穿了只是想像力過於活躍或存心想發橫財的騙局。不明飛行物體的相片證據屬實時，說也奇怪，拍攝地點通常在美國軍事基地附近，而基地當時正好在測試機密的先進飛行器。當洛克希德（Lockheed，美國一間大型航太公司。）開始試飛一種外觀截然不同的新型飛機——隱形轟炸機，愛德華空軍基地周遭的幽浮目擊事件增加了十五倍。

「妳臉上帶有懷疑的表情，」總統看著她說。

他的聲音嚇到了瑞秋。瑞秋看過去，不確定如何回應。「呃……」她猶豫著。「總統，不知道我這樣假設對不對，你講的該不會是外星太空船或是綠色小矮人吧？」

總統看似在心中暗笑。「瑞秋，我覺得妳會認爲這項發現遠比科幻小說扣人心弦。」聽見航太總署不至於狗急跳牆、不至於拿外星人的說法來矇騙總統，瑞秋如釋重負。儘管如此，總統的話只讓謎團更加難解。「是嗎？」她說，「無論航太總署發現什麼東西，我敢說這個時機未免太湊巧了吧。」

賀尼在階梯上停住。「湊巧？怎麼說？」

怎麼說？瑞秋停下來看著他。「總統先生，航太總署目前面臨攸關生死存亡的戰役，急著爲自己存在的價值辯護，而你因爲持續金援航太總署也飽受抨擊。現在航太總署冒出了石破天驚的發現，對航太總署、對你的選戰相當於一劑萬靈丹。消息一宣布後，批評你的人顯然會認爲這時機高度可疑。」

「照妳這樣講……妳認爲我不是騙子就是傻瓜囉？」

瑞秋覺得有東西鯁在喉嚨裡。「總統，我不是有意冒犯，只是——」

「別緊張。」賀尼的嘴唇露出淡淡淺笑，開始繼續走下階梯。「航太總署署長當初向我報告這項發現時，我當面斥責他太荒唐，指責他在幕後操縱有史以來最容易被識破的政治騙局。」

瑞秋感覺哽在喉嚨裡的東西稍微縮小。

走完階梯後，賀尼停下腳步，注視著瑞秋。「我要求航太總署暫時別發布這條新聞，原因之一是想保護他們。這項新發現的影響之深遠，遠超過航太總署發布過的任何消息。登陸月球跟這件事比較起來會變得不足掛齒。因爲這消息對每個人，包括我自己在內，都有重大影響，無論是好是壞都一樣。所以我認爲最好謹慎行事，先找專家再三檢查航太總署的資料，然後再踏進全球的聚光燈下正式宣布。」

瑞秋陡然一驚。「總統，你指的專家該不會是我吧？」

總統笑著說，「不是，這又不是妳專精的領域。更何況，我已經透過政府外的管道驗證了資料。」

才鬆了一口氣的瑞秋再度墜入另一團迷霧。「政府外的管道？總統是說，你找過民間專家？事關重大機密，這怎麼行呢？」

總統堅決地點頭。「我湊成了一組政府外的人員來進行驗證工作，包括四位民間科學家，全是赫赫有名的非航太總署人士，這幾位不至於自毀名聲。他們使用自己的儀器來檢測並達成自己的結論。過去四十八小時以來，這幾位科學家已經證實航太總署的發現毫無質疑的餘地。」

瑞秋現在感到欽佩。總統以沉著自若的招牌態度替自己蓋上防身罩。賀尼延請的是疑心最重的一群人——這群局外人替航太總署背書並不會得到好處——如此可阻絕外界的疑慮。外界可能懷疑航太總署出險招來捍衛預算，期使愛護航太總署的總統競選連任，同時抵擋謝克斯頓參議員的攻擊，這些疑慮也將不攻自破。

「今晚八點，」賀尼說，「我會在白宮召開記者會，對世界宣布這項發現。」

瑞秋越談越氣餒。賀尼根本沒提到航太總署發現了什麼。「究竟這項新發現是*什麼東西*？」

總統微笑。「妳今天會發現，耐性是一種美德。航太總署發現的東西，妳必須親眼看到。再進一步動作之前，我希望讓妳先徹底瞭解狀況。航太總署的署長正在等著向妳簡報。妳需要知道的事情，他會向妳一一解釋清楚。事後，我會找妳進一步討論妳的角色。」

瑞秋從總統的眼神察覺出即將上演一齣戲碼，同時回想起匹克陵預言白宮別有所圖。看情況，匹克陵又與往常一樣料事如神。

賀尼以頭指向附近一處停機棚。「跟我來。」他邊說邊走過去。

瑞秋跟上，一臉疑惑。兩人前方的停機棚沒有窗戶，幾道側翼門高聳，封得死死的。唯一出入口似乎只有側面一道小門。門沒關。總統帶著瑞秋走向小門，在距離小門幾呎處停下來。

「我送妳到這裡爲止，」他說著指向小門。「妳進去吧。」

瑞秋遲疑著。「總統不一起進去？」

「我需要先回白宮一趟。我很快會再跟妳聯絡。妳有行動電話嗎？」

「當然有，總統。」

「給我。」

瑞秋取出手機交給總統，本以爲他想替手機設定一組私人專線號碼，不料他卻放進自己的口袋。

「妳從現在開始失聯，」總統說。「所有的工作都有人替妳代班。今天之內，除非我或航太總署署長批可，不准妳跟任何人交談。聽懂了沒有？」

瑞秋呆望著他。總統搶走了我的手機嗎？

「等到署長向妳介紹完航太總署的大發現，他會讓妳透過保密的管道與我聯繫。我很快會再跟妳聊。祝妳好運。」

瑞秋看著停機棚門，不安的感覺越來越濃。

賀尼總統一手放在她肩膀上，請她放心，然後朝小門點頭。「我跟妳保證，瑞秋，妳不會後悔幫我做這件事。」

總統不再多說，大步走向接瑞秋前來的鋪鷹，上了直升機後揚長而去，頭也不回。

12

在瓦洛普斯島，瑞秋．謝克斯頓孤零零地站在獨立的停機棚門檻上，向漆黑的內部望去。她感覺自己站在另一個世界的頂點。一陣帶有霉味的涼風從空盪如洞穴的內部吹出，彷彿整棟建築正在呼吸。

「哈囉？」她呼喚。她的嗓音微微顫抖。

無人回應。

帶著逐漸爬升的恐懼感，她跨過門檻，盲目了片刻，等著眼睛適應陰暗的環境。

「謝克斯頓小姐，對吧？」是男人的嗓音，距離僅僅幾碼。

瑞秋嚇了一跳，趕緊轉向聲音來源處。「是的，先生。」

一個朦朧的男人身影向她接近。

瑞秋的視力適應黑暗後，發現眼前站了一位精力充沛的年輕人，臉型剛毅，身穿航太總署飛行裝，身材健美，胸前縫有幾枚胸章。

「我是韋恩．陸斯堅隊長，」年輕人說。「對不起，剛才嚇到了妳，小姐。這裡面很暗。我還沒機會打開大門。」瑞秋還來不及回應，年輕人繼續說，「今天能擔任妳的飛行員是我的榮幸。」

「飛行員？」瑞秋盯著他。*我不是才剛遇見一個飛行員？*「我是來這裡見署長的。」

「沒錯，小姐。上級的指示是馬上送妳去見署長。」

過了片刻，瑞秋才聽出言下之義。恍然大悟後，她因上當而內心感到一陣刺痛。顯然這一趟旅程尚未結束。「署長人到底在哪裡？」瑞秋質問。現在的她心懷警覺。

「我還不清楚，」飛行員回答。「飛機升空後，才會接到他目前的方位。」

瑞秋覺得他說的是實話。顯然今早被蒙在鼓裡的人不只她與匹克陵局長。總統保密到家，讓她「失聯」的手法迅速而不留痕跡，令她不禁汗顏。*才出任務半小時，我就被斷絕了通訊能力，局長也不知道我人在哪裡。*

她站在腰桿挺直的航太總署飛行員前，幾乎篤定今天上午的行程絕對無法更動了。兒童樂園的遊戲機即將載著瑞秋啓動，輪不到她作主。唯一的問題是，目的地是哪裡？

飛行員大步走向牆邊按下一個按鈕。停機棚另一邊開始轟隆隆滑向一旁，光線從外灌進來。停機棚中央有個龐然大物，被光線投射出輪廓。

瑞秋驚訝得合不攏嘴。*上帝救救我。*

停機棚中間停了一架模樣凶猛的黑色戰鬥機，是瑞秋見過的飛機中最具流線型的一架。

「開什麼玩笑？」她說。

「小姐，妳的第一反應很正常，只不過F-14雄貓戰鬥機已經身經百戰了。」

簡直是長了翅膀的飛彈嘛。

飛行員帶領瑞秋走向飛機。他指向副駕駛艙。「妳坐後面。」

「眞的嗎？」她緊繃的臉皮露出微笑。「我還以爲你要我駕駛咧。」

在自身衣服外加穿上保溫飛行裝後，瑞秋爬進後座。她以彆扭的姿勢擠進狹窄的座位。

「看樣子航太總署裡沒有胖哥飛行員，」她說。

飛行員咧嘴一笑，替瑞秋扣上安全帶，然後在她頭上罩下一頂安全帽。

「待會兒要飛得很高，」他說。「妳會需要氧氣。」他從側儀表板取出氧氣罩，開始固定在瑞秋的安全帽上。

「我自己來，」瑞秋邊說邊伸手接過來。

「沒問題，小姐。」

瑞秋笨手笨腳地拿著鑄型的嘴罩，最後終於把嘴罩扣在安全帽上。氧氣罩的形狀奇怪，戴得她很不舒服。

飛行員盯著她看了半晌，隱約顯露出好笑的神情。

「有什麼不對勁嗎？」她質問。

「沒事，小姐。」他似乎在竊笑。「嘔吐袋放在妳座位底下。第一次搭叉尾式飛機時，多數人會暈機。」

「我應該不會，」瑞秋向他保證。氧氣罩悶得難以張口講話。「我不太容易暈機暈船。」

飛行員聳聳肩。「很多海軍海豹特戰隊員也這樣講，結果我還不是從駕駛艙清走一堆髒東西。」

她虛弱地點頭。真衰。

「出發之前，想不想發問？」

瑞秋遲疑片刻，然後拍拍掐著下巴的氧氣罩。「這東西緊得我血液不通。你們怎能戴這東西長程飛行？」

飛行員耐著性子微笑。「這個嘛，小姐，我們戴的時候通常不會上下顛倒。」

飛機立於跑道末端，引擎在身下隆隆作響，蓄勢待發，瑞秋感覺自己像顆子彈，就等人扣動扳機。飛行員將推進桿推向前，雄貓的洛克希德三四五雙引擎轟然啓動，震撼了整個天地。制動器鬆開後，瑞秋被甩向椅背上。噴射機衝上跑道，幾秒之後騰空飛起，機外的地面急速遠離，快速得令人暈眩。

飛機直衝上天時，瑞秋閉上雙眼。她懷疑今早到底走錯了哪一步路。她本來應該端坐辦公桌前編纂汲思報告，現在卻跨坐在以雄性激素爲燃料的魚雷上，戴著氧氣罩呼吸。

等到雄貓升至四萬五千呎的高空以水平飛行，瑞秋開始暈機。她憑意志力命令自己將心思集中在其他事物。她向下凝視九哩以外的海面，突然覺得離家好遠。

前座的飛行員正以無線電與人通話。告一段落後，他切掉無線電，立即讓機身急轉向左，飛機因此以近乎垂直的方向前進，令瑞秋胃腸翻攪。最後，飛機再度平飛。

瑞秋悶哼一聲。「老大，多謝你事先警告。」

「抱歉，小姐，我剛接到署長約見妳的機密方位。」

「讓我猜猜看，」瑞秋說。「正北方，對吧？」

飛行員似乎迷糊了。「妳怎麼知道？」

瑞秋嘆了一口氣。受過電腦訓練的飛行員，未免太不中用了。「老弟，現在是上午九點，太陽在我們右邊，可見飛行的方向是北方。」

駕駛艙沉默了幾秒。「是的，小姐，我們現在的確往北去。」

「往北飛多遠？」

飛行員查看方位。「大約三千哩。」

瑞秋陡然坐直。「什麼？」她儘量攤開腦中的地圖，硬是無法想像三千哩外的北方是哪裡。「要飛四個鐘頭哪！」

「以目前的速度而言沒錯，」飛行員說。「請抓緊囉。」

在瑞秋來得及回應前，飛官將F－14的機翼收爲低風阻位置，瞬間瑞秋再次感覺自己被拋向椅背，飛機向前竄去，彷彿機身原本靜止不動似的。不到一分鐘，飛機以將近一千五百哩的時速定速飛行。

瑞秋開始暈機了。天空以眩目的速度往後急退，一陣嘔吐感向她襲來，讓她束手無策。總統的話言猶在耳。「我跟妳保證，瑞秋，妳不會後悔幫我做這件事。」

瑞秋呻吟著，開始摸索嘔吐袋。千萬別相信政客。

13

塞爵克・謝克斯頓參議員儘管不喜歡大眾計程車裡的低賤惡臭，在通往璀燦前程的路上仍學會了忍受這種偶爾自貶身價的時刻。五月花計程車行的寒酸包車駛進普度旅館地下停車場，讓他下車。這輛計程車提供謝克斯頓的私人加長禮車缺乏的優點——隱藏行蹤與身分。

他慶幸地下停車場四下無人，在水泥柱的叢林中只見幾輛蒙塵的汽車。他以斜對角的方向徒步前進，同時看了一下手錶。

上午十一點十五分。一分不差。

與謝克斯頓相約的男子一向對不守時的人耿耿於懷。換個角度來看，謝克斯頓提醒自己，以這人所代表的權勢而言，想對任何事物耿耿於懷隨他高興。

謝克斯頓看見福特 Windstar 迷你廂型車停放在東面的角落，一如每回見面時的情況。車子停在一排垃圾桶後方。謝克斯頓比較喜歡在樓上套房見面，卻也明確瞭解預防措施的必要性。這人的朋友們不是靠粗心大意才得到今日的成就。

謝克斯頓向迷你廂型車前進，內心熟悉的那股亢奮感油然而生。每次見面之前，他總有這種感覺。他強迫自己放鬆肩膀，快活地揮一揮手，然後爬上乘客前座。駕駛座上的紳士頂著深色頭髮，沒有微笑以對。這名男子年近七十，但皮革般的肌膚散發出堅韌的特質，與他的職位相稱。他領導的大軍包括一群厚顏無恥的遠見之士以及不擇手段的創業家。

「車門帶上，」古稀男子說。他的嗓音歷盡風霜。

謝克斯頓關上車門，很有風度地容忍對方粗魯的語氣，畢竟這人代表的一群人掌握了無盡財源，最近集資浥注塞爵克．謝克斯頓身上，在他邁向全球最高權位時助他一臂之力。謝克斯頓近來逐漸理解到，對方屢次要求見面，與其說是協商策略，不如說是希望每個月提醒參議員別淡忘金主的厚愛。這些人投資在謝克斯頓的身上，期望獲得實質的報答。謝克斯頓不得不承認，所謂的「報答」是實踐對方驚人而大膽的一項要求；然而，幾乎更令人難以置信的是，一旦謝克斯頓進占橢圓形辦公室，實踐對方的要求便指日可待。

「我猜，」謝克斯頓開門見山說。他知道這人喜歡直接談正事。「另一筆已經匯進去了？」

「對。條件和以前一樣，只准你用來當作競選經費。我們很高興見到你的民調持續走高，看情況競選幹事們確實把錢花在刀口上。」

「我們是越衝越猛。」

「我在電話上提過了，」老人說，「我已經說服了另外六個人，今晚想跟你見個面。」

「好極了。」謝克斯頓事先已騰出今晚的時間。

老人遞給謝克斯頓一個檔案夾。「他們的資料在裡面。仔細看一下。他們想確定你弄懂了他們個別關心的事項。他們想確定你同情他們的立場。我建議你在貴府招待他們。」

「在我家？可是，我通常約在——」

「參議員，這六個人經營的公司，資源遠遠超過你見過的那些人。這些人是大亨，行事謹慎。事成之後，他們的獲利很大，因此事成之前更需要謹慎行事。我花了不少心血才勸動他們答應見你。這批人需要特別關照。貼心呵護。」

謝克斯頓趕緊點頭。「那當然。我可以安排他們到我家見面。」

「對了，他們希望絕對保密。」

「我也一樣。」

「祝你好運，」老人說，「如果今晚進行得順利，你可能就不必再見其他人了。這幾位的資金，足以將謝克斯頓的選情推上最高點。」

謝克斯頓聽得耳根酥軟。他對老人自信一笑。「朋友，運氣好的話，到了大選那一天，我們可以一起高呼勝利。」

「勝利？」老人拉下臉，上身彎向謝克斯頓，以不祥的眼神看他。「把你送進白宮只是向勝利邁出第一步，參議員。你大概沒忘記吧。」

14

白宮是全球規模最小的總統官邸，長度僅有一百七十呎，寬八十五呎，坐落在只有十八英畝的造景園地上。建築師霍班（James Hoban）將白宮設計爲盒狀石材建築，斜脊屋頂、矮欄杆、圓柱大門，儘管構思明顯欠缺創意，卻在公開競稿中脫穎而出。評審稱讚霍班的設計「別具魅力、構造莊嚴、彈性十足。」

雖然札克理·賀尼總統入主白宮至今三年半，置身琳琅滿目的吊燈、古董、武裝海軍陸戰隊之間，卻鮮少感覺舒適自在。然而此時此刻，他跨步走向西廂，卻感覺精神百倍，出奇地輕鬆，踏在厚地毯上時近乎處於無重力狀態。

總統接近時，幾名白宮幕僚抬頭。賀尼對他們揮手，喊出他們的名字。幕僚的回應雖然有禮，感覺卻有所保留，強顏歡笑。

「早安，總統先生。」

「很高興見到您，總統先生。」

「總統好。」

總統前往辦公室途中，不禁察覺路過之處背後耳語連連。白宮內部有人正策畫造反。過去兩三星期以來，幕僚對賓州大道一六〇〇號失望的程度逐步昇高，令賀尼開始覺得自己是英國布萊船長（譯註：Captain Bligh，1754-1817），率領著岌岌可危的戰艦，船員則密謀兵變。

總統不怪他們。爲了迎接即將來臨的大選，幕僚無不熬夜助選，結果轉眼之間，現在手忙腳亂的人變成了總統自己。

他們很快就能理解了，賀尼告訴自己。我很快又會成為他們的大英雄了。對幕僚隱瞞眞相這麼久令他愧疚，但這件事絕對需要保密。在維護機密方面，眾人皆知白宮是華府漏洞最多的一艘船。

賀尼抵達橢圓形辦公室外面的接待室，對祕書開開心心揮手。「妳今天氣色不錯嘛，朵洛樂絲。」

「你也不賴，總統，」她說。她注視著那身便服，毫不掩飾不敢苟同的表情。

賀尼壓低嗓門。「我想請妳替我找人開會。」

「找誰呢，總統？」

「白宮全體幕僚。」

祕書抬頭望。「全體幕僚？總共一百四十五人咧，總統。」

「沒錯。」

她露出不安的神色。「好。開會地點是在……簡報廳？」

賀尼搖搖頭。「不對。選在我的辦公室好了。」

她目不轉睛盯著總統。「總統想召集全體幕僚到橢圓形辦公室？」

「沒錯。」

「一口氣全召集過來，總統？」

「有何不可？就定在下午四點吧。」

祕書點點頭，彷彿在哄精神病患。「沒問題，總統。開會的用意是……？」

「我今晚有件大事想對國人宣布，我想先告知幕僚。」

祕書臉上掠過一絲沮喪的表情，幾乎好像她私下一直唯恐這一刻的到來。她壓低嗓門。「總統是想退選嗎？」

賀尼噗哧爆笑。「才怪，朵洛樂絲！我正想摩拳擦掌應戰呢！」

她面露狐疑。媒體不斷報導賀尼總統準備棄選。

他眨眼請她寬心。「朵洛樂絲，過去幾年來妳表現得很棒，以後妳還得再幫我四年。我們保得住白宮。我發誓。」

祕書看似願意相信。「沒問題，總統。我會去通知幕僚的。下午四點。」

札克理．賀尼走進橢圓形辦公室，聯想到全體幕僚擠進這裡的情景，忍不住微笑。

橢圓形辦公室常讓人產生狹小的錯覺，其實極爲寬敞。歷年來綽號層出不窮，有「御廁」、「尼克森巢穴」、「柯林頓寢宮」等等，但賀尼獨鍾「龍蝦籠」。這綽號似乎最貼切。初次踏入橢圓形辦公室的人，第一步便開始失去方向感。由於辦公室的格局對稱，牆壁曲線柔緩，進入門隱藏得當，來賓入內後無不暈頭轉向，彷彿被人蒙上眼睛後原地轉圈。往往政商名流與總統會面結束後，起身握手，然後一頭撞進儲藏室去。賀尼有時會適時阻止，有時則樂見來賓出醜，依他會晤後的心情而定。

賀尼一向相信，橢圓形辦公室最引人矚目的主角莫過於老鷹國徽。橢圓形地毯上印著色彩鮮明的美國白頭鷹，左爪抓著橄欖枝葉，右爪是一把箭。外人有所不知的是，承平時期，老鷹面朝左邊——面向代表和平的橄欖枝葉。戰時，鷹頭卻奇蹟似地轉向右邊，面朝握箭的方向。這種小小宮廷把戲的幕後祕辛，一直是白宮幕僚私下臆測的好題材，因爲傳統上這個祕密只有總統與總管知道。賀尼解開奇鷹謎團後覺得失望，因爲這把戲平淡無奇。白宮地下室有一間儲藏室放了另一張類似的地毯，總管只須趁夜闌人靜時偷偷調換即可。

現在，賀尼低頭凝視代表承平時期、向左看的老鷹，考慮是否應調換地毯以反映即將對謝克斯頓宣戰的事實。他會心一笑。

15

美國三角洲部隊是唯一免受刑責追究的戰鬥小組。根據總統決策令第二十五號（簡稱PDD25），三角洲部隊的軍人擁有「不受一切法律責任追究」的特權。一八七六年頒定的《民兵法》（Posse Comitatus Act）明文規定，任何民眾利用軍隊圖一己之利、或以軍隊擔任國內執法工作、或在未經許可的情形下以軍隊從事祕密活動，違法者將受刑罰。但三角洲部隊仍不受到這項法規的約束。三角洲部隊的成員各個由施戰團（CAG）挑選。施戰團是一個機密組織，接受北卡州卜拉格堡（Fort Bragg）的特戰司令部指揮。三角洲部隊的軍人是訓練有素的殺手，專精特種武器攻擊、營救人質、突襲、以及剷除敵軍地下部隊。

由於三角洲部隊的任務通常具有高度私密性，因此層級分明的傳統指揮鏈常被「單頭」管理方式取代，由單一主官依個人見解指揮整個小組。主官通常是軍方或政府內的幕後人士，階級或影響力足以主持整件任務。無論主官眞正的身分是什麼，三角洲部隊的任務皆屬最高機密，而且一旦達成任務後，三角洲部隊的軍人絕口不提往事——非但不能彼此談論，也不能向特戰司令部裡的軍官提及。

飛行。戰鬥。遺忘。

目前部署在北緯八十二度以北的這個三角洲小組，現在既不飛行也不戰鬥。他們只是靜靜觀察著。

三角洲一號不得不承認，他執行過的任務中，就屬這項任務最爲奇特，但他很早之前就學會了，對上級指派的任務絕不要訝異。過去五年來，他曾經前進中東營救人質、追查並掃蕩美國境內的恐怖組織分部，甚至曾至全球各地祕密解決數名險惡的男女。

以上個月爲例，這一支三角洲小組接獲指示，準備以飛行微型機器人對付一名特別惡質的南美毒梟。

微型機器人身上配備一根細如髮絲的鈦針，挾帶足以致人於死的血管收縮劑。在三角洲二號的操縱之下，機器人從毒梟家中二樓窗戶飛入，找到臥房，然後趁他熟睡之際將毒針刺進肩膀。在毒梟因胸痛難忍而清醒前，機器人已經飛出窗戶，「置身事外」。毒梟的妻子打電話叫救護車時，三角洲小組早已動身飛回美國。

門窗毫無外力入侵的現象。

自然死亡。

手法完美。

解決南美毒梟之後的一次任務中，部署在知名參議員辦公室裡的微型機器人原本負責監看開會情形，卻無意間拍攝到赤裸裸的性愛場面。三角洲小組以揶揄的語氣將那次任務命名為「敵境挺進行動」。

過去十天來，三角洲一號待在帳篷裡監看，現在終於準備替這項任務畫上句點。

持續埋伏。

監看進出人物。

一出現出乎意料的發展，立即通報主官。

三角洲一號受過訓練，從事任務時絕不受個人情緒影響。然而，當初他與成員聆聽長官介紹任務內容時，他的心跳確實明顯加速。長官介紹任務時並不露臉，每一階段的指示皆由加密電子管道傳輸。三角洲一號從未見過本任務的主官。

三角洲一號正在準備脫水蛋白質餐點時，手錶與其他成員的手錶同步發出嗶聲。短短幾秒之後，他身旁的密語通訊器亮出警示燈。他停下手邊的工作，拾起手提的通話筒。其他兩名成員默默旁觀。

「我是三角洲一號，」他對著通話筒說。

通訊器內的語音辨識軟體立即判定聲符，為每個字賦予一個參考號，經過加密處理後由衛星傳至來電者。來電者使用的器材大同小異，收到訊號後解開數碼，以事先約定、自我隨機選取的字典轉譯回文字，然後再以電子合成聲音朗讀出來。全程所費時間：八十毫秒（譯註：零點零八秒）。

「我是主官，」負責主持本次行動的人說。密語機的機械人聲聽來詭異——不具生命又不男不女。「任務現狀如何？」

「一切按照計畫進行中，」三角洲一號回答。

「很好。時間方面出現最新變化。訊息在今晚八點整公開。東岸時間。」

三角洲一號查看計時器。只剩下八個鐘頭。這項任務很快即將結束。令人振奮。

「還有另一項最新發展，」主官說。「另有他人進入狀況中。」

「什麼樣的人？」

三角洲一號聆聽著。很有意思的一場賭局。有人想兩邊通吃。「你認爲這位女人值得信賴嗎？」

「需要看緊她。」

「如果出了差錯呢？」

線路對方毫不猶豫。「依照先前的命令行事。」

16

瑞秋·謝克斯頓往正北直飛了一個多小時，除了一閃即逝的紐芬蘭島之外，她全程只見F－14下方一片汪洋。

*這麼衰？偏偏碰到水。*她心想，苦笑一陣。瑞秋七歲那年在冰凍的池塘上溜冰，不小心破冰入水，受困冰面之下，本以爲這下子死定了，幸好母親大手一撈，用力將濕透了的瑞秋拉出險境。自從那次驚險的經驗之後，瑞秋罹患了恐水症，碰上大範圍的水域時會陡然心驚，冰水尤其令她害怕。這種心理反應至今仍在。今天，瑞秋極目所及之處盡是北大西洋，兒時的夢魘悄悄爬上心頭。

飛行員與格陵蘭島北部的圖勒（Thule）空軍基地確定方位時，瑞秋才發現飛機已往北飛了這麼遠。*我人在北極圈上空？*理解了自身位置後，原本不安的她情緒更加浮躁。*想載我去哪裡？航太總署到底發現了什麼東西？*頃刻之間，底下一望無際的灰藍海面開始點綴著數千純白小點。

冰山。

在此之前，瑞秋只見過冰山一次。六年前，母親苦勸瑞秋陪她搭乘遊輪前往阿拉斯加一遊，瑞秋反而提出幾條以陸地爲主的度假行程，但母親的意志堅決。「瑞秋，乖女兒啊，」她母親當時說，「地球有三分之二覆蓋在水面下，妳遲早要學會反制恐水症的方法。」謝克斯頓夫人出身新英格蘭區，抗壓性強，堅持要強化女兒的心理。

那趟遊輪之行是瑞秋與母親最後一次同遊。

*凱瑟琳·溫拓思·謝克斯頓。*瑞秋感受到遠遠傳來一陣寂寞的刺痛。往事宛如飛機外呼號的強風朝她

席捲而來，一如以往拉扯著她的心弦。母女倆最後一次對話是在電話中。感恩節的上午。

「對不起啦，媽，」瑞秋在電話上說。芝加哥歐海爾機場因大雪暫時關閉，她打電話回家通知。「我知道我們家一向在感恩節這天團圓，可惜看樣子今年要例外了。」

瑞秋的母親口氣悲哀。「我本來好想在今天見到妳。」

「我也是，媽媽。妳陪爸爸吃火雞大餐的時候，想想我只有吃機場餐點的分。」

電話線上出現片刻空檔。「瑞秋，我本來想等妳回家再告訴妳的。妳爸說他公事太忙，今年沒法子回家團聚。這個連續假期他會待在華府的套房過節。」

「什麼？」瑞秋先是吃驚，緊接著轉爲生氣。「可是，今天是感恩節咧。參議院也已經休會了！華府離我們家不到兩個鐘頭。他應該回家陪妳過節才對呀！」

「我知道。他說他累壞了，開車回來擔心體力不濟。他決定這個週末窩在積壓下來的公事堆裡趕工。」

公事？瑞秋不相信。比較可能的是，謝克斯頓參議員跟另一個女人窩在一起。他在外偷腥固然謹慎，卻也行之有年。謝克斯頓夫人不是傻瓜，但每回揪出丈夫婚外情的證據時，他總是提出令人信服的不在場證明，同時對妻子指控他外遇的說法表達沉重的憤慨。最後謝克斯頓夫人束手無策，只好睜一眼閉一眼，將傷痛往肚子裡吞。雖然瑞秋勸母親考慮離婚，謹守婚誓的凱瑟琳·溫拓思·謝克斯頓卻不願意。至死方休，她告訴瑞秋。託你父親的福，我才能生下妳這麼漂亮的女兒。這一點我感謝他。總有一天，他要向上蒼解釋自己的行為。

受困機場的瑞秋怒火中燒。「可是，這樣一來，妳不就孤零零一人過感恩節了？」她渾身不舒服。謝克斯頓參議員居然在感恩節拋棄家人不顧，替原本就低級的他刷新了新低紀錄。

「沒關係啦，」謝克斯頓夫人說，失望的嗓音帶有堅決的成分。「既然大餐已經煮好了，總不能白白浪費吧。乾脆我開車去妳的安阿姨家。她每年都邀請我們過去慶祝感恩節。我待會兒就打電話給她。」

瑞秋對自己的缺席同樣感到愧疚。「好吧。我會儘量趕回家的。我愛妳，媽媽。」

「祝妳一路平安，乖女兒。」

瑞秋的計程車駛進謝克斯頓豪宅的彎曲車道時，已經是當晚十點半。瑞秋立刻知道狀況不對勁。三輛警車停在車道上，也有幾輛新聞轉播車。家中所有的電燈亮著。瑞秋衝進門，心臟狂跳。

維吉尼亞州警在門口與她碰面。警察臉色凝重。他一句話也不用說，瑞秋便知發生了意外。

「下起冰雨來，二十五號公路變得滑溜，」警官說。「令堂的車子打滑，衝出路面掉進河谷樹林裡，墜落時當場死亡，請節哀順變。」

瑞秋全身麻木。她的父親接到消息後立刻趕回家，如今在客廳召開小型記者會，以堅忍的態度向外界宣布，妻子與親戚共進感恩節晚餐後回家途中死於車禍。

瑞秋站在一側，記者會進行時全程啜泣不停。

「如果時光能倒流，」她父親含淚告訴媒體，「只願我能回家陪她過長假，就不會發生這種事了。」

你幾年前就應該想到這一點，瑞秋邊哭邊想。她對父親的憎恨逐秒俱增。

從那一刻起，瑞秋做出母親生前從來做不出的事：自絕於謝克斯頓參議員之外。參議員幾乎沒有注意到女兒的疏離。亡妻留下的大筆遺產突然讓他忙得不可開交，開始用來尋求總統大選的黨內提名。同情票具有推波助瀾的效果。

三年後，儘管瑞秋與父親保持距離，父親仍狠心讓她的生活變得更加寂寞。父親宣布競逐白宮後，瑞秋不得不把結交男友、組成小家庭的大事無限期延後。對瑞秋而言，與其跟滿腦子淨想握權的追求者周旋，不如乾脆完全脫離男女社交圈。追求她的男人絡繹不絕，因爲他們希望在還配得上瑞秋之前，趕緊趁她仍在服喪期間進入未來的第一家庭卡位。

F－14戰鬥機外的天色開始淡去。北極圈已進入晚冬時期，全天呈現漆黑狀態。瑞秋知道自己正飛進永夜之境。

隨著時間一分一秒過去，太陽開始完全落入地平線下。飛機持續向北，天空出現了明亮的盈凸月（譯註：介於半月與滿月之間），高掛在瀰漫冰晶的冰河空氣中散發著白光。在遙遠的下方，海波蕩起點點浪花，冰山看似縫在深色亮片網衣上的鑽石。

最後，瑞秋終於看見朦朧的陸地輪廓。但她沒料到會出現這種畫面。在飛機前方海面上逐漸成形的，是一座白雪覆蓋山頂的山脈。

「山？」瑞秋糊塗了。「格陵蘭島以北還有山？」

「看樣子是有，」飛行員說。他訝異的程度不亞於瑞秋。

F－14的機鼻向下傾斜，瑞秋這時產生一種怪異的無重力感，耳朵嗡嗡響，卻仍能聽見駕駛艙傳來反覆的電子呯呯聲。飛行員顯然鎖定了某種方向指示燈號，正朝著燈光前進。

飛機降落至三千呎以下後，瑞秋向下凝望著月光下奇特的地形地貌。山腳下有一片浩瀚的積雪高原，以優雅的形態向海延伸約十哩，最後以堅硬的冰形成懸崖，正下方是海面。

瑞秋這時看見了。她在地球上從未見過這種畫面。起初她以為月光令她的眼睛產生錯覺。她瞇眼向下看著平坦的雪地，無法理解眼前的事物。隨著飛機接近地面，影像變得更加清晰。

到底是什麼東西？

底下的高原出現條紋……彷彿有人以銀漆在雪地上畫出三條粗長的直線，與海岸懸崖平行，閃閃發亮。飛機降落至五百呎的低空時，眼前的錯覺才真相大白。三條銀色直線其實是三道深槽，每一條的寬度超過三十碼，在裡面灌滿水後凍結成冰，在高原上形成寬闊而平行的三條跑道，兩條跑道間各堆積一條窄窄的雪堤。

飛機朝高原降落時遇上強烈亂流，開始劇烈上下搖擺。瑞秋聽見起落架轟然就定位，卻仍未看見降落跑道。飛行員極力穩定機身，瑞秋向外瞧見兩條閃亮的旋轉燈，裝置在最外圍的冰槽兩側。她這才瞭解飛行員的意圖，因此驚恐起來。

「我們要在冰上降落？」她質問。

飛行員不予回應。他全心對付強風。飛機減速降落在冰道時，瑞秋覺得心臟一沉。飛機兩側升起高聳的雪堤，瑞秋屏息靜候，心知在狹道裡稍微失算的話必死無疑。飛機在雪堤之間搖搖擺擺降落，亂流瞬間消失。由於雪堤具有擋風的效果，飛機才可順利降落在冰道上。

雄貓的逆向推進器隆隆呼嘯，減緩了行進速度。瑞秋吐了一口氣。戰機繼續滑行了一百碼左右，來到醒目的紅色噴漆橫線處停下。

右邊的景色只有月光下的雪牆，是雪堤的側面。左邊的景色也雷同。瑞秋唯有透過前方的擋風玻璃才看得見東西……只有一望無際的冰雪。她感覺自己降落在無生物的行星。除了冰上的紅線外，這裡毫無生命跡象。

接著瑞秋聽見了。遠方傳來漸行漸近的引擎聲，頻率較高，音量越來越大，最後出現了一架機器。這部偌大的雪地牽引車滾著多條履帶，在冰道上朝戰鬥機前進。牽引機高大而細長，外形如同未來世界的大昆蟲，以飢渴的態勢朝飛機滾進。牽引機底盤建有高高的樹脂玻璃密閉艙，亮起幾排泛光燈照亮前方。

來到F－14旁邊，牽引機抖了一陣後停下，樹脂玻璃艙的艙門打開，有個人影走下階梯來到冰道上。這人從頭到腳包裹著蓬鬆的白色連身服，讓人誤以為他全身被灌滿了空氣。

*麵團寶寶造型的衝鋒飛車隊，*瑞秋心想。看見這個奇異的行星至少居住著生物，她鬆了一口氣。

這名男子以手勢請F－14飛行員打開艙門。

飛行員照做。

艙門開啓後，強風朝瑞秋全身吹襲，立時凍得她骨頭結冰。

關上該死的艙門啦！

「謝克斯頓小姐？」那人對著她大喊。他帶有美國口音。「本人代表航太總署歡迎妳。」

瑞秋不住地顫抖。萬分感激。

「請解開飛行安全帶，將安全帽留在飛機上，踩著機身外的踏板下飛機。妳有沒有問題？」

「有，」瑞秋對著他高喊。「這裡是什麼鬼地方啊？」

17

瑪喬俐．田奇現任總統資政，六呎高的骨瘦身軀行走起來東搖西晃，活像以關節與四肢組合而成的「小建築師」（Erector Set）拼裝玩具。弱不禁風的軀體之上連接著焦黃的臉孔，臉皮簡直像羊皮紙上面穿了兩個孔，植入兩粒缺乏感情的眼珠。現年五十一歲的她看似七十。

田奇在華府政治圈裡頗受推崇，地位宛如女神，據說分析能力超乎常人。她曾經主管國務院情報研究局（Bureau of Intelligence and Research）十年，練就了精明而善於批判的頭腦，思想鋒利至極點。田奇的政治技巧固然成熟穩健，美中不足的是她的性情冷若冰霜，多數人只在她身旁待幾分鐘便難以忍受。上天賜給瑪喬俐．田奇超級電腦般的智力，也同時讓她令人退避三舍。儘管如此，札克理．賀尼總統容得下她這個怪人。當初賀尼之所以能入主白宮，幾乎是拜她一人的腦力與努力之賜。

「瑪喬俐，」坐在橢圓形辦公室的總統起身迎接。「有什麼事嗎？」他並沒有請田奇坐下。社交上的客套並不適用於瑪喬俐．田奇這種女人身上。如果田奇想坐下，她絕對不請自坐。

「我知道你今天下午四點準備召開幕僚會議。」她的嗓音被香菸薰得沙啞。「太好了。」

田奇踱步了片刻，賀尼察覺她腦中的精密齒輪反覆運轉著。他心存感激。全盤知悉航太總署此項發現的總統幕僚少之又少，瑪喬俐．田奇是其中之一，而她正施展政治手腕來襄佐總統擬定策略。

「CNN今天下午一點的辯論會，」田奇邊咳邊說，「我們準備派誰去跟謝克斯頓交戰？」

賀尼微笑說，「隨便派個低階的競選發言人去吧。」參與辯論時絕不輕易派遣大將上陣，派小兵上場可以挫挫敵軍的士氣，這種政治手段與辯論本身的淵源一樣久遠。

「我有個更好的主意，」田奇說，了無生命的眼神抓住總統的視線。「讓我親自出場對付他吧。」

札克理・賀尼猛然抬頭。「妳？」她在打什麼鬼主意？「瑪喬俐，妳不習慣在幕前亮相吧。更何況，這場辯論轉播的時間既非黃金檔，轉播的頻道又是有線電視。要是我派出總統資政上場，觀眾會做何感想？別人會認爲我們陣腳大亂。」

「我正有此意。」

賀尼端詳著她。無論田奇的腦袋裡醞釀著什麼詭計，賀尼死也不准她上CNN露臉。任何人只要看過瑪喬俐・田奇一眼，就知道她從事「幕後」工作絕非沒有原因。田奇的長相嚇人，總統可不希望藉她的臉孔來傳達白宮訊息。

「我準備去CNN參加辯論，」她重申。這一次她用的不是祈使句。

「瑪喬俐，」總統此時開始不安，希望勸她改變心意，「謝克斯頓的競選團隊看見出場的人是妳，一定會宣稱這證明白宮慌了陣腳。提早派出大將會讓外界認爲我們走投無路了。」

田奇默默頷首，點燃香菸。「越顯得走投無路，對我們就越有利。」

接下來六十秒，瑪喬俐・田奇向總統說明爲何派她上CNN的效果大於派出低階競選幕僚。田奇解釋完畢時，總統只能訝然盯著她看。

瑪喬俐・田奇再一次證明她是政治天才。

18

米爾恩冰棚（Milne Ice Shelf）是北半球最大的一塊浮冰，位於北緯八十二度以北，地處埃爾斯米爾島（譯註：Ellesmere Island，加拿大領土）最北岸的高緯極區中，面積達四哩，厚度達三百多呎。

瑞秋登上雪地牽引機上方的樹脂玻璃艙，這時她慶幸座位上多準備了大衣與手套，牽引機的送風口也不斷灌入暖氣。樹脂玻璃艙外的F－14引擎轟然發動，開始在冰道上滑行離去。

瑞秋驚訝抬頭。「他要走了？」

剛才迎接她的男子也爬上牽引機，一面點著頭。「只有科學人員和支援航太總署的核心團隊才准進入本部。」

F－14射入毫無日光的夜空，此時瑞秋突然覺得身陷孤島。

「我們就開著這輛冰遊車出發，」男子說。「署長正在等妳。」

瑞秋凝視著前方的銀色冰道，儘量想像航太總署署長來這裡搞什麼鬼。

「握緊囉，」航太總署派來的男子大喊，一面拉動操縱桿。冰遊車原地旋轉九十度，猶如陸軍履帶戰車一般，現在正對著雪堤砌成的高牆。

瑞秋望著陡坡，恐懼如波浪席捲而來。*他該不會打算——*

「開始搖滾！」駕駛拉動離合器，冰遊車直接朝雪坡加速。瑞秋按捺住叫聲卻仍忍不住呼喊。她抓緊座位。車子抵達斜坡時，帶爪的履帶刺入冰雪中，冰遊車隨之開始攀升。瑞秋認定車子會向後翻落，但履帶緊咬著斜坡直上時，樹脂玻璃艙維持著驚人的水平姿態。等到龐大的冰遊車奮力攀上雪堤的頂端時，駕駛停下車，欣然對指關節發白的乘客說，「休旅車保證爬不上來！我們參考火星探路者號的避震系統，拿來應用在這臺寶貝車上！靈用無比。」

瑞秋虛弱地點頭。「帥。」

瑞秋如今高坐雪堤頂端，瞭望著令她難以理解的景象。車子前方另有一大道窄雪堤，但冰雪起伏的地勢突然到此爲止。更遠的前方，雪地變得寬廣平緩而閃亮，坡度極小。月光下的冰面往遠處延伸，最後越變越窄，蜿蜒進入山區。

「那邊是米爾恩冰河，」駕駛邊說邊指向遠山。「從那邊開始，向下流到我們這片寬寬的三角洲。」

駕駛再次踩下油門，冰遊車加速爬下陡坡，瑞秋抓緊座位。來到底部時，車子壓著爪子橫渡另一條冰道，接著衝上另一座窄雪堤。冰遊車登上頂點，快速爬下另一邊，駛上一片平滑的冰面，開始壓過冰河。

「多遠？」瑞秋看見前方盡是冰天雪地。

「大概再走兩哩。」

瑞秋本以爲還有很長一段路。陣陣強風無情拍打著冰遊車，撼動了樹脂玻璃艙，彷彿企圖連人帶車吹回海邊。

「是下坡風，」駕駛高喊。「最好趕快習慣！」他解釋，這一帶終年吹襲著這種內陸陣風。毫不間歇的強風顯然由流下冰河面的沉重冷空氣帶動，如同湍急的河水流下山去。「俗話說地獄天寒地凍，」司機繼續笑著說，「地球上僅此一地，別處找不到！」

幾分鐘後，開始看見前方稍遠處出現模糊的輪廓，是巨大的白色圓頂建築，聳立在雪地上。瑞秋揉揉眼睛。到底是什麼……？

「這裡的愛斯基摩人長得這麼高大，對不對呀？」司機打趣地說。

瑞秋儘量想看清這棟建築物。看起來像是照比例縮小後的休斯頓棒球館。

「航太總署一個星期半之前蓋好的，」他說。「材料是多階段充氣合成聚山梨醇酯（plexipolysorbate）。充氣之後彼此銜接起來，再將所有東西用鋼栓岩釘和鐵線固定在雪地上。看起來就像密閉式的罩頂大帳篷，只不過這東西其實是一種可攜式的概念生棲環境，航太總署研發的用意是希望有一天能送上火星供人居住。我們稱作『半圓生棲營』。」

「半圓生棲營？」

「對呀。叫做半圓生棲營，是因爲形狀只有半圓。」（譯註：habisphere的字根是habitat「生棲環境」加sphere「球體」，駕駛以發音相近的half來說笑。）

瑞秋微笑，然後凝視前方。冰河平地上的奇特建築輪廓越來越清晰。「因爲航太總署還沒登陸火星，你們決定改帶一大群人來這裡通宵狂歡嗎？」

駕駛大笑。「其實啊，要狂歡的話，我寧願選在大溪地，可惜命運之神替我們敲定了地點。」

瑞秋以不甚篤定的眼神凝視著生棲營。米黃色的半圓形生棲營在夜空中形成鬼魅似的輪廓。冰遊車駛近生棲營後，煞車停在側面的小門前。小門隨即打開，內部的燈光灑在雪地上，有個人影走出門。這人體型魁梧高大，身穿黑羊毛套頭衫，身形因此更形臃腫似熊。他往冰遊車前進。

瑞秋一眼即知這人的身分：羅倫斯·艾斯崇，航太總署署長。

駕駛以咧嘴一笑安慰她。「別被他的體型嚇到了。他呀，其實個性溫馴得像貓咪。」

比較像老虎吧，瑞秋心想。她對艾斯崇的名聲早有耳聞。任何人只要妨礙到艾斯崇的夢想，他必定一口咬掉對方的頭。

瑞秋爬下冰遊車時，強風幾乎將她吹倒在地。她拉緊大衣，往生棲營走去。

航太總署署長前來迎接，伸出一隻戴著手套的大手。「謝克斯頓小姐。謝謝妳光臨。」

瑞秋無所適從地點頭，在呼號的強風中扯開嗓門。「老實講，署長，我好像別無選擇。」

・・・

冰河上游一千公尺處，三角洲一號手持紅外線雙眼望遠鏡，監看著航太總署署長帶著瑞秋進入生棲營。

19

航太總署署長羅倫斯．艾斯崇形同巨人，臉色紅潤，舉止粗魯，宛如生氣的古挪威天神。他的金髮理成軍隊的小平頭，底下是深溝一條條的額頭，球形的鼻頭布滿蜘蛛網狀的血管。此時，他冷如岩石的雙眼無神，眼皮因熬夜無度而下垂。接掌航太總署之前，他曾任國防部行動顧問與航空太空策士，頗具影響力。他以暴躁傲慢的脾氣聞名，而同樣廣為人知的是，無論他負責任何任務必定全心投入，貢獻的程度旁人難以匹敵。

瑞秋．謝克斯頓跟著羅倫斯．艾斯崇進入生棲營時，她發現自己正穿越一道道詭異如迷宮的半透明走廊。這座迷宮以半透明的塑膠板隔成走道，以硬邦邦的鐵絲固定塑膠板。迷宮只以冰面權充地板，在表面加上幾條橡膠墊以免行人滑跤。兩人走過一個簡便的起居區，裡面陳列著行軍床與化學劑馬桶。

幸好生棲營裡的空氣溫暖，唯一的缺憾是混雜的氣味濃厚，令人難以分辨是何種氣息，只知是多人同居狹窄空間所產生的味道。某處有一架發電機嗡嗡低響，顯然負責供應燈泡的電力。裸露的燈泡垂吊在走廊的延長線上。

「謝克斯頓小姐，」艾斯崇悶聲說，一面快步帶著她前往不明地點。「我先跟妳開門見山。」他的語調不帶一絲喜悅，顯然不歡迎瑞秋這位來賓。「妳來到這裡，是因為總統希望妳能前來。札克理．賀尼跟我私下是朋友，也是忠實的航太總署支持者。我尊敬他。我欠他人情。而且我也信任他。即使我討厭他直接對我下的命令，我也不加以質疑。所以我先跟妳講明了，總統熱切希望妳能參與這件事，我卻不贊同。」

瑞秋只能瞪著他。我飛了三千哩，居然受到這種招待？這傢伙跟電視生活大師瑪莎史都華沒得比。

「恕我直言，」她頂嘴回去，「我也同樣接受了總統的指示。總統沒有告知我來這裡的目的。我來這裡沒有惡意。」

「那就好，」艾斯崇說。「這樣的話，今後我有話就直說。」

「剛才的開場白已經很夠看了。」

瑞秋強悍的回應似乎撼動了署長。原本大步前進的他放慢腳步片刻，瞪大眼睛打量著她。接著他宛如盤成圓圈的蛇打直身體，長長嘆了一口氣，繼續以原先的步調前進。

「請妳務必瞭解，」艾斯崇開始說，「如果由我作主，我不會請妳過來這裡參與航太總署機密計畫。妳代表的是國家偵察局，而國偵局的局長喜歡將航太總署人員貶損為大嘴巴的兒童。不僅如此，妳父親以摧毀本署為個人職志。今天是航太總署的光榮時刻；本署男女部屬最近忍受了許多批評，應該享受這一刻的榮耀。可惜由於令尊帶頭引發大量疑心，導致航太總署不得不捲入政治情況中，辛勤工作的本署人員被迫與外人分享鎂光燈，包括隨手挑選的四五個民間科學家，還有企圖毀滅本署的人的女兒。」

我又不是我父親，瑞秋很想大罵，但此時此地不宜與航太總署的大家長辯論政治。「我不是來這裡搶鏡頭的，署長。」

艾斯崇瞪著她說，「妳可能會發現自己別無選擇。」

這句話令瑞秋心驚。賀尼總統未曾確切要求她以任何「公開」的形式幫他忙，但威廉．匹克陵斷然說出心中的疑慮，認定瑞秋可能成為政治棋子。「我想知道我來這裡做什麼，」瑞秋質問。

「我也想知道。我沒有接到消息。」

「什麼意思？」

「總統指示我，等妳一抵達，立刻將航太總署的新發現全部介紹給妳。不管他希望妳在這場政治馬戲團扮演什麼角色，都是妳和他之間的事。」

「他說你的『地球觀測系統』有了重大發現。」

艾斯崇斜眼看她。「妳對地球觀測系統的計畫瞭解多少？」

「地球觀測系統由五顆航太總署衛星組成，負責以不同的方式審視地球環境——海洋測繪、地質斷層分析、極地融冰觀察、偵測化石燃料蘊藏的地點——」

「好了，」艾斯崇說，口氣不含欽佩的意味。「所以說，妳知道地球觀測系統計畫中最近加入了PODS？」

瑞秋點點頭。PODS全名是「繞行極地掃描密度（Polar Orbiting Density Scanner）衛星」，設計用意是協助測量全球暖化作用。「就我所知，PODS測量的是極地冰帽的厚度和硬度？」

「大致上如此。PODS以光譜帶科技掃描大區域的綜合密度，找出冰雪中異常鬆軟的部分——融雪的表面、內部融冰、大型裂縫——這些現象是全球暖化的指標。」

瑞秋對綜合密度掃描耳熟能詳。綜合密度掃描如同地底超音波探測。國偵局的衛星曾使用類似科技探測東歐，搜尋地表以下密度反常的現象，最後找出萬人塚，替總統證實了當地的確進行著根除異族的慘劇。

「兩個禮拜前，」艾斯崇說，「PODS掃描了這座冰棚，發現密度反常，和我們先前見過的現象完全不同。根據PODS，在這裡兩百呎以下的層層冰塊下，天衣無縫地埋藏了一塊東西，屬於非結晶形的球狀體，直徑大約十呎。」

「是水洞嗎？」瑞秋問。

「不是。不是液體。怪就怪在這個反常的地方比周遭的冰雪來得硬。」

瑞秋遲疑了一下。「所以說……下面埋的是大石頭之類的東西？」

艾斯崇點頭。「可以這麼說。」

瑞秋等著他講出關鍵點。他卻繼續賣關子。老遠送我來這裡，只因為航太總署發現冰雪裡埋了一塊大石頭？

「等到PODS計算出這塊岩石的密度後，我們才興奮起來。我們立即派一組人前來分析。結果發現，這底下的冰中岩密度遠比埃爾斯米爾島上任何一種岩石還高。事實上，在方圓四百哩的所有岩石，密度全比不上這一塊。」

瑞秋凝視著腳下的冰地，想像地底某處埋藏著巨岩。「你是說，有人把石頭移動到這裡來？」

艾斯崇隱隱露出好笑的神色。「這塊石頭重量超過八噸，嵌在兩百呎以下的冰裡，表示過去三百多年來沒人碰過。」

瑞秋拖著疲憊的身軀隨署長走進一道狹長的走廊，路口有兩名帶槍的航太總署員工站崗。瑞秋瞄了一下艾斯崇。「石頭藏在這底下，貴署的保密還做得如此周全，想必有一套合理的解釋吧？」

「那當然，」艾斯崇一本正經地說。「PODS發現的是一塊隕石。」

瑞秋在走廊裡停下腳步，直盯著署長看。「一塊隕石？」一陣失望感橫掃她全身。總統賣了那麼大的關子，謎底卻只是隕石一塊，似乎潑了人一頭冷水。單以這項發現，就足以一筆勾銷航太總署過去的支出與失誤？賀尼頭殼壞去了嗎？沒錯，隕石確實是地球上最稀有的岩石，但航太總署發現隕石是家常便飯。

「這塊是有史以來發現最大的隕石之一，」艾斯崇身體直挺挺地站在她面前說。「根據文獻記載，十八世紀有塊體積更大的隕石墜落在北冰洋，我們相信這是那塊隕石分解後的一塊。最有可能的推測是，大隕石撞擊海面後，這一塊被彈出掉落在米爾恩冰河上，然後慢慢被三百年來的冰雪覆蓋。」

瑞秋拉長了臉。這項發現改變不了什麼。她越來越懷疑的是，航太總署與白宮是否已經黔驢技窮，竟想拿這一點點消息在她面前吹捧。這兩個單位岌岌可危，試圖以幸運發現隕石一事大作文章，替航太總署打一場驚天動地的勝仗。

「妳好像覺得這沒什麼了不起，」艾斯崇說。

「我大概以為發現的東西……不是這個。」

艾斯崇瞇起眼睛。「謝克斯頓小姐，這種體積的隕石極為罕見。比這一塊大的隕石，全世界只有少少幾顆。」

「我知道——」

「只不過，讓我們興奮的不是隕石的大小。」

瑞秋抬高視線。

「如果妳讓我講完，」艾斯崇說，「妳會發現這一塊隕石表現出幾種相當驚人的特性，是人類未曾在任何大小隕石上發現過的現象。」他朝走廊前方示意。「好了，如果妳跟我走下去，我會向妳介紹一個人。他比我夠資格討論這項發現。」

瑞秋糊塗了。「比航太總署署長更夠資格的人？」

艾斯崇的北歐大眼鎖定她的眼睛。「謝克斯頓小姐，他比我夠格，是因為他屬於老百姓。我這樣講，是因為妳身為專業資料分析師，必然偏好中立的資料來源。」

還用你說，瑞秋不想爭辯。

她跟隨署長在窄道裡前進，盡頭掛了一張厚重的黑色布幕。瑞秋聽得見布幕後方有一群人在講話，由喃喃人聲迴盪的聲勢來判斷，布幕後面是個廣大的開放空間。

署長不發一語，走向前去拉開布幕，眩目的強光霎時照得瑞秋睜不開眼睛。她遲疑地向前跨出一步，瞇著眼皮望向明亮的空間。瞳孔適應亮度後，她注視著眼前的大房間，震驚之餘倒抽一口氣。

「我的天啊。」她低聲說。這是什麼地方？

20

CNN的製播中心遍布世界兩百一十二地，以衛星連線至位於亞特蘭大的透納電視網（TBS）全球總部。坐落於華府近郊的製播中心是其中一處。

下午一點四十五分，參議員塞爵克．謝克斯頓的禮車駛進停車場。他下了車，大步走向製播中心門口，心中揚揚自得。進門後，一位啤酒肚的CNN製作人滿面笑容，前來迎接他與凱蓓兒。

「謝克斯頓參議員，」製作人說。「歡迎歡迎。大好消息。我們剛得知白宮派誰來跟你辯論。」製作人露出預感不妙的淺笑。「我希望你做好了迎戰的心理準備。」他面向製作室玻璃窗點頭，指向窗外的攝影棚。

謝克斯頓望向玻璃另一邊後差點跌倒。玻璃對面的人正在抽菸，儘管菸影朦朧，謝克斯頓仍能看見對方也在注視他。這張臉是政治圈最醜陋的一張。

「瑪喬俐．田奇？」凱蓓兒脫口而出。「她來這裡做什麼？」

謝克斯頓也不清楚，但無論原因爲何，她現身CNN攝影棚是天大的好消息——明白顯示總統已陷入無棋可下的窘境。不然何必將資政派到前線？札克理．賀尼總統派出了大將，謝克斯頓樂見良機。

敵將越高層，對手跌得就越重。

謝克斯頓不懷疑田奇將是個狡猾的辯論對手，但他現在注視著這女人，忍不住認爲總統犯下了大錯。瑪喬俐．田奇面目可憎。現在的她駝背坐在椅子上抽菸，右手臂以懶散的韻律來回移動，以薄唇吞雲吐霧，活像巨大的螳螂正在吃東西。

天哪，謝克斯頓心想，她算是最不該跳槽電視的DJ。

謝克斯頓曾在雜誌上見過這位資政焦黃的臉孔幾次，總是無法相信這人竟是華府最能呼風喚雨的人之一。

「我覺得情況不太對勁，」凱蓓兒低聲說。

謝克斯頓幾乎沒聽見。他越思考越喜歡這次良機。瑪喬俐．田奇固然不上相，但更令謝克斯頓覺得幸運的是她在一件關鍵議題上的立場：她大聲疾呼，美國若想掌握未來的領導地位，除了維持科技優勢外別無他法。她也熱切支持高科技的政府研發計畫，最重要的是她支持航太總署。許多人相信，航太總署已成了扶不起的阿斗，總統卻仍執意愛護，而在幕後對總統施壓的人絕對是田奇。

謝克斯頓懷疑，或許正因田奇不斷建議總統支持航太總署，總統想利用這機會修理她一頓。總統難道想把資政丟進狼群去？

凱蓓兒．艾許凝視著玻璃另一邊的瑪喬俐．田奇，內心的不安逐漸加深。這女人的頭腦精得很，而且總統的這招下得出人意表。這兩項因素加起來令她的直覺發麻。以田奇在航太總署議題的立場而言，總統派她與謝克斯頓參議員對決似乎不智。但總統絕非笨蛋。冥冥之中，凱蓓兒認為田奇的出場不利參議員的選情。

凱蓓兒已察覺到參議員見獵心喜，更讓她憂心忡忡。謝克斯頓的毛病是，他看不起對手時，往往表現出得意忘形的模樣。航太總署的議題替民調增色不少，但凱蓓兒認為謝克斯頓最近追打得太過火了。選戰好比拳擊賽，很多時候只須打完全程即可，若硬想將對手打得倒地不起，反而會因此失掉江山。

製作人知道雙方勢必血戰一場，因此露出熱切的表情。「參議員，我們來替你裝麥克風吧。」

謝克斯頓正想往攝影棚走去時，凱蓓兒抓住他的衣袖。「我知道你在想什麼，」她低聲說。「我只希望你放聰明一點，別鬥得太過火了。」

「過火？我怎麼會？」謝克斯頓齜牙奸笑。

「記住，這女人的能力很強。」

謝克斯頓送她一記隱含性暗示的冷笑。「我也一樣。」

21

航太總署的生棲營主廳寬敞空洞，在地球上任何地方皆算是奇景，如今出現在北極冰棚上，更令瑞秋產生時空錯置之感。

她向上望去，見到三角白板交錯組成具有未來風格的圓形屋頂，感覺像置身巨大的療養院。牆壁向下傾斜，最後與冰地接觸，而靠牆置立的大批鹵素燈宛如哨兵，將刺眼的燈光向上投射，給予整個大廳一種稍縱即逝的明亮感。

冰地上鋪著長條狀的黑泡棉地毯，有如木板步道般，穿梭於迷宮似的活動科學工作站之間。在電子儀器的四周，有三四十名身穿白衣的航太總署人員努力工作著，時而開心交換意見，時而以興奮的語調談話。瑞秋立即體會到大廳裡的氣氛熱絡。

是發現新事物後的亢奮。

瑞秋與署長繞著生棲營內的外緣行走，這時她注意到有些人認出她，對她露出既驚訝又不樂意的神態。大廳具有回音效果，這些人悄聲的對話清晰傳入瑞秋的耳朵。

那女的不是謝克斯頓參議員的女兒嗎？

「她」來這裡想搞什麼鬼？

署長竟然還跟她講話，真令人不敢相信！

瑞秋以為這裡會掛滿她父親的針扎草人。然而，空氣裡瀰漫的情緒並不只有敵意；瑞秋同時察覺到一種明顯的驕傲——彷彿航太總署看準了最後贏家是誰。

署長帶著瑞秋走向一串桌子組成的電腦工作站，有個男人單獨在這裡工作。他身穿黑色高領衫、粗條紋燈芯絨長褲和厚重的帆船鞋，與航太總署其他員工穿的禦寒裝備很不搭調。他背對著來人。

署長請瑞秋稍等，他先去向這人打個招呼。過了幾秒，高領衫男子對他和善地點點頭，然後開始關掉電腦。署長轉回瑞秋面前。

「接下來就交給陶倫德先生，」他說。「他是總統徵召來的民間專家之一，所以你們倆相處起來應不成問題。我待會兒再過來。」

「謝謝你。」

「我猜妳聽過麥克·陶倫德吧？」

瑞秋聳聳肩，大腦裡仍努力適應著不可思議的周遭環境。「沒什麼印象。」

高領衫男子走過來咧嘴笑。「沒什麼印象？」他的嗓音中氣十足而友善。「這是我今天聽過最悅耳的消息。看來我再也沒機會留下第一印象了。」

瑞秋抬頭瞥了對方一眼，雙腳釘在原地。她一眼即認出這人英俊的臉龐。全美國上下無人不知。

「噢，」她紅著臉說，一面與對方握手。「原來你是那個麥克·陶倫德啊。」

總統對瑞秋說過，他已經徵召了一流民間科學家來驗證航太總署的發現，瑞秋腦子浮現的影像是一群乾癟的書呆子，是隨身攜帶印有姓名縮寫花紋的計算機那一種人。麥克·陶倫德則是恰好相反的一型。他是美國現今知名度最高的「科普名人」之一，每週主持紀錄片節目《海洋奇境》（Amazing Seas），把令人如痴如醉的海底世界帶至觀眾面前——海底火山、十呎長的海蟲、超級大海嘯。媒體盛讚陶倫德是庫斯托（譯註：Jacques Cousteau, 1910-，法國海洋探勘家）與薩根（譯註：Carl Sagan, 1934-1996，美國天文科普作家）的結合體，認爲陶倫德憑本身的知識、不矯柔做作的熱情、對冒險的熱愛，調製出高檔收視率的配方。當然，多數影評承認，型男陶倫德具有粗獷的特質以及謙遜的魅力，大概也替他贏得不少女性觀眾的支持。

「陶倫德先生……，」瑞秋說得有點結巴。「我的姓名是瑞秋．謝克斯頓。」

陶倫德露出和氣的斜嘴笑。「嗨，瑞秋，叫我麥克就好。」

瑞秋發現向來伶牙俐齒的自己舌頭打結了。感官開始不支……生棲營、隕石、機密、不期然與電視明星面對面。「沒想到會在這裡見到你，」她說著，一面極力鎮定心情。「總統說他徵召了民間科學家來驗證航太總署的新發現，我還以爲會見到……」她猶豫著。

「正牌的科學家？」陶倫德齜牙笑。

瑞秋臉色脹紅，感到困窘。「我不是這個意思。」

「沒關係啦，」陶倫德說。「我來到這裡後，老是聽到別人這樣講。」

署長向兩人告退，承諾待會兒回來。陶倫德這時轉向瑞秋，面露好奇的神色。「署長跟我說，妳父親是謝克斯頓參議員？」

瑞秋點頭。對呀。夠衰吧。

「謝克斯頓派自家人來敵境臥底？」

「作戰前線的劃分，有時候跟外人想像的有所出入。」

兩人彆扭無語片刻。

「對了，」瑞秋趕緊說，「堂堂一個全球知名的海洋學家，怎麼會跑來冰河上，和一群航太總署的太空專家混在一起？」

陶倫德咯咯笑。「其實啊，有個長得很像總統的人去找我，請我幫他一個忙。我開口本想說『你去死』，結果脫口而出的話卻是『是的，總統』。」

瑞秋笑了，是今天起床至今初展笑顏。「跟我一樣。」

雖然多數影視名人在螢幕之外顯得較矮小，瑞秋認爲麥克．陶倫德則比電視上來得高大。他一對褐色的眼眸與上電視時同樣機警、熱情，嗓音也傳達出同等謙虛的眞誠與熱忱。他的外表屬於戶外陽光型，年約四十五，頭髮粗黑，再怎麼梳，額頭總是有一叢隨風飄逸的頭髮。他的下頷剛強，舉止無憂無慮，散發出自信的光采。剛才與瑞秋握手時，他長繭而粗糙的掌心提醒了瑞秋，他不是普通「小生」型的電視名人，而是經驗豐富的航海人，也是親自動手做研究的人。

「老實講，」陶倫德承認，口氣害臊，「我認爲總統徵召我，看上的是我的公關價值，而不是我的科學知識。總統請我北上，替他製作一支紀錄片。」

「紀錄片？以一塊隕石爲主題？你不是海洋學家嗎？」

「我也這樣告訴他啊！不過他說他不認得有誰專門替隕石拍紀錄片。他對我說，有我的加入，能替這項新發現增加主流可信度。顯然他計畫播放我的紀錄片，時間點選在今晚隆重宣布大發現的記者會上。」

明星代言人。瑞秋察覺到札克理．賀尼以嫻熟的政治手腕運作中。外界經常批評航太總署用詞太深奧，民眾不易理解。這一次不會發生同樣的問題。航太總署找來科學界的溝通大師，是美國民眾已經認識而且信任的一張科普臉孔。

陶倫德指向與這裡呈斜對角的牆邊，有工作人員正搭設轉播現場。冰地上鋪了藍色地毯，也擺了幾架電視攝影機，打好了燈光，也搬來一張長桌，擺著幾支麥克風。有人正懸掛巨幅美國國旗當作背景。

「記者會訂在今晚，」他解釋。「出席的人包括航太總署署長和他手下幾位科學大將，透過衛星現場連線到白宮，讓他們能參與總統在八點召開的記者會。」

很合理，瑞秋心想。她樂見札克理．賀尼並沒打算將航太總署封鎖在記者會門外。

「好了，」瑞秋嘆氣說，「這顆隕石到底有什麼特別的地方，總該可以告訴我了吧？」

陶倫德拱起眉毛，齜牙對她神祕一笑。「事實上，這顆隕石特別的地方最好親眼看，解釋給妳聽的效果反而不好。」他示意請瑞秋跟他走向鄰近一處工作區。「在這裡辦公的傢伙有很多樣本，他可以秀一秀隕石給妳參觀。」

「樣本？你們眞的拿到了那顆隕石的樣本？」

「那還用說。我們鑿出了幾個樣本。事實上，這些是航太總署最初採集的岩心樣本，航太總署看過後才警覺到非同小可。」

瑞秋不確定接下來會看見什麼，只是隨著陶倫德走進工作區。這一區無人。一杯咖啡放在辦公桌上，旁邊散放著岩石樣本、卡尺和其他測試儀器。咖啡仍在冒煙。

「馬林森！」陶倫德高喊，四下張望著。無人回應。他垂頭喪氣地轉向瑞秋。「他去找泡咖啡用的奶精，大概是走丟了。我告訴妳，他是我念普林斯頓研究所時的同學，常常在自己宿舍裡迷路。現在卻是天體物理學的國家科學獎章得主。想不到吧？」

瑞秋回想了一下。「馬林森？你指的該不會是知名的寇奇·馬林森吧？」

陶倫德笑著說，「就是他沒錯。」

瑞秋愣住了。「寇奇·馬林森也來了？」馬林森對重力場具有高超的見解，廣爲國家偵察局的衛星工程師津津樂道。「馬林森是總統募集的民間科學家之一？」

「是啊，而且是眞正的科學家之一。」

你說的沒錯，瑞秋心想。寇奇·馬林森不但聰明絕頂，在科學界也備受尊崇，幾乎無人能出其右。

「寇奇這人最不可思議的矛盾之處，」陶倫德說，「就是他能背出地球到半人馬阿爾法星（譯註：Alpha Centauri，古名南門二）的距離，而且精準到公釐，可惜他卻連自己的領帶都不會結。」

「我習慣戴別針式的領帶！」附近有人以不帶惡意的嗓音咆哮，鼻音濃重。「麥克，我注重效率，才不管好看不好看。你們那種好萊塢類型的人不會懂啦！」

瑞秋與陶倫德轉身，鼻音男這時從大疊電子儀器後冒出來。他的身形矮胖渾圓，活像隻哈巴狗，兩眼如氣泡，漸稀的頭髮橫梳以蓋過頭皮。他看見陶倫德身邊多了一個瑞秋，陡然站住。

「上帝老天爺啊，麥克！來到雞不拉屎的北極，你居然還有辦法泡上大美女。早知道我當初應該往電視圈發展！」

陶倫德明顯露出尷尬的神色。「謝克斯頓小姐，請原諒馬林森博士。他雖然不擅長修飾言行，對於宇宙間完全沒用的大小知識卻瞭若指掌。」

寇奇向兩人走近。「榮幸之至，小姐。我剛才沒聽見芳名。」

「瑞秋，」她說。「瑞秋．謝克斯頓。」

「謝克斯頓？」寇奇調皮地驚呼一聲。「希望不是那個沒遠見又壞心眼的參議員的親戚吧？」

陶倫德皺眉說，「其實啊，寇奇，謝克斯頓參議員正是瑞秋的父親。」

寇奇收起笑臉，雙肩垮了下去。「哎，麥克，難怪我老是交不到女朋友。」

22

桂冠天體物理學家寇奇．馬林森帶著瑞秋與陶倫德走進工作區，開始在工具與岩石採樣之間翻找，動作有如被上緊的發條，隨時有暴彈開來的危險。

「好吧，」他說。他興奮得顫抖。「謝克斯頓小姐，妳即將收看的是寇奇．馬林森隕石入門三十秒。」

陶倫德對瑞秋眨眼，表示請她耐住性子。「忍耐一點。他以前立志想當演員。」

「是啊，麥克呢，他以前立志想當受人尊敬的科學家。」寇奇的手伸進硬紙盒裡遊走，最後取出三小塊岩石樣本，一字排開放在辦公桌上。「這代表世界上三大類的隕石。」

瑞秋注視著三塊隕石樣本，每塊大小如高爾夫球，皆呈扭曲的扁球體。每塊也呈現出縱切面。

「所有的隕石，」寇奇說，「都是由鎳鐵合金、矽酸鹽和硫化物組成構成，含量不一。分類時根據鐵和矽酸鹽的比率而定。」

瑞秋已感受到寇奇．馬林森所謂的隕石「入門」勢必超出三十秒。

「桌上的第一個樣本，」寇奇說著指向一顆黝亮的石頭，「屬於鐵核隕石。非常重。這一小塊幾年前掉在南極。」

瑞秋研究著這塊隕石，一眼即可看出非凡之處——外層焦黑，裡面則是厚重而略呈灰色的鐵。

「燒焦的外層稱爲熔凝殼，」寇奇說。「是隕石掉進地球大氣層後產生超高溫熔化凝結而成。所有的隕石都顯現出這種焦黑的現象。」寇奇迅速移向下一個樣本。「這一塊稱做石鐵隕石。」

瑞秋細看後發現，這一塊的外表也呈焦黑。不同的是，這塊隕石具有淡綠色的色澤，縱切面由色彩斑斕的碎角組成，看似萬花筒形成的花樣。

「好美，」瑞秋說。

「講這樣？應該是美不勝收才對！」寇奇以一分鐘的時間講解綠色光澤是因隕石含有大量橄欖石，接著以戲劇化的手勢拾起第三塊樣本，將最後這塊隕石遞給瑞秋。

瑞秋將隕石放在掌心。這一塊呈現略帶灰色的棕色，狀似花崗石，感覺比地球的岩石稍重。與一般地球岩石唯一不同之處是熔凝殼——燒灼過的外表。

「這塊呢，」寇奇以收尾的語氣說，「叫做石隕石，是最常見的一類。地球上已知的隕石中，九成以上都歸這一類。」

瑞秋很驚訝。她想像中的隕石比較類似第一種——近似金屬又像外星物體的塊狀物。她手中的隕石怎麼看也不像天外之物。除了燒灼過的外表之外，這一塊像是她走在沙灘上看見的石頭。

寇奇的兩眼此時興奮得圓鼓鼓。「埋在米爾恩冰雪下的隕石屬於石隕石，很像妳手裡的那一塊。石隕石幾乎跟地球的火成岩沒兩樣，所以很難一眼看出來。組合成分通常是輕量矽酸鹽的混合體，例如長石、橄欖石、輝石。沒啥稀奇的。」

就是嘛，瑞秋心想，一面將隕石樣本交還給寇奇。「這一塊像被人丟進壁爐裡燒焦似的。」

寇奇爆笑。「壁爐？不會吧！有史以來最厲害的鼓風爐，也燒不出隕石穿越大氣層時產生的高溫。隕石墜落時被燒得慘兮兮咧！」

陶倫德將心比心地對瑞秋微笑。「好戲要上場了。」

「想像一下，」寇奇邊說邊接下瑞秋手中的隕石。「這一小塊在外太空時有一棟房子那麼大。」他將樣本高舉在自己頭上。「就像這樣……在太空中……飄過我們的太陽系……被低溫的太空冷凍到攝氏零下一百度。」

陶倫德自顧自的咯咯笑，顯然已領教過寇奇重建的隕石墜落埃爾斯米爾島畫面。

寇奇開始放低手中的樣本。「這塊隕石越來越靠近地球……在非常接近的時候，被地球的地心引力鎖定……加速……加速……」

瑞秋看著寇奇加快樣本的拋射速度，模擬重力加速度。

「越飛越快了，」寇奇高喊。「每秒超過十哩——時速三萬六千哩！來到地球表面一百三十五公里的時候，隕石開始體會大氣層的摩擦力。」寇奇劇烈震動樣本，一面朝冰面降低高度。「掉到海拔一百公里時，隕石開始發光！現在大氣的密度逐漸增加，摩擦力之大難以想像！隕石周遭的空氣白熱化，隕石表面物質承受不了高溫，開始熔化。」寇奇開始製造燃燒與蒸熔的音效。「現在掉到海拔八十公里高，外層的溫度超過攝氏一千八百度！」

榮獲總統獎章的這位天體物理學家更加猛烈搖動隕石，唇齒爆出幼稚的音效，瑞秋看得發怔。

「六十公里！」寇奇現在放聲大吼。「流星體遭逢大氣牆，空氣太濃密了！劇烈減速，減少的速度超過地心引力的三百倍！」寇奇發出煞車的摩擦聲，大幅減緩降落的速度。「流星體立刻冷卻，不再發光，進入無光飛行的階段！流星體的表面硬化，從熔岩轉變爲焦黑的熔凝殼。」

寇奇跪下冰面表演流星撞地球時，瑞秋聽見陶倫德悶哼。

「現在，」寇奇說，「巨大的流星體劃過大氣層底部……」寇奇維持跪姿，以小斜角將隕石樣本移向地表。「隕石朝著北冰洋前進……以斜角墜落……看樣子即將劃過海面……墜落中……然後……」他讓樣本碰觸冰面。「轟！」

瑞秋嚇了一跳。

「這麼一撞非同小可！流星體爆開來。碎片到處飛，在海面上跳躍翻轉。」寇奇這時以慢動作演出，讓隕石樣本在模擬海面上翻滾，朝瑞秋的雙腳前進。「其中一塊一直跳呀跳，滾向埃爾斯米爾島……」他將隕石帶到瑞秋的腳尖。「彈出海面，跳上陸地……」他提高隕石，飛越瑞秋的鞋舌，翻轉至腳踝附近後停下。「最後停留在高高的米爾恩冰河之上，迅速被冰雪覆蓋，讓隕石免受大氣侵蝕。」寇奇面帶微笑站起來。

瑞秋合不攏下巴。她發出欽佩的一笑。「哇，馬林森博士，你解釋得實在太……」

「深入淺出？」寇奇主動說。

瑞秋微笑說，「對。」

寇奇再將樣本遞給她。「看看縱切面。」

瑞秋研究著隕石內部片刻，卻看不出什麼端倪。

「湊近燈光傾斜著看，」陶倫德提示，語調溫馨而親切。「靠近看。」

瑞秋將樣本移近眼前。眩目的鹵素燈從頭上反射下來，照在傾斜的縱切面上，她這才發現細小的金屬球狀體瑩瑩閃著光。縱切面上散布著數十個球狀體，有如微小的水銀顆粒，每一顆直徑僅約一厘米。

「這些小泡泡叫做『隕石球粒』，」寇奇說。「只出現在隕石上。」

瑞秋瞇眼打量著小珠珠。「沒錯，我從沒見過地球上的石頭有這種現象。」

「想看也看不到！」寇奇高聲說。「隕石球粒是地球本身沒有的地質現象。有些隕石球粒的年代極為久遠——可能是由宇宙最早期的物質組合而成。有些隕石球粒比較年輕，像妳手裡的那一塊。妳那塊上面的隕石球粒只有一億九千萬年的歷史。」

「一億九千萬年算年輕？」

「那當然囉！就宇宙的歷史來說，一億九千萬年就像昨天。不過這裡的重點在於樣本含有隕石球粒，是無庸置議的隕石證據。」

「好吧，」瑞秋說。「隕石球粒無庸置議。瞭解。」

「最後，」寇奇大嘆一口氣說，「如果提出熔凝殼和隕石球粒後妳還不相信，天文學家還有證實隕石來源的方法，保證不會出錯。」

「什麼方法？」

寇奇隨意聳聳肩。「我們只要用用岩象偏光顯微鏡、X光螢光分析儀、中子活化分析器，或是感應耦合等離子分析儀，來測量鐵磁比率。」

陶倫德咕噥著說，「少拿專有名詞來獻寶了。寇奇的意思是，我們可以測量岩石的化學成分來判定是否是隕石。」

「喂，海王子！」寇奇罵人了。「科學的事，就交給科學家來講解，行嗎？」他立刻轉向瑞秋。「地球上的岩石裡，鎳礦的百分比不是極高就是極低，含量從來不會居中。不過在隕石裡，鎳含量接近中間值的範圍內。因此，如果我們分析樣本後，發現鎳含量居中，就能保證樣本確定是隕石，萬無一失。」

瑞秋感覺好氣又好笑。「好了，兩位，熔凝殼、隕石球粒、鎳含量居中，全都能證明這一塊來自太空。我清楚了。」她將樣本放回寇奇的辦公桌。「只不過，為什麼要找我來這裡？」

寇奇嘆了一口氣，故弄玄虛。「航太總署在我們腳下的冰雪裡挖出的隕石樣本，妳想不想看看？」

拜託，在我急死之前。

這一次，寇奇伸進胸前口袋，掏出一小塊碟狀的石頭，形狀類似音樂CD，大約半吋厚，成分近似她剛才見過的「石隕石」。

「我們昨天採集了這一片核心樣本。」寇奇將圓片樣本遞給瑞秋。

由外觀來看，這塊隕石絕對沒有石破天驚的效果，只是沉甸甸而偏橙色的白石片，邊緣有部分燒灼焦黑的跡象，顯然是隕石的外層。「我看見了熔凝殼，」她說。

寇奇點頭。「對，這一塊樣本採集自隕石偏外的部分，所以上面有一些外層結構。」

瑞秋對著光線傾斜石片，看見細小的金屬球狀體。「我也看見了隕石球粒。」

「很好，」寇奇說。他興奮得嗓音激昂。「我用過岩象偏光顯微鏡檢查過，確定鎳含量居中，有別於地球的岩石。恭喜妳，妳終於成功證實手裡的石頭來自太空。」

瑞秋抬頭看著他，一臉疑惑。「馬林森博士，這是塊隕石，隕石本來就來自太空。我該不會是聽漏了什麼吧？」

寇奇與陶倫德以心照不宣的神態互看。陶倫德一手放在瑞秋肩膀上，低聲說，「翻過來。」

瑞秋翻過石片的另一面，大腦頃刻便理解出眼前的影像。

接著真相有如大卡車般朝她撞擊。

不可能！她倒抽一口氣。然而，正當她凝視著這片岩石的同時，「不可能」一詞的定義已經完全改寫。鑲嵌在石片上的形體若出現在地球岩石上，或許會顯得稀鬆平常，然而出現在隕石上卻令人全然無法理解。

「這是……」瑞秋結巴著說，幾乎說不出接下來的字眼。「這是……一隻小蟲！這塊隕石含有小蟲的化石！」

陶倫德與寇奇同時展顏微笑。「歡迎加入我們這一國，」寇奇說。

百般情緒直撲而來，令瑞秋頓時啞然無語，但即使在困惑不解的情況下，她仍能清楚看出這化石曾是活生生的生物體，毫無疑問。凹陷的化石印記長約三吋，看似某種大甲蟲或爬行類昆蟲的肚子，在具保護作用的外殼下長出七對鉸鏈狀的腳，而片片相連的外殼類似犰狳。

瑞秋感覺頭暈。「來自太空的昆蟲……」

「是等足目的生物，」寇奇說。「昆蟲只有三對腳，這隻有七對。」

瑞秋沒聽見他說的話，細看眼前的化石時只覺得天旋地轉。

「妳可以清楚看到，」寇奇說，「背甲一片一片的，很像地球上的球潮蟲（譯註：受驚時蜷曲成球的小蟲。），只不過這一隻多了兩根明顯的尾狀附肢，有別於球潮蟲，反而比較接近虱子。」

瑞秋的心思已將寇奇排除在外。歸類於什麼品種已經無關緊要了。一塊塊的拼圖如今重重墜入定位——總統的神祕舉動、航太總署的亢奮氣氛……

這塊隕石上含有化石！不只是小小一粒細菌或微生物，而是進化過的生命體！證明了宇宙其他地方存在著生物！

23

CNN的辯論才進行十分鐘，謝克斯頓參議員心想自己當初根本不必操心。他實在太高估了瑪喬俐．田奇這個辯論對手。身爲總統資政的她，儘管素有不擇手段、睿智明快的風評，辯論起來證實她比較像是被送入虎口的小羊，而不像可敬的對手。

辯論之初，田奇因抨擊參議員反墮胎的政見而佔上風，儘管如此，眼看著她即將乘勝追擊時，她卻犯下無心之過。她質問參議員如何在不加稅的情況下改善教育財政，以刻薄的語氣影射謝克斯頓時常拿航太總署當代罪羔羊。

雖然謝克斯頓絕對想在辯論接近尾聲時提起航太總署的話題，瑪喬俐．田奇卻提前替他打開機會之門。白痴！

「說到航太總署嘛，」謝克斯頓故作悠哉地接口說，「航太總署最近凸槌，我聽到不少風聲，說他們吃了不少苦頭，能請妳發表一下高見嗎？」

瑪喬俐．田奇毫無畏懼的神色。「可惜我沒聽過這種風聲。」她飽受香菸摧殘的嗓音有如砂紙。

「所以說，妳沒有意見？」

「恐怕沒有。」

謝克斯頓趾高氣揚起來。就媒體引述的說法而言，「沒有意見」大致上的含義是「俯首認罪」。

「好，」謝克斯頓說。「另外有謠言指出，總統緊急找來航太總署署長祕密開會，是否眞有此事？」

這一次田奇顯得訝異。「你指的開會是哪一次，我不太確定。總統經常開會。」

「他的確經常開會。」謝克斯頓決定衝著她而來。「田奇小姐，妳是航太總署的一大支持者，對不對？」

田奇嘆氣，表示厭倦謝克斯頓最鍾愛的話題。「我相信美國有必要維持科技上的優勢，在軍事、產業、情報、電訊方面皆必須領先各國。航太總署當然是這份願景的一部分。」

謝克斯頓看得見製作室內的凱蓓兒以眼神要他轉移話題，但謝克斯頓食髓知味。「總統資政，我很好奇的是，航太總署顯然生病了，總統卻不改支持的態度，這背後的推手是不是妳？」

田奇搖搖頭。「不是。總統同樣堅決相信航太總署存在的必要性。他做決策時有他自己的定見。」

謝克斯頓無法相信自己的耳朵。他剛給了瑪喬俐·田奇一個機會，讓她能承擔金援航太總署的部分責任，藉此減低總統揮霍無度的污名，而田奇卻將責任全推給總統。總統做決策時有他自己的定見。看來田奇已儘量與拉警報的競選陣營保持距離。不太令人驚訝。畢竟等到塵埃落定，瑪喬俐·田奇也得另尋出路。

接下來幾分鐘，謝克斯頓與田奇繼續你來我往。田奇數次有氣無力地想改變話題，謝克斯頓則就航太總署預算一事窮追猛打。

「參議員，」田奇反擊，「刪除航太總署的預算將損失多少高科技工作，你有沒有概念？」

謝克斯頓幾乎當著她的面大笑。外界居然公認這女的是華府頭腦最棒的一個？田奇顯然對美國人口結構的瞭解不夠透徹。與辛勤賣力的大批藍領階級比較起來，高科技工作顯得無關痛癢。

謝克斯頓追擊下去。「資政，刪除航太總署預算可以省下幾十億美元，如果航太總署科學家因此被迫開著BMW到別處找工作，那也無所謂，反正他們身懷吃香的本職學能。我決心大力縮減支出。」

瑪喬俐·田奇默然無語，彷彿被他如此一擊而退縮不前。

CNN主持人提示，「田奇小姐？您的看法是……」

田奇最後清清嗓子說，「聽見謝克斯頓先生如此堅決反對航太總署的存在，我猜我是驚奇得說不出話了。」

謝克斯頓瞇起眼皮。休想誘我上鉤，小姐。「我才不是反對航太總署的存在。我憎恨妳這種指控。我的意思只是，航太總署的預算顯示總統默許這種支出浮濫的現象。航太總署以前說，建造太空梭需要五十億，結果花了一百二十億。航太總署說，建設太空站需要八十億，結果花了一千億。」

「美國居於領先的地位，」田奇反駁，「是因為我們設定遠大的目標，遇到困難時仍堅持到底。」

「田奇小姐，我不吃高談愛國心的那一套。過去兩年來，航太總署透支了三次，每回花光了零用錢就夾著尾巴爬去找總統討錢補破網。這算什麼愛國心？如果妳想談愛國心，爲何不談談健全中小學的重要性？談談全民健保吧。談談聰明的小朋友如何在充滿機會的國家成長茁壯。談這些東西才算愛國吧！」

田奇瞪著他說，「參議員，我能問你一個直接的問題嗎？」

謝克斯頓不予回應，只是等著對方出招。

田奇接下來的話說得審愼，語調突然注入剛毅的氣度。「參議員，假如我告訴你，航太總署無法以少於現今預算的經費探索太空，你會動手廢掉航太總署嗎？」

這問題猶如巨岩落在謝克斯頓大腿上。也許田奇並不笨。她剛才冷不防投給謝克斯頓一計「表態球」，以精心推演過的是非題逼騎牆派的對手選邊，強迫對手表態以杜絕後患。

謝克斯頓直覺上希望避重就輕。「我不懷疑的是，如果好好管理航太總署，勢必能大幅減低探索太空的經費——」

「謝克斯頓參議員，回答我的問題。探索太空既危險又昂貴，非常像是建造載客噴射機。如果不想好好做的話，不如乾脆什麼也別做。其中涉及的風險實在太大了。我的問題沒變：假如你當選總統，你面對的抉擇是繼續以目前的經費水平來資助航太總署，或是乾脆全盤砍掉美國的太空計畫。你會選擇哪一個？」

可惡。謝克斯頓抬頭望向玻璃窗內的凱蓓兒。她的表情反映出謝克斯頓已知的訊息。你承諾過了。直截了當講出來。別吞吞吐吐的。謝克斯頓揚起下巴。「到時候，我願意刪除航太總署預算，將所有金額轉撥中小學體系。我的一票投給下一代，不投給太空。」

瑪喬俐．田奇的表情是全然震驚。「哇，不會吧？我該不會聽錯了吧？假如你當選總統，你願意動手廢掉航太總署？」

謝克斯頓感覺到怒火中燒。現在田奇希望逼他講出這句話。他試圖反擊，無奈田奇已經開始發言。

「這麼說，參議員，請再說一次，你願意廢除登陸月球的機構？」

「我想說的是，太空競賽已經結束了！時代不同了。在美國人日常生活中，航太總署不再扮演關鍵角色，而我們卻持續供奉航太總署。」

「所以說，你不認爲太空代表未來？」

「太空當然代表未來，只可惜航太總署是隻大恐龍！開放民間去探索太空嘛。華府哪個大工程師想花十億元替木星拍寫眞，用不著老是叫美國納稅人掏腰包吧。爲了資助一個過時的機構而出賣下一代的未來，而這個機構耗費天文數字卻少有成果，美國人已經不感興趣了！」

田奇故作姿態地嘆氣。「少有成果？如果不將塞提計畫（譯註：SETI，探索外星文明計畫）列入考量的話，航太總署獲得的成果大得很哪。」

謝克斯頓訝異塞提計畫一詞竟然從田奇的嘴巴溜出來。重大失誤。多謝妳提醒我。探索外星文明計畫是航太總署創辦至今最大的一個錢坑。雖然航太總署將塞提改名爲「根源計畫」，企圖以新名稱改造門面，並且重組了目標的優先順序，卻同樣是一場輸定的賭局。

「瑪喬俐，」謝克斯頓掌握機會說，「我本來不想提塞提，既然妳主動提起，我就不客氣了。」

奇怪的是，田奇聽到後幾乎露出熱切期盼的表情。

謝克斯頓清清嗓子。「多數民眾有所不知，過去三十五年來，航太總署一直在尋找外星生物，布下了衛星天線陣、排出巨型無線電收發機、付出好幾百萬的薪水請科學家坐在暗房監聽空白帶，根本是花大錢去尋寶嘛。浪費這麼多資源實在丟臉。」

「你的意思是，天外什麼也沒有？」

「我的意思是，換成別的政府機關，假如三十五年來花掉四千五百萬卻連個鳥蛋都生不出來，老早就被廢掉了。」謝克斯頓語氣稍停，讓這句話深重的含義沉澱下來。「找了三十五年，我認為顯而易見的是，我們絕對找不到外星生物了。」

「假如你料錯了呢？」

謝克斯頓翻翻白眼。「哎，拜託妳，田奇小姐，料錯的話我就吞帽子給妳看。」

瑪喬俐．田奇以泛黃的眼珠緊盯謝克斯頓。「參議員，我會記住你這句話的。」她首度露出微笑。「我認為全國都會記住。」

六哩外的橢圓形辦公室裡，札克理．賀尼總統關掉電視，替自己倒一杯飲料。一如瑪喬俐．田奇所料，謝克斯頓參議員咬餌上鉤了。

24

麥克．陶倫德心有同感地微笑看著目瞪口呆的瑞秋．謝克斯頓。她看著手上的化石隕石。她臉上原有的氣質美現在似乎已消失，轉為天眞而驚奇的表情，宛若首次見到耶誕老公公的小女生。

妳的感受我完全能體會，他心想。

短短四十八小時前，陶倫德也同樣震驚，同樣目瞪口呆。即使到現在，這顆隕石在科學與哲學上引申出的意義仍令他訝然無語，強迫他重新思考過去對大自然存在的所有信念。

陶倫德曾在深海中發現數種前所未見的生物，但這一隻「太空蟲」卻代表另一層次的突破。儘管好萊塢傾向將外星生物描繪為綠色矮人，天文生物學家與飽讀科學刊物的人士卻公認，有鑒於地球上昆蟲為數眾多，適應力超強，假如有朝一日果眞發現了外星生物，最有可能的物種非昆蟲莫屬。

昆蟲在分類學上屬於節足動物門，具有堅硬的外在骨架，腿上具有關節。地球上已知的昆蟲種類多達一百二十五萬種以上，而尚待歸類的物種據估計也有五十萬，數字超過其他動物的總和。地球「蟲」佔全部動物的百分之九十五，足足佔地球生物界的四成。

比地球蟲的數字更令人驚嘆的是它們的適應能力。從南極的冰甲蟲到死亡谷（譯註：位於加州）的太陽蠍，蟲子無視足以致死的溫度、濕度與壓力，照常悠哉過活著。對於宇宙已知殺傷力最強的輻射線，它們也熟習防衛之道。一九四五年空軍進行核子試爆後，實驗人員穿上抗輻射裝檢查試爆地點，卻發現蟑螂與螞蟻作息如常，彷彿什麼事也沒發生過。天文學家發現，生物無法在飽受輻射線侵害的無數行星上生存，但節足動物的外骨架具保護作用，是唯一適合登陸居住的絕佳物種。

看來被天文生物學家料中了，陶倫德心想。外星生物確實是隻蟲子。

瑞秋雙腿無力。「我不敢……相信，」她說著以兩手翻轉化石。「我從來不認爲……」

「慢慢消化吧，」陶倫德咧嘴笑著說。「我也是花了二十四小時才接受現實。」

「有新人加入了是吧？」一名異常高大的亞洲男子走過來。

寇奇與陶倫德一見到他到來，立即顯出洩氣的模樣，顯然他破壞了現場奇幻的氣氛。

「我是明衛立博士，」男子自我介紹。「加州大學洛杉磯分校古生物學系主任。」

這位男士舉止自大而死板，流露出文藝復興時期貴族的氣質，一手不停撫弄著不搭調的蝴蝶結。他身上穿著及膝的駱駝毛大衣。即使身處荒野，明衛立顯然不願捨棄端正的打扮。

「我是瑞秋．謝克斯頓。」與明衛立握手時，她仍在顫抖。明衛立的手掌平滑。他顯然是總統召集的民間人士之一。

「謝克斯頓小姐，」古生物學家明衛立說，「妳對這些化石有何疑問儘管提出，能爲妳解答是在下的榮幸。」

「沒有疑問的話，你也會不問自答，」寇奇嘟噥著。

明衛立撥弄著蝴蝶結說，「我專精的古生物領域是節足動物門和原蛛亞目。這種生物體最令人眼睛一亮的特徵是——」

「——它來自天外一顆隕行星！」寇奇插嘴。

明衛立拉下臉，清清嗓門。「最令人眼睛一亮的特徵是，這生物體完全能列入達爾文的地球生物分類法和系統。」

瑞秋抬眼。這東西也能列入分類？「你指的是界、門、綱、目、科、屬、種的分類？」

「沒錯，」明衛立說。「假如這物種是在地球上被發現，可以歸類為等足目動物，向上推的話，可列入包含大約兩千種虱子的一個綱。」

「虱子？」她說。「可是，這東西好大。」

「分類的依據不是大小。舉例來說，小小的家貓和龐大的老虎血緣相近。分類的根據是生理構造。這一種生物一眼可知屬於虱子：腹部扁平、七雙腳、生殖囊的結構近似丸蝦、球潮蟲、沙蚤、潮蟲與蛀木水虱。其他化石可以清楚顯示更多特有的——」

「其他化石？」

明衛立瞟向寇奇與陶倫德。「她不曉得？」

陶倫德搖搖頭。

明衛立的臉立即亮起來。「謝克斯頓小姐，妳還沒聽到精采的部分。」

「另外還有更多化石，」寇奇插嘴，顯然想奪走明衛立的鋒頭。「多的是。」寇奇匆匆走向一只牛皮紙袋，取出一大張折好的紙，當著瑞秋的面攤開在桌上。「我們採集了幾個岩芯樣本後，將X光攝影機伸進去，拍下剖面的照片。」

瑞秋看著桌上這份列印相片，馬上腿軟，不坐下不行。這張隕石3D縱切面照擠滿了數十隻類似的蟲子。

「古化石證據，」明衛立說，「發現時通常具有高度集中性。原因是土石流往往淹沒大批生物，掩蓋了整個巢穴或一整群物種。」

寇奇齜牙說，「我們認為這隕石上的化石代表一整窩的蟲子。」他指向圖片中的一隻。「這隻是媽咪。」

瑞秋望向他指出的地方，下巴再也合不攏。這一隻看起來大約有兩呎長。

「超大型虱子，對吧？」寇奇說。

瑞秋點頭，震驚得說不出話，腦裡想像著法國麵包一般大的虱子在遙遠行星上漫遊。

「在地球上呢，」明衛立說，「地球上的蟲子因爲地心引力的緣故，體型比較小，否則外在骨架無法承受壓力。反過來說，在地心引力較小的行星上，昆蟲可以進化成較大的體型。」

「想打蚊子卻打到南美禿鷹那麼大的怪物，多可怕，」寇奇開玩笑說，一面取回瑞秋手裡的岩心樣本，放回口袋。

明衛立擺出臭臉。「你最好別暗槓！」

「別緊張嘛，」寇奇說。「你要的話，那顆隕石有八噸重。」

精於分析的瑞秋開始解讀眼前的資料。「可是，爲什麼太空生物跟地球蟲子那麼像？我指的是，你說這蟲子能列入地球上的達爾文分類法？」

「完全沒有衝突，」寇奇說。「而且信不信由妳，很多天文學家預測，外星生物跟地球非常相似。」

「爲什麼會這樣？」她質問。「這生物生長的環境跟我們完全不同。」

「胚種論。」寇奇闊嘴微笑。

「你說什麼？」

「胚種論主張地球上的生命源自別的行星。」

瑞秋站起來。「你越解釋，我越糊塗。」

寇奇轉向陶倫德。「麥克，你是原始海洋的專家。」

陶倫德似乎樂意接棒講解。「地球曾經是無生命的行星，瑞秋。然後彷彿在一夕之間，各種生物突然一起冒出來。很多生物學家認爲，生物之所以同時冒出來，是因爲遠古海洋裡多種因素湊巧搭配出理想的環境，可惜我們至今仍無法在實驗室裡複製出相同的環境，所以宗教學者抓住這個漏洞來證明上帝的存在，主張除非上帝觸摸過遠古的海洋並注入生命，生物便無從源起。」

「不過，我們這群天文學家呢，」寇奇高聲說，「提出另一套理論，可以解釋地球一夜之間冒出那麼多物種。」

「胚種論，」瑞秋說。她這才瞭解重點。她從前聽過這種說法卻不清楚名稱。「假設隕石撞進遠古海洋裡，為地球撒下微生物的種子。」

「答對了，」寇奇說。「在海水裡活化，蹦出生命來。」

「如果這個假設是眞的，」瑞秋說，「追根究柢，地球生物和外星生物的祖先沒有兩樣。」

「又答對了。」

胚種論，瑞秋心想。她仍幾乎無法掌握其中含義。「這麼說，這塊化石不只能證實宇宙其他地方也有生物，而且也等於證明胚種論……證明地球生物源自宇宙其他地方。」

「三度答對。」寇奇朝她熱切點頭。「照這樣講，我們可能全都是外星人。」他以兩根手指伸出頭上當作天線，瞪起鬥雞眼，探出舌頭亂擺，模仿昆蟲的動作。

陶倫德望向瑞秋擺出可悲的淺笑。「而這傢伙代表地球生物進化的極致。」

25

瑞秋・謝克斯頓在生棲營裡走著，感覺夢幻般的迷霧籠罩著她。她身旁是麥克・陶倫德，緊跟在後的是寇奇與明衛立。

「妳沒事吧？」陶倫德邊看著她邊問。

瑞秋朝他瞄一眼，露出有氣無力的微笑。「謝謝你關心。我只是……一時很難接受。」

她的心思飄回一九九六年航太總署鬧的大醜聞。航太總署宣稱發現一塊火星隕石，編號ALH84001，上面含有細菌的微量化石證據。可惜的是，航太總署風風光光開完記者會後只過幾星期，數名民間科學家挺身證明隕石上所謂的「生命跡象」，充其量不過是撞擊地球後沾染到油母質的結果。這次失誤讓航太總署的可信度大受打擊。《紐約時報》趁機冷嘲熱諷，將航太總署的全名改爲「科學上不盡然正確」。（譯註：Not Always Scientifically Accurate。）

在同一天的《紐約時報》上，古生物學家古德（Stephen Jay Gould）一語道破ALH84001的問題。他認爲航太總署提出的佐證屬於化學證據，而且仍屬推論，並非「實質」。如果航太總署能提出骨骼或遺殼之類的證據，就不會留下質疑的空間。

然而，瑞秋現在瞭解到航太總署找到了無庸置疑的證據。疑心再大的科學家也不可能挺身質疑這些化石。航太總署不必再拿出模糊、放大的相片自吹自擂，宣稱找到了顯微菌。這次航太總署拿出眞正的隕石採樣，肉眼可見的生物體鑲嵌在石頭上，而且是一呎以上的虱子！

瑞秋回想起小時候喜歡聽的一首流行歌，由中性打扮的英國歌星大衛・鮑伊演唱，歌詞提到「火星來的蜘蛛」，她忍不住笑了。流行歌手居然預言到天文生物學上史無前例的一刻，想必當年很少人料得到吧。

多年前的歌曲片段在瑞秋腦海裡掠過，這時寇奇快步追上。「麥克吹噓過他製作的紀錄片了沒？」

瑞秋回答，「沒有，不過我願意聽他製作得怎樣。」

寇奇拍了陶倫德的後背一下。「講吧，大少爺。告訴她，爲什麼總統決定科學史上最重要的一刻必須交給喜歡浮潛的電視明星來介紹。」

陶倫德咕噥著說，「寇奇，我可不想搶你的臺詞。」

「好吧，我自己來說明，」寇奇說著鑽進兩人之間。「謝克斯頓小姐，妳大概已經知道，總統預定今晚召開記者會，對全世界宣布發現這顆隕石的消息。因爲世界上絕大多數人口處於半智障狀態，所以總統請麥克幫忙簡化內容。」

「多謝你，寇奇，」陶倫德說。「說得好。」他看著瑞秋。「寇奇想講的是，因爲必須傳達的科學資料很多，總統希望以簡短的視覺紀錄片來介紹這顆隕石，讓美國大眾更容易吸收其中的資訊，畢竟，說也奇怪，大多數人都沒有取得天體物理學的高等學位。」

「妳知道嗎？」寇奇對瑞秋說，「我剛剛才發現，我們的總統私下喜歡看《海洋奇境》？」他搖搖頭假裝不屑。「札克理．賀尼啊，堂堂自由世界的領袖，竟然請祕書錄下麥克的節目，好讓他忙完一天後能藉看電視來減壓。」

陶倫德聳聳肩。「我有什麼辦法？總統品味高尚嘛。」

瑞秋這才開始明瞭總統的計畫有多高明。政治說穿了是一場媒體戰，瑞秋已能想像召開記者會時的景象。麥克．陶倫德的臉孔一上鏡頭，能帶動多少興趣，能製造多少科學可信度，並不難理解。爲了替航太總署扳回一城，札克理．賀尼招募了最理想的人選替他背書。全國知名度最高的電視科學明星，再搭配數名備受敬重的民間科學家，質疑人士若想挑戰總統的資料也不得不三思。

寇奇說，「麥克已經錄下我們這批民間科學家的證言，也訪問過航太總署高層專家，剪接進他的紀錄片裡。我敢拿我的國家獎章來打賭，他接下來要訪問的人是妳。」

瑞秋轉身看他。「我？你這話什麼意思？我又沒有科學的學經歷。我負責的是情資聯繫。」

「不然總統幹嘛找妳上來北極？」

「他還沒告訴我。」

寇奇嘴角閃過興味盎然的奸笑。「妳是白宮的情資聯絡員，負責澄清並證實資料，沒錯吧？」

「對，不過我處理的東西無關科學。」

「而且呢，妳父親的選戰主軸是批評航太總署對太空撒鈔票，對吧？」

瑞秋聽出話中話。

「謝克斯頓小姐，妳不得不承認的是，」明衛立也來助陣，「有妳出面擔保，能替這齣紀錄片增添不同面相的可信度。如果總統找妳來北極，他一定設法讓妳也參一腳。」

瑞秋再次回想到威廉．匹克陵擔憂她被利用一事。

陶倫德看看手錶。「我們差不多該過去了，」他邊說邊往生棲營中心處示意。「他們應該很接近了。」

「很接近什麼？」瑞秋問。

「接近出冰的時間。航太總署正要把隕石拉出冰面。應該隨時可能拉出來了。」

瑞秋愣住了。「那塊石頭有八噸重，而且埋在兩百呎深的實心冰地裡，你們眞的想把隕石搬出來？」

寇奇面露喜色。「妳該不會以爲航太總署會讓這麼大的發現繼續埋在冰裡？」

「不會，只不過……，」瑞秋至今尙未在生棲營內部看見大型挖掘器材。「航太總署究竟計畫怎樣開挖隕石？」

寇奇挺胸說，「不成問題。這裡多的是火箭科學家（譯註：泛指聰明人）！」

「鬼扯淡，」明衛立嘲笑他，眼睛則注視著瑞秋。「馬林森博士喜歡往其他人臉上貼金。事實是，這裡所有人想不出該怎麼挖出隕石，最後提出可行方案的人是曼葛博士。」

「我還沒見過曼葛博士。」

「是新罕布夏州大學的冰河學家，」陶倫德說。「是總統召集的第四位也是最後一位科學家。明衛立剛才說的沒錯，想出辦法的人是曼葛。」

「瞭解，」瑞秋說。「這位先生到底提議用什麼方法？」

「女生，」明衛立糾正她，語帶傾慕之意。「曼葛博士是個女人）。」

「有待商榷喲，」寇奇咕噥著說。他望向瑞秋。「喔，對了，曼葛博士會恨妳喲。」

陶倫德生氣地瞪寇奇一眼。

「對啊，她當然會恨妳！」寇奇替自己辯護。「她會討厭競爭對手。」

瑞秋糊塗了。「什麼意思？什麼競爭對手？」

「別理他，」陶倫德說。「可惜啊，國家科學委員會竟然沒注意到寇奇是個徹頭徹尾的白痴。妳和曼葛博士會相處得融洽。她以專業爲重。外界公認她是全球頂尖的冰河學家之一。她曾經爲了研究冰河活動而搬去南極住了幾年。」

「那可怪了，」寇奇說，「我聽說新罕布夏大學接下一份捐款，送她去南極，好讓其他人能在校園圖個清靜。」

「你知道嗎？」明衛立發飆，似乎認爲這句話屬於人身攻擊，「曼葛博士差點死在南極啊！她在暴風雪裡迷路了，靠海豹脂肪撐了五個禮拜，最後才被人發現。」

寇奇低聲對瑞秋說，「我聽說沒人去找她。」

26

大禮車從CNN攝影棚返回謝克斯頓的辦公室途中，凱蓓兒．艾許感覺路程遙遠。參議員坐在她對面，定焦窗外，顯然爲了辯論結果沾沾自喜。

「爲了冷門時段的有線電視節目派出田奇，」他邊說邊轉頭露出英俊的微笑。「白宮狗急跳牆了。」

凱蓓兒點頭，不置可否。瑪喬俐．田奇開車離去時，凱蓓兒察覺她表情透露出自大而滿意的訊息。凱蓓兒因此緊張不已。

謝克斯頓的私人手機響起，他伸進口袋掏出。參議員謝克斯頓一如多數政治人物申請多組電話號碼，各門號重要程度不一，依照各人的分量來區分門號。這位來電者無論是誰，分量必定極重，因爲來電者打的是謝克斯頓的私人專線，而根據謝克斯頓指示，這條線就連凱蓓兒也儘量別打。

「參議員塞爵克．謝克斯頓，」他報上姓名與頭銜，加重這三個英文字的韻律感。

由於禮車本身產生的噪音，凱蓓兒聽不見來電者的聲音，但謝克斯頓凝神傾聽著，熱切地應答。「很好。很高興接到你的電話。我想，六點行嗎？太好了。我在華府有間公寓。很隱密。很舒適。地址我給過你了，對不對？好。希望能跟你見面。那就今晚見了。」

謝克斯頓切掉手機，一副對自己很滿意的模樣。

「你的新粉絲嗎？」凱蓓兒問。

「數目越來越多了，」他說。「這傢伙的來頭不小。」

「那還用說。你約他去公寓見面嗎？」謝克斯頓將個人公寓視爲神聖不可侵犯之地，不輕易邀請外人前往，捍衛這間公寓的態度有如獅子保護最後僅有的藏身處。

謝克斯頓聳聳肩。「是啊。我想親自招待。到最後關頭時，這傢伙可能使得上力。妳也知道，我非繼續拉關係不可。選戰最重要的是信任。」

凱蓓兒點頭，一面抽出謝克斯頓的日程計畫簿。「要我把他記在簿子上嗎？」

「不必了。反正我早就計畫今晚待在家裡。」

凱蓓兒翻到今晚的一頁，注意到上面已經以謝克斯頓的字跡塗上粗體的「PE」。謝克斯頓習慣以這個縮寫來代表個人活動、私人夜晚，或者大家別煩我（譯註：piss-off everyone）。沒人敢保證這縮寫代表哪一種意義。每隔一段時間，謝克斯頓會替自己畫定一個「PE」夜，讓自己得以躲進公寓，拿起電話筒擱在一旁，然後做他最鍾情的一件事——與數名死黨啜飲白蘭地，佯裝這一夜將政治拋諸腦後。

凱蓓兒對他露出驚訝的表情。「這麼說來，你眞的讓公事進佔事先訂定的PE時段？了不起喲。」

「這傢伙正好碰上我有空的時段。我想跟他聊聊，看他有什麼話好講。」

凱蓓兒本想問這位神祕人物是誰，但謝克斯頓顯然有意模糊焦點。凱蓓兒很早就學會何時不宜追問。

禮車轉離環城公路，駛回謝克斯頓的辦公大樓，此時凱蓓兒再次低頭瞥向日程計畫簿上的PE時段，異樣的感覺油然而生，認爲謝克斯頓必然知道這通電話即將打來。

27

航太總署的生棲營中央冰面上盤踞了一座三腳架，高達十八呎，以多重骨架搭建而成，看似舊油井與鷲腳的艾菲爾鐵塔模型的混合體。瑞秋端詳著這座三腳裝置，無法理解如何使用這種器材來採掘大隕石。

三腳鐵塔下方排列數架絞盤，以鋼板與大鉚釘固定在冰地上。絞盤上捆著一圈圈鐵纜。鐵纜向上穿過鐵塔頂端的滑輪組。從鐵塔頂端，鐵纜垂直往下伸進冰上的鑿孔。幾位航太總署壯漢輪流捆轉絞盤。每次一絞緊，鐵纜便從鑿孔上升幾吋，彷彿壯漢正在起錨。

顯然是我漏聽了什麼重點，瑞秋心想，一面隨著其他人靠近採掘工地。壯漢似乎想將隕石直接穿冰拉上。

「**施力要均勻！沒聽見嗎！**」附近傳來女人大罵的聲音，氣質不輸電動鏈鋸。

瑞秋望過去，看見一位身材嬌小的女子，身穿鮮黃色雪裝，上面沾染了油污。儘管她背對著瑞秋，瑞秋仍一眼猜出她是工地的總指揮。她一面在夾板上做筆記，一面來回踱步，活像氣憤的教官。

「你們這群娘們，別想向我喊累！」

寇奇對她呼喚，「喂，娜拉，放過那些可憐的航太總署男生，快過來跟我打情罵俏嘛。」

女子連頭也不轉。「是你嗎，馬林森？一聽到你那種嗲裡嗲氣的嗓音就知道。等你進入青春期再來找我。」

寇奇轉向瑞秋。「娜拉憑著這股魅力溫暖我們的心靈。」

「星星王子，被我聽見囉，」曼葛博士以這句話回敬，仍頭也不回地做筆記。「對了，如果你正在偷瞄我的屁屁，請注意，這件雪褲替我增肥了三十磅。」

「別擔心，」寇奇呼喚。「讓我抓狂的不是妳那個長毛象屁股，而是妳動人的個性。」

「去你的。」

寇奇又笑著說，「娜拉，我有好消息相報。看樣子，總統徵召的女人不只妳一個。」

「廢話。另一個就是你。」

陶倫德插嘴，「娜拉？能不能休息一分鐘，讓我介紹一個人給妳認識。」

一聽見陶倫德的聲音，娜拉立即停下手邊的工作，轉身過來，原本強悍的舉止即刻消失無蹤。「麥克！」她眉開眼笑衝過來。「好幾個鐘頭沒見到你了。」

「我一直在剪接紀錄片。」

「我的那一段錄得怎樣？」

「妳在畫面上亮麗可人。」

「多虧他用了特效，」寇奇說。

娜拉不理會他的奚落，這時瞄了瑞秋一眼，面帶客氣的微笑，卻稍顯希望保持距離。她將視線移回陶倫德臉上。「我希望你沒背著我劈腿，麥克。」

陶倫德粗獷的臉孔微微泛紅，一面開始介紹。「娜拉，這位是瑞秋．謝克斯頓小姐，目前服務於情資界，奉總統命令前來這裡。她父親是參議員塞爵克．謝克斯頓。」

這番介紹讓娜拉蒙上困惑的神情。「我連假裝瞭解這話含義的力氣都省了。」娜拉沒有脫下手套就與瑞秋握手，握得有氣無力。「歡迎來到地球最頂端。」

瑞秋微笑說，「謝謝。」她發現娜拉．曼葛儘管嗓音剛強，五官卻顯得親和而淘氣。她的棕髮梳著五〇年代的極短髮型，帶有幾絲白髮，目光機警而銳利，如同兩粒水晶。瑞秋欣賞她散發出的一種鋼鐵般的自信。

「娜拉，」陶倫德說。「妳能不能抽出一分鐘，替瑞秋解說開挖的經過？」

娜拉揚起眉毛。「哇塞，你們兩個親密到可以直呼對方名字啦？」

寇奇嘟噥著，「麥克，我早跟你說過了吧。」

娜拉．曼葛帶著瑞秋參觀鐵塔底部，陶倫德與其他人則尾隨過去，自行聊天。

「看見三腳架下方冰面上的鑿孔沒？」娜拉指著問。她原本拒人於千里外的語調已經軟化，轉成了醉心投入工作的態度。

瑞秋點頭，向下凝視著冰上的小洞。每個孔直徑約一呎，各有一條鋼纜鑽入。

「這些鑿孔是採集岩心樣本、替隕石拍X光照片時留下來的。現在我們利用這些鑿孔，將帶環的特大號螺旋釘放進洞裡，扭進隕石，然後在每個鑿孔放進兩百呎長的辮狀鋼纜，以工業型的鉤子鉤住螺旋釘上的鐵環，現在我們只須要把鋼纜絞上來。這幾個大小姐要花上幾個鐘頭才捲得上來，不過遲早可以成功。」

「我聽不太懂，」瑞秋說。「隕石不是被幾千噸重的冰雪埋住了嗎？怎麼拉得上來？」

娜拉指著鐵架最上方，一道精純的紅色狹窄光束垂直射下，通往三腳架下的冰面。瑞秋起初見到這道光束時，認定只是用來作爲視覺指標，以點出隕石埋藏的確切地點。

「那是砷化鎵半導體雷射光，」娜拉說。

瑞秋湊近細看光束，這時發現雷射光已在冰面上熔出小洞，直向深處照耀。

「高熱光束，」娜拉說。「我們一面替隕石加熱，一面把隕石拉上來。」

娜拉的計畫簡單卻高明，令瑞秋由衷欽佩。娜拉只是將雷射光束向下瞄準，融蝕冰雪，直通隕石表面。由於隕石密度過高，無法被雷射光熔化，因此開始吸收熱度，最後溫度足以融化周遭的冰雪。航太總署壯漢將熱隕石拉扯向上，隕石上層的冰雪隨之融解，開導了隕石上升之路。隕石表面的冰水融解後，順著石面往下方滲流，灌滿下面的柱狀空間。

宛如以熱騰騰的刀切穿結凍的奶油塊。

娜拉朝絞盤邊的壯漢點頭。「發電機無法承受這種壓力，所以我使用人力來起重。」

「少蓋了！」工作人員之一插嘴。「她使用人力，是因爲喜歡看我們流汗！」

「別發牢騷嘛，」娜拉回嘴，「你們這些娘們連續兩天抱怨冷得要命。這下子被我治好了，還不趕快繼續拉。」

工作人員大笑。

「那幾個圓錐做什麼用？」瑞秋邊問邊指向幾個橙紅色的公路警示圓錐。這幾個圓錐擺在鐵塔周遭，地點似乎毫無規律可循。在生棲營各處，瑞秋也看見過類似的圓錐散放著。

「冰河研究的重大工具，」娜拉說。「我們稱爲夏霸（SHABA），全名是『踏進此地，腳踝必斷』（譯註：step here and break ankle。）」她拾起其中一只圓錐，露出底下宛若無底洞的圓形鑿孔，直探冰河深處。「踩到算你倒楣。」她放回圓錐。「我們在冰河各地鑽洞，以探勘結構是否均勻一致。就跟一般的考古研究一樣，古物埋藏的年數可由埋藏地底的深度來判斷。埋得越深，年代就越久遠。現在我們在冰雪下發現古物，可以根據上方的冰雪深度來推斷埋藏年分。爲確定冰心判定的年代沒有誤差，我們檢查幾個不同地點，以判定這一帶是同一片密實的冰河板塊，沒有受過地震、崩裂、雪崩等等事件的侵擾。」

「結果呢？這一帶的冰河狀況如何？」

「十全十美，」娜拉說。「完全密實的一個板塊。沒有裂紋，也沒有冰河翻轉的現象。這塊隕石是我們所謂的『靜態隕石』。墜落後一直被封在冰雪下，沒人碰過，也不受外力影響。年代是一七一六年。」

瑞秋懷疑自己有沒有聽錯。「妳知道落地的確切年分？」

被她這麼一問，娜拉顯得訝異。「那還用說嗎？不然航太總署找我來幹啥？我懂得讀冰術。」她指向排疊在附近的幾根圓筒狀冰柱，根根狀似透明的電線桿，各貼上一枚鮮橙色的標籤。「這些冰心是冰封的地質紀錄。」她帶瑞秋走向冰柱。「仔細看的話，妳可以看見裡面層層分明。」

瑞秋彎腰，果眞看見圓柱以重重冰層組成，光度與澄度略有細微差別，每一層的厚度不等，從紙張一般薄到四分之一吋厚都有。

「每年冬天大雪落在冰棚上，」娜拉說，「每年春天部分冰雪融化。所以我們看見每季增加一道壓縮層。我們只須從最上面一層算起——最近一年的冬季——一路往下回溯年代即可。」

「就像數樹幹的年輪一樣。」

「沒有那麼簡單，謝克斯頓小姐。別忘了，我們測量的冰層有好幾百呎。我們必須根據歷史氣象資料來判讀，例如降雪紀錄、空氣污染物等等，以免失眞。」

陶倫德與其他人這時加入。陶倫德微笑對瑞秋說，「她對冰雪的瞭解透徹，對吧？」

瑞秋看見他，莫名其妙心喜起來。「是啊，她好厲害。」

「對了，在此聲明一點，」陶倫德點頭說，「曼葛博士判定的一七一六年神準。在我們來這裡之前，航太總署已經推斷出隕石撞地球的確切年分。曼葛博士鑽了幾份冰心樣本，自行檢驗，證實了航太總署的數據。」

瑞秋感到欽佩。

「湊巧的是，」娜拉說，「一七一六那年，探險人員宣稱在加拿大北方天空看見明亮的火球。探險隊的領隊姓姜革索，隕石就以他的姓來命名，稱爲姜革索流星體。」

「這麼說來，」寇奇補上一句，「冰心測出的年分加上歷史紀錄，幾乎可證明這一顆就是姜革索在一七一六年記錄到的隕石。」

「曼葛博士！」航太總署壯漢之一大喊。「掛鉤前端開始冒出來了！」

「觀摩行程結束，各位，」娜拉說。「關鍵時刻到了。」她抓拉一張折疊椅，踏上椅子，扯開嗓門高喊，「各位，五分鐘後出冰！」

生棲營各處的科學家一聽，猶如巴甫洛夫進行神經反射實驗中的狗聽見晚餐鈴鐺，紛紛拋下手邊的工作，急忙趕往採掘工地。

娜拉．曼葛兩手插腰，環視腳下的領域。「好了，我們一起拉出鐵達尼號吧。」

28

「讓開！」娜拉咆哮，穿過越聚越多的人群。工作人員散開。娜拉掌控全局，刻意檢查鋼纜的張力，查看是否對齊。

「用力拉！」航太總署壯漢之一大喊。其他工作人員捲緊絞盤，纜繩自洞口再上升六吋。

鋼纜持續上升之際，瑞秋感覺人群抱著期望的心向前緩緩移動。寇奇與陶倫德站在附近，神態猶如慶祝耶誕節的兒童。在工地的另一邊，航太總署署長魁梧的身影出現，站定後參觀採掘過程。

「掛鉤！」航太總署壯漢之一大喊。「前端露出來了！」

從鑿孔露出的鋼纜，這時已由銀色辮狀纜繩轉爲前端纜鏈。

「再六呎就出來了！穩住拉力！」

聚集在鐵塔邊的人群陷入著迷的沉默中，宛如旁觀降靈會的觀眾期待聖靈現身，人人皆伸長脖子等著看第一眼。

接著瑞秋看見了。

越融越薄的冰面下逐漸浮現隕石朦朧的輪廓，陰暗而橢圓，起初顯得模糊，但隨著一分一秒過去，向上融的輪廓越來越明顯。

「絞緊一點！」一名技術人員高喊。壯漢絞緊鋼纜，支架因此吱嘎作響。

「再拉五呎就上來了！保持張力均勻！」

瑞秋此時看見隕石上方的冰層開始鼓起，看似懷孕的野獸即將臨盆。在隆起處的頂端，在雷射光射入點周圍，一小圈冰面開始退開、融化、形成越來越寬的洞。

「子宮頸擴大了！」有人大叫。「九百公分寬！」

一陣緊張的笑聲劃破了現場的寧靜。

「好了，關掉雷射光！」

有人切掉開關，光束隨即消失。

接著發生了。

巨岩以史前神鬼轟然降臨的態勢突破冰面，嘶嘶冒出蒸氣。在迴旋的霧氣中，碩大的石身自冰面升起。負責控制絞盤的男子加足力氣，最後終於將整塊熱呼呼的隕石絞出冰牢，吊在蒸騰的水面之上滴著水。

瑞秋看得出神。

吊在鋼纜下的隕石濕淋淋，粗糙的表面在日光燈下閃爍點點光芒，焦黑起伏的表層看似乾癟成化石的大洋李。隕石的一端平滑渾圓，顯然是墜入大氣層時受到空氣摩擦而撫平。

瑞秋看著焦黑的熔凝殼，幾乎可見隕石燃成一團烈焰，朝地球直撲而來。令人不敢置信的是，這塊隕石墜落是幾世紀前的事了。如今隕石宛若困獸被鋼纜吊住，水滴直落。

探尋行動告一段落。

直至此刻，瑞秋才真正領會這事件的重大程度。垂掛她面前的物體來自另一個世界，距離地球有數百萬哩之遙。而包含在隕石內的是證據——不對，應該是證明——足以顯示宇宙另有生命存在。

隕石出冰的一剎那，現場所有人似乎不約而同欣喜若狂，不由自主爆發出歡呼與掌聲。連署長似乎也身陷歡樂氣氛中。他拍拍男女部屬的背恭賀他們。旁觀的瑞秋突然替航太總署感到欣慰。航太總署過去的運氣太差了，如今情勢總算逆轉，他們掙得了應得的一刻。

冰面上的大洞現在有如生棲營中央的小游泳池，深達兩百呎，融化的冰水拍擊著洞口下方的冰壁，片刻之後歸於平靜。水面位於冰河表面之下足足四呎，原因是隕石已移出水面，而且冰雪融化成水後體積減少。

娜拉·曼葛立刻在洞口周圍擺出夏霸圓錐。雖然洞口清晰可見，如果有人難耐好奇心靠得太近而不慎跌入，後果將不堪設想。洞壁是密實的冰牆，毫無蹬腳之處，失足後絕不可能自行爬出。

羅倫斯·艾斯崇踏著冰面走向這幾名民間人士。他直接朝娜拉·曼葛走去，用力與她握手。「表現得很好，曼葛博士。」

「希望能見到很多書面上的讚美，」娜拉回應。

「那當然。」署長這時轉向瑞秋，表情比剛才愉快而鬆懈。「怎麼樣，謝克斯頓小姐？專業質疑人士這下口服心服了吧？」

瑞秋忍不住微笑。「心服得傻眼了。」

「那就好。跟我來吧。」

瑞秋跟著署長走過生棲營，來到一巨大的金屬隔間，狀似工商業用的船運貨櫃，外表漆上軍隊的迷彩花樣，以模板印刷著P－S－C。

「進去裡面就可以聯絡總統了，」艾斯崇說。

行動式保密通訊室（Portable Secure Comm），瑞秋心想。這種行動通訊房是戰場的標準設備，只不過瑞秋從未料到航太總署平時出任務時也用得上。但繼而一想，艾斯崇署長具有國防部的背景，當然接觸得到這類玩意兒。看守保密通訊室的兩名武裝警衛表情嚴肅，瑞秋明顯察知若非署長親口同意，任何人不准進這裡與外界聯繫。

看樣子，被迫失聯的人不只我一人。

艾斯崇與貨櫃外的警衛之一簡短對話，然後轉向瑞秋，「祝妳好運，」他說完離去。

一名警衛敲敲貨櫃門，有人從裡面打開。一名技術人員出現，示意請瑞秋入內。她跟著技術人員進門。

保密通訊室內部幽暗，空氣不流通，裡面的電腦螢幕只有一部，發出接近藍色的光輝，瑞秋依稀看見幾個架子上擺著電話機、無線電、衛星電訊設備。她開始產生密室恐懼症。貨櫃裡的空氣酸苦，味道有如冬季的地下室。

「謝克斯頓小姐，請坐這裡。」技術人員端出滾輪圓凳，讓瑞秋在平板螢幕前坐下。他在瑞秋面前放置麥克風，替她戴上AKG牌的大型耳機，然後翻看密碼簿，在附近的機器上輸入一長串密碼。瑞秋前方的螢幕出現計時器。

00:60秒

進入倒數時，技術人員點頭表示滿意。「一分鐘後連線。」他轉身離開，重重關上門。瑞秋聽見外面有人拉上門門鎖上。

慘了。

她在黑暗中等待，看著六十秒緩緩減少，這才發現一大早到現在，這是她首度一人獨處。今天一早醒來，她渾然不知將面對什麼大事。外星生物。從今以後，有史以來最廣為流傳的現代神話已非迷思。

瑞秋現在才開始察覺隕石即將造成的眞正效應。她父親的選情將大受打擊。大選的議題琳琅滿目，有墮胎權、社會福利、健保，儘管航太總署預算不值得一提，她父親偏偏執意炒作。現在他勢必自食惡果。

再過短短幾小時，美國民眾聽見航太總署的捷報後，即將對航太總署重燃熱情。屆時將出現淚眼婆娑的夢想家、下巴收不攏的科學家、想像力盡情奔放的兒童。在意義重大的這一刻中，金錢的問題相形失色，總統將如同浴火重生的鳳凰，以英雄的形象重現政壇，而在舉國同慶的氣氛中，滿口生意經的參議員瞬時顯得格局太小，成了錙銖必較的吝嗇鬼，缺乏美國人冒險犯難的精神。

電腦發出嗶聲，瑞秋抬起視線。

00：05秒

眼前的螢幕霎然閃動，顯現了模糊的白宮印記。幾秒後，畫面逐漸轉爲賀尼總統的臉孔。

「哈囉，瑞秋，」他說。他的目光帶有一絲調皮的意味。「相信妳今天下午一定玩得很盡興吧？」

29

參議員塞爵克．謝克斯頓的辦公室位於國會東北區C街，在哈特（譯註：Philip A. Hart, 1912-1976，曾任密西根參議員）參議院辦公大樓裡。這棟大樓的外形是白色長方形格子，帶有新現代主義的風格，看不順眼的人認爲這棟辦公樓比較像監獄。許多在這裡上班的人也有同感。

在三樓，凱蓓兒．艾許以長腿在電腦終端機前來回匆匆踱步，螢幕上顯示剛收到的電子郵件。她不確定應如何處理。

頭兩行寫道：

參議員在CNN的表現令人激賞。

我另有消息給妳。

過去兩星期以來，凱蓓兒一直收到類似的電郵，寄件人虛構寄件郵址，不過凱蓓兒能夠追查到「白宮．政府」的網域，似乎這位神祕告密客是白宮大內人士。無論這人身分爲何，最近提供給了凱蓓兒各式各樣的重要政治資訊，包括總統與航太總署署長密商的消息。

凱蓓兒起初對這些電郵抱持懷疑的態度，但她查證過消息內容後，發現情報始終正確，而且有助己方的選情，因此又驚又喜。這些情報包括航太總署透支的機密資訊、即將進行的高額任務、航太總署搜尋外星生物經費浮濫卻成效不彰的數據，甚至包括內部民調的警訊，顯示航太總署的議題是選民背離總統的原因。

凱蓓兒為強化她在謝克斯頓眼中的價值，並未告知消息來源是不請自來的白宮人士電郵。將情報傳給謝克斯頓時，她只推說是來自「消息來源之一」。謝克斯頓接到情報後總是顯得感激，似乎認為不宜過問消息來源是誰。她看得出來，謝克斯頓懷疑她以肉體交換情報。令凱蓓兒困擾的是，這一點似乎絲毫不讓他苦惱。

凱蓓兒停止踱步，再次閱讀新到的這封電郵。這些電郵背後的含義顯而易見：白宮內部有人希望謝克斯頓參議員贏得選戰，因此協助他抨擊航太總署。

但是，這人是誰？原因是什麼？

船即將下沉，老鼠急著跳船吧，凱蓓兒想通了。這在華盛頓是稀鬆平常的事。白宮職員擔心總統即將下臺，連忙偷偷對明顯的繼任人選施恩，圖的無非是在變天後卡位或攬權。看來有人測出謝克斯頓即將勝選的風向，提前未雨綢繆。

凱蓓兒電腦螢幕上的這封電郵令她看了緊張。這一封與前幾封電郵截然不同。頭兩行她不以為意。令她心神不寧的是最後兩行：

東賓門，下午四點三十分。

單獨赴會。

通風報信的人從未要求與她見面。即使要求見面，凱蓓兒認為對方應選擇較隱密的地點。東賓門？就她所知，華府只存在一個東賓門。在白宮外面？開什麼玩笑？

凱蓓兒知道她無法回信；每次回信，必定會接到「無法投遞」的訊息。對方使用的是匿名帳號。她並不訝異。

應不應該和謝克斯頓討論一下？她趕緊否決。他正在開會。何況，如果透露了這封電郵，她必定非說出其他電郵的來路不可。她想通了，告密客要求大白天在公共場合見面，必定是想讓凱蓓兒安心赴約。畢竟過去兩週來，這人提供的資訊對她只有好處。這人無論是男是女，顯然是她的盟友。

凱蓓兒再閱讀電郵最後一次，看看時間。還剩一小時。

30

隕石成功出冰後，航太總署署長的心情比較舒坦了。*步步接近預想的結局*，他告訴自己，一面走向生棲營另一邊的麥克．陶倫德工作區。*現在沒有人擋得住我們了。*

「進行得怎樣？」艾斯崇問。他大步走向電視科學名人的背後。

陶倫德將視線從電腦移開，面露疲倦卻亢奮的神色。「快剪接完畢了。我正在加一些航太總署弟兄拍的採掘畫面。再過幾分鐘應該可以完成剪接。」

「很好。」總統曾要求艾斯崇儘快將陶倫德的紀錄片上傳至白宮。

總統延攬麥克．陶倫德參與這項計畫之初，艾斯崇儘管嘖有煩言，如今看過陶倫德大致剪輯完成的紀錄片後已改變心意。陶倫德不愧是電視明星，精神抖擻的旁白配上他對民間科學家的訪問，再以精湛的手法集結而成十五分鐘節目，扣人心弦又富知識性。陶倫德不費吹灰之力，達成了航太總署經常辦不到的事——在不顯得我尊彼卑的條件下，配合一般美國民眾的智識水平介紹科學新發現。

「剪接完後，」艾斯崇說，「把成品帶到媒體區來。我會找人上傳一份電子檔到白宮。」

「是的，先生，」陶倫德繼續剪輯畫面。

艾斯崇離開陶倫德，走到北牆時發現生棲營的「媒體區」布置得賞心悅目，心情爲之振奮。媒體區的冰面鋪上大片藍色地毯，中間擺出座談長桌，上面有幾支麥克風，背面拉上航太總署的布簾，以大幅美國國旗作爲背景。爲了提高視覺效果，隕石以色彩繽紛的雪橇運至長桌正前方的榮譽位置。

艾斯崇喜見媒體區洋溢著歡慶的氣氛。許多部屬正群聚於隕石四周，朝著仍熱烘烘的隕石伸手，彷彿露營人圍著營火。

艾斯崇認定時機成熟了。媒體區後的冰地上疊了幾個厚紙箱，是他今早向格陵蘭島訂購空運而來的。他走向箱子。

「我請大家喝酒！」他高喊，一面將罐裝啤酒遞給不停嬉鬧的部屬。

「嘿，老闆！」有人大喊。「多謝了！還冰過咧！」

艾斯崇展露罕見的笑顏。「我一直放在冰上冷藏。」

眾人大笑。

「不會吧！」另一人大喊，好氣又好笑地看著手上的啤酒罐。「這東西是加拿大啤酒！署長的愛國心哪裡去啦？」

「各位，來到這裡，我們的預算有限。這是我所能找到最便宜的品牌。」

又引來哄堂大笑。

「購物顧客請注意，」航太總署電視組人員拿著擴音器大喊。「本店即將改打媒體燈，各位可能將暫時喪失視覺。」

「別趁黑偷打啵喲，」有人高喊。「這是闔家欣賞的節目喲！」

艾斯崇咯咯笑，滿心喜悅地聽著大夥兒插科打諢。工作人員正對聚光燈與補強燈做最後調整。

「轉爲媒體燈光，開始倒數，五、四、三、二……」

鹵素燈熄滅後，生棲營內部迅速暗下。短短幾秒鐘，所有燈光皆告熄滅，圓頂之下頓時籠罩在濃得化不開的黑暗中。

有人搞笑尖叫一聲。

「誰捏我的屁股？」有人笑著大喊。

黑暗只維持片刻，最後被強烈的媒體聚光燈刺穿。大家瞇起眼睛。如今轉型完畢；生棲營北邊四分之一已成電視攝影棚。其餘地區現在看似夜半空盪的穀倉，只剩拱形天花板默默反射而下的媒體燈光，為現在空無一人的工作區拉出長長的影子。

艾斯崇走回陰影中，看見團隊成員圍著閃亮的隕石嬉鬧而感到滿足。他感覺自己像過耶誕節的父親，看著兒女圍著耶誕樹歡度佳節。

這真是他們應得的禮物，艾斯崇心想。他渾然不知的是大難即將臨頭。

31

天候出現變化。

下坡風吹出平板的呼嘯聲，強勁打擊著三角洲部隊的帳篷，如同壞事發生前演奏的哀歌。三角洲一號以橫板條釘牢防風罩，然後鑽回帳篷裡與兩位搭檔會合。他們碰過相同的狀況。很快就會過去。

三角洲二號凝視著微型機器人即時傳回的現場畫面。「你最好過來看看這個，」他說。

三角洲一號湊過來。生棲營內部陷入一片漆黑，唯一例外的是北邊靠近舞台處燈光明亮。生棲營其餘地區只顯出暗淡的輪廓。「沒事啦，」他說。「他們在測試今晚上鏡頭時的燈光。」

「問題不出在燈光。」三角洲二號指著冰面中央的一圈黑影──是採掘隕石後留下的水坑。「問題出在那邊。」

三角洲一號看著水坑，四周仍以警示圓錐圍起，水面顯得平靜。「我看不出來有什麼問題。」

「再看清楚一點。」他搖著操縱桿，讓微型機器人繞近水坑表面。

三角洲一號更仔細端詳著漆黑的冰水塘，發現了一個現象，令他震驚之餘倒退幾步。「怎麼會……？」

三角洲三號走過來看個究竟。他也愣住了。「我的天啊。那是採掘坑嗎？池水本來就會出現這種現象嗎？」

「不會，」三角洲一號說。「絕對不可能。」

32

雖然目前瑞秋．謝克斯頓坐在巨大的金屬箱中，距離華府有三千哩之遙，她照樣感受到被白宮召見的壓力。她眼前的視訊電話螢幕顯示清晰無比的畫面，札克理．賀尼總統端坐白宮通訊室中，背後是總統印記。數位傳輸的聲音清楚得無懈可擊，除了稍有幾乎察覺不到的延遲現象外，總統簡直就像坐在隔壁房間。

兩人的對話輕快而直接。瑞秋對航太總署的大發現賦予正面的評價，也稱許總統用人得當，徵召麥克．陶倫德這位迷人的代言人，總統似乎聽得心花怒放，卻絲毫不感訝異。總統的態度和藹可親又詼諧幽默。

「我相信妳必定會同意的是，」賀尼說。他這時口氣增添了幾許嚴肅，「假如排除其他因素來看，這項發現的意義很單純，本身只帶有科學意義。」他停頓一下，傾身向前，臉孔佔據整個螢幕。「可惜的是，我們無法排除其他因素，而我一旦宣布航太總署此次的斬獲，外界會立刻做出泛政治化的聯想。」

「由於這項發現已經過證實，而且總統徵召了高人來背書，我相信民眾或任何反對人士應該會以事實接受這項發現，不至於另出怪招。」

賀尼咯咯笑了一下，語調近乎哀傷。「我的政治對手看到的話，會相信他們自己的眼睛，瑞秋。我就怕他們不會喜歡眼前的事物。」

瑞秋留意到總統慎言避提她的父親，只以「反對人士」或「政治對手」來指涉。「總統認為反對人士會基於政治因素大喊陰謀論嗎？」她問。

「這就是政治遊戲的本質。任何人只要稍微提出疑問，宣稱這項發現是由航太總署和白宮聯手設計的政治騙局，轉眼之間，我就得面臨調查的命運。接著各家報紙會忘記航太總署證明了外星生物的存在，媒體也開始集中火力挖掘陰謀論的證據。可悲的是，若想爲這次發現扣上陰謀論的帽子，對科學研究有害，對白宮有害，對航太總署有害，坦白講，對全國民眾也有害無益。」

「所以總統才封鎖消息，等到全盤證實無誤、找齊知名民間人士背書後才對外宣布。」

「我的目標是以不留爭論餘地的方式呈現資料，讓任何冷嘲熱諷沒有冒出頭的機會。這項發現值得我們拋開私心看待，我希望大家全心慶祝。航太總署也應得到同樣的掌聲。」

瑞秋的直覺開始隱隱啓動。*他究竟想要我做什麼？*

「顯然，」他繼續說，「妳的立場特殊，能爲我提供一臂之力。妳具有分析師的經歷，同時也和本人的對手明顯掛鉤，有妳背書的話，能大幅提高此項發現的可信度。」

瑞秋對他失望的程度逐漸升高。*他想利用我……正如同匹克陵所說的一樣！*

「我的意思是，」賀尼接著說，「我希望請妳親自爲這項發現背書，在正式的場合，以白宮情資聯絡員的身分……以本人對手之女兒的身分。」

攤牌了。擺上檯面了。

賀尼要我站台。

瑞秋原本眞心認爲，札克理．賀尼不至於使出卑鄙的政治手段。由瑞秋公開替這項發現背書的話，隕石將立即轉變爲針對她父親本人的攻擊，讓他在抨擊隕石的可信度時必須顧及女兒的誠信，而對「家庭第一」的候選人而言，攻擊親女兒無異於替選戰敲響喪鐘。

「老實說，總統，」瑞秋直視螢幕說，「聽到這樣的要求讓我不知所措。」

總統露出驚訝的神色。「我本以爲妳會樂意幫忙。」

「樂意？撇開我個人與父親的歧見不談，答應總統的要求等於讓我進退兩難。我和父親之間的心結已經夠多了，不必再跟他公開進行生死對決。儘管我承認自己討厭他，他畢竟是我的親生父親。逼我上公共論壇跟他對決，老實說似乎有失總統人格。」

「等一下！」賀尼搖搖雙手投降。「誰逼妳上公共論壇了？」

瑞秋遲疑片刻。「我猜總統要我出席八點的記者會，陪航太總署署長同台宣布。」

賀尼的爆笑聲震動了音箱。「瑞秋，妳把我當作什麼樣的人了？妳眞以爲我會找人上全國聯播節目來背叛親生父親？」

「可是，總統不是說——」

「妳以爲我想逼航太總署署長跟死對頭的女兒分享鏡頭？瑞秋，我不想洩妳的氣，不過這場記者會宣布的是科學消息。憑妳對隕石、化石或冰雪結構的知識，恐怕提升不了多少可信度吧。」

瑞秋感到臉紅。「可是……總統提到的背書是怎麼一回事？」

「是比較適合妳的背書。」

「什麼？」

「妳是白宮情資聯絡員，負責對幕僚簡介攸關國家大計的情報。」

「總統要我向白宮幕僚背書？」

瑞秋方才的誤解仍令賀尼感到好笑。「對。白宮以外人士對我的疑慮，遠不及目前幕僚對我的懷疑。現在白宮面臨全面造反的局面。我在白宮裡面的誠信已經一文不值了。幕僚曾經乞求我刪減航太總署的經費，我置之不理，結果演變成政治自殺。」

「現在情勢總算轉變。」

「沒錯。我們今天上午談過了，這項發現的時機會讓有心的政治人士懷疑，而眼前疑心最重的人莫過於我的幕僚。因此，他們首次聽見這項消息時，我希望發布消息的人是——」

「總統還沒對幕僚宣布隕石的消息？」

「只通知了幾位資政。將這項發現列爲機密一直是優先要務。」

瑞秋愣住了。難怪幕僚想造反。「但是，這跟我平常負責的領域不同。隕石幾乎跟情資簡報扯不上關係。」

「就傳統上的定義來說沒錯，不過這任務和妳平時負責的各項細節沒有兩樣——爲複雜的資料去蕪存菁、對政治具有重大影響——」

「總統，我不是隕石專家。難道總統不能請航太總署署長來爲幕僚做簡報嗎？」

「開什麼玩笑？幕僚個個都痛恨他。從幕僚的角度來看，艾斯崇是個江湖郎中，一次又一次引誘我買下爛膏藥。」

瑞秋看得出其中的道理。「爲何不找寇奇．馬林森？他不是獲頒過天體物理學的國家獎章？他的可信度比我高太多了。」

「我的幕僚全是政治圈的人，瑞秋，不是科學家。妳見過馬林森博士了。我認爲他很不錯，只是我的白宮團隊慣用左腦思考，屬於腦筋無法跳脫框架的知識分子，如果放任天體物理學家去向他們講解，最後只會製造出一群摸不著頭腦的金剛。瑞秋，妳是最佳人選。我的幕僚熟悉妳的工作，而且將妳的姓列入考量的話，妳算是立場中立的發言人，由妳對幕僚解說，最能消解他們的疑慮。」

瑞秋不知不覺被總統親和的態度牽著鼻子走。「至少總統承認了這個請求牽扯到我的血緣關係。」

總統心虛地乾笑一聲。「那當然。話說回來，妳也可以想像到，無論妳答不答應，我的幕僚最後總會接到消息。瑞秋，妳不是主角，只是錦上添花的配角。這場簡報，妳是最適任的人選，而妳湊巧是我對手的近親，妳父親想把我的幕僚踢出白宮。妳具有雙重可信度。」

「總統應該改行當推銷員。」

「事實上，總統一職本來就負責推銷理念。妳父親也一樣。此外，老實說，我這次很想達成交易，一掃霉運。」總統摘下眼鏡，直盯瑞秋的雙眼。她感覺總統稍稍具有父親的威權。「算我求妳替我做個人情，瑞秋，而我也認爲這是妳分內的工作。怎樣？答應還是不答應？妳願不願意向幕僚簡報這項消息？」

瑞秋自覺身陷狹小的保密通訊室中。簡直是強迫推銷嘛。即使遠在三千哩之外，瑞秋仍能感應到賀尼透過螢幕咄咄逼人。她也明瞭的是，無論她高不高興，這項請求從任何角度來看皆屬合理。

「我有條件，」瑞秋說。

賀尼揚起眉毛。「說來聽聽。」

「我要求私下見幕僚。不能有記者在場。我做的是閉門簡報，不是公開背書。」

「我答應妳。簡報的場合早已敲定了，地點的確非常隱密。」

瑞秋嘆氣說，「那我就答應了。」

總統露出欣喜的目光。「太棒了。」

瑞秋看看手錶，驚覺已經四點過幾分。「等一下，」她語帶困惑，「如果記者會在晚上八點直播，我們就來不及了。即使總統再派那架可怕的飛機來接我南下，到白宮最快也要花兩個鐘頭，我還得準備簡報的稿子，而且——」

總統搖搖頭。「抱歉，我沒講清楚。妳不必回來，直接以視訊會議的方式做簡報即可。」

「喔。」瑞秋猶豫著。「總統希望簡報在幾點開始？」

「其實啊，」賀尼齜牙笑著說，「爲何不趁現在？反正已經把所有幕僚集合過來了，他們正瞪著空白的大螢幕電視看。他們在等妳。」

瑞秋全身緊繃起來。「總統，我完全沒有準備。我不可能——」

「據實報告就好。有什麼困難呢？」

「可是——」

「瑞秋，」總統靠近鏡頭說，「記住，妳的工作是編纂、傳達資料。這是妳平常的工作。依照北極那邊的情況簡報就行了。」他伸手想按下視訊傳輸器的按鈕，卻停下動作。「妳大概會很高興，因為我讓妳坐擁實權。」

瑞秋不瞭解這話的意思，但要發問也太遲了。總統已經切斷連線。

瑞秋眼前的螢幕空白了一陣子。影像重回螢幕時，眼前是瑞秋見過最令她焦慮的畫面。在她正前方是白宮的橢圓形辦公室，裡面擠滿了人，晚到的幕僚只有罰站的分。似乎白宮幕僚全員到齊。每位幕僚正盯著她看。瑞秋這才瞭解鏡頭架在總統辦公桌上。

坐擁實權的人要發言了。瑞秋已經在冒汗。

從白宮幕僚的表情來研判，他們看見瑞秋時同樣感到驚訝。

「謝克斯頓小姐？」有人拉開沙啞的嗓門說。

瑞秋搜尋著如海面的人臉，發現開口的是個高瘦的女人，正往最前排坐下。瑪喬俐．田奇。即使在人群中，她那副醒目的外表絕不可能令人看走眼。

「感謝妳前來，謝克斯頓小姐，」瑪喬俐．田奇說，口氣洋洋自得。「總統通知我們，妳有消息相告是吧？」

33

古生物學家明衛立獨自坐在私人工作區享受黑暗，默默回想最近的發展。他期待著今晚的宣布，感官隨之活躍起來。不久我即將成為全球最知名的古生物學家。他希望麥克・陶倫德能慷慨一點，將他發表的意見收錄在紀錄片中。

明衛立品嘗著即將成名的滋味時，腳下冰河產生微微震動，嚇得他跳起來。他長年居住洛杉磯，養成了應付地震的本能，即使是地面發生再輕巧的震動，他也察覺得出來。只不過這時明衛立覺得自己很驢，因爲他發現這種震動十分尋常。只是冰河崩離，他吐著氣提醒自己。他仍未習慣這種震動。每隔幾個小時，遠方夜空會傳來一聲巨響，原因是某處的冰河前緣裂開一大塊，墜入海中。娜拉・曼葛對這種現象的描述很貼切。又有冰山出生了……

起立後的明衛立伸展雙臂。他望向生棲營另一邊。遠處的攝影棚強光之下，他看得見大家正在狂歡慶祝。明衛立不習慣歡宴的場合，因此往反方向前進。

空無一人的工作區有如迷宮，如今感覺像是荒廢的鬼城，整座生棲營近似墓穴，一陣寒意似乎籠罩下來，明衛立扣上駱駝毛的大衣。

他看見採掘坑就在前方。就在那裡，剛才挖掘出人類有史以來最精采的化石。巨大的三腳鐵架已經撤走，只剩下水坑，周圍立著圓錐，彷彿是廣大的冰上停車場出現人車走避的坑洞。明衛立漫步走向採掘坑，來到安全距離後站住，凝視著兩百呎深的冰水。不久冰水即將凍結，拭去任何人到過此地的所有跡象。

這池水看起來賞心悅目，明衛立心想。即使在黑暗中。

尤其在黑暗中。

想到這裡，明衛立遲疑了一下。接著他恍然大悟。

有什麼地方不對勁。

明衛立更仔細注視著水面，先前的自得感立即被困惑的旋風吹走。他眨眨眼皮，再次定焦，然後迅速將視線轉向生棲營另一邊……五十碼以外，人群正在媒體區慶祝著。距離如此遠，而且彼明我暗，他們看不見這裡。

是不是應該通知什麼人？

明衛立再次望向水面，思考著應該通報什麼。難道他的眼睛產生幻覺？或者是水面產生奇怪的反射作用？

明衛立拿不定主意，走進圓錐圍出的警戒線，在水坑邊緣蹲下。水面在冰面下四呎，他低頭看個清楚。沒錯，絕對是個怪現象。這麼明顯的現象，任何人絕不會看走眼，然而生棲營原有的燈光熄滅後，這種現象才清晰可見。

明衛立站起來。絕對有必要向人通報這件事。他開始匆忙走向媒體區，才踏出幾步，他卻急踩煞車。

老天爺啊！他轉身走向採掘坑，兩眼因思路豁然開朗而圓睜。他這才想通原因。

「不可能！」他脫口而出。

然而，明衛立心知這是唯一的解釋。動腦筋，仔細一點，他提醒自己。一定有更合理的解釋。任憑明衛立絞盡腦汁，他反而更加堅信自己眼前的事物。找不出其他的解釋了！他無法相信航太總署與寇奇．馬林森居然漏掉如此難以置信的重點。但明衛立並不想發牢騷。

現在成了明衛立的大發現了！

他興奮得顫抖，奔向附近的工作區，找來一只燒杯。他只須要一點冰水的採樣。化驗結果肯定驚天動地！

34

「身爲白宮情資聯絡員，」瑞秋．謝克斯頓邊說邊壓抑顫音，一面對著螢幕上的人群演說，「我的任務包括前進全球政治動盪點、分析動盪局勢、向總統和白宮幕僚報告狀況。」

一顆汗珠在緊靠髮線的額頭上形成，瑞秋以手指輕輕拭去，一面暗罵總統在毫無預警的情況下押著她上架。

「我從未因公遠行至如此偏遠的地點。」瑞秋以僵硬的姿勢指向四周狹隘的貨櫃空間。「信不信由你，我目前人在北極圈內，腳下的冰板超過三百呎厚。」

瑞秋感覺螢幕上的臉孔既期待又困惑。眾人顯然知道集合在橢圓形辦公室必有原因，卻絕對無人能想像原因爲何與北極圈有任何關聯。

汗珠再度形成。振作一點，瑞秋。盡本分。「我今晚坐在各位面前，內心感到光榮、驕傲……更重要的是，我感到雀躍。」

個個面無表情。

豁出去了，她心想，一面生氣地擦掉汗珠。我又不是自願做這種事。母親如果在場，瑞秋知道她會怎麼說：猶豫不決的時候，劈哩啪啦全說出來就是了！這句美國北方人的老俗語代表了母親基本信條之一——無論眞相能產生什麼結果，說出後必定可克服萬難。

瑞秋深吸一口氣，坐直上身，直視攝影機。「抱歉，如果各位納悶我人在北極圈怎麼還猛流汗……我其實有點緊張。」

她眼前的臉孔似乎怔住了片刻。有些人不自然地笑笑。

「除此之外，」瑞秋說，「你們老闆十秒鐘前才叫我向全體幕僚報告。第一次進橢圓形辦公室就慘遭這種洗禮，實在跟我的想像有些出入。」

這次笑聲加大。

「而且，」她邊說邊看了一下螢幕的下半部，「我絕對無法想像自己坐在總統辦公桌前……更別說坐在桌上了！」

這句話引來哄堂笑聲，有人是笑容滿面。瑞秋感覺肌肉開始放鬆。*直接報告給他們聽就行了。*

「言歸正傳。」瑞秋的語調現在恢復正常。自在而清晰。「過去一週來，賀尼總統從媒體前消失，原因並非他不關心選情，而是他埋首處理另一件要事。他覺得這事遠比選戰輸贏更重要。」

瑞秋停頓一下，兩眼與聽眾進行交流。

「在高緯極區的米爾恩冰棚上，我國探測出一項重大的科學發現。總統今晚八點將召開記者會對全世界宣布。發現者是一群辛勤工作的美國人。他們最近厄運連連，現在總算否極泰來。我指的是航太總署。請各位瞭解，總統憑著過人的信心，不顧外界風雨，最近始終表態支持航太總署，各位應該感到光榮才是。現在他對航太總署的忠誠顯然即將獲得回報。」

直至此時此刻，瑞秋才理解到這件事的歷史意義重大。一陣緊縮感從她喉嚨底部升起，她硬是嚥下去，繼續報告。

「總統召集了幾個人來檢測航太總署的資料，我是其中之一。我身爲專精分析資料、證實情報的情資員，親自檢查整份資料，同時與多位政府、民間專家討論過。這幾位男女專家的學經歷無從挑剔，立場也超乎於政治影響之外。本人在此憑專業聲明，我即將報告的資料出處具有事實根據，呈現方式也立場超然。除此之外，依我個人淺見，總統刻意延遲宣布時間，將上周的大好消息壓至現在才報告，其實對幕僚並無惡意。」

瑞秋看著眼前的群眾彼此互換狐疑的眼色。大家將視線轉回她之後，她知道眾人的心思已經集中在她身上。

「各位女士先生，接下來的報告，相信各位將公認是本辦公室透露的訊息中最令人振奮的一項。」

35

微型機器人正在生棲營內部盤旋，將空照影像傳回三角洲部隊，而目前的畫面彷彿可贏得前衛影片大賞——暗淡的光線、閃亮的採掘坑、衣著講究的亞洲人趴在冰上、駱駝毛大衣像巨翅般在兩側展開。他顯然想採集冰水的樣本。

「我們非阻止他不可，」三角洲三號說。

三角洲一號同意。米爾恩冰棚隱藏著祕密，他的小組獲得上級授權，必要時以武力捍衛機密。

「怎麼阻止他？」三角洲二號質問，一手仍緊握操縱桿。「這幾架微型機器人沒有全套裝備。」

三角洲一號滿臉不悅。盤旋生棲營內部的這架微型機器人屬於偵蒐型，爲延長飛行時間而儘量精簡裝備，奪命的功能與家中蒼蠅不相上下。

「應該跟主官聯絡，」三角洲三號說。

螢幕上僅有明衛立一人，三角洲一號緊盯著他不放。明衛立上身懸空在採掘坑的邊緣，岌岌可危，附近沒有任何人。此外，冰水能制住人類喊叫的能力。「操縱桿給我。」

「你想做什麼？」手握搖桿的軍人質問。

「執行我們受訓的目的，」三角洲一號發脾氣說，將操縱桿搶過去。「臨機應變。」

36

明衛立趴在採掘坑旁，右臂探下坑壁想採集冰水樣本。他的雙眼確實沒有出現幻覺；他的臉現在只距離水面一碼左右，事實看得一清二楚。

太不可思議了！

他再用力向下探，以手指夾著燒杯扭來轉去，儘量觸及水面，只差幾吋。

他無法再伸出手臂，因此移動身體向前，以靴尖頂著冰地，穩穩將左手重新按在坑口。他再次儘量伸長右手臂。*就差那麼一點。*他再向前靠近一些。有了！燒杯口沾到水面，冰水流進杯中，他則以不敢相信的眼神直盯。

這時，在毫無預警的情況下，發生了一件全然無法解釋的事情。一小顆金屬粒從黑暗中飛出，有如槍枝射出的子彈。幾分之一秒之後，這粒金屬撞上明衛立的右眼。

保護眼睛是人類與生俱來的本能，儘管明衛立的大腦知道稍微移動恐將影響重心，他仍退縮了一下。這種震驚的反應與其說是怕痛不如說是吃驚。明衛立以較靠近臉的左手出現反射動作，猛然伸出，想保護受到攻擊的眼球。就在他出手時，他已經知道自己走錯了一步。由於他全身的重心向前偏移，唯一維持平衡的左手忽然移開後，身體開始搖搖欲墜。他回過神來時已經太遲了。他放開燒杯，想抓住濕滑的坑壁以避免墜落坑中，卻就此打滑——向前直直墜入陰暗的水坑。

這一跌只有四呎深，但當他以頭部墜入冰水時，感覺猶如在時速五十哩的狀態下，以臉撞擊人行道。吞噬他臉孔的液體冷冽到近似灼熱的酸液，立時觸發一陣恐慌。

明衛立頭下腳上，置身黑暗之中，片刻間失去方向感，不知水面在哪個方向。厚重的駱駝毛大衣讓身體免受冰水襲擊——卻只維持一兩秒鐘。總算恢復頭上腳下的姿勢後，他向上掙扎吸氣，此時冰水鑽進胸與背，包圍住他的身軀，寒意如同虎鉗般壓迫著肺臟。

「救……命！」他驚叫，可惜吸入的空氣量幾乎不夠他嗚咽一聲。他感覺自己因受到重擊而無法呼吸。

「救救……命！」他的呼聲連自己都聽不見。明衛立朝採掘坑壁掙扎而去，想因此攀爬出洞口。眼前的冰壁垂直，他伸手抓不到東西。在水面下，他的靴子踢著坑壁，找尋可供踩踏之處。踩不到。他死命衝向上，希望伸手搆到坑口。只差一呎。

明衛立的肌肉已開始反應遲鈍。他更使勁踢著冰水，希望升上水面以抓住冰壁的上端。他的身體感覺如鉛塊，肺葉似乎已縮小到無形，彷彿被巨蟒勒扁。吸滿水的大衣逐秒加重，拖著他向下沉。他想脫下大衣，沉重的衣料卻已附著在身上。

「救……救我！」

現在恐懼如激流湧上心頭。

明衛立曾經讀過，溺水是最可怕的死亡方式。他做夢也沒想到自己即將親身體驗。他的肌肉拒絕與大腦合作。現在他只顧著掙扎以維持頭部出水。浸水的衣物向下拖拉，他麻木的手指則刮著冰壁。

現在他僅以大腦慘叫。

接著，事情發生了。

明衛立沉入水面下。明瞭到死期將近令他驚恐萬分，他從未想像自己會體驗到這種心情。而如今他卻在這裡……貼著冰壁緩緩下沉，墮入冰河裡一個兩百呎深的坑底。無數想法閃過他眼前。兒時往事。他的工作。他心想是否有人會發現他掉入水坑。或者他只是一路沉到坑底結凍……冰封在冰河中，永世不見天日。

明衛立的肺臟哀求著氧氣。他憋著氣，仍試圖蹬回水面。呼吸！他抗拒著反射作用，緊緊閉著已無知覺的嘴唇。呼吸！他儘量向上游卻徒勞無功。呼吸！在此同時，人體反射作用與理智進行決死戰，明衛立的呼吸本能克服了閉嘴的能力。

明衛立做出吸氣的動作。

竄進肺臟的水感覺像灼燙的油，激痛了敏感的肺臟組織。他感覺像胸口冒火。殘酷的是，水並不會立刻致人於死地。接下來這可怕的七秒鐘，明衛立吸進一口接一口的冰水，每一口皆比前一口痛苦，每一口都無法提供肉體死命渴望的物質。

最後，明衛立在漆黑冰冷的水中向下滑動，感覺自己逐漸失去意識。他開懷接受解脫。全身四周的水裡，他見到細小閃爍的光點，是他此生見過最美麗的景象。

37

白宮東賓門位於行政東街上，在財政部與東草坪之間。一九八三年，貝魯特的美國陸戰隊軍營遭自殺攻擊後，東賓門外築起強化圍牆和水泥護柱，給來賓一種毫不受歡迎的感受。

在大門外，凱蓓兒．艾許看看手錶，心情越來越緊張。已經四點四十五分了，仍不見人出面接觸。

東賓門，下午四點三十分。單獨赴會。

我來了，她想著。你在哪裡？

觀光客在附近走動，凱蓓兒掃視著他們的臉，等人與她的視線相接。幾個男人上下打量她後走開。凱蓓兒開始懷疑再等下去是否妥當。她這時察覺到，哨兵站裡的特勤人員正盯著她看。她認定告密客是臨陣畏縮了。她往厚實圍牆內的白宮望最後一眼，嘆氣轉身離去。

「凱蓓兒．艾許？」特勤人員朝她身後呼喚。

凱蓓兒猛然轉身，心臟跳到了喉嚨。

哨兵站的男子揮手要她過去。這人身材精瘦，面無表情。「約妳見面的人現在可以見妳了。」他打開大門鎖，示意要她進入。

凱蓓兒的雙腳拒絕移動。「要我進門？」

警衛點頭。「讓妳久等了，約見人要我向妳道歉。」

凱蓓兒看著打開的門口，仍無法動作。怎麼一回事嘛！這與她預料的狀況完全不同。

「妳是凱蓓兒．艾許沒錯吧？」警衛質問，現在露出不耐煩的神色。

「是的，只不過——」

「那我強烈建議妳跟我過來。」

凱薔兒的腳步顫了一下。她以遲疑的態度踏過門檻時，背後的大門砰然關上。

38

連續兩天不見日光，麥克·陶倫德的生物時鐘因此錯亂，手錶明明指著傍晚時分，身體卻堅稱現在是半夜。陶倫德已剪輯完成紀錄片，將整個影像檔下載至數位影音碟，然後走向幽暗的生棲營另一邊。來到燈火通明的媒體區，他將影音碟交給負責報告的航太總署媒體技術人員。

「謝謝，麥克，」技術人員說。他眨眨眼，舉起影音碟。「這東西會改寫『非看不可的節目』的定義，對吧？」

陶倫德疲倦地乾笑一聲。「希望總統會喜歡。」

「他一定喜歡。好了，你的任務達成。坐下來看大家表演吧。」

「謝謝。」陶倫德站在打光明亮的媒體區，環視氣氛熱絡的現場，看見航太總署人員手舉罐裝加拿大啤酒向隕石敬酒。儘管陶倫德也想慶祝一番卻感覺精力難以爲繼，情緒低落到極點。他四下搜尋瑞秋·謝克斯頓的影蹤，但她顯然仍與總統通話中。

總統想找她上電視，陶倫德心想。他並不怪罪總統；若想爲隕石代言陣容增加一角，瑞秋是不二人選。瑞秋除了外表出眾，渾身自然散發出親和的鎮定與自信。陶倫德認識的女人鮮少具有這份特質。但話說回來，陶倫德結識的女人多半服務於電視圈——不是爲爭權而算盡心機的女人，就是螢光幕前亮麗的電視美女。這些美女卻缺乏個性。

陶倫德此時悄悄溜出喧鬧的航太總署人群，繞著蜘蛛網似的走廊走過生棲營，納悶著其他民間科學家消失到哪裡去了。如果他們筋疲力竭的程度達到他的一半，應該會在記者會前在就寢區小睡半晌。前方不遠處，陶倫德看見夏霸圓錐圍繞無人的採掘坑。頭上空曠的圓頂似乎迴盪著遙遠往事的空谷跫音。陶倫德儘量不去回想。

忘掉過去吧，他默默命令自己。往事經常在這種時刻擾亂他的心靈，在他疲倦或獨處時——在個人有所斬獲或歡慶的時刻。她現在應該陪在你身旁才對，腦中的聲音悄悄說。他獨自站在黑暗中，感覺自己退回往事的深谷。

席莉雅．波契與他是就讀研究所時的班對。情人節那天，陶倫德帶她到她最喜歡的餐廳。上點心時，服務生卻替席莉雅取來一朵玫瑰與一枚鑽戒。席莉雅立刻領悟過來，含淚說出令陶倫德有生以來最快樂的三個字。

「我願意。」

兩人滿懷憧憬，在洛杉磯的帕沙迪納附近買了一棟小房子，席莉雅就近找到科學老師的工作。儘管薪資微薄，總算是個開始，而且距離聖地牙哥只有兩三小時的車程。成家之前，陶倫德在聖地牙哥近郊的斯克里普斯海洋研究所找到夢寐以求的工作，得以搭乘地質研究船出航。陶倫德一出航往往需三四天後才能進港，他與席莉雅重逢時總是熱情而興奮。

出海時，陶倫德開始以攝影機爲席莉雅錄下航海事蹟，將船上的工作剪輯成迷你紀錄片。某次回航後，他奉上一捲畫質不甚清晰的自製錄影帶，內容是他自深水探勘潛艇窗內拍攝的影像——主角是一條怪異的向化性（chemotropic）烏賊。而首度入鏡的這種烏賊，在此之前從未有人發現過。他手持攝影機解說著，激動得差點衝出潛水艇。

尚未被人發現的品種不下幾千種，他上氣不接下氣地說，生存在海洋深處！我們探尋到的地方只不過是表層而已！深海充滿了無人能想像的神祕事物！

麥克敘述得熱情奔放，科學解說得簡明扼要，席莉雅聽得如痴如醉。她突發奇想，將錄影帶拿到科學課堂上播放，立刻造成轟動。其他班級的老師搶著借，家長也想拷貝，似乎大家都熱切期待麥克推出下一集。席莉雅忽然心生一計。她致電在NBC上班的大學朋友，寄出一捲帶子。

兩個月後，麥克．陶倫德請席莉雅陪他到金曼海灘散步。這片海灘對小倆口別具意義，因爲兩人總是在這裡分享志願與夢想。

「我有件事要告訴妳，」陶倫德說。

席莉雅停下來，牽起丈夫雙手，浪花拍打著腳踝。「什麼事？」

陶倫德口氣激昂。「上個禮拜，我接到NBC電視打來的電話。他們想請我主持一個海洋世界紀錄片的塊狀節目。棒透了。他們明年想拍第一集！妳能相信嗎？」

席莉雅親吻他，滿臉笑容。「我相信。你一定很適合。」

六個月後，席莉雅與陶倫德駕著帆船來到卡塔利娜島（譯註：Catalina，位於洛杉磯近海）附近，席莉雅開始抱怨腰痛。兩人原本不以爲意，過了幾星期後席莉雅才因疼痛難耐而去接受檢查。

轉眼間，陶倫德的美夢人生破碎成地獄般的夢魘。席莉雅病了。病得非常重。

「淋巴癌末期，」醫師解釋化驗結果。「以她這種年齡很罕見，但絕對不是史無前例。」

席莉雅與陶倫德走訪無數診所與醫院，也請教過多位專家，答案一成不變。無藥可醫。

*我不願意接受！*陶倫德立即辭掉斯克里普斯的工作，完全忘掉主持NBC紀錄片的計畫，將全副精力與愛心投入席莉雅的復元工作。她同樣抵死抗癌，以優雅的姿態承受痛苦，讓陶倫德更加憐愛她。他經常陪妻子在金曼海灘慢慢散步，替她準備營養餐點，對她訴說病癒後兩人將一起做的事情。

可惜事與願違。

慘白的醫院病房中，麥克．陶倫德只在身懷絕症的妻子病床邊坐了七個月，再也認不出她的臉孔。唯一能與殘暴的癌細胞相抗衡的是惡毒的化學治療。她最後被摧殘成只剩骨架。臨終的幾小時最令人難熬。

「麥克，」她以沙啞的嗓音說。「是放手的時候了。」

「我放不了手。」陶倫德淚水盈眶。

「你是生命鬥士，」席莉雅說。「你非活下去不可。答應我，你一定要愛上別人。」

「我永遠也不想要別人。」陶倫德說出眞心話。

「不想也得學。」

在六月一個清澈如水晶的週日上午，席莉雅過世了。麥克·陶倫德感覺有如一艘被颳出港口的船，在翻騰的海面上漂流，方向盤也破碎無用。有幾星期的時間，他六神無主地過日子。朋友對他伸出援手，自尊心太強的他無法放下身段受人憐惜。

不工作就等死，他最後明瞭到，由你自己抉擇。

陶倫德堅定決心，一古腦投入《海洋奇境》的作業。這節目幾乎可說是救了他一命。接下來四年，陶倫德的節目一飛沖天。儘管朋友好心作媒，陶倫德只硬著頭皮約會五六次，最後不是以鬧劇收場就是彼此看不上對方。陶倫德只好婉拒朋友的介紹，把缺乏社交的生活全怪罪在忙碌的出差行程上。然而他最要好的朋友心知肚明；麥克·陶倫德只是放不下過去那一段。

隕石採掘坑現在浮現陶倫德眼前，拖他走出痛苦的遐想。他甩開心冷的回憶，朝坑口靠近。在熄燈的圓頂之下，坑裡的融水幾乎帶有超現實的神奇之美。水面粼光閃閃，宛若月光下的池塘。陶倫德的視線被池水表層的點點光芒吸引。彷彿有人在水面撒上藍綠色的火花。他凝視著閃光良久。

似乎有什麼奇特之處。

看第一眼時，他以爲亮晶晶的水面只是反射生棲營另一邊的聚光燈，現在他發現根本不是那麼一回事。閃爍的光點略呈綠色，似乎隨著節奏脈動著，彷彿水面具有生命，從水裡自動發光。

陶倫德想不出道理，因此走過圓錐，靠近看個清楚。

在生棲營另一邊，瑞秋．謝克斯頓走出保密通訊室，陷入漆黑的環境，駐足了片刻，因陰暗空曠的周遭而迷失方向。生棲營現在如同空盪盪的洞穴，僅靠刺眼的媒體燈從北牆反射過來的光輝照亮。她對漆黑的四周感到不安，因此憑直覺走向燈火通明的媒體區。

瑞秋滿意剛才對白宮幕僚簡報的效果。總統的小動作最初雖令她措手不及，她恢復鎮定後以平穩的語調傳達她對隕石所知的一切。簡報同時，她觀察著幕僚的表情，原本眾人表情是震驚而不敢置信，後來轉爲充滿希望的信任，最後是瞠目結舌地接受事實。

「外星生物？」她聽見一名幕僚驚嘆。「你知道這表示什麼嗎？」

「我知道，」另一人回答。「表示這場選戰我們贏定了。」

瑞秋接近氣氛熱烈的媒體區時，想像著即將登場的宣布過程，這時不禁想到父親。總統開著這輛壓路車，即將從路邊偷襲她父親，一舉壓扁他的選情。父親是否眞的活該被撞？

答案當然是，活該。

每次瑞秋．謝克斯頓一替父親心軟，只要回想起母親的遭遇便能收起同情。凱瑟琳．謝克斯頓。塞爵克．謝克斯頓帶給妻子諸多傷痛與羞辱，理應接受譴責……每晚深夜才回家，春風滿面，香水味四溢。她父親喜歡戴著虔誠教徒的面具，背地撒謊偷腥，吃定凱瑟琳絕不會主動離婚。

很好，她想通了，謝克斯頓參議員即將自食惡果。

媒體區的人群情緒高昂，人手一罐啤酒。瑞秋穿越人群，感覺好像置身大學男生聚會的女生。她納悶麥克．陶倫德跑去哪裡。

寇奇．馬林森在她身旁出現。「在找麥克嗎？」

瑞秋嚇了一跳。「呃……不是……大概是吧。」

寇奇搖搖頭表示不屑。「我就知道。麥克剛走。我認爲他想回去小睡片刻。」寇奇瞇眼望向昏暗的另一邊。「只不過，妳追快一點的話，說不定還趕得上。」他露出哈巴狗似的微笑，指向遠處。「麥克一看到水就中邪。」

瑞秋順著寇奇手指的方向看去，看見陶倫德的側影立在生棲營中央。他低頭凝視著採掘坑的水。

「他在做什麼？」她問。「那邊有點危險吧。」

寇奇奸笑。「大概在小便。我們過去推他一把。」

瑞秋與寇奇走過陰暗處，向採掘坑走去。兩人接近麥克·陶倫德時，寇奇高呼，「喂，水人！忘了穿泳裝嗎？」

陶倫德轉身。即使光線不足，瑞秋仍可看出他面色異常凝重。他的臉看似發射出奇異的亮光，彷彿有光線從下方照耀。

「麥克，一切沒問題吧？」她問。

「不盡然。」陶倫德指向水面下。

寇奇跨過圓錐，陪陶倫德站在坑口旁。寇奇一注視水面，情緒似乎即刻冷卻。瑞秋也跨過圓錐加入。她凝視著坑口，訝然看見藍綠色光點在水面閃爍。宛如霓虹粉塵顆粒漂浮水中。似乎脈動著綠光，美不勝收。

陶倫德從冰河地上拾起碎冰，扔進水中，觸及水面時，水面突然激起綠色磷光。

「麥克，」寇奇說，神態不安，「請告訴我，你知道這是什麼現象吧。」

陶倫德皺眉。「我完全知道。問題是，這東西怎麼會跑來這裡？」

39

「是鞭毛蟲，」陶倫德說著指向發光的冰水。

「脹氣？（譯註：flatulence，發音近似鞭毛蟲。）」寇奇拉下臉說。「是你自己脹氣吧？」

瑞秋察覺麥克．陶倫德沒心情說笑。

「怎麼會發生這種事，我並不清楚，」陶倫德說，「不過，不知道怎麼搞的，這池水含有生物發光型的渦鞭毛蟲。」

「生物發光型的什麼？」瑞秋問。講英文行不行？

「一種單細胞浮游生物，能氧化一種稱爲魯斯伏林（luceferin）的冷光催化物質。」

這算哪門子英文？

陶倫德吐出一口氣，轉向老友。「寇奇，我們剛拖出的隕石，有沒有可能含有具有生命的生物？」

寇奇爆笑。「麥克，你愛說笑！」

「我不是在開玩笑。」

「不可能啦，麥克！相信我，如果航太總署認爲隕石上住了外星生物體，即使可能性微乎其微，我保證他們絕對不會開採到大氣裡。」

這話看來只讓陶倫德稍微安心，雖說他心情放鬆了些，卻顯然又被更深的疑雲籠罩住。「沒有顯微鏡，我不能確定，」陶倫德說，「不過我認爲這種發光浮游生物屬於甲藻門，拉丁文的原意是發火植物。北冰洋裡到處都有。」

寇奇聳聳肩。「既然這樣，你幹嘛問它們是不是外星來的？」

「因爲，」陶倫德說，「這塊隕石埋在冰河的冰雪裡，而冰雪融化後產生淡水。這個洞是冰河融化後的產物，而且已經結冰三個世紀。海洋生物何以進得來？」

陶倫德的說法使得大家沉默半晌。

瑞秋站在採掘坑邊緣，儘量集中精神思考眼前的現象。發光浮游生物出現在採掘坑中。這代表什麼意義？

「下面一定有裂縫，」陶倫德說。「這是唯一的解釋。海水肯定是滲進坑底裂縫，帶著浮游生物從下面鑽進來。」

瑞秋聽不懂。「滲進裂縫？從哪裡？」她回想幾小時前搭乘冰遊車老遠從海邊過來。「海邊距離這裡起碼兩哩。」

寇奇與陶倫德不約而同對瑞秋擺出怪異的表情。「其實啊，」寇奇說，「海水就在我們正下方。這一塊冰其實浮在海上。」

瑞秋直盯兩人，完全迷糊了。「浮在海上？我們不是在冰河上嗎？」

「對，我們是在冰河上，」陶倫德說，「但我們並不是在陸地上。冰河有時從陸地流向海面後展開來。由於冰比水輕，冰河來到海上照流不誤，形成廣大的冰筏。因此所謂的冰棚，定義如下：浮在海面上的冰河末端。」他停頓一下。「我們目前的位置，其實距離陸地將近一哩。」

瑞秋感到震驚，立刻提高警覺。她調整大腦對周遭環境的認知，一想到自己站在北冰洋上方不由得害怕起來。

陶倫德似乎察覺到她忐忑不安的心情。他用力踩踏冰地以讓她寬心。「別擔心。這塊冰棚有三百呎厚，其中兩百呎浮在水面下，就像杯子裡的冰塊一樣。所以這片冰棚才非常穩定。想蓋摩天大樓也不成問題。」

瑞秋有氣無力地點頭，並不十分信服。拋開疑慮不談，她現在才瞭解陶倫德爲何提出浮游生物來源的理論。他認為坑底有道裂縫，一直向下通到海裡，讓浮游生物往上鑽進坑裡。瑞秋認定，他的理論帶有幾分可能性，然而其中卻牽涉到一個矛盾，她因此感到困擾。娜拉．曼葛堅持這條冰河完整而密實，因爲她曾鑿出數十根冰心樣本來證實過。

瑞秋看著陶倫德。「我本來以爲，由冰層判定年份的所有資料，全以冰河密實無縫這一點作爲前提。曼葛博士不是說過，這條冰河沒有裂縫也沒有細紋？」

寇奇皺眉。「看來是冰河女王搞錯了。」

別講太大聲，瑞秋心想，不然你的背當心吃上碎冰錐。

陶倫德撫摸下巴，一面觀察著磷光生物。「實在找不到其他解釋了。下面絕對有裂縫。冰棚本身的重量加上海水的壓力，一定合力把飽含浮游生物的海水推進坑裡。」

這條裂縫未免也太厲害了，瑞秋心想。如果此地冰棚厚達三百呎，採掘坑有兩百呎深，陶倫德假設的這道裂縫必須突破一百呎的密實冰雪。娜拉．曼葛的冰心樣本卻沒有顯示裂縫。

「幫我一個忙，」陶倫德對寇奇說。「去找娜拉過來。但願她暗槓了這條冰河的什麼資料。順便也找明衛立過來。也許他能解釋這些發光小動物是什麼鬼東西。」

寇奇離開。

「動作最好快一點，」陶倫德朝他身後呼喚，然後回頭瞄採掘坑一眼。「發光度好像越來越弱了。」

瑞秋看著坑口。果然，綠光已不如先前那麼鮮艷了。

陶倫德脫下長大衣，放在坑口邊的冰地上。

瑞秋看了一頭霧水。「麥克？」

「我想證明是不是有鹹水滲進來。」

「脫掉大衣，趴在冰上就能證明？」

「對。」陶倫德匍匐至洞口，握著一邊衣袖將大衣垂下冰壁，讓另一條衣袖的袖口沾水。「這種判定鹽分的方法準確度很高，世界級的海洋學家經常採用。這叫做『舔舔濕夾克。』」

在生棲營外的冰棚上，三角洲一號費盡心思操縱著受損的微型機器人，盤旋在聚集坑口的人群上空。從底下的對話判斷，他知道狀況正急轉直下。

「通知主官，」他說。「我們這裡事態嚴重了。」

40

凱蓓兒・艾許小時候來白宮參觀過數次，偷偷夢想有朝一日可以在總統官邸內上班，成爲菁英團隊的一員，爲國家策畫未來大計。然而此時的她寧可置身他地，任何地方都行。

守衛東賓門的特勤人員帶著凱蓓兒來到裝飾富麗堂皇的前廳。她納悶的是，這位匿名的告密者究竟想證明什麼。邀請凱蓓兒進入白宮是精神失常之舉。要是我被人看見了呢？凱蓓兒因爲成了謝克斯頓參議員的左右手，最近經常在媒體上亮相。這裡絕對有人會認出她。

「艾許小姐？」

凱蓓兒抬頭看。前廳一名慈眉善目的哨兵以微笑歡迎她。「麻煩請妳向那邊看。」他指出方向。

凱蓓兒望向他指的地方，被一道閃光照得暫時喪失視覺。

「謝謝妳，小姐。」哨兵帶著她來到辦公桌，遞給她一隻筆。「請在訪客紀錄簿上簽名。」他將一本厚重的皮面活頁簿推至她面前。

凱蓓兒看著登記簿。她眼前這一頁空白。印象中她曾聽過，爲保護訪客的隱私，所有進入白宮的訪客都在空白頁上簽名。她簽下自己的姓名。

這算什麼祕密見面嘛。

凱蓓兒走過一道金屬探測門，哨兵由上而下隨便拍拍她的身體。

哨兵微笑說，「艾許小姐，祝妳此行愉快。」

凱蓓兒跟隨特勤人員走在貼著瓷磚的走廊，五十呎後來到第二張保全辦公桌。這裡另有一名哨兵正在製作來賓通行證。護貝機正吐出她的證件。他在上面穿個孔，串上一圈細繩，替凱蓓兒套在脖子上。塑膠通行證仍有熱度，上面的相片是十五秒前在走廊另一邊拍攝到的。

凱蓓兒由衷欽佩。誰說政府缺乏效率？

他們繼續往前走。特勤人員帶著她深入複合式的白宮建築。每跨出一步，凱蓓兒心情就越加窘迫不安。發出神祕邀約的人無論是誰，絕對無意對會面一事保密。守衛已經發給凱蓓兒正式通行證，凱蓓兒也已在來賓紀錄簿上簽名，現在又在眾目睽睽之下被帶向一樓參觀團聚集之地。

「這一間是瓷器廳，」導遊對一群觀光客解說，「一九八一年雷根夫人在不景氣聲中大買紅邊瓷器擺在這裡，每套平均九百五十二美元，引發鋪張浪費是否得當的辯論。」

特勤人員帶著凱蓓兒走過觀光團，往寬廣的大理石樓梯走去。這裡有另一批觀光客正要上樓。「各位即將進入三千兩百平方呎的東廳，」導遊解說著，「亞當斯夫人曾經在這裡曬總統的衣服。待會兒我們會進入紅廳，麥迪遜夫人曾在那裡招待各國領袖，先灌他們幾杯黃湯後，再由總統與他們商談國家大事。」

觀光客笑了。

凱蓓兒走過樓梯，穿過連續幾條繩索與路障，進入較具隱私的區域。這裡特勤帶著凱蓓兒進入她只在書本、電視上看過的房廳。她的呼吸轉為急促。

我的天啊，這裡是地圖廳！

白宮遊的行程絕不會包括這一廳。地圖廳的木板牆能向外攤展，顯露一層層的世界地圖。二次大戰期間，羅斯福就是在地圖廳策畫戰局。令凱蓓兒臉紅心驚的是，這裡也是柯林頓承認與實習生李文斯基有染的地點。凱蓓兒將這個念頭推出腦海外。最重要的是，地圖廳可通往西廂——是白宮內部權力要角的運作之處。凱蓓兒．艾許最意想不到的目的地正是西廂。她原以為電郵來自某個腦筋轉得快的年輕見習生或祕書，工作地點在白宮較平凡的辦公室之一。看樣子猜錯了。

我正要進入西廂……

特勤帶她走進一道鋪著地毯的走廊盡頭，在沒有名牌的門前站住。他敲敲門。凱蓓兒的心臟狂跳。

「門沒關，」有人從裡面大聲說。

特勤打開門，示意要凱蓓兒進去。

凱蓓兒踏進門。辦公室裡的窗簾全拉上，因此光線暗淡。她依稀分辨得出一個人的輪廓，正坐在陰暗的辦公桌前。

「艾許小姐嗎？」人聲從一團煙霧中傳來。「歡迎。」

凱蓓兒的兩眼適應了黑暗，開始看出一張熟悉得令她惶恐的臉孔。她全身肌肉因受驚而緊繃。不停寄電郵給我的就是這個人？

「謝謝妳過來，」瑪喬俐．田奇說，語調冰冷。

「田奇小姐？」凱蓓兒結結巴巴說，突然無法呼吸。

「叫我的名字就好。」其貌不揚的她站起來，煙霧由鼻孔飄出，活像噴火龍。「妳跟我即將成爲最要好的朋友。」

41

娜拉·曼葛站在採掘坑旁，身邊是陶倫德、瑞秋與寇奇。她盯著漆黑的隕石坑。「麥克，」她說，「你長得帥沒錯，可惜腦筋秀斗了。這裡才沒有發光生物。」

陶倫德但願剛才記得拍下一些鏡頭。在寇奇去找娜拉與明衛立時，發光生物已急速暗淡。不到兩分鐘，所有的閃光已悉數停止。陶倫德再朝水裡扔一塊冰，卻沒有產生變化。沒有綠色的水花。

「它們跑哪裡去了？」寇奇問。

陶倫德完全清楚。生物發光作用是自然界最具巧思的防衛機制之一，也是浮游生物碰上危急狀況時的自然反應。浮游生物眼見即將被較大的生物體吞噬時會開始發出閃光，希望吸引體型更大的掠食者前來嚇跑最初的壞人。以採掘坑裡的浮游生物而言，它們鑽進裂縫來到坑裡，突然發現置身以淡水為主的環境，恐慌之餘開始發光，而淡水則慢慢讓它們喪命。「我認為它們死了。」

「它們被謀殺了，」娜拉語帶嘲弄。「是被跳下水的復活節小白兔吃掉了。」

寇奇怒視著她。「娜拉，我也看見了發光生物。」

「是在你嗑LSD迷幻藥之前還是之後？」

「我們何必對妳撒謊呢？」寇奇質問。

「男人就愛撒謊。」

「沒錯，碰到劈腿不倫的事，男人會撒謊，卻不會拿發光浮游生物的事情來臭蓋。」

陶倫德嘆氣說，「娜拉，想必妳曉得冰棚下的海水活著浮游生物吧。」

「麥克，」她怒容滿面說，「我這一行的事我最清楚。在此鄭重告訴你，在北冰洋的冰棚下面，有超過兩百種的矽藻，十四種自養細微鞭毛蟲、二十種異養鞭毛蟲、四十種異養渦鞭毛蟲，以及好幾種後生動物，包括多毛綱動物、端足目動物、橈足類、磷蝦目和魚類。想發問嗎？」

陶倫德蹙眉說，「看樣子妳對北冰洋動物界的瞭解比我多，妳也同意我們底下生存著很多生物。既然如此，我們親眼看到發光浮游生物一事，妳為何懷疑？」

「因為啊，麥克，這道採掘坑密不透水，是個封閉的淡水環境。沒有海洋浮游生物鑽得進來！」

「我測試過池水的鹽分，」陶倫德不放過。「含鹽量很低沒錯，不過確實存在鹽分。鹽水一定因不明原因流進這裡。」

「是啊，」娜拉語帶懷疑。「你嘗到鹽味了。你舔的是沾過汗水的舊大衣袖子，居然有臉認定繞行極地掃描密度衛星的密度掃描和十五種個別冰心樣本出錯。」

陶倫德伸出大衣的濕袖子作為證物。

「麥克，我才不舔你的臭夾克咧。」她望向採掘坑。「容我請教你，你聲稱的大批浮游生物為何決定游進這道你聲稱存在的裂縫？」

「向熱性吧？」陶倫德大膽假設。「很多海洋生物都會被熱度吸引。採掘隕石的時候，我們對著隕石加熱，浮游生物可能因此被熱吸引，依循本能往暫時加溫的坑中環境靠攏。」

寇奇點頭。「聽起來合乎邏輯。」

「合乎邏輯？」娜拉翻翻白眼。「你們一個是得過總統獎章的物理學家，另一個是紅遍世界的海洋學家，頭腦卻鈍到不行。你們有沒有想過，就算坑底有道裂縫——我敢保證沒有——就算有裂縫，在物理學上也不可能讓任何海水流進坑裡。」她以鄙夷的神態盯著兩人。

「不過，娜拉……，」寇奇想辯解。

「兩位男士！我們站在海平面之上呀。」她以一腳用力踏冰面。「懂了沒？這塊冰海拔一百呎。你們總該記得這塊冰棚盡頭有個大懸崖吧？我們比海面高。如果坑裡有道裂縫，水應該會流出坑裡，而不會流進來。這叫做地心引力。」

陶倫德與寇奇彼此互看。

「該死，」寇奇說。「我剛才沒想到。」

娜拉指著水坑。「你們可能也注意到水面維持不變？」

陶倫德覺得自己像白痴。娜拉說的話十分有道理。如果裡面出現裂縫，水應該流出去，而不是流進來。陶倫德默默站著半晌，思考著下一個動作。

「好吧。」陶倫德嘆氣道。「顯然裂縫理論沒有道理。不過我們眞的看見水裡出現發光生物。唯一的結論是，這水池根本不是封閉的環境。我知道，你判定冰層年份時用到的資料，多半建立在『此地冰河結構密實』這個前提上，不過——」

「前提？」娜拉顯然被激怒了。「別忘了，這些資料不只是我的，麥克。航太總署也有同樣的發現。我們全證實冰河密實。沒有裂縫。」

陶倫德向記者會區人群聚集的地方望了一眼。「不管事實如何，我認爲，我們憑良心應該通知署長而且——」

「亂來！」娜拉咬牙切齒說。「我告訴你，這塊冰河的基體純淨。我研究出的冰心資料正確，不容以舔夾克的結果和荒誕的幻覺來質疑。」她氣呼呼走向附近用品區，開始湊齊工具。「我準備去好好採集水的樣本，證明給你們看這坑水不含鹽水浮游生物——沒有活的生物，更沒有死屍！」

瑞秋與其他人旁觀著娜拉的採樣動作。娜拉使用消毒過的吸管，以繩子垂吊而下採集水池中的樣本，然後滴幾滴水在一架小儀器上。這架儀器外形如迷你單眼望遠鏡。接著她一眼湊近圓形視窗，將儀器對準生棲營另一邊散發出的光線。短短幾秒後她開始咒罵。

「耶穌基督啊！」娜拉搖搖儀器再看一次。「可惡！這具折射計一定出了毛病！」

「是鹽水吧？」寇奇沾沾自喜。

娜拉皺眉說，「一點。儀器算出鹽分佔百分之三——完全不可能嘛。這條冰河是由冰雪組成的。純粹是淡水。不應該有鹽分才對。」娜拉將採樣放進附近一臺顯微鏡檢驗。她嘟噥一聲。

「有浮游生物嗎？」陶倫德問。

「多邊膝溝藻（譯註：原文爲G. polyhedra），」她回答，嗓音轉爲鎮靜。「我們冰河學家經常在冰棚下的海水發現這種浮游生物。」她向陶倫德瞄一眼。「它們已經死了。顯然在百分之三的鹽水環境撐不太久。」

四人靜靜在深水坑邊站了片刻。

瑞秋思考的是，這項矛盾對整個發現具有什麼意義。與整個隕石代表的意義相較之下，這個難題似乎顯得微不足道，但身爲情資分析師，瑞秋曾目睹整個理論因小小的差錯而崩盤，誤差甚至比這件事小。

「你們在那邊做什麼？」這人以低沉的嗓音說。

四人抬頭看。熊型的航太總署長自暗處現身。

「採掘坑裡的水出現小疑問，」陶倫德說。「我們正在解決。」

寇奇的口氣近乎歡樂。「娜拉的冰層資料凸槌了。」

署長朝他們走來，濃密的眉毛壓低。「冰層資料出了什麼問題？」

「去你的，」娜拉低聲說。

陶倫德喘出一口氣，帶有不太確定的意味。「我們查出隕石坑裡的淡水混進百分之三的鹽分，和冰河報告的結果矛盾，因爲冰河報告指出隕石包裏在純淨的淡水冰河裡。」他遲疑一下。「水裡也有浮游生物存在。」

艾斯崇露出近似生氣的表情。「顯然不可能。這道冰河裡面沒有裂縫。衛星掃描證實過了。隕石封在密實的冰河結構裡。」

瑞秋知道艾斯崇說的沒錯。根據航太總署的密度掃描，這塊冰層的確密實無比。隕石四面八方包圍的是數百呎厚的冰河結構。沒有裂縫。然而，瑞秋想像著密度掃描的原理時，不禁產生一個怪異的念頭……

「除此之外，」艾斯崇說，「曼葛博士的冰心樣本證實了冰河的密實度。」

「沒錯！」娜拉說著將折射計扔向辦公桌。「雙重佐證。冰層裡沒有斷層。這麼一來，鹽分和浮游生物就無法解釋了。」

「其實，」瑞秋大膽說。以這種口氣說話，連她自己也吃驚。「另有一種可能性。」腦力激盪的結果，從最不可能的記憶深處竄出一個想法。

大家這時看著她，內心疑慮寫在臉上。

瑞秋微笑說，「鹽分和浮游生物的存在，其實有個完全合理的解釋。」她以挖苦的表情看了陶倫德一眼。「老實說，麥克，我很驚訝你居然沒想到。」

42

「浮游生物被冰河冷凍？」寇奇・馬林森語帶懷疑，對瑞秋的解釋不太買帳。「我不想澆妳冷水，不過生物一結冰，通常是死路一條。妳沒忘了吧，這些小東西死前還對我們閃光？」

「其實，」陶倫德說著對瑞秋投以欽佩的眼光，「她說的可能有道理。有些物種迫於環境限制，必要時會停止動作。我以前拍過一集節目介紹這種現象。」

瑞秋點頭說，「你在節目中介紹狗魚被凍結在湖裡，等到湖水解凍後才能游走。你也提到一種叫做『水熊』的微生物，在沙漠缺水時呈現完全脫水的狀態，可以維持好幾十年，等到下雨時再充水恢復機能。」

陶倫德咯咯笑著說，「這麼說來，妳還真的看過我的節目？」

瑞秋聳聳肩，顯得有點尷尬。

「謝克斯頓小姐，妳的重點到底是什麼？」娜拉質問。

「她的重點嘛，」陶倫德說，「我剛才早該想到才對。我在那一集節目裡介紹的生物中，有一種浮游生物每年冬天會被冰凍在極地冰帽裡，在冰裡冬眠，夏天冰帽被融薄後，浮游生物才繼續游動。」陶倫德稍事停頓。「雖然我在節目中介紹的品種不屬於發光生物，不過也許同樣的現象發生在池裡這些東西。」

「浮游生物被結冰了，」瑞秋接口說。麥克・陶倫德熱情接納她的想法令她振奮。「這可以解釋我們在這裡看見的所有現象。過去可能有一段時間，這段冰河出現裂縫，充滿了飽含浮游生物的鹽水，然後又被凍結起來。假如說，從前這條冰河裡包裹著一小團的鹽水呢？假設結冰的鹽水含有冰凍的浮游生物呢？

想像一下，加熱隕石融解冰層的過程中，正好碰上一小團的鹽冰，融化之後喚醒冬眠中的浮游生物，而且替淡水增加了少量鹽分。」

「哎，老天爺可憐可憐我！」娜拉以充滿敵意的呻吟感嘆。「突然間，每個人都成了冰河學家！」

寇奇也表露疑心。「可是，繞行極地掃描密度衛星不是做過密度掃描嗎？怎麼查不出鹹水冰的存在？再怎麼說，鹹水冰和淡水冰的密度有差別。」

「幾乎沒有差別，」瑞秋說。

「百分之四是相當大的差別，」娜拉挑戰她。

「在實驗室沒錯，」瑞秋回應，「只不過衛星掃描的地點距離地球表面一百二十哩，上面的電腦只能辨別明顯的差別，比如冰和半融冰，花崗石和石灰岩。」她轉向署長。「我認為，衛星從太空測量密度時，可能本身解析能力無法辨別淡水冰和鹽水冰。署長認為有沒有道理？」

署長點頭。「正確。百分之四的差別的確是在衛星的容忍值之下。衛星會把鹽水冰和淡水冰當作相同的物質。」

陶倫德這時顯得興味盎然。「這也可以說明坑裡的水位為何呈現靜態。」他看著娜拉。「妳不是說，妳在採掘坑裡化驗出的浮游生物叫做——」

「多邊膝溝藻，」娜拉高聲說。「現在你想知道多邊膝溝藻有沒有結冰冬眠的能耐？答案是有，你可高興了吧？冰棚附近可以發現眾多的多邊膝溝藻，具有發光能力，也可以在冰中冬眠。還有沒有問題？」

大家交換眼色。從娜拉的口氣判斷，她顯然留著「但是」沒說，然而上述這番話卻似乎證實了瑞秋的理論。

「所以說，」陶倫德大膽提出，「妳認爲冬眠是可能的解釋？妳認爲這種理論說得通？」

「那當然，」娜拉說，「除非你弱智。」

瑞秋怒視她。「妳再講一遍？」

娜拉．曼葛與瑞秋較勁互瞪。「我認爲啊，在你們那一行，多懂一點東西恐怕會惹麻煩上身吧？相信我，其實冰河學也一樣。」娜拉移開視線，這時一一看著身邊四人。「讓我在此鄭重向大家澄清一點。謝克斯頓假設的鹽水冰確實可能發生。冰河學上我們以『間隙』稱呼。只不過，間隙不會形成小塊小塊的鹽水冰，而是形成分岔得極爲複雜的脈絡，有些細縫可以窄到像頭髮一樣細。如果說採掘隕石的時候碰上鹽冰間隙，恐怕得撞上一大堆間隙才能釋放出大量鹽水，不然無法在這麼深的水坑產生百分之三的鹽分。」

艾斯崇拉長臉。「照妳這麼說，到底有沒有可能？」

「死也不可能，」娜拉斷然說。「完全不可能。不然我採集冰心樣本時會發現鹽冰。」

「基本上，冰心採樣的地點是隨機選取的，對不對？」瑞秋問。「有沒有這種可能：採樣時碰巧運氣不好，正好錯過一小塊海冰的位置？」

「我從隕石正上方往下鑽，接著在隕石兩邊短短幾碼處各鑽出幾個樣本。不可能錯過鹽冰的位置。」

「我只是問問。」

「妳的假設無意義，」娜拉說。「鹽冰間隙只出現在季節性的冰層裡，隨著季節變化而結冰融化。米爾恩冰棚屬於緊實冰，在山區形成，緊密結合在一起，然後移動到崩離區掉進海裡。雖然以結冰浮游生物很容易解釋池水發光的現象，我敢打包票，這道冰河裡沒有暗藏凍結的浮游生物網。」

眾人再度沉默下來。

儘管瑞秋提出的冷凍浮游生物論遭到毫不留情的批評，她仍有系統地分析資料，拒絕接受娜拉的駁斥。瑞秋直覺上知道，他們底下的冰河存在冰凍浮游生物，這是本謎語最簡單的謎底。簡約定律，她心想。在國家偵察局受訓時，教官反覆叮嚀這道理，讓簡約定律成爲潛意識的一部分。存在多種解釋時，最簡單的一種往往是正確答案。

如果冰心資料出錯，娜拉．曼葛顯然丟不起這個臉。瑞秋因此懷疑也許娜拉事先看過浮游生物，明知自己聲稱冰河密實無縫其實有錯，現在只想儘量粉飾太平。

「我只知道，」瑞秋說，「我剛對白宮全體幕僚做過簡報。我告訴大家，一七一六年有塊著名的流星體稱爲姜革索，墜落時迸出這一小塊，被結構扎實純淨的冰雪包裹至今，完全沒有受到外界干擾。這項事實現在看來值得商榷。」

航太總署署長默然無語，表情凝重。

陶倫德清清喉嚨。「我同意瑞秋的見解。這池水裡含有鹽分和浮游生物。無論做何解釋，這道水坑顯然不是封閉環境。我們無法斷言採掘坑沒有受到外界干擾。」

寇奇露出不自在的神色。「呃，各位，我不太想賣弄天體物理學家的身分，只是在我的領域中，研究一出錯通常差了幾十億年。多了這麼一點浮游生物和鹽水，眞的有那麼嚴重嗎？我的意思是，包圍隕石的冰雪是否找得到問題，應該不會影響到隕石本身吧？我們有的是化石。沒人可以質疑化石的眞假。就算事後證明冰心資料出錯，也不會有人在意吧。大家關心的是我們證明了別的行星上也有生物。」

「抱歉，馬林森博士，」瑞秋說，「由於我靠分析資料過活，我非反對你的說法不可。航太總署今晚呈現的資料，只要出現一丁點瑕疵，都有可能爲整項發現的可信度罩下疑雲。化石的眞假也難逃疑心。」

寇奇的下巴落下。「妳這話什麼意思？那些化石無庸置疑啊！」

「我曉得。你也曉得。不過民眾聽見風聲，聽說航太總署明知冰心資料有問題還強行推出，相信我，民眾會馬上開始懷疑航太總署另外還撒了什麼謊。」

娜拉向前走一步，目光晶亮。「我的冰心資料才沒問題。」她轉向署長說，「我能全盤證明給署長看，這塊冰棚裡哪裡都找不到鹹水冰！」

署長凝視她半晌。「怎麼證明？」

娜拉概述她的計畫。解說完畢後，瑞秋不得不承認娜拉的點子似乎很合理。

署長的表情則不太確定。「最後結果就算明確了嗎？」

「百分之百證實，」娜拉向他保證。「如果隕石坑附近任何地方有那麼一盎司鹹水冰，一定化驗得出來。就算只有幾小滴，也會在我的儀器亮起光點，像紐約時報廣場那麼燦爛。」

理著軍人小平頭的署長額頭皺紋加深。「時間不太寬裕。再過兩個鐘頭就要開記者會了。」

「我二十分鐘後就回來。」

「妳說妳必須在冰河上走多遠？」

「用不著太遠。兩百碼應該綽綽有餘。」

艾斯崇點頭。「妳確定安全嗎？」

「我會帶安全火把去，」娜拉回答。「而且有麥克作陪。」

陶倫德猛然抬頭。「我？」

「不然還有誰，麥克！我們要綁在一起去。如果颳起風來，多了一雙強壯的臂膀會讓我感激不盡的。」

「可是──」

「她說的沒錯，」署長邊說邊轉向陶倫德。「如果她想去，就不能單獨出去。我是可以派幾個部屬跟她去，只是老實講，我寧可把浮游生物的事暫時壓下來，等到釐清頭緒後再說。」

陶倫德不情願地點頭。

「我也想去，」瑞秋說。

娜拉如同眼睛蛇般轉身。「廢話，妳當然想去。」

「其實，」署長說，彷彿剛想出一個點子，「如果使用標準型的四人束帶，我比較安心。如果麥克陪妳去，他又不巧滑一跤，妳一定會被他拖累。四個人總比兩人安全得多。」他停頓一下，望向寇奇。「所以說，你或明衛立博士也要跟著去。」艾斯崇環視生棲營。「明衛立博士哪裡去了？」

「我好一陣子沒見到他人影了，」陶倫德說。「他可能在睡午覺。」

艾斯崇轉向寇奇。「馬林森博士，我無法要求你跟他們一起去，只是——」

「去就去嘛，」寇奇說。「大夥處得這麼融洽，我不想掃興。」

「不要！」娜拉大嘆。「四個人出動會拖延時間。麥克和我去就行了。」

「四人就是四人。」署長的語氣帶有討論到此爲止的意味。「束帶製作成四人份不是沒有原因，而且這行動必須盡可能平安。我最不願有人發生意外，尤其是在航太總署史上最重大的記者會之前兩小時。」

43

瑪喬俐．田奇的辦公室空氣不流通，凱蓓兒．艾許坐下時心情無所適從。我只是小角色，這女人究竟找我做什麼？整間辦公室的桌子只有一張，田奇靠向椅背，無情的五官似乎因凱蓓兒的彆扭而放射出喜悅。

「妳不在意菸味吧？」田奇問，一面從香菸包裡拍出另一根。

「沒關係，」凱蓓兒說謊。

田奇不等她回答已出手點菸。「妳和貴候選人在這場選戰期間，對航太總署興趣濃厚嘛。」

「對，」凱蓓兒動怒，毫不掩飾內心的憤怒，「感謝妳巧手鼓勵。妳給我解釋清楚。」

田奇無辜地噘嘴。「妳想知道的是，我爲什麼電郵給妳攻擊航太總署的材料？」

「妳寄給我的情報傷害到妳的總統。」

「短期而言的確如此。」

田奇的語調隱含陰險的意味，令凱蓓兒聽了不舒服。「這話什麼意思？」

「放輕鬆嘛，凱蓓兒。我的電郵又沒有改變太多現狀。在我插手之前，謝克斯頓參議員老早就喜歡罵航太總署。我只是幫助他讓政見明朗化。鞏固他的立場。」

「鞏固他的立場？」

「正確。」田奇微笑，露出一口黃牙。「不是蓋的，他下午在CNN表現得相當斬釘截鐵。」

凱蓓兒回想幾小時前的情景。田奇以問題逼他表態時，參議員的回應是對，我願意動手廢除航太總署。謝克斯頓當時被逼進牆角，但他大桿一揮，將小白球揮出深草區，做出正確的抉擇。是嗎？從田奇滿意的表情來看，凱蓓兒察覺其中必有蹊蹺。

田奇突然起立，瘦長的身形宰制了擁擠的辦公室空間。她以嘴唇叼著香菸，走向牆壁型的保險櫃，從中取出厚厚的牛皮紙袋，走回辦公桌坐回原位。

凱蓓兒看著鼓鼓的信封。

田奇微笑，將信封捧在大腿上，宛如撲克牌玩家手握同花順。她以被菸熏黃的指尖彈彈信封角落，製造煩人的重複搔刮聲，彷彿品味著對方的期待。

凱蓓兒知道是自己的良知在作祟，但她最擔心信封含有參議員與她有過一腿的證明。荒謬，她心想。那一夜的事發生在辦公時間之外，地點雖說是參議員辦公室，門卻也緊緊鎖上。更何況，假使白宮握有任何證據，必定迫不及待對外公布。

愛怎麼懷疑隨他們去，凱蓓兒心想，可惜他們無法證明。

田奇捻熄香菸。「艾許小姐，不知道妳曉不曉得，妳被捲進了一場戰役。而這場仗自從一九九六年就在華盛頓幕後開打。」

這句開場白全然出乎凱蓓兒的意料。「妳說什麼？」

田奇再點燃另一根香菸，以乾癟的嘴唇抿住，菸頭發出紅光。「有個法案叫做促進太空商業化法案，妳知道多少？」

凱蓓兒從未聽過這個法案。她聳聳肩感到迷惘。

「真的嗎？」田奇說。「我很驚訝，因為跟貴候選人的政見息息相關。促進太空商業化法案在一九九六年由參議員沃克提議，基本上責怪航太總署自登陸月球後就沒做出值得一提的事。法案提倡立即賣掉航太總署資產給民間航太公司，讓自由市場體系以更具效率的方式探索太空，藉此讓航太總署民營化，以減輕目前納稅人為航太總署挑下的重擔。」

凱蓓兒聽過批評航太總署的人士建議開放民營以擺脫困境，但她不知道民營的想法居然以正式的法案提出過。

「這條商業化的法案，」田奇說，「已經在國會提出四次了。過去國會通過類似的法案，成功讓製鈾之類的公營產業民營化。太空商業化法案在國會表決時，每次都闖關成功，幸虧呈交白宮時，次次都被否決退回。札克理．賀尼自己就否決過兩回。」

「妳的重點是……」

「我的重點是，如果謝克斯頓參議員當選總統，他一定會支持這項法案。我有理由相信，謝克斯頓一抓到機會，肯定馬上毫不留情賣掉航太總署資產給競標的民間公司。簡而言之，妳的候選人會選擇支持民營，不再逼美國納稅人資助太空探索。」

「就我所知，參議員從來沒有公開表態支持什麼促進太空商業化法案。」

「沒錯。但是，我很清楚他的政治走向。假如他公開支持，我想妳也不會太驚訝。」

「自由市場體系往往能產生效率。」

「依妳這句話，我就當作妳認同他的立場。」田奇盯著她說。「可悲的是，航太總署民營化是個可怕的點子。那項法案提出到現在，每次都被白宮否決，原因數也數不清。」

「我聽過反對太空開放民營的論點，」凱蓓兒說，「我也瞭解妳為何憂心。」

「是嗎？」田奇傾身靠向她。「妳聽說過哪一個論點？」

凱蓓兒不太自在地移動身體。「呃，多半是學術界標準的恐懼——最常見的論點是，假如航太總署民營化了，目前追求太空科學知識的目標會很快被拋棄，改為追求以賺錢為目標的事業。」

「對。屆時太空科學轉眼間將斷氣。民間太空公司到時候不願花錢研究宇宙，反而濫採小行星、在太空建造觀光旅館、提供發射商業衛星的服務。耗資幾十億研究宇宙的淵源卻不見收益，民間公司才懶得做這種賠錢生意，妳說是吧？」

「對，」凱蓓兒接著辯白，「不過到時候當然可以成立一個國家基金會來推動太空科學，資助學術研究。」

「那樣的機構已經存在了。大名叫做航太總署。」

凱蓓兒說不出話來。

「放棄科學以追求利潤還只是個副作用，」田奇說。「允許民間在太空胡作非為的話，太空一定會大亂。追求利潤的問題算小事情，到時候，西部拓荒的混亂歷史將重演。我們會看見太空拓荒者在月球和小行星上劃地稱王，以武力捍衛地盤。我聽說過，有些公司向白宮請願，希望准許他們發射霓虹廣告看板到太空，讓地球人晚上能看見閃爍的廣告。我也聽說太空旅館和旅行社的請願，他們提議將垃圾射進太空中，製造運行軌道的垃圾堆。事實上，我昨天才剛讀過一份提案。有家公司想把太空變成高級墳墓，把屍體發射到太空軌道上。到時候，電訊衛星運行時撞上死屍，會成為什麼情況，妳能想像嗎？上個禮拜，有個億萬富翁執行長來我的辦公室請願，希望送一組人員登陸靠近地球的一顆小行星，把小行星拖到地球附近開採珍稀礦物。我不得不開導他，把小行星拖近地球軌道可能導致地球大災難啊！艾許小姐，我敢跟妳保證，如果這項法案通過，一窩蜂衝向太空的創業家絕對不會是有心研究科學的人士，而是錢多多卻眼光短淺的生意人。」

「妳的說法很有說服力，」凱蓓兒說，「我確定參議員如果未來碰上這項法案時，投票前一定會審慎衡量妳提出的這些問題。請妳告訴我，這些東西跟我有什麼關係？」

田奇叼著香菸，瞇起眼。「很多人希望在太空大撈一筆，而政治遊說界也摩拳擦掌，想排除所有的限制，打開遊說這項法案的大門。民營化只剩下一道阻力，就是總統的否決權……以免太空陷入完全無政府的狀態。」

「這麼說，札克理・賀尼否決了法案，我應該向他致敬。」

「我擔心妳的候選人當選後，審慎程度將不及現任總統。」

「我再講一次，如果參議員能對法案投票時，一定會審慎斟酌所有問題的輕重。」

田奇似乎不完全相信。「參議員在媒體打廣告的支出多少，妳可知道？」

這問題問得凱蓓兒意外。「支出多少屬於公開資料，大家都查得到。」

「一個月超過三百萬。」

凱蓓兒聳聳肩。「隨便妳怎麼講吧。」這個數字相去不遠。

「這可不是個小數目啊。」

「他的錢多的是。」

「對啊，他規畫得當。不對，應該說他娶對了女人。」田奇歇口吐煙。「他老婆凱瑟琳過世真令人難過，對他打擊很大。」她悲哀一嘆，顯然是虛情假意。「她好像才往生沒多久，對吧？」

「快講重點，否則我要走人了。」

田奇猛咳了一聲，咳得肺臟震動，然後伸手取來鼓脹的卷宗夾，從中抽出一小疊以釘書針釘妥的紙張，遞給凱蓓兒。「謝克斯頓的財務紀錄。」

凱蓓兒訝異地研究著資料。這些紀錄回溯至過去數年。雖然凱蓓兒無權過問謝克斯頓的財務內情，她仍覺得這份資料屬實，其中不乏銀行帳戶、信用卡帳戶、貸款、股票、房地產、債務、資本利得與虧損。

「這些是私人資料。妳從哪裡弄來的？」

「妳別管我的消息來源是誰。如果妳花點時間仔細看看這些數據，就能清楚發現謝克斯頓參議員沒有財力花大錢打廣告。凱瑟琳去世後，謝克斯頓浪費掉她遺產的大半，拿來胡亂投資，貪圖個人享受，似乎還在總統初選時砸錢買下必勝的保證。根據六個月前的資料顯示，妳的候選人已經一文不值了。」

凱蓓兒察覺她肯定是想唬人。假如謝克斯頓一文不值，他絕不可能每星期買下越來越長的廣告時段。

「妳的候選人和總統比較起來，」田奇繼續說，「目前支出的比例是四比一。而他名下已經破產了。」

「我們收到不少捐款。」

「是啊，其中有些屬於合法獻金。」

凱蓓兒驟然抬頭。「妳說什麼？」

田奇將上身傾向桌面，凱蓓兒能嗅到她嘴鼻噴出尼古丁氣息。「凱蓓兒．艾許，我想請教妳一個問題，建議妳在回答前三思，因為妳的回答關係到妳接下來幾年會不會坐牢。航太總署民營化攸關航太公司數十億的利益，而謝克斯頓參議員正在違法接受這些公司的鉅額賄賂當作競選經費，妳知不知情？」

凱蓓兒盯著她說，「妳的指控太荒謬了！」

「妳是說，妳對這個動作並不知情？」

「假如參議員正在接受妳指的鉅額賄賂，我想我一定會知情。」

田奇冷酷一笑。「凱蓓兒，我瞭解謝克斯頓參議員跟妳分享很多私事，不過我跟妳保證，妳對他不瞭解的地方還有很多。」

凱蓓兒站起來。「討論到此結束。」

「正好相反，」田奇說著取出卷宗夾裡剩餘的資料，在桌上攤開。「討論才正要開始呢。」

44

在生棲營的「部署室」裡，瑞秋．謝克斯頓穿上航太總署的馬克九號微氣候求生裝，感覺像個太空人。這套黑色單件式連身裝束附有風帽，模樣近似充氣式潛水裝。馬克九號的材質是雙層記憶泡棉，裡面縱橫著空心管道，可灌入高密度的黏液來幫助人體在冷熱環境中調節溫度。

瑞秋拉上緊貼頭部的風帽時，視線落在航太總署署長上。他有如沉默的哨兵出現在門口，顯然不高興四人非出這趟小任務不可。

娜拉．曼葛一面為大家穿上裝備，一面喃喃罵著髒話。「這一件是超肥型。」她說著將裝束拋給寇奇。

陶倫德已經著裝一半。

瑞秋著裝完畢後，娜拉找到瑞秋腰際的氣閥，接著從狀似大型潛水氧氣筒的銀色圓筒拉出輸送管，再將輸送管連接到氣閥上。

「吸氣。」娜拉說著打開氣閥。

瑞秋聽見嘶嘶聲響，感覺黏液注入求生裝裡，記憶泡棉隨之擴張，求生裝鼓起，緊緊壓在她原本的衣物上。這種感覺令她聯想到戴上橡膠手套後將手伸進水裡。風帽充氣後包住頭部，也緊緊蓋住耳朵，悶住了一切聲響。*我被裹在繭裡了。*

「馬克九號最大的優點是襯裡，」娜拉說，「就算跌了一跤坐在地上，一點也不會喊痛。」

瑞秋相信這種說法。她覺得像被困在彈簧墊裡。

娜拉連續遞給瑞秋幾種工具——一把冰斧、幾個束帶扣與D字形金屬環。她將這些工具固定在瑞秋腰間的皮帶上。

「帶這麼多啊？」瑞秋注視著工具問。「不是只走兩百碼？」

娜拉瞇起眼睛。「到底想去還是不去？」

陶倫德以令人放心的神態向瑞秋點頭。「娜拉只是謹慎行事。」

寇奇接上黏液筒，將黏液灌入求生裝中。他顯得興致勃勃。「感覺好像穿上特大號保險套咧。」

娜拉悶哼一聲表示噁心。「你看過才怪，小處男。」

陶倫德在瑞秋身旁坐下，面帶無力的微笑看著她穿上厚重的靴子與尖鐵釘板。「妳確定要跟嗎？」他的眼神具有保護意味，深深吸引著她。

瑞秋內心的恐懼感逐秒俱增，卻希望以自信的點頭來掩飾眞心。才兩百碼……一點也不遠。「你還以爲只有在遠洋才能找到刺激。」

陶倫德咯咯笑，一面繫上自己的尖鐵釘板，一面說，「我想通了，我比較喜歡液態的水，不喜歡這種結冰的東西。」

「固態液態的水，我一向都不太喜歡，」瑞秋說。「我小時候踩破冰跌進水裡，從此一看見水就緊張。」

陶倫德瞄了她一眼，露出同情的眼神。「眞遺憾。這件事過後，妳非上來哥雅號找我不可。我會改變妳對水的觀感。保證。」

這份邀約令她驚訝。哥雅是陶倫德的研究船，遠近馳名，原因是經常上《海洋奇境》節目，同時也因它是海面上形狀最怪異的船隻之一。儘管造訪哥雅會讓瑞秋心神不寧，她知道參觀的機會難得。

「哥雅目前停在紐澤西岸邊十二哩外，」陶倫德邊說邊吃力地扣上尖鐵釘板。

「選在那裡下錨，未免太奇怪了吧？」

「一點也不怪。大西洋沿岸是個不可思議的地方。我們本來準備拍一集新的紀錄片，卻被總統無禮打斷。」

瑞秋笑著說，「拍什麼樣的紀錄片？」

「八鰭丫髻鮫和地幔熱柱（megaplume）。」

瑞秋皺眉。「算我白問了。」

陶倫德扣完尖鐵釘板後抬頭。「說真的，這裡結束後，我會上船拍片兩個禮拜。華盛頓距離紐澤西海邊不太遠，妳回家後過來一趟。沒必要一輩子怕水嘛。我的船員會展開紅地毯迎接妳。」

娜拉．曼葛粗著嗓子大吼，「我們是要準備出門，或者要我替你倆點蠟燭、端香檳？」

45

面對攤在瑪喬俐・田奇辦公桌上的文件，凱蓓兒・艾許不知如何是好。這一疊包括影印的信件、傳真、電話內容聽寫稿，似乎全可佐證謝克斯頓祕密與民間太空公司對話的指控。

其中有兩張低解析度的黑白相片。田奇將相片推向凱蓓兒。「據我推測，妳大概不知道這事吧？」

凱蓓兒看著相片。第一張屬於偷拍照，顯示謝克斯頓參議員鑽出計程車，地點是某處的地下停車場。謝克斯頓從來不搭計程車。凱蓓兒看著第二張——以長鏡頭拍攝，捕捉到謝克斯頓爬進一輛靜止的白色迷你廂型車。有位長者顯然在車上等他。

「那人是誰？」凱蓓兒說，懷疑這兩張相片可能被動過手腳。

「SFF的大人物。」

凱蓓兒不願相信。「是太空拓荒基金會（Space Frontier Foundation）嗎？」

太空拓荒基金會如同民間太空公司合組的「聯盟」，代表航太承包商、創業家、創投業——包括有心前進太空的任何散戶與法人。太空拓荒基金會成員對航太總署多有批評，認爲國營的太空計畫使用不公平的商業手段打壓民間公司，不讓民間發射太空梭。

「太空拓荒基金會，」田奇說，「現在代表一百多家大公司，有些財力雄厚，一心期望促進太空商業化法案能通過。」

凱蓓兒思考著。可想而知，太空拓荒基金會公開支持謝克斯頓的選戰，只不過謝克斯頓小心與他們保持距離，因爲該基金會的遊說策略頗受爭議。最近，太空拓荒基金會發表一份措辭嚴厲的批評，指控航太總署有能力做賠錢生意，也有能力維持不墜之地，其實無異於「非法壟斷」，對民間企業構成不公平競爭。太空拓荒基金會聲稱，每當美國電話電報公司（AT&T）需要發射電訊衛星時，數家民間太空公司主動答應代爲發射，索價五千萬美元尚屬合理。可惜的是，航太總署總是從空而降，提出兩千五百萬的代價爲AT&T發射衛星，而航太總署的成本高達這個數字的五倍！做賠錢生意是航太總署繼續主宰太空的一種手法，太空拓荒基金會律師指控，帳單由納稅人承擔。

「這張相片顯示，」田奇說，「貴候選人私下會見某組織的成員，而這組織代表了民間太空企業。」田奇朝桌上其他幾份文件示意。「我們也掌握了幾份太空拓荒基金會內部備忘錄，呼籲旗下公司籌措大批款項——數目字跟公司的市值成比例——然後把錢匯入謝克斯頓參議員控制的帳戶。說穿了，這些民間太空公司是在籌措賭資，希望把謝克斯頓送上總統寶座。我只能推想，他已經承諾當選後通過商業化法案，開放航太總署民營。」

凱蓓兒看著這些文件，仍不相信田奇的說法。「對手違法接受大筆競選獻金，白宮握有證據卻居然當成祕密，妳覺得我會相信嗎？」

「妳相信嗎？」

凱蓓兒瞪著她。「老實說，有鑒於妳擅長信口雌黃操縱別人，比較合乎邏輯的解釋或許是，妳一手拿僞造文件，另一手拿假相片來夾殺我。這些東西，其實是某個腦筋動得快的白宮幕僚，以電腦用桌上排版程式移花接木的傑作。」

「有這個可能，我承認。可惜妳猜錯了。」

「猜錯了？這些文件屬於企業的內部文件，妳怎麼弄得到？從這麼多的公司竊取這些證據涉及太多資源，超出白宮的能力範圍之外。」

「妳說的對。這份情報是不請自來的禮物。」

凱蓓兒糊塗了。

「不騙妳，」田奇說，「我們得到很多類似的情報。總統在政治圈有許多位高權重的盟友，希望他能連任。別忘了，貴候選人提議東刪西減的，關係到很多華府人士的利益。謝克斯頓參議員抨擊政府超支時舉出聯邦調查局預算浮濫為例，他也對國稅局亂放口水。也許這兩個單位有人對他不太爽。」

凱蓓兒聽懂了箇中含義。聯邦調查局與國稅局人員有辦法取得這類資訊。取得後可能自動轉交給白宮，拉抬總統的選情。但凱蓓兒無法說服自己的是，謝克斯頓怎麼會涉及違法收受競選經費。「我強烈懷疑這份資料的正確性，」凱蓓兒反擊，「就算資料正確，妳幹嘛不公開？」

「妳認為呢？」

「因為取得的方式不合法令。」

「取得的方式不是重點。」

「當然是重點。在聽證會上提出來，不會被接受的。」

「什麼聽證會？我們只須要把消息走漏給報社，附上相片和文件，讓報社以『根據可靠消息來源』來報導。在證明無辜之前，謝克斯頓會被視為有罪。他公開反對航太總署立場，差不多可以證明他接受賄賂。」

凱蓓兒知道此話屬實。「好，」她嗆聲，「那你們為何不走漏消息？」

「因為這是負面消息。總統承諾競選時不打負面牌，他希望盡可能維持這項承諾。」

才怪！「妳是說，總統為人正直，拒絕公開這消息，是因為別人可能認為這消息太負面？」

「對國家具有負面影響。因為這消息牽涉到幾十家民間企業，而其中很多公司的員工都是老實人。這樣做有損美國參議院的英名，也會打擊國家士氣。不誠實的政客傷害到所有政治人物。美國人必須信任領導人物。消息一公布，勢必引發醜陋的調查，極有可能讓參議員和無數知名航太主管鋃鐺入獄。」

雖然田奇的邏輯合理，凱蓓兒仍懷疑指控的內容。「這件事又跟我有什麼關係？」

「艾許小姐，簡而言之，如果我們釋出這些文件，貴候選人將因違法收受競選資金而遭起訴，喪失參議院的席位，同時極有可能坐牢。」田奇遲疑了一下。「除非……」

凱蓓兒看見總統資政的眼珠閃出蛇般的目光。「除非什麼？」

田奇長長吸了一口菸。「除非妳決定幫忙迴避這些後果。」

一陣渾濁的靜肅氣氛緩緩籠罩辦公室內。

田奇狂咳一陣。「凱蓓兒，是這樣的，我決定跟妳分享這項壞消息的原因有三個。第一，讓妳知道札克理‧賀尼為人端正，將政府的利益擺在個人得失之前。第二，讓妳知道貴候選人不如妳想像那麼值得信賴。第三，說服妳接受我即將提出的好處。」

「什麼好處？」

「我想主動給妳一個做對事的機會。做愛國的事情。不曉得妳清不清楚，妳的處境特殊，有能力讓華盛頓躲過一大堆難堪的醜聞。如果妳答應我接下來的請求，也許妳可以在總統的團隊贏得一個位置。」

總統團隊的位置？凱蓓兒無法相信自己的耳朵。「田奇小姐，妳到底動的是什麼腦筋？我不喜歡被人勒索、脅迫，也不喜歡別人以不尊敬我的口氣講話。我替參議員的選戰服務，是因為我認同他的政治理念。如果妳這種做法足以顯示札克理‧賀尼施展政治影響力的手段，那麼我沒興趣跟他掛鉤！如果妳掌握了不利謝克斯頓的消息，我建議妳儘管去向媒體透露。老實講，我認為這整件事是個陷阱。」

田奇沉悶地嘆氣。「凱蓓兒，貴候選人的違法獻金是個事實。我很難過。我知道妳信任他。」她壓低嗓門。「我想講的重點是，有必要的時候，總統和我會公開獻金的消息，只是這樣做會鬧大風波。這樁醜聞牽扯到幾間美國大企業違法。很多無辜的民眾將因此付出代價。」她長長吸了一口菸，然後吐氣。「總統和我希望的是……是以其他方式讓選民質疑參議員的品德。這種方式比較收斂……不會傷害到無辜民眾。」田奇放下香菸，交握雙手。「簡而言之，我們希望妳公開承認妳和參議員有一手。」

凱蓓兒全身僵硬了。田奇的語氣不帶一絲遲疑。不可能，凱蓓兒知道。無法證明。兩人只發生過一次超友誼關係，而且是在謝克斯頓上鎖的參議員辦公室裡。田奇沒有證據。她只是想誘我上鉤。凱蓓兒極力保持語調鎮定。「田奇小姐，妳推想的未免太多了吧。」

「推想哪一點？妳跟他亂搞男女關係嗎？還是妳願意離開競選團隊？」

「兩個都是。」

田奇簡短微笑一下，然後起立。「好吧，我們先證明其中一項事實，好嗎？」她再度走向牆壁式保險櫃，拿著紅色卷宗夾回來。卷宗夾上印有白宮戳記。她打開釦子，翻轉過來，將內容物倒在凱蓓兒面前的桌上。

數十幀彩色相片跌落桌面，凱蓓兒看見自己的政治生涯在眼前碎裂。

46

生棲營外吹襲著下坡風，往冰河下游颳去，絲毫不像陶倫德吹慣了的海風。在海面上，海風由潮汐與高低壓鋒面的作用形成，風勢時強時弱。反觀下坡風，成因純屬物理作用——冷空氣下沉後如大海潮衝下冰河面的斜坡。陶倫德經歷過的風勢，就以下坡風的意志最堅決。假使下坡風以二十浬的速度吹起，會成爲駕著帆船的人夢寐以求的風，但以目前高達八十浬的風速，帆船美夢很快就變成惡夢，就連陸地上的人也吃不消。陶倫德發現，如果他暫停腳步向後仰，堅實的強風能輕易撐住他的體重。

風勢如激流，固然令他心慌，但更讓他不安的是冰棚具有些許坡度，一路向兩哩外的海邊傾斜而去。儘管靴上安裝了銳利的迅猛犬牌尖鐵釘板，陶倫德擔心不愼失足可能讓他被強風吹跑，滑向不斷向下傾斜的冰坡，令他提心吊膽。娜拉．曼葛爲三人上過兩分鐘的冰河安全課程，現在顯得內容貧乏，不足以應付危險狀況。

食人魚牌冰斧，娜拉剛才在生棲營裡介紹，一面趁大家著裝時在三人的腰帶繫上輕盈的T形工具。標準刃、香蕉刃、半管形刃、鐵錘、手斧。你們只須要牢記，如果有人跌倒或被風吹走，一手握住斧頭的頭，另一手握住斧柄，用力把香蕉刃刺進冰面，然後往冰上趴下，以尖鐵釘板的尖爪踩緊。

娜拉．曼葛以這些話讓大家寬心，然後替每人繫上YAK登山束帶。全體戴上護目鏡，步向午後漆黑的天色中。

現在，四人以直線走上冰河，各人之間繫了十碼長的登山繩索。娜拉帶頭，後面是寇奇，然後是瑞秋，陶倫德殿後。

距離生棲營越遠，陶倫德越覺得不安。灌滿黏液的求生裝雖然暖和，他仍覺得有如太空遊人，以不太協調的動作在遙遠行星上跋涉。月亮已消失在奔騰而厚實的暴風雲後，冰面頓時陷入濃得化不開的黑暗。下坡風似乎逐分增強，穩定地對陶倫德的後背施壓。他透過護目鏡吃力向外張望，只見周遭浩瀚而空曠，這才開始明瞭此地眞正能致人於死。無論航太總署的安全規定是否過當，陶倫德對署長推翻原本派出兩人的建議，改成四人出動覺得訝異。尤其是後來加上的兩人，其中之一是參議員的千金，另一位是知名的天體物理學家。陶倫德對瑞秋與寇奇抱持保護心，這一點並不令他訝異。身爲一船之長的他，已經習慣對身邊人抱有一份責任感。

「跟在我的正後方，」娜拉高喊，聲音被強風吞噬。「讓雪橇帶路。」

鋁質雪橇類似超大型的 Flexible Flyer 牌雪橇，上面載著娜拉的檢驗儀器。過去幾天來，她帶著這架雪橇上的檢測儀器與安全裝備在冰河上走動。她的設備包括一組電池、幾支安全火把，以及一支裝在雪橇前方的高功率聚光燈，全數以繫牢的塑膠防水布包攏。雖然載重量大，雪橇附有直而長的滑板，滑動時毫不費力。即使在坡度幾乎難以察覺的斜坡上，雪橇仍能自行向下移動，娜拉只須稍施約束力，幾乎有如讓雪橇帶路前進。

陶倫德察覺到大家與生棲營間的距離拉大，因此回頭望去。在短短五十碼外之處，他看見圓頂建築的淡淡曲線，即將消失在颳大風的暗夜中。

「回程怎麼辦？妳擔不擔心？」陶倫德高呼。「生棲營快看不——」話說到一半，娜拉手中燃起火把，吱吱巨響著。突如其來的紅白光芒照亮冰棚上半徑十碼之處。娜拉以靴跟在表層雪上挖出小洞，在洞口上風處堆起保護牆，然後將火把插進洞裡。

「高科技的麵包屑，」娜拉大喊。

「麵包屑？」瑞秋問，一面遮住眼睛，避開突然亮起的光線。

「糖果屋的故事，」娜拉大喊。「這些火把能燒上一個鐘頭，足夠燒到我們走回來。」

說完，娜拉再次向前走，帶領三人走下冰河——再度進入黑暗中。

47

凱蓓兒．艾許一氣之下衝出瑪喬俐．田奇的辦公室，差點撞倒了一位祕書。凱蓓兒窘迫不堪，眼前只有那些照片——影像——手腳交纏。臉上盡是激情。

凱蓓兒不知道外人如何拍攝到那些相片，但她絕對清楚的是，那些照片假不了。拍攝相片的地點是謝克斯頓參議員的辦公室，似乎從上方以針孔相機偷拍。上帝救救我。其中一張直接拍到凱蓓兒與謝克斯頓在辦公桌上巫山雲雨，在散落一桌的官樣文件間肉體橫陳。

瑪喬俐．田奇在地圖廳外追上凱蓓兒。田奇手上拿著裝有相片的紅信封。「從妳的反應來看，妳相信這些相片是眞的囉？」總統資政竟然露出開心的神色。「我希望這些相片能說服妳，我們手上其他資料也正確無誤。來源是同一個。」

凱蓓兒感覺全身發燙，大步踏上走廊。該死的出口到底在哪裡？

田奇瘦長的雙腿追起人來毫不困難。「謝克斯頓參議員對天下發誓，你們倆是沒有肉體關係的同事。他上電視聲明時，講得挺具有說服力的。」田奇以得意的態度向自己的背後示意。「事實上，我辦公室裡有一捲錄影帶，妳願不願意溫習一下？」

凱蓓兒才不需要溫習。那次記者會的過程她記得太清楚了。謝克斯頓否認起來既斬釘截鐵又感人肺腑。

「眞不幸啊，」田奇說，口氣卻不含絲毫惋惜，「謝克斯頓參議員當著美國人民的臉無恥撒謊。社會大眾有權利知道。而且他們總有一天會知道的。我個人會負責公諸於世。現在唯一的問題是，民眾如何發現事實。我們相信最好出自妳的嘴巴。」

凱蓓兒愣住了。「妳眞認爲我會幫助妳凌遲自己的候選人？」

田奇的表情僵住。「凱蓓兒，我盡力走高尚路線。我給妳一個機會，讓妳抬頭挺胸說出眞相，以免害大家羞得無地自容。我只要求妳簽字聲明，承認妳跟他有一腿。」

凱蓓兒陡然站住。「什麼？」

「這是當然的。簽字聲明對我們有幫助，因爲我們可以借力使力，拿來輕聲對付參議員，省得全國看到骯髒的內幕。我的條件很簡單：寫下聲明簽字給我，這些相片就永遠沒有見光的一天。」

「妳要我聲明？」

「技術上而言，最好是宣誓口供書，不過我們這棟有個公證人，可以請他——」

「妳瘋了。」凱蓓兒繼續走開。

田奇跟隨在她身旁，在語調中加重怒意。「不管妳肯不肯簽名，謝克斯頓參議員都是死路一條。凱蓓兒。我放妳一條生路，讓妳全身而退，免得看見自己光著屁股上早報！總統是個正直的人，不想讓這些相片公開。給我一份宣誓書，以妳自己的話坦承男女關係，我們全部都能保有一點尊嚴。」

「休想買通我。」

「是嗎？妳的候選人卻很容易被買通呢。他是個危險人物，而且犯了法。」

「他犯了法？擅闖辦公室違法偷拍相片的人是妳啊！沒聽過水門事件嗎？」

「這種扒糞的事情跟我們無關。拍這些相片的人，和蒐集到太空拓展基金會競選獻金資訊的人是同一批。有人一直非常密切注意你們倆。」

凱蓓兒衝過剛才發出通行證的安全檢查桌，摜下通行證扔給瞪大眼睛的警衛。田奇仍緊追不捨。

「艾許小姐，妳必須儘早決定，」田奇說，兩人往出口接近。「送來一份承認妳跟參議員上床的宣誓書，否則今晚八點總統只好公開一切，包括謝克斯頓的財務往來、你們的相片等等。相信我，等到大眾看清當初妳束手旁觀，讓謝克斯頓撒謊撇清兩人的關係，妳等著陪他一起活活被燒死吧。」

凱蓓兒看見出口門，直接走過去。

「凱蓓兒，今晚八點前交到我桌上。聰明一點。」田奇在她出門前將裝有相片的信封扔到她手上。「妳留著吧，美眉，我們多的是。」

48

瑞秋・謝克斯頓繼續走在冰地上，步入越來越深沉的夜色中，內心逐漸升起寒意。她腦海裡縈繞著令人心緒不寧的影像——隕石、發光浮游生物、娜拉・曼葛是否誤判冰心資料所導致的後果。

基體密實的淡水冰，娜拉當時辯稱，同時提醒大家，她在隕石周遭與正上方鑽了數個樣本。如果冰河含有鹽水間隙，而鹽水裡又充滿浮游生物，她必然親眼見過。怎麼會沒看見？儘管如此，瑞秋的直覺仍不斷回歸最簡單的解答。

冰河裡含有結冰的浮游生物。

十分鐘後，娜拉點燃了四支火把，這時瑞秋與大家已離開生棲營約莫兩百五十碼。娜拉不吭一聲就突然停下。「就選這裡，」她說，口氣宛如尋水女巫，神奇似的察覺最適合鑿井的地點。

瑞秋轉身瞥向身後的斜坡。生棲營早已消失在昏暗的月夜中，但排成一線的火把仍清晰可見，最遠的一支如微弱的星星閃爍著，令人安心。四支火把形成筆直的一條線，有如精心估算過的跑道。瑞秋欽佩娜拉的技巧。

「我們讓雪橇走在前頭的另一個原因，」娜拉看見瑞秋欣賞著火把線時高聲說，「雪橇的滑板呈直線，如果讓地心引力牽著雪橇走，我們不去干涉，就能保證走直線下去。」

「高竿，」陶倫德高喊。「要是外海也能這樣做該多好。」

這裡的確是外海，瑞秋心想，腦裡浮現著底下的海洋。萬分之一秒間，最遠的火把吸引了她的注意。火光消失了一下，彷彿被路過的物體遮住，但隨即恢復。瑞秋突然心生不安。「娜拉，」她提高嗓門以蓋過強風，「妳有沒有說過，這邊有熊出沒？」

身爲冰河學家的娜拉正準備點燃最後一支火把，不是沒有聽見她，就是假裝沒聽到。

「熊嘛，」陶倫德高喊，「吃的是海豹，只有在地盤被入侵時才會攻擊人類。」

「可是，這一帶的確是熊出沒的地方，對不對？」瑞秋永遠記不清楚南北極哪一極有熊（譯註：英文的北極熊爲polar bear，直譯爲「極地熊」），哪一極有企鵝。

「對，」陶倫德大聲回答。「北極（Arctic）這個單字其實源於北極熊，因爲希臘文的熊寫成arktos。」

慘了。瑞秋緊張地朝黑暗凝視。

「南極（Antarctica）就沒有熊了，」陶倫德說。「所以加上否定的字根anti，變成Anti-arktos。」

「多謝了，麥克，」瑞秋高喊。「別再講北極熊了。」

他笑著說，「好。對不起。」

娜拉將最後一根火把插進雪地。與剛才相同的是，四人沐浴在略紅的火光中，因黑色的求生裝顯得臃腫。在火光圈外的世界完全隱形，漆黑的圓形罩幕籠罩四周。

瑞秋與其他人旁觀著娜拉將雙腳插進雪地裡，以雙手過肩的動作小心往回拉動雪橇幾碼，來到大家站立的地方。接著她維持繩索緊繃，彎腰以手啓動雪橇的鷹爪煞車——四根彎角的鐵刺戳入冰雪中，作用是固定雪橇。完成這個動作後，她直起身體，拍拍身上的雪花，腰間的繩索才鬆懈下來。

「好了，」娜拉大叫。「開始動工。」

冰河學家娜拉繞向雪橇下風處，想掀開蓋在儀器上的塑膠布，因此動手鬆開塑膠布上的旋鈕。瑞秋自覺剛才對娜拉太凶，因此也過去幫忙，鬆開塑膠布後面的旋鈕。

「天啊，住手！」娜拉嚷嚷，猛然抬頭看。「千萬別亂來！」

瑞秋連忙縮手，一頭霧水。

「絕對不能鬆開上風的那一邊！」娜拉說。「否則會產生風向袋！到時候雪橇會像風洞裡的雨傘一樣被吹走！」

瑞秋向後退一步。「對不起。我……」

她滿臉怒氣。「妳跟太空王子不應該跟來。」

我們全不應該出來，瑞秋心想。

外行就是外行，娜拉火冒三丈，咒罵著署長。都怪署長堅持派寇奇與瑞秋跟班。這兩個小丑準會害人送命。娜拉現在最不想做的事就是照顧小寶寶。

「麥克，」她說，「請你幫我從雪橇搬透地雷達（Ground Penetrating Radar）過來。」

陶倫德幫她打開透地雷達，在冰雪上放妥。這部機器形似三道推雪機的雪鏟平行連接在鋁質的框架上。整部儀器長度不超過一碼，以數條電線連接至雪橇上一臺減流器與船舶蓄電池。

「那東西是雷達啊？」寇奇在風中提高音量。

娜拉默默點頭。透地雷達能看出鹽冰，功力遠高於繞行極地掃描密度衛星。透地雷達訊號機送出電磁脈衝信號，穿透冰層，碰上結晶構造互異的物質會傳回不同訊號。純水結冰時形成平板狀的立體晶格。反觀海水，由於具有鹽分，結冰時形成網狀或分岔的立體晶格，彈回透地雷達訊號時不太規則，大幅降低反射訊號的數量。

娜拉打開透地雷達的電源。「我要對採掘坑四周的冰層拍照，這是一種回聲定位的橫剖面相片，」她高喊。「然後由機器內部的軟體分析出冰河切面圖，接著列印出來。只要有海冰，畫面會出現陰影。」

「列印？」陶倫德顯得驚訝。「在這裡列印得出東西來？」

娜拉指向連接透地雷達的一條電線，另一端通往仍蓋在塑膠布下保護的儀器。「除了列印，沒有其他辦法。電池寶貴，電腦螢幕耗電太凶，所以冰河學家在現地作業時以感熱傳遞式印表機來列印資料。顏色印得不太鮮艷，因爲雷射墨水在零下二十度會結塊。我在阿拉斯加時吃苦學乖了。」

娜拉要求大家站在透地雷達的下坡處，讓她準備對準訊號機，以便掃描隕石坑的周遭。這裡距離隕石坑將近三個美式足球場。儘管如此，娜拉朝來時的大致方向望去時，連個鬼影也看不見。「麥克，不需要將透地雷達對準隕石坑，不過這支火把照得我看不見。我得向上坡走一段路，以脫離光線範圍。我會伸出雙手跟火把對齊，由你來調整透地雷達的方向。」

陶倫德點頭，一面在雷達機旁跪下。

娜拉使勁將尖鐵釘板刺進冰雪中，迎風向前彎腰，一面朝生棲營的方向走上斜坡。今天的下坡風遠比她想像來得強，她感覺一場風雪將至。沒關係。只要幾分鐘就能收工回去。讓他們瞧瞧我的資料正確。娜拉喀喀地朝生棲營走了二十碼。她來到火光圈的邊緣時，登山繩正好拉緊。

娜拉往冰河上游望去。她的瞳孔適應著黑暗，左邊偏幾度的地方緩緩出現一字排開的火把。她改變位置，修正到與火把線完全打直爲止，然後舉起雙臂當作指南針，轉動身體，指出確實的方向。「我現在跟火把對齊了！」她高呼。

陶倫德調整透地雷達並揮手。「一切準備就緒！」

娜拉向斜坡再看最後一眼，慶幸指向生棲營的火把仍亮著。就在她望向火把時，發生了一件怪事。最靠近她的一支火把完全從視線消失了片刻。在娜拉來得及擔心火把燒光前，火光再度亮起。若是娜拉不清楚這裡的狀況，她會推斷某東西在她與火把之間通過。這裡當然沒有其他人類……除非署長開始感到愧疚，派出一組航太總署人員跟著過來。娜拉不太相信。她認定大概一時眼花。是一陣強風暫時吹熄了火焰。

娜拉重回透地雷達前。「全排成一直線了嗎？」

陶倫德聳聳肩。「我想是吧。」

娜拉走向雪橇上的控制器材，按下一個按鈕，透地雷達隨即發出一記尖銳的嗡聲然後安靜。「好了，」她說。「完成。」

「就這樣？」寇奇說。

「麻煩的手續在於調整設定。眞正拍照只花一秒鐘。」

雪橇上的感熱傳遞式印表機已開始發聲列印。印表機以透明塑膠殼裹住，徐徐吐出一張捲起來的厚紙。娜拉等著機器完成列印，然後伸手進塑膠殼下取出列印圖。他們等著瞧吧，她邊想邊帶著印表紙到火把旁，好讓大家看清楚。冰河裡不含任何鹽水。

娜拉站在火把上方，其他三人聚集過來。她以戴著手套的雙手緊抓列印紙，深吸一口氣，攤開紙來查看資料。紙上的影像令她驚恐得退縮。

「哎呀，天哪！」娜拉盯著看，無法相信自己的眼睛。如她所料，列印出的資料顯示積水的隕石坑剖面，影像清晰。但娜拉沒有料到的是，隕石坑中出現一個模糊的淡灰色輪廓，類似人形，漂浮在採掘坑中間。她的血液結凍了。「我的天哪……採掘坑裡有個屍體。」

眾人震驚之餘默默盯著看。

幽靈似的屍體倒栽蔥漂浮在窄坑中。屍體周遭飄舞著類似斗篷的衣物，在紙上呈現壽衣般的詭異光環。娜拉恍然大悟，瞭解了光環如何形成。透地雷達拍攝到死者厚厚的大衣外圍，一絲絲的影像細微，唯一的可能是眼熟而綿密的駱駝毛。

「是……明衛立，」她低聲說。「他一定不小心跌進去了……」

娜拉．曼葛有所不知的是，這張紙將揭露兩件震撼人心的事，而採掘坑中的屍體是比較不重要的一件。她的雙眼順著採掘坑往下看時，她看見了其他東西。

採掘坑下面的冰層……

娜拉凝視著。她的第一個想法是，掃描出了什麼差錯。接著她更仔細查看影像，這時心中一種不寧的頓悟開始滋長，猶如四周越颳越大的風暴。列印紙的邊緣被風吹得亂擺，她只好轉身更加聚精會神看著影像。

可是……不可能啊！

突然間，眞相朝她席捲而來。察覺眞相這件事似乎要掩蓋住她。她完全忘記了明衛立的死。娜拉終於瞭解了。採掘坑裡的鹽水！她跪在火把旁的雪地上。她幾乎無法呼吸。她兩手握著列印紙，開始顫抖。

我的天啊……當初我怎麼連想也沒想到。

接著，一陣怒火突然爆發，她轉頭面向航太總署生棲營的方向。「你們這群狗雜種！」她破口大罵，聲音被強風吸收。「你們這群該死的狗雜種！」

在黑暗中，短短五十碼之外，三角洲一號將密語通訊器移至嘴邊，只對主官說了簡短一句話，「他們知道了。」

49

迷惑的麥克・陶倫德將列印紙從娜拉・曼葛顫抖的手中搶過來時，她仍跪在冰上。陶倫德看見明衛立漂浮的屍體，也開始發抖，但他極力集中心思解讀眼前的影像。

他看見隕石坑的剖面圖，從冰面向下延伸兩百呎。他看見明衛立的屍體漂浮在坑中。陶倫德的眼睛此時向下飄移，察覺到不對勁之處。採掘坑的正下方出現一條深色的圓柱，代表海冰直通冰棚下的外海。垂直而下的海水冰柱巨大，直徑與採掘坑相等。

「我的天啊！」瑞秋大喊。她從陶倫德背後看見列印紙。「看起來像隕石坑直接穿透冰棚，直通下面的海水！」

陶倫德呆立著，大腦無法接受他所知的唯一合理解釋。寇奇也顯得同樣焦慮。

娜拉高喊，「有人從冰棚下面向上挖洞！」她的眼神因火氣直衝而狂亂。「有人故意把那塊石頭從冰下植入冰層！」

雖然陶倫德富有理想主義的一面想駁斥娜拉這句話，科學家的那一面卻清楚她的說法極有可能正確。米爾恩冰棚漂浮在海面上，下面空間寬敞，潛艇進出不成問題。由於物體在水中的重量大減，即使以小潛艇使用載重懸臂也能將隕石植入冰層。而這種潛艇只須比陶倫德自己的研究潛艇崔頓（譯註：Triton，海王之子）噸位大一些即可。潛艇可以從外海駛來，鑽入冰棚下，向上掘出洞穴，然後伸出加長的載重懸臂或飽滿的氣球，將隕石向上推入洞裡。隕石到達定位後，坑裡的海水立刻開始結冰。等到結冰程度足以支撐隕石，潛艇便可縮回懸臂離去，任大自然自行冰封坑洞，消除騙局的一切痕跡。

「可是，為什麼呢？」瑞秋質問，一面從陶倫德手中取走列印紙開始研究。「爲什麼有人這麼做？妳確定透地雷達沒問題嗎？」

「我當然確定！列印圖可以完全解釋水裡的磷光細菌！」

陶倫德不得不承認，娜拉的邏輯合理得令人脊背發涼。磷光渦鞭毛蟲依本能向上游進爲隕石鑿出的洞，被凍結在冰裡。後來娜拉替隕石加熱時，隕石正下方的冰水融化，釋放出浮游生物，然後再往上游，這一次來到生棲營裡的水面，最後因缺乏鹽水而死亡。

「太荒唐了吧！」寇奇叫嚷。「航太總署得到一顆含有外星化石的隕石，在哪裡發現又有什麼關係？爲什麼費那麼大的力氣把隕石埋在冰棚裡面？」

「只有鬼知道，」娜拉生氣地回應，「不過透地雷達列印的東西不會撒謊。我們上當了。那顆隕石根本不是姜革索流星體的一部分，而是最近被人植入冰層的東西。一定是在過去一年當中，不然浮游生物早就死了！」她已開始將透地雷達搬回雪橇上束緊。「我們得趕回去告訴別人！總統就快拿著錯誤資料上電視了！他被航太總署騙了！」

「等一下！」瑞秋大喊。「我們至少應該再掃描一遍確定一下。這整件事完全不合理。有誰肯相信？」

「大家都肯，」娜拉邊說邊整理雪橇。「等我走進生棲營，從隕石坑下面鑿出另一個冰心樣本，化驗出下面含有鹽水冰，我保證大家都會相信！」

娜拉鬆開雪橇下的煞車，讓雪橇調過頭來朝向生棲營，開始往上坡前進，將尖鐵釘板戳入冰雪中，拖著背後的雪橇，看起來異常輕盈。她是一個身負使命的女人。

「走啦！」娜拉大喊，拖一拖綁在一起的另外三人，一面朝火光圈的範圍走去。「我不曉得航太總署在這裡搞什麼鬼，不過我眞的不爽被他們當猴子耍，用來——」

娜拉・曼葛的脖子猛然向後甩，彷彿遭無形的外力重擊額頭。她喉嚨深處發出痛苦的驚呼聲，身體搖搖欲墜，最後向後仰臥冰雪上。幾乎在此同時，寇奇也哎叫一聲並轉身，彷彿一邊肩膀被人向後拉扯。他倒在雪地上，痛苦掙扎著。

瑞秋立即忘記手上的列印圖、明衛立、隕石和冰下的詭異隧道。她剛感覺到一粒東西擦耳而過，差點擊中太陽穴。她本能跪下去，順便將陶倫德一同扯下來。

「怎麼了？」陶倫德尖叫。

瑞秋只能想像到突然下起冰雹，一顆顆冰球被強風吹得向下游飛，然而從寇奇與娜拉被擊中時的力道來看，瑞秋知道冰雹的時速勢必高達數百哩。弔詭的是，倏然連番飛來的冰雹現在似乎瞄準瑞秋與陶倫德，如彈珠大小的物體打在四周各處，擊碎冰雪後激起陣陣雪花。瑞秋翻身俯臥，以尖鐵釘板的前端鐵爪卡緊雪地，朝著唯一可供躲避的地方前進。雪橇。片刻之後，陶倫德也手忙腳亂地前來避難，在她身旁彎腰下來。

陶倫德望向娜拉與寇奇，兩人在雪地上毫無護身之物。「拉束帶，將他們拉過來！」他一面高喊，一面摸索到繩索，開始用力拉。

可惜束帶被纏繞在雪橇上。

瑞秋將列印圖塞進馬克九號服裝的魔鬼氈口袋中，四肢著地匆忙爬向雪橇，盼能解開繞在滑板上的繩索。陶倫德緊跟在後。

冰雹突然連番打在雪橇上，彷彿老天放棄了寇奇與娜拉，現在直接瞄準瑞秋與陶倫德。其中一粒擊中雪橇塑膠布，部分陷入布料中，旋即反彈掉在瑞秋外套的袖子上。

瑞秋看清後怔住了。瞬時之間，剛才心中的疑惑轉爲懼怕。所謂的「冰雹」其實是人工成品。衣袖上的冰球呈完美的扁圓球形，大小如同一顆大櫻桃，表面平滑光順，唯一的刻痕是繞了一圈的直線，類似舊時滑膛槍的鉛彈，由機器壓製而成。這些球狀子彈無疑是人類的傑作。

冰彈……

瑞秋在工作上能接觸到軍事機密，因此熟悉實驗中的「ＩＭ」新武器。ＩＭ武器全名爲「臨場砲彈」（Improvised Munitions），包括各式步槍——可將雪壓縮成冰彈的雪地步槍、可將沙子熔成玻璃彈的沙漠步槍和可射出陣陣水柱的水槍，威力大到足以導致骨折。ＩＭ武器遠比傳統武器更具優勢，因爲這種武器使用現地資源，可說是當場製造彈藥，讓軍人不需攜帶沉重的傳統子彈即可擁有無窮盡的彈藥。瑞秋知道，衝著他們而來的冰球是「臨場製造」的成品，持槍人只須將雪送入步槍底座即可壓縮完成。

在情報界中，知道的越多，情境往往就越令人膽寒。這一刻也不例外。瑞秋寧可沉浸在無知的幸福中，但她對ＩＭ武器的瞭解立刻爲她引出唯一的結論，令她心寒：攻擊他們的人是某種美國特戰部隊，是全美目前獲准實地使用這種實驗性武器的軍人。

明瞭到自己身受地下部隊攻擊後，她立即聯想到另一件事，而這件事比剛才的頓悟更令她恐懼：遭受這種攻擊的存活率趨近零。

此時一粒冰球呼嘯而來，鑽進成牆儀器的縫隙間，撞上她的腹部，終結了上述陰森的念頭。即使身穿襯裡豐厚的馬克九號，瑞秋的感覺仍像剛被隱形拳擊手重擊腹部，頓時視線邊緣星光亂舞，她失去重心往後傾，希望抓住雪橇上的儀器來保持平衡。麥克・陶倫德扔下娜拉的束帶，俯衝過去支撐瑞秋，但他來遲了一步。瑞秋往後倒，拖垮了一疊儀器。她與陶倫德隨著電子器材倒在雪地上。

「是……子彈……，」她喘著氣說，肺臟因緊縮而暫時缺氧。「快跑！」

50

華盛頓特區的都會捷運正駛離聯邦三角站，揮別白宮，但凱蓓兒・艾許卻嫌速度不夠快。她僵著身子坐在車廂一處無人的角落，掠過窗外的是模糊的陰影。瑪喬俐・田奇的紅色大信封擺在凱蓓兒的大腿上，沉甸甸的感覺宛若重達十噸。

*我非告訴謝克斯頓不可！*她心想。捷運現在往謝克斯頓的辦公大樓加速前進。*越快越好！*

車廂上光線昏暗而動搖不定，現在的凱蓓兒感覺猶如嗑藥後踏上恍神之旅。無聲的燈光竄過頭頂，彷彿慢動作的舞池旋轉燈。冗長的隧道在四面八方升起，宛如電車進入越來越深的峽谷。

這一切該不會是真的吧。

她向下凝視大腿上的信封。她打開封口，伸手進信封內拉出其中一張相片。車廂內的燈光閃爍了片刻，刺眼的強光照亮了驚人的畫面——塞爵克・謝克斯頓赤條條躺在辦公室裡，滿意的臉正對著鏡頭，黑皮膚的凱蓓兒則裸身躺在他身邊。

她哆嗦著將相片塞回信封，胡亂地蓋回封口。

完蛋了。

電車駛離隧道，來到朗方（譯註：L'Enfant，華府都市設計師）廣場附近的地面，凱蓓兒立刻掏出手機，按下參議員的私人手機專線，卻接通了他的語音信箱。她感到疑惑，改撥參議員辦公室的電話。接聽的人是祕書。

「我是凱蓓兒。他在嗎？」

祕書語帶微慍。「妳跑哪裡去了？他剛才到處在找妳。」

「開會拖太久了。我得馬上跟他通話。」

「妳非等到明天早上不可。他人在西卜魯克。」

西卜魯克巷豪華公寓是謝克斯頓的華府公館所在地。「他不接私人專線，」凱蓓兒說。

「他把今晚訂爲PE夜，」祕書提醒她。「提早下班了。」

凱蓓兒拉長臉。私事。由於情緒激動，她忘記謝克斯頓今晚爲自己排定在家獨處。他特別叮嚀過，註明PE的時段別來打擾他。公寓大樓起火再來敲門，他會這麼說，否則凡事等到早上再說。凱蓓兒認定此事絕對相當於謝克斯頓的大樓起火。「請妳務必替我聯絡他。」

「不可能。」

「這事很嚴重，我眞的——」

「不行，不可能就是不可能。他下班前把叩機留在我桌上，還吩咐我整晚別去煩他。他的態度堅定。」她停頓一下。「比平常還堅定。」

可惡。「好吧，謝了。」凱蓓兒掛掉電話。

「朗方廣場，」錄音廣播在地鐵車廂中宣布。「可轉接所有地鐵站。」

凱蓓兒閉上雙眼，儘量理清思緒，無奈湧進腦海的盡是傷透她心的影像……她與參議員的淫穢相片……那一疊疑似謝克斯頓收賄的文件。凱蓓兒仍能聽見田奇以沙啞的嗓音命令著。做正確的事。簽一份宣誓書。承認男女關係。

電車尖聲進站時，凱蓓兒逼自己想像照片公布後參議員如何應對。率先浮上腦海的念頭令她又驚又羞。

謝克斯頓會撒謊否認。

想到她支持的候選人時，第一個念頭眞的是這樣嗎？

對。他會撒謊……講得天花亂墜。

如果相片公諸媒體，凱蓓兒卻沒有承認肉體關係，參議員可以一口咬定相片是居心叵測的僞造品。現在流行數位相片編輯；任何人只要上網過，一定見過移植得天衣無縫的假相片，圖中的人臉屬於影視名人，以數位剪貼的方式套在他人身體上，而身體通常來自從事猥褻行爲的色情演員。參議員有能力面對攝影機鏡頭說謊，讓外界相信兩人僅止於同事關係，凱蓓兒已經見證過了他這種能耐。她毫不懷疑他同樣能夠說服全世界，推說有人企圖以那些蹩腳相片顛覆他的政壇生涯。屆時謝克斯頓將爆發憤慨的怒火，也許甚至影射下令僞造者是總統本人。

難怪白宮到現在還沒公開。凱蓓兒理解到，這些相片與最初的八卦傳言一樣，有可能反過來讓對方身受其害。儘管相片看起來逼眞，卻全然無法達成定論。

凱蓓兒忽然心生一股希望。

其中任何一點，白宮都無法證明！

田奇強勢對付凱蓓兒的手法簡單而無情：承認兩人關係，否則看著謝克斯頓坐牢。瞬間她想通了整件事。白宮需要凱蓓兒承認男女關係，否則相片便一無是處。她胸中忽然亮起一絲自信的光輝，照亮了心情。

電車靠站後車門滑開，這時凱蓓兒心中似乎開啓了另一道門，隱約顯露出意外而振奮人心的可能性。

也許田奇所說的獻金也是一派胡言。

畢竟，凱蓓兒親眼看見了什麼？話說回來，證物無一能證明什麼——幾張影印的銀行文件、一張謝克斯頓出現停車場的模糊相片。這一切全有可能是僞造品。狡猾的田奇可能先亮出假造的財務紀錄，隨即出示眞實的性愛照片，希望凱蓓兒將前後兩檔子事視爲一體，進而概括承受。這種手法稱爲「聯想認證法」，政客無不愛用，用來推銷似眞若假的事物。

謝克斯頓是清白的，凱蓓兒告訴自己。白宮走投無路了，決定隨便拿凱蓓兒作賭注，希望嚇得她公開肉體關係。白宮需要凱蓓兒公開拋棄謝克斯頓，掀起醜聞。趁妳還來得及退出前跳船，田奇剛才告訴她。期限是今晚八點。將強迫推銷的手法發揮得淋漓盡致。拼湊出了全圖，她心想。

除了一件事之外……

這面拼圖中唯獨一塊令人不解。田奇屢次寄給凱蓓兒對航太總署不利的電郵。這一點，確實顯示航太總署眞的希望謝克斯頓鞏固反航太總署的立場，希望藉此對付他。航太總署果眞有這種打算嗎？凱蓓兒理解到，就連電郵也有一套全然合乎邏輯的解釋。

如果電郵不是田奇寄的呢？

幕僚中出現了叛徒，偷偷傳資料給凱蓓兒卻被田奇逮到。田奇開除這位幕僚，然後瓜代其身分，親自寄出最後一封，要求凱蓓兒前來會面。田奇有可能假裝故意洩露航太總署情報——設計陷害凱蓓兒。

地鐵液壓系統此時在朗方廣場站嘶嘶作響，車門準備關上。

凱蓓兒向外凝視月臺，急速動腦。她不清楚這些疑點有無道理，也不知道是否爲一廂情願的看法，但無論眞相如何，她自知必須立刻向參議員報告——管他今晚是否訂爲私事夜。

凱蓓兒抓住裝有相片的信封，在車門嘶嘶關上之前趕緊下車。她改變了目的地。

西卜魯克巷公寓大樓。

51

抗拒或逃逸。

身爲生物學家，陶倫德知道生物察覺危險時，生理會產生廣泛的變化。腎上腺素激增，湧入大腦皮質，使得心跳速率陡然加快，命令大腦做出最古老也最直覺的生物決策——不挺身戰鬥就逃離現場。

陶倫德的直覺告訴他逃命要緊，但理性卻提醒他，娜拉・曼葛仍與他繫在同一條繩子上。反正想逃命也無路可逃。方圓數哩內唯一的藏身處是生棲營，攻擊者無論藏在何處，必定站在上坡，斷絕了逃回生棲營的退路。他背後是浩瀚而開放的冰面，以扇形擴展爲兩哩長的平原，最後形成斷崖與冰海銜接。往下游的方向逃命，下場必定是失溫而死。儘管逃命的選項障礙重重，陶倫德知道他無法丟下其他人自己逃跑。娜拉與寇奇仍躺在冰雪上，以束帶連接著瑞秋與陶倫德。

陶倫德在瑞秋附近壓低身子，冰彈則持續擊中翻覆的雪橇側面。他搜刮著散落一地的物品，尋找武器、火焰信號槍、無線電……什麼都行。

「快跑！」瑞秋大喊，呼吸依然吃力。

這時說也奇怪，如冰雹落下的冰彈突然停下。即使在狂襲的強風中，夜色突然帶有祥和的感覺……彷彿暴風雪無意間緩和了。

陶倫德謹慎地掃視著雪橇周遭動態。就在這個時候，他目擊了一生最令他脊背發涼的畫面。

暗處冒出三個鬼影，毫不費力地滑入火光範圍中，靜靜踩著滑板滑行。三人穿的是全套白色雪地裝，手上沒有滑雪桿，卻拿著大型步槍，是陶倫德從未見過的一型。三人的滑板也很奇特，短小而具有科幻風格，比較像是加長型的直排輪。

三人動作鎮定，彷彿知道已經贏得這場戰役，滑至最靠近他們的受害人後停下。這人是娜拉・曼葛。陶倫德搖搖擺擺地起身採取跪姿，從雪橇上緣窺視攻擊者。這三人戴著怪異的電子護目鏡，也回看著陶倫德。他們顯然對他不感興趣。

至少目前如此。

三角洲一號低頭凝視著倒臥冰雪上的女人，內心毫無遺憾。他受過訓練，執行命令時從不質疑動機。冰雪上的女人身穿厚實的黑色保溫裝，臉頰有一道擦痕，呼吸急促而吃力。一粒臨場冰彈剛才射中了目標，她因而昏迷不醒。

現在是解決對象的時候。

三角洲一號在喪失意識的女子身邊跪下，隊友則舉起步槍瞄準其他目標——一人對準躺在冰雪上不省人事的矮子，另一人對準翻覆的雪橇，後面躲著另外兩人。雖然隊友大可直接前進解決對象，這三人身無武器，又無處可逃，一口氣貿然解決全體未免太過大意。除非絕對必要，否則千萬別分散注意力。一次面對一名對手。三角洲部隊遵照受訓時的指示，一次只對付一個人。神奇之處在於，收拾這幾條人命後，他們將不留一絲致死的證據。

三角洲一號在昏迷不醒的女子身邊彎腰，摘下自己的保溫手套，捧起一把雪，壓實後打開女子的嘴巴，開始將雪球塞進喉嚨裡。他讓雪球塞滿了整張嘴巴，盡可能讓雪向下擠進氣管。三分鐘之內她將一命嗚呼。

發明這種手法的人是俄羅斯幫派分子，俄文稱爲byelaya smert，意指白雪奪命法。在喉嚨將雪融化前，受害人早已窒息而死，但屍體餘溫仍足以融盡嘴裡的雪。即使警方認爲具有他殺的嫌疑，也無法在現場立即找出凶器或打鬥的證據。最後就算有人理解出死因，爭取到的時間已足夠凶手逍遙法外。冰彈也會融化在環境中，埋入雪地裡，女人臉上的擦痕也會被視爲她在雪地上重重跌了一跤，在強風肆虐的此地並不令人驚訝。

三角洲部隊也將讓另外三名對象喪失行動能力，再以大致相同的手法奪命。接著三角洲一號會將四具屍首搬上雪橇，拖離原有路線數百碼外，重新繫上登山繩，布置屍體的位置。幾小時後，四人屍體被尋獲時已在雪地上結冰，顯然因暴露雪地過久而失溫致死。發現屍體的人會納悶死者爲何脫離路線，卻不會訝異四人爲何會死。畢竟火把已燃燒殆盡，天候又危險，在米爾恩冰棚上迷失方向可能迅速致命。

三角洲一號往女子的喉嚨塞夠了雪，在將注意力轉向其他人之前，他解開女子的登山繩。待會兒可以再繫上，現在他不希望雪橇後的兩人想到可以將女子拖回去急救。

麥克·陶倫德剛目擊了殺人行爲，手法比他頭腦最陰險時的想像更爲怪異。解開娜拉·曼葛的束縛後，三名攻擊者將注意力轉向寇奇。

我非採取行動不可！

寇奇已恢復意識，正在呻吟著，儘量想坐起來，軍人之一卻推他一把，他不得不躺回原地。攻擊者將他跨在兩腳間，以膝蓋抵住寇奇的雙臂。寇奇痛得哎叫一聲，聲音卻即刻被強風吞噬。

在一陣精神錯亂的恐懼之中，陶倫德翻遍散落雪地的雪橇承載物。一定找得到東西！武器！什麼都行！他只見到化驗冰雪的儀器，多數被冰彈打得面目全非。在他背後，瑞秋意識朦朧地以冰斧撐著身體想坐起來。「快跑啊……麥克……」

陶倫德看著綁在瑞秋手腕上的冰斧。可以充當武器。差不多。拿著小小的冰斧對付三個持槍男人，勝算有多少，陶倫德很懷疑。

簡直是自殺。

瑞秋翻身坐起來之際，陶倫德看出她背後的某件物體。一個圓滾的塑膠袋。他祈禱上天，希望裡面是火焰信號槍或無線電，一面爬過她身邊，抓起袋子，裡面是一大塊折疊整齊的密拉聚酯薄膜布。沒用。在研究船上，陶倫德也備有類似物品，用作小型氣象氣球，設計來載運不比個人電腦重太多的氣象觀測儀器。娜拉的氣球在這裡派不上用場，尤其是手邊沒有氦氣筒時。

寇奇掙扎的聲響越來越大，陶倫德興起一陣多年未曾有過的無助感。徹底絕望。徹底迷惘。常聽人說，人在臨死時眼前會閃過一生的點滴，陶倫德的童年往事此時不期然掠過腦海。這些畫面是他早已遺忘的兒時情景。轉眼間，他坐在帆船上，地點是洛杉磯的聖佩德羅港，學習水手自古以來的消遣活動：大三角帆飛行遊戲。他兩手抓住打結的繩索，垂掛在海面上，哈哈大笑地墜入海水中，載浮載沉，有如吊著鐘繩嬉鬧的兒童，命運全看鼓動的大三角帆與瞬息萬變的海風。

陶倫德的視線立即縮回手中的密拉氣球，明瞭到自己的大腦並非豎起白旗，而是藉往事提醒他逃生之道！大三角帆飛行遊戲。

寇奇仍在歹徒手中掙扎，這時陶倫德扯開保護氣球的外袋。陶倫德心知肚明的是，這計畫成功的機率渺茫，但他知道逗留原地的話四人必死無疑。他抓住折好的密拉氣球。承載扣環警告著：注意：風速超過十海浬時請勿使用。

管你那麼多！陶倫德緊抓著密拉以免被風吹漲，一面爬向瑞秋。她這時已側身坐著。他一面挨近一面喊叫，「抓住這個！」這時可看出瑞秋不解的眼神。

陶倫德遞出折疊好的密拉，然後以空出來的雙手將氣球的承載鉤扣上自己吊帶上的D字環。接著他側身滾動，也將瑞秋扣上氣球。

陶倫德與瑞秋現在合而爲一。

腰臀結合在一起。

兩人之間，鬆弛的束帶在雪地上延伸至掙扎中的寇奇……十碼之外是解開的扣環，娜拉·曼葛躺在扣環旁邊。

娜拉已經死了，陶倫德告訴自己。無能為力了。

攻擊者此時在不停扭動的寇奇身邊彎腰，拍緊一把雪，準備塞進寇奇的喉嚨。陶倫德知道就快來不及了。

陶倫德從瑞秋手上揪來折疊好的氣球。氣球的布料輕盈如衛生紙——卻幾乎強韌無比。*好吧，管他的。*「握緊！」

「麥克？」瑞秋說。「怎麼——」

陶倫德將疊好的密拉氣球扔向頭上的空中，呼嘯的狂風接住，猶如颶風中的降落傘。氣球立即脹滿了空氣，發出響亮的啪聲後撐開。

陶倫德感覺吊帶以扭擰的方式扯了一下，馬上知道自己嚴重低估了下坡風的威力。在幾分之一秒間，他與瑞秋呈現半升空狀態，被氣球拖向冰河下游。片刻之後，陶倫德感覺束帶緊繃後拉動一下，因爲另一端連接著寇奇·馬林森。在他背後二十碼之處，束帶將被嚇壞了的寇奇從攻擊者手中扯開來，攻擊者傻眼了，其中之一甚至往後倒。寇奇發出一聲令人鮮血沸騰的慘叫，也加速在冰棚上移動，差點撞上傾倒的雪橇，然後再朝中間靠攏。氣球拖著另一條繩索，在寇奇身邊鬆垮地移動……這條繩索原本連接在娜拉·曼葛身上。

無能為力了，陶倫德告訴自己。

三人形同交纏一團的懸絲傀儡，往冰河下游飛奔而去。冰彈從身旁飛過，但陶倫德知道攻擊者已經失去良機。在他背後，白衣軍人的身影逐漸淡去，在火把的光線中縮小成三個亮點。

陶倫德現在感覺臃腫裝束下方的雪地迅速掠過，自己以毫不留情的速度前進，因此前一秒還慶幸逃過一劫的心情迅速消失。在正前方不到兩哩處，米爾恩冰棚驟然中止，形成險崖。過了險崖……一百呎以下是北冰洋洶湧的波濤，足以致人於死。

52

瑪喬俐·田奇面帶微笑，下樓至白宮通訊辦公室。這裡準備了電腦化的傳播設施，負責將樓上通訊室執筆的新聞稿發布出去。與凱蓓兒·艾許見面的結果很理想。凱蓓兒被嚇壞了，她是否交出宣誓書承認性關係仍是未知數，但唬一唬她絕對值得一試。

凱蓓兒聰明的話，應該放棄他才對，田奇心想。凱蓓兒這可憐的女孩，還不曉得謝克斯頓將跌得多慘。

再過幾小時，總統召開記者會宣布隕石的消息後，即將讓謝克斯頓無法招架。這一點篤定成功。凱蓓兒·艾許如果合作的話，勢必對謝克斯頓祭出致命的一擊，讓他羞愧得爬走。明天早上，田奇可以對媒體公開凱蓓兒的宣誓書，再輔以謝克斯頓否認兩人關係的電視畫面。

左右連拳進擊。

畢竟政治玩的不只是打贏選戰，而是贏得決定性的勝利——進而運用民氣來實現政見。縱觀歷史，大選險勝後入主白宮的總統功績較少，因爲還沒進白宮大門就已元氣大傷，而國會似乎從不忘提醒他這一點。

順利的話，謝克斯頓參議員的選情將受到全面性的摧毀。田奇希望左右開弓，同時以政治與私德來攻擊他。這種策略華府人稱「高低攻勢」，源自軍事用語。強迫敵軍同時應付兩條戰線。候選人獲得一件不利對手的資訊時，通常按兵不動，等到獲得第二件資訊再一併公布。這種雙刃式攻擊一向比單一攻擊來得有效，尤其是兩件資訊傷害到對方陣營的兩種層面——一件不利政治，另一件有損對方的節操。受到政治上的攻擊，必須以邏輯來反駁；受到人品上的攻擊則須以熱情來反駁。同時駁斥兩者形同走鋼索，幾難維持平衡。

今晚謝克斯頓參議員將手忙腳亂。航太總署的大發現不啻爲謝克斯頓的政治夢魘。在他急著爲反航太總署的立場辯解時，身居競選團隊要職的女性幕僚將指控他撒謊，讓原本置身困境的他更加難以脫身。

田奇現在來到通訊辦公室的門口，因戰鬥而激起的亢奮感令她生龍活虎。政治即戰爭。她深深吸了一口氣，看看手錶。晚上六點十五分。第一顆子彈即將發射。

她走進門。

通訊辦公室佔地小，並非因爲缺乏空間，而是沒必要浪費資源。這裡是全世界最具效率的大眾傳播站之一，工作人員僅有五名。目前全數工作人員分別站在如矮牆般的電子儀器前，宛如游泳選手擺出動作，就等槍響。

他們準備就緒了，田奇看出他們躍躍欲試的目光。

如此小巧的辦公室，只要提早兩小時接獲通知，便能聯絡全世界文明地區三分之一以上的人口，每次她想到這一點便感到訝異。白宮的通訊辦公室以電子連線到全球數萬個新聞中心——從最大的電視網到最小的鄉下報社，只要按下幾個按鈕，消息便可傳遍世界各地。

本單位的傳眞—廣播電腦可將新聞稿傳入各地廣播電臺、電視臺、報章雜誌、網際網路媒體，從緬因州到莫斯科都不放過。投遞大量郵件的程式可傳遍線上新聞通訊社。自動撥號的功能可撥給數千名管理新聞內容的經理人，播放錄音消息。提供突發新聞的網頁此時不斷更新消息與提供事先準備好的內容。「可接收即時新聞」的新聞中心——CNN、NBC、ABC、CBS、外國電視臺，皆會收到各種角度的新聞，也會獲得免費的直播畫面。這些電視網預定播放的節目將嘎然中斷，改播出總統緊急談話。

全面滲透。

田奇有如將軍視察著士官兵，默默大步邁向審稿桌，拾起傳輸機器上的一份「緊急發布」的稿子。這份稿子已在機器上蓄勢待發，如同獵槍裝上了彈匣一般。

田奇讀完後忍不住偷笑。以平常的標準來看，這份待傳的新聞稿寫得聳動卻空洞——與其說是發布新聞，倒比較像是廣告，但總統事先下令通訊辦公室必須使出渾身解數。他們確實盡了全力。這份稿子寫得十全十美——綴滿了關鍵字，內容卻乏善可陳。正是最厲害的組合。即使利用「過濾關鍵字」軟體來自動篩選來信的通訊社，也能看見這封電郵具有層層重要性：

寄件人：白宮通訊辦公室

主旨：緊急總統談話

美國總統將於東岸時間今晚八時召開緊急記者會，地點是白宮簡報廳。宣布內容的主題目前屬於機密。直播影音訊號將依循例常管道傳輸。

瑪喬俐．田奇將新聞稿放回桌上，環視著通訊辦公室，對部屬點頭表示稱許。他們露出躍躍欲試的神情。

她點燃香菸，呑雲吐霧了片刻，製造期待的氣氛。最後她咧嘴笑著說，「各位女士先生，發動引擎吧。」

53

瑞秋・謝克斯頓腦中所有邏輯推理的能力全蒸發無蹤。她不再思考隕石、口袋中神祕的透地雷達掃描圖、明衛立、冰棚上遇突襲的險境。她目前只想處理一件事。

求生。

她下方的冰雪飛奔而過，如同永無止境的平滑公路。瑞秋全身毫無痛楚，究竟是因爲被嚇得麻木了，或只是因爲這身如繭的裝束保護得當，她並不清楚。她毫無感覺。

是感覺的時候未到。

她側身躺著，腰部以束帶與陶倫德的腰部連接，兩人面對面，以彆扭的姿勢擁抱著。氣球在前方某處被風吹得鼓漲，宛如改裝過的賽車後面拖著降落傘。寇奇跟在兩人之後，狂亂地左右擺動，活像失去控制的貨櫃車。點出四人受攻擊之處的火把已幾乎消失在遠方。

馬克九號尼龍裝摩擦著冰雪，嘶嘶作響，音頻隨著速度越轉越高。她不清楚目前的速度多少，但由於風速至少每小時六十哩，底下的滑道又毫無摩擦力，因此速度似乎逐秒增加。不易破損的密拉氣球顯然無意被撕裂，也不願鬆手放人。

我們必須鬆脫，她心想。三人從毒手中逃竄而出，卻直接落入另一隻毒手。海邊大概就在前方不到一哩！一想到冰水，駭人的往事立即湧上心頭。

風勢加大，三人的前進速度也提升。寇奇在後方某處嚇得慘叫一聲。以這種速度行進，瑞秋知道幾分鐘後將被拖至懸崖邊，掉入冰冷的海水裡。

陶倫德顯然也產生了類似的想法，因為他這時奮力想解開身上的承載鉤。

「我解不開我們倆！」他高喊。「張力太大了！」

瑞秋希望趁風勢稍歇時束帶能放鬆，讓陶倫德得以解開扣環，但下坡風的風力持續而一致。瑞秋想助他一臂之力，因此扭動身體，用力以尖鐵釘板前方的鐵爪刺進雪地中，讓碎冰激起一條狀似公雞尾巴的冰屑。氣球的拖速僅微微減緩。

「趁現在！」她邊叫邊將腳收回來。

片刻之間，氣球的載重繩稍微鬆懈，陶倫德向下扯，希望趁繩索稍鬆時設法解開鉤住D形金屬環的承載鉤。還差得遠呢。

「再來一次！」他大喊。

這一次，兩人推開對方，同時將靴下的前爪戳入雪地，激起兩道雪塵，兩人可察覺到氣球的拖速緩和不少。

「趁現在！」

在陶倫德的指揮下，兩人同時放開腳爪，趁氣球猛向前衝之際，陶倫德將拇指伸進D形金屬環的活動閂，扭動鉤子，盡力釋開承載鉤。雖然這一次比剛才接近，繩索必須再鬆弛一些才有成功的希望。娜拉曾經誇口過，這些D形金屬環是一流的萬事通安全扣環，特別加上一圈金屬，因此只要扣環與鉤子間稍有張力，兩者就不可能鬆開。

被安全扣環害死，瑞秋心想，對其中的反諷之處絲毫不覺好笑。

「再試一次！」陶倫德高喊。

瑞秋使出全身力氣與希望，盡可能扭身並將雙腳的前爪刺入雪地。她拱起背來，試圖將全身重量移到腳趾上。陶倫德效法她，直到兩人的腹部幾乎分別彎成直角，腰帶上連接兩人的部分緊拉著吊帶。陶倫德以鞋尖向下猛戳雪地，瑞秋更加用力拱背。鐵爪劃過雪地時震動著她的雙腿，令她感覺腳踝即將斷裂。

「別縮腳……別縮腳……」陶倫德趁速度降低，扭身去鬆開萬事通扣環。「只差一點……」

瑞秋的尖鐵釘板從靴子啪嚓脫落，向後翻滾進入夜色，從寇奇身上躍過。氣球立刻朝前猛衝，使得瑞秋與陶倫德被拖向一邊。原本握緊扣環的陶倫德鬆開了手。

「可惡！」

剛才被人制住了片刻，密拉氣球彷彿因此發怒，這時往前衝刺，拖力更加強勁，拉曳三人往冰河末端的海洋前進。瑞秋知道轉眼即將到達懸崖，只不過眼前另有難題。在墜入一百呎下的北冰洋之前，他們還須對付前方的三道巨大的雪坡。儘管馬克九號服裝的襯裡厚實，被高速拖上雪丘的想法令她充滿恐懼。

兩人極力想掙脫吊帶之際，瑞秋儘量想辦法來鬆開氣球。就在這個時候，她聽見雪地上傳來有節奏的鏗鏘聲，是輕型金屬敲擊裸冰的不連貫響聲，速度飛快。

冰斧。

恐懼之中，她完全忘記了皮帶的拉繩上繫著冰斧。鋁質的輕型冰斧在她腿邊蹦跳著。她抬頭望向氣球上的載重纜繩，是交纏而成的粗尼龍繩，承重力超強。她伸手向下摸索著冰斧，抓住斧柄後拉過來，伸縮性的拉繩因而延展。瑞秋這時仍保持側臥姿，掙扎著舉高雙臂，將冰斧帶有鋸齒狀的一邊對準頭上的粗纜繩，以彆扭的姿勢開始鋸著硬邦邦的繩索。

「太好了！」陶倫德大喊，此時也摸索著自己的冰斧。

瑞秋以側身滑動，一面伸手向頭上，鋸著繃緊的纜繩。纜繩甚為強韌，纏成辮形的尼龍線慢慢被切斷，一次一根。陶倫德握緊自己的冰斧，扭過身子，將雙手舉向頭上，也開始設法在同一處的下方鋸著。兩人如鋸木工人般合作鋸線，身上的香蕉刃則互相撞擊。尼龍纜繩開始從兩側逐根斷裂。

可以成功的，瑞秋心想。*一定能切斷這繩子！*

突然間，前方如銀色氣泡的密拉扶搖直上，彷彿碰上直升的氣流。瑞秋驚恐地發現，氣球只是順著地勢上升。

他們終於到了。

雪堤。

眼前浮現一面白牆後只過片刻，他們就抵達雪堤。登上雪堤的上坡時，瑞秋的腰部受到重擊，頓時無法呼吸，手中的冰斧隨之掉落。如同身纏束帶的滑水人被拖向跳水臺，瑞秋感覺身體被拖上雪堤表面飛出。她與陶倫德突然被向上拋出，捲成一團，暈頭轉向。雪堤之間的跑道在遠遠的下方伸展開來，但已見斷絲的載重纜繩仍緊抓不放，加速將三人的身體向上拉，飛越第一條跑道。一時之間，她瞥見了前方的狀況。再過兩道雪堤——一片短短的平原——就是墜海的地點。

瑞秋被嚇得叫不出聲音，寇奇・馬林森彷彿想替她配音，以高頻率的慘叫聲劃破空氣。他在兩人後方某處滑過第一道雪堤。三人全升空後，氣球有如野獸向上攀爬，盡力想擺脫獵人的鐵鏈。

忽然間，頭上突然傳來斷裂聲，有如暗夜一聲槍響。出現斷絲的纜繩終於不支，斷裂後的一端鞭打在瑞秋臉上。三人立刻向下墜。密拉氣球在頭上某處被風吹得失控……往海上翻滾而去。

瑞秋與陶倫德被金屬環與吊帶纏了一身，朝地球表面落下。第二道雪堤的白牆在前方升起時，瑞秋縮緊身體準備撞擊。降落之前，三人差點擦過第二道雪堤的頂端，最後迫降在另一面的斜坡上，衝撞力被服裝吸收一部分，而三人墜落後順著雪堤的斜坡而下也緩和不少衝力。瑞秋只見四面八方盡是模糊的手腳與冰雪，感覺自己火速俯衝至中央的跑道。她直覺上伸展四肢，希望藉此在撞擊下一道雪堤前減速。她感覺大家慢了下來，效果卻微乎其微，似乎只過了幾秒，她與陶倫德再次滑上另一道斜坡。來到頂端，她再次感受到瞬間無重力狀態。接著滿腔恐懼的瑞秋感覺大家開始滑下不歸路，直衝最後的高原……是米爾恩冰河最後的八十呎。

滑向懸崖的同時，瑞秋能感覺寇奇的束帶產生的拖力，她知道三人的速度全慢了下來。她知道現在慢下來也太遲了。冰河的末端朝他們衝來，瑞秋發出無助的慘叫聲。

終於到了。

冰河邊緣從他們身下滑開。瑞秋記得的最後一件事是墜落。

54

西卜魯克巷公寓大樓坐落於北街西北二三〇一號，自稱是華盛頓少數正確而不容質疑的地址之一。凱蓓兒匆忙穿越鍍金的旋轉門，走進大理石大廳。一座瀑布在大廳中嘩嘩回響著，淹沒了其他聲音。

櫃檯的門房看見她，露出驚訝的神色。「艾許小姐？我不知道妳今晚要過來。」

「我遲到了。」凱蓓兒趕緊在來賓登記簿上簽名。頭上的時鐘指著晚上六點二十二分。

門房搔搔腦袋。「參議員給了我一份名單，可是妳的名字不在——」

「幫忙最多的人，老是被人忘掉。」她哈哈地苦笑，大步走過門房，朝電梯前進。

這時門房顯得很不自在。「我最好打電話通知一下。」

「謝了。」凱蓓兒說，一面登上電梯，往樓上爬升。參議員把話筒拿起來了。

電梯帶她來到九樓，凱蓓兒走出門後踏進雅緻的走廊。來到走廊盡頭，在謝克斯頓的門口外，她能看見隨扈坐在門廳中。謝克斯頓請了數名壯碩的保鏢，美其名爲個人安全護衛。這名隨扈顯得無聊。凱蓓兒很驚訝看見隨扈値勤中，只是隨扈看見她時表情更爲驚訝。凱蓓兒接近時他從椅子上跳起來。

「我知道啦，」凱蓓兒高聲說，只走完門廳的一半。「今天是私事夜。他不想被打擾。」

隨扈重重點頭。「他特別叮嚀過我，千萬別讓別人——」

「我有緊急的事。」

隨扈以身體擋住門口。「他在開私人會議。」

「眞的嗎？」凱蓓兒從腋下抽出紅信封，在他面前亮出白宮戳印。「我剛去過橢圓形辦公室。我必須把這份資訊交給參議員。不管他今晚招待什麼老朋友喝酒，都必須空出幾分鐘來。好了，快讓我進門。」

看見信封上的白宮戳印，隨扈微微退縮了一下。

別逼我打開信封，凱蓓兒暗想。

「留下信封，」他說。「我再拿進去轉交給他。」

「別傻了。白宮直接對我指示過，一定要親手交件。如果你不馬上讓我見他，明天早上我們都得開始找工作了。懂嗎？」

隨扈顯得至爲無所適從，凱蓓兒察覺到參議員今晚確實比平常更堅決拒見訪客。她使出致命的一招。

凱蓓兒一手拿著白宮信封推向他臉前，以耳語的音量說出華府安全人員最怕的一句話。

「你不瞭解狀況。」

政治人物的安全人員*永遠*都不懂狀況，而且對這一點深痛惡絕。他們是受聘的槍手，對狀況渾然不知，從不知是否應堅決依命令行事，或是因冥頑忽視明顯的危機而提高被炒魷魚的風險。

隨扈猛嚥口水，再次凝視著白宮信封。「好吧，不過我會告訴參議員，是妳*命令*我讓妳進門的。」

他打開門鎖，凱蓓兒推開他進門，以免他反悔。她走進公寓後靜靜關上門，重新上鎖。

現在來到了前廳，凱蓓兒依稀聽見走廊遠處的謝克斯頓書房傳來模糊的人聲——男人的嗓音。今晚的私事顯然不是私事，有別於謝克斯頓先前接到那通電話後的暗示。

凱蓓兒踏進走廊，往書房走去，這時經過一個打開的衣櫃，裡面掛著六七件名貴男士西裝外套——明顯是羊毛與粗呢。地板上擺了幾只公事包。顯然今晚公事留在走廊上。凱蓓兒本來想直接走過公事包，卻不經意瞧見其中一只，上面的姓名牌多了一個顯著的公司商標。一架鮮紅色的火箭。

她站住後跪下來看：

美國太空有限公司。

她一頭霧水，開始審視其他公事包。

畢爾航太公司。微宇宙有限公司。輪特利火箭公司。紀斯勒航太公司。

瑪喬俐・田奇的沙啞嗓音在她腦海裡迴盪。妳知不知道謝克斯頓正在收受民間航太公司的賄賂？

凱蓓兒望向陰暗的走廊，脈搏開始加速。參議員的書房門口是一道拱門。她自知應該高聲報告自己的到來，卻不知不覺放低聲音一吋吋往前移。她來到拱門外幾呎處，無聲站在陰影裡……傾聽著裡面的對話。

55

三角洲三號留下來收拾娜拉．曼葛的屍體與雪橇，另外兩人則迅速往冰河下游追殺對象。

他們腳上穿的是ElektroTread電力滑板。這種滑板仍屬機密，依照市面上的Fast Trax動力滑板加以改良後，等於是在滑板下加裝迷你履帶——有如穿在腳下的雪車。右手套裡藏有兩片感壓板，可由食指與拇指指尖互碰來控制速度。功率強大的膠狀電池包裹在腳丫四周，附帶作用是保溫，也可讓滑板滑行起來無聲無息。巧妙的是，滑下斜坡時，地心引力與履帶旋轉產生的動能可自動用來替電池充電，方便下一次爬坡之用。

三角洲一號背對著強風，彎腰朝海邊滑行，一面觀察著前方的冰河表面。他的夜視系統遠比陸戰隊使用的愛國者型進步許多。三角洲一號佩戴的是臉上型夜視鏡，具有四十乘九十釐米的六片式鏡頭、三片式加倍放大鏡頭，以及超長範圍的紅外線。戴上這種夜視鏡後，外面的世界呈現透明而清冷的藍色，而非一般夜視鏡所呈現的綠色。這種色調經過特別設計，以適合北極之類高反射度的地形。

三角洲一號接近第一道雪堤時，夜視鏡顯示出鮮艷的條狀痕跡，表示有人剛擾動過雪地。這些痕跡向上滑過雪堤，在夜色中宛如霓虹箭頭。看來逃走的三名對象不是忘記解開臨時風帆，就是一直解不開。解開與否，如果他們到最後一道雪堤前仍無法脫身，現在必定置身海上某處。三角洲一號知道，追殺對象身穿的服裝具有保護作用，能延長在水中的存活時間，但無情的洋流肯定將三人推至外海。溺斃是無可避免的命運。

儘管三角洲一號信心滿滿，受過訓練的他知道絕不能妄下定論。他必須親眼看見屍體。他壓低上身，互相碰觸兩指，加速登上第一道斜坡。

・・・

麥克・陶倫德一動也不動地躺著，察覺到身上瘀青處處，但他沒有感覺到身受骨折之傷。他猜灌滿黏液的馬克九號救了他一命，讓他免受重創。他睜開眼睛，慢慢集中精神。這裡的一切似乎較爲柔和……較爲安靜。風仍呼號著，強度卻大不如前。

我們衝出了邊緣——不是嗎？

陶倫德集中著精神，發現自己躺在冰上，壓著瑞秋，兩人幾乎呈十字，仍扣住的D形金屬環扭曲變形。他感覺得到身體下面的瑞秋仍有呼吸，但他看不見對方臉孔。他滾開來，肌肉幾乎不聽使喚。

「瑞秋……？」陶倫德不確定自己的嘴唇是否發出聲響。

陶倫德回憶驚險航程的最後幾秒——氣球向上拖拉，載重纜繩斷裂，三人的身體墜落在雪堤的另一面，向下滑後衝上最後一道雪堤，翻過頂端，往邊緣直衝——雪地眼看即將告一段落。陶倫德與瑞秋往下掉，墜落的距離卻出奇地短淺。他原本以爲會掉入海中，剛才卻只降落十呎左右，跌在另一塊冰面上，拖著任憑擺布的寇奇滑行，最後停下來。

這時陶倫德抬起頭來，往海面望去。不遠的地方，冰棚以陡崖畫下句點，更遠的地方只聽得見海水的聲響。他往冰河上坡望去，睜大眼睛注視著漆黑的前方。二十碼的地方，他的視線碰到一堵高高的冰牆，似乎高掛在三人面前。這時他才領悟出方才發生了什麼事。三人剛才滑出了冰河的主段，離奇滑到了地勢較低的平臺。這一段冰河顯得平坦，面積如曲棍球場一般大，已有部分坍塌的現象——準備隨時裂開墜入海中。

冰河生冰山，陶倫德邊想邊凝視著目前躺著的危險冰臺。這一塊寬廣的正方形冰板掛在冰河外緣，猶如巨大的陽臺，三面是深抵海面的斷壁。這片冰臺僅以背部與冰河相連，陶倫德可看出連接處出現一條壓力形成的巨大裂縫，寬度將近四呎，地心引力終將戰勝冰河的牽引力。這座冰臺隨時可能斷裂。

看見裂縫固然令陶倫德驚恐，但他瞥見寇奇．馬林森靜止不動的身體時更加害怕。寇奇癱在冰面上，躺在十碼之外，以緊繃的束帶與他們連接。

陶倫德試著想站起來，無奈他仍與瑞秋緊扣在一起，因此他調整自己的位置，開始解開扣在一起的D形金屬環。

瑞秋一副虛脫的模樣，也想坐起來。「我們沒有……掉下去吧？」她的語調充滿困惑。「我們掉在一塊比較低的冰臺上，」陶倫德說著終於解開兩人之間的束縛。「我得去幫幫寇奇了。」

陶倫德忍痛想站起來，但兩腿感覺虛弱。他抓起束帶猛拉。寇奇開始往兩人的方向滑來。陶倫德拉了十幾下，終於讓寇奇躺在距離幾呎以外的冰面上。

寇奇．馬林森看似遍體鱗傷。他的護目鏡已經不見，臉頰有一道嚴重的割傷，鼻子正在流血。陶倫德原本擔心寇奇可能已經斷了氣，幸好寇奇很快就翻身，生氣地瞪著陶倫德看。

「天啊，」他結結巴巴說，「你剛才搞的是什麼鳥把戲！」

陶倫德胸口湧上一波輕鬆感。

瑞秋這時也坐起來，眉頭緊蹙。她四下看看。「我們需要……離開這裡。這塊冰看起來隨時會脫落。」

陶倫德十分同意。唯一的問題是怎麼離開。

他們來不及思考解決之道。冰臺上方的冰河上，一陣耳熟的高頻運轉聲傳來。陶倫德猛然抬頭，看見兩個白衣人毫不費力地滑著雪，來到冰河末端，同時停下來。兩人站在邊緣一陣子，凝視著飽受打擊的獵物，猶如西洋棋大師將對方一軍前享受著勝利的滋味。

發現三名脫逃者還活著，三角洲一號很驚訝。然而他清楚，這種狀況只能維持片刻。三人掉落在冰河尾端的平臺上，而那一區已經開始崩塌，隨時可能落入海中。他大可用解決剛才那女人的手法除掉這三人，但這時腦中浮現一個乾淨得多的方式，屍體永遠也不會被尋獲。

三角洲一號向下凝視著冰臺，眼神集中在寬闊的冰隙上。這條隙縫位於冰棚與黏在末端的一塊冰臺之間，已開始擴展開來。三個逃亡者坐在冰棚險象環生的這一段……冰臺隨時可能斷裂，總有一天會跌進海水裡。

不妨選在今天……

冰棚此處的夜色中，每隔幾小時會因震耳欲聾的低響而震動，是冰河的一部分裂解入海的聲音。別人一定聽不出來吧？

準備下毒手前，三角洲一號感受到腎上腺素激增帶來的一股熟悉暖意。他伸進裝備包裡，取出一顆檸檬形狀的沉重物體。這是軍事攻擊部隊的標準配備，名爲聲光彈，屬於「非致命性」的震盪手榴彈，引爆時產生閃光與震盪波，足以讓敵人失去視覺與聽覺片刻，因而暫時喪失方向感。然而，今晚三角洲一號知道這顆聲光彈絕對足以致命。

他挨近冰棚邊緣，思考著這道裂縫最深達到幾呎。二十？五十？他知道深度並不重要。是深是淺，他的計畫照樣有效。

由於他奪命無數，養成了鎮靜的心態，現在不疾不徐地在手榴彈的旋轉鈕上設定十秒，拉出保險插銷，將手榴彈扔進裂縫中。聲光彈垂直墜入黑暗中消失。

三角洲一號隨即與二號後退，登上雪堤頂端等候。精采畫面不容錯過。

瑞秋．謝克斯頓即使神智恍惚，仍確切知道攻擊者剛對著裂縫扔進什麼東西。麥克．陶倫德是否也知道，或者他只是解讀出她眼中的恐懼，瑞秋並不清楚，但她看見陶倫德臉色翻白，迅速以驚恐的神態瞥向困住他們的大冰臺之下，顯然理解到無可避免的下場。

宛如暴雨雲內部亮起閃電般，三人坐的冰臺內部發出光亮。奇異的透明白光射向四面八方。方圓一百碼之處，冰河閃亮著白光。震盪波隨之傳來，聲音不像地震的隆隆巨響，而是足以令人耳聾的一波震撼，威力足以讓胃腸翻攪。瑞秋感覺到這陣震撼力破冰直上，竄入她的身體裡。

轉眼間，彷彿三角形的塊狀物嵌入冰棚與三人底下這塊冰臺之間，冰壁發出驚心動魄的崩裂聲，開始剝離冰棚。瑞秋與陶倫德四目相向，驚懼得不知所措。人在附近的寇奇發出慘叫聲。

冰臺倏然下降。

瑞秋感覺到片刻的無重力狀態，騰空在數百萬磅的冰臺之上。隨後三人乘坐冰臺下降，直直落入冰海之中。

56

冰壁互相摩擦產生震耳欲聾的聲響，令瑞秋的耳鼓膜難受。大塊冰臺滑落米爾恩冰棚，對空噴灑出一團團冰霧。冰臺嘩然下墜期間曾減緩速度，原本呈無重力狀態的瑞秋被摔回冰臺表面。陶倫德與寇奇也在附近重重落地。

冰臺持續向下墜入海中，越陷越深，瑞秋此時看得見海沫飛散的海面激衝而上，然後嘲笑似的減緩速度，如同高空彈跳後發現比彈跳繩多了幾呎時的地面。上升……上升……，這時往事歷歷在目。她的童年惡夢重回眼前。冰……水……黑暗。這份恐懼感幾近歇斯底里。

冰臺表面陷入海平面之下，寒冷的北冰洋洶湧灌向邊緣。海水朝瑞秋四面湧入時，她自己被吸入海面下。鹽水衝來時，她裸露在外的臉皮緊縮，感覺灼燙。她下方的冰臺表面消失了，幸虧服裝內事先灌入膠狀物產生浮力，瑞秋才不至於沒頂。她拚命想重新接觸冰臺。她喝下一大口鹽水，四肢掙扎著接觸到冰臺表面。她看得見其他兩人在附近載浮載沉，三人全被束帶纏住。正當瑞秋打直身體時，陶倫德高呼。

「要向上回升了！」

他的話在轟隆聲中迴盪，瑞秋察覺底下的水面出現異樣的上升現象。這塊冰臺活像極力想轉彎的超大型火車頭，在水底呻吟一聲後靜止，如今開始從正下方開始回升。無限深的海面下，一陣驚心的低頻聲響向海面隆隆傳播，巨大的冰臺從水面下開始朝冰河平面升起，冰壁相互摩擦著。

冰臺上升得快，不斷加速度，從黑暗中向上竄升。瑞秋感覺自己隨著上揚。冰臺碰觸到她身體時，周圍的海水向內澎湃而來。她驚惶掙扎卻毫無作用，冰臺載著她與數百萬加侖的海水直竄天空，她則儘量找出平衡點。巨大的冰臺一面向上升，一面在海面之上搖頭擺尾，上下左右晃動，尋找著平衡重心。瑞秋發現自己泡在及腰的海水中，在廣大而平坦的冰臺上來回掙扎。海水開始從表面流失時捲走了瑞秋，將她帶向平臺邊緣。瑞秋呈大字形趴在冰臺上滑動，這時可見邊緣快速映入眼簾。

撐著啊！瑞秋的母親呼喚著，一如她幼年時在冰塘之下掙扎時聽見的呼喚。撐著啊！別沉下去！

在束帶的拉扯之下，原本呼吸就困難的瑞秋感覺肺葉裡的空氣所剩無幾。捲到距離邊緣僅有幾碼的地方，她被一陣力量硬拉住，立即止滑，她打轉半圈後停下。距離十碼之處，她看見寇奇癱軟的身體仍與她繫在同一條束帶上，也被硬拉停下。原來剛才兩人以反方向流出冰臺，流力最後卻互相抵消，同時制止了兩人的移動。海水從冰臺上流失，深度越來越淺，另一個陰暗的身影在寇奇附近爬升起來。這人四肢著地，抓緊了寇奇的束帶，一面嘔出鹽水。

是麥克．陶倫德。

最後一批海水流過瑞秋身邊，流出冰臺之外，此時被嚇呆了的她默默聆聽著海水的聲響。隨後，她感覺到致命的寒意襲遍全身，以雙手與雙膝硬撐起身體。冰山仍在海水中來回搖擺，宛若巨大的冰塊。神智恍惚又疼痛難忍，她爬向另外兩人。

三角洲一號高高站在冰河上，以夜視鏡凝視著北冰洋最年輕的一塊平板式冰山。海水拍打著冰山周圍，他在水面上遍尋不著人體，但他並不驚訝。海水顏色深沉，而追殺對象的雪地裝與無邊便帽全是黑色。

他讓視線通過大浮冰的表面，很難集中焦點，因爲這塊浮冰迅速游走，已經隨著強勁的洋流向外海漂去。他正要將視線轉回海面之際，看見了出乎意外的東西。冰面上多了三個黑點。是屍體嗎？三角洲一號儘量調整焦距。

「看見了什麼嗎？」三角洲二號問。

三角洲一號沒有回應，只是調整著放大器。在冰山慘白的色調中，他訝然看見三個人體依偎成一團，毫無動作。是死是活，三角洲一號沒有概念。反正死活並不太重要。如果他們還活著，即使身穿雪地裝，一小時之內必死無疑；他們已經泡過海水，而且暴風雪即將來臨，何況浮冰載著他們漂往地球上最險惡的海域之一。屍首永遠不會有人發現。

「只是陰影而已，」三角洲一號說著從懸崖轉身。「我們回營地吧。」

57

塞爵克・謝克斯頓參議員人在西卜魯克公寓裡，將盛有拿破侖干邑酒的矮腳杯放在壁爐架上，撥弄爐火片刻，集中思維。書房裡與他同坐的六名男士這時默默坐著……等待著。閒聊已經結束了。現在輪到謝克斯頓參議員推銷自己。他們知道。他也知道。

政治即推銷。

建立互信。讓對方知道你瞭解他們的問題。

「各位可能知道，」謝克斯頓邊說邊轉向他們，「過去幾個月來，我見過許多與各位處境相同的人士。」他面帶微笑坐下，與在場六人平身。「各位是我以自宅招待的唯一一批人。你們是傑出人士，我很榮幸能招待各位。」

謝克斯頓握起雙手，兩眼周遊書房，目光與來賓個別交流。隨後他將焦點集中在第一個目標——頭戴牛仔帽的胖壯男子。

「修士頓太空產業公司，」謝克斯頓說。「很高興你能前來。」

這位德州男子嘟噥著說，「我討厭華盛頓特區。」

「我不怪你。華府對你一直不公平。」

德州人從牛仔帽簷底下向外凝視，不發一語。

「十二年前，」謝克斯頓開始說，「你主動向美國政府提案，願意替政府建造美國太空站，索費只有五十億美元。」

「對。藍圖我還留著。」

「只可惜，航太總署說服了政府，美國太空站應該由航太總署來承辦。」

「對。將近十年前，航太總署開工了。」

「十年。然而，航太總署的太空站不只還沒完全進入運作狀態，這項計畫已經花了你當初提案數字的二十倍。身爲美國納稅人的我感覺很嘔。」

書房裡的眾人紛紛以悶哼聲表示贊同。謝克斯頓目光四移，與在場人士重新接觸。

「我非常清楚，」參議員這時改向全體發言，「在座代表的公司有幾家主動提議發射民間太空梭，每一趟的價格壓到只有五千萬美元。」

在座人士又連連點頭。

「航太總署每一趟卻只索費三千八百萬……而他們實際的成本卻超過一億五千萬美元！」

「他們利用這種方法來排除競逐太空的對手，」其中一人說。「航太總署這家公司每發射一次太空梭就損失成本的四倍，卻還能繼續做生意，民間公司再怎麼拚也拚不過他們。」

「你們也沒有必要跟他們拚，」謝克斯頓說。

在場人士紛紛點頭。

謝克斯頓現在轉向身邊的這位一臉嚴肅的創業家。謝克斯頓事先讀過他的檔案，對他很感興趣。如同許多資助謝克斯頓競選的創業人士，這一位曾任軍方工程師，難忍軍隊的低薪，也對政府的官僚作風感到失望，因此棄軍歸民，投入航太事業尋找發財的機會。

「紀斯勒航太公司，」謝克斯頓說著搖頭表示惋惜。「貴公司設計生產的火箭，發射時載重成本每磅只要兩千美元，航太總署卻高達每磅一萬美元。」謝克斯頓歇口以製造效果。「貴公司卻苦無顧客上門。」

「怎麼會有顧客上門？」這名男子呼應。「上個禮拜，航太總署大殺價，以每磅八百一十二美元的代價替摩托羅拉發射電訊衛星，硬是把我們比下去。政府發射那顆衛星倒賠百分之九百哪！」

謝克斯頓點頭。航太總署這個機構的營運效率低於對手十倍，納稅人卻在無意間資助如此低效率的組織。「事實明確得令人心痛，」他說，語調越來越陰沉，「航太總署極盡所能壓制太空中的競爭對手。他們以低於市值的價格來逼退民間航太企業。」

「簡直是太空業的沃爾瑪嘛，」德州人說。

比喻得太妙了，謝克斯頓心想。我得記住這個比喻。沃爾瑪超市每攻進新的領域時，慣用低於市值的標價販售商品，逼得當地所有競爭對手無生意可做，因此令商家不齒。

「我痛恨且厭倦到底了，」德州人說，「不想再付幾百萬的營利事業稅給山姆大叔，讓他們用稅金來搶走我的顧客！」

「我很贊同，」謝克斯頓說。「我能體會。」

「都怪缺乏企業贊助，輪特利火箭公司也快撐不下去，」一個穿著英挺的男人說。「禁止贊助的法令簡直等於犯罪行爲！」

「我非常同意你的看法。」謝克斯頓在此之前得知，航太總署確保太空壟斷權的另一個方式是通過聯邦法律，禁止廣告貼上太空飛行器。民間公司本可以透過企業廣告商標來鞏固財源，效法布滿商標的職業賽車手，政府卻只准太空航行器漆上「美國」的字眼與公司名稱。美國全國一年的廣告總額達一千八百五十億，卻沒有一毛錢流入民間太空公司的口袋。

「簡直像打劫嘛，」有一人按捺不住性子說。「本公司希望能維持營運久一點，明年五月可以推出全美第一艘觀光太空梭的原型，期望到時媒體大幅報導。耐吉公司剛對我們提案，願意拿出七百萬來贊助，條件是在太空梭的機身漆上耐吉的鉤鉤和『Just do it!』的口號。百事可樂也提出兩倍的金額要我們打出

『百事可樂：新世代的選擇』。可惜根據聯邦法，如果太空梭外面出現廣告就算違法，不准發射升空！」

「沒錯，」謝克斯頓參議員說。「如果我當選了，我願意致力廢除禁止贊助的法律。我向你保證。地球每一寸土地都將可以打廣告，太空也應該開放廣告。」

謝克斯頓這時凝視著觀眾，兩眼專注，語調越來越凝重。「話說回來，在場全體有必要知道的是，航太總署民營化的最大阻力不是法規，而是民眾的認知。多數美國民眾仍對美國的太空計畫抱著浪漫的憧憬。他們仍相信航太總署是有必要存在的政府單位。」

「都怪那些可惡的好萊塢電影！」其中一人說。「看在老天的分上，航太總署炸掉小行星拯救世界的電影，好萊塢還能拍多少齣？簡直像政令宣導嘛！」

與航太總署相關的好萊塢電影層出不窮，謝克斯頓知道可單從經濟效益的角度來解釋。湯姆・克魯斯駕駛噴射機，讓《捍衛戰士》一片紅得發紫，相當於替美國海軍打了兩個小時的廣告。航太總署因此理解到好萊塢深具公關的潛力。航太總署開始默默對製片公司開放，提供免費拍攝場地，舉凡發射臺、任務控制中心、訓練設施，皆歡迎攝影小組進駐。製片人在其他地方拍片時，習慣付出巨額的授權金來使用場地，現在航太總署免費開放，拍攝以航太總署爲題材的驚悚片可省下數百萬的預算，電影公司不願坐失良機。當然，好萊塢取得拍片許可的前提是航太總署必須先核可劇本。

「對民眾洗腦嘛，」一名拉丁裔的男子嘟囔著。「跟炒作新聞的手段比較起來，電影其實還不算太糟。居然把老年人送上太空？現在航太總署又計畫組成一支成員全是女性的太空梭隊？全是炒作新聞嘛！」

謝克斯頓嘆氣，語調轉爲悲情。「對，我知道我不必提醒各位八〇年代的那件事。教育部破產了，指出航太總署浪費了可以花在教育上的幾百萬。航太總署策畫出一個炒作新聞的花招，想證明航太總署是體貼教育界的。他們把一個公立學校的老師送上太空。」謝克斯頓停頓一下。「各位全記得克莉絲塔・麥考利芙吧？」

書房內靜寂無聲。

「各位，」謝克斯頓說著在壁爐前駐足，以製造戲劇效果。「我相信，為了謀求所有人的未來福祉，美國民眾瞭解眞相的時候到了。現在應該讓美國人覺醒，航太總署並不是帶領我們升空，而是會掐死太空探索的生機。太空與其他產業沒有不同之處，讓民間航太公司無法升空的做法幾乎等同於犯罪行為。想想看電腦業界，日新月異的發展每個禮拜都讓人目不暇給！為什麼？因為電腦業採用自由市場的機制：以利潤作為效率與眼光的誘因。想像一下，假使電腦業由政府一手主導的話，情況如何？我們現在一定還停留在黑暗時期。我們在太空的進展停滯不前。探索太空的工作應回歸民間業界，我們應該讓民間前進太空。開放太空之後，美國民眾將對航太業的成長、工作機會的增加和成眞的美夢瞠目結舌。我相信我們能以自由市場的機制帶動我們走向太空的新高點。如果我當選總統，我願將太空民營化視為個人職志，打開門鎖，大大打開太空的大門，讓大家前進最後的邊境。」

謝克斯頓舉起盛著干邑的矮腳杯。

「朋友們，今晚蒞臨寒舍，各位是想決定我是否值得信賴。我希望自己正贏得各位的信心。成立公司需要投資人的協助，同樣的，打造總統寶座也需要投資人。企業持股人期望獲得收益，同樣的，各位投資在政治也期望得到回饋。我今晚向各位釋出的訊息很簡單：投資在我身上，我絕對不會忘記各位。絕不忘記。我們的使命已經結合為一體。」

謝克斯頓朝他們舉杯敬酒。

「朋友們，在各位鼎力相助之下，我很快就能進白宮……到時候各位的美夢將一飛沖天。」

十五呎之外，凱蓓兒・艾許站在陰影中，全身僵硬。書房裡傳來和諧的水晶酒杯碰撞聲與爐火啪嚓聲。

58

一名年輕的航太總署技術人員在生棲營裡驚慌奔走。發生可怕的事了！他在媒體區附近找到獨處的艾斯崇署長。

「署長，」技術人員喘著氣跑過來。「發生了一件意外！」

艾斯崇轉身，眼神疏離，彷彿心思已經被其他事情嚴重擾亂了。「你說什麼？意外？在哪裡？」

「在採掘坑裡。一具屍體剛剛浮上來。是明衛立博士。」

艾斯崇面無表情。「明衛立博士？可是……」

「我們把他拉上來，可惜已經太遲了。他死了。」

「天啊。他在裡面泡多久了？」

「我們猜大概一個鐘頭。看起來他跌進坑裡，沉到底部，膨脹後屍體浮上水面。」

艾斯崇略紅的皮膚轉爲深紅。「可惡！還有誰知道這件事？」

「沒有了，署長，只有我們兩個。我們把他撈上來後，認爲最好先通知署長，然後再——」

「你們的做法很正確。」艾斯崇沉重地吐了一口氣。「立刻把明衛立博士的屍體收好。別說出去。」

技術人員糊塗了。「可是，署長，我——」

艾斯崇將大手放在他的肩頭上。「你仔細聽好。這樁意外令人心痛，我深表遺憾。我當然會另尋適當時機處理。現在還不是時候。」

「署長要我把屍體藏起來？」

艾斯崇以冰冷的北歐眼珠緊盯著他。「你想想看。我們可以告訴所有人，只不過，所有人知道後又有什麼作用?距離記者會只剩一個小時，宣布有人意外喪生的話，會替整項發現蒙上陰影，對士氣造成沉重的打擊。明衛立博士一時疏忽失足了，我不打算讓航太總署因爲他的疏忽付出代價。這些民間科學家已經霸佔舞台太久了，我不想讓他們草率犯下的錯誤爲我們光榮的一刻罩上陰影。明衛立博士的意外必須保密，等到記者會之後再說。你瞭解嗎?」

技術人員點頭，臉色蒼白。「我這就去收屍。」

59

麥克・陶倫德在海上待得夠久，知道海洋捲走受害人時毫無悔意也毫不遲疑。他筋疲力竭地躺在大片浮冰之上，僅能依稀辨別出消失在遠方的米爾恩冰棚，其高聳的輪廓猶如幽靈。他知道強勁的北冰洋流從依莉莎白群島出發，以極大圈繞著北極冰帽，終將掃過俄羅斯北方的海邊。即使漂到俄羅斯也無濟於事了。屆時已過了好幾個月。

我們大概只剩三十分鐘……最多挺不過四十五分鐘。

如果沒有這身以黏液護身的裝束，陶倫德知道他們早已見了閻王。幸虧馬克九號能防水，而保持全身乾燥是低溫求生最關鍵的條件。包裹身軀的保溫黏液不僅吸收墜地時的衝擊，現在也能協助身體保留僅有的熱量。

很快的，失溫症即將降臨全身。起先是四肢發生微微麻木的現象，因爲血液撤退至人體核心，以保護具關鍵作用的內臟。譫妄與幻覺隨之而來，脈搏與呼吸也減緩，人腦因此缺氧。然後，人體將做出最後一搏，停掉所有的機能，只留下心臟與呼吸器官繼續運作，以保存僅有的熱量。隨後會進入無意識狀態。最後人腦控制心跳與呼吸的中心也會全數停止運作。

陶倫德將眼神轉向瑞秋，但願自己能想辦法救她一命。

麻木感在瑞秋・謝克斯頓的身體擴散。她原本以爲死前必定疼痛難耐，現在發現並非那麼一回事。幾乎是她求之不得的麻醉藥。大自然的嗎啡。她在墜落時失去了護目鏡，在低溫中幾乎無法睜開眼睛。

她能看見陶倫德與寇奇在附近的冰面上。陶倫德看著她，眼神充滿遺憾。寇奇仍有動作，但他顯然感到痛苦。他的右頰骨碎裂流血。

瑞秋的身體狂顫，頭腦則搜尋著解答。是誰？為什麼？她體內產生一種越來越沉重的感覺，頭腦因而糊成一團。怎麼想也想不透。她覺得身體機能緩緩停止運作。一陣無形的力量哄著她睡覺。她抗拒著。現在她內心燃起一團怒火，她儘量將火焰煽旺。

他們想害死我們！她望向猙獰的海面，察覺到攻擊者已經成功了。我們等於已經死了。即使是現在，即使她自知大概無法活下來查出米爾恩冰棚上大演致命遊戲的首腦是誰，瑞秋已大致明瞭苗頭應指向什麼人。

嫌疑最大的人莫過於艾斯崇署長。派他們外出雪地的人是他。他和國防部、特戰司令部扯得上關係。可是，艾斯崇何必把隕石植入冰棚下方？對他有什麼好處？對任何人又有何好處？

瑞秋腦中閃過札克理．賀尼。她懷疑總統究竟是共謀或被蒙在鼓裡。賀尼什麼也不知道。他不知情。總統顯然是被航太總署矇騙了。現在距離賀尼召開記者會只剩大約一小時。宣布航太總署的重大發現時，他將播放四位民間科學家背書的紀錄片。

四位身故的民間科學家。

瑞秋現在已無法制止記者會，但她發誓絕不讓攻擊事件的主腦逍遙法外。

瑞秋使出全身的氣力，拚命想坐起來。她感覺四肢像是花崗石，彎起手腳時所有關節同聲喊痛。她慢慢跪坐起來，在平坦的冰面上穩定身體。她感到暈眩。海水在四周翻騰。陶倫德躺在附近，以詢問的眼神向上凝視著她。瑞秋察覺他大約認定她是在跪著祈禱。她當然不是在禱告，只不過她即將嘗試的動作，其解救性命的機會與祈禱一樣希望渺茫。

瑞秋以右手伸向腰際，摸索到仍以彈跳繩繫在皮帶上的冰斧。她以凍僵的手指握住斧柄。她將斧頭倒過來，排出倒立的T字形，然後使盡全力撞擊冰面。砰。再敲一次。砰。血管中的血液感覺像冰冷的沉積土石。砰。陶倫德一臉困惑地旁觀。瑞秋再次以冰斧敲地。砰。

陶倫德盡力以手肘撐起身體。「瑞……秋？」

她沒有回應。她必須集中所有的力氣。砰。砰。

「我不認爲……，」陶倫德說，「這麼北的地方……SAA……大概聽不見……」

瑞秋轉頭，神色驚訝。她已忘記陶倫德是海洋學家，可能對她的意圖有所概念。你想的沒錯……只不過我呼叫的不是SAA。

她繼續敲擊。

SAA的全名是海底測音網路（Suboceanic Acoustic Array），是冷戰時期留下來的產物，現在由全球海洋學家用來傾聽鯨魚的動態。由於水面下的聲響可傳數百哩，海底測音網路在全球布下五十九具海中麥克風，能監聽到的海域大得驚人。可惜的是，如此遙遠的北冰洋這一帶，並不在海底測音網路的聽力範圍之內。但瑞秋知道海底另有其他單位在監聽，是地球上極少數人知道的單位。她繼續敲打。她的訊息簡單而明確。

砰。砰。砰。

砰……砰……砰……

砰。砰。砰。

瑞秋並不妄想這舉動能招來救兵；她已能體會到一陣霜凍的緊縮感開始掌握身體。她懷疑自己大概撐不過半小時。救兵遠在即時趕到的距離之外。她的舉動與救命無關。

砰。砰。砰。

砰……砰……砰……

砰。砰。砰。

「沒……時間了……」陶倫德說。

我關心的……不是我們的性命，她心想。我關心的是我口袋裡的資訊。瑞秋想像透地雷達的列印圖，正放在馬克九號的魔鬼氈口袋中。這份資料是犯罪的證據。我需要將透地雷達列印圖交給國偵局的人……越快越好。

即使在神智不清的狀況中，瑞秋仍確知有人能收到她的訊息。一九八〇年代中期，國偵局以功率強過海底測音網路三十倍的「古巫師」取代海底測音網路，範圍涵蓋全地球，造價一千兩百萬美元，是國偵局部署海底的耳線。接下來幾小時之間，北冰洋的水中測音器接到不尋常的訊號後，傳給國偵局和國家安全局位於英國曼威斯希爾（Menwith Hill）的監聽站，由克雷（Cray）超級電腦隨即點出異常之處，並將該訊號解讀為SOS，再以三角測量法測出經緯度，通知格陵蘭島的圖勒空軍基地派遣救援飛機。之後飛機將在冰山上尋獲三個人。結冰了。死了。其中一人是國家偵察局員工……她口袋裡藏了一張內容詭異的感熱紙。

透地雷達列印圖。

娜拉・曼葛最後的遺物。

救援人員研究過列印圖後，隕石下方神祕的植入隧道將公諸於世。隨後會發生什麼事，瑞秋並不清楚，但至少這項祕密不會隨他們葬身冰山上。

60

每位入主白宮的總統進行交接時，必須由人介紹參觀三間警衛森嚴的倉庫，裡面保存了歷年來白宮收藏的家具，價值連城：書桌、刀叉餐具、臥室櫃、床鋪，以及自華盛頓以降的歷年總統使用過的其他物品。在參觀過程中，接任的總統若看上任何傳家寶，皆可在任期內用來裝飾白宮。白宮所有的陳設中，唯有林肯臥房裡的床鋪是永遠不變的家具。反諷的是，林肯從未睡過那張床。

札克理・賀尼目前在橢圓形辦公室裡使用的辦公桌，曾歸他的偶像杜魯門總統使用。這張辦公桌以現代標準來看雖然太小，卻能每日提醒札克理・賀尼，皮球確實踢到此處為止（譯註：The buck stops here，杜魯門的座右銘），同時讓賀尼謹記在心的是，任期中的任一缺失都由他一肩扛下。賀尼將這份責任視為榮譽，盡自己所能為幕僚灌輸動機，督促幕僚竭盡全力完成任務。

「總統先生？」祕書探頭進辦公室報告。「電話已經接通了。」

賀尼揮揮手。「謝謝你。」

他伸手拿起話筒。他希望這通電話能閉門講，但他肯定現在休想奢望一點隱私。兩名化妝師有如牛蠅一樣迴繞著他不去，對著他的臉孔與頭髮又戳又梳。在辦公桌的正前方，電視攝影人員正在忙碌中，一群顧問與公關人員則在辦公室忙進忙出，興奮地討論策略。

倒數計時六十分鐘……

私人專線的燈光亮起，賀尼按下接聽鍵。「羅倫斯？你在線上嗎？」

「我在線上。」航太總署署長的語調疲憊而茫然。

「北極一切還好吧？」

「暴風雪快來了，不過部屬說衛星連線不會受影響。不成問題。進入倒數一小時。」

「優秀。情緒應該很高昂吧？」

「非常高昂。我的部屬很興奮。事實上，我們剛喝啤酒慶祝過。」

賀尼笑著說，「很好。是這樣的，我打電話是想在記者會之前謝謝你。今晚的事重要得不得了。」

署長遲疑著，語調顯得異常猶豫。「是很重要沒錯，總統。這是我們期待已久的一刻。」

賀尼遲疑了一下。「你的口氣好累。」

「我需要一些日光和一張眞正的床鋪。」

「再過一個鐘頭。對著鏡頭微笑，享受這一刻，然後我會派飛機去北極接你回華府。」

「我很期待。」接著他再次沉默。

賀尼是經驗老到的協商專家，弦外之音躲不過他的耳朵。不知何故，署長的語氣不太對勁。「你確定那邊的狀況正常嗎？」

「絕對正常。一切都按照計畫進行。」署長似乎急著想改變話題。「麥克・陶倫德的紀錄片最後剪輯版本，總統看過了嗎？」

「剛看過了，」賀尼說。「製作得很棒。」

「對。總統招募他是英明之舉。」

「還因爲我找民間專家而生氣嗎？」

「那還用說。」署長以不懷惡意的口吻咆哮，恢復了原有的中氣。

賀尼的心情因此好轉。艾斯崇沒事，賀尼心想。只是有點累罷了。「好吧，再過一小時，我再跟你透過衛星連線。我們來給大家一個聊天的話題。」

「對。」

「嘿，羅倫斯？」賀尼壓低嗓門，口氣變得嚴肅。「你在北極的表現非常傑出，我不會忘記的。」

在生棲營外，三角洲三號頂著強風，拚命將翻覆的雪橇扶正，放回原有的儀器。一切裝備重回雪橇上後，他釘好覆蓋上面的塑膠布，將娜拉．曼葛的死屍扔上去並繫牢。正當他準備連屍體帶雪橇拖出路線外，兩名隊友從冰河下游朝他滑雪而來。

「計畫變動了，」三角洲一號在強風中高呼。「另外三個掉出冰河尾了。」

三角洲三號並不訝異。他也知道這話是什麼意思。三角洲部隊原本計畫把四具死屍留在冰棚上，布置成意外死亡的假象，如今卻已行不通。留下單一屍體勢必引發更多疑問。「要清掃嗎？」他問。

三角洲一號點頭。「我來收拾火把，你們兩個去處理雪橇。」

三角洲一號小心回溯四人的行蹤，收拾起任何人跡遺留下的點滴線索，這時三角洲三號與二號朝冰河末端前進，拖著載有儀器的雪橇。吃力翻越一道道雪堤後，他們終於抵達米爾恩冰棚盡頭的懸崖。他們推了一下，娜拉．曼葛與雪橇靜靜滑出邊緣，落入北冰洋中。

清掃得乾淨俐落，三角洲三號心想。

兩人往回走時，他很高興看見強風掃盡了滑板留下的軌跡。

61

夏洛特號核子潛艇至今已在北冰洋停留了五天，所到之處屬於高度機密。

夏洛特號是洛杉磯級的潛水艇，設計理念是「傾聽而不被收聽」。其渦輪引擎重達四十二噸，以彈簧托住底部，以抵消運作時產生的任何震動。儘管這艘洛杉磯級潛艇以隱密爲要務，體積卻在現役的偵察潛艇中名列前茅。夏洛特號從船鼻到船尾超過三百六十呎，船身如果擺上美式足球聯盟的球場上，必定撐得破兩邊的射球欄還綽綽有餘。夏洛特號的長度是美國海軍第一艘荷蘭級潛艇的七倍，整體下水後排水量六千九百二十七噸，巡航速度高達驚人的三十五浬。（譯註：一浬等於時速一點八五二公里。）

夏洛特號潛艇正常巡航深度緊臨溫躍層之下，天然的溫差能讓由上而來的偵測聲納反彈時扭曲，使得海面雷達無法偵測潛艇的行蹤。這艘潛艇機組人員共一百四十八名，潛水最深可超過一千五百呎，代表了全球頂尖的潛艇，爲美國海軍在海中效勞。夏洛特號以蒸發電解系統產生氧氣，具備兩套核子反應器，也具備特製軍糧，因此能夠環繞地球二十一圈不必探出水面，續航力一流。處理船員排泄物的方式一如多數遊輪的做法，將穢物壓縮成六十磅重的方塊，再排入海水中。有人笑稱這種巨大的穢物磚是「鯨魚便便」。

坐在聲納室震盪器螢幕前的聲納員是全球頂尖好手之一。他的頭腦有如聲音與波形的活字典，能分辨出的聲響包括數十種俄國潛艇推進器、數百種海洋動物，甚至能明確點出海底火山，最遠可達日本。

然而，目前的他正聆聽著一陣反覆而單調的回音。這種聲響儘管很容易解讀，卻來得出乎意外。

「我的耳機傳來的這聲音，說出來你一定不相信，」他對他的副手說，一面將耳機遞過去。

他的助手戴上耳機，臉上表情轉為不敢置信。「我的天啊。好清楚。我們怎麼辦？」

聲納員已經拿起話筒撥給艦長。

潛艇的艦長來到聲納室後，聲納員將即時聲納訊號傳至一組小喇叭。

艦長聽著，面無表情。

砰。砰。砰。

砰……砰……砰……

越來越慢。越來越慢。結構越來越鬆散。訊號越來越虛弱。

「經緯度是多少？」艦長質問。

聲納員清清喉嚨。「其實啊，艦長，方位就在正上方的海面，距離右舷大約三哩。」

62

在謝克斯頓參議員書房外漆黑的走廊上，凱蓓兒・艾許的雙腿不住顫抖。原因並非維持同一站姿過久，而是對她聽見的內容感到失望透頂。書房裡的會議持續進行中，但凱蓓兒不必再多聽一個字。痛苦的眞相就擺在眼前。

謝克斯頓參議員正在收受民間太空公司的賄賂。瑪喬俐・田奇說的果然是實話。

一股嫌惡感現在竄遍凱蓓兒全身，她感覺自己被人出賣。她原本信任謝克斯頓。她爲他打過仗。他怎麼做得出這種事？凱蓓兒偶爾看見參議員公開撒謊，爲的是保護私生活，是政治圈裡非做不可的手段。但是，這件事屬於非法行爲。

他還沒當選，就已經開始出賣白宮了！

凱蓓兒知道她再也無法支持這個參議員。承諾替航太總署民營化法案護航，唯一的方式是蔑視法律與民主體系。即使參議員相信民營對大家都有好處，但預先出賣民營的決策等於無視政府的制衡機制，也忽略了國會、顧問、選民與遊說團體可能提出具說服力的論點。最嚴重的是，謝克斯頓保證讓航太總署民營，已經爲無盡濫用內線情報鋪好了路——最常見的方式是內線交易。這種做法明目張膽偏袒有錢的核心人士，犧牲的是誠實交割買賣的散戶。

凱蓓兒感到噁心，思考著下一步怎麼走。

她背後響起一陣尖銳的電話鈴聲，震碎了走廊的寂靜。凱蓓兒被嚇得轉身。手機的鈴聲來自前廳衣櫃中，出自訪客之一的大衣口袋。

「抱歉，朋友們，」書房傳來德州鄉音。「是我的手機。」

凱蓓兒聽得見那人起身。*他要走過來了！*她急忙轉身，往來時的方向在地毯上衝刺。跑到走廊一半時，她左轉躲進漆黑的廚房，這時德州人正巧步出書房，轉身走上走廊。凱蓓兒僵住了，在陰影中不敢動彈。

德州人大步走過，沒有注意到她。

凱蓓兒的心臟怦怦響，仍能聽見德州人在衣櫃裡摸索的聲音。最後他接起仍在響的手機。

「喂？……幾點？……真的嗎？我們會收看的。謝謝。」德州男按掉手機，回頭往書房走，一面大喊著。「嘿！打開電視。看樣子札克理．賀尼今晚緊急召開記者會。八點。全國聯播。如果不是對中國宣戰，肯定是國際太空站剛掉進海裡了。」

「那樣的話，我們應該大乾一杯！」有人大聲說。

大家笑起來。

凱蓓兒感覺廚房在她四周旋轉起來。*晚上八點召開記者會？看來田奇並沒有唬人。*她逼凱蓓兒交出宣誓書承認肉體關係，給凱蓓兒的期限確實是晚上八點。*趁還來得及的時候趕緊跟參議員劃清界線*，田奇如此告訴她。凱蓓兒原以為她選定這個期限是方便將消息走漏給報社，以刊登在明天的報紙上，如今看樣子白宮打算親自公開醜聞。

*緊急記者會？*凱蓓兒越想越覺得奇怪。*賀尼準備現場宣布這個爛消息？還親自宣布？*

書房裡的電視打開。音量超大。新聞主播的語調洋溢著興奮之情。「白宮突然宣布今晚直播總統談話，而且不願透露主題，因此引起諸多臆測。部分政治分析家認為，由於總統最近暫停競選活動，可能準備宣布將不競選連任。」

書房裡響起一陣充滿希望的歡呼聲。

荒謬，凱蓓兒心想。白宮目前掌握了謝克斯頓這麼多齷齪的底細，總統死也不可能在今晚退出選戰。這場記者會的主題才不是退選。凱蓓兒直覺到田奇已經警告今晚將發生什麼事，因此心情往下沉。

她感覺事態越來越緊急，看了一下手錶。只剩不到一小時。她必須做出決定，也知道應該找誰商量。她以腋下夾著偷拍照的信封，靜靜退出公寓。

她來到走廊上時，隨扈顯得如釋重負。「剛聽見裡面傳出歡呼聲。看來妳很紅喲。」

她簡短地微笑，往電梯走去。

走到街上時，越來越深的夜色感覺出乎尋常的苦澀。她招下計程車，上車後儘量叫自己放心，因爲她完全知道自己在做什麼。

「ABC電視攝影棚，」她告訴運將。「快一點。」

63

麥克．陶倫德側躺在冰上，頭靠在伸展開來的手臂上。他的手臂已經失去知覺。雖然眼皮沉重，他拚命不讓眼皮閉上。從這個奇怪的角度，陶倫德觀看著此生最後幾個畫面——如今只有海水與冰雪——全在側看的視野中以奇怪的角度傾斜。這樣的結局似乎很合適，因爲今天見到的一切全與眞相有異。

一層莫名的寧靜開始降臨在漂浮的冰筏上。瑞秋與寇奇已雙雙靜默下來，敲擊聲也已經停止。漂離冰河越遠，風勢便越顯和緩。陶倫德聽見自己的身體也越變越靜。緊緊的無邊便帽蓋住耳朵，他只能聽見自己的呼吸聲在腦中放大。呼吸越來越慢……越來越淺。本能之下，他的鮮血如棄船求生的水手一般，從四肢急流至維生器官，爲維持他的意識做出最後一搏。伴隨而來的是一種受到壓迫的感覺，但他的身體已經無法抗拒這種壓迫感。

他知道，他打不贏這一役。

奇怪的是，他已感覺不出疼痛。他已經過了疼痛的階段。現在的感受是被充氣後的感覺。麻木。漂浮。他的反射作用開始停止運作。率先罷工的是眨眼的動作。陶倫德的視線開始模糊。循環角膜與水晶體之間的水狀液正反覆結冰。陶倫德回頭向模糊的米爾恩冰棚看一眼，在朦朧的月色下只見飄渺的白色形體。

他覺得自己的靈魂開始認輸。他在存在與不存在的邊緣搖搖晃晃，凝視著遠方的海浪。風在四周吹襲著。

就在此時，陶倫德開始出現幻覺。奇怪的是，在喪失意識前的幾分鐘，他並沒有產生來人營救的幻覺。他的幻覺並非溫馨、安適的念頭。他死前的幻覺令他驚駭不已。

冰山旁的水面冒出一條巨獸，嘶嘶破水而出，如同神話故事中的海怪，往冰山直來——流線、黑色、凶惡，周圍冒著水沫。陶倫德強迫自己眨眼。他的視覺清晰了一些。巨獸很接近，碰撞著冰山的動作宛如大鯊魚頂撞小船。龐然大物聳立在他眼前，濕透的皮膚閃閃發光。

朦朧的畫面轉為黑色時，最後僅存的只有聲音。金屬碰觸金屬。牙齒啃咬冰面。越靠越近。拖著人體離去。

瑞秋……

陶倫德感覺自己被粗魯地抓住。

之後是空白一片。

64

凱蓓兒・艾許全速跑進ABC新聞的三樓製播室。即使如此，她仍比製播室裡所有人的動作慢了半拍。這裡的情緒全天二十四小時白熱化，但她面前的隔間方陣現在狀況亢奮異常，宛如吸食甲基安非他命後的證券交易情境。眼神激動的編輯探出隔間牆彼此尖聲大叫著；揮舞著傳眞的記者一間一間走，比對資料；慌亂失措的實習生忙裡偷閒時猛塞士力架巧克力棒與山露汽水。

凱蓓兒來ABC找尤蘭達・柯爾。

通常尤蘭達人在製播室的高層區。這裡以玻璃牆隔成私人辦公室，是需要安靜思考的決策者辦公之處。然而今晚尤蘭達走出辦公室，置身最熱鬧的地方。她一看見凱蓓兒，立刻發出她慣有的熱情尖叫。「凱妹！」尤蘭達身披蠟染布披肩，戴著玳瑁鏡框眼鏡。一如往常，她佩戴數磅重的花稍時裝首飾，懸掛在身上宛若亮片。尤蘭達揮著手搖搖擺擺走過來。「抱抱！」

尤蘭達・柯爾在華盛頓的ABC新聞擔任審稿編輯達十六年。她是波蘭裔，臉上長了雀斑，身材矮胖，頭髮漸稀，大家暱稱她「大媽」。一身母性光輝再加上好脾氣，遮掩了搶新聞時熟稔世故而不擇手段的一面。凱蓓兒初抵華盛頓時參加「女性參政」指導研討會，在會中結識尤蘭達，兩人聊過凱蓓兒的背景，談論身爲女性在華府遇到的挑戰，最後聊及歌星。兩人發現對方居然也喜歡貓王。尤蘭達從此效法母雞帶小雞的精神，協助凱蓓兒建立關係。凱蓓兒至今大約每個月仍過來打聲招呼。

凱蓓兒熱情擁抱尤蘭達。尤蘭達熱絡的態度已讓她開懷不少。

尤蘭達向後退一步，上下打量著凱蓓兒。「小妹，妳看起來老了一百歲咧！妳怎麼啦？」

凱蓓兒壓低嗓門。「尤蘭達，我碰上麻煩了。」

「外面的風聲不是這樣吧。聽說妳老闆水漲船高喲。」

「能不能找隱密的地方聊一聊？」

「小妹，太不湊巧了。再過大概半小時，總統就要召開記者會了，我們還搞不清楚主題是什麼。我得預先找專家做評論，現在卻連個頭緒都沒有。」

「我知道記者會的主題是什麼。」

尤蘭達拉低眼鏡，露出懷疑的神色。「凱蓓兒，我們跑白宮線的記者都沒查出來，妳說謝克斯頓的競選總部竟然搶先得知？」

「不是啦，我是說，搶先得知的人是我。給我五分鐘，我給妳所有內幕。」

尤蘭達向下瞄了一眼凱蓓兒手上的白宮紅信封。「那是白宮內部的信封。妳從哪裡弄來的？」

「今天下午我跟瑪喬俐．田奇閉門見過面。」

尤蘭達凝視她良久。「跟我來。」

進入尤蘭達的玻璃牆私人辦公室後，凱蓓兒向這位知心好友傾吐心事，承認與謝克斯頓有過一夜情，也供出田奇取得偷拍照的事實。

尤蘭達闊嘴微笑搖搖頭。顯然她在華府新聞圈混久了，再怎麼煽色腥的內幕也不令她震驚。「哎喲，凱妹，我老早就猜出妳跟謝克斯頓大概上過床了。沒啥驚奇的。他花名在外，而妳是個美女。被偷拍了很遺憾。不過換成是我，我不會擔心。」

不會擔心？

凱蓓兒解釋，田奇指控謝克斯頓向太空公司收賄，而凱蓓兒剛剛偷聽到他與太空拓荒基金會成員祕密會面，證實了田奇的指控。尤蘭達的表情再次傳達不太驚訝或擔心的訊息——直到凱蓓兒說出自己考慮怎麼處理。

尤蘭達這才顯得困惑。「凱蓓兒，如果妳想遞出法律文件宣誓妳跟一個美國參議員睡過覺，然後眼睜睜看著他撒謊否認，那是妳家的事。不過我告訴妳，這麼做對妳非常不好。妳需要再三思考一下，這樣做對妳會造成什麼影響。」

「妳沒聽進去是吧？我沒那麼多考慮的時間了！」

「我有聽進去啦。只是啊，甜心，不管時間是不是緊迫，有些事情妳絕對不能做。妳絕不能拿性醜聞來出賣美國參議員。那樣做無異於自殺。我告訴妳，小妹，如果妳整垮了總統候選人，妳最好趕快開車儘量遠離華盛頓特區，因爲妳會變成人人喊打的對象。很多人花了很多錢才把候選人推上寶座，事關大筆鈔票和權力，而這種權力是很多人拚死拚活想掙得的東西。」

凱蓓兒這時沉默下來。

「我個人覺得，」尤蘭達說，「田奇指望妳驚慌失措，做出不經大腦的事情——例如說劃清界限，承認男女關係。」尤蘭達指向凱蓓兒手裡的紅信封。「妳和謝克斯頓的合照呢，除非妳或謝克斯頓承認相片是眞的，否則一點作用也沒有。白宮知道如果他們流出這些相片，謝克斯頓只會宣稱照片造假，把偷拍的責任扔給總統，害總統丟臉。」

「我想過這一點，不過競選獻金的問題還是——」

「乖妹妹，妳想想看。如果白宮還沒公開指控競選獻金，他們大概是不打算公開了。總統說他不願爆醜聞提升選情，態度相當認眞。我猜他是想省下航太業的醜聞，改派出田奇來對付妳，希望嚇唬妳一下，說不定能嚇得妳抖出性關係。逼妳自己朝候選人背部插一刀。」

凱蓓兒考慮著。尤蘭達的話不是沒道理，但某件事仍令她覺得詭異。凱蓓兒指向玻璃外熱鬧的新聞室。「尤蘭達，你們準備轉播重大總統記者會。如果總統不準備爆出獻金或性醜聞，開記者會做什麼？」

尤蘭達傻住了。「等一下。妳以為這場記者會是想爆妳和謝克斯頓的醜聞？」

「或者是獻金的事。或者兩者都爆。田奇要我在今晚八點前簽名承認，否則總統會宣布——」

尤蘭達的笑聲撼動了整個玻璃辦公室。「拜託妳呀！等一下！妳快把我笑死了！」

凱蓓兒沒心情陪她打趣。「什麼？」

「凱妹呀，妳聽好，」尤蘭達笑了又笑，設法問歇擠出幾個字，「這件事妳要相信我。我處理白宮新聞十六年了，札克理・賀尼絕對不可能召集全球媒體，為的只是說他懷疑謝克斯頓參議員接受可疑的競選獻金或跟妳上過床。那種消息要靠洩露的方式散布。貴為總統的人，動不動就中斷正常電視節目表來發牢騷，只會傷害自己的民眾支持度，何況妳說他只是想爆出性醜聞和疑似違反模稜兩可的競選經費法。」

「模稜兩可？」凱蓓兒發飆。「為了幾百萬的廣告經費而出賣太空法案的決策，怎麼算是模稜兩可的問題？」

「妳確定他收受賄賂嗎？」尤蘭達的語調此時轉為強硬。「確定到可以上全國電視脫裙子嗎？再考慮一下吧。近年來，不和人合組聯盟很難做成任何事，而且競選獻金是很複雜的東西。說不定謝克斯頓見那些人談的事完全合法。」

「他犯了法，」凱蓓兒說。有嗎？

「或許說，瑪喬俐・田奇正希望妳這樣認為。候選人背地裡收受大企業的獻金，這是稀鬆平常的事，被人爆出來或許很難聽，卻也未必違法。事實上，多數獻金的法律問題不是出自錢從哪裡來，而是候選人選擇如何花用。」

凱蓓兒猶豫著，現在拿不定主意了。

「凱妹，白宮今天下午擺了妳一道。他們想騙妳對候選人窩裡反，到目前為止妳沒有上當。如果換成我，想找個值得信賴的一方，我大概會留在謝克斯頓身邊，才不屑投靠瑪喬俐・田奇那種貨色。」

過去。謝謝。」

尤蘭達的電話鈴響。她接聽時又點頭又嗯哼，一面以筆記下重點。「有意思，」她最後說。「我馬上

尤蘭達掛掉電話，轉頭揚起一邊眉毛。「凱妹，看來妳得救了。跟我預測的一樣。」

「怎麼了？」

「還沒有明確的消息，不過可以這麼說——總統的記者會跟性醜聞或競選獻金的事情無關。」

凱蓓兒心中閃現希望之火，極想相信她的話。「妳怎麼知道？」

「內部有人漏出風聲，說記者會跟航太總署有關。」

凱蓓兒突然坐直上身。「航太總署？」

尤蘭達眨眨眼。「今晚可能是妳的幸運之夜。我打賭賀尼總統被謝克斯頓參議員逼急了，所以決定白宮不得不退出國際太空站的計畫。所以才找來全球媒體開記者會。」

開記者會宣布退出太空站？凱蓓兒無法想像。

尤蘭達站起來。「田奇今天下午的攻勢嘛，大概只是無計可施了，想趁總統公布壞消息前攻下謝克斯頓一城。趁總統又放出利空消息的時候，爆出性醜聞最能引開民眾的注意力。好了，凱妹，我得開始忙了。我的建議是，倒一杯咖啡，坐回這裡，打開我的電視，像我們一樣靜候情勢發展。轉播之前還有二十分鐘，我告訴妳，總統今晚絕對不會潦落去扯爛污的。全世界都在看他。不管他想宣布什麼，分量一定很重。」她眨眨眼請凱蓓兒放心。「好了，信封交給我吧。」

「什麼？」

尤蘭達伸出帶有命令意味的一手。「在風波過去之前，我想把這些相片鎖進抽屜裡。我想確定妳不會做出傻事。」

凱蓓兒不情願地遞出信封。

尤蘭達將相片謹慎鎖進辦公桌抽屜中，將鑰匙放進口袋。「凱妹，妳以後會感激我的。我發誓。」她走出辦公室前調皮地弄亂凱蓓兒的頭髮。「乖乖坐著。我覺得好消息就快來了。」

凱蓓兒單獨坐在玻璃辦公室中，儘量讓尤蘭達樂觀的態度提振心情。然而凱蓓兒滿腦子是下午田奇那副志得意滿的假笑。凱蓓兒無法想像總統即將召告天下什麼事，但這件事對謝克斯頓參議員肯定不是好消息。

65

瑞秋．謝克斯頓感覺有如即將被活活燒死。

下起火雨了！

她儘量打開眼睛，卻只能依稀看見霧般的形體與眩目的燈光。四周下著雨。火熱燙皮的雨。大滴大滴灑在她裸露的肌膚上。她側身躺著，能感覺到身體底下的瓷磚發燙。她更加用力蜷曲身體，捲成胎兒的姿勢，儘量保護自己，以免被由天而降的灼熱液體燙傷。她嗅到化學藥品。氯，大概吧。她想爬開卻無法動彈。幾隻強有力的手壓住她的肩膀，不讓她移動。

放我走！好燙啊！

她憑本能再次想掙脫，卻再度被制伏，被強壯的手箝制著。「待在原地別動，」是男性嗓音。美國腔調。專業人士。「很快就結束了。」

結束什麼？瑞秋納悶。痛苦嗎？還是我的性命？她儘量集中視線。這地方的燈光刺眼。她察覺出這房間很小。狹隘。天花板很低。

「好燙啊！」瑞秋的慘叫聲只像低語。

「妳沒事，」男人說。「我用的是溫水。相信我。」

瑞秋瞭解到自己幾乎一絲不掛，身上只有濕透的內衣褲。她不感到尷尬；她的心思充滿了太多其他疑問。

往事這時如潮水般湧回頭腦。冰棚。透地雷達。攻擊事件。是誰？我在哪裡？她設法拼湊出全貌，頭腦卻顯得遲鈍，如同被卡住的一組齒輪。在混沌不明的迷團之外，一個念頭飄進了腦海裡：麥克和寇奇……他們在哪裡？

瑞秋儘量集中模糊的視覺，卻只見到站在她身邊的男人。他們全穿著相同的藍色連身服。她想說話，嘴巴卻拒絕吐出一個字。皮膚上灼燙的感覺已消退，取而代之的是突然而來的深沉痛楚，如地震般一波波席捲全身肌肉。

「放輕鬆吧，」身邊的男人低頭說。「必須讓血液流回肌肉系統。」他的口氣像醫師。「儘可能試著移動四肢。」

痛楚感肆虐著瑞秋全身，彷彿每條肌肉都被鐵錘敲打著。她躺在瓷磚上，胸腔收縮，幾乎無法呼吸。

「移動手腳，」男人不放過。「再痛也得動。」

瑞秋儘量移動。每做出一個動作，她感覺彷彿關節被刀戳入。陣陣淋下的水再次變熱。又灼燙難耐。刺骨的痛楚持續。就在她認爲再也無法忍受時，她感覺有人爲她打針。痛苦似乎迅速消散，越來越不那麼劇烈，逐漸釋放。震動也緩和了。她感覺自己又能呼吸了。

一種新感覺此時傳遍全身，是一種異樣的尖刺戳痛感。全身上下——戳痛——力道越來越強。數百萬的細針刺向她。她每動一下，刺痛就更加嚴重。她儘量維持不動的姿勢，但水柱持續衝擊她。身邊的男子仍低頭握住她的胳膊，移動她的雙手。

痛死我了！瑞秋虛弱得無法反抗。疲憊與痛苦激起淚水，嘩啦流下臉龐。她用力閉上雙眼，將世界隔絕在外。

最後針刺感開始消退。由天而降的熱雨也停止了。瑞秋睜開眼睛時，視線變得較爲清晰。

這時她才看見他們。

寇奇與陶倫德躺在附近哆嗦著，衣不蔽體，渾身濕透。從兩人臉上辛酸的表情來看，瑞秋知道他們也忍受過類似的經驗。麥克・陶倫德的棕眼珠布滿血絲而無神。他看見瑞秋的時候，設法擠出虛弱的微笑，發紫的嘴唇顫抖著。

瑞秋想坐起來，儘量觀察周邊詭異的環境。發抖的三人只穿著內衣褲，四肢扭曲地躺在狹小的淋浴間地板上。

66

強壯的臂膀將她抬起。

瑞秋感覺幾位強有力的陌生人替她擦乾身體，拿幾條毛毯裹住她，抱著她躺在類似病床的地方，使勁按摩她的手臂、雙腿與雙腳。手臂又挨了一針。

「腎上腺素。」有人說。

瑞秋感覺流入血管的藥物宛如生命動力，活化了肌肉。雖然她仍感覺冰冷的肚子如鼓一般既空洞又緊繃，她察覺血液正徐徐返回四肢。

死而復生。

她儘量集中視覺焦點。陶倫德與寇奇躺在附近，在毛毯中發抖，身邊也有幾個男人按摩著身體，爲他們注射藥物。瑞秋毫不懷疑的是，這群神祕男子剛才救回他們的性命。這些人很多渾身濕透，顯然剛才沒脫衣服就跳進淋浴間幫忙。他們是誰？怎麼即時趕來營救？瑞秋想不透。這些人的身分與原因目前並不重要。重要的是我們還活著。

「這裡……是哪裡？」瑞秋擠出問句。簡單說句話就讓她頭痛欲裂。

按摩她的男人回答，「你們在軍醫室，這裡是洛杉磯級——」

「立正！」有人高喊。

瑞秋察覺四周突然一陣騷動，她想坐起來。其中一名身穿藍衣的男子扶她坐好，替她拉上毛毯。瑞秋揉揉眼睛，看見某人大步走進房間。

走進房間的人是個容貌威武的美國黑人男子。相貌堂堂又具威嚴。他身穿卡其制服。「稍息，」他大聲說，一面走向瑞秋，在她身邊停下，以炯炯有神的黑眼珠向下盯著她。「我是哈洛德・布朗，」他以低沉而威風的口吻說。「美軍夏洛特號艦長。妳是？」

美軍夏洛特號，瑞秋心想。這個名稱似乎有點耳熟。「謝克斯頓……，」她回答。「我是瑞秋・謝克斯頓。」

黑人男子一臉疑惑。他再靠近一步，更加仔細端詳著瑞秋。「眞沒想到。妳果然是。」

瑞秋滿頭霧水。他認識我？瑞秋肯定自己認不出這人的長相，只不過當她的視線從對方臉上轉移至胸章時，她看見的是熟悉的圖樣──老鷹攫著船錨，四周圍繞著「美國海軍」的字眼。

她這才瞭解自己怎麼認得夏洛特號。

「歡迎光臨本船，謝克斯頓小姐，」艦長說。「妳爲本船的偵察報告做過幾次汲思簡報。我知道妳是誰。」

「可是，你們怎麼會來這個海域？」她結結巴巴說。

他的表情稍微僵化。「老實說，謝克斯頓小姐，我正想問妳同樣的問題。」

陶倫德這時慢慢坐起身來，張口想說話。瑞秋以堅定的態度對他搖頭，不讓他發言。這裡不行。現在不行。她毫不懷疑的是，陶倫德與寇奇想說的第一件事必定是隕石與攻擊行動，但這類題材在海軍潛艇人員前絕不宜討論。在情報圈中，無論遭逢什麼危機，「謹守機密層級」是最高原則；與這塊隕石相關的狀況仍屬高度機密。

「我需要向國偵局局長威廉・匹克陵報告一件事，」她告訴艦長。「一對一，而且現在就要。」

艦長揚起眉毛，顯然不習慣在自己的潛艇上接受命令。

「我握有機密情報，必須向他報告。」

艦長久久端詳著她。「我們先讓妳恢復體溫，然後再替妳聯絡國偵局局長。」

「艦長，這事很緊急。我——」瑞秋突然停下來。她的眼睛剛瞄見藥品櫃上方的壁鐘。

十九點五十一分。

瑞秋眨眨眼，凝視著時鐘。「這……這時鐘沒錯吧？」

「小姐，這艘潛艇隸屬海軍，時鐘正確無誤。」

「這時間是……東岸時間吧？」

「東岸標準時間晚上七點五十一分。我們的基地在諾福克（譯註：Norfolk，維吉尼亞州東南海軍基地）。」

天啊！她愣住了。現在才晚上七點五十一分？瑞秋印象中誤以爲自己已昏迷數小時。連八點也不到？總統還沒公開隕石的消息！我還有時間阻止他！她立即滑下床，裹緊身上的毛毯。她覺得雙腿站不住。

「我必須立刻跟『總裁』（譯註：president可做「總統」或「總裁」解釋）報告。」

艦長露出困惑的神色。「什麼總裁？」

「美國總統啦！」

「妳剛才不是要找威廉·匹克陵？」

「我沒時間了。非找總統不可。」

艦長沒有做出動作，魁梧的身形擋住去路。「據我瞭解，總統即將召開重大的直播記者會。我懷疑他會接聽私人電話。」

兩腿無力的瑞秋盡可能站直，眼睛直盯艦長。「艦長，你的機密等級不夠高，恕我無法向你解釋這個狀況。我只能說，總統快要犯下可怕的錯誤。我手上的情報是他迫切需要的資訊。現在就要。你必須信任我。」

艦長久久無法移開視線。他皺起眉頭，再看一次時鐘。「九分鐘？時間太短，我沒辦法替妳和白宮搭上線。我只能給妳無線電電話。沒有加密處理。而且我們非上升到天線深度，會花上好幾——」

「那就上升啊！快！」

67

白宮電話總機位於東廂的地下室，隨時有三名接線員值班。目前只有兩人坐在總機位子上，因爲另一名接線員正全速狂奔至簡報廳，手上拿著無線電話。她剛才嘗試將這通電話轉接給橢圓形辦公室，可惜總統已出發前往記者會場地。她也打過總統助理的手機，但在電視轉播簡報之前，簡報廳內與周遭的全部手機必須關閉，以免妨礙轉播的訊號。

在這樣的場合手持無線電話直奔總統並不妥當，但這一次來電者是國偵局的白宮聯絡員，而且聲稱握有緊急情報，必須在總統上現場之前報告，因此接線員知道自己有必要衝刺。現在的問題是她是否能及時趕到。

在美軍夏洛特號上，瑞秋．謝克斯頓緊抓著聽筒貼著耳朵，等著與總統通話。陶倫德與寇奇坐在附近，身體仍不住顫抖。寇奇被縫了五針，左顴骨也出現嚴重瘀傷。醫護人員爲三人穿上Thinsulate的保溫衛生衣、厚重的海軍飛行裝、超大號的羊毛襪和水兵靴。瑞秋一手端著不太新鮮的熱咖啡，開始感覺漸漸恢復了人形。

「怎麼拖這麼久？」陶倫德急著問。「已經七點五十六了！」

瑞秋想像不出原因。她已經成功打進白宮總機，向接線員解釋自己的身分，也說明這是緊急狀況。接線員似乎能體會瑞秋的心情，請她稍候。而這時接線員應該將瑞秋的電話視爲當務之急，直接轉接給總統。

四分鐘，瑞秋心想。快呀！

瑞秋閉上雙眼，儘量集中精神。今天實在吃盡了苦頭。我人在核子潛艇上，她自言自語，心知仍能活著已經是萬幸。根據潛艇艦長的說法，夏洛特號兩天前來到白令海執行例行巡邏勤務，在海面下收聽到米爾恩冰棚傳來的異常聲響——鑽研聲、噴射機聲、許多加密的無線電訊號。呈報上級之後，上級命令潛艇靜靜潛伏監聽。大約一個小時前，他們聽見冰棚發生爆炸，因此前進爆炸處一探究竟，所以才聽見瑞秋的求救訊號。

「剩下三分鐘！」陶倫德往時鐘的方向示意，口氣急躁。

瑞秋這時開始緊張起來。怎麼拖這麼久？爲何總統還不接聽？如果札克理·賀尼原原本本公開手上的資料——

瑞秋強迫自己停止想下去，一面搖著聽筒。接聽啊！

白宮接線員衝向簡報廳的舞台出入口時，碰上聚集成一團的幕僚，大夥兒興奮地聊著天，做著最後的準備。她看得見總統就在二十碼之外，在入口處等候進場手勢。化妝人員仍在爲他上妝打扮。

「借過！」接線員說，拚命想擠進人群。「總統的電話。對不起。借過！」

「兩分鐘後現場轉播！」有位媒體協調人員高呼。

接線員握著電話，推開人群擠向總統。「總統的電話！」她喘著氣。「借過！」

一個高聳的路障踏上她前進的路線。瑪喬俐·田奇。總統資政的長臉向下冷笑，露出不表贊同的表情。「什麼事？」

「我有緊急事件！」接線員上氣不接下氣。「……總統的電話。」

田奇一臉不敢置信。「現在不准去找總統！」

「是瑞秋．謝克斯頓打來的。她說事情很重要。」

田奇的臉蒙上一層不悅的陰影，與其說這種神情出自憤怒，不如說是困惑。田奇看著無線電話。「那支電話用的是家常線，沒有加密。」

「是的，資政。不過來電者用的是開放式電話，本來就沒有加密。她用的是無線電電話。她非立刻向總統報告事情不可。」

「九十秒後現場直播！」

田奇以冰冷的眼珠盯著，伸出一隻蜘蛛似的手。「電話給我。」

接線員的心臟狂跳。「謝克斯頓小姐要求直接和賀尼總統通話。她要我暫停記者會，直到她能跟總統報告爲止。我保證——」

田奇這時走向接線員，以咬牙切齒的口吻低聲說，「妳搞不清楚狀況是不是？她是總統對手的女兒，妳不應該聽她的命令，應該聽我的命令才對。我敢保證妳，在我瞭解這到底是怎麼一回事之前，不准妳再接近總統一步。」

接線員朝總統的方向望去。這時包圍總統的人員包括收音員、化妝師與幾名幕僚。幕僚正在向總統說明演講稿最後更改過的地方。

「六十秒！」電視轉播主管喊叫。

在夏洛特號上，瑞秋．謝克斯頓在狹隘的空間來回踱步，最後終於聽見電話線傳來喀嚓聲。

接聽人的嗓音沙啞。「喂？」

「賀尼總統嗎？」瑞秋脫口而出。

「我是瑪喬俐．田奇，」對方糾正她。「我是總統的資政。無論妳是什麼人，我必須警告妳，以電話向白宮惡作劇違反了——」

看在老天的分上！「我不是在惡作劇！我是瑞秋．謝克斯頓。我是白宮的國偵局聯絡員——」

「小姐，我知道瑞秋．謝克斯頓是誰。至於妳是不是她，我就很懷疑了。妳打沒有加密過的電話線聯絡白宮，居然要我中斷重大的總統談話直播。對於自稱聯絡員的人，這種做法稱不上是正當——」

「妳聽好，」瑞秋氣沖沖地說，「兩個鐘頭前，我剛對白宮全體幕僚做過隕石的簡報。妳坐在最前排。妳看著我透過總統辦公桌上的電視簡報！還有疑問嗎？」

田奇沉默了片刻。「謝克斯頓小姐，妳的用意在哪裡？」

「我的用意是，妳一定要制止總統開記者會！他的隕石資料全錯了！我們剛剛得知，那塊隕石是從冰棚下面植入的。是誰的傑作，我並不清楚，我也不知道目的何在！不過北極這邊的狀況另有蹊蹺！總統即將核可一些錯得離譜的資料，我強力建議——」

「妳給我住嘴！」田奇壓低嗓門。「妳知道妳在講什麼嗎？」

「知道！我懷疑航太總署署長策畫了某種大規模的騙局，賀尼總統即將被捲入其中。妳至少得拖延十分鐘，讓我能向總統解釋北極這邊的狀況。天啊，剛才有人想殺我啊！」

田奇的語調降為冰點。「謝克斯頓小姐，讓我警告妳一句。如果妳不確定是否要幫忙白宮打這場選戰，妳老早就應該想通，怎麼可以親自先替總統為隕石資料背書，然後又反悔？」

「什麼？」她有聽進去嗎？

「妳這種行為令我作嘔。使用未經加密的電話線路是個低級的把戲，還想暗示隕石資料造假？以無線電電話打來白宮，還討論機密資訊，算什麼情資人員？妳顯然是希望有人攔截到這通電話的內容。」

「娜拉．曼葛為了這件事送掉一條命啊！明衛立博士也死了。妳非去警告——」

「住嘴！我不曉得妳動的是什麼腦筋，不過我要提醒妳，同時也提醒正在攔截這通電話的任何人，白宮握有幾份錄影證詞，宣誓人包括航太總署最高級工程師、幾位聞名的民間科學家和妳自己，謝克斯頓小姐。所有人都爲隕石的資料背書，認爲毫無錯誤。妳爲何突然改變說法，的確耐人尋味。無論原因是什麼，從這一刻開始，妳就當作自己被解除了白宮聯絡員的職位。如果妳試圖以荒謬的指控抹黑這項發現，我在此跟妳保證，白宮和航太總署會馬上告妳毀謗，在妳沒機會收拾行李之前送妳進監牢。」

瑞秋張嘴想講話卻說不出一個字。

「札克理．賀尼對妳一向仁慈，」田奇撂下狠話，「坦白講，妳這種行爲無異是謝克斯頓的低級炒作伎倆。勸妳立刻收手，否則我們會告到底。我發誓。」

電話線路中斷。

艦長敲門時，瑞秋的嘴巴仍未合上。

「謝克斯頓小姐？」艦長探頭進來說。「我們從加拿大國家廣播收到微弱的訊號。札克理．賀尼總統的記者會剛剛開始。」

68

札克理．賀尼站在白宮簡報廳的講臺上，感覺到媒體大燈的熱度，也知道全世界正在收看。白宮媒體室瞄準目標進行閃電攻擊後，製造了傳染病似的媒體回響。沒有透過電視、收音機或網路新聞得知總統演說的人，必定會從左鄰右舍、同事、家人口中得知。到了晚間八點之前，只要不住在洞穴裡的人都開始臆測總統演說的主題。全球的酒吧與客廳，數百萬人口正朝著電視傾身收看，心情既憂慮又期待。

就是在這樣的時刻，就是在面對全世界時，札克理．賀尼才真正感受到總統一職的重量。敢說權力不會讓人上癮的人，一定從未真正嘗過權力的滋味。然而賀尼開始演說時，卻察覺到某件事出了差池。他不是上臺前容易怯場的人，所以目前心中這份憂慮帶來的緊縮刺痛感令他吃驚。

是因為這次的觀眾特別多吧，他告訴自己。但他知道原因不是這一個。直覺。是他見過的狀況。

這個狀況小歸小，卻……

他告訴自己別放在心上。沒什麼。但這件事卻揮之不去。

田奇。

幾秒鐘前，賀尼正準備上臺時，他看見瑪喬俐．田奇站在黃色的走廊上，正拿著無線電話講話。這種情景本身就很奇特，再加上白宮接線員站在她身邊，焦慮得一臉發白，因此更顯得怪異。賀尼聽不見田奇的通話內容，但他看得出她與對方正在爭執。田奇的口氣激烈而憤怒，總統鮮少見到這種態度——即使是脾氣不好的田奇也很少如此激動。他停止動作片刻，吸引她的眼神，發出詢問的訊息。

田奇對他舉起大拇指。賀尼從未見過田奇對任何人豎起大拇指。這是賀尼隨導播手勢上臺前心中的最後影像。

在埃爾斯米爾島上，航太總署生棲營中的媒體區鋪著藍地毯，署長羅倫斯・艾斯崇坐在座談會長桌的中間，左右是航太總署高官與科學家。在正對著他們的大螢幕上，總統開場白的直播訊號正傳輸過來。航太總署其餘工作人員圍著其他螢幕看，洋溢著興奮之情，看著一國之君展開記者會。

「晚安，」賀尼說，口氣僵硬得不太尋常。「全國同胞，以及全世界的友人……」

艾斯崇凝視著大剌剌展示在他面前的焦黑巨岩。他的視線移向一個待命的螢幕，看見自己坐在神情嚴肅至極點的部屬之中，背景是巨幅美國國旗與航太總署的標誌。舞台燈光將場景照耀得如同新現代風格的繪畫，猶如耶穌的十二名使徒共進最後晚餐。札克理・賀尼將整件事轉化為政治餘興秀場。賀尼別無選擇。艾斯崇仍覺得自己像電視布道家，包裝上帝後推銷給社會大眾。

再過大約五分鐘，總統將介紹艾斯崇與航太總署部屬，接著以具有戲劇效果的方式讓衛星連線地球頂端，讓航太總署加入總統的行列，共同與全球分享這項消息。簡短介紹過發現的經過後，並說明這項發現對太空科學的意義，然後互相拍背稱許，最後航太總署與總統會把任務交給名人科學家麥克・陶倫德，播放他製作的紀錄片，歷時略少於十五分鐘。影片播放完畢後，可信度與情緒達到巔峰時，艾斯崇與總統將互道晚安，承諾將在未來幾天召開一連串的航太總署記者會，對外發布更多資訊。

艾斯崇坐著等待上鏡頭的指示時，感覺到一份空盪的恥辱逐漸籠罩在心上。他早知道會產生這種感覺。他早有心理準備。

他說了幾個謊……為不實的眞相背書。

然而不知何故，此時謊言似乎無關緊要。艾斯崇心上另有更沉重的負擔。

在混亂的ABC製播室中，凱蓓兒．艾許與數十名素昧平生的人並肩站著，大家無不伸長脖子看著天花板垂下的電視螢幕。期待的一刻來臨時，現場鴉雀無聲。凱蓓兒閉上雙眼，祈禱待會兒睜開眼睛時不會看見自己的裸體畫面。

謝克斯頓參議員書房內的氣氛亢奮活絡。所有訪客這時站著，視線黏在大螢幕電視上。

札克理．賀尼站在世界前，令人不敢相信的是，他的問候語說得不太自然。他似乎顯出片刻的遲疑。

他看起來不太穩，謝克斯頓心想。他向來不是這個樣子。

「看看他，」有人低聲說。「肯定是壞消息。」

是太空站嗎？謝克斯頓懷疑。

賀尼直視鏡頭，深深吸了一口氣。「各位朋友，在此即將宣布的消息，過去幾天來令我不知如何說起……」

簡單一句話，謝克斯頓參議員希望他說，我們凸槌了。

賀尼稍微說明航太總署最近不幸成爲選戰的焦點，因此有必要在宣布消息前先向航太總署致歉。

「我寧可選在其他歷史時機宣布這項消息，」他說，「目前瀰漫著政治煙硝味，容易使有夢的人變成懷疑的人，然而，鄙人身爲總統，不得不在此與各位分享我最近得知的訊息。」他微笑說，「神奇的宇宙似乎不依照任何人類行程表運作……連總統的行程表也一樣。」

謝克斯頓書房裡的所有人似乎不約而同退縮一下。什麼？

「兩週前，」賀尼說，「航太總署啓用繞行極地掃描密度衛星，通過埃爾斯米爾島上的米爾恩冰棚。這座偏遠的島嶼位於北冰洋高緯區八十度以北。」

謝克斯頓與其他人交換迷惑的眼色。

「這顆航太總署衛星，」賀尼繼續說，「在冰雪下兩百呎偵測到一塊高密度的巨石。」賀尼首度展露笑容，抓對了主調。「航太總署一接到這項資料，立刻懷疑衛星發現了隕石。」

「隕石？」謝克斯頓噴著口水說，仍維持站姿。「這算什麼新聞？」

「航太總署派一組人員北上，在冰棚鑽取冰心樣本，接著航太總署發現了……」他停頓一下。「坦白而言，航太總署發現了本世紀最重大的科學發現。」

謝克斯頓以不敢置信的態度朝電視跨出一步。不會吧……來賓不安地碎動著。

「各位女士先生，」賀尼宣布，「幾個小時前，航太總署從北極冰層中起出重達八噸的隕石，裡面包含了……」總統再次賣關子，好讓全世界有時間彎腰向前。「隕石含有生物的化石。數十個化石。毫無疑問地證明了外星生物的存在。」

說著，總統背後的螢幕亮起一個鮮明的影像——一顆焦黑的岩石上嵌有一個化石，線條明晰，是體型龐大的蟲類生物的化石。

謝克斯頓書房裡的六名創業家嚇了一跳，瞪大眼睛，神色驚恐。謝克斯頓則愣在原地不動。

「朋友們，」總統說，「我背後的化石有一億九千萬年的歷史。將近三世紀前，一顆名為姜革索的隕石墜落北冰洋，分裂成幾塊隕石，這是其中之一。航太總署以振奮人心的新衛星繞行極地掃描密度衛星發現這塊隕石的碎片埋在冰棚裡。過去兩星期來，航太總署與美國政府費盡心思證實了這項重大發現的每一層面，現在才公諸於世。接下來半小時，各位將聽見幾位航太總署與民間科學家的說明，也將收看到一齣紀錄短片，主持人的臉孔想必各位很熟悉。在進入下一個階段之前，我絕對必須透過北冰洋的衛星連線，向各位介紹這項發現的一大功臣。若無他的領導能力、遠見與辛勞，歷史性的這一刻絕對無法出現。本人謹以至高的榮幸向各位介紹航太總署署長羅倫斯·艾斯崇。」

賀尼轉向螢幕，配合得分秒不差。

隕石的畫面戲劇性地逐漸消失，轉爲帶有皇室威嚴的航太總署科學家。科學家端坐長桌一側，中間是身形壯碩搶眼的羅倫斯·艾斯崇。

「謝謝總統先生。」艾斯崇站起來，氣勢嚴肅而驕傲，直視著鏡頭。「本人懷著極大的驕傲與各位分享——航太總署最光榮的時刻。」

艾斯崇以激昂的語氣發表對航太總署的感言，也說明這項發現的經過。在愛國心激昂、凱歌高唱的氣氛中，他天衣無縫地帶到了紀錄片，主持人是民間的科學名人麥克·陶倫德。

謝克斯頓參議員看得腿軟，在電視機前跪下，手指抓著銀色的頭髮。不行！上帝，不行啊！

69

簡報廳外陷入歡樂而混亂的局面，瑪喬俐．田奇臉色鐵青地衝出人群，快步走回她位於西廂的私人角落。她沒心情慶祝。瑞秋．謝克斯頓打來的電話大出她的意料之外。也讓人失望透頂。

田奇摔上辦公室的門，悻悻然走向辦公桌，撥電話給白宮接線員。「替我接威廉．匹克陵。國家偵察局。」

田奇點燃香菸，在辦公室裡踱步，等著接線員聯絡匹克陵。一般情況下，匹克陵可能已經下班回家，但白宮今晚熱鬧召開大型記者會，田奇猜想匹克陵整晚待在辦公室，視線黏在電視螢幕上，懷疑這世上怎會出現國偵局局長事先不知情的新聞。

當初總統表示想派瑞秋．謝克斯頓去米爾恩時，田奇直覺上認為不妥，現在她咒罵自己對直覺不夠信任。田奇當時心存警惕，只覺得沒必要冒這個險。然而總統說服力十足，向田奇說明白宮幕僚過去幾週來疑心越來越大，如果發布這條新聞的是自己人，幕僚會更加懷疑眞實性。正如賀尼的保證，瑞秋．謝克斯頓的背書的確一掃幕僚的疑心，預防了內部懷疑人士引發的辯論，迫使白宮幕僚以統一陣線向前進攻。田奇不得不承認，總統的這一招價值無限大。然而瑞秋．謝克斯頓現在卻改變說法。

那個賤貨居然打沒有加密的電話線進來。

瑞秋．謝克斯頓顯然一心一意想摧毀這項發現的可信度，而田奇唯一的安慰是知道總統錄下了瑞秋稍早的簡報。謝天謝地。至少賀尼設想周到，取得了這份小小的護身符。田奇正開始擔心是否用得到。

然而此時，田奇正試圖爲其他傷處止血。瑞秋．謝克斯頓是個聰明的女人，如果她眞想正面對上白宮與航太總署，她需要徵召有力的盟友。合乎邏輯的人選當中，威廉．匹克陵名列第一。田奇已經知道匹克陵對航太總署有何觀感。她必須趕在瑞秋之前聯絡上匹克陵。

「田奇小姐？」電話線上的人以直率的語調說。「我是威廉．匹克陵。有何貴幹？」

田奇聽得出背景的電視聲響——航太總署正在評論。她已能從匹克陵的語調中察覺，飽受記者會震驚的他仍未平復心情。「能借個一分鐘嗎，局長？」

「我以爲妳會忙著慶祝呢。今晚對妳來說是個大好日子。看來航太總署有救了，總統的選情也有希望了。」

田奇聽出他話中帶有毫不遮掩的驚奇，也帶有些許刻薄。傳說匹克陵不喜歡與全世界同時獲得突發新聞，現在他語氣略帶酸意，無非是自責消息不夠靈通。

「我向局長道歉，」田奇說，試圖立刻搭起兩人間的橋梁，「白宮和航太總署被迫封鎖消息，沒能事先知會局長。」

「妳應該知道，」匹克陵說，「兩個禮拜前，國偵局偵測出航太總署在北極活動，因此進行調查。」

田奇皺眉。他生氣了。「對，我知道。只不過——」

「航太總署告訴我們，那件事沒什麼。他們說，他們只是進行某種極端環境訓練的演習。測試儀器等等。」匹克陵停頓一下。「我們聽信了謊言。」

「暫且不要以謊言來看待，」田奇說。「其實比較像有必要的誤導。考慮一下這項發現的重大程度，我相信你能理會航太總署有必要保守祕密。」

「不讓外界知道，那倒還說得過去，他們卻——」

以威廉．匹克陵這種身分的人，嘛嘴賭氣並非他常演出的戲碼，田奇心知他這時的態度已夠接近賭氣。「我只有一分鐘，」田奇說，儘量保持主宰局面的地位，「不過認為最好打電話警告你一聲。」

「警告我？」匹克陵的口氣瞬時轉為挖苦。「札克理．賀尼已經決定另選一個對航太總署友善的國偵局局長？」

「當然不是。總統瞭解你對航太總署的批評，純粹是站在保密的角度來看，而他也正在致力填補洩密的漏洞。我打電話的目的，是為了你的一名部屬。」她停頓一下。「瑞秋．謝克斯頓。她今晚有沒有聯絡你？」

「沒有。我今天早上派她去白宮，因為總統有求於她。你們顯然讓她忙不過來。她還沒回報。」

能率先聯絡到匹克陵，田奇感到如釋重負。她吸了一口菸，以儘量鎮定的口吻說，「再過沒多久，我懷疑你可能會接到謝克斯頓小姐的來電。」

「那就好。我正等她回報。我得通知妳一聲的是，總統的記者會開始時，我還擔心札克理．賀尼可能會勸謝克斯頓小姐也露臉。幸好他抗拒了這種想法。」

「札克理．賀尼是人品端正的人，」田奇說，「瑞秋．謝克斯頓則是另外一回事。」

線上停頓了很長一段時間。「我希望我誤解了妳的意思。」

田奇重重嘆氣。「沒有，局長，恐怕你沒有誤解。我不願意在電話上談論細節，不過看來瑞秋．謝克斯頓已經決定中傷航太總署這項發現的可信度。原因是什麼我並不清楚，不過她今天下午過半之前檢驗過航太總署的資料，而且願意背書，現在態度卻突然一百八十度轉變，嚷嚷著最不可能的指控，誣指航太總署詐欺、變節。」

匹克陵此時加強語氣。「妳說什麼？」

「聽來令人困擾，我知道。我不願擔任向你通報這消息的人，不過謝克斯頓小姐在記者會前兩分鐘聯絡我，警告我必須取消記者會。」

「她有什麼根據?」

「老實說,她的根據很荒謬。她說她發現資料裡有嚴重的錯誤。」

匹克陵久久不語,隱含了警覺之意,田奇聽了不太高興。「錯誤?」他最後說。

「眞的很荒唐,人家航太總署可是花了整整兩星期化驗,而且——」

「除非瑞秋.謝克斯頓有十分充分的原因,不然我很難相信她這樣的人會叫妳延後總統的記者會。」

匹克陵語帶困擾。「也許妳剛才應該好好聽她講。」

「哎呀,拜託!」田奇一邊咳嗽一邊說。「你也看過記者會了。隕石的資料被無數專家證實再證實,包括了民間科學家。這項宣布只傷害到一個人,而瑞秋.謝克斯頓是這人的女兒,現在她突然變調,你難道不覺得可疑嗎?」

「田奇小姐,我是覺得可疑,因爲我碰巧知道謝克斯頓小姐和她父親幾乎像是仇人。我無法想像的是,爲何瑞秋.謝克斯頓效勞總統多年後突然決定跳槽,而且撒謊來支持父親。」

「大概是野心吧?我眞的不知道。也許她不願放過當第一女兒的機會吧……」田奇言猶未盡。

匹克陵的語氣立刻轉爲強硬。「這話站不住腳,田奇小姐。非常站不住腳。」

田奇拉長了臉。她本當料到這一點。她指控瑞秋針對總統造反,而瑞秋是匹克陵手下的一員大將。匹克陵當然會出手捍衛。

「找她講電話,」匹克陵要求。「我想親自跟謝克斯頓小姐對話。」

「恐怕辦不到,」田奇回應。「她人不在白宮。」

「她人在哪裡?」

「早上總統派她去米爾恩,親眼檢查資料。她還沒回來。」

匹克陵這時的口氣火冒三丈。「卻沒有人通知我——」

「局長，我現在沒時間顧及受傷的自尊。我打這通電話只是好意警告，讓你知道瑞秋．謝克斯頓決定針對今晚的宣布追求個人目標。她會想找盟友。如果她聯絡你，你最好知道白宮今天下午取得一份錄影帶，內容是她爲隕石資料背書的全部過程，見證她背書的人有總統、閣員和全體幕僚。無論現在瑞秋．謝克斯頓基於什麼動機，企圖玷污札克理．賀尼或航太總署的英名，那麼我敢對你發誓，白宮絕對會讓她摔得又慘又重。」田奇等候片刻，以確定這話的含義沉澱下來。「我以這通電話通知你，只希望你有所回報，瑞秋．謝克斯頓一聯絡你的話，請立刻通知我。她直衝著總統而來，白宮打算扣留她訊問，以免她造成任何嚴重傷害。局長，我等你的來電。就這樣吧。晚安。」

瑪喬俐．田奇掛斷電話。她確知威廉．匹克陵一生從未被人以這種口氣講話。至少現在他知道她的態度認眞。

•　•　•

在國家偵察局頂樓，威廉．匹克陵站立窗前，凝視著維吉尼亞州的夜色。瑪喬俐．田奇的這通電話令他深深感到困擾。他咬咬嘴唇，儘量在腦中拼湊出全貌。

「局長？」祕書輕輕敲門說。「又來了一通電話。」

「我暫時不想接，」匹克陵心不在焉地說。

「是瑞秋．謝克斯頓。」

匹克陵倏然轉身。田奇果然神機妙算。「好吧。馬上轉接過來。」

「局長，其實來電是加密過的串流影音。局長要不要在會議室接聽？」

串流影音？「她從哪裡打來的？」

祕書向他報告來處。

匹克陵直盯前方。困惑之餘，他快步踏進走廊，朝會議室走去。這事他非親眼見到不可。

70

夏洛特號的「死寂室」——設計理念參考貝爾實驗室的類似結構——從前稱爲消音室。這個房間的傳音清晰，找不到任何平行或可供反射的表面，能吸收高達百分之九十九點四的聲響。由於潛艇多由金屬組成，而金屬與水特別容易傳導聲音，因此潛艇內的對話總是容易遭到附近船隻竊聽，或者被附著在外殼的吸盤麥克風接收。死寂室說穿了不過是潛艇內的一個小房間，任何聲響絕對逃不出這個隔絕箱。裡面的對話字字句句皆受到保護。

死寂室狀似可供人進出的大衣櫃間，天花板、牆壁、地板全以尖形泡棉覆蓋，從四面八方向內伸出。這讓瑞秋聯想到狹隘的水底洞，裡面石筍從每一個表面胡亂長出來。然而最令人心驚的是，這房間顯然沒有地板。

這裡的地板是緊繃的格狀鐵絲網，以水平的方向如捕魚網般開展，讓房間裡的人產生懸掛半空中的錯覺。鐵絲網外層以橡膠處理過，踩在腳下感覺質地僵硬。瑞秋向下望穿網狀的地板時，覺得宛如走過繩索吊橋，下面是超現實的景觀，以不規則的碎片組成。三呎底下，叢林般的泡棉針指著上方，令人產生不祥的預感。

瑞秋一走進死寂室，立即察覺到一股無生命般的氣氛，令人失去方向感，彷彿每一絲元氣都被吸盡。她的耳朵感覺像塞了棉花，只有大腦聽得見自己的呼吸。她提高音量，效果卻如同以枕頭壓臉說話。牆壁吸收了所有震動，唯有腦殼內察覺得出任何動靜。

艦長離開後關上黏有襯墊的房門。瑞秋、寇奇與陶倫德坐在房間中央的U形小桌前，桌腳是長長的金屬條，直穿鐵絲網而下。桌上固定了幾條鵝頸式麥克風、耳機和影音控制板。控制板最上面附有魚眼型攝影機。看起來很像迷你型的聯合國座談會。

美國情報界製造全球最先進的硬雷射麥克風、水底拋物線竊聽器和其他高感度監聽器材。服務於情報界的瑞秋深知，地球上對話絕對保密的地方少之又少。死寂室顯然是保密到家的地方之一。桌上的麥克風與耳機提供面對面「電話會議」的功能，讓對話者能暢所欲言，知道言語產生的震動無法逸出房間。對話人的聲音一進入麥克風，立即受到層層加密，然後再送入大氣中進行漫長的旅程。

「音量檢查。」耳機裡突然冒出人聲，令瑞秋、陶倫德與寇奇嚇一跳。「聽得見嗎，謝克斯頓小姐？」

瑞秋靠向麥克風。「聽得見。謝謝你。」不知道對方是誰。

「匹克陵局長在線上。他可以接收影音。我這就退出連線。再過幾秒，妳就可以收到串流資訊。」

瑞秋聽見線路中斷，接著是遙遠的靜電沙沙聲，然後耳機傳來一連串快速的嗶聲與喀嚓聲。三人眼前的電視螢幕蹦出影像，清晰度令人嘖嘖稱奇，瑞秋看見匹克陵局長出現在國偵局的會議室。他身邊沒人，頭猛然抬起，直視瑞秋的眼睛。

看見局長，她的心情異樣地輕鬆起來。

「謝克斯頓小姐，」他說，表情迷惑而困擾。「到底是怎麼一回事？」

「局長，是那塊隕石，」瑞秋說。「我認爲我們可能有了大麻煩。」

71

在夏洛特號內的死寂室，瑞秋．謝克斯頓爲匹克陵介紹麥克．陶倫德與寇奇．馬林森。然後她替其他兩人發言，迅速敘述了這一日連串不可思議的事件。

國偵局局長聆聽時一動也不動地坐著。

瑞秋說出採掘坑裡的發光浮游生物，說明四人冒險走上冰棚，發現隕石下方有一道植入穴，最後她敘述一行人突遭軍方小組攻擊的經過，她懷疑攻擊者是特戰司令部。

人盡皆知的是，威廉．匹克陵有能力傾聽困擾人心的資訊而不眨眼皮一下，然而瑞秋每敘述完一個階段，他的眼神便越加煩惱。她提及娜拉．曼葛遇害與另外三人死裡逃生的經過，察覺到匹克陵先是不肯相信，接著情緒轉爲震怒。雖然瑞秋懷疑航太總署署長涉案，但因爲她深知匹克陵的個性，所以不願在毫無證據的情況下指控署長。她以不帶感情的口吻敘述確鑿的事實。敘述完畢後，匹克陵沉默了數秒，沒有做出反應。

「謝克斯頓小姐，」他最後說，「你們三人……」他將視線移往每個人臉上。「我無法想像你們三人爲何要說謊。如果妳說的是事實，你們能活下來是非常幸運的事。」

三人全默默點頭。總統徵召了四位民間科學家……現在卻死了兩位。

匹克陵悲哀嘆了一口氣，彷彿不知道接下來該說什麼。這一連串事件顯然太不合理。「你們在透地雷達列印圖上看見的植入穴，」匹克陵問，「有沒有可能是自然天成的現象？」

瑞秋搖搖頭。「形狀太完美了。」她攤開濕軟的透地雷達列印圖，舉在鏡頭之前。「不像天然洞穴。」

匹克陵研究著列印圖，臭著臉表示贊同。「那張圖要收好。」

「我打電話給瑪喬俐．田奇，要她制止總統，」瑞秋說。「電話卻被她攔下來。」

「我知道。她告訴過我了。」

瑞秋抬頭愣住了。「瑪喬俐．田奇打電話給你？」動作真快。

「剛剛才掛斷。她非常擔心。她覺得妳企圖使出什麼花招來損害總統和航太總署的誠信。也許是想替妳父親助選。」

瑞秋站起來。她抖一抖透地雷達列印圖，往兩名同伴的方向示意。「我們差一點沒命了！看起來像是什麼花招嗎？我爲什麼要——」

匹克陵舉起雙手。「別動肝火。田奇小姐沒向我透露的是，你們總共有三個人。」

田奇當時咄咄逼人，瑞秋不記得是否有時間提到寇奇與陶倫德。

「她也沒有說妳握有實質證據，」匹克陵說。「在我跟妳通話之前，我也懷疑她的說法，現在我相信她是弄錯了。我不懷疑妳的說法。目前的問題是這一切代表什麼意義。」

眾人沉默半晌。

威廉．匹克陵鮮少露出困惑的表情，但他搖搖頭，似乎茫然無頭緒。「我們暫且假設，的確有人從冰層下植入了隕石。這假設直接衍生的問題是爲什麼。如果航太總署發現了含有化石的隕石，爲何他們或任何人不乾脆公開來，何必在意發現的地點？」

「照情況看來，」瑞秋說，「植入的目的是想讓繞行極地掃描密度衛星發揮功能，找出隕石，讓這顆隕石顯得像是某次隕石撞地球時裂開的一塊。」

「姜革索流星體，」寇奇補充說明。

「將這塊裂開的隕石聯想到已知的流星事件，究竟有何價值？」匹克陵質問，口氣近乎氣憤。「無論發現的地點或時間是什麼，這些化石都算是驚天動地的發現，不是嗎？和什麼隕石墜落事件聯想在一起，應該不影響本身的價值吧？」

三人全部點頭。

匹克陵遲疑著，顯得不高興。「除非……當然……」

瑞秋看出局長眼睛內部的輪軸轉動著。他已推理出最簡單的道理，可解釋爲何硬將隕石與姜革索流星體扯在一起。這樣解釋固然最簡便，卻也最令人感到困擾。

「除非，」匹克陵繼續說，「精心聯想的用意，在於爲完全虛假的資料增添可信度。」他邊嘆氣邊轉向寇奇。「馬林森博士，假造這塊隕石的可能性有多高？」

「假造？」

「對。冒牌貨。人工製成品。」

「冒牌隕石？」寇奇不自然地笑笑。「百分百不可能！那塊隕石由專業人士鑑定過。包括我自己在內。化學物質掃描、光譜照相、銣—鍶判讀年分。這一塊不同於地球上已知的任何一種岩石。這塊隕石眞實無誤。任何太空地質學家都會贊同。」

這話似乎讓匹克陵陷入長考。他輕輕撫摸著領帶。「然而，現在將航太總署從中的獲利列入考量，再考慮到證物被明顯動過手腳的跡象，而且你們受到攻擊……我首先想到的唯一合理結論，就是這塊隕石是一樁執行手法縝密的騙局。」

「不可能！」寇奇這時充滿怒氣。「局長，恕我不敬，隕石才不是好萊塢特效的產物，無法在實驗室裡變出來騙一群不知情的天體物理學家。隕石是化學成分複雜的物體，具有特殊結晶構造與元素比例！」

「馬林森博士，我不是質疑你的專業。我只是遵循邏輯分析的步驟。由於有人想殺你們滅口，避免你們揭露隕石由冰層下面植入的事實，因此我傾向於提出各式各樣異想天開的假設情境。哪些細節讓你確信這塊岩石是隕石？」

「細節？」寇奇的話透過耳機爆出。「完美的熔凝殼、隕石球粒的存在、鎳比例不像地球發現的任何一塊岩石。如果你暗示有人在實驗室製造出這塊隕石來騙我們，那我只能說這間實驗室的歷史大概有一億九千萬年。」寇奇一手伸進口袋，掏出狀似CD的石片。他拿到鏡頭前。「我們以無數方法化驗過這樣的樣本，以判斷出年代。鉚—鍶年代判讀法不是可以隨便造假的東西！」

匹克陵顯得訝異。「你有樣本？」

寇奇聳聳肩。「航太總署鑿出了幾十塊，到處流傳著。」

「你的意思是，」匹克陵邊說邊看著瑞秋，「航太總署發現了一塊他們自認含有生物的隕石，卻隨便讓人帶走樣本？」

「重點是，」寇奇說，「我手上的樣本是眞的。」他將岩片舉近鏡頭。「你儘管將這東西交給地球上任何岩石學家、地質學家或天文學家，讓他們檢驗後，他們會告訴你兩件事：第一，年代有一億九千萬年；第二，化學成分不同於地球上任何一種岩石。」

匹克陵上身靠向前去，研究著嵌在石片上的化石。他似乎發怔了片刻。最後他嘆氣說，「我不是科學家。我只能說，假如隕石是眞的，而且現在看來的確假不了，我很想知道航太總署爲何不直接呈現給外界看？爲何要小心埋在冰層下，好像希望藉此來勸我們相信隕石的眞實性？」

在此同時，白宮內的一名安全官撥電話給瑪喬俐．田奇。

鈴響一聲後，總統資政田奇立刻接聽。「喂？」

「田奇小姐，」安全官說，「妳剛才要求的資訊，我已經查出來了。瑞秋．謝克斯頓今晚打給妳的無線電電話，我們已經追查出來源。」

「告訴我。」

「特勤小組說，訊號來自美國海軍潛艇夏洛特號。」

「什麼！」

「資政，他們還沒查出方位，不過他們確定潛艇的代號。」

「哎，我的天啊！」田奇摔下話筒，不再多說。

72

夏洛特號死寂室裡的消音作用開始令瑞秋微微暈眩。在螢幕上，威廉·匹克陵煩惱的眼神這時轉向麥克·陶倫德。「陶倫德先生，你怎麼不講話？」

陶倫德提高視線，活像冷不防被老師點名的學生。「局長？」

「電視上剛播出你的紀錄片，拍得相當有說服力，」匹克陵說。「你現在對隕石有何看法？」

「呃，局長，」陶倫德說。他明顯困窘起來，「我必須贊同馬林森博士的說法。我相信化石和隕石是眞的。我相當熟稔判定年代的技術，而這塊岩石也經過多種檢驗證實無誤。鎳含量也證明過了。這些數據無法僞造。這塊岩石毫無疑問形成於一億九千萬年前，鎳比例異於地球岩石，而其中包含了數十個經過證實的化石，形成的年代同樣是一億九千萬年前。除了航太總署發現了眞正的隕石之外，我想不出其他可能的解釋。」

匹克陵這時沉默下來。他露出陷入窘境的表情，是瑞秋從未在威廉·匹克陵臉上見過的神態。

「局長，我們怎麼辦？」瑞秋問。「顯然我們需要告知總統資料出了問題。」

匹克陵皺眉。「希望總統沒有早一步知道就好。」

瑞秋感覺喉嚨有個硬塊升起。匹克陵的影射很明顯。賀尼總統可能牽涉其中。瑞秋強烈懷疑總統涉案，總統與航太總署都是騙局的直接受益人。

「很不幸的是，」匹克陵說，「除了透地雷達列印圖顯示植入穴之外，所有科學資料皆證實航太總署的發現具有可信度。」他停頓一下，表情悲慘。「至於你們遭受攻擊一事……」他提高視線望向瑞秋。

「妳提到特戰司令部。」

「是的，局長。」她再陳述當時使用的臨場砲彈與戰術。

每過一秒，匹克陵的神情變得越不高興。瑞秋察覺上司正思索著有多少人可能接觸到軍方的格殺小組。總統絕對是其中之一。也許連瑪喬俐．田奇也接觸得到，因爲她是總統資政。航太總署署長羅倫斯．艾斯崇極可能也包括在內，因爲他具有國防部的背景。可惜的是，瑞秋過濾著無數的可能性之際，她明瞭到這次攻擊行動的可能幕後黑手多如牛毛，幾乎任何能影響政治高層、走對門路的人都可能涉案。

「我現在其實可以打電話給總統，」匹克陵說，「不過我認爲這樣做不妥當，至少應該等到查出誰涉案再打。如果一牽扯到白宮，我保護妳的能力立刻受到限制。除此之外，就算現在撥電話給總統，我也不知道該說什麼。如果隕石是眞的，你們也全認爲沒錯，這麼說來你們敘述的植入穴和攻擊事件就毫無道理可言；總統絕對有權質疑我這通電話的正當性。」他遲疑一下，彷彿在計算著選項是否可行。「無論如何……無論眞相如何，無論涉案的人是誰，如果這消息一公開來，部分位高權重人士將大受打擊。我建議立刻將你們安排到安全的地點，然後再考慮開始施出重手。」

安全的地點？這話令瑞秋吃驚。「我們人在核子潛艇裡，應該相當安全才對吧，局長。」

匹克陵面露懷疑。「你們人在潛艇裡的消息很快會被洩露出去。我馬上找人撤出你們。坦白說，你們三人坐在我辦公室裡，會讓我比較安心。」

73

謝克斯頓參議員獨自彎腰坐在沙發上，感覺猶如難民。短短一小時前，他的西卜魯克巷公寓擠滿了新朋友與支持者，如今卻顯得荒廢淒涼，散落著矮腳杯與名片。而留下這些東西的人剛才簡直是奪門而出。

現在謝克斯頓孤單地彎腰看電視，只想伸手切掉電源，卻無法從連番媒體解析中抽身。這裡是華盛頓，事發不久後，必定不乏分析師假藉科學與哲理海口暢談，鎖定醜陋的一面——政治。新聞播報員如同虐待狂對謝克斯頓的傷口撒鹽，不斷反覆陳述著明顯的後果。

「幾個小時之前，謝克斯頓的選情節節高升，」一位分析師說。「現在航太總署宣布了重大發現後，參議員的行情重重摔回地球表面。」

謝克斯頓縮緊眉頭，伸手取來拿破侖干邑酒，拿起酒瓶直接灌一口。他知道，今夜將是他此生最漫長最寂寞的一晚。他不齒瑪喬俐．田奇設計陷害他。他厭惡凱蓓兒．艾許當初建議以航太總署作為選戰主軸。他痛恨總統狗運亨通。他也厭惡嘲笑他的全世界。

「這事顯然對參議員造成嚴重的打擊，」分析師說著。「總統和航太總署從這項發現獲得無價之寶。類似這樣的新聞，無論謝克斯頓對航太總署採取什麼立場，都能振興總統的選情，然而謝克斯頓今天撂下重話，承認必要時將廢除航太總署……如此看來，總統的記者會對他形同左右連拳進擊，讓參議員再也站不起來。」

我上當了，謝克斯頓說。白宮他媽的陷害我。

分析師這時面露微笑。「近來美國民眾對航太總署喪失的信心，現在一口氣全恢復了。目前大街小巷洋溢著眞正以身爲美國人爲榮的氣氛。」

「本來就應如此。民眾擁戴札克理・賀尼。不得不承認的是，民眾原本開始失去信心，總統最近被打得站不起來，不過他最後還是風風光光打贏了硬仗。」

謝克斯頓回想起下午那場CNN的辯論。他低下頭，唯恐自己嘔吐出來。過去幾個月來，他細心營造航太總署怠惰的形象，現在不僅緊急喊停，還成爲掛在他頸子上的重錨。他像個呆瓜。他被不要臉的白宮耍了。他已開始畏懼明天報紙刊登的漫畫。他唯恐自己的名字成爲全國每個笑話的笑點。顯而易見的是，太空拓荒基金會再也不會悄悄補助競選經費。一切都已改觀。剛才蒞臨公寓的所有人，全目睹自己的美夢被馬桶沖走。太空開放民營的理想碰壁。

參議員再灌一口干邑，站起來蹣跚走向書桌。他低頭凝視沒掛上的話筒。他明知掛回電話無異於自虐，仍慢慢擺回話筒，開始讀秒。

一……二……電話鈴響。他讓答錄機接聽。

「謝克斯頓參議員，我是CNN記者茱蒂・奧力佛，想讓參議員有機會對航太總署今晚的發現做出回應。請回電。」她掛斷電話。

謝克斯頓又開始讀秒。一……電話響起。他不去理會，讓答錄機接聽。又是記者。

他握著拿破侖干邑白蘭地的酒瓶，漫步走向陽臺門口。他讓門滑向一邊，踏進清涼的空氣裡。他倚著欄杆，瞭望市區另一邊，凝視著燈光打亮正面的白宮。燈火在風中似乎喜悅地閃爍著。

狗雜種，他心想。人類尋找天外生物的證據已有幾世紀之久，卻偏偏在我競選總統的同一年發現？這不是上帝獨厚賀尼，而是該死的命中註定。謝克斯頓視線所及之處，每間公寓無不開著電視。謝克斯頓心想凱蓓兒・艾許今晚跑去哪裡。這全是她的錯。一次又一次將航太總署出錯的情報硬塞給他的人是凱蓓兒。

他舉起酒瓶，再灌一大口。

該死的凱蓓兒……我陷得這麼深，全是她的功勞。

在市區另一地，凱蓓兒．艾許站在混亂的ABC製播室之中，感覺神經麻痺。總統的宣布大出她的意料，令她飄浮在半失神的雲霧中。她站在製播室中間，膝蓋互碰，抬頭凝視電視螢幕之一，四周則亂成一團。

製播室的人群聽見宣布的最初幾秒，現場陷入一片死寂，卻只維持幾秒鐘，接著歡聲雷動，記者開始手忙腳亂起來。這些人是專業人員，無福細細品嘗喜悅的心情，等工作結束後再慶祝也不遲。此時此刻，全世界想得知相關訊息，而ABC必須提供給觀眾。這條新聞涵蓋所有層面——科學、歷史、政治劇——蘊藏豐富的情緒資源。今晚媒體界的人別想睡覺了。

「凱妹？」尤蘭達的口氣帶有同情。「趕快進我的辦公室吧，以免被人發現。記者會開始逼問妳，要妳發表這事對謝克斯頓選情的影響。」

凱蓓兒只覺得自己身陷迷霧，被引入尤蘭達的玻璃辦公室裡。尤蘭達讓她坐下，端給她一杯水。她勉強擠出微笑。「凱妹呀，看開一點，妳的候選人完蛋了，不過至少妳沒事。」

「謝了。鼓勵得好。」

尤蘭達的口氣轉爲正經。「凱蓓兒，我知道妳的心情一定亂七八糟。妳的候選人剛被打得滿地找牙，如果妳問我後勢如何，我敢說他再也爬不起來了。就算爬得起來，也來不及扭轉選情了。不過至少沒人在電視上亂播妳的相片。說實在話，這是好消息。賀尼這下子不需要性醜聞了。他現在一臉總統相，才不屑談房事。」

這話對凱蓓兒似乎構成小小的安慰。

「至於田奇指稱謝克斯頓非法接受競選獻金……」尤蘭達搖搖頭。「我認爲其中不乏疑點。沒錯，賀尼絕對不打抹黑牌。沒錯，調查獻金疑雲有傷國力。話說回來，賀尼的愛國心果眞那麼強，願意放棄壓垮對手的機會，爲的只是捍衛國民士氣？我猜田奇是誇大了謝克斯頓競選經費的事實，目的是想嚇唬妳。她放手一搏，希望妳會跳船逃生，順便免費附贈總統一樁性醜聞。凱妹，妳得承認，今晚要是想質疑謝克斯頓的道德，絕對精采！」

凱蓓兒微微點頭。這時爆發性醜聞的話，等於讓謝克斯頓受到左右連拳進擊，政治生涯將一蹶不振……永無復原的機會。

「凱妹，妳贏了她。瑪喬俐．田奇想釣妳，妳卻沒上鉤。妳脫身了。以後不愁沒選戰可打。」

凱蓓兒微微點頭，不確定應該相信哪一邊。

「妳得承認，」尤蘭達說，「白宮玩弄謝克斯頓的手法實在漂亮——引誘他走上航太總署這條路，讓他做出承諾，誘導他將所有的雞蛋放進航太總署這籃子。」

完全是我的錯，凱蓓兒心想。

「而我們剛才看見的宣布，我的天啊，簡直是天才之作！撇開這項發現的重要性不談，電視製作的水準一級棒。北冰洋現場直播？麥克．陶倫德的紀錄片？天哪，有誰拚得過？札克理．賀尼今晚贏得漂亮。這傢伙當得上總統，不是沒有原因的。」

而且將再做四年……

「凱妹，我得回去工作了，」尤蘭達說。「妳想在這裡坐多久都行。先穩住情緒再說。」尤蘭達往門口走去。「乖美眉，幾分鐘後我會再來看妳。」

辦公室裡剩下凱蓓兒一人。她啜飲著白開水，卻嘗到惡臭的滋味。一切都顯得惡臭。全是我的錯，她心想，一面儘量以航太總署的失誤寬慰自己的良心。過去這年來，航太總署不斷召開氣氛低迷的記者會

——太空站遭遇的挫折、延後推出X—33太空飛機、探索火星失誤連連、持續補貼超支的預算。凱蓓兒思考著，如果時光倒流的話自己會做什麼樣的改變。

什麼也不變，她告訴自己。妳做對了每一件事。

只是最後卻引發反效果。

74

在格陵蘭島北部的圖勒空軍基地，海軍的海鷹直升機接獲祕密行動指示，在轟隆聲中緊急起飛，以低飛避開雷達範圍，冒著強風直衝而過，在外海飛行了七十哩。然後飛行員執行剛才接到的奇怪指示，在陣風吹襲下停止前進，盤旋在事先設定好的方位之上。底下的海面空無一物。

「接觸的地點在哪裡？」一臉困惑的副駕駛高喊。上級吩咐他們駕駛附有絞盤的直升機，因此兩人認爲這項任務屬於搜救行動。「你確定方位正確嗎？」他以探照燈搜尋洶湧的海面，卻遍尋不著目標，只看見——

「哇塞！」飛行員向後拉操縱桿，直升機驟然上升。

無預警下，直升機下方的海浪中隆起一座黑色鐵山，一架無標記的碩大潛艇釋出壓艙水，在一團泡沫中浮上海面。

兩名飛官彼此笑笑，神態不安。「大概就是這個吧。」

他們依照指示，全程不准使用無線電。潛望塔頂端的加大型艙口打開，一名水兵以旋轉燈向他們打出信號。直升機接著飛向潛艇上方，放下三人座的救援吊帶。這種救援吊帶由三個表面塗膠的扣環組成，連接在一條可伸出絞回的纜繩。在六十秒之內，三名身分不明的「待援者」在直升機下凌空搖擺，在螺旋槳產生的下降氣流中緩緩上升。

副駕駛將兩男一女絞上直升機後，對潛艇閃出「全數登機」的信號。短短幾秒後，巨大的潛艇消失在風勢強勁的海面下，完全不留造訪過的痕跡。

兩男一女平安登機後，正駕駛面對前方，壓低機鼻，加速朝南前進以完成任務。暴風雪快速逼近中，直升機必須將三名陌生人平安送回圖勒空軍基地，等待噴射機前來接送。接下來三人即將前往何方，正駕駛並不清楚。他只知道命令來自極高層，知道這一趟運送的貨物非常寶貴。

75

暴風雪終於侵襲米爾恩時，勁風傾全力颳著航太總署的生棲營，讓這棟圓形建築打起哆嗦，彷彿隨時將拔地而起，直奔海上。一端固定在生棲營地樁的鋼纜被風拉得緊繃，隨風勢強弱如大吉他弦般震動，發出悲哀的低鳴。生棲營外的發電機如口吃般嘟嘟響著，導致裡面的燈光明暗不定，作勢讓大圓頂下陷入一片漆黑。

航太總署署長羅倫斯·艾斯崇大步走向生棲營內圍。他多盼望今晚能脫離此地，無奈事與願違。他會在這裡再待一天，明天上午召開另外幾場現地記者會，監督運送隕石回華府的前置作業。此時他最希望的莫過於睡幾小時的覺；今天意料之外的問題令他心力交瘁。

艾斯崇的心思再度轉回明衛立、瑞秋·謝克斯頓、娜拉·曼葛、麥克·陶倫德和寇奇·馬林森。航太總署部分人員已開始注意到幾位民間人士失蹤。

別緊張，艾斯崇告訴自己。一切都在掌握之中。

他深呼吸，一面提醒自己，全地球的人現在無不爲航太總署與太空感到振奮。著名的羅斯威爾事件後，外星生物的話題從未如此熱門過。一九四七年，新墨西哥州的羅斯威爾發生疑似外星太空船墜機事件，導致當地現在成爲數百萬幽浮陰謀論者的朝聖地。

在艾斯崇任職五角大廈期間，他得知羅斯威爾事件只不過是軍方執行機密的「蒙兀兒」計畫發生意外的結果。蒙兀兒計畫當時測試間諜氣球，成功後將竊聽俄國原子測試的機密。美國軍方測試這種氣球的原型時，氣球飄出了軌道，墜毀在新墨西哥的沙漠中。不幸的是，有位民眾在軍方趕到之前尋獲殘骸。

這位牧場人威廉・布雷佐當時撞見了合成基氯丁橡膠與輕量金屬散落野地，是他從未見過的東西，因此立即向警長報警。報紙報導了這一地詭異的殘骸，迅速引燃了全民的興趣。由於軍方否認這些殘骸來自軍事飛行器，記者開始追蹤報導，眼看著蒙兀兒計畫的機密即將見光死。正當記者快要揭發間諜氣球的敏感話題時，發生一件值得軍方感恩的事。

媒體下了一道出其不意的結論，認定一堆堆狀似未來物質的碎片只可能來自外星——科學上比人類更先進的生物。軍方否認殘骸的存在顯然只證明了一件事——掩蓋人類與外星人接觸的事實！雖然空軍對這項新的假設感到不解，卻不願眼見禮物送上門還嫌不夠貴重。空軍抓住了外星人的說法，順水推舟。畢竟外星人造訪新墨西哥州的說詞，後患遠比被俄國人逮到蒙兀兒計畫風聲的結果來得低。

爲了替外星人的說法火上加油，情治圈替羅斯威爾蒙上神祕的面紗，並開始主導「洩露機密」——以悄聲耳語的方式散布各種謠言，暗指軍方曾與外星人接觸、曾收回太空船、甚至在達頓的懷特－派特森空軍基地存在神祕的「十八號飛機棚」，政府在裡面以冰庫保存外星人的屍體。外界聽信了這種說法，羅斯威爾的狂熱就此風靡整顆行星。從那一刻起，每當民眾無意間瞧見先進的美軍飛機，情報圈便會撢掉經典陰謀論上的灰塵，搬出來朗誦一番。

那才不是飛機。那是外星人的太空船！

如此簡單的騙局至今仍能發揮作用，令艾斯崇很訝異。每一次突然冒出一堆目擊幽浮的新聞，艾斯崇就忍不住竊笑。實際情況可能是某個幸運的民眾瞥見國偵局新型的「全球之鷹」。國偵局建造了五十七架這種無人駕駛的遙控偵察飛機，速度飛快，呈橢圓形，模樣與現今的飛行器截然不同。

至今仍有無數觀光客前往新墨西哥州的沙漠朝聖，以攝影機掃描夜空，令艾斯崇覺得這些人很可笑。偶爾某個觀光客走運拍到幽浮的「確切證據」——幾顆亮點劃過天空，靈活度與速度遠遠超出人類建造的飛行器。當然，這些人沒有理解到的是，政府有能力打造的機器，民眾往往要等十二年才可一窺全貌。來到第五十一區找尋幽浮的民眾，只是瞥見美國政府開發的下一代飛行機種，而其中許多機種是航太總署工程師腦力激盪的成果。當然，情資界高層從未糾正民眾的誤解；顯然情報圈寧可讓外界多讀一則幽浮目擊新聞，也不願讓民眾得知美國軍方建造飛行器的眞本事。

不過，現在一切已經不可同日而語了，艾斯崇心想。再過幾小時，外星生物的迷思將成爲經過證實的事實，永遠不得懷疑。

「署長？」航太總署一名技術人員快步追上來。「保密通訊室來了一通緊急保密電話。」

艾斯崇邊嘆氣邊轉身。又出了什麼鳥事？他朝通訊貨櫃走去。

技術人員在他身旁快步走動。「署長，保密通訊室裡面負責監看雷達的人很好奇……」

「好奇什麼？」艾斯崇仍未回過神來。

「駐守在海邊的那艘寬體潛艇？我們不清楚署長爲何沒提到。」

艾斯崇抬高視線。「你說什麼？」

「那艘潛水艇啊，署長？署長至少可以跟監看雷達的人說清楚。我們能諒解署長希望加強海上安全，可是署長沒講明白，讓雷達小組人員嚇了一跳。」

艾斯崇突然止步。「什麼潛水艇？」

技術人員這時也停下來，顯然沒預料到署長如此驚訝。「潛艇不是這次行動的一部分？」

「才不是！在哪裡？」

技術人員猛嚥一口氣。「距離海岸大概三哩。我們碰巧在雷達上看到。只浮出海面兩分鐘。好大的一點。肯定是寬體潛艇。我們以爲署長要求海軍在一旁待命而沒有通知我們。」

艾斯崇盯著他。「我絕對沒有！」

這時技術人員的嗓音猶疑不決。「這麼說來，署長，我大概該向署長報告一下，有艘潛艇剛在這邊的海岸附近跟飛行器接觸。看起來像是人員變動。在這麼強的風勢下進行海空垂直接觸，老實說，我們全都相當欽佩。」

艾斯崇感覺到肌肉僵化。潛艇為何瞞著我，在埃爾斯米爾島的近海搞什麼鬼？「接觸完畢後，飛機往什麼方向飛去，你有沒有看見？」

「飛回圖勒空軍基地去了。大概是讓人員轉機回美洲大陸吧。」

艾斯崇繼續走向行動式保密通訊室，途中不再說話。他走進狹隘而陰暗的通訊室後，線上的人聲是熟悉的沙啞聲。

「我們碰上麻煩了，」田奇邊說邊咳嗽。「跟瑞秋．謝克斯頓有關。」

76

謝克斯頓參議員瞪著空氣看了不知多久才聽見撞擊聲。等他理解到耳邊的砰砰聲不是酒精作祟，而是有人敲著公寓門，他才從沙發上起身，收好拿破侖干邑酒瓶，走向前廳。

「是誰啊？」謝克斯頓高喊，現在沒心情會客。

他的隨扈回應，報出不請自來的客人身分。謝克斯頓立時酒醒。動作未免太快了吧。謝克斯頓原本希望拖到明天上午再談這檔子事。

謝克斯頓深吸一口氣，順一順頭髮，伸手開門。眼前的面孔再熟悉不過了——儘管皺紋深重，年過七十仍強悍剛毅。謝克斯頓今晨才與他在旅館地下停車場見面，當時他坐在白色福特Windstar迷你廂型車上。真的是今天早上的事嗎？謝克斯頓懷疑。天啊，局勢轉變得未免太劇烈了。

「我可以進門嗎？」深色頭髮的男子問。

謝克斯頓讓開來，請太空拓荒基金會的會長通過。

「見面的過程還順利吧？」謝克斯頓關上門時老人問道。

順利嗎？謝克斯頓心想這人是否住在繭裡面。「過程本來很順利，直到總統上了電視。」

老人點頭，顯得不太高興。「對。勝利得讓人難以相信。這件事會大大傷害我們的理念。」

傷害我們的理念？太樂天知命了吧。今晚航太總署宣布了如此重大的斬獲，等到太空拓荒基金會如願迫使太空開放民營，這老頭已經駕鶴西歸了。

「多年來，我一直認爲證據呼之欲出，」長者說。「如何找到證據，何時找出證據，我並不清楚，不過找到證據是遲早的事。」

謝克斯頓呆住了。「你不覺得驚訝？」

「從宇宙的定律來看，這世上一定存在其他生命形態，」老人說著走向謝克斯頓的書房。「我不驚訝航太總署宣布這項發現。就智識上而言，我感到興奮。就宗教信仰而言，我感到敬畏。就政治而言，我心亂如麻。整個時機實在太不湊巧了。」

謝克斯頓納悶這人的來意爲何。他肯定不是來提振謝克斯頓的心情。

「就你所知，」老人說，「太空拓荒基金會的會員公司花費幾百萬美元，希望開放太空的邊境給廣大民眾。最近，這其中的經費很多注入了你的選戰中。」

謝克斯頓突然想爲自己辯護。「今晚的慘敗，不在我控制的範圍之內。是白宮引誘我抨擊航太總署的！」

「對。這場遊戲，總統玩得巧妙。反過來說，我們不見得一敗塗地。」老人眼中閃現一點怪異的希望之光。

他得了老人痴呆症，謝克斯頓認定。當然是一敗塗地了。電視上每一臺全在談著謝克斯頓選戰終結一事。

老人自行走入書房，坐在沙發上，以疲倦的雙眼凝視參議員。「你還記得嗎？」老人說，「航太總署的繞行極地掃描密度衛星使用的偵異軟體，一開始不是出過一些毛病？」

謝克斯頓無法想像這話用意何在。現在講這個無濟於事了吧？找出含有化石的隕石，不正是繞行極地掃描密度衛星啊！

「如果你記得，」老人說。「衛星上的軟體起初的運作並不理想。你接受訪問時還大作文章。」

「那當然！」謝克斯頓邊說邊在老人對面坐下。「航太總署又出錯了嘛！」

老人點頭。「我同意。不過出錯不久後，航太總署開了一次記者會，宣布他們想出了解決方案——好像是修補軟體的程式。」

謝克斯頓並未親眼看過那次記者會，但他聽說過程簡短、平淡，而且幾乎沒有新聞價值。記者會上，繞行極地掃描密度衛星計畫的組長以沉悶的術語描述航太總署如何克服困難，修復了衛星偵異軟體中的小差錯，整個衛星從此運作正常。

「自從衛星出錯後，我開始對它感到興趣，一直注意後續發展，」老人說。他取出一捲錄影帶，走向謝克斯頓的電視機，將錄影帶放入錄放影機中。「你應該有興趣看看。」

錄影帶開始播放，畫面顯示航太總署位於華盛頓的總部媒體室。一名衣著講究的男人站上講臺，向觀眾打招呼。講臺下的畫面出現兩行字幕：

克理斯·哈伯科長

繞行極地掃描密度衛星（PODS）

克理斯·哈伯身材高大，舉止斯文，言談間默默散發出歐裔人的尊嚴，表示他仍以身世淵源爲榮。他的語調文雅且具有書卷味。他語帶自信地對媒體發表繞行極地掃描密度衛星的壞消息。

「雖然繞行極地掃描密度衛星已經進入軌道，而且運作正常，衛星上的電腦卻發生輕微的差錯。只是一點程式設計上的小問題，我願負起全責。詳細而言，問題出在FIR濾波器，是濾波器的立體像素指數出錯，換言之，衛星的偵異軟體運作失常。我們正致力修復。」

媒體紛紛嘆氣，顯然聽慣了航太總署發布失望的消息。「對於繞行極地掃描密度衛星目前的功能有什麼影響？」有人問。

哈伯以專業好手的態度回答，充滿自信而就事論事。「這問題好比一對完美的眼睛缺少了運作正常的大腦。基本上，繞行極地掃描密度衛星的視力正常，只不過衛星無法辨別看見的東西。衛星任務的目的是在極地冰帽尋找融冰區，可惜電腦若無法分析衛星掃描器得到的密度資料，衛星無法辨別目標在哪裡。下一次太空梭升空後，我們應可以調整衛星上的電腦，亡羊補牢。」

媒體室裡失望的嘟囔聲此起彼落。

老人向謝克斯頓瞟一眼。「這人發布壞消息的態度還不賴吧？」

「他是航太總署的人，」謝克斯頓咕噥。「本來就擅長發布壞消息。」

錄影帶出現片刻空白，接著是另一場航太總署記者會。

「第二場記者會，」老人對謝克斯頓說，「召開時間是幾個禮拜前。時間是深夜。很少人看到。這一次哈伯博士宣布的是好消息。」

畫面開始時，克理斯·哈伯頭髮蓬亂，神情困窘。「本人很高興在此宣布，」哈伯說。他的口氣一點也不高興。「繞行極地掃描密度衛星軟體出錯一事，航太總署已經研究出補救之道。」他支支吾吾解釋補救方法——大抵是將衛星的原始資料傳回地球上的電腦，不必仰賴衛星上的電腦進行分析。現場所有人露出佩服的神色。聽起來相當可行而且振奮人心。哈伯報告完畢後，室內響起一陣熱情的掌聲。

「所以說，我們很快就能接收到資料囉？」有人在觀眾席上問。

哈伯流著汗點頭，「再過兩個禮拜。」

又是一陣掌聲。到處有人舉手發問。

「各位，我只能報告到此爲止，」哈伯說。他收拾文件時顯得身體不適。「繞行極地掃描密度衛星運作正常了。我們很快就能收到資料。」他可以說是跑步下臺。

謝克斯頓拉長了臉。他不得不承認這場記者會不太正常。發布壞消息時，爲何克理斯·哈伯的態度優遊自在，宣布好消息時卻渾身不自在？兩場記者會上的態度應該相反才對。這一場記者會播出時，謝克斯頓並未收看到，只不過他在報章讀過軟體補救一事。在當時，軟體補救似乎是航太總署補破網之舉，無關痛癢；民眾對航太總署依舊失望。航太總署出錯的計畫實在太多，繞行極地掃描密度衛星只是其中之一，現在又提出東修西補的方案，聽起來未盡理想。

老人關掉電視。「航太總署聲稱哈伯博士那一晚身體不舒服。」他遲疑一下。「我卻認爲哈伯是在撒謊。」

撒謊？謝克斯頓凝視著他，模糊的思緒無法拼湊出任何合理的解釋，想不透爲何哈伯要在軟體一事上撒謊。儘管如此，謝克斯頓信口雌黃的經驗豐富，對方說謊的技巧欠佳時，他一眼即可分辨出來。他不得不承認的是，哈伯博士確實看起來很可疑。

「或許你沒有注意到，」老人說，「你剛才看到的這一場小小的記者會，克理斯．哈伯其實發布了航太總署史上最重要的一件消息。」他停頓一下。「他剛才描述的軟體補救方式來得湊巧，正好讓繞行極地掃描密度衛星發現隕石。」

謝克斯頓糊塗了。你認為他在撒謊？「不過，如果哈伯說了謊，衛星的軟體其實還沒恢復正常，航太總署又怎麼發現隕石？」

老人微笑說，「問得好。」

77

美國軍方備有一組「充公」機隊，來源是緝毒時沒收自毒梟的飛機，共計十幾架私人噴射機，包括三架改裝後的G4，用來接送軍方的重要人物。半小時前，其中一架G4從圖勒基地的跑道起飛，奮力爬升至暴風雪之上，如今往南呼嘯進入加拿大的夜空，目的地是華盛頓。這架飛機的座艙有八個座位，瑞秋．謝克斯頓、麥克．陶倫德與寇奇．馬林森三人獨佔全艙，一致身穿美國海軍夏洛特號的藍色連身服與帽子，外表像是精神不濟的運動隊員。

儘管格拉曼引擎轟隆作響，寇奇．馬林森仍在後面呼呼大睡。陶倫德靠近前方坐著，凝視窗外的海面，神態疲憊。瑞秋坐在他身邊，心想剛才雖被施打了鎮定劑，現在睡也睡不著。她的心思圍繞著隕石的謎團，同時也思考著剛才與匹克陵在死寂室裡的對話。在切掉連線之前，匹克陵另給瑞秋兩點惱人的資訊。

第一點，瑪喬俐．田奇自稱擁有瑞秋私底下對白宮幕僚發表證詞的錄影帶。現在田奇恐嚇瑞秋，如果瑞秋想收回隕石證詞，她將公開錄影帶內容。這一點特別讓瑞秋感到心驚，因為她當初向札克理．賀尼強調，她對幕僚的簡報僅供白宮內部參考。顯然札克理．賀尼對她的要求置若罔聞。

第二點令人困擾的新聞是，今天下午兩三點她父親上CNN辯論。據說深居幕後的瑪喬俐．田奇出場應對，巧妙地誘使瑞秋的父親對航太總署的立場表態。說得更詳細一點，田奇引誘他以粗鄙的言詞坦言疑慮，逼他認定航太總署永遠不可能發現外星生物。

吞帽子？匹克陵轉述她父親的話。謝克斯頓參議員發誓，如果航太總署找得到外星生物，他會吞帽子給田奇看。這句簡短的金言對田奇來說有如神來一筆，瑞秋懷疑田奇如何從她父親口中套出來。看來白宮預先精心布局——毫不留情地排好所有的骨牌，就準備讓謝克斯頓重重垮臺。總統與瑪喬俐．田奇就像摔角比賽中的雙打組合，設下圈套誘殺對手。待在擂台外的總統維持一身清高的情操，田奇則進場繞著參議員打轉，狡猾引誘參議員站至合適的位置，方便總統兩手舉起他狠狠摔下。

總統告訴過瑞秋，當初他要求航太總署暫緩宣布隕石的消息，好讓航太總署有時間證實資料正確與否。瑞秋現在才瞭解，暫緩宣布另有其他好處。這一段時間中，白宮得以布置繩索，只等參議員將繩索套在脖子上自縊。

瑞秋並不同情父親，然而她這才瞭解到，札克理．賀尼以和藹可親的外表作為偽裝，暗地裡則是一條精明的鯊魚。不具備殺手的本能，絕不可能坐上全球權力最大的寶座。目前的問題是，這條鯊魚究竟是不知情的旁觀者——或者是身涉陰謀詭計。

瑞秋站起來舒展雙腿。她在座艙走道上踱步，一想到這團謎雲的細節似乎相互矛盾就備感挫折。匹克陵一向以邏輯簡潔著稱，認定隕石一定有詐。寇奇與陶倫德有科學證據撐腰，堅稱隕石如假包換。瑞秋只知道她親眼看見的東西——一塊含有化石的焦黑岩石，被人從冰層中拉起。

現在，她走過寇奇身邊，低頭凝視著這位天體物理學家。寇奇在冰雪上吃足了苦頭，臉頰上的傷勢已逐漸消腫，縫上的部分也無大礙。他呼呼熟睡著，胖嘟嘟的雙手握住碟狀隕石樣本，模樣猶如嬰兒緊抓著安眠毛毯。

瑞秋向下伸手，輕輕抽走隕石樣本。她將樣本舉高，再次研究著化石。排除所有臆測，她告訴自己，強迫自己重新組織想法。重新建立證實鏈。這是國偵局慣用的步驟。由零重建證明的程序在國偵局稱為「零開端」。資料分析師想不通道理時，全部採取這種行動。

重新組合證明。

她又開始踱步。

這塊石頭能證明外星生物嗎？

她知道，「證明」是建立在事實之上的結論。由事實堆砌而成的金字塔底部是已被接受的資訊，由上漸次堆砌出更詳盡的定論。

排除所有底部的推測。重新開始。

剩下什麼？

一塊石頭。

她思忖了片刻。一塊石頭。一塊含有生物化石的石頭。她往飛機前半部走去，在麥克・陶倫德身邊坐下。

「麥克，我們來玩遊戲。」

原本凝視窗外的陶倫德回過頭來，一臉茫然，顯然仍深陷思緒中。「遊戲？」

她遞出隕石樣本。「我們來想像一下。你假裝第一次看見這塊有化石的石頭。我沒有告訴你這石頭的出處，也沒說怎麼發現這塊石頭。你會怎麼描述這塊石頭？」

陶倫德嘆了一口氣，語氣哀傷。「眞奇怪，妳居然會這樣問。我剛才產生了一個怪到極點的想法……」

瑞秋與陶倫德後方數百哩之外，一架外形奇特的飛機低空劃過無人的海面，往南直飛。飛機上的三角洲部隊無言以對。這個小組以往曾經奉命緊急撤出部署位置，卻從未碰上現在這種狀況。

主官暴跳如雷。

稍早，三角洲一號通知主官，由於冰棚上發生超乎意料之外的事件，小組逼不得已動用武力——企圖殺害四名百姓，包括瑞秋・謝克斯頓與麥克・陶倫德。

主官的反應是震驚。雖然上級核准三角洲部隊無計可施時可格殺對象，主官的計畫顯然從未將殺人列入考量。

主官對殺人一事儘管不高興，聽見刺殺失手後他爆發出更大的火氣。

「你的小組失敗了！」主官咬牙切齒說，不男不女的語音掩飾不了發話人的怒意。「四個目標當中，有三個人還活著！」

不可能！三角洲一號心想。「不過我們親眼看到——」

「他們聯絡到了潛水艇，現在正前往華盛頓。」

「什麼！」

主官的語調轉爲狠毒。「給我聽清楚。我準備下一道新的命令。這一次只准成功，不准失敗。」

78

謝克斯頓參議員陪同不速之客走向電梯時，心中竟然燃起希望的火花。太空拓荒基金會會長的來意並非指責謝克斯頓，而是對他精神講話，告訴他這場戰役還沒打完。

航太總署的盔甲中可能出現缺憾。

錄影帶中詭譎的航太總署記者會讓謝克斯頓相信老人的話——負責繞行極地掃描密度衛星任務的科長克理斯．哈伯說謊。不過，他何必説謊？此外，如果航太總署一直沒修好衛星的軟體，航太總署怎麼發現隕石？

兩人走向電梯時，老人說，「有時候，只要找到一條線頭，就可解開一整團線圈。也許我們能想辦法鑽進航太總署的核心，從中一點一滴破壞他們的斬獲。投下懷疑的陰影。接下來的發展，有誰料得到呢？」老人定睛望著謝克斯頓。「我還不準備躺下來等死，參議員。我相信你也有同感。」

「那當然，」謝克斯頓說，語氣堅定。「我們一路走得太辛苦了。」

「克理斯．哈伯撒謊說航太總署修好了繞行極地掃描密度衛星，」老人踏上電梯時說，「我們需要查出撒謊的原因。」

「我會儘快查個水落石出，」謝克斯頓回應。我已經有了合適的人選。

「那就好。這事的成敗攸關你的未來。」

謝克斯頓走回公寓的途中，腳步稍稍變得輕盈，思路也微微變得清晰。航太總署謊稱衛星的軟體已經修復。唯一的問題是，謝克斯頓如何拆穿謊言。

他的思緒已經轉向凱蓓兒．艾許。無論她目前人在哪裡，情緒肯定跌到了谷底。凱蓓兒無疑看到了總統記者會，目前站在某地的懸崖邊準備往下跳。她建議以航太總署作爲政見主軸，最後卻成了謝克斯頓政治生涯最大的一個錯誤。

她虧欠我，謝克斯頓心想。她明瞭這一點。

凱蓓兒已經證明她有獲得航太總署機密的門道。她在航太總署有個朋友，謝克斯頓心想。過去幾星期來，她一直獲得內線消息，而且不肯透露對方是誰。現在她可從對方口中套出繞行極地掃描密度衛星的資訊。更何況，今晚凱蓓兒行動起來會更起勁。她有債待還，而謝克斯頓認爲她可能爲了再成紅人而使出渾身解數。

謝克斯頓回到公寓門口，隨扈對他點頭說，「晚安，參議員。剛才我讓凱蓓兒進去，應該沒問題吧？她說有很重要的事情要報告。」

謝克斯頓遲疑一下。「你說什麼？」

「艾許小姐啦。她剛才說她有重要的資訊要通報，所以我才放她進門。」

謝克斯頓感覺全身僵硬。他望著公寓門。這傢伙在胡扯什麼？

隨扈的表情轉爲困惑加擔憂。「參議員，你沒事吧？你應該記得吧？你在開會的時候，凱蓓兒來了。她跟你講過話，對吧？錯不了的。她在裡面待了好一陣子。」

謝克斯頓久久凝視前方，感覺脈搏加速。我和太空拓荒基金會閉門開會，這個白痴卻讓凱蓓兒進我公寓？她在裡面逗留一陣子後不告而別？謝克斯頓只能想像到凱蓓兒可能偷聽到什麼。他嚥下怒火，對隨扈強擠出微笑。「噢，對！抱歉。我累壞了。也多喝了兩杯。艾許小姐和我的確講過話。你放她進門是對的。」

隨扈鬆了一口氣。

「她走時有沒有說要上哪裡去？」

隨扈搖搖頭。「她走得很急。」

「好。謝了。」

謝克斯頓悶了一肚子氣走進公寓。我的吩咐有那麼複雜嗎？不見訪客就是不見訪客！由於凱蓓兒在公寓內待了一段時間，然後不吭一聲偷偷溜走，謝克斯頓必須假設她一定聽見不該聽到的事情。偏偏挑今晚搞怪。

謝克斯頓參議員知道，他萬萬不能失去凱蓓兒．艾許的信任；女人一旦自覺受騙可能一心復仇，做出傻事。謝克斯頓必須挽回她的心。他需要凱蓓兒陪他站在同一陣線上，特別是今晚。

79

在ABC電視臺攝影棚四樓，凱蓓兒・艾許單獨坐在尤蘭達的玻璃辦公室裡，凝視著脫線的地毯。她一向以敏銳的直覺自豪，認爲自己看得出誰值得信賴。現在，凱蓓兒多年來首度感覺孤單，徘徊在十字路口猶豫不前。

她的手機響起，拉回了固定在地毯上的視線。她不情願地接聽。「凱蓓兒・艾許。」

「凱蓓兒，是我啦。」

她立即認出謝克斯頓參議員的音色，只不過參議員的口氣出奇鎭定，不像剛受過壞消息的打擊。

「今晚實在夠累了，」他說，「所以妳靜靜聽我講完。我確定妳看到總統的記者會。天啊，我們眞的是出錯牌了。我覺得很嘔。妳大概也在怪罪自己。不必自責。有誰猜得到呢？不是妳的錯。言歸正傳。我認爲可能有辦法再站起來。」

凱蓓兒起身，無法想像謝克斯頓的言下之意。她沒料到謝克斯頓會做如此反應。

「我今晚開會，」謝克斯頓說，「找來民間太空公司的代表，而且——」

「眞的嗎？」凱蓓兒脫口說，不敢相信謝克斯頓親口承認。「呃……我不曉得。」

「對，沒什麼大不了的。我本來想找妳一起來開會，不過這些傢伙很重視隱私。他們有幾個人捐款助選，不希望張揚出去。」

凱蓓兒頓時解除全身武裝。「可是……捐款沒有違法嗎？」

「違法？才沒那回事！所有的捐款都在兩千美元的上限以下。小錢。這些人的錢沒有三兩重，不過我還是乖乖聽他們訴苦。算是對未來的一點投資。我不太想講出來，因爲老實說，表面上不太雅觀。如果白宮聽到風聲，一定會戴上有色的眼鏡。反正這不是重點。我打電話找妳的原因是，今晚開完會後，我跟太空拓荒基金會的會長聊了一下……」

接下來幾秒，雖然謝克斯頓仍在講話，凱蓓兒只感覺羞愧之下血液湧上臉皮。參議員絲毫沒有指責的語氣，反而鎮定坦承今晚與民間太空公司開會。*全然合法。*而凱蓓兒差點做出傻事！謝天謝地，尤蘭達適時制止了她。*我差點跳船投靠瑪喬俐．田奇！*

「……所以我對太空拓荒基金會的會長說，」參議員說著，「妳可能有辦法替我們取得那份資訊。」

凱蓓兒拉回思緒。「好。」

「過去幾個月以來，不是一直有朋友提供航太總署內部情報嗎？妳應該跟那人還有聯絡吧？」

*瑪喬俐．田奇。*凱蓓兒瑟縮了一下，心知絕不能告訴參議員，告密客從一開始就在玩弄她。「呃……應該有吧。」凱蓓兒說謊。

「那就好。我需要妳爲我取得以下的資訊。越快越好。」

凱蓓兒聆聽著他的指示，一面瞭解到自己最近嚴重低估了塞爵克．謝克斯頓參議員。自她開始注意謝克斯頓的從政過程到現在，雖然謝克斯頓的光環已褪去一些，但今晚他重拾以往的光彩。眼看選情遭受致命一擊，謝克斯頓著手策畫反制之道。此外，儘管當初牽著他手踏上這條倒楣之路的人是凱蓓兒，他卻不想懲罰她，反而給她贖罪的機會。

而她絕對會將功贖罪。

不計一切代價。

80

威廉．匹克陵遙望辦公室窗外理斯博格路上的一排車頭燈。獨自坐擁權力巔峰的時候，他經常想念著她。

空有這麼大的權力……我卻救不了她。

匹克陵的女兒黛安娜前往紅海接受領航訓，駐紮在海軍小型的護航艦上，停靠在安穩的海港中。在陽光普照的某天下午，一艘自製平底小艇滿載炸藥，由兩名恐怖分子操縱馬達，慢慢駛過港口，以自殺的方式撞擊護航艦引爆，炸死了黛安娜．匹克陵與十三名年輕美國軍人。

威廉．匹克陵難以接受事實，心痛得數星期魂不守舍。經過調查，這兩名恐怖分子隸屬一個中央情報局已掌握數年的基地，匹克陵得知後，哀傷化爲憤怒。他衝進中情局總部要求他們解釋。

得到的答案令他難以下嚥。

據說在自殺攻擊之前幾個月，中情局早已準備拿下這個基地，只等著衛星傳來高解析度的空照圖，以便詳細點出恐怖分子躲藏的阿富汗山區並進行攻擊。空照圖原本預定由代號旋渦二號的衛星拍攝。這顆國偵局衛星造價十二億美元，卻在發射臺上因航太總署的火箭爆炸而付之一炬。由於航太總署這場意外，中情局的攻擊行動被迫延後，間接奪走了黛安娜．匹克陵的性命。

匹克陵的理智告訴自己，航太總署並沒有直接責任，但他心中卻難以原諒航太總署。火箭爆炸事件經過調查後，顯示航太總署的工程師在設計燃油噴射系統時，礙於預算限制被迫使用二流材料。

「執行未載人員的任務時，」羅倫斯．艾斯崇在記者會中解釋，「航太總署最講求的是把錢花在刀口上。本人承認，此次撙節預算的結果未盡理想，航太總署將深入調查原因。」

未盡理想。黛安娜．匹克陵一命嗚呼。

猶有甚者，因爲這顆間諜衛星列入機密，民眾無從得知航太總署報銷了國偵局花費十二億美元的計畫，同時也間接犧牲了數條美國人的生命。

「局長？」匹克陵的祕書透過對講機傳來，令他陡然一驚。「一線。是瑪喬俐．田奇。」

匹克陵搖頭甩開冥想，看著自己的電話。又是她？一線的燈光閃爍，似乎帶有焦躁、緊急的意味。匹克陵皺著眉頭接聽。

「我是匹克陵。」

憤怒的田奇咬牙切齒說，「她到底跟你講了什麼？」

「妳說什麼？」

「瑞秋．謝克斯頓聯絡了你。她跟你講了什麼？她怎麼會上潛水艇，天啊！給我解釋清楚！」

匹克陵立刻知道，否認絕對不是辦法；田奇事先調查過了。匹克陵驚訝的是她居然能查出夏洛特號。但她顯然動用了不少關係，非得到答案不可。「謝克斯頓小姐聯絡過我，沒錯。」

「你還派人去接她，竟然沒知會我？」

「我安排了交通。妳說的沒錯。」再過兩小時，瑞秋．謝克斯頓、麥克．陶倫德與寇奇．馬林森預定抵達附近的波凌空軍基地。

「你卻決定不通知我？」

「瑞秋．謝克斯頓做出了一些令人困擾的指控。」

「有關隕石的眞實性……有人想要她的命？」

「這是其中兩項。」

「她顯然睜眼說瞎話。」

「妳可知道，她身邊有兩個人可以佐證她的說法？」

田奇遲疑一下。「對。非常令人困擾。白宮非常擔憂他們的說詞。」

「白宮？或者只有妳個人？」

她的口氣變得如刮鬍刀片般鋒利。「今晚對你而言，局長，是白宮是我並無差別。」

匹克陵不以爲意。愛唬人的政客與幕僚他見多了，這些人無非想沾上情資界的邊。但田奇厚顏無恥的程度少人能比。「總統知道妳打電話給我嗎？」

「坦白說，局長，你竟敢如此胡言亂語，我很訝異。」

妳沒回答我的問題。「我以邏輯推斷不出這三人撒謊的理由。我不得不假設他們說的是實話，不然就是眞心弄錯了。」

「弄錯了？自稱被人攻擊？在隕石資料中找出航太總署找不到的瑕疵？拜託！分明是在耍政治小動作嘛。」

「果眞是小動作的話，我想不出動機何在。」

田奇沉重嘆氣，壓低嗓門。「局長，這事涉及到你可能有所不知的幾道作用力，我們以後可以詳談，不過目前我需要知道謝克斯頓小姐和另外兩人的去處。在他們導致任何長久的災害前，我必須查個水落石出。他們人在哪裡？」

「恕我不方便透露。他們抵達終點後，我會通知妳。」

「你錯了。他們抵達終點時，我會到場恭候。」

妳，再加上多少特勤幹員？匹克陵心想。「如果我透露他們抵達的時間和地點，我們三方有沒有機會像朋友一樣聊聊，或者妳打算派一支御用部隊拘留他們？」

「這三人對總統構成直接威脅。白宮有全權扣押他們訊問。」

匹克陵知道她言之有據。依美國聯邦法典第十八條第三〇五六款，只要懷疑有人決心或意圖對總統犯下重罪或做出侵犯行爲，美國特勤人員即可攜帶軍火、使用致命武力、「不須申請拘捕令」逕行逮捕。特勤部隊擁有自由處理權。一般遭拘留的嫌犯包括在白宮外徘徊的可疑民眾，以及用惡作劇電郵放話的學童。

瑞秋．謝克斯頓一行三人若被拖進白宮地下室無限期拘禁，匹克陵毫不懷疑特勤有辦法提出正當的理由。這種舉動算是險招，但田奇顯然理解茲事體大。假使匹克陵讓田奇接管的話，將導致什麼局面？他無心推理。

「我會盡我全力，」田奇高聲說，「保護總統免受不實指控之害。只要有人稍微影射隕石有詐，將爲白宮和航太總署蒙上沉重的陰影。瑞秋．謝克斯頓濫用了總統對她的信任，我無意坐視總統付出用人失當的代價。」

「如果我要求妳允許謝克斯頓小姐在正式調查小組前說明緣由，妳會答應嗎？」

「如此一來，你等於是蔑視總統的直接命令，讓她有機會大鬧政治圈！局長，我再問你一次。你用飛機載他們上哪裡去？」

匹克陵長長吐出一口氣。無論他是否透露飛機即將降落波凌空軍基地，他知道田奇有辦法查出。問題是她會不會動手去查。他察覺出對方口氣堅決，知道她不肯就此罷休。瑪喬俐．田奇被嚇到了。

「瑪喬俐，」匹克陵說，語調毫不含糊。「有人對我說謊。這一點我很確定。說謊的人不是瑞秋．謝克斯頓和兩位民間科學家就是妳自己。我相信是妳。」

田奇爆發怒火。「你竟敢——」

「妳再憤慨也對我發揮不了作用，省省吧。建議妳最好瞭解，我有萬無一失的證據，可以證明航太總署和白宮今晚公開的不是事實。」

田奇突然噤口。

匹克陵讓她動腦片刻。「我和妳一樣，不想引發政治風暴。不過事實是，有人說了謊話。是遲早會被拆穿的謊言。如果妳要我幫助妳，妳必須先對我開誠布公。」

田奇開口，語調是受到了誘惑卻仍步步爲營的口吻。「如果你確定有人說謊，爲何現在還不挺身檢舉？」

「我不想干涉政治事務。」

田奇喃喃說了一個字，聽來近似「鬼扯」。

「瑪喬俐，妳難道想告訴我，總統今晚宣布的消息是百分之百正確？」

電話線上久久無聲。

匹克陵知道這話說到她心坎裡了。「妳聽好，我們兩人都知道，這件事是一顆定時炸彈，隨時可能爆炸，幸好現在還不算太遲。我們還是可以妥協一下。」

田奇無言幾秒鐘。最後她嘆氣。「我們應該見個面。」

達陣，匹克陵心想。

「我有件東西要給你看，」田奇說。「我相信對理解這件事有所助益。」

「我過去妳的辦公室。」

「不行，」她趕緊說。「時間太晚了。你現身這裡會引起疑慮。我希望這事只有你知我知。」

匹克陵聽出弦外之音。總統對這事不知情。「我歡迎妳過來這裡。」他說。

田奇以不太信任對方的口氣說，「不如找個隱密的地方見面。」

匹克陵早就料到。

「從白宮到羅斯福紀念碑很方便，」田奇說。「這麼晚了，那邊一定沒人。」

匹克陵考慮一下。羅斯福紀念碑位於傑佛遜與林肯紀念碑之間，屬於治安極佳的地段。停頓許久後，匹克陵答應了。

「一小時之後，」田奇邊說邊掛斷電話。「單獨赴會。」

一掛斷電話，瑪喬俐．田奇立刻致電航太總署署長艾斯崇。她以硬邦邦的嗓音傳達壞消息。

「匹克陵可能成了麻煩。」

81

凱蓓兒·艾許滿懷新希望，站在尤蘭達·柯爾位於ABC製播室的辦公桌前，拿起話筒撥向查號臺。

謝克斯頓剛才傳達的疑點如經證實，必定具有驚人的影響力。航太總署在繞行極地掃描密度衛星一事上撒謊？凱蓓兒收看過那次記者會，記得當時也覺得怪怪的，事後卻忘得一乾二淨。然而，今晚繞行極地掃描密度衛星成了問題的核心。

現在謝克斯頓需要內線消息，越快越好。他指望凱蓓兒的「告密客」提供資訊。凱蓓兒剛才向參議員保證要盡力而爲。然而，問題是她的告密客是瑪喬俐·田奇，根本幫不上忙。因此凱蓓兒必須另闢門道取得資訊。

「查號臺，」電話聽筒傳來人聲。

凱蓓兒報出她想查的姓名，對方回報華盛頓共有三個克理斯·哈伯。凱蓓兒逐一試打。

第一個號碼是律師事務所。第二個號碼無人接聽。第三個號碼正在響著。

只響了一聲，就有女人接聽。「哈伯公館。」

「哈伯夫人嗎？」凱蓓兒儘量客氣。「該不會吵醒妳了吧？」

「當然沒有！今晚大概沒人睡得著吧。」她口氣興奮。凱蓓兒聽得出背景有電視的聲響。隕石新聞。

「妳大概是想找克理斯吧？」

凱蓓兒的脈搏加速。「是的，夫人。」

「可惜克理斯不在家。總統演說一結束，他就衝回去上班了。」女人自顧自的咯咯笑。「當然了，大概不是回去上班吧。最可能是開慶祝會。妳知道嗎？這項宣布讓他相當吃驚。對所有人都一樣。我們家電話整晚響個不停。我打賭全航太總署的工作人員現在全到齊了。」

「在E街的大樓？」凱蓓兒問。她推測這女人指的是航太總署總部。

「答對了。戴一頂派對帽去。」

「謝謝。我會過去找他。」

凱蓓兒掛斷電話。她急忙走出辦公室，來到製播室找尤蘭達。尤蘭達剛指導完準備針對隕石熱情發表高見的一群太空專家。

尤蘭達看見凱蓓兒走來時露出微笑。「妳的氣色好多了，」她說。「開始領悟塞翁失馬的道理囉？」

「我剛跟參議員通過電話。他今晚開的會跟我想的事情不一樣。」

「我就說嘛，田奇在耍妳。參議員對隕石的新聞有什麼反應？」

「反應比我預期得好。」

尤蘭達顯得驚訝。「我還以為他早就跑去讓公車一頭撞死了呢。」

「他認為航太總署的資料可能有錯。」

尤蘭達哼了一聲表示懷疑。「他收看的記者會，跟我看到的是同一場嗎？還需要多少證實、再證實才能讓他相信？」

「我準備去航太總署查一件事。」

尤蘭達拱起了以眉筆畫好的眉毛表示警覺。「謝克斯頓參議員的手下大將想前進航太總署總部？今天晚上？不怕被亂石砸死嗎？」

凱蓓兒將謝克斯頓的疑慮說給尤蘭達聽。她說謝克斯頓認為繞行極地掃描密度衛星的科長克理斯．哈伯撒謊，編出補救偵異軟體的幌子。

尤蘭達顯然不願輕信。「凱妹，那場記者會，我們也派人去採訪了。我承認，哈伯那天晚上的確狀況不佳，不過航太總署說他病得像狗一樣。」

「謝克斯頓參議員深信他說謊。其他人也相信。重量級的人士。」

「如果繞行極地掃描密度衛星的偵異軟體沒修好，衛星又怎麼掃描出隕石？」

謝克斯頓也這麼懷疑，凱蓓兒心想。「我不知道，不過參議員要我去找答案。」

尤蘭達搖搖頭。「謝克斯頓是陷入絕望後異想天開，派妳去直搗黃蜂窩。別去。妳什麼也沒虧欠他。」

「他的選情完全被我搞垮了。」

「搞垮選情的是他運氣夠爛。」

「如果被參議員說中了，衛星科長確實騙人——」

「妹子，如果衛星科長對全天下說謊，妳憑什麼認爲他會跟妳講實話？」

凱蓓兒考慮過這一點，心中已經開始策畫。「如果我在總部挖出新聞，我會打電話通知妳。」

尤蘭達懷疑地笑笑。「如果妳在總部挖出新聞，我就吞帽子給妳看。」

82

刪除你對這份岩石樣本所知的一切。

麥克．陶倫德七上八下地思忖著這塊隕石，絞盡了腦汁，但現在在瑞秋的追問之下，原本對整件事不安的情緒更加波動。他低頭看著手中的岩片。

假裝有人把石頭遞給你，沒有解釋出處，也不說明這是什麼東西。你會做何分析？

陶倫德知道，瑞秋問這問題別有用心，但這種鍛鍊分析能力的方式非常有效。陶倫德拋開他抵達生棲營後接受的一切資料，不得不承認自己的分析深受單一前提影響而出現偏差。這個前提就是，含有化石的這塊石頭是隕石。

假如「沒有人」告知這一塊是隕石，我會做何感想？他問自己。雖然陶倫德仍無法推敲出任何解釋，他允許自己假設刪除「隕石」的這個前提。前提一旦消失了，推理的結果令他稍微心神不寧。現在陶倫德與瑞秋，再加上頭腦昏沉沉的寇奇．馬林森，三人開始進行討論。

「所以說，」瑞秋再問一次，加強了語氣，「麥克，你是說，如果有人遞給你這塊含有化石的石頭，沒有附帶任何解釋，你的結論是這塊石頭來自地球。」

「當然，」陶倫德回答。「不然我又能下什麼結論？與其斷言發現了外星生物，不如說發現化石裡的生物是前所未見的地球物種。前者的說法想像力太豐富了。科學家每年新發現的生物有好幾十種。」

「兩呎長的虱子？」寇奇質問，口氣充滿不信任。「你願意推斷那麼大隻的蟲子出自地球？」

「也許不是現在的地球吧，」陶倫德回答，「不過這種生物不一定是現今存活的物種。這東西是化石，有一億九千萬的歷史。年代跟地球的侏儸紀差不多。很多史前生物的體型超大，人類發現它們的化石骸骨時總覺得嚇人，例如有翅膀的大爬蟲、恐龍、禽鳥。」

「麥克，我不想賣弄物理學知識，」寇奇說，「不過你的論點有個嚴重缺陷。你剛才列舉的史前生物——恐龍、爬蟲、禽鳥——全都具有內在骨架，讓牠們能抗拒地心引力，長成體型超大的動物。不過這化石……」他拾起樣本舉起來。「這些傢伙具有外在骨架。它們屬於節肢動物。蟲子。你自己說過，蟲子要長這麼大，一定要在地心引力低的環境才有可能，不然外在骨架會被自己的重量壓垮。」

「沒錯，」陶倫德說。「這個生物如果在地球表面走動，一定會被自己的重量壓垮。」

寇奇的額頭擠出皺紋，露出厭煩的神色。「好吧，麥克，除非是山頂洞人創造違反地心引力的環境，用來養虱子，否則我不明白你為何認定兩呎長的蟲子源自地球。」

陶倫德笑在心裡，認為寇奇漏掉了很簡單的一個道理。「其實啊，另有一項可能性。」他聚焦細看著好友。「寇奇，你習慣往上面看。現在向下瞧一瞧。地球上到處是違反地心引力的環境。而且自從史前時代就一直存在。」

寇奇盯著他。「你在講什麼鬼話？」

瑞秋也露出訝異的神色。

陶倫德指向窗外，指著飛機下方月光粼粼的海面。「海洋。」

瑞秋低聲吹了一下口哨。「當然。」

「水中屬於地心引力小的環境，」陶倫德解釋。「萬物進入水面後重量必減輕。海洋裡生存了無數脆弱的生物，而這些生物絕對不可能上岸生存——水母、美洲大赤魷、綵帶鰻。」

寇奇稍微默認了，卻仍不肯認輸。「好，不過史前的海洋從來沒出現過大蟲子。」

「怎麼沒有？事實上，現在仍舊存在。人類每天都吃這種蟲子。在多數國家算是美食。」

「麥克，只有鬼才吃大海蟲吧！」

「大家都吃龍蝦、螃蟹和蝦子。」

寇奇盯著他看。

「甲殼類動物基本上就是大海蟲，」陶倫德解釋。「它們屬於節肢動物門底下的一個亞目——虱子、螃蟹、蜘蛛、昆蟲、蚱蜢、蠍子、龍蝦——全是遠親。這些生物全長著有關節的外肢和外在骨架。」

寇奇突然想吐。

「從分類學的觀點來看，它們的確很像蟲子，」陶倫德說明。「鱟長得就像大型三葉蟲。此外，龍蝦的螯很像大蠍子的腳。」

寇奇臉色翻青。「好了，我以後再也不吃龍蝦捲了。」

瑞秋聽得入迷。「所以說，陸地上的節肢動物體型大不起來，是因為在地心引力的天擇之下，小型節肢動物具有生存優勢。不過在水裡，由於有浮力支撐身體，因此可以演化成很大型的動物。」

「完全正確，」陶倫德說。「假如化石證據有限的話，阿拉斯加帝王蟹可能會被誤以為是大蜘蛛。」

原本興奮的瑞秋這時開始憂慮。「麥克，我們再來問答。假如排除隕石眞實性無庸置疑的這一點，請告訴我：你認為我們在米爾恩看見的化石，有沒有可能來自海洋？地球的海洋？」

陶倫德在她的逼視之下，領會到此一問題的眞實重量。「假設而言，我的答案是肯定。海底世界有些地方有一億九千萬年的歷史。和化石的年齡相當。此外，理論上，古時的海洋有可能支持這樣的生物。」

「哎，求求你！」寇奇語帶譏諷。「我不敢相信自己的耳朵。排除隕石眞實性無庸置疑？這塊隕石的眞實性沒有懷疑的餘地。即使地球部分海底的歷史和隕石一樣悠久，地球的海床絕對沒有熔凝殼、異常鎳含量，也不會有隕石球粒。你們是病急亂投醫了。」

陶倫德知道寇奇這話沒錯，然而將化石想像為海洋生物後，已經大減陶倫德對化石的崇拜。化石這時看來比較眼熟了。

「麥克，」瑞秋說，「為何航太總署科學家沒有一個認為這些化石可能是海洋生物？甚至不考慮化石來自別的行星的海洋？」

「其實有兩個原因。深海化石的樣本——來自海床的化石——通常會呈現多種生物共處的情形。海床以上數百萬平方呎海水裡的任何生物，死後一定會沉入海底。換言之，海床成了各種生物的墳場。各種深度、壓力、水溫環境中的生物屍體都集中海床上。不過，米爾恩的這個樣本卻很清爽，只有單一物種。看起來比較像是在沙漠常見的化石。舉例來說，像是一群類似的動物被沙塵暴活埋的化石。」

瑞秋點頭。「大家不考慮海洋的第二個原因呢？」

陶倫德聳聳肩。「憑直覺吧。科學家一向相信如果太空存在生物的話，住的一定是昆蟲。而從我們觀測太空的結果來看，太空的土石的確比水中的多了太多了。」

瑞秋啞然。

「只不過……，」陶倫德接著說。瑞秋給了他一個點子。「我承認，海床有些非常深的部分，海洋學家稱為死亡地帶，人類對這些地帶的理解並不多，不過這些地帶受到洋流和食物來源的影響，幾乎沒有生物，只存活了少數幾種棲息海底靠死屍維生的生物。所以從這個角度來看，我猜海底產生單一物種的化石不無可能。」

「哈囉？」寇奇嘟噥著。「沒忘記熔凝殼吧？鎳含量居中呢？隕石球粒呢？話題幹嘛還繞著這問題打轉？」

陶倫德沒有回答。

「鎳含量的問題，」瑞秋對寇奇說。「再跟我解說一遍。地球上的岩石鎳含量不是非常高就是非常低，不過在隕石裡，鎳含量維持在某個特定範圍裡，對吧？」

寇奇大力點點頭。「完全正確。」

「所以說，這個樣本的鎳含量完全落在預期的數值範圍中。」

「非常接近，沒錯。」

瑞秋顯得驚訝。「等一下。接近？這話什麼意思？」

寇奇顯得氣急敗壞。「我剛才解釋過了，所有隕石的礦物成分不一樣。科學家每發現新的隕石，必須更新數值，以便用來判定可接受的隕石鎳含量。」

瑞秋露出震驚的神情，一面舉起樣本。「這麼說來，這塊隕石強迫你調整可接受的隕石鎳含量？這塊隕石的數值落在已知的中等鎳含量範圍之外？」

「只超出一點點，」寇奇嗆聲回去。

「爲什麼沒人提到這一點？」

「這一點無關緊要。天體物理學本來就是動態的科學，數值不斷更新。」

「在分析天大的發現時更新？」

「告訴妳，」寇奇氣呼呼地說，「我可以跟妳保證，和任何地球岩石比較起來，那塊樣本的鎳含量接近得多了。」

瑞秋轉向陶倫德。「你知道這回事嗎？」

陶倫德不情願地點頭。當初這一點顯得不太重要。「他們說，這隕石的鎳含量比其他隕石稍微高一點，不過航太總署專家好像不太在意。」

「那才對嘛！」寇奇插嘴。「這裡的礦物含量證明不是在於鎳含量絕對像隕石，而是鎳含量絕對不像地球岩石。」

瑞秋搖頭。「抱歉，在我這一行，那樣的邏輯推理會害死人。一塊岩石不像地球岩石，並不能證明那塊岩石就是隕石，只能證明那一塊不像地球上已知的任何東西。」

「那又有什麼差別！」

「沒什麼差別，」瑞秋說。「如果你真的看遍了地球上每塊石頭的話。」

寇奇沉默了片刻。「好吧，」他最後說，「如果鎳含量讓妳緊張的話，先別去管鎳含量。我們還有百攻不破的熔凝殼和隕石球粒。」

「那當然，」瑞秋說，口氣缺乏信服之意。「猜三題答對兩題還不賴。」

83

航太總署中央總部的結構是巨無霸玻璃長方體，坐落於華盛頓特區E街三〇〇號，全棟爬滿蜘蛛網似的數據電纜，長度超過兩百哩，而電腦處理器的重量也達數千噸。總部的公務人員多達一千一百三十四名，負責支用航太總署每年一百五十億美元的預算，掌管全美十二個航太總署基地的日常業務。

儘管夜已深，凱蓓兒毫不訝異見到總部前廳到處是人，顯然聚集了興奮的媒體工作人員，以及更加興奮的航太總署員工。凱蓓兒快步入內。前廳布置得有如博物館，天花板下掛著依實物大小複製的知名衛星與飛行密閉艙，頗具視覺效果。電視臺人員紛紛在寬敞的大理石地板上劃定地盤，一有航太總署員工睜大眼睛進門，立刻抓過來訪問。

凱蓓兒掃描著人潮，卻看不出任何長得像繞行極地掃描密度衛星科長克理斯．哈伯的人。大廳裡的人半數佩戴媒體通行證，另一半的人在頸子上掛了航太總署的相片識別證。凱蓓兒兩者都沒有。她相中了一個掛著航太總署識別證的妙齡女子，快步走過去。

「嗨。我想找克理斯．哈伯。」

妙齡女子以奇怪的眼神注視凱蓓兒，彷彿在哪裡看過她卻一時想不起來。「我剛才看到哈伯博士走過這裡，大概是上樓去了。我們見過面嗎？」

「大概沒有吧，」凱蓓兒邊說邊轉身離去。「怎麼上樓？」

「妳在航太總署上班嗎？」

「沒有。」

「那妳就不能上樓。」

「噢。我能不能借用這裡的電話——」

「嘿，」女子說，突然生氣起來。「我知道妳是誰。我看過妳和謝克斯頓參議員上電視。妳的臉皮居然厚到——」

凱蓓兒已經走掉，消失在人群中。她聽得見那女子在她背後生氣地告訴其他人凱蓓兒來到航太總署。

真衰。才進門兩秒鐘，我就上了通緝要犯名單。

凱蓓兒低頭迅速走到大廳另一邊。牆壁上展示各樓層簡介表。她看著簡介表，尋找克理斯·哈伯。找不到。這份簡介表沒有人名，只列出部門名稱。

*繞行極地掃描密度衛星？*她邊想邊掃視簡介表，尋找任何有關「繞行極地掃描密度衛星」的部門。她找不到。她害怕回頭看，唯恐看見一群氣憤的航太總署員工拿著石頭過來砸她。在樓層簡介表上，她只找到四樓有個勉強扯得上邊的部門。

地球科學事業科，第二階段

地球觀測系統（EOS）

凱蓓兒不讓人群看見臉孔，開始往附設飲水機的電梯間走去。她找尋電梯按鈕，卻只看見插卡細縫。*可惡。*電梯經過保全處理，唯有員工才可持鑰匙卡使用。

一群年輕男人快步走向電梯，興高采烈地聊天。他們脖子上掛著航太總署的相片識別證。凱蓓兒趕緊彎腰喝水，藉機觀察背後。一個臉上長了青春痘的男人插進識別證，電梯門打開來。他邊笑邊搖頭表示驚訝。

「探索外星文明計畫那夥人一定氣炸了！」他說，大家隨之上電梯。「他們用大耳朵追蹤兩百毫央（譯註：Jansky，無線電波密度單位）以下的漂移電場，找了二十年，實體證據卻一直埋在地球的冰雪下！」

電梯門關上，那群年輕男人消失。

凱蓓兒站直身體，擦擦嘴巴，思考著下一步。她四下尋找大樓內部電話。找不到。她懷疑是否能設法偷鑰匙卡，卻又覺得偷東西可能不是上策。無論決定怎麼走，她知道動作非快不可。她這時看得見剛才與她對話的妙齡女子，在大廳陪同一名航太總署安全官穿越人群。

一個細瘦的禿頭男子繞過角落走過來，急忙往電梯走去。凱蓓兒再度彎腰假裝喝水。禿頭男似乎沒注意到她。凱蓓兒靜靜旁觀男子傾身向前，插進識別證。另一臺電梯打開門，禿頭男走進去。

豁出去了，凱蓓兒心想。她下定了決心。不趁現在就沒機會了。

電梯門正要關上，凱蓓兒從飲水機轉身狂奔過來，一手探進電梯門。門跳開來，她踏進電梯，一臉興奮亮麗。「你看過這裡這麼紅過嗎？」她滔滔不絕地對著受到驚嚇的禿頭男說。「我的天啊。超熱鬧的！」

禿頭男對她擺出奇怪的表情。

「探索外星文明計畫那夥人一定氣炸了！」凱蓓兒說。「他們用大耳朵追蹤兩百毫央以下的漂移電場，找了二十年，實體證據卻一直埋在地球的冰雪下！」

禿頭男顯得驚奇。「呃……是啊，實在很……」他瞄了一下她的頸子，沒看見識別證，顯然因此感到困擾。「對不起，妳是——」

「請按四樓。來得太匆忙，差點連內衣都忘了穿！」她笑著說，趁機偷瞄一眼對方的識別證：詹姆士・希森，財務管理部。

「妳在這裡上班嗎？」禿頭男顯得不太自在。「貴姓……？」

凱蓓兒假裝合不攏嘴。「老詹！我好傷心喲！讓女生覺得自己長相平庸無奇，最讓女生心碎唷！」

禿頭男臉色蒼白了片刻，顯得不甚自在，尷尬地一手擦過頭頂。「對不起。妳也知道，今晚太熱鬧了。我承認，妳看起來的確非常眼熟。妳負責什麼計畫？」

該死。凱蓓兒展現出自信的微笑。「地球觀測系統。」

禿頭男指向亮燈的四樓按鈕。「那當然。我指的是，妳手上的案子是哪一件？」

凱蓓兒感覺脈搏加速。她只能想出一個字。「繞行極地掃描密度衛星。」

禿頭男神色驚訝。「眞的嗎？我以爲自己見過哈伯博士的小組所有人。」

她不好意思地點頭。「克理斯怕我見光死。搞砸偵異軟體立體像素指數的白痴程式設計師就是我。」

這時下巴合不攏的人是禿頭男。「是妳？」

凱蓓兒皺眉頭。「害我幾個禮拜沒睡好。」

「可是，哈伯博士說失誤全怪他自己！」

「我知道。克理斯就是那種人。至少他修好了。喔，今晚的宣布眞爽啊，對不對？這一顆隕石啊。我差點休克咧！」

電梯在四樓停下。凱蓓兒跳出電梯。「很高興見到你，老詹。替我向預算科的男生問好！」

「沒問題，」禿頭男結結巴巴說，電梯門開始關上。「很高興再次見到妳。」

84

札克理．賀尼與多數美國前總統一樣，每晚只睡四五個小時。然而過去幾星期以來，他的睡眠時間更短。今晚的事件帶來的情緒高潮慢慢開始退燒時，賀尼的四肢逐漸感受到深夜的威力。

他與數名高層幕僚在羅斯福廳以香檳慶祝，收看著記者會重播、陶倫德紀錄片的精采片段，以及學者在電視網上的評論。這些節目在電視上反覆播出。目前螢幕上出現某電視網的女記者，眉飛色舞站在白宮前，緊抓著麥克風。

「人類的大腦感受到激烈的衝擊之外，」她高聲說，「航太總署這項發現也為華府帶來一些無情的政治衝擊。隕石化石的出現時機巧合，選情告急的總統求之不得。」她的音調轉爲凝重。「對謝克斯頓參議員而言卻來得太不湊巧。」畫面重播CNN下午的辯論會。這場辯論會的過程已經人盡皆知。

「找了三十五年，我認爲顯而易見的是，我們絕對找不到外星生物了。」

「假如你料錯了呢？」瑪喬俐．田奇問。

謝克斯頓翻翻白眼。「哎，拜託妳，田奇小姐，料錯的話我就吞帽子給妳看。」

羅斯福廳裡的人哄堂大笑。事後看來，田奇將參議員逼入牆角的做法顯得殘酷且拙劣，但觀眾似乎沒有注意到這一點；參議員當時以驕矜的語調回應讓觀眾覺得他太臭屁，現在嘗到苦果算是活該。

總統環視羅斯福廳尋找田奇。自從記者會開始之前，他就沒見過田奇，而現在她也不在場。*奇怪，他心想。她應該和我一樣慶祝這件事才對。*

電視新聞報導結束前，記者再度描述白宮的政治大躍進，也刻畫出謝克斯頓參議員慘重的災情。

一天產生的變化真大，總統心想。在政治上，一眨眼間情勢大變是常見的事。在破曉之前，他將領會到此話的眞諦。

85

匹克陵可能成了麻煩，田奇說過。

艾斯崇署長過於專注這份新訊息，反而沒注意到生棲營外的暴風雪威力已轉強，原本已被吹得嗚嗚響的鋼纜提高音域，航太總署的工作人員則緊張地走動、聊天，不願就寢。艾斯崇的心思迷失在另一場風暴中——正在華府醞釀的一場火爆旋風。過去幾小時引發了許多問題，艾斯崇正一一處理中，但其中一個問題的陰影卻擴展開來，大過其他問題的總和。

匹克陵可能成了麻煩。

在整個地球上，艾斯崇最不願鬥智的對象就是威廉·匹克陵。匹克陵已盯上艾斯崇與航太總署多年，企圖染指保密政策、遊說更動任務優先順序、砲轟航太總署逐年上升的失誤比例。

艾斯崇知道，匹克陵對航太總署的不滿其實另有一段由來。最近國偵局耗資數十億的情報訊號衛星在航太總署發射臺上爆炸、航太總署走漏情報、延攬高才擔任航太要職時引發的爭議，其實都不是匹克陵對航太總署產生心結的直接原因。匹克陵一直對航太總署嘖有煩言，其實是想表現他的航太總署的失望與憎恨。

航太總署原本欲以X－33太空飛機取代太空梭，進度卻落後五年，使得國偵局原定的數十件衛星維修與發射計畫不得不被刪除或延後。最近匹克陵對X－33的怒火達到白熱化，因為他發現航太總署已取消整項計畫，損失估計達九億美元。

艾斯崇來到自己的辦公室，拉開簾幕後進入。他坐在辦公桌前，以雙手抱頭。他必須做出幾項決定。

原本好端端的一天，如今卻在他周遭逐漸轉變爲惡夢。他儘量設身威廉．匹克陵的心境。匹克陵的下一步會怎麼走？像匹克陵如此聰明的人，勢必看得出航太總署這項發現的重要性。過去航太總署迫於情勢所做出的部分抉擇，匹克陵必須釋懷。在勝利的場合出面攪局，肯定會造成無法彌補的損害，這種道理匹克陵一定知道。

匹克陵將如何利用他手上這份資訊？他會按兵不動，或是逼航太總署爲本身的缺失付出代價？艾斯崇愁眉，確定了匹克陵將如何選擇。

再怎麼說，威廉．匹克陵對航太總署另有更深沉的芥蒂……是一段由來已久的私人恩怨，遠遠超乎政治之外。

86

瑞秋此時兩眼無神，默默盯著G4的座艙，飛機則沿加拿大聖羅倫斯灣的海岸線南下。陶倫德坐在她附近與寇奇交談。儘管多數證據顯示隕石如假包換，寇奇剛才承認鎳「超出已建立的居中含量」，卻再次引燃了瑞秋最初的疑慮。偷偷在冰雪下植入隕石的用意難以理解，唯有從精心策畫的騙局這個角度來看才有道理。

儘管如此，其餘科學證據皆指向隕石的眞實性。

瑞秋將視線從窗外轉過來，低頭看一下手上的碟狀隕石樣本。微小的隕石球粒閃閃發光。陶倫德與寇奇已經以金屬球粒爲題討論了一段時間，其中的科學術語令瑞秋頭疼——橄欖石均質、亞穩態玻璃基質，以及變質重新均質化作用。儘管如此，討論的結果明確：寇奇與陶倫德達成共識，樣本上的球粒絕對是隕石球粒。這份資料絕對無法捏造。

瑞秋轉動手上的碟形樣本，一指撫摸著外緣清晰可見的熔凝殼。焦黑的部分看起來相對年輕——肯定不像具有三百年歷史——只是寇奇解釋過，這塊隕石墜地後立即受冰封，免受大氣的侵蝕。聽起來合乎邏輯。瑞秋在電視節目上看過類似情況，四千年前死亡的人體從冰雪中掘出後，皮膚幾近完好如初。

她研究著熔凝殼時，突然想到一件怪事——一件明顯的資料被遺漏了。瑞秋懷疑，究竟是自己因承受過多資訊而一時疏忽未察，或者只是有人忘記提及。

她忽然轉向寇奇。「有沒有人分析熔凝殼的年代？」

寇奇向她瞟一眼，顯得困惑。「什麼？」

「有沒有人分析燒灼的年代？我問的是，我們確不確定這塊石頭上的燒灼時間確實和姜革索流星體重疊？」

「抱歉了，」寇奇說，「這東西沒辦法查出年代。一發生氧化作用，研判年代時必要的同位素示蹤劑全部被重新設定。何況放射性同位素的衰減速率太慢，無法測出五百年以下的年代。」

瑞秋考慮幾秒，這才瞭解爲何她得知的資料獨缺燒灼年代。「所以說，就我們目前所知，這塊石頭被燒灼的時間有可能遠在中世紀，也有可能近在上週末，對不對？」

陶倫德咯咯笑著說，「又沒人說科學可以解答一切。」

瑞秋自顧自的說出想法。「熔凝殼基本上只是一種嚴重燒灼的痕跡。嚴格說來，這塊石頭上的燒灼時間可能在過去半世紀內的任何一天，燒灼的方式也有各種不同的可能。」

「答錯了，」寇奇說。「燒灼方式有各種可能？才怪。只有一種燒灼的方式。墜落大氣層的時候。」

「沒有其他可能性嗎？不可能用火爐燒出這種痕跡嗎？」

「火爐？」寇奇說。「這些樣本經過電子顯微鏡檢驗過。即使用地球上最乾淨的火爐來燒，也會在石頭整個表面留下核子、化學、化石燃料的殘餘物。別白費力氣了。隕石穿過大氣層時，表面會產生條痕，用火爐燒得出來嗎？」

瑞秋忘記了隕石表面一條條方向一致的條痕，而這種現象看來的確顯示這塊岩石曾穿越大氣。「火山爆發的話呢？」她再大膽假設。「火山爆發時強烈噴出的岩石呢？」

寇奇搖搖頭。「這石頭燒灼得太乾淨了。」

瑞秋望向陶倫德。

海洋學家陶倫德點點頭。「抱歉，我體驗過火山爆發，陸地和水面上的火山我都見過。寇奇說的對。火山噴出物滲透著幾十種雜物——二氧化碳、二氧化硫、硫化氫、氯化氫等等，全部可以用電子掃描儀偵測出來。不論我們喜不喜歡，這一層熔凝殼燒得乾乾淨淨，不帶雜質，是大氣摩擦燃燒的結果。」

瑞秋嘆氣，再將視線轉回窗外。燒得乾乾淨淨。這句話縈繞不去。她再轉向陶倫德。「燒得乾乾淨淨是什麼意思？」

他聳聳肩。「不過是在電子顯微鏡之下檢查不出燃料成分的殘餘物，所以得知熱量由動能加摩擦力產生，而不是來自化學或核子原料。」

「如果用電子顯微鏡找不出燃料成分等異物，還能找出什麼？確切一點，熔凝殼的成分是什麼？」

「我們發現的東西，」寇奇說，「跟預期完全一致。純粹的大氣成分。氮、氧、氫。沒有石油。沒有硫。沒有火山的酸性物質。沒有怪東西。全是墜入大氣層的隕石上找得到的東西。」

瑞秋靠回椅背，腦力這時集中起來。

寇奇彎腰向前看著她。「請別告訴我，妳的新理論是航太總署用太空梭把化石送上天，然後扔向地球，希望沒人注意到天空出現火球、沒看見撞出大隕石坑、沒聽見爆炸聲響？」

瑞秋想到的並非這一點，只不過寇奇的假設耐人尋味。不盡可能，卻仍耐人尋味。瑞秋的想法比較腳踏實地。全屬天然的大氣成分。燒得乾乾淨淨。衝進大氣層產生的條痕。她的腦海深處亮起一點微微星火。「你檢測出來的大氣成分比率，」她問。「和其他帶有熔凝殼的隕石完全符合嗎？」

寇奇被她這麼一問，似乎微微豎起自衛的毛髮。「幹嘛問這個？」

瑞秋看出他語帶遲疑，脈搏不禁加速。「比率和其他隕石不一樣，對不對？」

「我提得出科學解釋。」

瑞秋的心臟忽然狂跳。「該不會查出某一種元素成分高得出乎尋常吧？」

陶倫德與寇奇面面相覷。「對，」寇奇說，「不過——」

「是不是電離氫？」

天體物理學家寇奇睜大眼睛，形成兩只圓盤。「妳怎麼知道！」

陶倫德也顯出全然訝異的神色。

瑞秋凝視兩人。「為什麼不早告訴我？」

「因為這一點可用十分合理的科學理由來解釋！」寇奇高聲說。

「我洗耳恭聽。」瑞秋說。

「電離氫的數值偏高，」寇奇說，「是因為隕石穿越大氣層的地方接近北極，而地球磁場在北極生成高於正常值的氫離子。」

瑞秋皺眉。「可惜我提得出另一種解釋。」

87

航太總署總部的四樓不如大廳氣派。四樓的長長走廊潔淨而無人味，每道辦公室門間的距離相等。走廊空無一人。護貝處理過的標識指向四面八方。

←地球資源探測衛星七號

→大地衛星

←輻照度監測衛星

←傑生一號衛星

→水域衛星

→繞行極地掃描密度衛星

凱蓓兒循著繞行極地掃描密度衛星的方向前進，走過連續幾道長廊與交叉口，最後來到兩扇厚重的鋼鐵門前。門上的模板寫著：

繞行極地掃描密度衛星（PODS）

科長克理斯·哈伯

辦公室門鎖著，必須插入鑰匙卡並輸入密碼方可通行。凱蓓兒將耳朵貼在冰冷的金屬門上。她似乎聽見幾句對話。爭吵。也許不是。她考慮乾脆敲門，讓辦公室裡的人開門讓她進去。可惜她已擬好對付克理斯·哈伯的計策，敲門的舉動未免過於莽撞。她四下找尋另一道門卻找不到。門邊是工友間，凱蓓兒走進去，希望找到微微亮著光的小凹穴掛著工友鑰匙圈或鑰匙卡。沒有。只見掃把與拖把。

她回到辦公室門口，再次將耳朵貼向金屬門上。這一次她絕對聽見了人聲。音量加大了。也有腳步聲。從裡面傳出門閂轉動的聲音。

金屬門轟然打開時，凱蓓兒來不及躲藏，只得跳向一旁，緊貼門後的牆上。一群人匆匆走出門，大聲交談著，口氣憤怒。

「哈伯到底哪根筋不對嘛？我還以爲他高興得想飛上天空哩！」

「像今天晚上這種時候，」一行人路過時另一人說，「他竟然想靜一靜？應該慶祝一下才對嘛！」

整群人遠離凱蓓兒，沉重的門在氣壓式鉸鏈的作用下開始轉回原位，顯露出她的所在地。她維持不動的姿勢，等走廊上的一行人繼續前進，儘量等候。直到門只差幾吋即將關緊時，凱蓓兒俯衝向前，抓住門把，然後繼續站定不動，等整群人在走廊上轉彎。他們聊得起勁，並沒有回頭看。

心臟噗噗跳的凱蓓兒拉開門，踏進燈光暗淡的室內。她悄悄關上門。

這裡是寬廣開闊的工作區，讓她聯想起大學的物理實驗室：電腦、工作站、電子儀器。她的眼睛逐漸適應了黑暗後，凱蓓兒看見四處散放著藍圖與運算紙。整間實驗室唯一的光線來自最遠的一端，從某間辦公室的門下散發出來。凱蓓兒悄悄走過去。辦公室門關著，但她看見窗戶裡面有一男子坐在電腦前。她記得這人曾在航太總署的記者會現身。門上的名牌寫著：

克理斯·哈伯

科長，繞行極地掃描密度衛星

好不容易闖關至此，凱蓓兒卻突然心生憂慮，懷疑計謀能否成功。她提醒自己，謝克斯頓斬釘截鐵認定克理斯．哈伯說謊。我願拿我的選情作為賭注，謝克斯頓當時說。顯然其他人也有同感，而這些人等著凱蓓兒發掘眞相，讓他們得以追上航太總署，在承受重大打擊後攻下再小的據點也無妨。凱蓓兒今天下午被田奇與賀尼政府惡整了一頓，現在迫切想幫忙出一口氣。

凱蓓兒舉手正想敲門，尤蘭達的叮嚀卻閃過腦海，她因此縮手。如果繞行極地掃描密度衛星科長對全天下說謊，妳憑什麼認為他會跟妳講實話？

恐懼心，凱蓓兒告訴自己。今天她自己差點就敗在恐懼心。她擬定了一個計畫，運用的是她從參議員那裡學來的招數。她多次見過參議員以同樣的方式嚇唬政治對手，逼對方供出資訊。凱蓓兒在謝克斯頓的教誨下吸收了不少知識，而這些知識不盡然全搬得上檯面，也不盡然合乎道德。但今晚她必須運用所有優勢。她可以勸克理斯．哈伯承認說謊——無論他說謊的苦衷何在——凱蓓兒因此可爲參議員的選情打開一小道機會之門。打開小門之後，由於謝克斯頓深諳得寸進尺之道，幾乎任何難關都難不倒他。

凱蓓兒對付哈伯的策略是謝克斯頓所謂的「寧過而不願不及」。最早使用這種訊問技巧的是古代羅馬警方，在懷疑嫌犯說謊時以這種方式套出口供。步驟簡單得出奇：

斷言你希望對方坦承的資訊。

然後以嚴重數倍的罪名指控對方。

目的是讓對方有機會選擇罪名較輕的一項——換言之，眞相。

執行這種訊問手法的訣竅在於散發出自信，而凱蓓兒此刻正缺乏信心。她深吸一口氣，在腦海中推演腳本，然後以堅定的態度敲敲辦公室的門。

「不是說過我在忙嗎！」哈伯嚷道，英國腔聽來耳熟。

她再敲門。這次更加響亮。

「告訴過你們了，我沒興趣下樓！」

這一次她以拳頭敲門。

哈伯走過去扯開大門。「混帳，你們——」他驟然停口，看見凱蓓兒顯然令他訝異。

「哈伯博士，」她邊說邊在語氣裡提高強度。

「妳怎麼上樓的？」

凱蓓兒的表情嚴厲。「你知道我是誰嗎？」

「當然知道。幾個月來，妳老闆一直砲轟我的計畫。妳怎麼進來的？」

「謝克斯頓參議員派我過來。」

哈伯以雙眼掃描凱蓓兒背後的實驗室。「護送妳上來的人呢？」

「你別操心。參議員的關係靈通。」

「在這棟大樓？」哈伯面露疑色。

「哈伯博士，你做人不夠誠實。很抱歉的是，參議員已經召集特別參議院司法委員會來調查你的騙局。」

哈伯的臉上飄過一層陰霾。「妳這話什麼意思？」

「哈伯博士，你這種聰明人沒有裝傻的福氣。你麻煩大了，參議員派我來這裡跟你談條件。參議員的選情今晚受到嚴重打擊。他已經山窮水盡了，必要時準備把你一起拖下水。」

「妳到底在胡言亂語什麼？」

凱蓓兒深吸一口氣，開始按照劇本表演。「你開記者會拿衛星的偵異軟體撒謊。我們都知道。很多人知道你說謊。不過問題不在這裡。」在哈伯來得及張口辯論前，凱蓓兒一股作氣進攻。「參議員現在就可以放出風聲洩你的底，不過他沒興趣這樣做。他有興趣揭發的是比較聳動的新聞。我認爲你知道我在講哪一件事。」

「我不知道——」

「參議員開出的條件如下。他願意對軟體一事封口，條件是你必須說出聯手侵吞公款的航太總署高層主管姓名。」

克理斯．哈伯的眼珠似乎向鼻梁集中了片刻。「什麼？我才沒侵吞公款！」

「科長，我建議你措辭謹愼一點。參議院的委員會已經收集文書證據幾個月了，你眞的認爲你們兩個能躲得過法網嗎？篡改繞行極地衛星的公文，將航太總署的公款匯進私人帳戶？說謊加上侵佔公款是要坐牢的，哈伯博士。」

「我才沒有做那種事！」

「你是說，你沒捏造繞行極地衛星的事？」

「不是，我是說，我絕對沒侵佔公款！」

「這麼說來，你的意思是，你的確在繞行極地衛星記者會上說謊。」

哈伯目不轉睛，顯然想不出該說什麼。

「撇開說謊的事不談，」凱蓓兒揮手繼續說，「謝克斯頓參議員對你開記者會撒謊的事沒興趣。我們已經聽慣了。你們這群人發現了隕石，至於怎麼發現的，沒人在乎。他在乎的是中飽私囊的案子。他非得拉航太總署高官陪葬不可。只要你乖乖說出你的搭檔是誰，他可以讓調查方向轉彎，讓你可以撇清關係。你可以方便我們一點，說出另一個人是誰，否則參議員會把事情鬧大，開始公開偵異軟體和虛構的補救措施。」

「妳別想唬我。我才沒有侵佔公款。」

「哈伯博士，你騙人的技巧太差勁了。我看過文件了。你的姓名出現在每一件足以定罪的文書上。反覆出現。」

「我發誓，我對侵佔公款的事情一無所知！」

凱蓓兒嘆一口氣表示失望。「哈伯博士，你設身處地爲我想想。我現在可以歸納出兩點結論。你正在說謊，跟你開記者會說謊一樣；或者是，你說的是實話，只是航太總署有個高官自己涉及不法，卻設計陷害你。」

凱蓓兒的這句話似乎讓哈伯躊躇起來。

凱蓓兒看看手錶。「參議員的條件只維持一個小時。只要你供出聯手侵吞納稅人血汗錢的航太總署高官姓名，就可以救回自己一命。他看不上你。他要的是大魚。看來這人在航太總署有權有勢；這人有辦法在移轉資金過程中埋名隱姓，拱你出來頂罪。」

哈伯搖搖頭。「妳在說謊。」

「你願意對法官這樣說嗎？」

「那當然。我會矢口否認一切。」

「你敢發誓嗎？」凱蓓兒不滿地悶哼。「這樣說來，你也連修復衛星軟體的事情一起否認囉？」凱蓓兒的心臟狂跳，定睛注視著對方的眼球。「仔細考慮一下各種選項，哈伯博士。美國監獄相當折騰人的。」

哈伯怒目相向，凱蓓兒則以意志力逼他就範。一時之間，她自認看出一絲投降的意味，但當哈伯開口時，他的語氣如鋼似鐵。

「艾許小姐，」他高聲說，眼睛閃現隱隱怒火，「妳是在憑空捏造事實。妳知我知，航太總署根本沒有人侵吞公款。這辦公室裡說謊的人只有一個：妳。」

凱蓓兒感覺肌肉僵硬起來。哈伯的眼神氣憤而犀利。她很想轉身逃跑。居然想唬住火箭科學家，別異想天開了。她強迫自己不要低頭。「我只知道，」她說，假裝自信滿滿，對他激動的神情無動於衷，「我親眼見過犯罪文件，足以確切證明你和人聯手侵吞航太總署公款。參議員只叫我今晚過來談條件，讓你有機會供出搭檔，不然往後就得單獨接受調查。我會轉告參議員，你寧願在法官面前冒險。你可以在法庭上說出你告訴我的事情——你沒有侵吞公款，也沒有對衛星軟體一事撒謊。」她露出冷笑。「可惜兩個禮拜前那場記者會上，你的表演實在拙劣，我很懷疑你說的是不是實話。」凱蓓兒原地向後轉，跨大步走過陰暗的繞行極地掃描密度衛星實驗室。她懷疑到時坐牢的人是她自己或是哈伯。

凱蓓兒昂首走開，等著哈伯喚回她。無聲。她推開雙扉金屬門，踏上走廊，一面希望這裡的電梯不像大廳必須使用鑰匙卡。她輸了。她使盡了全力，哈伯仍不肯上鉤。也許他在繞行極地掃描密度衛星記者會上說的是實話，凱蓓兒心想。

背後的走廊傳來轟然回響，是金屬門被用力推開的聲音。「艾許小姐，」哈伯喊叫。「我發誓我對侵吞公款的事不知情。我是個老實人！」

凱蓓兒感覺心跳暫停了一拍。她強迫自己繼續走，裝出不在乎的聳肩動作，回頭大喊。「而你卻在記者會上說謊。」

沉默。凱蓓兒在走廊上繼續走。

「等一下！」哈伯喊叫。他跑步來到她身邊，臉色蒼白。「侵吞公款的這件事，」他壓低嗓門說，「我大概知道是誰想陷害我。」

凱蓓兒陡然停下腳步，懷疑自己有沒有聽錯。她緩緩轉身，儘量裝得漠不關心。「你以為我會相信有人想陷害你？」

哈伯嘆氣說，「我發誓，我對侵呑公款的事情不知情。不過如果有證據對我不利……」

「證據成堆。」

哈伯嘆氣說，「一定是有人栽贓。必要時拿出來抹黑我。會做這種事的人只有一個。」

「誰？」

哈伯直視她眼睛。「羅倫斯・艾斯崇看我不順眼。」

凱蓓兒愣住了。「航太總署署長？」

哈伯鬱卒地點頭。「是他逼我在記者會上撒謊。」

88

三角洲部隊駕駛極光（譯註：Aurora，另譯「曙光女神」）偵察機飛行，即使霧態甲烷推進系統只動用一半的效能，仍能以音速三倍劃破夜空前進，時速超過兩千哩。戰機後方的脈衝引擎發出反覆的震動韻律，對機上乘客產生催眠作用。一百呎以下，海面在極光偵察機的機尾眞空作用下激烈翻攪，在飛機後激起幾條五十呎高的公雞尾，冗長而平行。

所以SR－71黑鳥偵察機才被除役，三角洲一號心想。

極光屬於不應公開卻人人知曉的祕密飛機，連探索頻道都曾報導過極光在內華達州馬伕湖試飛的過程。洩密的原因究竟是不幸被北海鑽油工目擊，或是行政疏失讓極光登上對外公開的國防預算書，或者是遠在洛杉磯也可屢次聽見的「天震」現象，就不得而知了。反正洩密的原因是哪一個已經不太重要。消息已經傳出：美國軍方設計出速度高達六馬赫的飛機，而且已經飛出製圖室，正在天上翺翔。

極光偵察機由洛克希德生產，形似扁平的美式足球，長一百一十呎，寬六十呎，外表以隔熱板保護，顯露水晶般的光澤，極類似太空梭。高速飛行的動力來自脈衝引擎。這是一種新奇的推進系統，燃燒的是乾淨的霧狀液態氫，所到之處在天空留下一道明顯的脈衝凝結尾跡。有鑒於此，極光只在晚間飛行。

今晚，三角洲部隊仗著偵測機的高速，採取較遠的海線回國。即使繞遠路，他們仍將超前追殺對象。以這種速度前進的話，三角洲部隊在一小時內可抵達東岸，足足超前獵物兩小時。他們論及是否追蹤獵物搭乘的飛機並加以擊落，但主官反對。他的顧慮很有道理，唯恐對象墜毀時被雷達追查到，炸毀的殘骸也可能引起大規模調查。主官決定，最好還是讓對方的飛機如期降落。一旦查清對象意圖降落的地點，三角洲部隊將立刻進擊。

現在，極光戰機射過荒涼的拉布拉多海，三角洲一號的密語通訊器顯示有人來電。他開始接聽。

「狀況出現變化，」經過處理的電子語音通知他們。「在瑞秋·謝克斯頓和兩個科學家降落之前，你們必須處理另一個目標。」

另一個目標。三角洲一號感覺得出來。狀況已經惡化了。主官的船再度出現破洞，而主官需要他們儘快修補。要是我們在米爾恩冰棚成功消滅對象，三角洲一號提醒自己，船就不會漏水了。三角洲一號瞭然於心，現在只是在收拾他自己的爛攤子。

「第四名對象已經介入，」主官說。

「誰？」

主官遲疑片刻，然後報出姓名。

三名隊員交換訝異的表情。這個姓名他們耳熟能詳。

難怪主官的口氣遲疑！三角洲一號心想。原先設定為「零死傷」的行動，如今死亡人數以及目標對象卻急速增加。他覺得筋骨緊繃起來，而主官則準備告知解決新對象的詳細方式與地點。

「賭注已經大幅提高，」主官說。「仔細聽好。以下的指示我只講一次。」

89

在緬因州北部高空，一架G4噴射機繼續快速飛向華盛頓。飛機上的麥克・陶倫德與寇奇・馬林森看著瑞秋・謝克斯頓開始解說她的理論。她認爲隕石熔凝殼的氫離子偏多，原因可能如下。

「航太總署有一座祕密測試中心稱爲李子溪站，」瑞秋說明。她幾乎無法相信自己說出這件事。違反規定透露機密是她從未做過的事，但考慮到目前的條件，陶倫德與寇奇有權利知道。「李子溪基本上是個測試室，用來實驗航太總署最先進的新引擎系統。兩年前，我寫過一份汲思簡報，說明航太總署正在李子溪測試的一種新型引擎，名稱是擴張式循環引擎。」

寇奇以懷疑的神態凝視她。「擴張式循環引擎還在理論階段。還在紙上談兵。沒人眞正測試過。距離測試還有幾十年。」

瑞秋搖頭說，「抱歉了，寇奇。航太總署已經做出了原型。正在測試中。」

「什麼？」寇奇一臉狐疑。「這種引擎用的是液態氫氧，進入太空後會結冰，對航太總署來說根本沒有用處。他們說，要等到克服燃料結冰的問題後，才有可能著手建造這種引擎。」

「問題已經克服了。他們拿掉燃料中的氧，把燃料變成『泥氫』，是一種半固體半液態的低溫燃料，成分是半結冰狀態的純氫，作用力非常強大，燃燒時非常乾淨，不留殘餘物。如果航太總署準備登陸火星，會考慮使用這種推進系統。」

寇奇面露驚奇。「不可能是眞的吧。」

「最好是眞的，」瑞秋說。「我針對這項發明寫了一份簡報給總統看。航太總署本想公開泥氫爲一大突破，我的老闆匹克陵卻抵死不從，要白宮逼航太總署將泥氫列爲機密。」

「爲什麼？」

「那不重要，」瑞秋說。她無意分享沒必要透露的祕密。事實是，匹克陵之所以希望泥氫研發成功後列爲機密，是擔憂國家安全受到越來越大的威脅，而這份威脅很少人知道——中國太空科技長足進步，成長驚人。中國正在研發一種可怕的「商業」發射臺，打算出租給出高價的國家，而這些國家多數與美國敵對。此事對美國安全恐將造成重大打擊。幸運的是，國偵局知道中國正在研發發射臺將採用的推進燃料模式是死路一條，匹克陵不願航太總署暴露前途較看好的泥氫燃料推進器，幫助中國走出死胡同。

「照妳這麼說，」陶倫德露出不安的神色說，「航太總署研發出燃燒乾淨的推進系統，用的燃料是純氫？」

瑞秋點頭。「詳細數字我不清楚，不過這種引擎的廢氣溫度顯然高出現有引擎好幾倍，所以航太總署必須開發多種新的噴口材料。」她停頓一下。「一顆大石頭，擺在這種泥氫燃料引擎的後面，發動引擎後，石頭會被飽含氫氣的高熱廢氣燒灼，溫度之高前所未見。這樣就能得到可觀的熔凝殼。」

「少來了！」寇奇說。「又繞回隕石造假的情境去了嗎？」

陶倫德似乎突然產生興趣。「其實，這種想法說得過去。如果眞要產生熔凝殼的話，可以把巨岩擺在發射臺上的太空梭下面，太空梭起飛後，就能燒出熔凝殼了。」

「上帝救救我，」寇奇喃喃說。「跟兩個白痴搭上同一班飛機。」

「寇奇，」陶倫德說。「以假設來說，把石頭放在廢氣區裡，石頭顯示的燒灼特徵會類似掉進大氣層的現象，對不對？這樣一來，同樣會產生具有方向性的條痕，融化的物質也會有往後流動的現象。」

寇奇嘟噥說，「應該會吧。」

「瑞秋所說的那種氫燃料燃燒得更乾淨，不會留下化學殘餘物。只留下氫。提高熔凝殼裡的氫離子含量。」

寇奇翻翻白眼。「喂，如果這種引擎的確存在，而且使用泥氫燃料，我猜你們假想的這種現象可能存在。不過實在扯得太遠了。」

「爲什麼？」陶倫德問。「製作過程似乎相當簡單。」

瑞秋點頭。「只須要一塊一億九千萬年的化石，用泥氫引擎排出的高熱廢氣烘一下，然後埋進冰雪裡。速成隕石。」

「觀光客大概會做這種事，」寇奇說，「航太總署科學家就不會吧！你們還沒解釋隕石球粒！」

瑞秋儘量回憶寇奇解說隕石球粒的成因。「你說隕石球粒的形成，是因爲太空中急速加熱、冷卻的作用，對吧？」

寇奇嘆氣說，「隕石球粒的形成，是石頭在太空中冷卻後，突然碰到超級高熱，進入半熔化的狀態——接近攝氏一千五百五十度。然後石頭必須在極快的瞬間冷卻下來，將液態的小泡泡硬化成球粒。」

陶倫德端詳著好友。「這個過程不可能發生在地球上嗎？」

「不可能，」寇奇說。「地球這行星沒有這種速冷速熱的溫差。這過程牽涉到核子超高熱和太空的絕對零度。這兩種極端在地球上根本找不到。」

瑞秋思索著。「至少在自然界中找不到。」

寇奇轉頭。「這話什麼意思？」

「加熱冷卻的過程，何以不能在地球上製造出來？」瑞秋問。「石頭可以先讓泥氫引擎燒灼，然後用超低溫冷凍庫急速冷凍。」

寇奇注視著她說，「人工製造的隕石球粒？」

「總是個想法。」

「是個荒謬的想法，」寇奇回應，秀出手上的隕石樣本。「妳大概忘記了吧？經過判讀，這些球粒有一億九千萬年的歷史，無庸置疑。」他的語調變得看不起人。「就我所知，謝克斯頓小姐，在一億九千萬年前，沒人使用泥氫引擎和超低溫冷凍箱。」

撇開球粒不談，陶倫德心想，證據越積越多。他已沉默數分鐘，因為瑞秋最新提出的假設深深令他苦惱。瑞秋的假設雖然大膽得站不太住腳，卻為陶倫德打開了各種思路，讓他的想法往新的方向延展。如果熔凝殼可以解釋得通……會因此導引出什麼其他的可能性？

「你怎麼不講話？」瑞秋在他身邊說。

陶倫德向她望一眼。一時之間，在座艙內低調的燈光中，他在瑞秋眼中看出一種溫柔，令他回想起席莉雅。他甩開往事，對瑞秋嘆氣表示疲倦。「喔，我只是在想……」

她微笑說，「在想隕石的事？」

「不然還能想什麼？」

「過濾所有證據，希望理解出還漏掉什麼？」

「大概吧。」

「有沒有什麼見解？」

「沒有。發現冰棚下面那道植入穴後，很多資料因此垮臺，我越想心情越糟。」

「層級式的證據好比紙牌搭成的小屋，」瑞秋說。「抽走最基本的前提之後，一切都會開始動搖起來。發現隕石的地點就是最基本的前提。」

有道理。「我一到米爾恩，署長就說隕石發現的地點是在三百年之久的冰層裡，結構密實，而且隕石的密度高出附近任何岩石，我一聽立刻認為證據確鑿，認定這塊石頭是太空掉下來的隕石。」

「我們其他人也這樣認爲。」

「中等的鎳含量雖然具有信服力，卻顯然不夠確定。」

「夠接近了，」寇奇在一旁說，顯然在偷聽。

「卻不夠確切。」

寇奇不情願地點頭默認。

「此外，」陶倫德說，「這種前所未見的太空蟲子，雖然怪異得嚇人，實際上卻可能只是遠古的深海甲殼類動物。」

瑞秋點頭。「而講到熔凝殼……」

「我不太想說，」陶倫德瞄向寇奇說，「不過照情況來看，負面的證據越來越超過正面的證據。」

「科學不是靠直覺來做研究，」寇奇說。「凡事要憑證據。這塊石頭的球粒絕對是隕石球粒。我贊同兩位的想法，我們看到的這一切確實令人深深感到不解，不過我們不能忽視球粒的存在。支持的證據確鑿，而反對的證據卻是間接證據。」

瑞秋皺眉。「這麼說，我們得到什麼結論？」

「沒有結論，」寇奇說。「球粒證明我們手上的東西是隕石。唯一的問題是，爲何有人把隕石從冰棚下面鑽進去。」

陶倫德想相信好友的邏輯健全，卻總覺得什麼地方不對勁。

「麥克，你好像不太服氣，」寇奇說。

陶倫德對好友嘆一口氣，神態疑惑。「我也不知道。剛才三個中兩個還不賴，寇奇，可是現在變成三個只中一個。我只是覺得我們遺漏了什麼。」

90

我被逮到了，克理斯・哈伯心想。他腦中浮現美國監牢的影像，脊背開始涼颼颼。*謝克斯頓參議員知道我對繞行極地掃描密度衛星軟體一事撒謊。*

繞行極地掃描密度衛星的克理斯・哈伯科長陪凱蓓兒・艾許回辦公室並關上門，這時他對航太總署署長的恨意逐秒俱增。哈伯剛理解到署長的騙局多深。署長除了強迫哈伯撒謊自稱修復衛星的軟體，顯然也設計了某種護身符，以免哈伯臨陣退縮，決定背離團隊精神行事。

侵佔公款的證據，哈伯心想。*要脅。非常狡猾。*畢竟，一個侵吞公款的人想抹黑美國太空史上最光榮的一刻，有誰會相信這種人？哈伯已目睹過署長費多大的心機來挽救航太總署，如今發表了化石隕石的新聞後，維持騙局的賭注更是扶搖直上。

哈伯繞著一張寬大的桌子踱步了幾秒，桌上擺著按比例縮製的繞行極地掃描密度衛星模型——圓柱形玻璃製品在反射罩內伸出幾根天線與鏡片。凱蓓兒坐下，深色的眼珠注視著，等待著。哈伯感到反胃，回想起那場記者會期間的感受。那一晚他的演技差勁，大家都問他怎麼了。他被迫再撒一謊，騙說他那晚身體不適，精神不濟，同事與媒體因此沒將他的失常放在心上，而且隨即忘掉這事。

如今他得到現世報了。

凱蓓兒・艾許的表情軟化。「哈伯先生，你的對手是署長，所以你未來非找上有力的搭檔不可。事到如今，謝克斯頓參議員可能是你唯一的朋友。我們先從衛星軟體的謊言開始談吧。把事情的原委告訴我。」

哈伯嘆氣。他知道現在是說實話的時候。當初早應該說出實話才對！「繞行極地掃描密度衛星的發射過程很順利，」他開始說。「最後衛星按照計畫，進入極地軌道，毫釐不差。」

凱蓓兒・艾許露出索然無味的神態。她顯然知道這一切。「繼續講下去。」

「後來出了毛病。我們準備開始尋找冰層中密度異常的地方，衛星上的偵異軟體卻失靈。」

「對。」

哈伯的語氣這時加快。「軟體本來能快速檢測好幾千英畝的資料，從中找出不符合正常冰層密度的冰區。軟體主要尋找冰層裡鬆軟的小地方，因爲冰層鬆軟是全球暖化的指標，不過如果碰上其他密度不正常的現象，軟體也會標識出來。原定計畫是讓衛星花幾星期掃描北極圈，找出密度異常的地方，以利我們測量全球暖化的現象。」

「可是，軟體如果運作不正常，」凱蓓兒說，「衛星等於是廢鐵一堆。航太總署這下子若想挑出冰層鬆軟的地方，必須以人工的方式檢查北極每一寸冰雪的影像。」

哈伯點頭，重溫程式失誤的惡夢。「人工檢查要花上幾十年。情況太糟了。就因爲我寫的程式出了一點錯，繞行極地掃描密度衛星基本上成了廢鐵。眼看大選要來了，謝克斯頓參議員又喜歡批評航太總署……」他嘆氣。

「你的失手，對航太總署和總統造成嚴重的打擊。」

「而且時機太不湊巧了。署長氣得直跳腳。我向他保證，可以在下一次太空梭出任務期間修好軟體，只須要調換裝有衛星軟體的晶片即可。可惜已經無濟於事了。他叫我回家休假——不過基本上我是被開除了。那是一個月前的事。」

「只不過，兩個禮拜前你卻上電視，宣布你已經找出補救的方法。」

哈伯的背駝了下去。「大錯特錯。那一天，署長緊急打電話找我，說事情有了轉機，我可能有機會將功贖罪。我馬上進辦公室見他。他要我召開記者會，向大家宣布我找出衛星軟體的補救方式，幾星期後就能分析資料。他說以後會再跟我解釋。」

「結果你同意了。」

「沒有，我拒絕同意！不過一個小時之後，署長回來我的辦公室，這次帶了白宮的總統資政！」

「什麼！」凱蓓兒對他的話大驚失色。「瑪喬俐．田奇？」

可怕的動物，哈伯邊想邊點頭。「她和署長要我坐下。他們告訴我，由於我個人的疏失，幾乎等於把航太總署和總統推向萬劫不復之地。田奇小姐告訴我，謝克斯頓參議員計畫開放航太總署民營。她說我虧欠總統和航太總署，必須設法挽回一切。然後她教我怎麼做。」

凱蓓兒傾身向前。「說下去。」

「瑪喬俐．田奇告訴我，白宮純靠運氣攔截到強大的地質證據，顯示米爾恩冰棚裡埋了一顆大隕石。體積是有史以來最大的隕石之一。那樣大的隕石對航太總署而言是重大發現。」

凱蓓兒怔住了。「等一下。你是說，在衛星發現隕石之前，已經有人知道隕石埋在下面了？」

「對。繞行極地掃描密度衛星跟隕石的發現完全無關。署長知道隕石的存在。他只給我方位，要我把衛星瞄準冰棚，假裝讓衛星發現隕石。」

「你在開玩笑。」

「他們要我加入這場騙局時，我的反應跟妳一樣。他們拒絕說出怎麼發現隕石，不過田奇小姐堅持說怎麼發現並不重要。她還一直說，這是我挽救繞行極地掃描密度衛星疏失的絕佳機會。如果我能假裝讓衛星找出隕石，航太總署就能稱讚衛星的斬獲有如久旱逢甘霖，也能替總統的選情加分。」

凱蓓兒震驚得麻木。「而且，你當然不能直接宣稱繞行極地掃描密度衛星偵測出隕石。你必須先宣布衛星的偵異軟體恢復正常。」

哈伯點頭。「所以才開記者會說謊。我是被他們趕鴨子上架的。田奇和署長手下不留情。他們提醒我，我讓所有人失望——總統資助了我的繞行極地掃描密度衛星計畫，航太總署花了幾年的心血籌備，現在卻被我程式的缺失毀於一旦。」

「所以你答應幫忙。」

「我沒有選擇餘地。不答應，我等於斷送自己的前途。反過來說，假如我當初沒有搞砸軟體，繞行極地掃描密度衛星絕對會自行發現那塊隕石。所以說，我當時認為撒這一點小謊無傷大雅。我告訴自己，反正再過幾個月，太空梭升空後軟體就能修好，所以開記者會只是提早宣布而已。我藉此來為自己的謊言找台階下。」

凱蓓兒吹出一聲口哨。「小小的謊言，讓自己沾上隕石的天大機會。」

談到這件事，哈伯就感到噁心。「所以……我就按照署長的指示召開記者會，宣布我替偵異軟體找出補救的方法，靜待幾天之後，再把繞行極地掃描密度衛星重新瞄準在署長說的隕石方位，然後再遵循正確報告層級，打電話給負責地球觀測系統的長官，向他報告繞行極地掃描密度衛星在米爾恩冰棚裡找到堅硬而高密度的異物。我也告知方位，並對他說這個異物的密度夠高，很可能是隕石。航太總署興奮之餘，趕緊派出一小隊人馬到米爾恩鑽取樣本。這時行動才列入機密。」

「這麼說來，在今天晚上之前，連你也不知道隕石裡面含有化石？」

「這裡沒有一個人知道。聽到消息後，我們全嚇呆了。這下子大家把我推崇為英雄，說我發現了外星生物的證明，而我卻不知道怎麼回應。」

凱蓓兒沉默了很長一段時間，以堅定的黑眼珠細看著哈伯。「可是，假如繞行極地掃描密度衛星沒有找到冰層下的隕石，署長怎麼知道隕石的存在？」

「另外有人搶先一步找到了。」

「另外有人？是誰？」

哈伯嘆氣道，「一個加拿大的地質學家，名叫查爾斯．卜洛菲，他在埃爾斯米爾島上做研究。據說他來到米爾恩冰棚做地質研究，以聲波探測冰層，碰巧發現了一塊看似隕石的東西。他用無線電呼叫，航太總署正好攔截到他傳送的訊息。」

凱蓓兒凝視著他。「功勞被航太總署搶走了，這個加拿大人不生氣嗎？」

「對，」哈伯說，感受到一陣寒意。「無巧不成書的是，他死了。」

91

麥克・陶倫德閉上雙眼，傾聽G４噴射引擎的運轉聲響。他已經心灰意冷，不願在返回華盛頓前再思考隕石的疑雲。根據寇奇的說法，隕石球粒是確鑿的證明；米爾恩冰棚裡的岩石只有可能是隕石。瑞秋原本希望在降落前能爲威廉・匹克陵找出結論，無奈她的推理實驗進行到球粒時卻像撞進死巷。隕石證據儘管可疑，看情況這塊隕石確實如假包換。

那就算了。

瑞秋顯然因剛才的海上驚魂記而飽受驚嚇。但陶倫德卻對她的韌性感到訝異。她現在已能專心眼前的問題——嘗試各種方法來解構或證實隕石的眞實性，也儘量評斷出誰想致他們於死地。

這一趟航程中，瑞秋多數時間坐在陶倫德旁邊的座位上。儘管處境艱難，陶倫德仍喜歡與她對話。幾秒鐘之前，她上洗手間去，現在陶倫德訝然發現自己居然想念著她。他心想自己多久沒想念過女人的陪伴——除了席莉雅之外的女人。

「陶倫德先生？」

陶倫德抬頭看。

駕駛將頭探進座艙。「你剛才說，進入貴船的電話範圍時通知一聲。如果你想連線的話，我現在可以幫你接通。」

「謝謝。」陶倫德步上走道。

進入駕駛艙後，陶倫德撥電話給船上的工作人員。他想告訴船員，他必須延後回船的時間一兩天。他當然無意透露自己遭遇到什麼麻煩。

電話鈴響了數次，陶倫德聽見接聽的是船上的整合通訊系統（SHINCOM）2100，暗暗稱奇，因爲電話錄音不是一般的專業招呼語，而是陶倫德的一位大聲公船員，是船上的耍寶大王。

「嗨呀，嗨呀，這裡是哥雅，」這人高聲說。「很抱歉，目前無人接聽，因爲我們全被超大型的虱子架走啦！不對，我們只是暫時上岸休假，慶祝麥克的凱旋之夜。哇塞，我們覺得好光榮！請留下你的姓名與電話號碼，也許我們明天酒醒後會回船。拜拜！ET加油！」

陶倫德笑了笑，已經開始懷念工作人員。他們顯然收看了記者會。他很高興船員上岸休假。總統來電之後他匆忙棄船而去，讓他們在海上枯等得快抓狂。雖然留言說大家全上了岸，陶倫德認定船上不可能無人留守。船定錨的海域洋流強勁，他們更不可能讓船鬧空城。

陶倫德按下密碼，以收聽船員留下的語音。線路嗶了一聲。一份留言。聲音仍是剛才那位大聲公。

「嗨，麥克，節目好精采！如果你聽到了這個留言，你大概正在參加白宮盛宴還抽空聽取留言，不知道我們全跑到哪裡去了。很抱歉，我們全跳船了，老兄，因爲今晚是沒酒無法慶祝的場合。別擔心，我們下錨的地點很安全，而且打開了門廊上的電燈。我們心底偷偷希望船被海盜劫走，這樣你只好讓NBC買條新船送你！開玩笑的啦，老哥，別擔心，潔薇雅答應留在船上固守城堡。她說她寧願自己靜一靜，也不願跟一群醉醺醺的魚販開派對。什麼鬼話嘛！」

陶倫德咯咯笑。聽見船上有人留守，不禁鬆了一口氣。潔薇雅爲人盡職，絕對不是喜歡飲酒狂歡的那一型。她是頗受尊重的海洋地質學家，素有直言不諱、誠實毒舌的風評。

「言歸正傳，麥克，」留言持續，「今晚太了不起了。你一定以身爲科學家爲榮，對不對？大家都說，這件事讓航太總署臉上有光。去他的航太總署！臉上更有光的人是我們啦！《海洋奇境》的收視人口今晚絕對會上升幾百萬點。你成了大明星，老兄。眞正大明星。恭喜你。幹得好。」

線上傳來低聲講話聲，然後留言人繼續講，「啊，對了，我剛才提到潔薇雅。她不希望你樂昏了頭，所以想嘮叨你幾句。換她來講。」

潔薇雅似剃刀的嗓音從答錄機傳來。「麥克，我是潔薇雅，你是上帝，才怪咧。因爲我實在太尊敬你，所以答應坐鎮你這艘遠古破船。老實講，能擺脫這群阿飛，我求之不得。虧你還稱呼他們是科學家。言歸正傳，除了照顧這艘船之外，因爲我身爲隨船嘮叨婆，工作人員要求我盡一切力量別讓你變成自大的混帳。我相信今晚過後，你不自大也難。不過啊，我得搶先告訴你，你的紀錄片出了一點小問題。你沒聽錯。很少犯錯的麥克．陶倫德吃了小NG。別擔心，全地球大概只有三個人會注意到，何況他們各個是龜毛型的海洋地質學家，各個缺乏幽默感。跟我有得比。不過你也知道人家怎麼稱呼我們這些地質學家──老是找碴（譯註：在此fault一語雙關，可指「錯誤」，也可指「斷層」）！」她哈哈笑。「言歸正傳，其實沒什麼，是有關隕石岩石學方面很小的一點。我提出來，只想掃一掃你的興。你可能會接到一兩通電話指正，所以我乾脆先通知你一聲，免得你到時回答的口氣像白痴。我們全知道你其實很鈍。」她再度哈哈笑。「言歸正傳，我不太喜歡狂歡，所以打算留在船上。別浪費力氣打電話找我了。我不得不讓答錄機接聽，因爲該死的媒體整晚打個不停。雖然你搞錯了一點，你今晚還是正港大明星。好了，等你回船上，我再跟你詳細說明。拜拜。」

留言到次爲止。

麥克．陶倫德眉宇深鎖。我的紀錄片有錯？

瑞秋．謝克斯頓站在G4的洗手間內，看著鏡中的自己，自認臉色蒼白，比自己想像來得虛弱。今晚的驚魂記讓她元氣大傷。她懷疑再過多久才能停止發抖，再過多久才敢再靠近海洋。她摘下美國海軍夏洛特號的小帽，讓頭髮飄散下來。好看多了，她心想，感覺這樣比較像自己。

瑞秋直視鏡中的眼睛，察覺出深沉的倦意，但在倦意的後方，她看出了決心。她知道這是母親遺傳給她的禮物。別任人擺布。瑞秋想知道母親是否看見今晚的情形。媽，有人想殺我。有人想殺掉我們全部……

一如過去數小時的情況，瑞秋的思緒再次逐條過濾名單。

羅倫斯．艾斯崇……瑪喬俐．田奇……札克理．賀尼總統。每人都有動機。而更令人心寒的是，個個有的是辦法。總統跟這事無關，瑞秋告訴自己。她敬愛總統遠勝過生父，因此緊抱著一絲希望，祈求總統在這場離奇事件中只是無辜的旁觀者。

我們仍找不出頭緒。

不知道是誰……不知道假設條件……不知道原因。

瑞秋本想替威廉．匹克陵找出答案，可惜截至目前爲止，她想盡辦法卻只提出更多疑問。

瑞秋走出洗手間後，她訝然發現陶倫德不在座位上。寇奇在附近打瞌睡。瑞秋四下觀望時，麥克從駕駛艙走出來，飛行員正掛上無線電電話。麥克兩眼圓睜，憂心忡忡。

「怎麼啦？」瑞秋問。

陶倫德以沉重的聲調轉述留言內容。

解說出錯？瑞秋認爲陶倫德是反應過度了。「大概沒什麼。她沒詳細指出是什麼錯嗎？」

「只說和隕石岩石學有關。」

「岩石結構嗎？」

「對。她說只有少數幾個地質學家會注意到這個錯。聽起來，不管我錯在哪裡，一定和隕石本身的成分有關。」

瑞秋急忙吸了一口氣，恍然大悟。「是球粒嗎？」

「不曉得，不過聽來好像是碰巧出錯。」

瑞秋同意。球粒是僅存的一件證據，能概括支持航太總署斷言這塊石頭是隕石的說法。

寇奇走過來，揉著眼睛。「什麼事？」

陶倫德向他說明緣由。

寇奇拉下臉，搖搖頭。「麥克，問題不是出在球粒啦。不可能。你的資料全是航太總署給的。也是我給的。挑不出毛病的。」

「除了球粒之外，我還可能搞錯什麼？」

「只有天知道。再怎麼說，海洋地質學家又怎麼懂球粒？」

「我不知道，不過她的頭腦精得很。」

「照情況來看，」瑞秋說，「我認為我們應該在報告匹克陵局長之前，先找這個女人談談。」

陶倫德聳聳肩。「我已經打了四次，接聽的都是答錄機。她大概人在船上的實驗室，什麼都沒聽到。最快要到明天早上才可能聽見我的留言。」陶倫德遲疑一下，看看手錶。「只不過……」

「只不過什麼？」

陶倫德以熱切的眼神凝視她。「妳認為向局長報告之前先找潔薇雅討論有多重要？」

「假設她對球粒的存在有意見的話，我認為非先找她談談不可。麥克，」瑞秋說，「目前我們蒐集到了各式各樣的矛盾資料。威廉・匹克陵這人習慣處理明確的答案。我們去找他的時候，我希望能端出實質的東西，讓他能根據這些東西來採取行動。」

「這樣的話，我們應該停留一下。」

瑞秋懷疑自己是不是聽錯。「停在你船上？」

「船就停在紐澤西州的海邊。幾乎就在前往華盛頓的路上。我們可以順路去找潔薇雅問個清楚。寇奇還留著隕石樣本，如果潔薇雅想做地質檢驗的話，船上的實驗室設備相當完善。大概不到一個小時，我們就能得到結論性的解答。」

瑞秋感覺到焦慮陣陣襲來。驚魂未定的她一想到必須再度面對海洋，不由得心慌起來。結論性的解答，她告訴自己，同時感受到這份可能性的誘惑。到時候，匹克陵絕對想要解答。

92

三角洲一號很高興重回堅實的地面。

極光飛機雖然只以一半的馬力飛行，而且繞了較遠的海路，卻在兩小時之內抵達終點，讓三角洲部隊好整以暇，擺出陣式，準備攻擊主官添加的對象。

在華盛頓特區郊外的一處隱密軍方跑道上，三角洲部隊留下極光，登上另一架交通工具。一架OH－58D凱歐瓦（Kiowa，北美印第安族。）戰士直升機正在待命。

主官再一次提供最精良的設備，三角洲一號心想。

凱歐瓦戰士原先設計爲輕型觀測直升機，後來經過「擴張並改良」，成爲軍方最新型的攻擊直升機。凱歐瓦配備了紅外線熱影像功能，使得機上的制導器／雷射測距儀能爲雷射導引精密武器提供自主標示作用。這類精密武器包括空對空刺針飛彈，以及AGM-1148地獄火飛彈系統。機上另外配備高速數位訊號處理器，可同步追蹤多重目標，數目最多可達六個。很少敵人有幸近看凱歐瓦，更少人能逃過一劫。

三角洲一號登上凱歐瓦的駕駛座，繫上安全帶，這時一股熟悉的權力感衝上心頭。他受訓時曾駕駛過這架飛機，而且曾三度駕機執行機密任務。當然，將準心對上美國官方人物，還是頭一遭。他必須承認的是，凱歐瓦是執行這項任務的不二機型。凱歐瓦使用勞斯萊斯－艾利森引擎以及半剛性雙槳，飛行時「靜音運作」，基本上表示地面的目標在直升機抵達正上方之前無法聽出動靜。由於凱歐瓦能在無光環境中盲目飛行，而且全身漆成單調的黑色，尾翼也未加上能反射光線的號碼，因此除非目標具備雷達設施，否則凱歐瓦等於是隱形飛機。

無聲的黑色直升機。

關於凱歐瓦的陰謀論層出不窮。有人聲稱無聲黑色直升機的入侵，證明了聯合國授權「新世界秩序衝鋒隊」出動。有人宣稱這些直升機是外星人的無聲探測工具。另外也有人看見凱歐瓦晚間以近距離隊形出動，將個別光點誤認是大型飛行物上的燈光，認定目擊了一架飛碟，而這架飛碟顯然具備垂直起降的能力。

又猜錯了。不過軍方喜歡這種誤導。

在最近一次祕密任務中，三角洲一號駕駛凱歐瓦，配備了最機密的美軍新科技——創意滿點的全息圖武器。這種武器的綽號是S&M，雖然想入非非的人會聯想到性虐待與被虐狂，S&M之名其實來自「煙與鏡」（譯註：smoke and mirrors，指「誤導」）。這種武器能向敵方的領空「投射」全息圖影像。凱歐瓦曾使用S&M的科技，將美國飛機的圖像投射到敵人地對空的設施上，敵方的地對空槍炮手恐慌之中，對著盤旋上空的魅影瘋狂掃射。等敵方耗盡了彈藥，美國才派出真正的戰機進擊。

三角洲一號與隊友自跑道升空，主官的話言猶在耳。*你們另有目標。*以這位新目標的身分而言，主官這話的口氣低調得荒謬絕倫。然而三角洲一號提醒自己，他無權質疑。他的小組接獲命令，必定會依上級指示的確切方式執行——儘管這種方式令人震驚。

但願主官確定這一步棋沒走錯。

凱歐瓦從跑道升空後，三角洲一號讓直升機往西南方前進。他見過羅斯福紀念碑兩次，但今晚是首度從空俯瞰。

93

「這塊隕石最先是由加拿大地質學家發現的？」凱蓓兒・艾許瞪大眼睛，訝然看著年輕程式設計師克理斯・哈伯。「而這個加拿大人已經死了？」

哈伯鬱悶地點頭。

「這事你知道多久了？」她質問。

「兩個禮拜。署長和瑪喬俐・田奇逼我開記者會說謊之後，他們算準了我不會反悔，所以跟我說出隕石眞正的發現經過。」

發現隕石的並非繞行極地掃描密度衛星！凱蓓兒不清楚這些線索有何作用，但她確定這是醜聞一樁。對田奇是壞消息。對參議員是好消息。

「就我剛才提到的，」哈伯說，這時語氣顯得陰沉，「能發現那塊隕石，其實是攔截到無線電訊號的功勞。妳聽過一個叫做INSPIRE的計畫嗎？全名是『互動式航太總署太空物理電離層無線電實驗』。」

凱蓓兒只有些許印象。

「基本上，」哈伯說，「INSPIRE設在北極附近，是一組非常低頻的無線電接收器，能監聽地球的聲響，比方說北極光發出的電漿波，或是雷雨時放出的寬頻脈衝，諸如此類。」

「嗯。」

「幾個禮拜前，INSPIRE的一台無線電接收器無意間收到埃爾斯米爾島傳來的訊號，來源是一個加拿大地質學家，以低得出奇的頻率來呼救。」哈伯停頓一下。「事實上，他的頻率低到幾乎沒人收得到，唯一有希望聽見的只有航太總署的極低頻接收器。我們推斷那個加拿大人是想長波通訊。」

「什麼？」

「以最低限度的頻率來廣播，希望得到最大值的傳輸距離。別忘了，他人在荒郊野外；以標準的頻率來傳輸的話，可能傳不夠遠。」

「他的訊號怎麼說？」

「他傳輸的訊號很簡短。他說他在米爾恩冰棚上進行聲波測定冰層的工作，結果偵測到冰雪裡具有密度超高的異常物體，懷疑可能是巨大的隕石，動手測量時卻受困風雪中。他報告方位，請求外界將他救出風雪，接著他就關機。航太總署的監聽站從圖勒派出飛機去救他，找了好幾個鐘頭，最後找到了他，發現他偏離了路徑幾哩，連人帶雪橇和狗跌進冰縫裡摔死了。看來他是想逃避風雪，結果天氣惡劣到看不清方向，所以岔開了路徑失足掉進冰縫裡。」

凱蓓兒出神咀嚼著這份資訊。「所以說，航太總署突然發現了一塊別人不知道的隕石？」

「沒錯。諷刺的是，假使我的軟體運作正常，繞行極地掃描密度衛星也能找到同一顆隕石，而且提早加拿大人一個禮拜。」

箇中的巧合讓凱蓓兒遲疑不語。她開口說，「被埋了三百年的隕石，幾乎在同一個禮拜被發現兩次？」

「就是嘛。的確有點古怪，不過科學有時就是這樣。不是豐年祭就是大饑荒。重點是，署長認爲隕石本來就應該是我們發現的——如果我的軟體沒出錯的話。他還告訴我，因爲那個加拿大人死了，我只要將繞行極地掃描密度衛星對準他傳出求救訊號的方位就可以，沒人知道內情。接著我可以假裝是自行發現隕石，我們也可以在丟臉失誤後撿回一點面子。」

「所以你就照做了。」

「我說過，我別無選擇。我搞砸了任務。」他停頓一下。「話說回來，晚上我聽到總統召開記者會，發現我假裝發現的隕石居然含有化石……」

「你傻眼了。」

「那還用說？差點倒在地上了！」

「你認不認爲，署長在要求你假裝繞行極地掃描密度衛星發現隕石前，就知道隕石含有化石了？」

「他怎麼能未卜先知，我無法想像。在航太總署派出第一組人趕到之前，隕石一直埋在冰雪下沒被碰過。我只能猜測，航太總署本來沒概念底下埋的是什麼東西，後來派出小組到北極鑽洞拍X光照片才分析出來。他們要求我瞎掰繞行極地掃描密度衛星修好了，認爲挖出大隕石總算是中等的斬獲。後來他們到了北極才發現這項發現有多麼重大。」

凱蓓兒情緒亢奮，呼吸急促起來。「哈伯博士，你願不願意作證指出航太總署和白宮強迫你對衛星軟體一事撒謊？」

「我不知道。」哈伯面露恐懼。「我不敢想像出面作證會對航太總署……或對這項發現造成什麼傷害。」

「哈伯博士，你和我都知道，這塊隕石不管怎麼發現的，都算是重大發現。重點是，你對美國大眾說謊，他們有權知道繞行極地掃描密度衛星並沒有航太總署說的那麼神。」

「我不知道。我鄙視署長，不過我的同事……他們是好人。」

「而且他們有權知道自己被矇騙了。」

「至於對我不利的侵吞公款證據呢？」

「你不必操心了，」凱蓓兒說，差點忘記最初的花招。「我會告訴參議員，你對侵佔公款的事情毫無所知，就說是有人想陷害你吧，是署長設計的護身符，以免被你爆出繞行極地掃描密度衛星的內幕。」

「參議員能保護我嗎？」

「百分之百保護。你什麼事也沒做錯。你只是聽命行事而已。再怎麼說，有了你剛才說出了加拿大地質學家的事，參議員大概根本懶得提侵佔公款的醜聞了。我們可以把焦點全部集中在航太總署針對繞行極地掃描密度衛星發現隕石一事放出假訊息。參議員一旦爆出加拿大人率先發現隕石的事，署長就不敢冒險以謊話抹黑你的人格。」

哈伯仍難掩憂慮。他沉默下來，嚴肅地考慮出路。凱蓓兒讓他靜思片刻。她回想到剛才的對話內容另有一件令她苦惱的巧合。她本來不打算提起，但這時看得出需要再推哈伯博士最後一把。

「哈伯博士，你養狗嗎？」

他抬頭看。「妳說什麼？」

「我只是覺得很怪。你剛才說，加拿大地質學家以無線電傳送隕石方位後不久，雪橇狗就盲目跌進冰縫裡？」

「當時颳起風雪。他們偏移了路線。」

凱蓓兒聳聳肩，表現出疑心。「是嗎……好。」

哈伯顯然察覺出她欲言又止。「妳想說什麼？」

「我不知道。這項發現，好像巧合的地方太多了。加拿大地質學家傳輸隕石方位時，用的無線電頻率只有航太總署收得到？然後他的雪橇狗就盲目跌下懸崖？」她停頓一下。「你顯然瞭解，這位地質學家的死，為整個航太總署的斬獲鋪好了路。」

哈伯臉上的血色盡失。「妳認為署長願為這塊隕石殺人。」

政治高層。大筆經費，凱蓓兒心想。「先讓我去找參議員商量，我會再聯絡的。這裡有沒有後門？」

凱蓓兒・艾許留下臉色蒼白的克理斯・哈伯，由消防樓梯間下樓，來到航太總署後方的一條無人巷。計程車載來更多前來航太總署慶功的人之後，她招手攔下一輛。

「西卜魯克巷豪華公寓，」她告訴司機。她即將讓謝克斯頓參議員的心情好上加好。

94

答應陪同上船後，瑞秋的心情七上八下。她站在G4駕駛艙門口附近，從駕駛艙拖出一條無線電傳輸接收器的電線，儘量在座艙對話，以免讓駕駛聽見。寇奇與陶倫德在一旁觀看。雖然瑞秋與國偵局的匹克陵局長計畫不以無線電通訊，一切等到降落華府近郊的波凌空軍基地再談，但以她現在取得的資訊，她確定匹克陵會想立刻聽見。她撥了局長的機密專線手機。這支手機他隨身攜帶。

威廉．匹克陵接聽後以公事公辦的口吻說，「千萬謹言愼語。我無法保證本線無洩密的可能。」

瑞秋能瞭解。匹克陵的手機如國偵局多數供外勤直撥的電話，都能顯示來電有無遭竊聽之虞。由於瑞秋使用的是無線電電話，屬於現今最不安全的通訊方式之一，匹克陵的手機已提出警訊。通話內容必須含糊。不准指名道姓。不能說出地點。

「我的嗓音告知我的身分。」瑞秋用的是在此種狀況下的標準外勤問候語。她冒著被竊聽的風險以無線電聯絡匹克陵，本以爲匹克陵會不高興，但匹克陵的口氣聽來不帶怒意。

「好，我本來正想主動聯絡妳。我們需要改變方向。我擔心到時可能會有人去接機。」

瑞秋突然心生畏懼。*有人正在監視我們*。她能聽出匹克陵語調中的危機意識。*改變方向*。她此通電話的目的正想要求改變方向，匹克陵知道後一定很高興，儘管改變方向的理由截然不同。

「有關眞實性的問題，」瑞秋說。「我們一直在討論，可能有辦法一概證實或否定。」

「太好了。狀況有了最新發展，至少到我展開行動的時候有所依據。」

「想證明的話，必須中途短暫停留。我們之一能接觸到實驗設施——」

「請勿說出確切地點。為了你們自身安全著想。」

瑞秋無意利用此線路廣播計畫。「可以替我們安排在GAS-AC降落嗎？」

匹克陵沉默了片刻。瑞秋知道他正在理解中。GAS-AC是國偵局內部的汲思縮寫文，意思是「海岸防衛隊之小組航空站，大西洋城」。瑞秋希望局長能破解這個晦澀的暗語。

「可以，」他最後說。「我來安排。是你們的終點站嗎？」

「不是。降落後，我們還需要直升機接送。」

「到時候會有飛機待命。」

「謝謝你。」

「我建議你們在狀況明朗化之前謹慎行事。不可對任何人透露。你們提出的疑點，已經讓有權勢的一方產生嚴重關切。」

田奇，瑞秋心想。她但願記者會前能直接聯絡到總統。

「我目前在車上，正要和女主角見面。她要求在第三地私下會晤。見面後應該能取得很多資訊。」

匹克陵正要開車去見田奇？田奇如果拒絕在電話上明講，內容肯定非常重要。

匹克陵說，「別和任何人討論最後方位。也別再以無線電聯絡。懂了沒？」

「是的，長官。我們一小時之後會抵達GAS-AC。」

「我會安排交通工具。等你們抵達最後目的地，可以透過更保密的管道聯絡我。」他遲疑一下。「保密極為重要，事關你們的人身安全。你們今晚招惹到權力很大的敵人。請謹慎行事。」匹克陵掛斷電話。

瑞秋結束連線，轉向陶倫德與寇奇，情緒緊繃。

「改變目的地？」陶倫德說，熱切期待答案。

瑞秋點頭，內心卻不情願。「哥雅。」

寇奇嘆氣，低頭看了一眼手上的隕石。「我還是無法想像航太總署怎麼可能……」他越說越小聲，表情逐秒變得更爲擔憂。

謎底很快就能揭曉，瑞秋心想。

她走回駕駛艙，將無線電收發機放回原位。她望向駕駛艙玻璃外，只見月光中翻滾的雲層在飛機下方奔騰。她產生不祥的預兆，認爲大家不會喜歡即將在陶倫德船上發現的事實。

95

威廉·匹克陵駕著轎車行駛在理斯博格路上，感覺到一股很不尋常的孤寂。時間將近凌晨兩點，公路上車輛寥寥無幾。他已經很久沒有這麼晚開車出門了。

瑪喬俐·田奇的沙啞嗓音仍在他腦海中回響。到羅斯福紀念碑來見我。

匹克陵儘量回想上一次與瑪喬俐·田奇面對面的情景。與她見面向來令人不舒服。那是兩個月前的事了。地點在白宮。田奇與匹克陵同坐在橡木長桌，兩人正對面坐著，與會人士包括來自國家安全委員會、參謀首長聯席會、中情局等代表，也包括賀尼總統與航太總署署長。

「各位先生，」中情局的局長當時面對瑪喬俐·田奇說，「本人再次向各位督促政府正視航太總署不斷製造的洩密危機。」

這份呼籲並沒有讓在場人士特別驚訝。航太總署的保密漏洞在情治圈已是老掉牙的話題。開會兩天前，航太總署一架地球觀測衛星拍攝到的高解析度相片中，有超過三百幀被入侵航太總署資料庫的駭客竊走。這些相片不巧顯示美軍位於北非的機密訓練設施，最後流落到黑市，被中東敵國的情報單位買下。

「儘管航太總署用意良善，」中情局局長語帶倦意說，「卻持續對國家安全造成威脅。簡而言之，我國航太總署研發出資訊與科技後，並沒有保護這些財產的能力。」

「我知道，」總統回應，「最近的確屢次出現疏失，洩漏了後果嚴重的機密，我對此深感心痛。」他朝對面一臉嚴峻的署長羅倫斯·艾斯崇示意。「我們正再度研商如何強化航太總署的保密措施。」

「恕我不敬，」中情局局長說，「無論航太總署如何改革保密措施都無濟於事，因爲航太總署的運作仍在美國情治圈範圍之外。」

此話引發與會人士不安的騷動。人人知道接下來要討論什麼話題。

「就各位所知，」中情局局長繼續說，語調犀利了不少，「美國處理敏感情資的所有政府單位——軍方、中情局、國安局、國偵局——全由嚴格的保密規定管制，全部單位必須遵守嚴謹的法律，必須隱藏各單位研發出的科技與採集到的資料。軍方與情治圈目前使用的最先進航太科技、照相技術、飛行航器、軟體、偵察、與電訊科技，最大部分由航太總署這單位包辦，本人再次請教各位，爲何航太總署置身在保密傘之外？」

總統深深嘆了一口氣。局長的提議很明顯。重建航太總署成為美國軍情圈的一部分。雖然過去部分單位也遭受過類似的重建，賀尼拒絕考慮讓航太總署接受國防部、中情局、國偵局等軍事單位的資助。國家安全委員會內部也出現歧見，許多委員傾向支持情治圈。

在這樣的開會場合，羅倫斯．艾斯崇向來不展笑顏，這一天他也不例外。他向中情局的局長投射惡毒的眼光。「局長，我寧可冒著講老話的風險也要指出，航太總署研發的科技屬於非軍事的學術應用。如果情治圈希望將本署的太空望遠鏡對準中國，恕航太總署無法聽命行事。」

中情局局長快氣炸了。

匹克陵主動接觸羅倫斯．艾斯崇的眼神，順勢插嘴。「署長，」他說。他小心讓語調保持平穩，「每年航太總署跪在國會前求錢。航太總署可運用的經費過少，因此任務屢次失敗，付出慘痛的代價。如果我們能將航太總署納入情治圈內，航太總署再也不需要向國會求援。貴署將由機密預算資助，經費將大幅提高，創造雙贏的局面。航太總署將有合理運作的經費，情治圈也能就此心安，因爲航太總署的科技獲得了保護。」

艾斯崇搖搖頭。「原則上，我無法贊同航太總署被一筆畫入情治圈。航太總署的宗旨是研究太空科學，跟國家安全扯不上關係。」

中情局的局長站了起來，而這是總統仍就座時從來無人做出的舉動。沒有人制止他。他低頭怒視著航太總署的署長。「你是說，你認爲科學跟國家安全無關？署長，拜託，科學和國家安全是同義詞啊！由於我國在科學與科技方面具有優勢，才能保障國家的安全。無論我們樂不樂見，航太總署都在研發科技方面扮演越來越吃重的角色。可惜的是，貴署的保密措施有如篩子，一次又一次證明保密工作既疏且漏！」

會議室鴉雀無聲。

這時航太總署署長起立，定睛注視抨擊他的對手。「所以局長的建議是，把航太總署兩萬名科學家統統關進密不透風的軍方實驗室裡，逼他們替你賣命？你眞的認爲，如果不是因爲本署的科學家秉持個人熱情，渴望探索太空奧祕，航太總署就能憑空研發最新太空望遠鏡嗎？航太總署之所以能做出亮麗的突破，原因只有一個——本署員工想更深入瞭解宇宙。他們是一群夢想家，從小凝視著星空，自問天外有什麼東西。熱情和好奇心才是促使航太總署日新月異的原動力，不是取得軍事優勢的期望。」

匹克陵清清喉嚨，柔聲發言，儘量降低會議桌周圍的氣溫。「署長，我確定局長的本意不是延攬航太總署科學家來打造軍事衛星。貴署的成立宗旨不會改變。航太總署的運作維持不變，不同的是經費會增加，保密能力也能提高。」匹克陵說完轉向總統。「保密的成本高昂。與會人士當然瞭解航太總署頻頻洩密是經費不足的結果。因爲經費捉襟見肘，航太總署一有成果不得不自吹自擂、在保密措施方面便宜行事、與外國聯手執行計畫以分攤成本。本人提議讓航太總署維持現有的優秀機制，純科學，不碰軍事，預算卻大幅提高，保密措施也可以做到某種程度。」

國家安全委員會的幾位委員紛紛點頭默許。

賀尼總統慢慢站起來，直盯著威廉．匹克陵，顯然不高興匹克陵主宰了全場。「局長，我問你一句話：航太總署希望未來十年登陸火星。如果切開機密預算的一大塊分給火星計畫，而這項任務對國家安全沒有直接利益，情治圈會做何感想？」

「有了機密預算，航太總署就能爲所欲爲。」

「胡說八道，」賀尼斷然回應。

眾人的揚起視線。賀尼總統很少講粗話。

「忝爲總統至今，如果硬說我學到了什麼，」賀尼高聲說，「就是明瞭到控制錢包的人也控制方向。我拒絕讓航太總署的財源和宗旨互異的單位掛鉤。如果讓軍方決定航太總署什麼樣的任務可行，航太總署到時候能進行多少純科學研究，我就很難想像了。」

賀尼以雙眼掃視會議室。慢慢地，若有所指地，他讓僵化的眼神返回威廉‧匹克陵臉上。

「局長，」賀尼嘆氣說，「航太總署與國外太空單位進行合作計畫，你因此心懷不滿，目光短淺得令人心痛。現在至少有美國跟中國和俄羅斯聯手共創新局。地球和平的願景，不是憑軍事力量就能促成的，而是需要各國政府暫時拋開歧見，攜手合作。到頭來，航太總署的合作任務在推廣國家安全的作用，其實超過任何造價十億的間諜衛星，而且還替未來創造出更美好的願景。」

匹克陵感覺內心深處的怒火直湧而上。一個政客竟敢用這種損人的口氣對我講話！賀尼的理想主義在會議室裡聽來悅耳，在眞實世界中卻會害人送命！

「局長，」瑪喬俐‧田奇插話，彷彿察覺匹克陵即將情緒失控，「我們知道你失去了一個女兒。我們知道這事涉及你的個人恩怨。」

匹克陵只聽見她語氣中的輕蔑意味。

「不過請局長別忘記，」田奇說，「白宮目前擋下了大批投資人。他們希望政府開放太空民營。如果你能讓我發表意見，我認爲航太總署儘管失誤連連，卻一向是情報圈的好朋友。你們大概全該慶幸才對。」

駛過公路路肩的跳動路面時，匹克陵的思緒被蹦回現在。他的交流道快到了。逐漸接近華盛頓特區的交流道時，他經過被撞死路邊的血淋淋一頭野鹿。他產生異樣的遲疑……卻仍繼續向前行駛。

他有約在身。

96

羅斯福紀念碑是全美最大的紀念碑之一，周圍是公園、瀑布、雕塑像、涼亭和盆地，主體則分為四座戶外展示區，分別代表羅斯福總統的四個總統任期。

距離紀念碑一哩之外，單獨行動的凱歐瓦戰士直升機逼近，飛越市區上空，減弱飛行燈光。由於華盛頓的政要與媒體工作人員陣容浩大，直升機翱翔天空的景象如禽鳥南飛一樣尋常。三角洲一號知道只要凱歐瓦遠遠避開「防護罩」——以白宮為圓心的半圓形空域——應該不會引來太大的注意。此次任務是快去快回。

來到漆黑的羅斯福紀念碑附近而非正上方，凱歐瓦放慢速度，高度是兩千一百呎，三角洲一號讓直升機在原地盤旋，查看方位。他望向左邊，看見三角洲二號正在使用夜視望遠系統。接近綠色的影像顯示紀念碑入口車道，附近杳無人跡。

現在他們將守株待兔。

這次行動不是悄聲暗殺。殺害某些人時必須殺得轟轟烈烈。無論聲張的方法為何，事後必然引發迴響。調查。偵訊。在這種情況下，最好的掩護即是大量製造噪音。爆炸、火災、煙霧，都能將現場布置成某種宣言，讓局外人首先聯想到外國恐怖行動。目標是高官時尤其如此。

三角洲一號瀏覽著夜視鏡的畫面，下面的紀念碑由樹木遮蓋住。停車場與進入紀念公園的道路空無一人。很快就來了，他心想。這次私會的地點雖然在都會區，凌晨時分卻幸好荒涼寂靜。三角洲一號將視線移開螢幕，轉向自己的武器操縱板。

地獄火系統是執行今晚任務的上等武器。地獄火是由雷射光導引的反裝甲飛彈，具備「射後不理」的功能。射擊目標可由雷射光點標示，而雷射光可發自地面觀測者、其他飛機或攻擊飛機本身。今晚，地獄火飛彈將透過桅頂觀測儀中的雷射制導器自我引導。凱歐瓦的制導器一旦以雷射光柱在目標上「塗色」，地獄火飛彈便可自控行進路線。由於地獄火可從地面或空中發射，今晚發射後不一定會引起飛機攻擊的聯想。除此之外，地獄火是黑市軍火商的熱門槍炮，因此刑調勢必將苗頭指向恐怖分子。

「轎車，」三角洲二號說。

三角洲一號瞄向螢幕。一輛外形普通的黑色豪華轎車出現在入口車道上，時間分毫不差。這種車是大型公家單位大批購入的典型車。一進入紀念公園，車主熄滅車頭燈。轎車繞了幾圈後在樹叢附近停下。三角洲一號觀察螢幕，隊友則見望遠夜視鏡對準駕駛座的車窗。幾秒後，車主的臉孔登上畫面。

三角洲一號迅速吸了一口氣。

「證實目標，」隊友說。

三角洲一號看著夜視螢幕，上面是致命的十字準心，他覺得自己像對準皇室成員的狙擊手。證實目標。

三角洲二號轉向左邊的航空電子設備箱，啟動雷射制導器並瞄準，兩千呎下方的轎車頂出現針頭般的光點。車主看不見異狀。「目標上色了，」他說。

三角洲一號深呼吸。發射。

機身下方響起尖銳的嘶聲，畫出淡薄得無法辨識的一道光，往地面直竄。一秒之後，地面停車場的轎車轟然起火，發出眩目的強光，扭曲的金屬四散紛飛。幾個著火的輪胎滾入樹林。

「完成暗殺行動，」三角洲一號說著已經駕駛直升機加速遠離現場。「撥給主官。」

不到兩哩之外，札克理·賀尼總統正準備就寢。總統「官邸」的窗戶裝的是聚碳酸酯防彈玻璃，足足有一吋厚，因此完全聽不見爆炸聲。

97

大西洋城的海岸防衛隊小組航空站，設於該市國際機場內的休斯聯邦航空署技術中心的保密區。海防小組的責任區是阿斯伯里帕克至五月角的大西洋沿海。

飛機降落跑道時機輪摩擦出尖聲，震醒了瑞秋・謝克斯頓。這條單一跑道擠在兩棟佔地遼闊的倉庫之間。瑞秋發現自己剛才居然睡著了，這時睡眼惺忪地查看手錶。

凌晨兩點十三分。她感覺好像連睡了幾天。

她身上蓋了一條暖和的機上毛毯，有人細心替她蓋緊。麥克・陶倫德這時也在她身邊醒來，對她露出疲憊的微笑。

寇奇蹣跚自走道後方走來，看見兩人時皺起眉頭。「可惡，你們怎麼還在這裡？我醒來的時候希望今晚只是惡夢一場。」

瑞秋完全能體會他的心情。我即將重回海上。

飛機滑行到最後停下來，瑞秋與另外兩人步下階梯，踏上空曠的跑道。夜空雲層密布，但海邊的空氣感覺厚重而溫暖。與埃爾斯米爾島比較起來，紐澤西州感覺像熱帶。

「往這裡走！」有人高呼。

瑞秋與其他兩人轉身，看見海岸防衛隊外形傳統的鮮紅HH－65海豚直升機在附近待命。一名身穿全套飛行裝的飛行員正對他們揮手，身後是機尾鮮明的白色條紋。

陶倫德以佩服的眼光向瑞秋點頭。「妳的老闆一把罩喲。」

這還算小意思，她心想。

寇奇洩了氣。「沒吃晚餐就要上路啦？」

飛行員向大家打招呼，協助三人上直升機，不過問姓名，只講客套話並解說安全措施。匹克陵顯然對海岸防衛隊耳提面命過，這一趟任務不准對外公開。儘管匹克陵保密到家，瑞秋看得出三人的身分只隱藏了數秒鐘；飛行員睜大眼睛，多看電視名人麥克·陶倫德一眼，難掩追星族的神情。

在陶倫德身邊繫好安全帶時，瑞秋已經開始緊張。頭上的馬特拉航太引擎嘶吼啓動，海豚直升機三十九呎長的螺旋槳原本癱軟無力，此時開始水平轉動，模糊成一團銀光，嗚咽聲轉爲呼號，然後從跑道上起飛攀爬至夜空中。

駕駛艙裡的飛行員轉頭大喊，「上級指示說，升空後你們會說出目的地。」

陶倫德向飛行員道出方位，地點是目前位置東南方的外海，航程大約三十哩。

他的船距離海邊十二哩，瑞秋心想，不寒而慄。

飛行員在導航系統裡輸入方位，然後在原地坐定，加足油門。直升機向前傾斜，往東南方轉彎。紐澤西海邊的漆黑沙丘從直升機下方溜去，瑞秋這時將視線移開逐漸開展的黑沉沉海面。雖然她擔心再度回到海上，她仍儘量安慰自己，畢竟有將海洋視爲終身朋友的陶倫德陪伴身邊。陶倫德緊貼著她坐在狹窄的駕駛艙裡，大腿與肩膀互相摩擦。兩人都沒有變動姿勢的意思。

「我知道我不應該講這種話，」飛行員突然口沫橫飛地說，彷彿興奮得隨時會爆炸，「你是麥克·陶倫德，一看就知道。我想說的是，我們整晚都在看你的節目！*隕石*！不可思議透頂了！你一定被愣住了吧！」

陶倫德耐著性子點頭。「愣得說不出話。」

「紀錄片拍得好精采！你知道嗎，電視台播了再播。晚上值班的飛行員沒人願意出這趟任務，因爲大家都想一直看電視，可惜我抽中了最短的一根籤。衰斃了！最短的一根籤吶！所以就由我出動啦！如果我的弟兄知道我載的居然是——」

「多謝你的接送，」瑞秋插嘴，「麻煩你一件事，別把我們的事說出去。我們搭直升機的事不能讓別人知道。」

「沒問題，小姐。我接到的命令非常明確。」飛行員遲疑一下，接著表情開朗起來。「嘿，我們該不會要往哥雅去吧？」

陶倫德不情願地點頭。「對。」

「哇靠！」飛行員驚呼。「抱歉。對不起。我在你節目上看過哥雅。雙體船，對不對？外表奇異的怪獸！我從沒登上過以SWATH（小水面雙體船）設計的船。作夢也沒想到第一次就坐上你那一艘！」

瑞秋儘量將他的話隔絕在外，航向外海讓她的心情越來越不安。

陶倫德轉向她。「妳沒事吧？妳剛才可以留在岸上的。我跟妳說過了。」

我的確應該留在岸上，瑞秋心想，但她清楚自己的自尊心太高。「沒關係了，謝謝你關心，我沒事。」

陶倫德微笑說，「我會好好照顧妳的。」

「謝謝，」瑞秋說。陶倫德的語調帶有一股暖意，讓她心情安篤不少，她感到驚奇。

「妳在電視上看過哥雅了吧？」

她點頭。「造型很……呃……很有意思。」

陶倫德笑了。「是啊。在她出生的那個年代，她屬於極端先進的原型，可惜這種設計一直沒流行起來。」

「我也想不透爲什麼，」瑞秋開玩笑，一面想像著怪異的船身輪廓。

「NBC現在逼我改用一艘比較新型的船。那一艘嘛……大概比較風光，比較性感吧。再過一兩季，他們會逼我跟哥雅分手。」陶倫德語帶憂鬱。

「送你一艘全新的船，你難道不喜歡？」

「我也不知道……我在哥雅上留下了很多回憶。」

瑞秋溫柔微笑。「這個嘛，我媽以前常說，遲早我們全都得放手，讓過去的過去。」

陶倫德注視著她的雙眼良久。「對，我知道。」

98

「可惡，」計程車司機邊說邊回頭看凱蓓兒。「看樣子前面出了車禍。哪裡也去不了。暫時無法移動了。」

凱蓓兒望向窗外，看見警車的旋轉燈刺穿夜色。幾名警察站在前方的路面，攔下國家廣場周遭的交通。

「這車禍一定大得不得了，」司機說，一面朝羅斯福紀念碑附近的火焰示意。

凱蓓兒皺眉看著閃閃火光。偏偏這麼不湊巧，她必須向謝克斯頓參議員報告繞行極地掃描密度衛星與加拿大地質學家的內幕。她懷疑航太總署胡謅發現隕石的醜聞是否分量夠重，能否替謝克斯頓的選情注入強心針。或許救活不了多數政治人物，她心想。但塞爵克·謝克斯頓不同。因爲他這場選戰主打敵方的缺失。

對手在政壇若不愼走錯一步，謝克斯頓參議員擅長舉起道德的大旗加以撻伐，這種做法凱蓓兒未必能認同，但參議員的做法確能立竿見影。謝克斯頓的絕招是含沙射影，表演得義憤塡膺，或許能將航太總署這個局部小謊渲染成爲人品問題，而這種問題染遍了航太總署上下——間接牽扯到總統。

車窗外，羅斯福紀念碑的火勢似乎高升，波及附近部分的樹木，而消防車現在才趕來滅火。計程車司機打開收音機，開始選台。

凱蓓兒嘆著氣，閉上眼睛，疲憊感如浪潮般朝她席捲而來。她初抵華府時，曾經夢想以政治爲終身職業，也許有朝一日能前進白宮。然而，目前的她感覺已受夠了一輩子的政治氣——與瑪喬俐·田奇的對決、她與參議員的淫穢照片、航太總署的諸多謊言……

電臺新聞播報員提到汽車炸彈，推測可能是恐怖行動。

我非離開華盛頓不可，遷居華府至今，凱蓓兒首度興起搬家的念頭。

99

主官鮮少感覺疲倦，但這一天的發展令他心力交瘁。每件事都跳脫預期目標——冰層下面的植入穴被發現、保住這項祕密的困難重重、如今傷亡名單越來越長。

原本不應該犧牲人命……除了那個加拿大人之外。

反諷的是，整個計畫中，技術上最困難的部分反而問題最小。幾個月前完成的植入工程，過程毫無瑕疵。異物植入定位之後，接下來就等繞行極地掃描密度衛星發射升空。衛星預定掃描北極圈的廣大區域，遲早衛星上的偵異軟體會查出隕石，送給航太總署一份大禮。

而該死的軟體卻失靈。

主官得知偵異軟體失靈，在大選之前毫無修復的機會，整項計畫因此陷入危機。沒有繞行極地掃描密度衛星，隕石便無從被偵測出來。主官不得不另想辦法，以神不知鬼不覺的方式將隕石的存在通報給航太總署。這個方式是在植入穴一帶找到一名加拿大地質學家，逼他以無線電傳出緊急訊號。基於明顯的原因，加拿大地質學家必須立刻滅口，死因布置成意外。將無辜的地質學家扔出直升機只是開端。現在的狀況急轉直下。

明衛立。娜拉・曼葛。雙雙殞命。

甫發生在羅斯福紀念碑的刺殺行動。

即將列入死亡名單的是瑞秋・謝克斯頓、麥克・陶倫德與馬林森博士。

別無他法了，主官心想，一面打壓著內心逐漸高漲的悔恨。這事牽涉到太多利害關係。

100

海防隊的海豚直升機距哥雅仍有兩哩，以三千呎的高度飛行，這時陶倫德對著飛行員高喊。

「機上有沒有裝『夜視系統』？」

飛行員點頭。「我們屬於搜救小組。」

陶倫德早已料想到。「夜視系統」是雷神（Raytheon）的海洋熱影像顯示器，能在黑夜中找出海空難的倖存者。在一片漆黑的海面上，落水人頭部散發出的熱度能在螢幕上顯出紅點。

「打開來，」陶倫德說。

飛行員糊塗了。「爲什麼？有人失蹤了嗎？」

「沒有。我想讓大家看一個東西。」

「飛這麼高，熱影像顯示不出什麼東西，除非海面的漏油燒起來。」

「先打開再說吧，」陶倫德說。

飛行員以奇怪的表情看了他一眼，然後調整幾個旋鈕，啓動直升機底下的熱感應鏡頭，搜尋前方三哩寬的海面。儀表板一個液晶螢幕亮起來，影像逐漸聚焦。

「天啊！」飛行員吃驚得縮了一下，直升機因此往前猛衝了一會兒。他凝視著螢幕。

瑞秋與寇奇的上身靠向前去，以同等訝異的神情看著影像。背景是漆黑的海面，中間卻亮起巨大旋渦，脈動著紅光。

瑞秋帶著忐忑不安的心轉向陶倫德。「看起來像颶風。」

「是颶風沒錯，」陶倫德說。「是暖流形成的颶風。直徑大約半哩。」

海防飛行員驚奇地咯咯笑。「好大一坨。這種東西我們偶爾會看到，不過我還沒聽過這一個。」

「上個禮拜才升到海面，」陶倫德說。「大概只能再撐個幾天。」

「成因是什麼？」瑞秋問。對海洋裡產生巨大的洋流旋渦她無法理解。

「岩漿丘，」飛行員說。

瑞秋轉向陶倫德，神色警覺。「是火山嗎？」

「不是，」陶倫德說。「一般而言，東岸沒有活火山，不過偶爾會有一小團岩漿不乖，從海床下面鑽出來，形成『熱點』。熱點出現後，導致水溫出現反常的下熱上冷現象，最後形成這種巨大的旋渦，叫做『地幔熱柱』，原地打轉了兩個禮拜後慢慢消散。」

飛行員看著液晶螢幕上脈動的旋渦。「看起來這一個的後勁很強。」他停頓一下，查看陶倫德船的方位，接著驚訝地回頭看。「陶倫德先生，看樣子你把船停在很靠近旋渦中心的地方。」

陶倫德點頭。「靠近旋渦眼的地方，洋流稍微慢一點。時速十八浬。就像在流速比較快的河流下錨一樣。這個禮拜，我們的錨鏈吃了不少苦。」

「天啊，」飛行員說。「時速十八浬的洋流？可別跌下船喲！」他笑著說。

瑞秋笑不出來。「麥克，你剛才沒提到地幔熱柱、岩漿丘、熱流的狀況。」

他一手放在瑞秋膝蓋上，請她安心。「絕對安全啦，相信我。」

瑞秋皺眉。「這樣看來，你正在拍的這一輯紀錄片，主角是岩漿丘造成的現象？」

「地幔熱柱和八鰭丫髻鮫。」

「對喔。你不久前提過。」

陶倫德露出欲語還羞的微笑。「八鰭丫髻鮫喜歡溫水，現在方圓一百哩的每一條全聚集過來，在直徑一哩的圓圈裡游泳。」

「帥。」瑞秋不安地點頭。「對了，八鰭丫髻鮫是何方神聖？」

「海裡最醜的魚。」

「比目魚嗎？」

陶倫德笑著說，「鎚頭雙髻鯊（great hammerhead shark）。」

瑞秋在他身邊僵住了。「你的船四周繞滿了鎚頭雙髻鯊？」

陶倫德眨一眼說，「放輕鬆嘛，牠們不危險啦。」

「你這樣講，表示牠們一定很危險。」

陶倫德咯咯笑。「妳說的大概有道理。」他以調皮的態度向飛行員高喊。「嘿，你們一定救過被鎚頭雙髻鯊攻擊的人吧？距離上一次有多久了？」

飛行員聳聳肩。「哇咧。已經好幾十年沒碰過了。」

陶倫德轉向瑞秋。「看吧。幾十年。沒啥好擔心的。」

「就在上個月啊，」飛行員接著說，「有個浮潛的白痴在海上撒餌，結果被攻擊——」

「等一等！」瑞秋說。「你不是說，幾十年沒救過人了嗎？」

「是啊，」飛行員回答。「我說的是得救。我們趕到的時候通常晚了一步。那些混帳一口就能咬死人。」

101

從空中俯瞰，哥雅的輪廓逐漸在海平面上閃現。距離半哩遠時，陶倫德能看出甲板上亮著燈。明智的船員潔薇雅故意不關燈。他一看見燈火，立刻感覺像是旅途困頓的遊子正開進自家車道。

「你不是說船上只有一個人？」瑞秋說。看見船上燈火通明，她顯得訝異。

「妳一人在家的時候，難道不留一盞燈嗎？」

「一盞燈。我才不會打開整棟房子的燈。」

陶倫德微笑。儘管瑞秋試圖藉說笑減輕負擔，他仍看得出她對置身海上感到極度憂心。他想一手摟住她讓她寬心，但他知道再怎麼說也沒用。「開燈是以策安全。讓這艘船顯得有人在活動。」

寇奇咯咯笑。「麥克，是害怕碰上海盜吧？」

「才不。在海上最怕碰上的是不會看雷達的白痴。爲了避免被一頭撞上，最保險的方法是確定別人看得見你的船。」

寇奇瞇眼向下看著燈光明亮的船。「怕人家看不見？你的船簡直像嘉年華遊輪在慶祝除夕。不用說，一定是NBC替你付電費。」

海岸防衛隊的直升機減速，然後繞過明亮的大船，飛行員開始前進船尾的降落場。即使從空中看，陶倫德仍可看出狂流扯動著船體支柱。哥雅的錨自船首下垂，船身被拖得對準洋流，粗大的錨鏈制住船身，讓整艘船形同被套上鏈條的野獸。

「這船眞的好正點，」飛行員笑著說。

陶倫德知道飛行員在挖苦他。哥雅其實很醜。一位電視人的評語是「醜八怪」。這種SWATH全世界只有十七艘，怎麼看也稱不上養眼。SWATH是「小水面雙體船」的縮寫。

這艘船基本上是個巨大的平臺，水平漂浮在海面上方三十呎，底下有四根巨大的支架，支架下面則連接著浮橋。從遠方看，哥雅看似低矮的鑽油臺。近看的話，哥雅活像踩著高蹺的平臺船。船員寢室、研究實驗室與導航橋全設在層層結構之上，乍看之下讓人覺得宛如海面漂浮著巨大的咖啡桌，桌上散放著多層式建築。

儘管外觀缺乏流線，哥雅的設計卻因大幅減少水線面積而提高穩定度，在懸空的平臺上錄影時效果較佳，實驗時也比較輕鬆，科學人也比較不會暈船。雖然NBC對陶倫德施壓，逼他收下新船，但他婉拒了電視網的好意。沒錯，比哥雅更好更穩定的船多得是，但他以哥雅爲家將近十年之久。在這艘船上，他強忍喪妻之慟重新振作起來。有時晚上他來到甲板上，仍能聽見風中吹送著席莉雅的聲音。假如幽靈消失了，或等到幽靈終於散去了，陶倫德才肯考慮換一艘船。

現在還不是時候。

直升機終於在船尾甲板上降落後，瑞秋．謝克斯頓緊張的心情舒解了一半。好消息是，她不必在海面上飛行了。壞消息是，她現在正站在海面上。她的雙腳不住顫抖，她儘量站穩腳步，踏上甲板，四下張望著。甲板出奇地擁擠，特別是因爲直升機停在降落場上。她將視線移往船首，然後停在船上的主體上——難看的疊層式建築。

陶倫德緊靠著她站立。「是啊，」他提高音量說，希望壓過狂潮的聲響。「上電視後看起來比較大。」

瑞秋點頭。「而且也比較安穩。」

「這是海上最安全的船隻之一。我發誓。」陶倫德一手搭在她的肩膀上，帶著她走過甲板。他手心的暖意比任何言語更具安撫瑞秋的效果。儘管如此，她望向船尾時，看見身後的洋流翻滾而去，彷彿船身正在全速航行。我們停在地幔熱柱上面，她心想。

來到後甲板最前區的中央，瑞秋瞧見一台眼熟的崔頓單人潛艇，垂掛在大型絞盤下。這艘潛艇以希臘海神為名，與鋼鐵外殼的前身艾爾文截然不同。崔頓的前端是壓克力半球體，整體看起來像個圓形的大金魚缸，倒比較不像潛水艇。駕著這種潛艇可潛入海底數百呎，臉與海洋之間僅隔一片透明壓克力板，瑞秋一想到立刻直打哆嗦，不太想得出有什麼其他事更值得害怕。當然，根據陶倫德的說法，搭乘崔頓時唯一不舒服的階段是下水之前——由絞盤緩緩放下，穿越甲板的活板門，如鐘擺般垂掛在海面以上三十呎。

「潔薇雅大概在實驗室裡，」陶倫德說著穿越甲板。「往這邊走。」

瑞秋與寇奇跟著陶倫德橫越船尾甲板。海防飛行員留守在直升機上。他接到再三叮囑，不准使用無線電。

「過來看看，」陶倫德在船尾的欄杆旁站住說。

瑞秋以猶豫的腳步挨近欄杆。他們站的位置非常高。距離水面足足有三十呎，瑞秋卻仍可感覺到自海面上升的熱氣。

「水溫大概和熱水澡差不多，」陶倫德在海流聲中扯開喉嚨。他伸向欄杆上的一個按鈕箱。「注意看喲。」他打開一個開關。

一道寬闊的弧形光線從船後方的海水裡照耀，將海水照得猶如池底打燈的游泳池。瑞秋與寇奇同聲驚呼。

船四周的海水到處是鬼影。在明亮的水面下方短短幾呎，一群群水亮的深色動物與洋流平行游動，鐵鎚形的怪頭在水裡前後搖擺，彷彿隨某種史前韻律打著節拍。

「天啊，麥克，」寇奇結結巴巴說。「讓我們看這個，眞好心。」

瑞秋全身僵住了。她想向後遠離欄杆卻無法動彈。她被眼前驚人的一幕嚇得手足無措。

「不可思議，對不對？」陶倫德說。他一手再次搭在她的肩膀上安慰她。「牠們會在溫水裡徘徊幾個禮拜。這些傢伙的鼻子靈敏度在海中無人能比，因爲牠們的端腦嗅球特別發達。一哩外的血都嗅得出來。」

寇奇露出狐疑的神色。「端腦嗅球特別發達？」

「不相信是吧？」陶倫德探進旁邊的鋁櫃中，開始翻找東西，片刻之後拖出一小條死魚。「太理想了。」他從冷凍櫃裡取出刀子，在死魚身上劃了幾道，魚屍開始滴血。

「麥克，拜託你行不行，」寇奇說。「好惡心咧。」

陶倫德將血淋淋的死魚扔下船。魚屍墜落三十呎，碰觸水面的瞬間，六七條鯊魚一擁而上，猛烈纏鬥成一團，一排排銀牙狂咬血淋淋的魚身。只過了幾秒，死魚已經不見蹤影。

瑞秋看得瞠目結舌，轉頭注視陶倫德。陶倫德手裡已經拿來另一條魚。同一種類。大小相仿。

「這一次沒血，」陶倫德說。他沒有切開死魚就扔進海裡。死魚嘩啦掉入水中，卻不見動靜。鎚頭雙髻鯊似乎沒有注意到。當作誘餌的死魚隨洋流漂去，完全引不起興趣。

「牠們只靠嗅覺來攻擊，」陶倫德說著帶大家離開欄杆。「事實上，在這裡游泳的話絕對安全——條件是身上不能有任何傷口。」

寇奇指著自己臉頰上的縫線。

陶倫德皺眉說，「沒錯，游泳沒你的分。」

102

凱蓓兒・艾許的計程車動彈不得。

計程車停留在羅斯福紀念碑附近的路障前，凱蓓兒望向遠處的救援車輛，感覺彷彿超現實的濃霧覆蓋整個市區。電臺記者這時報導，爆炸的車輛上可能載有政府高官。

她取出手機撥給參議員。謝克斯頓無疑開始擔心爲何凱蓓兒去了那麼久沒消息。

電話忙線中。

凱蓓兒看著計程車的跳錶，皺眉起來。有些困在路障前的車輛開始轉上人行道，掉頭去尋找替代道路。

司機回頭看。「妳想不想等下去。跳錶跳的是妳的銅板。」

凱蓓兒現在看到來了更多官方的車輛。「別等了。我們掉頭吧。」

司機悶哼了一聲表示同意，開始以彆扭的身手分階段轉彎。計程車蹦上人行道時，凱蓓兒再試一次謝克斯頓的電話。

仍忙線中。

幾分鐘後，計程車繞了一大圈來到C街。凱蓓兒看見哈特辦公大樓進入眼簾。她本來打算直接去參議員的公寓，但既然辦公室這麼近……

「靠邊停車，」她脫口對司機說。「就在這裡。謝謝。」她指著大樓。

計程車停下來。

凱蓓兒付清跳錶上的車資，多給十元。「可以等我十分鐘嗎？」

司機看著鈔票，然後看看手錶。「時間一過，我就走人。」

凱蓓兒匆忙走開。我只要五分鐘。

參議院辦公大樓的大理石走廊空無一人，在夜闌人靜的此時幾乎有如空墳。凱蓓兒的肌肉緊縮，快步穿越三樓入口處，兩旁羅列的陰鬱雕像宛如正夾道對她施以鞭刑。雕像的石眼似乎隨著她移動，彷彿沉默的哨兵。

抵達謝克斯頓參議院的五房廳辦公套房大門時，凱蓓兒插入鑰匙卡。祕書廳點著微弱的燈光。她穿越前廳，走上前往她辦公室的走廊。進了辦公室後，她打開日光燈，直接大步走向檔案櫃。

與航太總署地球觀測系統相關的資料，她收集了一整個檔案，其中包括許多有關繞行極地掃描密度衛星的資訊。待會兒她向謝克斯頓說出哈伯吐露的內情後，謝克斯頓絕對需要立刻惡補此衛星的大小細節。

航太總署在繞行極地掃描密度衛星一事上說謊。

凱蓓兒以手指翻動檔案，手機這時響起。

「參議員嗎？」她接聽。

「不對，凱妹，我是尤蘭達。」好友的嗓音帶有不尋常的力道。「妳還在航太總署嗎？」

「不對。在辦公室。」

「在航太總署有沒有查出什麼線索？」

說出來妳一定不信。凱蓓兒知道，在向謝克斯頓報告之前不能先向尤蘭達透露；向謝克斯頓報告之後，他能明確理解出一套運用這項資訊的最佳手段。「等我先跟謝克斯頓報告後再跟妳談。我馬上過去他家。」

尤蘭達遲疑了一下。「凱妹，我們剛才不是聊到謝克斯頓的競選經費和太空拓荒基金會的事嗎？」

「我不是說我搞錯了，而——」

「我們有兩個航太記者，我剛從他們那裡得知他們一直在調查類似的內幕。」

凱蓓兒驚住了。「結果呢？」

「我不知道。這兩個記者很厲害，他們好像相信謝克斯頓拿了太空拓荒基金會的錢。我只是覺得應該通知妳。我知道我剛才叫妳別胡思亂想。瑪喬俐・田奇這個消息來源好像不太可靠，不過我們新聞部這兩個記者……我不知道，妳去見參議員之前最好找他們瞭解一下。」

「如果他們那麼確定，為何不報導出來？」凱蓓兒這話的自我防衛語氣超出她的預期。

「他們還沒有具體證據。參議員顯然很懂得消滅線索。」

多數政客都一樣。「再找也找不到證據啦，尤蘭達。我跟妳講過，參議員承認收下太空拓荒基金會的捐款，不過獻金的數字都沒超過上限。」

「凱妹，我知道那是他給妳的說法，我也不敢自稱知道誰是誰非。我只是認為不得不打電話給妳，因為我剛才叫妳別相信瑪喬俐・田奇，而現在我又發現除了田奇以外，有人也認為參議員可能收受賄賂。就這麼簡單。」

「這兩個記者叫什麼名字？」凱蓓兒感覺一股莫名怒火開始悶燒。

「不能明講。我可以安排你們見面。他們很聰明。他們瞭解競選經費法……」尤蘭達遲疑一陣。「妳知道，他們真的相信謝克斯頓正愁沒錢花——甚至已經破產了。」

在寂靜的辦公室中，凱蓓兒隱約聽見田奇以沙啞嗓音指控的回音。凱瑟琳去世後，謝克斯頓浪費掉她遺產的大半，拿來胡亂投資，貪圖個人享受，似乎還在總統初選時砸錢買下必勝的保證。根據六個月前的資料顯示，妳的候選人已經一文不值了。

「我們的記者想訪問妳，」尤蘭達說。

想得美，凱蓓兒心想。「我會再打給妳。」

「妳好像在生氣。」

「尤蘭達，生氣的話，也不是針對妳。我從來不對妳生氣。謝了。」

凱蓓兒掛斷手機。

謝克斯頓參議員位於西卜魯克的公寓走廊上，警衛正在椅子上打盹兒，這時被手機鈴響驚醒。他趕緊在椅子上坐直，揉揉眼睛，從休閒西裝口袋抽出手機。

「喂？」

「歐文，我是凱蓓兒啦。」

謝克斯頓的隨扈認得她的嗓音。「噢，嗨。」

「我必須向參議員報告一件事。能不能麻煩你去幫我敲門？他的電話忙線。」

「時間有點晚了。」

「他沒睡。我很確定。」凱蓓兒的語氣焦躁。「這事很緊急。」

「又是急事？」

「同一件事。歐文，讓他講電話，我有件事非問他不可。」

隨扈邊嘆氣邊起身。「好啦，好啦。我去敲門就是了。」他伸伸懶腰，往謝克斯頓的家門走去。「不過我這樣做，只是因為他很高興我剛才讓妳通關。」他不情願地舉拳正要敲門。

「你說什麼？」凱蓓兒質問。

隨扈的拳頭停在半空中。「我說啊，參議員很高興我剛才讓妳進去。妳說的沒錯。他一點也不在意。」

「你跟參議員講過那件事了？」凱蓓兒語帶驚奇。

「是啊。那又怎樣？」

「沒有，我只是沒想到……」

「其實啊，過程是有點怪。參議員花了兩三秒才記得妳在場。大概哥兒們多喝了幾杯。」

「歐文，你們兩個什麼時候談到這事？」

「就在妳離開之後。什麼地方不對勁了？」

她沉默片刻。「沒……沒事。沒什麼。噢，對了，我現在倒覺得還是先別打擾參議員。我再試試看他家的電話，要是運氣不好，我再撥給你，請你再幫我敲門。」

隨扈翻翻白眼。「隨便妳囉，艾許小姐。」

「謝了，歐文。抱歉打攪到你。」

「沒關係。」隨扈切掉手機，癱回椅子上繼續昏睡。

凱蓓兒單獨在自己辦公室裡，靜靜站了幾秒才按掉手機。謝克斯頓知道我進了他的公寓……他卻連提也沒跟我提到？

今晚原本飄渺又詭異的氣氛，現在變得更加混沌。凱蓓兒回想到她在ABC時接到參議員的來電。參議員不打自招，說出他與太空公司的代表見面，收受獻金，其態度之坦白令凱蓓兒啞然。他的誠實挽回了凱蓓兒的心。甚至令她覺得慚愧。如今看來，參議員的告白其實距離高尚差了十萬八千里。

小額獻金，謝克斯頓當時說。百分之百合法。

倏然間，凱蓓兒曾對謝克斯頓參議員懷抱的疑慮似乎又一古腦全數冒出來。

辦公大樓外，司機按著喇叭。

103

哥雅的駕駛艙是樹脂玻璃密室，位於主甲板以上兩層。置身這裡，瑞秋擁有三百六十度的景觀，可看遍周遭陰暗的海面，但她只消看一眼就急躁煩惱，趕緊假裝沒看見，將心思轉向手邊要務。

她叫陶倫德與寇奇去找潔薇雅，自己則準備聯絡匹克陵。她答應過局長，一抵達目的地後立刻撥電話聯絡，而她也急著想知道局長與瑪喬俐・田奇見面時取得的消息。

哥雅的SHINCOM 2100數位通訊系統是瑞秋瞭若指掌的通訊平臺。她知道如果通話時間儘量縮短，通訊內容應該不會遭竊聽。

撥完匹克陵的專線號碼後，她握住SHINCOM 2100的聽筒貼近耳朵，等著局長接聽手機。她本以爲鈴響第一聲後匹克陵會立即接聽。但鈴響只是一聲接一聲。

六聲。七聲。八聲……

瑞秋望向陰暗的海面，原本就有海上恐懼症的她苦等不到局長，因此更加心亂如麻。

九聲。十聲。快接啊！

她踱著步，等待。出了什麼事？這支手機分秒不離匹克陵一步，而且他也明確請瑞秋打電話給他。

響了十五聲後，她掛上聽筒。

她的憂慮逐漸升高，拿起聽筒再撥一次。

四聲。五聲。

他去哪裡了？

最後，線路喀嚓一聲接通。瑞秋感到如釋重負，輕鬆的心情卻曇花一現。沒有人接聽。線路上無聲。

「哈囉，」她打招呼。「局長？」

三次喀嚓聲快速傳來。

「哈囉？」瑞秋說。

線路上爆出電子雜音，衝得瑞秋的耳朵難受，只好拉開聽筒。雜音陡然停止。這時她聽見一連串快速起伏的脈動聲，每響間隔半秒。瑞秋聽得一頭霧水，旋即恍然大悟。緊接而來的是恐懼。

「可惡！」

她急轉回駕駛艙上的操控面板，將聽筒摜回原位，切斷連線。她被嚇得呆了數秒鐘，懷疑自己是否掛得夠快。

兩層甲板之下是哥雅的實驗室，裡面作業空間寬廣，以長長的櫃檯與工作臺區隔，塞滿了電子儀器——海床剖面儀、洋流分析儀、水槽、排煙櫃、可供人進出的標本冷藏庫、個人電腦，以及一疊分類紙箱，裝著研究資料與維持一切正常運作的備用電子器材。

陶倫德與寇奇入內時，哥雅的隨船地質學家潔薇雅正蹺著腳看電視，音量開得很大，連頭也懶得轉。

「你們是不是把啤酒錢花光了啊？」她半轉頭嚷嚷，顯然以為回來的是同船工作人員。

「潔薇雅，」陶倫德說。「是我，麥克。」

地質學家潔薇雅轉身過來，包裝三明治咬了一口後硬嚥一半下去。「麥克？」她結巴起來，顯然因看見他而驚訝。她站起來，減低電視音量，然後邊嚼邊走過去。「我還以為幾個男生去酒吧續攤完後回到船上。你回來做什麼？」潔薇雅體型粗壯，皮膚黝黑，嗓音尖銳，帶有一種暴躁易怒的神態。她朝電視的方向示意。電視正重播陶倫德在實地製作的隕石紀錄片。「你在冰棚上待不住是吧？」

出了一點事，陶倫德心想。「潔薇雅，妳一定認得出寇奇・馬林森吧。」

潔薇雅點頭。「幸會，馬林森博士。」

寇奇直盯她手上的三明治不放。「看起來很好吃。」

潔薇雅投以怪異的眼神。

「我聽到妳的留言，」陶倫德對潔薇雅說。「妳說我的報導出錯，是吧？我想找妳談一談。」

地質學家潔薇雅凝視著他，尖聲笑了出來。「你趕回來，爲的就是這件事？哎呀，麥克，看在上帝的分上，我跟你講過了，沒什麼大不了嘛。我只是逗一逗你啦。航太總署顯然給了你舊資料。無關緊要啦。說實在話，全世界大概只有三四個海洋地質學家注意得到你的疏忽！」

陶倫德屏息說，「這個疏忽，該不會跟隕石球粒有關吧？」

潔薇雅大吃一驚，臉色轉爲蒼白。「我的天啊。已經有地質學家打電話給你了？」

陶倫德的背駝了下去。是球粒沒錯。他看看寇奇，然後將視線轉回海洋地質學家。「潔薇雅，妳對球粒的所知有多少，一五一十全告訴我。我講錯了什麼？」

潔薇雅盯著他看，顯然這時才察覺出他的態度正經八百。「麥克，眞的沒什麼啦。我不久前在地質學期刊上看過一小篇論文，你用不著這麼緊張吧。」

陶倫德嘆氣說，「潔薇雅，這話聽起來雖然很怪，不過妳今晚知道的越少越好。我只要求妳把妳對球粒的所知全解說來聽聽，然後請妳替我們檢驗一份岩石樣本。」

潔薇雅露出迷惘的神色，對於陶倫德不願分享機密的說法微微感到不悅。「好吧，我去拿那篇論文。在我的辦公室裡。」她放下三明治，朝門口走去。

寇奇對著她背後大喊。「剩下的可以給我嗎？」

潔薇雅站住，以不敢置信的語氣說，「你想吃我吃剩的三明治？」

「是啊，我是在想，如果妳——」

「想吃三明治，自己去弄一個。」潔薇雅走出門。

陶倫德咯咯笑著，指向實驗室另一邊的標本冷藏庫。「寇奇，最下面一層，在薩布卡香甜酒和烏賊囊中間。」

在外面的甲板上，瑞秋從駕駛艙走下陡峭的階梯，跨步往直升機降落場走去。海防隊飛行員正在打瞌睡，但瑞秋一敲駕駛艙他立刻坐直。

「講完啦？」他問。「動作眞快。」

瑞秋搖搖頭，情緒焦躁。「你可以做海面和空中雙重掃描嗎？」

「當然可以。半徑十哩。」

「請你打開雷達。」

飛行員一臉疑惑，彈開了兩個開關，雷達螢幕應聲亮起，掃描指針懶洋洋繞著圈。

「有沒有東西？」瑞秋問。

飛行員讓指針繞完幾圈，調整了幾個鈕，繼續觀察。全無動靜。「有兩艘小船在範圍之外，離我們很遠，而且是背對著我們航行。我們四周沒有動靜。四面八方好幾哩的海面一片空曠。」

瑞秋．謝克斯頓嘆了一口氣，只不過她並未因此感到特別寬慰。「幫我一個忙，如果你看見有人靠近的話——船也好，飛機也好——可以馬上通知我一聲嗎？」

「那當然。一切都還好吧？」

「還好。我只是想知道附近有沒有人。」

飛行員聳聳肩。「小姐，我會看好雷達的。如果出現亮點，我會第一個通知妳。」

瑞秋走向實驗室，感官微微刺痛。走進實驗室後，發現只有寇奇與陶倫德兩人，正站在電腦螢幕前大嚼三明治。

寇奇滿口食物對她高呼。「想吃什麼？魚腥雞肉、魚腥香腸，還是魚腥雞蛋沙拉？」

瑞秋幾乎沒聽見。「麥克，儘快查明這事然後下船，前後要花多少時間？」

104

陶倫德在實驗室踱步，與瑞秋、寇奇等著潔薇雅回來。球粒的消息幾乎與瑞秋聯絡匹克陵未果的消息同樣令人苦惱。

局長沒有接聽電話。

而且有人想以脈衝的方式偵測哥雅的位置。

「放輕鬆，」陶倫德對兩人說。「我們很安全。海防飛行員正在監視雷達，如果有人朝我們的方向過來，他可以預先通報我們。」

瑞秋點頭贊同，只不過她仍坐立難安。

「麥克，這個是什麼鬼東西？」寇奇指著Sparc電腦的螢幕說。螢幕顯示一個迷幻而不祥的影像，不斷脈動、翻攪，彷彿是生物。

「都卜勒洋流剖面儀，」陶倫德說。「是本船底下海水溫差的剖面圖。」

瑞秋凝視著螢幕說，「我們在那東西的上面下錨啊？」

陶倫德不得不承認畫面確實嚇人。螢幕上，奔騰的水面是一層略呈藍色的綠色，但是越往下看，顏色漸次轉爲猙獰的紅橙色，代表溫度增加。畫面最下面代表距離海面超過一哩，而在接近海底的地方，海床正上方盤旋著一個血紅似颶風的旋渦。

「那個叫做地幔熱柱，」陶倫德說。

寇奇嘟噥著說，「看起來像水中龍捲風。」

「原理相同。海水通常越靠海底越冷，密度也越高，不過這裡卻正好相反，深海被加溫了，密度變小，所以往海面上升。這個時候，海面的水比較重，所以向下衝，形成巨大的螺旋以填補熱水上升留下的空間。最後我們就看見海面形成排水孔似的海流。大旋渦。」

「海床上那個大包包是什麼？」寇奇指著平坦寬闊的海床。在海床上，有個半圓形的大突起物，形如氣泡。正上方是旋轉中的旋渦。

「那座小山是岩漿丘，」陶倫德說。「是岩漿想從海床底下鑽出來的地方。」

寇奇點頭。「就像大痘痘一樣。」

「可以這樣說。」

「破掉的話呢？」

陶倫德皺眉，回想著一九八六年著名的地幔熱柱現象。當年在胡安・德富卡（*Juan de Fuca*）海脊附近，突然一口氣湧出了幾千噸的岩漿，溫度高達攝氏一萬兩千度，幾乎瞬間強化熱柱的強度，導致旋渦迅速向上擴充，而表面的海流也因此加速。接下來發生的事，陶倫德無意在今晚告訴寇奇與瑞秋。

「大西洋的岩漿丘不會爆發，」陶倫德說。「岩漿丘上面的冷水有持續冷卻的作用，加強地殼的硬度，讓岩漿安穩地裹在厚厚的一層岩殼下面。最後下面的岩漿會冷卻，旋渦也會跟著消失。地幔熱柱通常沒有危險性。」

寇奇指向擺在電腦附近的一本破雜誌。「照你這麼說，《科學人》（*Scientific American*）雜誌登的是小說囉？」

陶倫德看了封面後眉頭皺了一下。顯然有人從哥雅的科學雜誌檔案館拿出一本舊雜誌：一九九九年二月號的《科學人》。封面出自畫家，描繪了一艘超級油輪被捲進漏斗狀的大旋渦而失控。標題寫著：地幔熱柱——來自海底深處的大殺手？

不屑一看的陶倫德大笑。「完全沒有關聯。那篇文章談的是地震帶的地幔熱柱。幾年前流行這種假設，用來解釋船隻爲何在百慕達三角洲失蹤。嚴格說來，如果海床發生某種天崩地裂的地質現象——這附近從來沒發生過——岩漿丘會裂開，旋渦會大到足以……呃……你也知道……」

「我們才不知道咧，」寇奇說。

陶倫德聳聳肩。「上升到海面來。」

「太棒了。眞慶幸你請我們上船。」

潔薇雅拿著一些紙張走進來。「在欣賞地幔熱柱嗎？」

「是啊，」寇奇語帶譏諷。「麥克剛才跟我們解說，如果那座小山裂開了，我們全會被旋渦捲進排水口。」

「排水口？」潔薇雅冷冷一笑。「比較像被天下最大的馬桶沖走吧。」

在哥雅的甲板上，海防隊直升機駕駛監看著EMS（緊急事故處理系統）雷達螢幕。身爲救援小組的飛行員，他見過不少恐懼的眼神；瑞秋・謝克斯頓要求他盯緊前進哥雅的不速之客時，神態絕對是驚恐無比。

她認為會出現什麼不速之客？他納悶著。

就飛行員所能看見之處，東南西北十哩內的海空範圍內，全看不到超乎尋常的現象。有一艘漁船在八哩外。偶爾一架飛機劃過雷達區的邊緣，然後飛出範圍，目的地不詳。

飛行員嘆氣，這時改望向哥雅四周洶湧的海水。感覺彷彿置身陰陽魔界——下了錨後船卻仍全速航行。

他將視線移回雷達螢幕監看。提高警覺。

105

在哥雅上，陶倫德介紹潔薇雅與瑞秋互相認識。隨船地質學家潔薇雅看見實驗室裡陣容浩大的名人，表情更加不解。除此之外，瑞秋急著想化驗結果後儘快下船，顯然更讓潔薇雅感到不安。

慢慢來，潔薇雅，陶倫德向她表示。我們需要搞清楚所有疑問。

潔薇雅這時以硬邦邦的嗓音說，「麥克，你在紀錄片裡說，石頭裡的那些小小的金屬包體只可能在太空形成。」

陶倫德已感覺到憂慮引發的地震。球粒只在太空形成。航太總署是這樣告訴我的。

「可是，根據我作的筆記，」潔薇雅說著舉起手上的紙張，「實際上並不盡然。」

寇奇猛瞪她，「事實就是事實！」

潔薇雅以臭臉回敬寇奇，揮揮手上的筆記。「去年德魯大學有個年輕地質學者，名叫里．坡洛克，他使用一種新型的海洋機器人深入太平洋的海底，到馬里亞納海溝採集地殼的樣本，結果挖出一塊石頭，裡面含有他從沒見過的地質特徵。這種特徵表面上類似隕石球粒。他把這種東西稱呼爲『斜長石壓力包體』。這種金屬小泡泡的成因，顯然是在深海受到擠壓後重新均質化的後果。坡洛克博士很訝異自己在海岩裡發現金屬小泡泡，因此推出一套獨特的理論來解釋成因。」

寇奇咕噥著說，「不解釋也不行嘛。」

潔薇雅假裝沒聽見。「坡洛克博士斷言，這塊石頭在超級深海的環境受到極度壓力，原有的成分因此產生變化，允許部分不同種類的金屬融合。」

陶倫德思忖著。馬里亞納海溝深達七哩，是地球上眞正有待探索的地區之一，只有少數幾個機器人曾經冒險深入，而多數早在觸底之前就已經被壓垮。海溝的水壓極大，高達每平方吋一萬八千磅，相對而言，海面的壓力僅有十四磅。海洋學家對這道最深的海床瞭解仍少之又少。「所以說，這個姓坡洛克的人認爲馬里亞納海溝能讓岩石產生球粒狀的東西？」

「他的理論極爲冷門，」潔薇雅說。「事實上，他一直沒有正式在期刊上發表這套理論。我也只是碰巧在網路上看見。上個月我爲了研究接下來這一輯地幔熱柱的節目，找資料解釋液體和岩石之間的互動關係，結果發現了坡洛克的個人筆記。不然的話，我也不會正好知道。」

「這套理論從沒發表過，」寇奇說，「因爲太荒唐了。要形成球粒，沒有高熱是不行的。水壓絕對不可能重組岩石的晶體結構。」

「其實啊，」潔薇雅頂撞回去，「壓力碰巧是促成地球上地質變化最大的一項因素。有沒有聽過一種叫做變質岩的小東西？地質學入門必上的一課。」

寇奇拉長臉。

陶倫德明瞭潔薇雅這話有道理。雖然高熱的確能促成地球岩石變質，多數變質岩的成因是受到極度壓力。難以置信的是，深埋地殼以下的岩石承受極大的壓力，反應反而比較類似沉積岩而不像密實的岩石，變得富有彈性，同時也會產生化學變化。儘管如此，坡洛克博士的理論仍顯得誇張。

「潔薇雅，」陶倫德說。「我從沒聽過單純的水壓就能改變岩石的化學結構。妳是地質專家，妳有什麼看法？」

「這個嘛，」她邊說邊翻筆記，「看來水壓並不是唯一因素。」潔薇雅找出坡洛克筆記裡的一段話並逐字引述。「『馬里亞納海溝裡的海洋地殼本來已經承受很大的流體靜力壓力作用，而海溝附近屬於俯衝消滅帶，具有內營力，因此這一帶的地殼受到雙重壓力。』」

當然，陶倫德心想。馬里亞納海溝除了承受七哩深的水壓之外，也因地處俯衝消滅帶——太平洋與印度洋板塊相互衝撞的擠壓線——兩種壓力加起來可能力大無比。而且，此外，由於那一帶既偏遠又危險，很少人加以研究，因此就算海溝可以形成球粒，人類發現的機會是微乎其微。

潔薇雅繼續朗讀，「『流體靜力加上地殼壓力，有可能迫使地殼進入具有伸縮性或半液態的狀況，允許較輕質的元素融成一般認爲唯有在太空才可形成的球粒狀結構。』」

寇奇翻翻白眼。「不可能。」

陶倫德瞄了一下寇奇。「坡洛克博士發現的岩石球粒現象，有沒有另一套解釋？」

「簡單，」寇奇說。「坡洛克找到的東西，其實是眞正的隕石。隕石掉進海裡是常有的事。坡洛克當初沒有懷疑那塊是隕石，因爲隕石沉入海底多年，熔凝殼早就被侵蝕掉了，所以看起來跟一般岩石沒兩樣。」寇奇轉向潔薇雅。「坡洛克大概構想不夠周到，連鎳含量也沒測量過吧？」

「其實他有，」潔薇雅嗆聲回去，再次翻起筆記。「坡洛克寫道：『我大吃一驚的是，居然發現樣本的鎳含量居中，是地球岩石少見的現象。』」

陶倫德與瑞秋交換驚愕的神色。

潔薇雅繼續朗讀。「『雖然樣本的鎳含量超出隕石鎳含量的可接受範圍，含量卻接近得令人吃驚。』」

瑞秋面露煩惱。「多接近？這塊海岩有沒有可能被誤認成隕石？」

潔薇雅搖搖頭。「我學的不是化學岩石學，不過就我瞭解，坡洛克發現的石頭和眞正的隕石之間仍有很多化學上的差異。」

「什麼樣的差異？」陶倫德追問。

潔薇雅將注意力轉移到筆記上的一份圖表。「根據這張圖，其中一個差異是球粒本身的化學結構。看樣子，鈦／鋯比率不同。海岩樣本球粒中的鈦／鋯比率顯示鋯含量過低。」她抬頭看。「只有百萬分之二。」

「才兩個PPM（百萬分之二）啊？」寇奇脫口而出。「隕石的鋯含量有好幾百倍哪！」

「沒錯，」潔薇雅回應。「所以坡洛克才認定他的樣本裡的球粒不是來自太空。」

陶倫德傾身對寇奇低聲說，「航太總署該不會正好測量過米爾恩那塊的鈦／鋯比率吧？」

「當然沒有，」寇奇噴著唾沫說。「絕對沒人會去測量那種東西。就好像眼前擺著的東西分明是汽車，沒人會去測量車胎的橡膠含量來證實這東西是眞正的汽車吧！」

陶倫德大嘆一口氣，將視線轉回潔薇雅。「如果我們給妳一塊含有球粒的岩石樣本，妳可以化驗出這些包體是隕石球粒或是……或者是坡洛克說的那種深海擠壓出來的東西？」

潔薇雅聳聳肩。「應該可以吧。電子探測儀的正確度應該夠接近。你講這話到底是什麼意思？」

陶倫德轉向寇奇。「給她吧。」

寇奇不情願地從口袋取出隕石樣本，遞給潔薇雅。

潔薇雅接過岩片時額頭皺起來。她凝視著熔凝殼，然後看著嵌在岩石中的化石。「我的天啊！」她的頭猛衝向前，說。「這該不會是從……？」

「沒錯，」陶倫德說。「被妳猜中了。」

106

凱蓓兒‧艾許單獨站在窗前，思忖著下一步該怎麼走。不到一小時之前，她滿心歡喜地離開航太總署，想向參議員報告克理斯‧哈伯的繞行極地掃描密度衛星騙局。

現在她卻躊躇不決。

根據尤蘭達的說法，兩個無黨無派的ABC電視網記者懷疑謝克斯頓收受太空拓荒基金會的賄賂。更過分的是，凱蓓兒剛發現謝克斯頓竟然知道她潛入公寓偷聽他與基金會開會的經過，而他卻假裝不知道凱蓓兒進過他家？

凱蓓兒嘆氣。她的計程車老早棄她而去。雖然她過幾分鐘可以再叫來一輛，她知道還有一件事非先解決不可。

這樣做妥當嗎？

凱蓓兒皺眉，心知自己別無選擇。她已經不知道該相信誰了。

她步出辦公室，往祕書廳走去，然後轉進對面一條寬走廊。她看得見走廊盡頭有兩扇巨大的橡木門，裡面是謝克斯頓的辦公室，門邊掛了兩面旗——右邊是美國國旗，左邊是德拉瓦州旗。他的門如同這棟參議院辦公大樓的多數辦公室，以鋼鐵強化處理過，也設有警報系統，入內必須使用傳統鑰匙並輸入數位密碼。

她知道，假使她能進入謝克斯頓的辦公室，即使只有短短幾秒鐘，所有謎底便能揭曉。凱蓓兒這時走向防護森嚴的雙扉門，自知沒必要幻想打開門進入。她另有打算。

距離謝克斯頓辦公室十呎時，凱蓓兒急轉向右，走進女生洗手間，日光燈自動點亮，照映在白色瓷磚上顯得刺眼。她等瞳孔適應光線後，在鏡子前稍停，看看自己的模樣。與平常一樣，她的五官看來比她希望的來得柔和。幾乎可說是嬌柔。她的內心一向比外表來得剛強。

凱蓓兒知道謝克斯頓急著等她回去，好全盤瞭解繞行極地掃描密度衛星的內情。可惜的是，她現在也明瞭到謝克斯頓今晚巧手操縱了她。凱蓓兒・艾許不喜歡被人控制。參議員今晚有事瞞著她。問題是瞞了多少。她知道，答案就在他的辦公室裡——就在女廁牆壁的另一邊。

「五分鐘，」凱蓓兒說出聲來，強打起決心。

她走向洗手間的用品櫃，一手向上摸索著門框上緣。一支鑰匙叮噹落地。哈特大樓的清潔工屬於聯邦僱員，每次一鬧罷工就像人間蒸發似的，往往害得女廁缺衛生紙與衛生棉達數週之久。謝克斯頓辦公室的女性員工因此自立救濟，自己打了一把用品櫃的鑰匙以備「緊急狀況」之需，不願再發生脫了褲子卻無紙可用的窘境。

現在符合緊急狀況的條件，她心想。

她打開用品櫃的門。

用品櫃裡堆滿了清潔劑、拖把和幾架子的衛生紙。一個月前，凱蓓兒進這裡找紙巾，卻發現了一件不尋常的事。由於紙巾擺在架子最上層，她搆不著，只好用掃把柄來戳動，讓其中一捲掉下來，卻無意間戳開了一塊天花板。她爬上去合上天花板時，卻訝然聽見謝克斯頓參議員的聲音。

字句清晰。

依照回音來判斷，她瞭解參議員人在辦公室私人洗手間自言自語，而他的廁所與這間用品櫃顯然僅隔纖維板製成的天花板，而這種天花板拆解容易。

現在凱蓓兒回到用品櫃，而她想找的東西價值遠超過衛生紙。她甩開鞋子，爬上架子，頂開纖維板，用力攀上去。談什麼國家安全嘛，她這樣想著，同時懷疑自己不知即將觸犯多少條聯邦法與州法。

她鑽出謝克斯頓的私人廁所天花板，跳到洗手檯，穿了絲襪的腳丫踩在冷冷的白瓷上，然後再跳至地板。她屏息走出廁所，進入謝克斯頓的私人辦公室。

謝克斯頓的東方地毯感覺柔軟而溫暖。

107

三十哩外，一架黑色凱歐瓦武裝直升機掠過北德拉瓦州的矮松木樹梢。三角洲一號讓自動導航系統鎖定前進的方位。

雖然瑞秋在船舷使用的傳輸器材與匹克陵的手機皆經過加密處理，能保護通訊內容，但三角洲部隊以脈衝的方式竊取瑞秋的海上通訊時，目的並非攔截通話內容，而是攔截發話者的位置。利用全球定位系統與電腦化三角測量法，訊號傳輸的方位可以被準確偵測出來，而且遠比破解實際通話內容來得輕鬆。

三角洲一號每想到多數手機用戶不懂狀況就覺得好笑。平常人每次使用行動電話時，政府監聽單位若自認有偵測的必要，便可以偵測出天涯海角的任何位置，誤差僅有十呎以下。這種小小的漏洞，手機公司不便公告周知。今晚，三角洲部隊事先取得匹克陵手機的接收頻率，因此能輕鬆追查來電者的方位。

三角洲一號讓直升機朝目標的方位直線前進，逼近到只剩下不到二十哩。「傘撐開了嗎？」他轉向三角洲二號問。二號正在操作雷達與武器系統。

「是的。等待進入五哩的範圍。」

五哩，三角洲一號心想。他必須讓直升機直闖對象的雷達範圍內，才可動用凱歐瓦的武器系統。他不懷疑哥雅上有人正緊張地監看天空。由於三角洲部隊目前的任務是在對象沒機會以無線電求援的情況下解決對象，因此三角洲一號現在朝獵物方向挺進時不能驚動獵物。

距離十五哩之處，仍遠在雷達範圍之外時，三角洲一號突然讓凱歐瓦從原定方向偏左三十五度，爬升至三千呎——小型飛機的範圍——然後將速度調整爲一百一十浬。

在哥雅的甲板上，海岸防衛隊的直升機雷達幕嗶了一聲，警告新的目標進入十哩的範圍內。飛行員坐直身子，細看著螢幕。據研判，這個目標是小型貨機，朝西邊前進，沿著海岸北上。

大概是前往紐瓦克機場吧。

雖然這架飛機目前的航道可能近達哥雅四哩，其行進路線可能只是碰巧進入哥雅的雷達範圍。儘管如此，提高警覺的海防飛官仍監看著閃爍的光點緩緩移動，以一百一十浬的速度通過雷達幕的右邊。依照航線判斷，飛機最靠近時大約在哥雅西方四哩外。正如預期，飛機持續移動——目前越飛越遠。

四點一哩。四點二哩。

飛行員吐了一口氣，放鬆心情。

接著詭異到極點的事情發生了。

「張傘完畢，」三角洲二號高呼。他坐在凱歐瓦武裝直升機左側，操作著武器控制面板，對一號豎起拇指。「連發射擊、人工雜訊、隱跡脈衝全部啓動並鎖定。」

三角洲一號聽見後讓直升機急轉向左，朝哥雅直線前進。哥雅上的雷達看不見直升機剛才的動作。

「總比亂扔錫箔乾草堆來得省事吧！」三角洲二號高聲說。

三角洲一號也有同感。雷達干擾的手段首見於二次世界大戰，當時有個英國飛官腦筋動得快，在執行轟炸任務時把事先以錫箔包好的一捆捆乾草扔出飛機，德軍的雷達偵測到眾多反光物體，一時不知該朝哪一個開槍。自從那場戰役之後，雷達干擾的技術已有長足的進步。

凱歐瓦上的「傘」指的是雷達干擾系統，是軍方的必殺電子武器之一，做法是在大氣中撐開傘狀的背景雜訊，遮蓋特定海面或地面的方位，等於是干擾對方到盲聾啞的地步。幾秒鐘之前，哥雅上的所有雷達螢幕極有可能空白一片。等到船員發現需要求救時也無法傳出訊號。在船上，一切通訊皆靠無線電或微波，沒有傳統的電話線路。如果凱歐瓦靠得夠近，哥雅所有的通訊系統將全數當機，載波訊號也被凱歐瓦散發出的隱形熱雜訊幕遮掩，讓哥雅猶如碰上眩目的來車燈而暫時失明。

完全隔絕，三角洲一號心想。他們毫無招架之力。

在米爾恩冰棚時，幾個目標靠一點小聰明僥倖逃生，現在逃生的一幕不容重演。瑞秋・謝克斯頓與麥克・陶倫德離開陸地的決定有欠周到。這個決定將成他們此生最後一個差勁的決定。

在白宮裡，札克理・賀尼握著電話聽筒，在床上坐起來，頭腦昏沉沉。「現在？艾斯崇這個時間想跟我報告？」賀尼再次瞇眼望向床邊的時鐘。凌晨三點十七分。

「是的，總統先生，」通訊官說。「他說事態緊急。」

108

寇奇與潔薇雅埋首以電子探測儀測量球粒的鋯含量，瑞秋則跟著陶倫德穿越實驗室，進入隔壁的房間，陶倫德接著打開另一部電腦的電源。顯然海洋學專家陶倫德還想查另一種資料。

電腦啓動期間，陶倫德轉向瑞秋，張著嘴唇，彷彿想說什麼。他遲疑著。

「什麼事？」瑞秋問。即使局勢混亂，她仍感受到陶倫德的吸引力，因此暗暗稱奇。她但願能將亂局排除在外，只求與他獨處——一分鐘也行。

「我想跟妳道個歉，」陶倫德面帶悔恨。

「道什麼歉？」

「剛才在甲板上，我不是提到鎚頭雙髻鯊？我樂昏頭了。有時候我忘記很多人怕海。」

瑞秋與他面對面站著，覺得自己活像少女站在門階上，面對著新的男朋友。「謝了。我一點也不介意。眞的。」她隱隱認爲陶倫德想吻她。

停頓一拍後，他害臊地轉頭過去。「我知道。妳想趕緊回到陸地上。我們應該趕工。」

「趁現在。」瑞秋溫柔地微笑。

「趁現在，」陶倫德也說，然後在電腦前坐下。

瑞秋吐出一口氣，緊靠在背後站著，品嘗著小實驗室的隱密滋味。她看著陶倫德瀏覽一連串檔案。

「現在要做什麼？」

「查看資料庫，搜尋大海虱。我想看看能否找到類似航太總署隕石裡的那種史前海洋化石。」他打開搜尋頁，最上面一行粗體大寫字：「國際多樣性科學計畫」。

陶倫德一面捲動選單，一面說明，「這項計畫的做法，基本上是不斷更新海洋生物資料的索引。海洋生物學家一發現新物種或化石，可以到這裡來吹噓一下，把自己發現的資料和相片上載到中央資料庫去，和大家分享。因爲每個禮拜發現的資料很多，唯有這種方式才能讓這項研究隨時更新。」

瑞秋看著陶倫德查看選單。「所以說，你現在可以上網囉？」

「不對。在海上，網路連線不太穩定。這資料庫裡的東西，我們全儲存在船上龐大的光學硬碟陣列裡，設在剛才那一間裡。每次一靠岸，我們會連線到國際多樣性科學計畫，更新資料庫，把最新發現抓進來儲存。這樣的話，我們不必上網頁能存取資料，而且最新資料頂多慢了一兩個月。」陶倫德咯咯笑著開始鍵入搜尋字眼。「音樂分享軟體Napster鬧得那麼大，妳大概聽過吧？」

瑞秋點頭。

「有人認爲這項計畫是海洋生物學界的Napster。我們爲這項取了一個綽號：LOBSTER（龍蝦）——Lonely Oceanic Biologists Sharing Totally Eccentric Research（寂寞的海洋生物學家分享全然鬼靈精怪的研究）。」

瑞秋笑了。儘管情勢緊綳，麥克．陶倫德仍散發出挖苦人的幽默感，舒解了她的恐懼。她開始領悟到，最近她的生活確實欠缺歡笑。

「我們的資料庫很大，」陶倫德說著輸入完描述單字。「超過十兆位元組的文字描述和相片。這裡有些資訊，從來沒有人搜尋過，也絕不會有人去碰。海洋物種實在是太多了。」他點擊「搜尋」鍵。「好吧，我們來看是否有人見過類似那隻太空蟲的海洋化石。」

過了幾秒，螢幕更新，列出四種化石生物。陶倫德依序點擊，審視著相片，每一種皆與米爾恩的隕石化石相去甚遠。

陶倫德皺眉。「我們來試試其他方法。」他刪除搜尋字串裡的「化石」一字，按下「搜尋」。「現在搜尋的是活在世上的所有物種。說不定能找到米爾恩化石的後代，生理特徵跟那塊化石也許相近。」

螢幕更新。

陶倫德再次皺眉。搜尋的結果多達數百條。他呆坐了片刻，撫摸著已長滿鬍渣的下巴。「好吧，結果太多了，只好縮小搜尋範圍。」

瑞秋看著他點選註明「棲息地」的下拉式選單。選項似乎多如牛毛：潮地、沼澤、潟湖、海礁、中洋脊、硫黃噴口。陶倫德向下捲動選單，點選了破壞性板塊邊界／海溝。

聰明，瑞秋明瞭他的用意。陶倫德縮小了搜尋範圍，局限於假設球粒能形成的環境中，大大減少了符合條件的生物。

頁面更新。這一次陶倫德微笑了。「很好。只剩下三條。」

瑞秋瞇眼注視第一條學名。什麼美洲鱟……。

陶倫德點擊第一條，相片出現在螢幕上；這種生物形如少了尾巴的超大型鱟。

「錯，」陶倫德邊說邊回到上一頁。

瑞秋凝視著第二條拉丁學名。蝦科醜屬地獄蟲。她一時糊塗了。「真有這種學名嗎？」

陶倫德咯咯笑。「沒有啦。這種生物剛被發現，還沒有分類。發現的人故意幽它一默，建議將蝦科醜屬列入正式分類學的項目中。」陶倫德打開相片，顯示出奇醜無比的蝦形生物，長著幾條短鬚，幾根粉紅色的觸角還會發光。

「學名取得貼切，」陶倫德說。「可惜不是我們想找的太空蟲。」他重回目錄。「最後一條是……」

他點擊第三條，頁面隨即出現。

「巨大深水虱（Bathynomous giganteus）……」頁面的文字載入時，陶倫德朗讀出來。相片也隨之出現。是彩色特寫照。

瑞秋嚇了一跳。「我的天啊！」正對著她看的這隻生物令她脊背涼颼颼。

陶倫德低聲倒抽了一口冷氣。「哇。這傢伙看來有點眼熟。」

瑞秋點頭，說不出話來。巨大深水虱。外表近似會游泳的巨虱，也非常類似航太總署那塊岩石裡的化石物種。

「兩者還是有細微的差別，」陶倫德說著向下捲頁，顯示幾張解剖圖與素描。「不過實在太接近了。尤其是這一隻是演進了一億九千萬年的後代。」

的確很接近，瑞秋心想。太接近了。

陶倫德朗讀頁面上的描述：「『巨大深水虱，據信是海中最古老的生物之一，極爲罕見，最近才列入生物分類，屬於深海等足目動物，近似大型球潮蟲，腐食性，最長可達兩呎，外殼區隔出頭、胸、腹三段，具有對等的附肢、觸角，複眼如同陸地昆蟲。這種海底的腐食性動物沒有已知的天敵，生存在前人認爲生物難以存活的深海環境。』」陶倫德抬頭看一看。「正好可以說明那塊化石上爲何找不到其他生物！」

瑞秋凝視著螢幕上的生物看，心情激動卻不太確定自己是否徹底瞭解其中的意義。

「想想看，」陶倫德興奮地說，「一億九千萬年前，深海發生山崩，活埋了一群這種深水虱生物。海泥凝固成岩石後，這些蟲子形成了化石。在此同時，海床像輸送帶一樣慢慢持續移向海溝，帶著化石走向高壓地帶，岩石因此形成球粒！」陶倫德的口氣加快。「之後呢，如果變成化石又形成球粒的地殼斷裂，其中一塊最後來到海溝的增積岩楔上，而這種現象一點也不罕見，最後只等待被人發現！」

「不過，如果航太總署……，」瑞秋吞吞吐吐地說。「我的意思是，如果這全是騙局，航太總署一定知道遲早會有人發現化石長得像某種地球生物，對不對？我們不是才發現嗎？」

陶倫德開始利用雷射印表機列印深水虱的相片。「未必吧。即使有人挺身指出化石和活生生的海虱相近的地方，這兩種生物的生理結構畢竟不是一模一樣。這樣一來，航太總署的說法更站得住腳了。」

瑞秋忽然明瞭。「胚種論。」地球生物起源自太空。

「答對了。太空生物和地球生物相似，在科學上完全合理。這隻海虱其實正好強化了航太總署的論點。」

「除非隕石的眞假受到質疑。」

陶倫德點頭。「一旦隕石受到質疑，所有證據會跟著垮臺。這一隻海虱原本是航太總署的朋友，這下子變成了航太總署的大敵。」

瑞秋默默站著看一張張深水虱列印出來。她儘量告訴自己，這一切只是航太總署的無心之過，但她也清楚事實不是如此。犯無心之過的人不會想殺人滅口。

寇奇的鼻音突然從實驗室另一邊迴盪過來。「不可能！」

陶倫德與瑞秋同時轉頭。

「再測量該死的比率一遍！沒有道理嘛！」

潔薇雅一手握著電腦列印資料，匆匆走進來，面如死灰。「麥克，我不知道從哪裡說起……」她的嗓音沙啞起來。「這個樣本的鈦／鋯比率……」她清清喉嚨。「顯然航太總署犯了一個大錯。他們的隕石其實是海岩。」

陶倫德與瑞秋面面相覷卻說不出一句話。他們知道。就這樣，所有的問題與疑點如同海浪般捲起，達到崩落前的最高點。

陶倫德點頭，眼神帶有感傷。「對。謝謝妳，潔薇雅。」

「可是，我不懂，」潔薇雅說，「熔凝殼……埋在冰棚——」

「回陸地途中再解釋，」陶倫德說。「我們得走了。」

瑞秋趕緊將目前手上的文字資料與證據收拾好。證據之確鑿令人震驚：透地雷達的列印圖顯示米爾恩冰棚底下暗藏植入穴；與航太總署化石相似的海虱動物相片；坡洛克博士解說球粒在海洋形成的過程；電子探測儀顯示這塊隕石裡的鋯嚴重缺乏。

結論無可否認。騙局。

陶倫德看著瑞秋手上的一疊紙，憂鬱地嘆了一口氣。「看樣子，威廉・匹克陵可掌握到證明了。」

瑞秋點頭，再次納悶為何匹克陵沒能接聽電話。

陶倫德拿起附近一支電話的聽筒，向她遞出去。「要不要從這裡再打給他？」

「不必了，我們趕快走。上了直升機再聯絡他。」瑞秋已經決定，假使無法聯絡上匹克陵，乾脆請海岸防衛隊直接送他們去國偵局，反正距離這裡只有大約一百八十哩。

陶倫德正要掛掉電話卻停下動作。他露出困惑的神色，聽了一下聽筒，皺起眉頭。「怪事。沒撥號音。」

「什麼意思？」瑞秋問，警覺起來。

「奇怪，」陶倫德說。「通訊衛星專線從來不會失去載波——」

「陶倫德先生？」海防隊的飛行員衝進實驗室，臉色蒼白。

「什麼事？」瑞秋質問。「是不是有人來了？」

「問題不是有沒有人來，」飛行員說。「不知道為什麼，直升機上的雷達和通訊剛剛全中斷了。」

瑞秋將紙張塞進襯衫深處。「上直升機去。我們快走。動作快！」

109

凱蓓兒走過熄燈的謝克斯頓辦公室，心臟噗噗跳。他的辦公室既寬敞又雅緻——豪華木板牆、油畫、波斯地毯、眞皮鉚釘座椅、龐大的桃花心木辦公桌。整間辦公室只亮著電腦螢幕，發出幽幽霓虹光。

凱蓓兒走向他的辦公桌。

謝克斯頓參議員崇尙「辦公室數位化」，簡直到了瘋狂的地步，排斥一層又一層的檔案櫃而偏好個人電腦，因爲電腦五臟俱全，搜尋資料起來又簡易，因此他將大批資料儲存在電腦裡——數位化的會議紀錄、掃描後的文章、演講稿、腦力激盪出的想法。謝克斯頓的電腦是他的神聖殿堂，辦公室也隨時上鎖以保護電腦資料。他甚至拒絕與網際網路連線，以免被駭客入侵，染指他聖潔的數位寶庫。

一年前，凱蓓兒原本不相信政治人物會笨到把不利自己的文件儲存一份在電腦裡，但華盛頓政治圈讓她大開眼界。資訊即力量。凱蓓兒見識到，政治人物收受來路有問題的獻金後，經常將捐款的實際證明——書信、銀行轉帳紀錄、收據、收支簿——收藏起來，放在安全的地方。這種反勒索的伎倆在華府美其名爲「連體保險」。捐款人要求的回報一旦超出事先談妥的條件，政客便可提出非法獻金的證據來提醒捐款人，此事兩造都逾越了法律邊際。握有往來的證據，確保了候選人與捐款人成爲生命共同體——有如連體嬰一般。

凱蓓兒悄悄走到參議員的辦公桌後坐下。她深吸一口氣，注視著他的電腦。如果參議員收受太空拓荒基金會的賄賂，證據一定就在這裡。

謝克斯頓的螢幕保護程式是一連串白宮與周遭景觀的相片，製作人是一個熱心過度的幕僚，篤信理想影像化與正面思考的潛在力量無窮。相片周圍有一道走馬燈，不斷重複出現：美國總統塞爵克・謝克斯頓……美國總統塞爵克・謝克斯頓……美國總統……

凱蓓兒推了一下滑鼠，螢幕蹦出了一個安全對話框。

輸入密碼：

她早料到這一點。不成問題。上星期，凱蓓兒走進謝克斯頓的辦公室時，他正好坐在電腦前，正想登入。她看見參議員連續快按三個鍵。

「那算什麼密碼？」正要走進來的她在門口質疑。

謝克斯頓抬頭看了一眼。「什麼？」

「我還以為你很重視保密措施咧，」凱蓓兒笑著罵他。「你的密碼只有三個字母？電腦人不是叫我們至少設定六個嗎？」

「電腦人是青少年。等他們年過四十，再叫他們來背六個英數半形字看看。何況門上裝了警報。沒人進得來啦。」

凱蓓兒面帶微笑走向他。「要是有人趁你上廁所溜進來呢？」

「然後試試所有的密碼組合？」他邊說邊懷疑一笑。「我上洗手間的動作是慢了點，卻沒有慢到那種程度吧。」

「要是我能在十秒內猜出密碼，就請我上大衛德義大利餐廳。」

謝克斯頓顯得疑惑又覺得好笑。「凱蓓兒，妳請不起大衛德啦。」

「你該不會怕輸吧？」

謝克斯頓接下戰帖，露出幾乎為她難過的表情。「十秒鐘？」他登出電腦，示意要凱蓓兒坐下試試身手。「妳該知道吧，我上大衛德餐廳只點煎小牛肉火腿捲，可不便宜喲。」

她坐下時聳聳肩。「反正到時破費的人是你。」

輸入密碼：

「十秒鐘，」謝克斯頓提醒她。

凱蓓兒忍不住想笑。她只須要兩秒。即使從門口，她也能看出謝克斯頓輸入三鍵密碼，動作連續而快速，而且只用到食指。一看就知道全是同一個鍵。不夠明智。她當時也看見他一手放在鍵盤最左邊，因此將可能的字母局限在九個左右。至於要挑哪一個字母呢？很簡單。謝克斯頓一向喜歡自己的頭銜加姓名的頭文字簡寫。參議員塞爵克・謝克斯頓。

千萬別低估政客的自大心。

她按下SSS，螢幕保護程式應聲消失。

謝克斯頓的下巴差點撞到地板。

那是上個禮拜的事了。現在，凱蓓兒再度面對他的電腦，確定謝克斯頓還沒空去瞭解如何設定新密碼。何必改密碼呢？不用說也知道他信得過我。

她鍵入SSS。

密碼錯誤——拒絕存取

凱蓓兒傻眼了。

顯然她高估了參議員對她的信任度。

110

攻擊來得毫無預警。在哥雅西南方的低空，一架武裝直升機凶險的輪廓俯衝而下，宛如大黃蜂。瑞秋確知這一架是什麼直升機，也確知其來意。

在黑暗中，直升機斷續爆出噪音，送出連串子彈直飛而來，在哥雅的玻璃纖維甲板上炸出齒痕，在船尾劃出一道刻痕。瑞秋衝向掩蔽物時已遲了半拍，只覺一顆熾熱的子彈擦過手臂。她重重落地，翻身後倉皇躲到透明半球體的崔頓潛艇之後。

直升機俯衝過哥雅時，頭上響起一陣螺旋槳製造的轟隆聲。直升機衝向海上，轟隆聲消失成詭異的嘶嘶聲，然後開始大弧度轉彎，準備再飛越一次。

瑞秋趴在甲板上發抖，按著手臂上的槍傷，回頭望向陶倫德與寇奇。顯然兩人已衝向儲藏設備後面掩蔽，此時跌跌撞撞站起來，驚魂未定地掃視著天空。瑞秋勉強跪坐起來。整個世界似乎以慢動作運行。

瑞秋彎腰躲在透明的圓形崔頓潛艇後面，以驚恐的眼神望向唯一逃生的工具——海防隊的直升機。潔薇雅已經爬進直升機的駕駛艙，心慌地招手要大家上來。瑞秋看見飛行員正衝進駕駛艙，瘋狂扯動開關與操縱桿。螺旋槳開始旋轉……動作好慢。

太慢了。

快一點啊！

瑞秋感覺自己這時站起來，準備奔跑，卻懷疑自己能否在武裝直升機回頭前跑到降落場。她聽見背後的寇奇與陶倫德朝她與等候中的直升機衝刺過來。對！快呀！

這時她看見了。

一百碼以外的天空，在一片空盪盪的漆黑中，出現了一道如鉛筆般纖細的紅光，斜射過夜空，在哥雅的甲板上搜尋目標。找到目標後，紅光靜止在等候升空的海防直升機側面。

大腦僅需一瞬間即可分析這幅景象。就在駭人的這一刻，瑞秋感覺甲板上所有動作模糊成一團，混雜了各種形狀與聲響。陶倫德與寇奇衝向她——潔薇雅在直升機內亂比手勢——鮮明的雷射紅光切破夜空。

太遲了。

瑞秋轉身面對寇奇與陶倫德，而兩人正全力朝直升機衝刺。她衝往兩人前進的方向，張開雙臂擋住去路，三人因此如火車轟然對撞，跌落甲板後手腳纏成一團。

不遠處閃現一陣白光。瑞秋一臉驚恐而不敢置信，看著筆直的火線拖著白煙，依循雷射光的方向直接射向海防直升機。

地獄火飛彈刺入機身時，海防直升機如玩具般炸開，一時之間熱氣與巨響形成的震盪波橫掃甲板，著火的碎片隨即如雨而下。直升機失火的骨架猛然向後仰，被破碎的機尾支撐了片刻，然後倒向船尾，掉進海水裡，吱吱冒出一團蒸氣雲。

瑞秋閉上眼睛，無法呼吸。她聽得見著火的殘骸一面下沉，一面發出咕嚕、噗吱聲，然後被強大的海流拖離哥雅。在混亂中，麥克．陶倫德扯開喉嚨大喊。瑞秋感覺到他以有力的雙手強拉她站起來。但她無法動彈。

海防隊飛行員和潔薇雅死了。

接下來輪到我們。

111

米爾恩冰棚上的天候穩定下來，生棲營裡寂靜無聲。儘管如此，航太總署署長羅倫斯・艾斯崇連試著就寢的念頭也沒有。過去幾小時以來，他一直單獨一人，在生棲營裡踱步，直盯著採掘坑裡看，雙手撫摸焦黑巨岩的凹凸表面。

最後，他拿定了主意。

他走進保密通訊室，這時坐在影像電話前，面對著睡眼惺忪的美國總統。札克理・賀尼身穿浴袍，一臉不高興。艾斯崇知道自己說出心事後，總統會更加不高興。

艾斯崇說完後，賀尼露出不太自在的表情——彷彿自認睡意仍濃，無法正確理解對方的話。

「等一下，」賀尼說。「一定是連線有問題。你剛才是說，航太總署攔截到緊急無線電訊號，所以才得知隕石的方位，然後再假裝讓繞行極地掃描密度衛星發現隕石？」

艾斯崇默不作聲，單獨坐在黑暗中，命令自己的身體從這場惡夢中醒來。

總統顯然不喜歡對方沉默。「看在老天的分上，老羅，快告訴我，你講的是假話！」

艾斯崇口乾舌燥。「隕石確實被發現了，總統先生。唯一的重點就是這個。」

「我叫你告訴我，你剛講的是假話！」

在艾斯崇的耳朵裡，寂靜膨脹為悶吼聲。我非告訴他不可，艾斯崇告訴自己。在病情轉好之前，非釋放出所有毒素不可。「總統先生，繞行極地掃描密度衛星出錯，原本大大斲傷總統的民調數字。航太總署攔截到無線電訊號後，知道有塊大隕石卡在冰層下面，認為機不可失，可以藉此挽回選情。」

賀尼語帶驚訝。「做法是僞造成繞行極地掃描密度衛星的發現？」

「衛星本來很快就能恢復正常，只可惜趕不上大選。總統的民調一直下降，謝克斯頓又一直打擊航太總署，所以……」

「你發瘋了不成！你欺騙我，老羅！」

「總統，當時良機就在眼前。我決定善用。我們攔截到一個加拿大人的無線電訊號。隕石是他發現的。他已經在暴風雪中喪生。除了他之外，沒人知道隕石的存在。衛星當時在那一帶運行。航太總署需要扳回一城。我們取得了方位。」

「你爲何現在要告訴我？」

「我認爲應該讓你知道。」

「這件事情如果被謝克斯頓發現，你曉得他會怎麼處理吧？」

艾斯崇寧願不往那方面思考。

「他會告訴全世界，航太總署和白宮向美國全民撒謊！而且你知道嗎，到時候他說的沒錯！」

「總統，你沒有撒謊，說謊的人是我。如果東窗事發，我願意辭職——」

「老羅，你搞錯重點了。在總統任期內，我凡事力求光明磊落啊！該死！今晚的事本來乾乾淨淨。抬頭挺胸。現在我卻發現我欺騙了全天下？」

「總統，只是一個小謊話。」

「沒有那一回事，老羅。」賀尼七竅生煙說。

原本狹小的行動式保密通訊室，此時更令艾斯崇覺得越來越狹窄。還有好多話必須向總統報告，但艾斯崇看得出最好等天亮再說。「總統，很抱歉吵醒你了。我只是覺得應該讓你知道。」

在市區另一邊，塞爵克．謝克斯頓再喝一口干邑酒，在公寓裡來回踱步，煩躁的情緒節節高昇。

凱蓓兒到底死到哪裡去了？

112

凱蓓兒・艾許坐在謝克斯頓參議員的辦公桌前，四周一片黑暗。她對著電腦露出落寞憂鬱的神情。

密碼錯誤——拒絕存取

她試過了另外幾組看似可能的密碼，卻無一闖關成功。她搜遍了辦公室尋找沒有上鎖的抽屜或零散的線索，幾近死心。她正要離開時，瞥見了某種奇特的東西，在謝克斯頓的桌曆上閃閃發光。有人拿著紅白藍的亮彩筆圈出了大選日。絕對不是出自參議員之手。凱蓓兒將桌曆拿近。大剌剌寫在大選日上的字體花稍閃爍，大聲驚嘆著：POTUS！

謝克斯頓的祕書生性樂觀，顯然爲了替他製造更多正面思考的機會，特別以亮彩筆附上這個縮寫字。POTUS是美國特勤部隊的暗語，指的是美國總統（President of the United States）。大選那一天，如果一切順利，謝克斯頓即將成爲新任美國總統。

凱蓓兒準備離去，將桌曆放回原位排好，然後起身。她突然停下動作，再看電腦螢幕一眼。

輸入密碼：

她再次望向桌曆。

POTUS

她感覺心中突然湧現一股希望。不知何故，凱蓓兒直覺認爲POTUS是謝克斯頓的絕佳密碼。簡單、正面、自我指涉。

她趕緊鍵入密碼。

POTUS

她屏息按下「輸入」鍵。電腦發出嗶聲。

密碼錯誤——拒絕存取

凱蓓兒背駝心死。她走回洗手間的門口，從她來的地方退回去。辦公室才走一半時，她的手機響起。她原本就已如坐針氈了，鈴響更嚇了她一大跳。她陡然停下，掏出手機，抬頭看看時間。謝克斯頓珍愛的喬丹老爺鐘指出將近凌晨四點。凱蓓兒知道，這種時刻打電話來的人只有謝克斯頓。他顯然想知道她到底上哪裡去了。是接聽，還是讓電話一直響？如果接聽，她非說謊不可。如果不接，謝克斯頓會起疑竇。

她決定接聽。「哈囉？」

「凱蓓兒？」謝克斯頓的口氣急躁。「怎麼拖這麼久？」

「羅斯福紀念碑，」凱蓓兒說。「計程車剛被卡在車陣中，現在我們——」

「聽來不像在計程車上嘛。」

「對，」她血脈僨張地說。「我不在車上。我決定來我的辦公室拿一些可能和繞行極地掃描密度衛星相關的航太總署資料，卻一直找不到。」

「動作快一點。我早上想召開記者會，現在想找妳討論細節。」

「我馬上就到，」她說。

電話線上出現一陣遲疑。「妳人在妳的辦公室？」他突然迷惑起來。

「是啊。再給我十分鐘，我就可以出發了。」

又是一陣遲疑。「好吧。待會兒見。」

凱蓓兒切掉手機。心事重重的她沒有留心到，短短幾呎之外有謝克斯頓珍愛的喬丹老爺鐘，正發出響亮而獨特的「滴滴滴」三響。

113

麥克．陶倫德不知道瑞秋受了槍傷，後來拉她躲在崔頓後時才看見她手臂流血。從瑞秋臉上驚嚇過度的表情來看，她並不覺得痛。陶倫德扶她坐在地上，然後迅速轉身尋找寇奇。天文物理學家寇奇倉皇地從甲板另一邊跑過來會合，兩眼中只有驚恐。

我們一定要找到掩蔽物，陶倫德心想。他的大腦仍未徹底分析完剛才發生的事。直覺下，他的視線向上直視，望向上面幾層甲板。通往駕駛艙的階梯全屬開放式，駕駛艙本身則是個玻璃箱——從空中看似透明的標靶。上樓去等於是自殺，因此只剩一個方向可逃。

萬分之一秒的瞬間，陶倫德滿懷希望地注視著崔頓潛艇，心想也許能讓三人上船，潛下海面，躲避槍擊。

荒唐。崔頓只擠得下一個人，而且絞盤放下潛艇足足需要十分鐘，潛艇才可通過甲板上的活板門進入三十呎下的海水。更何況，電池與充氣泵仍未充飽電力，崔頓下水的話也無用武之地。

「他們來了！」寇奇大叫，尖銳的嗓音帶有恐懼，一面指向空中。

陶倫德連抬頭看的步驟也省了。他指向附近的出入口，有一道鋁質坡道可通往下層甲板。寇奇顯然不須催促。他低頭快跑，衝向出入口，消失在下坡走道上。陶倫德以堅定的手摟住瑞秋的腰跟過去。兩人往下層甲板走去時，武裝直升機正好轉回來，從上空掃射。

陶倫德攙扶著瑞秋走下網狀坡道，來到底部的懸吊平臺。走上平臺時，陶倫德感到瑞秋的身體突然僵住。他急忙轉身，擔心她或許被流彈射中。

他看清她的表情後，才知道她並沒有中彈。陶倫德循著她驚嚇得麻木的眼神向下望去，立刻瞭解她怕的是什麼。

瑞秋一動也不動地站著，雙腿拒絕移動。她向下注視著腳底的這個詭異的世界。

由於哥雅採取小水面雙體船設計，捨棄了一般船隻的船體而用大型雙體船使用的支柱。兩人剛走下甲板，踏上網狀的狹道，下面有如深淵，垂直而下三十呎就是怒海。這裡的聲響淹沒了其他聲音，因爲海潮聲傳至甲板下方後反彈回來。讓瑞秋更加害怕的是，哥雅的水中聚光燈仍亮著，近似綠色的光輝射入她腳下的海洋深處。她不知不覺注視著水中六七個鬼影。龐大的鎚頭雙髻鯊，長長的身影逆著洋流游動——橡皮似的身體左右伸展著。

陶倫德的聲音出現在她耳邊。「瑞秋，妳別怕，眼睛向前看，我就站在妳背後。」他雙手從後伸過來，輕輕哄著她鬆開緊握欄杆的兩手。就在這時候，瑞秋看見手臂流出的深紅血滴從走道空隙落下。她看著血滴墜向海面。雖然她沒有看見血滴落水的一刻，卻看見鎚頭雙髻鯊全體不約而同轉身，猛拍強勁的尾鰭，扭打碰撞成狂亂的一團，由上面望下去只見牙齒與鰭。

端腦嗅球特別發達……

一哩外的血都嗅得出來。

「眼睛向前看，」陶倫德叮嚀，語音堅定，令人放心。「我就在妳背後。」

瑞秋感覺陶倫德的雙手這時移至腰臀，催促她前進。瑞秋儘量別去想腳下的深淵，開始走上狹道。她聽見頭上某處又傳來直升機的螺旋槳聲。寇奇已經超前兩人甚遠，搖搖晃晃走過狹道，動作如同慌張的醉漢。

陶倫德朝他呼喚。「一直走到最遠那根支柱，寇奇！往下走！」

瑞秋這時可以看出前進的目的地何在。前方有一連串的「之」字形的下斜坡。在海面上，有一道狹長似架子的甲板從哥雅一側伸展出去。這道狹長甲板旁又伸出幾條小小的懸空平臺，在船下形成迷你型的船塢。一面大標語板寫著：

潛水區

泳者隨時可能浮出水面

——往來船隻請小心——

瑞秋只能假設麥克不打算叫她一起下水游泳。狹道兩旁有鐵絲網製成的儲物櫃，陶倫德走到這裡時停下來，更加深了瑞秋的畏懼。他打開儲物櫃的門，裡面掛的是潛水裝、浮潛呼吸管、蛙鞋、救生衣和魚槍。在瑞秋來得及抗議前，他伸手進櫃子抓來一把信號槍。「我們走吧。」

兩人再次前進。

前方的寇奇已抵達「之」字形坡道，走完了坡道一半。「我看見了！」他大喊。在怒潮的聲響中，他的語調幾近歡樂。

*看見什麼？*瑞秋納悶。寇奇在狹窄的步道上奔跑。她只看得見海面擠滿鯊魚，拍打著海水，距離近得令人提心吊膽。陶倫德催她向前走，瑞秋突然看出寇奇爲何振奮。在底下的碼頭最末端停泊著一輛小汽艇。寇奇直奔過去。

瑞秋看呆了。*開汽艇能跑贏直升機？*

「上面有無線電，」陶倫德說。「如果開得夠遠，脫離直升機的干擾……」

接下來的話，瑞秋一個字也聽不進去。她剛瞥見令她血液凍結的事物。「來不及了，」她沙啞地說，一面伸出顫抖的手指。我們完蛋了……

陶倫德一轉頭看，立刻知道走投無路了。

在哥雅的末端，黑色直升機低飛面對他們，宛如噴火龍朝山洞內窺視。一時之間，陶倫德以為飛機即將飛越哥雅，朝他們直衝而來。然而直升機開始微微轉彎，瞄準目標。

陶倫德看著槍管的指向。不行！

寇奇在汽艇旁彎腰解開船繩，抬頭正好瞄見直升機下的機槍隆隆爆發出閃光。寇奇向下猛撲，彷彿中了彈。他手忙腳亂地攀越快艇的舷緣，鑽向船底，趴著躲子彈。機槍停止射擊。陶倫德看得見寇奇往汽艇的內部匍匐前進。他的右小腿布滿血跡。寇奇蹲在儀表板下，伸手向上摸索著按鈕，最後摸到了鑰匙。汽艇的兩百五十馬力水星引擎隆隆發動。

片刻之後，紅色雷射光柱出現，從盤旋的直升機鼻直射而出，以飛彈對準汽艇。

陶倫德依本能反應，舉起他僅有的武器瞄準。

他扣下扳機，手中的信號槍發出嘶聲，一道眩目的火光以水平方向劃過船身下方，朝直升機直飛而去。儘管已扣下扳機，陶倫德仍自認動作遲了半拍。正當信號彈擊中直升機的擋風玻璃時，直升機下方的飛彈發射筒也發出閃光。就在飛彈發射的一剎那，直升機猛然向上拉起，以避開迎面而來的信號彈。

「當心！」陶倫德邊喊邊扯著瑞秋向狹道趴下。

飛彈偏移方向，差點擊中了寇奇，縱向飛往哥雅支柱底部，擊中瑞秋與陶倫德三十呎底下的船身結構。

爆炸聲有如世界末日。兩人下方爆發出海水與火焰，小片扭曲的金屬四散紛飛，撒落在下面的走道上。哥雅動搖著，尋找新重心，同時發出金屬摩擦金屬的聲響，最後仍微微傾斜。

煙霧淡去後，陶倫德看得見哥雅的四根主支柱之一嚴重受損。強大的洋流湧過浮橋，作勢將支柱沖垮。通往下層甲板的螺旋梯看似隨時可脫落。

「快走啊！」陶倫德高喊，催促著瑞秋往樓梯走。我們非下去不可啊！

可惜他們晚了一步。螺旋梯不支，發出迸裂聲，從受損的支柱崩解而去，墜入海中。

在哥雅上空，三角洲一號握牢凱歐瓦直升機的控制面板，穩住情勢。迎面而來的信號彈讓他一時眼盲，以反射動作拉起直升機，導致地獄火飛彈失去準頭。他一面罵髒話一面盤旋在船頭上空，準備再次降低高度以完成任務。

解決所有乘客。主官的命令很清楚。

「可惡！你看！」三角洲二號從後座嚷嚷，一面指向窗外。「快艇！」

三角洲一號轉頭看見一艘被打成蜂窩的Crestliner快艇，正破浪駛離哥雅，沒入夜色中。

他必須做出決定。

114

寇奇以血手握緊Crestliner魅影2100的方向盤，快艇在海面上呼嘯而去。他將油門往前推至極點，希望以最高速前進。到了這個時候，他才感覺到灼痛難忍。他低頭看見右腿血流如注。他立刻頭暈起來。

他趕緊靠在方向盤上，轉身回頭望向哥雅，暗暗命令著直升機跟過來。陶倫德與瑞秋被困在狹道上，寇奇當時無法過去幫忙，因此被迫當下做出決定。

分散力量，各個擊破。

寇奇知道，假如他能引誘直升機遠離哥雅，也許陶倫德與瑞秋能以無線電呼救。不幸的是，他回頭望向燈火通明的哥雅時，仍見直升機盤旋在上空，彷彿拿不定主意。

來呀，你們這群混帳！跟我來呀！

無奈直升機並未隨快艇過來，反而繞向船尾，調整方位後降落在甲板上。不行啊！寇奇滿面驚恐地看著，這才理解自己拋下陶倫德與瑞秋任人宰割。

寇奇知道，以無線電呼救的責任如今落在他身上，因此他摸索著儀表板，找到無線電，撥開電源。沒有聲響。沒有燈光。沒有吱喳雜音。他將音量扭到最大。沒有聲音。快呀！他放開方向盤，跪下去查看究竟，傷腿馬上痛得他慘叫。他的兩眼聚焦在無線電上。他無法相信自己的眼睛。無線電的控制面板已被子彈射穿，旋轉鈕也已粉碎，鬆脫的電線自前方垂下。他看得發怔。

運氣怎麼衰到……

寇奇以無力的膝蓋支撐站起來，心想情況再壞也不可能比現在更糟了。他回頭望向哥雅時，卻看見了更糟糕的情況。兩名武裝軍人從直升機跳向甲板，隨後直升機再度騰空，轉向寇奇的方向全速前進。

寇奇癱了下去。*分散力量，各個擊破。*顯然今晚想得出高招的人不只他一個。

三角洲三號走過甲板，踏上通往下層甲板的網狀斜坡，這時聽見下方傳來女人的喊叫聲。他轉頭對三角洲二號示意，表示他要往下走，查個究竟。隊友點點頭，待在上層甲板以掩護搭檔。兩人仍可透過密語通訊器互通聲息。凱歐瓦的干擾系統設計巧妙，留下一條少有人用的頻道方便己方通訊。

三角洲三號握著短鼻機槍，悄悄移向通往下層的坡道。受過獵殺訓練的他提高警覺，開始在斜坡寸步向下移動，機槍平舉。

斜坡影響到視線，三角洲三號爲了看清楚不得不彎腰。他現在能清晰聽見喊叫聲。他繼續往下走。走完一半，他這時能辨別出附著在哥雅船腹之下的走道，扭曲如迷宮。喊叫聲加大。

接著他看見了瑞秋・謝克斯頓。走過迂迴的狹道一半時，瑞秋注視著欄杆外，朝著海面死命呼叫麥克・陶倫德。

陶倫德落海了嗎？也許是被炸到了？

果眞如此，三角洲三號的任務將比預期輕鬆得多，只須再向下走幾呎便可直接開槍，就像對著水桶射魚。唯一令他微微擔憂的是，瑞秋站在一只工具櫃附近，櫃門開著，意味著她可能握有武器——魚槍或鯊魚步槍——只不過兩者都不敵他手中的機槍。三角洲三號自信已掌握全局，因此平舉機槍，再往下邁出一步。幾乎可見瑞秋・謝克斯頓的全身了。他舉起機槍。

再走一步。

他底下傳來一陣騷動，就在坡道底下。三角洲三號低頭看見麥克・陶倫德時，與其說他心生恐懼，不如說他一時無法理解。他看見陶倫德手持鋁棒，朝他的腳戳來。儘管三角洲三號自認被引來這裡算是中了圈套，但他看見對手以如此拙劣的手段想絆倒他，不禁差點笑出來。

接著他感覺鋁棒的一端觸及他的腳跟。

右腳轟然爆炸，一陣白熱激痛竄遍全身，他失去重心，雙手亂舞，身體跌落在狹道上，然後順著坡道滾下去，機槍也鏗鏘掉落坡道上然後墜海。痛苦之中，他縮起身體去抓右腳，可惜右腳已經殘缺不全。

陶倫德立即來到攻擊者身邊，手上仍握緊冒著煙的炸鯊桿。這一根五呎長的Powerhead防鯊工具主要結構是鋁棒，末端附有一觸即發的十二號口徑獵槍子彈，是遭鯊魚攻擊時的防身武器。陶倫德爲炸鯊桿塡裝另一顆子彈，現在舉起冒煙的一端對準攻擊者的喉結。這人躺在坡道上，彷彿全身痲痺，向上直盯著陶倫德，表情是驚怒交加，痛苦難耐。

瑞秋跑上狹道。原先的計畫是她趁機奪走機槍，可惜機槍已經跌出狹道落海。

這人腰帶上的通訊儀器吱喳發聲，音調如同機器人。「三角洲三號？請回答。我聽見槍聲。」

這人沒有答話的意思。

儀器再次吱喳作響。「三角洲三號？請回答。你需不需要支援？」

幾乎在此同時，通訊器材又響起另一人的聲音，音調同樣像機器人，也可聽見直升機在背景呼呼響。「我是三角洲一號，」飛行員說。「我正在追逃離的船隻。三角洲三號，請回答。你受傷了嗎？你需不需要支援？」

陶倫德將炸鯊桿推向男子的喉嚨。「叫直升機放過那輛快艇。如果他們殺了我的朋友，你必死無疑。」

軍人痛得縮臉，一面舉起通訊器至唇邊。他直視著陶倫德，按下通話鍵。「我是三角洲三號，我沒事。摧毀逃離的船隻。」

115

凱蓓兒．艾許進入謝克斯頓的私人洗手間，準備爬出他的辦公室。謝克斯頓的來電讓她心情焦慮。她說她人在自己的辦公室時，謝克斯頓絕對遲疑了一下，彷彿他隱約知道對方在說謊。無論他知不知道，她仍無法駭進謝克斯頓的電腦，現在茫然不知下一步該怎麼走。

謝克斯頓正在等我。

她攀上洗手檯，正準備引體向上時，卻聽見有東西啪嚓掉落地磚的聲響。她心煩地低頭一看，發現自己不慎踢掉謝克斯頓的一對袖口鏈扣。剛才袖口鏈扣一定擺在洗手檯邊緣。

讓所有物品歸回原位。

凱蓓兒只好爬下來，拾起袖口鏈扣，放回洗手檯邊。她正要開始爬上洗手檯，動作到一半卻停住，再向袖口鏈扣看一眼。假如時間換成其他晚上，凱蓓兒會渾然未覺，但今晚袖口鏈扣上的姓名縮寫圖樣抓住了她的注意力。謝克斯頓希望把姓名縮寫的圖樣附在個人用品上，圖案是兩個字母交纏在一起。塞爵克．謝克斯頓。凱蓓兒回想起謝克斯頓最初設定的電腦密碼SSS。她腦中浮現桌曆……POTUS……輪流呈現白宮風景照的螢幕保護程式，樂觀的走馬燈繞著螢幕爬動，永無止境。

美國總統塞爵克．謝克斯頓……美國總統塞爵克．謝克斯頓……美國總統……

凱蓓兒呆立片刻，動著腦筋。難道他這麼自信？

只須幾秒便可揭曉，所以她趕緊回到謝克斯頓的辦公室，在電腦前坐下，鍵入七個字母的密碼。

POTUSSS

螢幕保護程式立即消失。

她目瞪口呆地看著。

千萬別低估政客的自大心。

116

魅影汽艇奔進夜色中，寇奇．馬林森這時已放開方向盤。他知道，汽艇一定會朝直線前進，握不握方向盤都一樣。阻力最小的路徑……

快艇在海面蹦跳奔馳，寇奇坐在後面，儘量評估腿傷的嚴重程度。一顆子彈射入小腿正面，差點打中脛骨，小腿腹不見子彈貫穿口，因此他知道子彈必定仍卡在小腿裡。他四下翻找止血用具，卻只找到蛙鞋、浮潛呼吸管、兩套救生衣。沒有急救箱。慌亂之中，寇奇打開一只小工具箱，發現裡面有一些工具、破布、膠帶、機油與其他維修物品。他看著血淋淋的小腿，心想還要開多遠才可脫離鯊魚的海域。

還得開個大老遠吧。

三角洲一號讓凱歐瓦直升機低飛海面上，一面在黑暗中搜尋逃離的汽艇。他推斷汽艇一定朝海岸逃命，儘量拉開與哥雅之間的距離，因此跟隨著汽艇原先出發的方向追去。

早該趕上了才對吧。

在平常的狀況，追查船隻逃命的行蹤很簡單，只要打開雷達即可，但由於凱歐瓦的干擾系統在方圓數哩布下熱雜訊傘，雷達已無用武之地。而在他得知哥雅上的人員全部斃命之前，他也不能解除干擾系統。今晚不准哥雅對外緊急通話。

葬送隕石的祕密。就在這裡。就趁現在。

幸運的是，三角洲一號仍有其他追蹤方式。儘管海水溫度出奇地高，想明確顯示快艇的熱跡卻是輕而易舉的事。他打開熱掃描器，顯示四周的海面是華氏九十五度（攝氏三十五度）的溫水。幸虧兩百五十馬力的船外式引擎全速前進時，溫度比海水高出數百度。

寇奇．馬林森的右腿與右腳麻木了。

他不知如何是好，只有拿破布仔細擦拭傷腿，然後以銀色膠布一層又一層裹緊傷口。等到膠布全部用罄，他整條小腿從腳踝到膝蓋全緊緊包裹在銀色護套中。血總算止住了，只不過衣服與雙手仍沾滿了血跡。

寇奇坐在逃生快艇的地板上，仍因直升機至今未能發現他而百思不解。他這時向外望去，掃視著後方的海平面，原本以爲能看見遠方的哥雅以及直追而來的直升機。奇怪的是，他什麼也沒看見。哥雅上的燈光已經消失了。應該還沒有跑那麼遠吧？

寇奇突然認爲逃生在望。也許他們在黑暗中追丟了。也許他能抵達海邊！

就在此時，他才注意到快艇後方激盪起的白浪並非直線，而是以大弧度從快艇後延伸而去，彷彿快艇繞著圓圈打轉而非直線行進。他越看越糊塗，因此轉頭順著弧形的白浪線瞭望，遠遠向外繞去。幾秒之後，他看見了。

哥雅在他的正左方，距離不到半哩遠。驚恐之餘寇奇理解到自己失算，只不過爲時已晚。在無人掌舵的情況下，快艇的船頭持續修正航道，依循強勁的洋流前進，而洋流的方向受到地幔熱柱影響而原地打轉。去他的，我竟然繞著大圈圈跑！

他已經繞回原位。

寇奇知道自己仍位於鯊魚密布的地幔熱柱範圍內，回想起陶倫德陰森的那段話。端腦嗅球特別發達……錘頭雙髻鯊一哩外的血一小滴都嗅得出來。寇奇看著沾血的手腳，看著裹著膠布的小腿。

直升機即將來到上空。

他剝開血衣，赤著身體倉皇奔向船尾。他知道鯊魚不可能追得上快艇，因此在強勁的水流中儘量沖洗身體。

只要一小滴血……

寇奇站起來，全身暴露在黑夜中，自知只有一條路可走。他以前聽說過，動物之所以撒尿劃分地盤，是因爲尿酸是人體製造的液體中氣味最強烈的一種。

但願比血更強烈，他心想。他後悔今晚沒有多喝幾杯啤酒，一面抬起傷腿擱在舷緣上，儘量對準膠布排尿。加油啊！他等著。後有直升機追兵，現在卻必須對自己全身撒尿，這種壓力奇大無比。

終於解放了。寇奇尿遍了膠布，徹底浸濕。他以膀胱僅剩無幾的尿液沾濕破布擦身。非常舒服。

頭上黑壓壓的夜空中，一道紅色雷射光朝他斜射而下，如同巨大的斷頭台上陰光閃閃的刀鋒。直升機以斜角出現，飛行員顯然不瞭解寇奇爲何繞回哥雅。

寇奇趕緊穿上高浮力的救生衣，移向高速前進的汽艇後端。在快艇血跡斑斑的地板上，距離寇奇站立處只有五呎的地方，出現了一個紅色光點。

時候到了。

在哥雅上，麥克・陶倫德並未看見Crestliner魅影2100爆炸起火，也未看見快艇帶著火與煙向空中翻了一個跟斗。

但他聽見了爆炸聲。

117

凌晨時分，西廂通常寂靜無聲，但總統身披浴袍、腳踩拖鞋冒出頭來，驚動了躺在午睡床上與留守就寢區的助理與幕僚。

「報告總統，我找不到她，」一名年輕的助理說。他快步跟著總統走進橢圓形辦公室。他已經找遍白宮。「田奇小姐不回叩機也不接手機。」

總統一臉氣急敗壞。「你找過了——」

「報告總統，她已經離開白宮了，」另一名助理連忙進來高聲說。「她大概一小時前刷卡離開了。我們認爲她可能去了國偵局。總機說她今晚跟匹克陵通過電話。」

「威廉・匹克陵？」總統的口氣疑惑。田奇與匹克陵的交情連相互寒暄都談不上。「你打給他了嗎？」

「報告總統，他也沒接聽。國偵局的總機也聯絡不到他。他們說，匹克陵的手機連響也不響了，就像他從地球上蒸發了一樣。」

賀尼盯了兩位助理片刻，然後走向吧台，爲自己倒一杯波本。他舉杯湊近嘴唇時，一名特勤人員匆匆走進辦公室。

「總統先生？我本來不打算叫醒您，不過我應該報告一下，剛才在羅斯福紀念碑發生汽車爆炸事件。」

「什麼！」賀尼的酒杯差點落地。「什麼時候？」

「一個鐘頭之前。」他的臉色陰沉下來。「聯邦調查局剛查出死者的身分……」

118

三角洲三號腳痛得慘叫。他感覺自己飄過一團混沌的意識雲中。我死了嗎？他試著移動卻感覺全身痲痺，幾乎無法呼吸。他只看見朦朧的形體。他的腦海回溯至海上的快艇爆炸，看見麥克·陶倫德站在身邊低頭怒視著他，以炸鯊桿直抵他的喉嚨。

陶倫德一定已經宰掉我了吧……

然而，三角洲三號右腳仍痛徹心扉，因而知道自己仍活著。往事緩緩飄回腦海。陶倫德一聽見快艇爆炸聲立刻發出痛苦的怒吼，捨不得好友命喪黃泉。接著陶倫德將狂亂的視線轉向三角洲三號，舉起手來彷彿準備將炸鯊桿刺向三號的喉嚨。然而他動作做到一半卻似乎猶豫起來，彷彿個人良心出手干預。挫折感與怒氣交相攻心之際，陶倫德扔開炸鯊桿，以穿著皮靴的腳踹向三角洲三號血肉模糊的右腳。

三角洲三號最後只記得因劇痛而嘔吐，意識隨之淡成漆黑的虛無。他這時逐漸甦醒，對自己昏迷多久沒有概念。他感覺到雙臂被綁在身後，繩結捆綁之緊只有行船人辦得到。他的兩腿也被綁住，拖向背後與手腕纏在一起，使得拱身向後的他無法動彈。他想大叫卻喊不出聲音。他的嘴巴被某種東西塞住。

三角洲三號無法想像身邊的狀況。就在這個時候，他感覺一陣涼涼的微風吹來，也看見明亮的燈光。他瞭解到自己人在哥雅的主甲板上。他扭動身體想求救，卻看見一幅可怖的景象。哥雅的深水潛艇以樹脂玻璃打造成圓形座艙，表面反射出他的模樣——腫包處處，不成人形。潛艇吊在三角洲三號的正前方，他發現自己躺在甲板上一扇巨大的活板門上。發現這一點固然令他憂心，但他腦中浮現一個最明顯的問題，更讓他心情七上八下。

如果我在甲板上……三角洲二號人在哪裡？

三角洲二號越來越焦急。

儘管隊友的密語通訊器訊號顯示一切正常，剛才那聲槍響並非出自機槍。顯然陶倫德或瑞秋・謝克斯頓發射了武器。三角洲二號靠過去，望向隊友下去的走道，看見了血跡。

他舉起武器，往下層甲板走去，順著血跡走上狹道，來到船頭。這時血跡又帶他向上來到另一條通往主甲板的坡道。甲板上不見人影。三角洲二號越來越提高警覺，循著長長的深紅血跡走過側甲板，往船尾走去，血跡通過他剛才下去過的那道下坡的入口。

怎麼搞的？血跡似乎繞了一大圈。

三角洲二號謹慎行動，槍對準前方，經過船上實驗區的入口。血跡持續通往船尾甲板。他小心以大幅度繞過轉角。他的視線隨血跡而去。

這時他看見了。

天啊！

三角洲三號躺在甲板上——手腳被綁緊，口中塞了東西——被隨便扔在小潛艇的正前方。即使從遠處看，三角洲二號也看得見隊友右腳缺了一大部分。

三角洲二號審慎提起機槍，往前移動。三角洲三號蠕動起來，拚命想講話。反諷的是，以他被束縛起來的姿態來看——雙膝被人向後硬扳——這姿勢可能因此救了他一條命，右腳的血流量顯然因此減緩。

三角洲二號逼近潛艇，發現自己能留心後方情況，不禁因擁有這份少有的福氣而感激。整艘船的甲板映照在潛艇的球形駕駛艙上。三角洲二號來到掙扎中的隊友旁。他看見隊友眼中發出警告訊號時已經太遲了。

不知從何處閃現銀光。

崔頓的機械爪之一突然衝向前去，夾住了三角洲二號的左大腿，力道大到足以夾斷腿骨。他拚命想掙脫，但機械爪刺入肌膚。他痛得慘叫，感覺骨頭快碎了。他的雙眼朝潛艇駕駛艙直瞪，看見甲板的倒影之內有個人，安穩躲在崔頓艙內的陰影中。

麥克·陶倫德坐在潛艇裡，操縱著機械手臂。

算你倒楣，三角洲二號咬牙切齒，儘量忘記腿傷，將機槍扛在肩上，瞄準陶倫德胸部偏左邊，而他的胸部只距離潛艇圓罩內部三呎。他扣動扳機，機槍砰砰發射。受騙上鉤的三角洲二號被怒火衝昏了頭，一直不願鬆開扳機，直到最後一顆彈殼鏗鏘落在甲板上爲止，扳機再扣也只有空響。他上氣不接下氣，扔開機槍，怒視著眼前彈痕累累的圓形潛艇。

「去死！」二號咬牙說，一面儘量將大腿從機械爪中掙脫出，而在他扭動時，金屬夾撕裂了大腿皮膚，扯開了一大道血紅的傷口。「幹！」他伸向腰帶上的密語通訊器，正要舉向嘴邊講話時，另一隻機械手臂在他面前啪的一聲打開，朝他猛衝過來，夾住他的右手臂。密語通訊器掉在甲板上。

就在這個時候，三角洲二號看見艙內的幽靈現身。一抹淡白的影像側身偏頭靠向一邊，透過未受子彈摧殘過的樹脂玻璃向外望來。震驚之餘，三角洲二號看著潛艇中央，發現子彈根本對厚厚的外殼毫無穿透力，只在外表打出了痘疤。

幾秒之後，潛艇上方的艙蓋打開，麥克·陶倫德爬出來。他看起來仍在發抖卻毫髮無傷。陶倫德爬下鋁質步道，踏上甲板，看看潛艇受損的外殼。

「每平方吋可承受一萬磅，」陶倫德說。「看來你的槍不夠力。」

在實驗室裡，瑞秋知道時間正逐秒流失。她聽見外面的甲板傳來槍聲，祈禱著一切情況都照陶倫德原定的計畫進行。她再也不想猜測隕石騙局的背後主導人是誰——是航太總署署長？瑪喬俐・田奇？或是總統本人？——無論是誰，現在已經不重要了。

他們休想逍遙法外。無論是誰，真相總有大白的一天。

瑞秋手臂的傷口已停止流血，而流竄全身的腎上腺素也安撫了痛處，強化了注意力。她找到紙筆，潦草寫下兩行文字，措辭唐突而笨拙，因爲目前的她無暇寫下長篇大論。她將這張紙加在手上這疊犯罪證據——透地雷達列印圖、巨大深水虱的相片、海床球粒的相片與文章、一份電子探測儀的分析數據。隕石是冒牌貨，這疊資料可以證明。

瑞秋將整疊資料塞進實驗室的傳眞機裡。她只背得出少數幾支傳眞號碼，因此選擇有限，但她已經決定讓誰收到這疊資料與她的短信。她憋著氣，小心按下對方的傳眞號碼。

她按下「送出」鍵，祈禱這個對象是睿智的選擇。

傳眞機發出嗶聲。

錯誤：無撥號音。

瑞秋早料到這一點。哥雅的通訊仍受到干擾。她站著等候，看著傳眞機，希望這一部與她家中的傳眞機具有相同的功能。

快呀！

經過五秒，傳眞機再發出嗶聲。

重新撥號……

太好了！瑞秋看著傳眞機進入重複循環操作的狀態。

錯誤：無撥號音

重新撥號……

錯誤：無撥號音

重新撥號……

瑞秋快跑離開實驗室，讓傳眞機自行尋找撥號音，這時直升機的螺旋槳從頭上隆隆飛過。

119

距離哥雅外一百六十哩處，凱蓓兒・艾許坐在謝克斯頓參議員的電腦前目瞪口呆。她的疑心並沒有冤枉好人。

但她從未想像到這人壞到這種程度。

她的眼前是掃描後儲藏的數位檔，顯示民間太空公司開給謝克斯頓的銀行支票，存入以代碼開戶的開曼群島帳號，總數不下數十張。凱蓓兒看見金額最小的一張是一萬五千美元。另外有幾張超過五十萬。

小錢，謝克斯頓晚上才告訴她。所有的捐款都在兩千美元的上限以內。

顯然謝克斯頓從頭到尾都在扯謊。凱蓓兒眼前的非法競選獻金規模浩大。遭人背叛加上憧憬幻滅，心痛的感覺這時沉沉打擊著凱蓓兒。他說謊。

她覺得自己愚蠢。她覺得自己骯髒。但她最大的感受是憤怒。

凱蓓兒單獨坐在黑暗中，明白了自己完全不知下一個動作要做什麼。

120

在哥雅上空，凱歐瓦繞過船尾甲板上空，三角洲一號向下注視，雙眼固定在一幅全然超出預期的景象。

麥克．陶倫德站在小潛艇旁的甲板上，潛艇的機械手臂宛若巨大昆蟲抓住三角洲二號。被吊在半空中的二號不斷掙扎，卻難以掙脫兩隻巨爪。

天啊，怎麼會這樣？

同樣令人震驚的是，瑞秋．謝克斯頓剛來到甲板上，在潛艇旁站定，腳邊躺了一個男人，手腳被綁緊，一腳流著血。那人只可能是三角洲三號。瑞秋端著三角洲部隊的機槍對準他，向上凝視著直升機，彷彿看準了直升機不敢攻擊。

三角洲一號一時感到暈眩，無法理解情況如何惡化至此。幾小時前，三角洲部隊在冰棚上失手，儘管罕見卻仍可解釋，如今再出錯眞的難以想像。

在正常情況下，慘敗的羞辱感肯定讓三角洲一號痛得椎心泣血，但今晚這份恥辱加重了幾倍，因爲他身旁多了一個人，一直坐在直升機內，而這人親身督戰是極爲反常的事。

主官。

三角洲部隊在羅斯福紀念碑執行完任務後，主官命令三角洲一號飛至白宮不遠處的無人公園裡，在雜草密布的小山樹林之間降落。主官剛在附近停車，步出黑暗，登上凱歐瓦，幾秒鐘後一同啓程。

雖然主官御駕親征的現象罕見，三角洲一號也不敢發牢騷。主官對三角洲部隊在米爾恩冰棚上的表現大失所望，同時也唯恐各方加重疑心與一探究竟的態度，因此通知三角洲一號，本行動的最後階段將由主官本人督導。

現在主官坐鎮前座，親眼目睹這一幕連三角洲一號也從未見過的敗仗。

非結束不可。現在就要。

主官從凱歐瓦向下凝視著哥雅的甲板，納悶著情況怎麼可能惡化到這種地步。今天從一開始就不順利——隕石出現疑點、冰棚滅口任務失手、迫不得已在羅斯福紀念碑暗殺高官。

「主官，」三角洲一號結結巴巴說，語調充滿震驚與羞愧。他看著哥雅甲板上的狀況。「我沒辦法想像……」

我也一樣，主官心想。他們顯然遠遠低估了對象的潛力。

主官向下看著瑞秋・謝克斯頓。她抬頭茫然盯著直升機擋風玻璃上的倒影，將密語通訊器舉到嘴邊。她的話經過合成後送至凱歐瓦。主官原以爲她會要求直升機撤退或解除干擾，讓陶倫德能進行呼救。但瑞秋・謝克斯頓說出的話讓主官脊背發涼。

「你們動作太慢了，」她說。「知道眞相的不只有我們這幾個。」

這兩句話在直升機內部迴盪了片刻。雖然這種說法有如天方夜譚，但再小的可能性也能讓主官猶豫。整套計畫的成敗，關鍵在於能否除去所有知悉眞相的人。儘管圍堵事實的結果可能血流成河，主官必須確定就此能畫下句點。

另外有人知情……

瑞秋・謝克斯頓素有嚴守保密規定的美名，主官很難相信她竟決定對外透露這項機密。

瑞秋再度透過密語通訊器放話。「你們撤退，我們就饒了他們倆。敢靠近一步，他們就死定了。無論你們選擇怎麼走，眞相已經傳出去了。停損點到了。趕快退下。」

「妳別想唬人，」主官說。主官知道，瑞秋・謝克斯頓聽見的人聲是合成過的中性機械語音。「妳沒有對外透露。」

「你準備冒這個險嗎？」瑞秋頂撞回去。「我剛才一直無法聯絡到威廉・匹克陵，因此擔心起來，爲自己鋪好了退路。」

主官皺眉。這話不無可能。

「他們不信，」瑞秋邊說邊瞄向陶倫德。

被機械手臂掐住的軍人露出痛苦的冷笑。「你的彈匣空了，而且直升機就要把你們轟下地獄，你們兩個必死，唯一的生路是放我們走。」

才怪，瑞秋心想，一面極力評估下一步。她看著躺在腳邊的人。這人手腳被捆綁，嘴巴被塞住，躺在潛艇正前方，看起來因失血過多而意識不清。她在這人身旁蹲下，直盯他的冷酷的眼睛。「我要取出你嘴巴裡的東西，替你拿著密語通訊器，然後由你來勸直升機撤退。聽清楚了沒？」

男人熱切地點頭。

瑞秋取出男人嘴裡的東西，不料他卻對瑞秋的臉吐出一團含血的唾液。

「賤貨，」他咬牙切齒咳著說。「我等著看妳死。他們會把妳當作豬一樣宰割，我從頭到尾會看得很爽。」

瑞秋擦掉臉上溫熱的唾液，感覺陶倫德以雙手攙起她，拉她後退，穩住她的腳步，一面接下她的機槍。陶倫德觸摸她的雙手顫抖，讓她領會到陶倫德情緒已經失控。陶倫德走向幾碼外的一座控制面板，一手壓在操縱桿上，與躺在甲板上的男子互瞪。

「兩好球，」陶倫德說。「在我的船上，沒有三好球這一回事。」

陶倫德滿腔是堅決的怒火，向下猛拉操縱桿。崔頓下面甲板上的活板門向下翻開，有如絞刑臺的地板。手腳被捆綁的軍人短短哀嚎一聲後垂直落入洞口，消失在三十呎下的海水中，激起血紅色的浪花。鯊魚立即撲向他。

主官氣得直發抖，從凱歐瓦向下看著三角洲三號。他僅存的肢體被船下強勁的洋流沖出，被照亮的海水呈現淺紅。幾條魚在爭食看似手臂的東西。

我的天啊。

主官將視線移回甲板。三角洲二號仍被崔頓的爪子掛在半空中，但現在潛艇下面的甲板開了一個血盆大口。他的雙腳懸空掙扎著。陶倫德只須鬆開那對機械手臂，三角洲二號就成了下一個亡魂。

「好吧，」主官對著密語通訊器大吼。「等一下。別輕舉妄動！」

瑞秋站在直升機下方的甲板上，向上直盯著凱歐瓦。即使距離這麼遠，主官仍可察覺出她眼神帶有堅決的意味。瑞秋將密語通訊器舉向嘴邊。「你還以爲我們在唬人？」她說。「你打給國偵局的總機找吉姆·沙米爾強。他在計畫分析科值夜班。我把隕石的事情全告訴他了。他能證實。」

她居然指名道姓？這下子不妙了。瑞秋·謝克斯頓不是傻瓜，而主官查證她是否又想唬人只須幾秒。主官不認得國家偵察局上下有誰叫做吉姆·沙米爾強，但國偵局的人員眾多，瑞秋說的相當有可能是實話。下令奪命之前，主官必須證實她是否說謊。

三角洲一號轉頭看。「要我解除干擾傘，方便主官打電話證實一下嗎？」

主官向下凝視著瑞秋與陶倫德，可看清兩人的一舉一動。如果兩人取出手機或無線電，主官知道三角洲一號可重新啓動干擾系統，切斷他們對外的連線。解除干擾系統的風險極小。

「關掉干擾傘，」主官說著取出手機。「我來證實瑞秋在說謊，然後我們就能想辦法救出二號，結束這場鬧劇。」

在費爾法克斯，國偵局的中央總機接線員越來越不耐煩。「我剛才說過了，我在計畫分析科找不到吉姆・沙米爾強這個姓名。」

來電者語意堅持。「妳試過其他拼法嗎？妳找過其他部門嗎？」

接線員已經查過了，但她再查一次。過了幾秒，她說，「全部員工名單上查不到吉姆・沙米爾強這個人，各種拼法都找不到。」

來電者一聽，說話口氣出奇地高興起來。「這麼說來，妳確定國偵局的工作人員裡，沒有吉姆・沙米爾強──」

來電者的一端突然傳來匆忙騷動的聲響，有人驚呼，來電者大聲咒罵後迅速切斷電話。

在凱歐瓦上，三角洲一號氣得尖叫，急忙重開干擾系統。他理解出蹊蹺時已經晚了一步。駕駛艙裡眾多亮著燈的控制鈕中，有一顆發光二極管（LED）計量燈顯示一批衛星通訊資料訊號正由哥雅送出。怎麼可能？沒有人離開甲板啊！在三角洲一號來得及打開干擾傘前，哥雅對外的連線已經自行中斷。

在船上的實驗室裡，傳真機心滿意足地發出嗶聲。

載波發現……傳真已送出

121

不殺人就等死。瑞秋剛發現她從來不知道存在的一面。求生本能——由恐懼心助長的蠻橫膽識。

「對外傳眞的內容是什麼？」密語通訊器對講機另一端質問。

瑞秋聽見傳眞確實依計畫傳了出去，不禁鬆了一口氣。「離開這地方，」她對著密語通訊器命令，怒視著滯留上空的直升機。「結束了。你的祕密已經被公開了。」瑞秋將傳眞內容一五一十說出來。六七頁圖文。斬釘截鐵證明隕石造假。「傷害我們，只會讓你的情勢惡化。」

對方遲疑一陣子，氣氛凝重。「妳把資料傳眞給誰？」

瑞秋無意回答這個問題。她與陶倫德必須盡可能拖延時間，兩人站在甲板的開口附近，左爲崔頓，右爲直升機，三點形成一直線，因此直升機朝兩人開槍時，絕對不可能不射中機械手臂中的軍人。

「威廉．匹克陵，」對方猜測，口氣出奇地充滿希望。「妳傳給匹克陵。」

答錯，瑞秋心想。匹克陵原本是上上之選，但她被迫選擇另一人，因爲她擔心攻擊者已經解決了匹克陵。假使匹克陵已經身亡，表示攻擊者吃了秤砣鐵了心，行動大膽到令人心寒的地步。在走投無路之際，瑞秋只背得出另一組傳眞號碼，只好將資料傳過去。

她父親的辦公室。

瑞秋的母親去世後，父親爲避免與瑞秋面對面處理遺產，因此選擇以傳眞討論諸多細節，所以他的辦公室傳眞號碼就此痛苦地刻印在瑞秋的記憶裡。瑞秋從未想過自己竟會在危急時刻向父親求救，但今晚父親擁有兩項關鍵的特質——第一，他具有正確的政治動機，會毫不猶豫釋出隕石的內幕；第二，他具有足夠的政治力，能致電白宮要脅對方撤回暗殺小組。

雖然她的父親在凌晨時分極不可能進辦公室，瑞秋知道他把辦公室視爲保險櫃，機關一道又一道，資料一傳進他的辦公室裡，相當於鎖進定時開啓的保險箱。即使攻擊者知道資料的去向，也不太可能闖關成功，因爲哈特參議院辦公大樓屬於聯邦單位，門禁森嚴，想擅闖參議員的辦公室不可能不被發覺。

「不管妳把資料傳眞到什麼地方，」直升機內的聲音說，「妳讓那人的生命受到威脅。」

瑞秋知道，儘管她內心恐懼無比，此時仍須以強勢的口吻發言。她指向潛艇機械手臂中的軍人。軍人雙腿垂掛在深淵之上，血滴直落三十呎下的海水。「生命受到威脅的人只有你的手下，」她對著密語通訊器說。「結束了。撤退吧。資料已經傳出去了。離開這一帶，否則這個人死定了。」

密語通訊器另一端的人回嘴，「謝克斯頓小姐，妳不瞭解這事的重要──」

「瞭解？」瑞秋爆發怒火。「據我瞭解，你殺害了幾個無辜的人！據我瞭解，你編織了隕石的幌子！據我瞭解，你絕對無法得逞的！就算你殺了我們全部，你也玩不下去了！」

對方沉默了好一陣子，最後才說，「我這就下去。」

瑞秋感覺肌肉緊縮。下去？

「我沒帶武器，」對方說。「別貿然做出傻事。妳和我有必要面對面商量。」

在瑞秋來得及反應前，直升機開始降落在哥雅的甲板上，機身乘客座的門打開，一人步下飛機。這名男子相貌平庸，身穿黑色西裝領帶。一時之間，瑞秋的腦袋一片空白。

她凝視的人是威廉·匹克陵。

威廉·匹克陵站在甲板上，以遺憾的眼神注視著瑞秋·謝克斯頓。他從未想到會演變到今天如此的地步。他朝她走過去時，能看見這位部屬的神態複雜不安，百感交集。

震驚、受騙、迷惑、憤怒。

我全能理解，他心想。她不瞭解的事情畢竟太多了。

匹克陵的腦海霎時之間閃過黛安娜的影像。他想知道女兒臨死前內心有何感受。黛安娜與瑞秋是同一場戰爭的陣亡戰士，而匹克陵發誓若一氣尚存將抗戰到底。有時候，傷亡如此令人心痛。

「瑞秋，」匹克陵說。「我們可以商量一下。我有很多事情需要解釋。」

瑞秋・謝克斯頓一臉駭然，幾近反胃。陶倫德這時接下了機關槍，對準匹克陵的胸口。陶倫德也露出迷惘的神色。

「別靠近！」陶倫德高喊。

匹克陵在五碼外站定，視線聚焦在瑞秋臉上。「妳父親收受賄款，瑞秋。他被民間太空公司收買了。他計畫支解航太總署，將太空開放給民間經營。為了國家安全著想，我們非阻止他不可。」

瑞秋面無表情。

匹克陵嘆氣道，「航太總署儘管缺點很多，我們不能讓航太總署民營。」她應該能理解航太總署民營後的種種危機。民營化之後，航太總署的人才與見解勢必流入民間企業，智囊勢必就此瓦解，軍方將喪失航太總署提供的科技。民間太空公司為籌措資金，必定開始出售航太總署的專利與點子，賣給全世界出價最高的人！

瑞秋以顫音說，「你拿假隕石來冒充，殺害無辜民眾……居然舉著國家安全的大旗？」

「本來絕對沒預料會出這種狀況的，」匹克陵說。「原本的計畫是搶救重要的政府單位。殺人不在原訂計畫中。」

匹克陵知道，隕石騙局與多數情資提案一樣，皆為恐懼的產物。三年前，國偵局為防止水中聽音器遭敵手陰謀破壞，因此由匹克陵主導一項計畫，將聽音器擴展至深海區。這項計劃運用新研發的航太總署建材，祕密設計一架出奇堅固的潛艇，能載人潛入最深的海域——包括馬里亞納海溝的底部。

新型潛艇以革命性的陶瓷材質製造，可搭載兩人，設計藍圖駭自加州一名工程師的電腦。這位工程師名叫葛蘭姆．霍克斯，是設計潛水艇的天才，終生夢想是打造他命名為「海底飛行二號」的極深海潛艇。霍克斯正愁籌措不出資金來打造原型。匹克陵則享有無盡預算。

有了這架機密的陶瓷潛艇，匹克陵派一組人偷偷潛入敵手無法深入的深度，在馬里亞納的海溝壁安置水中聽音器。然而在鑿孔安裝時，小組發掘出科學界前所未見的地質結構，包括幾種未知的物種化石以及隕石球粒。當然，由於國偵局將潛艇深入海溝一事列入機密，這些科學發現自然無法與外界分享。

一直到最近，匹克陵再次受到恐懼感的驅使，私下聽從國偵局科學顧問小組的建議，決定善用馬里亞納海溝的特殊地質構造來拯救航太總署，將海溝岩改裝成隕石說來異想天開，實行起來卻相對簡單。國偵局小組使用擴張式循環引擎泥氫引擎燒灼這塊海石，燒出足以亂眞的熔凝殼，接著派出載重小潛艇潛入米爾恩冰棚下，將焦岩由下植入冰層中，等植入穴重新凍結，即能製造出焦岩埋藏三百多年的假象。

不幸的是，最偉大的計畫往往栽在最渺小的失誤上，這種事在機密行動界中屢見不鮮。就在昨天，全部假象居然被幾個發光浮游生物拆穿了……

從待命中的凱歐瓦駕駛艙裡，三角洲一號看著演進中的狀況。瑞秋與陶倫德似乎明顯佔了上風，只不過眼前這幅空洞的假象差點讓三角洲一號笑出來。陶倫德手上的機槍是廢鐵一堆；即使從直升機的位置，三角洲一號仍可看出擊發桿組件退至後面，顯示彈匣裡的子彈已經用罄。

三角洲一號望向機械手臂中的隊友，心知動作不快不行。甲板上的焦點目前全落在匹克陵身上，三角洲一號可趁機行動。他讓螺旋槳繼續空轉，從機身後門溜走，再以直升機作為掩護，隱身走上右舷的通道。他帶著自己的機槍，往船首走去。直升機降落甲板之前，匹克陵曾對三角洲一號明確指示過上述步驟，三角洲一號不願讓如此簡單的任務失手。

再過幾分鐘，他知道，這一切都將落幕。

122

札克理．賀尼仍披著浴袍，坐在橢圓形辦公室的桌子前，頭隱隱作痛。最新的一道謎題已經揭曉。

瑪喬俐．田奇已經遇害身亡。

賀尼的助理報告，情報顯示田奇駕車前往羅斯福紀念碑與威廉．匹克陵私會。由於匹克陵也告失蹤，幕僚擔心匹克陵也可能遭到不測。

總統與匹克陵最近鬧過幾次意見。幾個月前，賀尼得知匹克陵違法為他取得機密資訊，目的是拉抬賀尼萎靡不振的選情。

匹克陵運用國偵局的資源，祕密刺探謝克斯頓參議員，取得的資訊足以讓參議員鳴金收兵。這些資訊包括他與助理凱蓓兒．艾許不堪入目的性愛相片，以及他收受民間太空公司違法獻金的證據。匹克陵匿名將所有證據交給瑪喬俐．田奇，認為白宮能善加運用。不料賀尼見到資料後禁止田奇使用。性醜聞與賄賂是華府的惡性腫瘤，在民眾面前張揚只會徒增民眾對政府的不信任。

國家快被民眾的冷言冷語整垮了。

雖然賀尼知道醜聞能擊退謝克斯頓，卻得賠上美國參議院的尊嚴。這種事情賀尼做不出來。

不再出負面牌。賀尼單憑議題便可擊敗謝克斯頓參議員。

白宮拒絕善用匹克陵提供的證據，令匹克陵一氣之下放出謝克斯頓與凱蓓兒．艾許上過床的八卦消息，希望就此引燃醜聞之火。不幸的是，謝克斯頓憤慨地撇清男女關係，信服力大到總統不得不親自出面為八卦風波道歉。到頭來，威廉．匹克陵造成的傷害大過於功勞。賀尼告訴匹克陵，假如匹克陵再干涉選戰就讓他吃官司。這其中最大的反諷之處，當然是匹克陵根本不欣賞賀尼總統。國偵局局長匹克陵企圖拉抬總統的選情，其實只是爲航太總署的命運擔憂。札克理・賀尼是兩惡之中較小的一個。

難道有人殺害了匹克陵？

賀尼無法想像。

「報告總統，」一名助理說，「我依總統的指示，打電話給羅倫斯・艾斯崇，向他報告瑪喬俐・田奇出事的消息。」

「謝謝你。」

「署長有事想報告總統。」

艾斯崇謊報補救繞行極地掃描密度衛星成功一事，賀尼仍一肚子火。「告訴他，我早上再跟他商量。」

「報告總統，艾斯崇署長想現在商量。」助理神色不安。「他非常生氣。」

他生氣？賀尼感覺自己的怒氣暴漲。他氣呼呼離座去接艾斯崇的電話，心想今晚還有可能出什麼樣的差錯。

123

哥雅上的瑞秋感到頭重腳輕。如濃霧般罩在她周遭的疑雲已經開始淡去，明明白白的事實聚焦後令她覺得渾身赤裸，直覺得反胃。她看著眼前的陌生人，幾乎聽不見對方的講話聲。

「我們需要重建航太總署的形象，」匹克陵正在說。「他們受歡迎的程度和資金逐年下滑，對許多層面造成危險。」匹克陵停頓下來，灰色的眼珠看緊瑞秋的眼睛。「瑞秋，航太總署迫切需要攻下一城。非得有人從旁推一把不可。」

・・・

非想想辦法不行，匹克陵心想。

隕石是情急之下的最後手段。爲了拯救航太總署，匹克陵與其他人試圖遊說白宮，希望將航太總署納入情報圈中，讓航太總署享有更充裕的經費與更周到的保密措施，無奈白宮連番排斥這種建議，認爲遊說人意圖染指純科學。短視近利的理想主義。由於謝克斯頓打出反航太總署的口號，聲勢日漸壯大，匹克陵與軍方權力玩家知道再不出手就太遲了，因此認定挽回航太總署的形象、避免航太總署淪落拍賣市場的唯一途徑是活化納稅人與國會的想像力。如果航太總署想生存下去，必須爲航太總署罩上光環，讓納稅人重溫阿波羅太空梭的黃金歲月。此外，如果札克理・賀尼想擊退謝克斯頓參議員，他需要助力。

我想扶他一把，匹克陵告訴自己。他回想到自己送給瑪喬俐・田奇那麼多致命證據。可惜賀尼禁止田奇使用，逼得匹克陵只好採取斷然措施。

「瑞秋，」匹克陵說，「妳剛從船上傳眞出去的資料很危險。妳必須瞭解這一點。如果消息傳出去了，外界會認定白宮和航太總署聯手共謀，會對總統和航太總署產生嚴重的傷害。總統和航太總署完全不知情，瑞秋。他們是無辜的。他們相信隕石如假包換。」

匹克陵當初完全無意將賀尼或艾斯崇納入騙局中，因為這兩人的理想主義過高，絕不可能同意詐欺的手法，就算詐欺的結果或能保住總統寶座或航太總署也一樣。艾斯崇署長唯一的罪行只有勸繞行極地掃描密度衛星專案的科長謊報偵異軟體修復。一旦艾斯崇理解到這顆隕石竟然如此廣受矚目，他一定後悔莫及。

賀尼堅持打一場乾淨的選戰，備感挫折的瑪喬俐．田奇遂與艾斯崇聯手謊報繞行極地掃描密度衛星修復，希望以衛星小小的斬獲為總統阻擋日漸高漲的謝克斯頓潮水。

假使當初田奇用了我給她的相片和獻金資料，就不會演變到今天這種局面！

匹克陵對奪取田奇的性命深感遺憾。瑞秋與田奇通話並指控詐欺時，田奇就註定一死。匹克陵知道，瑞秋對田奇口出狂言後，田奇必定會用盡一切手段查清瑞秋的動機，而匹克陵顯然絕不可能放任田奇著手調查。反諷的是，田奇效忠總統的最佳方式是一死，因為資政死於非命能為白宮鞏固同情票，同時也為謝克斯頓的陣營蒙上殺人嫌疑，畢竟瑪喬俐．田奇在CNN上公開羞辱了謝克斯頓。

瑞秋站穩雙腳，怒視著上司。

「妳必須瞭解，」匹克陵說，「如果隕石造假的消息走漏出去，妳會摧毀無辜的總統，也會摧毀無辜的太空機構，同時也把一個非常陰險的人物送進白宮。我需要知道妳把資料傳真到什麼地方。」

他說出這些話的同時，瑞秋臉上飄過怪異的神情。她的表情是痛苦加驚恐，是剛領悟出自己可能鑄下大錯後的表情。

三角洲一號繞過了船頭，走下左舷，此時站在船上的實驗室裡。剛才直升機飛過來時，他看見瑞秋從這裡走上甲板。實驗室裡的一臺電腦顯示出令人心驚的影像——多重色彩呈現深海旋渦，隱隱脈動著，顯然正在哥雅下某處的海床上方盤旋著。

為趕緊離開這地方的理由再添一樁，他邊想邊走向目標物。

傳眞機擺在實驗室另一邊的牆壁櫃檯上，盛紙架上有一疊紙張，地點正如匹克陵所料。三角洲一號拿起紙張。瑞秋手寫的訊息放在最上面。只有兩行。他閱讀著。

簡潔有力，他心想。

他瀏覽著資料，對陶倫德與瑞秋的研究功力既驚訝又失望。無論看見這些資料的人是誰，無疑會相信隕石是一樁騙局。幸好三角洲一號不需要按「重撥」鍵即可得知資料的收件號碼。最後一組傳眞號碼仍顯示於液晶顯示視窗。

前三碼是華盛頓特區。

他小心抄下傳眞號碼，抓起所有的資料走出實驗室。

陶倫德握著機槍，將槍口對準威廉·匹克陵的胸膛。他覺得手心在冒汗。國偵局局長仍逼迫瑞秋說出資料傳至何處，陶倫德開始擔心匹克陵只是想爭取時間。為了什麼？

「白宮和航太總署是淸白的，」匹克陵重複。「跟我合作。別讓我一人的錯誤毀了航太總署所剩無幾的誠信。這事洩露出去，民衆會認爲航太總署有罪。妳和我可以協商一下。美國需要這一顆隕石。告訴我，妳把資料傳到哪裡去，以免到時候後悔莫及。」

「方便你去殺別人嗎？」瑞秋說。「你讓我想吐。」

瑞秋不屈不撓的態度令陶倫德訝異。她鄙視父親，卻顯然無意讓父親置身險境。可惜的是，瑞秋傳眞給父親求救的計畫是項敗筆。即使參議員進了辦公室看見傳眞，然後致電總統拆穿隕石騙局，請總統制止暗殺行動，白宮也不會有人知道謝克斯頓在講什麼，甚至連他女兒人在哪裡也不清楚。

「我再說最後一遍，」匹克陵說，以猙獰的眼神盯住瑞秋。「情況太複雜了，妳無法全盤理解。妳把資料傳出這艘船是犯下了大錯。妳將美國置於險境。」

威廉．匹克陵確實是在運用拖延戰術，陶倫德這才瞭解。而他拖時間掩護的人，如今正大步從右舷走來，神態安詳。陶倫德看見悠哉走來的軍人拿著機槍與一疊紙張，心頭驚恐起來。

陶倫德做出果決的反應，連他自己也嚇一跳。他握緊機槍，猛然迴轉，瞄準來人，扣下扳機。

機槍發出不痛不癢的喀嚓一聲。

「我發現了傳眞號碼，」軍人邊說邊向匹克陵遞出一疊紙。「也發現陶倫德先生用光了子彈。」

124

在哈特參議院辦公大樓裡，塞爵克・謝克斯頓衝上走廊。凱蓓兒顯然以不明的手段進了他的辦公室。他與凱蓓兒講電話時，明顯聽出老爺鐘特殊的「滴滴滴」三響。他只能推測出凱蓓兒動機。竊聽到他與太空拓荒基金會開會的內容，必定動搖了凱蓓兒對他的信任，因此前來挖掘證據。

她居然進得了我的辦公室！

謝克斯頓慶幸自己更改了電腦密碼。

謝克斯頓來到私人辦公室門口，輸入密碼後解除警報，然後從口袋摸出鑰匙，轟然摔開沉重的雙扉門，直衝進去，一心一意想當場逮捕凱蓓兒。

然而辦公室裡空曠而漆黑，唯一的光線來自電腦的螢幕保護程式。他打開電燈，兩眼掃視周遭。所有東西都在原位。除了老爺鐘發出滴滴滴三響之外一片死寂。

她死到哪裡去了？

他聽見私人洗手間傳來窸窣聲，箭步過去開燈。洗手間裡無人。他查看門後。無人。

疑惑之餘，謝克斯頓看著鏡中的自己，懷疑今晚是不是喝太多了。我明明聽見了。他覺得茫然無緒又困惑，一面走回辦公室。

「凱蓓兒？」他高喊。他來到走廊上，走向凱蓓兒的辦公室。她不在辦公室裡。她的辦公室沒開燈。

女廁傳出馬桶沖水聲，謝克斯頓轉身，邁開大步往女廁的方向走去，正好與走出廁所的凱蓓兒撞個正著。凱蓓兒正在擦手。她看見謝克斯頓時嚇了一跳。

「天啊！你嚇到我了！」她說，面露眞心受驚的表情。「你來這裡做什麼？」

「妳說妳在妳的辦公室找航太總署資料，」他高聲說，一面注視著她空空的雙手。「資料呢？」

「我找不到。我找遍了全辦公室。所以才拖這麼久。」

他直盯凱蓓兒的眼珠。「妳有沒有進我的辦公室？」

他的傳真機救了我一命，凱蓓兒心想。

短短幾分鐘前，她坐在謝克斯頓的電腦前面，正想設法列印出電腦裡的違法支票掃描檔，可惜檔案受到保護，短時間內她想不出列印的方式。若非謝克斯頓的傳眞機響起，她可能現在仍在動腦。傳眞鈴響驚動了她，讓她重新回到現實，心想也許該撤退了，因此連看也不看傳眞內容就退出謝克斯頓的電腦，讓一切恢復原狀，踏上來時路。聽見謝克斯頓進門時，她正好爬出謝克斯頓的洗手間。

現在謝克斯頓站在她面前，視線向下盯著她。她察覺到對方正在搜尋說謊的跡象。凱蓓兒從未見過比塞爵克．謝克斯頓更能嗅出欺瞞跡象的人。如果凱蓓兒說謊，一定騙不過謝克斯頓。

「你喝多了，」凱蓓兒說著轉身就走。他怎麼知道我進過他的辦公室？

謝克斯頓雙手擱在她的肩膀上，硬將她拉回，讓她轉身過來。「妳有沒有進我的辦公室？」

凱蓓兒的恐懼感逐漸加深。謝克斯頓的確是喝多了。他的手勁粗蠻。「你的辦公室？」她質問，一面強擠出困惑的一笑。「怎麼進去？為什麼進去？」

「我打電話給妳的時候，聽見我的老爺鐘在滴答響。」

凱蓓兒暗暗叫慘。他的老爺鐘？她沒有想到過。「你這話有多荒謬，你自己知不知道？」

「我整天在那間辦公室裡上班，對那個老爺鐘的聲音清楚得很。」

凱蓓兒察覺自己非立即結束這一幕不可。最佳的防禦法，即是好好主動出擊。尤蘭達．柯爾一向這樣教她。凱蓓兒雙手插腰，使出渾身解數主動出擊。她向前靠近，與他近距離面對面，一臉凶巴巴。「參議員，現在是凌晨四點，你多喝了幾杯，在電話裡聽見滴答聲，所以趕來這裡？有沒有搞錯？」她憤慨地指向走廊另一端的辦公室門。「我替你聲明一下好了，你是在指控我解除聯邦警報系統、撬開兩道門鎖、闖進你的辦公室、笨到在犯下重罪時接聽手機、離開時重新設定警報系統、然後還鎖定去化妝室，最後卻兩手空空？你是不是想講這樣？」

謝克斯頓兩眼圓睜，眨了又眨。

「一個人不應該喝悶酒，這不是沒有原因的，」凱蓓兒說。「你現在想談航太總署的事，還是不談拉倒？」

謝克斯頓走回自己辦公室時滿腦混沌。他直接走進附有洗手臺的吧台，為自己倒了一杯百事可樂。他明明不覺得自己喝醉了。難道他真的弄錯了？辦公室另一邊的老爺鐘滴答響著，似乎在嘲弄他。謝克斯頓喝乾飲料，再為自己倒一杯，也倒一杯給凱蓓兒。

「要不要喝，凱蓓兒？」他轉回辦公室內。凱蓓兒並沒有跟著他進來。她仍站在門口，讓他嘗盡苦頭。「哎呀，看在老天的分上！進來啦。妳去航太總署查出了什麼，說來聽聽。」

「我今晚已經受夠了氣，」她的語氣疏遠。「我們明天再談。」

謝克斯頓沒心情陪她玩遊戲。他現在就需要航太總署的這份資訊，但他也不願磕頭乞求。他疲倦地大嘆一口氣。主動建立互信。一切都靠信任。「算我搞錯了，」他說。「對不起。今天實在太亂了。我不知道當時在想什麼。」

凱蓓兒仍站在門口。

謝克斯頓走向辦公桌，把凱蓓兒的可樂放在自己的杯墊上。他朝自己的皮椅示意——象徵權力的座位。「坐下吧。喝杯汽水。我去洗把臉提提神。」他往洗手間走去。

凱蓓兒仍沒有動作。

「傳眞機好像收到東西了，」謝克斯頓邊走進洗手間邊回頭說。表現出你信任她。「幫我看一下，好嗎？」

謝克斯頓關上廁所門，讓洗手檯灌滿冷水。他把水潑在臉上，卻不覺得清醒。這種情況以前從未發生過——如此確定卻錯得如此離譜。謝克斯頓這人向來信任自己的直覺，而直覺告訴他，凱蓓兒·艾許的確進過他的辦公室。

只是，怎麼進來？不可能。

謝克斯頓叫自己忘掉這件事，將心思專注在手上的問題。航太總署。他現在需要凱蓓兒。現在不能孤立她。他需要知道她得知的訊息。忘掉你的直覺。你料錯了。

謝克斯頓擦乾臉時頭向後仰，深深吸了一口氣。放輕鬆，他告訴自己。話別講得太重。他閉上雙眼，再次深呼吸，感覺舒坦多了。

謝克斯頓走出洗手間時，欣然看見凱蓓兒已默默接受他的道歉，進入他的辦公室。那就好，他心想。現在可以開始談正事了。凱蓓兒站在他的傳眞機前，翻閱著剛才傳進來的資料。謝克斯頓看見她的表情時感到狐疑。她的表情是六神無主加恐懼。

「怎麼了？」謝克斯頓向她走去。

凱蓓兒搖搖晃晃，彷彿即將暈倒。

「什麼事？」

「那顆隕石……」她的話鯁在喉嚨，嗓音虛弱。她以抖動的手將一疊傳眞紙遞給他。「還有，你的女兒……她有危險。」

謝克斯頓越聽越糊塗，走過去接下傳眞。最上面一張是手寫的訊息。謝克斯頓立刻認出筆跡。訊息的內容簡單卻驚人。

隕石是假的。證明在這裡。航太總署和白宮想殺我。救命！——瑞秋

參議員很少發生完全無法理解的狀態，但他重新閱讀瑞秋的訊息時，仍難以瞭解其中的意義。

隕石是假的？航太總署和白宮想殺她？

在越來越濃的謎霧之中，謝克斯頓開始一一翻看這六七張傳眞。第一張是電腦化的影像，標題註明「透地雷達（GPR）」。圖片看似聲波測冰層之類的顯象圖。謝克斯頓在電視看過這個採掘坑。吸引他視線的是漂浮坑中的模糊人體輪廓。接著他看見更加令他震驚的東西——隕石原地的正下方出現另一道坑洞，輪廓明顯，彷彿石頭是從冰層下面植入。

怎麼會這樣？

謝克斯頓翻到下一頁，眼前出現的是某種海洋生物的相片，學名是巨大深水虱。他全身怔住了。不正是隕石化石裡的動物！

他越翻越快，看見一張圖表顯示隕石外層的電離氫成分。這一頁上面有人潦草寫下：泥氫燒灼？航太總署的擴張式循環引擎？

謝克斯頓無法相信自己的眼睛，整間辦公室開始在他周圍打轉。他翻至最後一頁——相片顯示岩石含有金屬粒，與隕石上的金屬粒一模一樣。驚人的是，上面說明這塊岩石是海底火山的產物。海底來的岩石？謝克斯頓納悶。可是，航太總署不是說球粒只能在太空形成！

謝克斯頓將傳眞放在辦公桌上，自己癱坐在皮椅。他只費了十五秒鐘便拼湊出全貌。傳眞上的圖片代表的意義清晰無誤。任何人只要具有半個大腦，都能看清相片證明了什麼。

航太總署的隕石是假的！

謝克斯頓的政治生涯中，從未體驗過像今天這樣的大起大落。今天宛如搭乘雲霄飛車體驗希望的高峰與絕望的深谷。謝克斯頓先是懷疑這麼大的騙局何以得逞，繼而認爲如何得逞已無關緊要，最重要的是這樁騙局對他的政壇生涯意義重大。

等我公開這份資訊，總統寶座非我莫屬！

歡慶之情洋溢在心，塞爵克．謝克斯頓參議員一時忘記女兒自稱身受危險。

「瑞秋碰上危險了，」凱蓓兒說。「她的傳眞說航太總署和白宮想——」

謝克斯頓的傳眞機突然再度響起。凱蓓兒陡然轉身，盯著傳眞機看。謝克斯頓不知不覺也盯著。他無法想像瑞秋還能傳來什麼。又有其他證明嗎？還能再找到多少？這樣已經夠多了！

傳眞機接通後，卻沒有開始列印資料。機器偵測不出資料訊號後，已自行啓動了答錄機的功能。

「哈囉，」這是謝克斯頓預錄的應答語。「這裡是塞爵克．謝克斯頓參議員的辦公室。如果你想傳眞，現在可以開始傳送。如果想留言，請在嗶聲後留言。」

在謝克斯頓來得及接聽前，答錄機發出嗶聲。

「謝克斯頓參議員？」來電者是男人，嗓音清亮而缺乏修飾。「我是威廉．匹克陵，國偵局的局長。你大概不會這麼早進辦公室，不過我有急事想找你。」他停頓一下，彷彿等人接聽。

凱蓓兒伸手想拿起聽筒。

謝克斯頓抓住她的手，粗暴地甩開。

凱蓓兒傻眼了。「可是，他是國偵局的局長——」

「參議員，」匹克陵繼續說，口氣幾乎像是無人接聽而如釋重負。「恕我打這通電話報告壞消息。我剛得到情報，貴千金瑞秋身受極大的危險。我已經派出一個小組前去營救。狀況的細節恕我不方便在電話上明講，不過我只想告訴你，她可能傳眞給你一些關於航太總署隕石的資料。我還沒看過資料，也不知道內容是什麼，不過威脅貴千金性命的人剛警告我，如果你或任何人公開資料，她只有死路一條。參議員，抱歉，我這話講得太白了，我只是不希望產生誤解。貴千金的生命正受到威脅。如果她確實傳眞給你任何訊息，千萬別向別人透露。現在還不是時候。事關貴千金的生命。待在原地別離開也別和任何人通話。我馬上會趕到。」他停頓一下。「參議員，如果運氣好的話，等你醒來時，這一切危機都已經解決了。如果你碰巧在我趕到前聽到這份留言，請留在原地，別打電話給別人。我正盡我一切力量平安救出你女兒。」

匹克陵掛掉電話。

凱蓓兒不停顫抖。「瑞秋成了人質？」

謝克斯頓察覺到，即使凱蓓兒對他失望透頂，面對一個聰穎女青年身陷險境，不免將心比心而感到沉痛。奇怪的是，謝克斯頓難以產生相同的情緒。他心中的感受，泰半類似兒童剛收到最想要的耶誕禮物，拒絕讓任何人從他手中搶走。

匹克陵想要我保密？

他呆立片刻，設法想通箇中含義。謝克斯頓心中冷酷無情、工於心計的一面開始運作。他的這一面是一部政治電腦，沙盤推演著各式情境，評估著每項結果。他瞄了一眼手上的傳眞，開始領受到這些圖片粗鄙的力量。航太總署以這顆隕石粉碎了他的總統美夢，到頭來卻是騙局一場。一個圈套。如今，設下騙局的人將付出代價。敵人製造出這顆隕石意圖毀滅他，如今卻讓他的權力大到任何人無法想像的地步。多虧女兒的幫忙。

*可以接受的結局只有一個，*他知道。*真正的領導人只能採取一項行動。*

浴火重生後的他光彩耀目，對自己產生了催眠的作用。他走向辦公室另一邊，感覺有如在濃霧中飄浮。他走向影印機，打開電源，準備複印瑞秋傳眞給他的資料。

「你想做什麼？」凱蓓兒問道，口氣迷惑。

「他們不會要瑞秋的命，」謝克斯頓高聲說。即使出了什麼差錯，謝克斯頓知道縱使女兒喪生敵手，只會讓他的權力大上加大。無論女兒死活，他這一局贏定了。這種風險可以接受。

「影印給誰？」凱蓓兒質問。「威廉．匹克陵說不准告訴任何人！」

謝克斯頓自影印機前轉身，看著凱蓓兒，訝然發現她的長相轉眼間變得如此平庸。就在這一瞬間，謝克斯頓參議員成了一座島嶼。刀槍不入。實現夢想所需的一切要件，現在全掌握在他的手中。任何人事物皆無法阻擋他。包括獻金的指控。包括男女關係的八卦。

「回家吧，凱蓓兒。我用不上妳了。」

125

完了，瑞秋心想。

她與陶倫德並肩坐在甲板上，盯著三角洲部隊的機槍桿。不幸的是，現在匹克陵查出了瑞秋傳真的地點。塞爵克・謝克斯頓參議員的辦公室。

瑞秋懷疑父親有無機會聽到匹克陵剛才的留言。匹克陵也許能在早上搶先抵達謝克斯頓的辦公室。如果匹克陵能進辦公室，在謝克斯頓上班前悄悄取走傳真，刪除電話留言，他就沒有必要傷害參議員。在華盛頓，不必大費周張即可闖入參議員辦公室的人屈指可數，威廉・匹克陵大概是其中之一。打著「國家安全」名號能達成的事情一向令瑞秋嘖嘖稱奇。

當然了，如果匹克陵進不去，瑞秋心想，大可以出動直升機，對準窗户送他一顆地獄火飛彈，炸掉傳真機一了百了。她隱約覺得不需要如此麻煩。

瑞秋這時挨近陶倫德坐著，訝然察覺他伸手過來輕握她的手。他的觸感柔中帶剛。兩人十指交扣的感覺自然，瑞秋覺得兩人好像已經牽過一輩子的手。暗夜中呼呼迴旋四周的海流令她喘不過氣，她此刻只想躲進入他的懷中。

不可能了，她心想。註定無緣。

麥克・陶倫德感覺如同一個步向絞刑臺卻發現新希望的死囚。

生命之神在嘲弄我。

席莉雅往生後的這幾年，陶倫德忍受過只求一死的夜晚，也強忍過無數的煎熬與寂寞，似乎只有自我了斷才能擺脫痛苦。然而，他選擇活下去，也對自己說他能獨自存活下來。今天，陶倫德首度開始明瞭好友不斷勸他的話。

麥克，沒必要自己一個人過日子。你會再找到另一份愛的。

握著瑞秋的手時，「得而復失」的反諷更加令他難以接受。命運之神降臨的時機殘酷。他感覺彷彿層層盔甲正從心中瓦解而去。剎那間，坐在熟悉的哥雅甲板上，陶倫德察覺席莉雅的幽靈一如以往俯視著他。她的聲音出現在奔騰的海水中……訴說著臨終前對他說的最後幾句話。

「你是生命鬥士，」她低聲說。「答應我，你一定要愛上別人。」

「我永遠也不想要別人。」陶倫德當時告訴她。

席莉雅的微笑充滿智慧。「不想也得學。」

此時，坐在哥雅上的陶倫德理解到，他的確正在學習中。他的靈魂忽然湧現一股深沉的情緒。他明白這是一股快樂的泉源。

隨之而來的是一股強烈的求生意志力。

匹克陵走向兩名禁臠，出奇地有種置身事外的感覺。他在瑞秋面前停下，因自己居然狠得下心腸而微微訝異。

「有時候，」他說，「礙於情況，人必須做出不可能的抉擇。」

瑞秋投以不願屈服的眼神。「情況是你一手導致的。」

「有戰爭必有傷亡，」匹克陵說，語調這時更為堅定。問問黛安娜・匹克陵，或者問問每年為國捐軀的軍人就知道。「妳應該比其他人更能理解這一點，瑞秋。」他兩眼注視著她。「Inactura paucorum serva multos。」

他看得出瑞秋認得這句拉丁諺語——這句話在國家安全圈裡幾乎已成了陳腔濫調。犧牲少數，成全多數。

瑞秋凝視著他，面帶明顯的嫌惡。「所以麥克和我現在就成了你所謂的少數？」

匹克陵思索著。想不出其他辦法了。他轉向三角洲一號。「放開隊友，結束這一切。」

三角洲一號點頭。

匹克陵對瑞秋久久看了最後一眼，然後大步走向附近的左舷欄杆，凝望著澎湃而過的海水。這種場面他寧可不看。

三角洲一號握著武器，感覺權勢大增。他向垂掛在機械手臂間的隊友瞄一眼。他只須關閉隊友腳下的活板門，解開他身上的機械爪，然後再解決掉瑞秋·謝克斯頓與麥克·陶倫德。

不巧的是，三角洲一號看過了活板門附近的控制面板複雜無比，有一連串功能不詳的拉桿與旋鈕，顯然能控制活板門、電動絞盤，以及無數其他功能。他不願因爲操縱錯誤讓隊友帶潛艇一起落海。

排除所有風險。切勿匆忙行事。

他想強迫陶倫德操縱機器釋放隊友。三角洲一號會祭出他這一行所謂的「生物擔保」，以確保陶倫德不會耍詐。

以對手來應付對手。

三角洲一號將槍管直接轉向瑞秋的臉，距離她的額頭僅有幾吋。瑞秋閉上眼睛，三角洲一號看得見陶倫德握緊雙拳，顯出護花使者的憤怒。

「謝克斯頓小姐，站起來，」三角洲一號說。

她站起來。

三角洲一號舉槍抵住她的背部，逼她走上鋁質活動梯。這道梯子可從崔頓潛艇後面通往頂端。「爬上去，站在潛水艇的上面。」

瑞秋面露恐懼與不解。

「照做就是了，」三角洲一號。

登上崔頓後面的鋁梯時，瑞秋感覺有如走過惡夢的場景。她在鋁梯最上一階停下，不願跨過潛艇與梯子之間的缺口。

「走到潛水艇的上面，」三角洲一號說完轉向陶倫德，以槍管抵住他的頭。

在瑞秋前方，被夾住的軍人看著她，一面痛苦得扭動身體，顯然迫不及待想恢復自由。瑞秋望向陶倫德。一根槍管正抵著他的頭。走到潛水艇的上面。她別無選擇。

她覺得宛如一步步移向突出於峽谷上的懸崖，這時踏上崔頓的引擎外殼。這裡是一小塊平坦的區域，位於半圓形的觀景窗後方。整架潛艇懸掛在打開的活板門之上，有如巨大的鉛錘。潛艇雖然掛在絞盤鋼纜上，瑞秋踏上之後重達九噸的潛艇幾乎文風不動，只在瑞秋穩住重心時輕搖了幾毫米。

「好了，走吧，」一號對陶倫德說。「走向控制面板，關閉活板門。」

陶倫德被槍抵著背後，開始往控制面板走去。陶倫德走向瑞秋時，動作故意放慢，瑞秋感覺出他定睛猛看著她，彷彿想傳達什麼訊息。他正視著瑞秋，然後將視線向下移至崔頓頂端打開的艙門。

瑞秋向下看。腳邊的沉重圓形艙門撐開著，她看得見駕駛艙裡有單人座位。他要我跳進去？瑞秋認定自己會錯意，因此再望向陶倫德。他幾乎抵達了控制面板前。陶倫德的眼睛鎖定她。這一次表達得不如剛才含蓄。

他以唇形說，「跳進去！快！」

三角洲一號以眼角餘光看見瑞秋的動作，直覺上緊急轉身，朝她開火，而瑞秋正好躍入潛艇艙口，連發子彈頓失目標。子彈擊中圓形艙口後，部分彈射到打開的艙蓋，導致艙蓋在她跳下駕駛艙後關上。

陶倫德一感覺槍管移開背後立即採取行動。他俯衝左方，遠離活板門，撞擊甲板，三角洲一號轉回來時陶倫德正好滾開來，只見陣陣槍火。子彈在陶倫德身後連連爆炸，他急忙衝向船尾的船錨捲筒尋求掩蔽。船錨捲筒是大滾筒形的馬達裝置，上面捆了數千呎的鋼纜，連接著船錨。

陶倫德心生一計，而且動作非快不可。三角洲一號衝著他過來時，陶倫德伸出雙手握住錨鎖，用力向下扳，船錨捲筒立即開始捲出鋼纜，哥雅隨之被強烈的海潮猛扯一下，動作來得突然，使得甲板上所有物品與所有人員紛紛斜向踉蹌起來。哥雅朝順著洋流加速漂去，船錨捲筒釋放鋼纜的速度也越來越快。

加油，寶貝，陶倫德催促著。

三角洲一號恢復平衡感後朝陶倫德走來。陶倫德等到最後關頭才半蹲縮身，猛然推回船錨鎖桿，鎖緊捲筒，錨鏈立刻被撐得緊緊的，哥雅陡然停住，讓全船有如打了一陣寒顫，甲板上所有東西飛了起來。三角洲一號兩腳不支，在陶倫德附近跪下。匹克陵從欄杆旁被震回甲板上。垂吊在鋼纜下的崔頓來回狂搖。

船下方傳來金屬承受不住外力的刺耳嚎叫聲，斷裂時感覺有如地震。原來是受損的支柱終於斷裂。哥雅的船尾右角開始因承受不了自己的重量而坍塌，整艘船搖擺起來，以對角線傾斜，如同四腳的大桌缺了一隻腳。船下的聲響震耳欲聾——是金屬扭轉摩擦加上浪潮拍打的哀嚎。

甲板此時嚴重傾斜，活板門上方重達九噸的崔頓也隨之搖擺，駕駛艙內的瑞秋緊抓得指關節泛白。透過玻璃圓窗的底部，她可見到底下洶湧的海面。她抬頭看，以兩眼掃視甲板尋找陶倫德，卻看見甲板幾秒後即將上演的一幕異象。

幾碼之外，受困機械手臂中的三角洲二號痛苦號叫，上下跳動，有如以木棍從上操縱的玩偶。匹克陵在瑞秋的視野前倉皇掠過，最後抓住甲板上的索栓。靠近船錨鎖桿的地方，陶倫德也抓住索栓，盡力不要滑出甲板落海。瑞秋看見手持機槍的三角洲一號在附近穩住了身體，她從潛艇中呼叫：「麥克，小心！」

然而三角洲一號的注意力完全不在陶倫德身上。三角洲一號回頭望向滯留降落場的凱歐瓦武裝直升機，驚恐得嘴巴合不攏。瑞秋轉身，循著他視線的方向看去。直升機的巨大螺旋槳仍在轉動，船震後卻開始緩緩滑下傾斜的甲板，長長的金屬滑橇式起落架作用猶如滑雪坡上的滑板。這時瑞秋理解到，直升機正朝崔頓上方滑行過來。

三角洲一號手忙腳亂奔上斜坡，來到滑動中的直升機，攀爬入駕駛艙。這架直升機是唯一的逃生工具，他可不能眼睜睜讓直升機滑出甲板。三角洲一號抓住凱歐瓦的控制桿，一股作氣向後拉動。升空！一陣如雷轟鳴的呼嘯後，頭上的螺旋槳加速，吃力地拉抬載彈沉重的武裝直升機。上升啊，可惡！直升機向崔頓直線滑動，三角洲二號仍吊在機械手臂中。

由於凱歐瓦的螺旋槳向前傾斜，機鼻同樣也往前傾，而直升機自甲板猛然升空之際，向前的動作大於上昇的動作，加速朝崔頓前進，宛如超大型圓鋸一般。向上啊！三角洲一號拉著操縱桿，但願能拋下所有的地獄火飛彈，因爲飛彈重達半噸，妨礙直升機起飛。螺旋槳差一點削掉三角洲二號的頭部與潛艇頂端，但直升機的升速過慢，絕不可能不掃過崔頓的絞盤鋼纜。

凱歐瓦的鋼槳轉速每分鐘三百回。潛艇的絞盤鋼纜呈麻花捲狀，承重量爲十五噸。兩者撞擊時，夜空爆發出金屬互擊的尖聲，令人聯想起史詩戰場上的聲響。從加裝防彈玻璃的駕駛艙中，三角洲一號看著螺旋槳砍入潛艇鋼纜，有如巨人的割草機碰上鋼鏈。凱歐瓦的螺旋槳爆炸，噴灑出一陣眩目的火星。三角洲一號感覺直升機墜落，起落架重重撞擊甲板。他想控制住直升機的去向，卻苦無爬升力。直升機在傾斜的甲板上蹦了兩次，然後下滑，撞擊船邊的護欄。

一時之間，他以為欄杆能攔下直升機。

三角洲一號聽見斷裂聲。負載沉重的直升機來到船緣後傾斜墜海。

坐在崔頓裡的瑞秋．謝克斯頓全身麻痺，身體緊貼潛艇的座椅。螺旋槳纏上鋼纜時，這艘迷你潛艇劇烈晃動，但她設法緊緊抓住。螺旋槳碰巧沒有打中潛艇本身，但她知道鋼纜必定受到嚴重損害。瑞秋這時腦中只有一個念頭：儘快逃出潛艇。受困機械手臂中的軍人盯向她，神智不清，流著血，被撞擊後的碎片灼傷處處。更遠處，瑞秋看見威廉．匹克陵。他仍在傾斜的甲板上握緊索栓。

麥克哪裡去了？她看不見陶倫德。她的恐慌只延續一瞬間，因為緊接而來的是另一陣恐懼。吊著崔頓的鋼纜裂痕深重，麻花捲形的纜繩開始咻咻綳裂，令人膽顫。接著傳來啪的一聲巨響，瑞秋感覺鋼纜不支。

潛艇向下直墜，瑞秋瞬間進入無重狀態，飄浮在駕駛艙中的座位上方。甲板向上消失，哥雅底下的狹道一閃而過。潛艇加速墜落期間，機械爪中的三角洲二號嚇得臉色發白，直看著瑞秋。

墜落的過程似乎永無止境。

潛艇最後掉入哥雅下方的海面時，嘩然跌入浪潮之下，使勁將瑞秋摔回座位上，壓縮她的脊椎，她只見燈光照亮的海水沖刷淹沒圓窗。潛艇在水面下慢慢靜止後，開始往上浮起，她則感覺重力拖得她幾乎窒息。浮至水面後，潛艇如同軟木塞般浮沉波濤之間。

鯊魚立即一湧而上。瑞秋有如坐在戲院第一排位置，看著咫尺之外的戲碼演出，整個人呆住了。

三角洲二號感覺扁長形的鯊魚頭衝撞他，力道強勁得難以想像。如剃刀般銳利的夾子夾住他的胳膊，齒深入骨後咬合。鯊魚扭動有力的身軀，劇烈甩頭，使得三角洲二號產生一陣白熱激痛，手臂隨即脫離身體而去。其他鯊魚跟進。有如刀子戳在他的腿上、身軀、脖子。三角洲二號痛苦得無力慘叫，任憑鯊魚一口口咬走大塊皮肉。他見到的最後一景是新月形的嘴巴傾斜而來，血盆利齒朝他的臉合上。

世界變得漆黑一片。

在崔頓內部，厚實的軟骨魚頭砰砰撞擊圓形潛艇窗，聲音最後終於逐漸消散。瑞秋睜開眼睛。人已經不見了。沖刷著圓窗的海水呈血紅色。

瑞秋被摔得渾身是傷，將膝蓋縮至胸口坐著。她感覺潛艇在動，隨著海流漂移，刮著哥雅下方潛水平臺的側面。她能感覺到另一種移動的方向。下沉。

外面傳來明顯的咕嚕聲，是壓艙水箱進水的聲音，越來越響亮。她眼前的水面在玻璃窗上寸寸升高。

我正在下沉！

一陣驚恐竄遍瑞秋全身，她突然匆忙站起來，伸手向上抓住艙蓋的機制。如果能爬到潛艇頂端，她仍有時間跳上哥雅的潛水平臺，距離潛艇只有幾呎。

我一定要逃出去！

艙蓋機制附有明顯的指示，她一眼即知往哪個方向轉動。她用力轉。艙蓋一動也不動。她再試一次。仍無動靜。艙蓋緊緊卡住了。扭曲。如周遭的海水一般，恐懼的濃度在她的血液中逐漸上升，瑞秋再使勁轉動最後一次。

艙蓋依舊不動。

崔頓再向下沉了幾吋，最後再撞擊哥雅一次後，開始漂離飽受摧殘的船身……向下沒入浩瀚的海洋中。

126

「別再印了，」凱蓓兒央求著參議員，而參議員已經用完了影印機。「你是在拿自己女兒的生命冒險。」

謝克斯頓置若罔聞，這時捧著十份相同的影印資料走回辦公桌。每一疊皆有瑞秋傳眞給他的相同圖文資料，附上她手寫的說明，聲稱隕石是假的，指控航太總署與白宮想殺害她。

最驚天動地的媒體資料袋，謝克斯頓心想，一面開始小心將每疊分別放入白亞麻紙的大信封。每個信封印有他的姓名、辦公室地址、參議院戳印。收到這份資訊的人，絕不會懷疑這份驚人資訊的出處。本世紀最大的政治醜聞，謝克斯頓心想，而揭發這項醜聞的人是我！

凱蓓兒仍爲瑞秋的安全請求著，但謝克斯頓當作耳邊風。他整理著信封，沉浸在一人世界中。每個政治人物的生涯都有一個關鍵時分。而我的關鍵時分正是現在。

威廉·匹克陵的電話留言警告他，如果爆出隕石的內幕，瑞秋的性命將不保。可惜的是，他無法顧及瑞秋，因爲如果逕行爆出航太總署造假的證據，單憑這個勇敢的舉動即可顯示他果斷的決心，也可製造出政治風雲事件，精采程度遠勝美國政壇任何一件史實。

人生充滿了困難的抉擇，他心想。抉擇明快者方為人上人。

凱蓓兒·艾許曾看過謝克斯頓的這種眼神。目無一切的野心。她感到害怕。她此刻才明瞭，心裡害怕的理由充足。謝克斯頓顯然準備冒著女兒被殺害的風險，只貪圖搶先揭穿航太總署的騙局。

「你已經贏了，你難道看不出來嗎？」凱蓓兒質問。「搞出這種醜聞後，札克理·賀尼和航太總署絕對再也站不起來了。換了什麼人公開，結果都是一樣！眞相什麼時候走漏也是一樣！先確定瑞秋平安再說嘛。至少等到你跟匹克陵講過話嘛！」

謝克斯頓顯然再也聽不進她的話。他拉開辦公桌抽屜，從中取出一張金屬薄片，上面附著幾十個五美分鎳幣大小的自黏封蠟，每一枚都印有他的姓名縮寫。凱蓓兒知道，邀請貴賓出席正式場合時，他經常動用這些封蠟貼紙，但現在他顯然認爲這種血紅色的封蠟能爲信封增添幾許戲劇效果。謝克斯頓從金屬薄片撕下圓形封蠟，按在每只信封的封摺上黏貼起來，猶如附上姓名縮寫的古人書信。

凱蓓兒的心臟這時噗噗跳動，因爲她另生一股怒氣。她想到謝克斯頓電腦裡的違法支票掃描檔。如果她提到這些檔案，她知道謝克斯頓會刪除所有證據。「別開記者會，」她說，「不然我就抖出我們之間的關係。」

謝克斯頓哈哈大笑，一面黏上封蠟。「眞的嗎？妳以爲他們會相信妳？不會被認爲是渴望抓權的助理卡位不成，不計一切代價尋求報復嗎？我們之間的男女關係被我否認過一次，全世界都相信了，到時候我大不了再否認一次。」

「白宮拍到了照片，」凱蓓兒宣布。

謝克斯頓連頭也不抬。「他們才沒拍到照片。就算拍到了，相片也沒有意義。」他黏貼著最後一個封蠟。「我有刀槍不入的神力。這些信封能替我阻擋任何攻勢。」

凱蓓兒知道他說的沒錯。她渾身無力，看著謝克斯頓欣賞自己的傑作。他在辦公桌上擺了十份雅緻的白亞麻紙信封，上面以凸字印刷的方式印著姓名與地址，再以血紅色的封蠟黏住。封蠟上附有書寫體的姓名縮寫。整體看似皇室專用信封。憑著威力小於這信封內的資訊而登基的君王大有人在。

謝克斯頓捧起信封，準備離去。凱蓓兒走向前擋住他的去路。「你這樣做不對。這件事可以再等一等。」

謝克斯頓的視線鑽入她的眼珠裡。「我造就了妳，凱蓓兒，現在我讓妳歸爲塵土。」

「瑞秋的傳眞可以讓你當選總統。你欠她人情。」

「我對她的付出已經夠多了。」

「要是她出了事怎麼辦！」

「那樣的話，她會替我鞏固同情票。」

凱蓓兒無法相信他連這種事也想得到，更別說從他口中說出。噁心之餘，她伸手拿起話筒。「我要打電話給白──」

謝克斯頓急轉身，使勁賞她一巴掌。

凱蓓兒踉蹌後退，感覺嘴唇裂開。她站穩腳步，以桌面支撐，抬頭以錯愕的眼神望著她曾經崇拜的偶像。

謝克斯頓狠狠久久地看著她。「如果妳敢在這件事上動歪腦筋，我保證讓妳終生遺憾。」他毫無畏懼地站著，腋下緊夾著黏妥的信封，眼中燃燒著無情的凶意。

凱蓓兒走出辦公大樓，踏進冷冷的夜風中，嘴唇仍流血不止。她招來計程車，上車之後做出前進華府後首度做出的舉止，情緒崩潰，痛哭失聲。

127

崔頓掉下去了……

麥克．陶倫德在傾斜的甲板上跌跌撞撞起身，站在船錨捲筒旁，凝望著絞盤鋼纜被扯斷的部分。他轉向船尾，掃視著水面。崔頓正好從哥雅下面順著海流冒出。陶倫德看見至少潛艇安好如初，不禁鬆了一口氣。他注視艙蓋，只希望看見瑞秋從裡面打開爬出來，毫髮無傷。然而艙蓋仍蓋著。陶倫德懷疑剛才墜落時是否過於激烈，導致她不省人事。

即使從甲板望去，陶倫德仍可看到崔頓吃水出乎意外地深——遠超過正常的浮沉水線。正在下沉。陶倫德想像不出下沉的原因，但此刻追究原因也無濟於事。

我必須救出瑞秋。越快越好。

陶倫德正準備站穩，然後朝甲板邊緣衝刺時，一陣機槍子彈卻從頭上飛過，打在他上方的船錨捲筒上，激起火星。他趕緊跪回甲板上。可惡！他從捲筒後面向外窺視片刻，只見匹克陵在上層甲板上，擺出狙擊手瞄準目標的姿勢。三角洲一號爬進落海直升機之前扔下機槍，顯然被匹克陵接收。現在局長已經倉惶爬上制高點。

陶倫德被困在捲筒後，回頭望向下沉中的崔頓。快呀，瑞秋！出來！他等著艙蓋打開。沒有動靜。

陶倫德將視線移回哥雅的甲板，目測著他的位置與船尾欄杆間的距離。二十呎的開放空間。無掩蔽物，二十呎算是漫漫長路。

陶倫德深吸一口氣，下定了決心，扯下襯衫，拋向右手邊空曠的甲板上，趁匹克陵開槍掃射襯衫時，陶倫德趕緊衝向左邊，朝著往船尾傾斜的甲板下坡狂奔，然後奮力一跳，躍過欄杆，脫離船尾。陶倫德在空中劃出高高一道弧線，聽見子彈在四周咻咻飛過，心知只要被子彈輕擦一道，他落水的那一刻勢必成爲鯊魚的大餐。

瑞秋．謝克斯頓感覺活像受困籠中的野生動物。她反覆推著艙蓋卻不見成效。她聽得出下面某處有個水箱正在進水，也察覺潛艇正逐漸加重。陰暗的海水在透明的圓窗上逐步攀升，猶如反向升起的黑色布幕。

透過玻璃窗的下半部，瑞秋看得到空洞的海洋正如同墓穴般向她招手。空盪浩瀚的下方作勢要吞噬她。她抓住艙蓋的機制，試圖再扭轉一次，但艙蓋硬是不肯合作。她的肺臟此時感到吃力，濕臭的過量二氧化碳在鼻孔中顯得苦澀。在此同時，她腦子裡重複出現一個念頭。

我即將孤獨葬身海裡。

她瀏覽著崔頓的控制面板與操縱桿，尋找可以幫上忙的東西，無奈指示燈一盞也不亮。沒有電力。她被鎖在密封的鐵棺材裡，正往海底沉下去。

水箱裡的咕嚕聲這時似乎加快，窗外的水面升至只差玻璃窗頂幾呎。在一望無際的海面遠方，一抹深紅色正往海平面兩端逐步延展。天將破曉。瑞秋擔心這將是今生見到的最後一道光芒。她閉上雙眼，儘量不去思考即將面對的命運，這時兒時驚魂的過程一幕幕重回腦海。

破冰而入。滑到水面下。

無法呼吸。無法拉抬自己。漸漸下沉。

母親在一旁呼喚。「瑞秋！瑞秋！」

潛艇外的一陣敲擊聲震醒了意識恍惚的瑞秋。她的眼皮猛然撐開。

「瑞秋！」這人的聲音模糊。玻璃窗前出現一張鬼臉，上下顛倒，深色的頭髮飄蕩著。由於他人在黑暗中，瑞秋幾乎無法認出他。

「麥克！」

陶倫德浮出水面，因看見瑞秋在潛艇內做出動作而如釋重負。她還活著。陶倫德使勁游到崔頓後面，登上水面下的引擎平臺。他站好地方，伸手抓住圓形的艙口旋塞，四周的海流感覺又熱又重。他壓低身體，希望躲開匹克陵的機槍射擊範圍。

崔頓的艇身已幾乎全部沒入水裡，陶倫德知道如果他想打開艙蓋救出瑞秋，動作不加快不行。他僅有的十吋優勢正迅速流失中。艙蓋一旦沉入海中，打開時一定會湧進大量海水，不但將瑞秋困在裡面，潛艇也將如自由落體般掉入海底。

「不趁現在就永遠沒機會了。」他張著嘴抓緊艙蓋旋塞，朝逆時針方向扭轉。毫無動靜。他再試一次，使出全身上下的力量。艙蓋仍拒絕轉動。

他能聽見瑞秋在裡面的聲音，就在艙口的另一邊。她的話聽來含糊不清，但他仍察覺出她的驚恐。「我試過了！」她大喊。「就是打不開來！」

海水這時拍上艙蓋。「一起轉！」他對她大喊。「妳在裡面以順時針轉！」他知道裡面有明顯的標識。「好了，現在！」

陶倫德將身體靠在壓艙水箱邊，用上全身的氣力。他能聽見下面的瑞秋也做了同樣的動作。艙蓋轉動了半吋，然後再也不肯移動。

這時陶倫德才看見。艙蓋並沒有對準開口處。蓋上玻璃罐蓋時如果沒有擺正蓋子，用力向下旋轉時蓋子會卡在罐口，崔頓也碰上相同的狀況。雖然橡膠墊正確咬合，艙口鬆緊環卻已經扭曲，表示唯有動用焊槍才能打開艙門。

潛艇的頂端沉下海面時，陶倫德心中突然灌滿了恐懼，令他難以忍受。瑞秋・謝克斯頓逃不出崔頓了。

兩千呎底下，滿載飛彈的凱歐瓦直升機快速下沉，破裂的機身成了地心引力與強力深海渦流的俘虜。在駕駛艙內，三角洲一號的屍體飽受水壓摧殘，容貌已經無法辨認。

直升機隨著旋渦向下沉時，地獄火飛彈仍在飛機上，海床上的岩漿丘閃著紅光等待，宛若一座紅熱的降落場。在三公尺厚的外殼之下，一團滾燙的岩漿高達攝氏一千度，等於一座蓄勢待發的火山。

128

陶倫德站在崔頓的引擎箱上，水深已及膝。他絞盡腦汁設法解救瑞秋。

別讓潛艇沉下去！

他回頭望向哥雅，思索是否有辦法將絞盤連接到崔頓上，將潛艇停留在水面附近。不可能。絞盤現在距離五十碼，而匹克陵高高站在駕駛艙上，有如羅馬皇帝端坐上位，欣賞著競技場演出的血腥場面。

動腦筋啊！陶倫德告訴自己。為什麼潛艇一直下沉？

潛艇浮沉的機制簡單至極點：壓艙水箱裡的水位可調整潛艇的浮沉。空氣增加，潛艇上升；水位升高，潛艇下沉。

顯然壓艙水箱正逐漸進水。

不會吧！

每艘潛艇的壓艙水箱上下皆穿孔。下方的孔稱爲「泛水孔」，隨時保持暢通，而上方的孔稱爲「通氣閥」，打開時可讓空氣逸出，讓水由下流進壓艙水箱裡。

也許崔頓的通氣閥因不明原因打開了？陶倫德想像不出打開的原因。他搖搖晃晃走過水面下的引擎平臺，兩手摸索著崔頓的壓艙水箱之一。通氣閥關著。然而他繼續摸索，手指卻摸到其他東西。

彈孔。

可惡！瑞秋跳進崔頓時，崔頓吃了不少子彈。陶倫德立刻潛水游到潛艇下面，一手仔細摸索崔頓更重要的一個壓艙水箱——負浮力艙（negative tank）。英國人稱之爲「下行特快車」。德國人稱之爲「穿上鉛鞋」。無論如何稱呼，這種壓艙水箱的作用不言自明。負浮力艙裝滿水時，潛艇隨之下降。

陶倫德一手撫摸著水箱側面時，摸到了數十個彈孔。他能感覺到海水急流而入。不管崔頓願不願意，崔頓都準備潛水。

潛艇現在已吃水三呎。陶倫德走向潛艇前面，臉孔貼向玻璃窗向內看。瑞秋敲著玻璃喊叫。她嗓音中的恐懼令他感到無助。剎那間他彷彿回到冰冷的醫院，自知無能爲力，只能看著鍾愛的女人死去。

陶倫德在下沉中的潛艇前漂浮，告訴自己再也不願體會那種痛苦。你是生命鬥士，席莉雅告訴過他，但陶倫德不想單獨存活下來……不願讓往事重演。

陶倫德的肺因缺氧而痛楚，但他仍待在水中陪瑞秋。每一次瑞秋敲擊玻璃窗，陶倫德就聽見氣泡咕嚕上升的聲音，潛艇也往下沉一級。瑞秋正嚷著海水從窗邊滲進來。

觀景窗正在漏水。

觀景窗被子彈打穿了嗎？他很懷疑。他的肺葉已忍無可忍，因此準備升上水面，這時他手心向上畫過巨大的壓克力玻璃窗，手指摸到一片鬆脫的橡膠塡隙物。潛艇墜落時，顯然震開了觀景窗邊的密封墊。所以駕駛艙才會漏水。又是壞消息。

陶倫德倉惶浮上水面，深深吸了三口空氣，儘量釐清思路。海水流進駕駛艙，只會加快崔頓的下降速度。潛艇已經沉到水面下五呎，陶倫德幾乎以腳也搆不到。他能感覺到瑞秋死命敲擊著艇身。

陶倫德只能想出一個辦法。如果他潛至崔頓的引擎箱，找出高壓空氣缸，可以用來灌滿負浮力艙。雖然負浮力艙彈孔處處，再灌空氣也無濟於事，卻至少可能讓崔頓上升一些，維持個一分鐘左右，接著充滿彈孔的負浮力艙仍將再次進水。

之後呢？

陶倫德一時想不出其他辦法，只好準備潛水。他深吸一口氣，吸入比平常深呼吸時更多空氣，大大擴增自然狀況下的肺活量，幾乎脹得胸口疼痛。吸氣越多，氧氣越充足，潛水時間也越長。他的肺葉擴張，壓迫著肋骨，這時卻產生一個奇怪的念頭。

要是增加潛艇內部的氣壓呢？觀景窗的密封墊受損了。假如陶倫德能增加駕駛艙內的氣壓，或許可以爆開整片觀景窗，讓瑞秋脫身。

他吐出氣，踩了平臺上的海水幾秒，斟酌著可行性。完全合理吧？再怎麼說，設計潛艇時只須強化單面，必須能夠承受極大的外在壓力，卻幾乎不需承受由內向外的任何作用力。

此外，崔頓使用的調節閥尺寸畫一，以減少哥雅必須承載的備用零件數量。陶倫德只須打開高壓氣缸的灌氣管，接上潛艇左邊的緊急供氣閥即可！艙內加壓將明顯導致瑞秋身體不適，卻有可能因此爲她導出生路。

陶倫德吸氣後潛入水裡。

潛艇已經距離水面足足八呎了，洋流與黑暗使得他難以辨別方向。找到高壓氣缸後，陶倫德趕緊拉出灌氣管，準備將空氣灌入駕駛艙。他握著通氣閥，氣缸側面寫著警語，以反射性的黃漆提醒他這種做法具有危險：警告：壓縮空氣，三千磅／平方吋。

壓力每平方吋三千磅，陶倫德心想。他希望空氣壓垮瑞秋的肺臟之前能爆破觀景窗。陶倫德等於是將高壓水柱接上水球，然後祈禱水球快快爆開。

他抓起通氣閥，打定了主意。他漂浮在下沉中的崔頓後面，轉動通氣閥，打開閥門。灌氣管立刻變硬，陶倫德聽得見空氣被強力灌進駕駛艙。

在崔頓內，瑞秋突然感覺頭痛欲裂。她張嘴想尖叫，空氣卻強行進入她的肺臟，壓得她很痛苦，以爲胸腔快爆炸了。她的眼睛感覺像被人硬壓回眼眶內。一陣隆隆巨響壓迫著她的耳鼓膜，將她推向無意識狀態。她直覺上閉緊眼皮，雙手捂住耳朵。痛苦指數正逐漸上揚。

瑞秋聽見前方出現敲擊聲。她逼自己張開眼睛片刻，正好看見陰暗的海水襯托出麥克・陶倫德的身影。他的臉緊貼玻璃窗外。他以手勢叫她做某一件事。

什麼事？

礙於光線不足，她幾乎看不清楚。她的眼球受壓迫而變形，視覺因而受影響。即使如此，她仍能看出潛艇已沉得很深，連哥雅水中燈的最後幾絲光芒也看不見了。她四周只見無盡的墨黑深淵。

陶倫德展開四肢，貼在崔頓的觀景窗上，繼續敲擊。他的胸腔因缺氧而灼痛，自知再過幾秒非浮上水面呼吸不可。

推一推玻璃啊！他默默命令她。他能聽見高壓空氣從玻璃四周逸出，形成氣泡向上浮動。某個地方的密封墊鬆脫了。陶倫德兩手摸索著裂縫，希望能將裂縫挖大，可惜找不到。

氧氣逐漸用完，視角也開始向中間窄縮，他再敲玻璃最後一次。他甚至聽不見瑞秋的聲音了。太暗了。他利用肺臟裡最後一點空氣，在水裡開口大喊。

「瑞秋……推一推……玻璃！」

他的話形成一個個氣泡，含糊而無聲。

129

在崔頓裡，瑞秋感覺置身中古時代，頭顱被人以某種淩遲夾緊緊夾住。她在駕駛座旁半蹲半站，感覺死神步步向她進逼。她正前方的半圓形觀景窗已經一片空曠。幽暗。敲擊聲已經停止。

陶倫德走了。他丟下了她。

壓縮空氣從上方灌入，發出嘶嘶聲，讓她聯想起米爾恩冰棚震耳欲聾的下坡風。潛艇已經積水一呎。讓我出去！為數上千的思緒與回憶流過腦海，猶如一閃一閃的紫光。

在黑暗中，潛艇開始傾斜。瑞秋失去了平衡，跌撞了一會兒，被座位絆倒，向前俯衝，重重跌在半圓形的觀景窗，導致肩膀劇烈疼痛。她縮成一團跌在窗戶上，同時卻產生一種不期然的感受——潛艇內的氣壓突然降低。瑞秋深受壓迫的耳鼓膜也顯著鬆弛下來，她確實聽見空氣咕嚕逸出潛艇的聲音。

她花了幾秒才悟出其中的道理。她跌向觀景窗時，身體的重量將外凸的壓克力玻璃向外推，力道足夠讓內部氣壓從密封墊釋放出去。看樣子，玻璃窗鬆動了！瑞秋恍然悟出陶倫德加壓的用意。

他是想撐開窗戶！

崔頓上面的壓縮空氣缸仍持續灌氣。她躺在地板上，感覺壓力再次增加。這一次她幾乎樂見壓力加強，只不過壓力讓她難以呼吸，將她推向無意識狀態的邊緣。瑞秋倉皇起身，以全身力氣向外擠壓。

這一次沒有產生咕嚕聲。玻璃幾乎完全沒有動靜。

她再次以全身重量撞擊窗戶。沒有作用。她的肩膀擦傷處痛了起來，她低頭看一看。血已經乾了。她準備再試一遍，可惜來不及了。無預警下，受損的潛艇開始向後翻轉。由於沉重的引擎箱重量大於進水的壓艙水箱，崔頓開始以背部朝下往下沉沒。

瑞秋也掉落在駕駛艙的後牆，以背部著地，水深淹過她身體的一半。她向上直盯著漏水的觀景窗。上方的窗戶宛若巨大的天窗。

外面只有暗夜……數千噸的海水向下緊壓。

瑞秋命令自己起立，但她的身體感覺乏力而沉重。她的心思再次回溯至表面結冰的河塘，感受到冰水的箝制。

「撐著啊，瑞秋！」她的母親大喊，一面伸向水面下拉住她。「抓緊！」

瑞秋閉上眼睛。我沉下去了。她的冰刀鞋感覺如鉛塊，拖著她向下沉。她能感覺到母親展開四肢趴在冰面上分散重量，伸手出來。

「踢，瑞秋！兩腳用力踢！」

瑞秋盡力踢。她的身體在冰洞裡只微微上升一些。一線希望。她的母親抓緊她。

「對！」母親大喊。「幫我拉妳起來！兩腳用力踢！」

母親從上拉扯著瑞秋，瑞秋使盡最後一絲氣力踢著冰刀鞋，上升的幅度足以讓母親將瑞秋拖上冰面，然後母親一路將濕透的瑞秋拖至岸邊雪地上，最後才倒地痛哭。

現在，在濕度與熱度逐漸增加的潛艇內部，瑞秋睜開雙眼，環視周遭漆黑的景象。她聽得見母親從墳墓對她低語，即使在下沉中的崔頓裡仍清晰可辨。

兩腳用力踢。

瑞秋望向上方的觀景窗。她鼓足最後一絲勇氣，爬上駕駛座。由於潛艇翻轉，現在駕駛座幾乎呈水平狀態，有如牙醫的治療椅。瑞秋躺上去，彎起膝蓋，將兩腿儘量往下縮，腳底對準上方，向前猛踹出去。她絕望地亂叫一聲，使出蠻力，將兩腳踢向壓克力玻璃窗的中央，小腿產生尖刺般的疼痛，痛得她大腦暈眩。她的耳朵突然隆隆作響，她感覺氣壓猛然平衡下來。觀景窗左側的密封墊鬆脫，巨大的窗戶部分脫格，有如穀倉門似的向外打開。

海水灌入潛艇，將瑞秋衝回座位，轟隆沖刷著四周，竄進她的背後，將她從駕駛座上抬起，再將她以上下顛倒的姿勢拋下，使得她有如置身洗衣機中的襪子。瑞秋盲目摸索著可以抓緊的東西，卻被海水猛烈上沖下洗。駕駛艙灌滿了水之後，她感覺潛艇開始急速向海底墜落。她的身體被拋向駕駛艙內的上方，感覺被釘牢。一陣氣泡在她四周冒出，扭轉著她，將她拖至左邊並向上扯動。一片堅硬的壓克力板撞擊到她的臀部。

轉眼之間，她自由了。

她在無盡的漆黑溫水中翻滾扭動，感覺肺臟已開始因缺氧而疼痛。*游到水面上！*她尋找光線，卻什麼也看不到。周遭上下左右的景象似乎毫無差別。漆黑。沒有重力。失去上下的方向感。

驚悚之中，瑞秋才知道她不清楚應該游向哪一邊。

數千呎以下，凱歐瓦持續下沉，在無情加壓的海水下崩塌。直升機上裝載了十五枚AGM-114地獄火，屬於反裝甲的高爆彈，在水壓之下岌岌可危，紅銅墊圈圓蓋與彈簧引爆彈頭向內逐步塌陷。

海床以上一百呎處，地幔熱柱的強勁水流攫住了直升機的殘骸，向下曳引，帶向岩漿丘的紅熱外殼，地獄火飛彈猶如火柴盒中的火柴連續點燃，陸續引爆，在岩漿丘頂端炸出一個血盆大口。

麥克．陶倫德游上海面，換氣後再帶著絕望的心潛下去，目前漂浮在水底十五呎處，掃視著黑暗的四周，在此同時地獄火飛彈爆炸，白光向上激射，照亮了一幅驚人的景象——他將永生記得這一幅定格處理的畫面。

瑞秋・謝克斯頓漂浮在他下方十呎處，宛如懸絲木偶在水裡纏繞成一團。崔頓在她下方迅速墜落，觀景窗向外打開。附近海水裡的鯊魚紛紛逃竄，顯然察覺到這一帶即將發生災難。

陶倫德見到瑞秋脫離潛艇，欣喜若狂，但心中的喜悅迅速消失，因爲他理解到即將發生的事。在光線消失前，他牢記瑞秋的方位，旋即向下猛潛，十指朝她的方向亂刨。

幾千呎底下，遭爆開的岩漿丘向外崩解，海底火山隨之爆發，將攝氏一千兩百度的岩漿噴入海水中。海水一碰觸到高熱的岩漿立刻汽化，形成巨大的蒸氣柱，循地幔熱柱的軸心向海面升起。蒸氣在熱柱中上升的流體動力形同龍捲風，垂直向上傳送的能量衝擊著環繞柱身的反氣旋渦流，兩者的動能朝反方向前進。

海流繞著這條上升氣體形成的熱柱，威力開始加強並向下扭轉。蒸氣向上衝竄後形成巨大的眞空，吸引了數百萬加侖的海水向下接觸岩漿。向下流的海水一碰觸到岩漿立刻化爲蒸氣，隨即向上升騰，加入聲勢逐漸壯大的蒸氣柱向上急升，同時繼續吸引海水塡充下方，旋渦順勢逐漸增強。地熱水柱越來越長，高聳的旋渦也逐秒壯大，上緣持續往海面延展。

海上生成了一個黑洞。

瑞秋感覺像子宮內的胎兒。包圍她四周的是濕熱與漆黑。在墨黑般的暖流中，她的思想混沌不明。呼吸。她抗拒著反射作用力。她剛才看見的閃光，只有可能來自水面，然而閃光地點似乎遠之又遠。是錯覺吧。趕緊游向海面。瑞秋開始虛弱地游向她看見光線的方向。她這時又看見光亮……遠處閃現異樣的紅光。是日光嗎？她更加用力游動。

有一隻手抓住她的腳踝。

瑞秋在水中差點尖叫出來，幾乎吐盡最後一口空氣。

抓住她腳踝的手將她向後扯動，將她扭轉過來，讓她朝反方向前進。瑞秋感覺有隻熟悉的手握住她的手。麥克・陶倫德來了，拉著她調頭游去。

瑞秋理智上認爲他帶著她往下游，但她的心卻認爲麥克知道該往哪個方向前進。

兩腳用力踢，她的母親低語著。

瑞秋使盡全力踢水。

130

即使陶倫德與瑞秋破水而出，他仍知道兩人完蛋了。岩漿丘爆發了。旋渦頂端一抵達水面，超大型的海底龍捲風勢必開始將萬物捲入水底。奇怪的是，幾秒前他潛水下去時，海面上仍是寧靜的破曉時分，如今卻嘈雜得教人失聰，強風颳著他，讓他以爲潛水期間海面產生了某種風暴。

陶倫德因缺氧而感覺神智不清，儘量托著瑞秋的身子，但這時一陣外力卻將他懷中的瑞秋拉走。海流！陶倫德極力抱住她，但這股無形的力量卻加強拖力，硬要將她剝離。突然間，他一時沒抱緊，瑞秋的身體從他懷中溜出——卻向上升起！

陶倫德感到迷惘，看著瑞秋的身體自海面騰空而去。

海岸防衛隊的鶚式傾斜旋翼飛機盤旋上空，以絞盤將瑞秋捲上來。二十分鐘前，海防隊接獲報告指出外海發生爆炸。由於當時有架海豚直升機出任務後在附近失聯，海防隊唯恐直升機失事，因此將直升機最後的方位輸入導航系統，往最好的一面著想。

距離燈火通明的哥雅半哩處，他們看見海流中漂流著一片起火的殘骸，看似快艇，附近有人在水中振臂揮舞。海防隊將他絞上來。這名男子全身赤裸——僅有一條腿包裹著膠布。

陶倫德筋疲力盡，抬頭望向隆隆盤旋的飛機底部。水平推進器向下颳起震耳欲聾的強風。繩籠將瑞秋吊上去，到達頂點後，數雙手將她拉進機身。陶倫德舉頭看著她平安上了飛機，兩眼瞧見門口蹲著一個半裸男子，感覺眼熟。

寇奇？陶倫德的心臟爲之雀躍。你還活著！

救援繩籠立刻又從空中降落，掉在十呎遠。陶倫德想游泳過去，卻已感覺到熱柱的吸力，海流不斷拉扯他，拒絕放手。

海流向下拉扯。他拚命向上游，倦意卻令他使不上力。你是生命鬥士，有人說著。他以雙腳用力踢水，雙手朝水面猛划，終於破水迎向狂風，卻仍搆不著救援纜繩。海流努力拖他下水。陶倫德朝著旋風與嘈雜聲響向上望去，看見了瑞秋。瑞秋向下直看，雙眼默默命令他過來。

陶倫德奮力划了四下，終於搆著了救援繩籠。他用盡最後一丁點力氣，將頭與一條手臂滑入繩圈中，隨即虛脫。

海面立刻脫離他底下。

陶倫德向下看，旋渦口正好開始打開。地幔熱柱終於抵達海面。

・・・

威廉・匹克陵站在哥雅的駕駛艙上，瞠目結舌看著四周發生的景象。在哥雅船尾的右舷之外，一個巨大的盆狀凹口在海面形成，旋渦直徑數百碼，而且迅速向外擴張，海水向中央迴旋而入，邊緣卻平順得詭異。他四周這時傳來呻吟的喉音，從海底深處冒出。匹克陵望著旋渦口向他擴展過來，有如史詩中的神祇張開大嘴，渴望接受獻祭，而他的腦海一片空白。

我一定在作夢，匹克陵心想。

突然間，一陣近似爆炸的嘶聲震動了哥雅的駕駛艙窗戶，旋渦中擎天竄出一柱蒸氣，巨大的水氣柱高升，隆隆作響，頂端消失在漆黑的天空中。

蒸氣噴出後，旋渦壁更形陡峭，範圍也加速擴展，一口口咬下海面，朝他逼近。哥雅的船尾猛然轉向擴張中的旋渦口。匹克陵失去重心，跪坐下去，宛如兒童來到上帝跟前，他低頭凝視著逐漸加深的無底洞。

他最後想到的是女兒黛安娜。他祈禱女兒死前沒有經歷過這種恐懼。

蒸氣爆發時，將鶚式飛機震得機身傾斜。陶倫德與瑞秋抱緊對方，飛行員則穩住飛機，在即將下沉的哥雅上空低飛而過。他們向外望去，看見威廉・匹克陵——「貴格會教徒」、「製造地震者」——身穿黑西裝領帶，跪在上層欄杆邊。

船尾搖搖擺擺滑入巨大旋渦的邊緣時，船錨鋼纜終於斷裂，哥雅的船首高傲地伸向空中，向後溜入旋渦邊緣，被陡峭的旋渦水壁向下吸引。消失在海面之際，船上的燈光仍亮著。

131

華盛頓特區今晨晴朗而乾爽。

一陣微風旋起落葉，輕盈跳過華盛頓紀念碑底座。這座全世界最大的方尖塔一覺醒來時，通常面對的是自己在映象池中寧靜的倒影，但今天醒來卻只見記者推擠，滿心期待地圍繞著紀念碑底座。

塞爵克・謝克斯頓參議員踏出禮車，感覺自己大過於華府本身，如雄獅般邁向紀念碑下的記者區。他邀請全美十大新聞媒體前來，承諾獻上十年來最大樁的醜聞。

嗅到死屍，兀鷹絕對傾巢而出，謝克斯頓心想。

他一手拿著一疊白亞麻紙信封，各個封蠟上印有姓名縮寫，品味脫俗。若說資訊即力量，那麼謝克斯頓手中的信封相當於一枚核子彈頭。

走向講臺之際，他感覺醺醺然的，很高興見到臨時搭建的舞台兩旁立起「名望之框」。這種大型活動隔板是效法前總統雷根的做法，分立講臺兩旁有如海軍藍的窗簾，以遮住醒目的背景物體，讓他顯得高人一等。

謝克斯頓自舞台右邊走來，從分隔板後面露臉，有如演員從舞台邊登場。他的前方排出了幾列折疊椅，面對舞台，記者迅速就位。東邊的旭日剛露出國會大廈的圓頂，向謝克斯頓投射出粉紅與金色的光線，宛若天堂的光芒。

今天是登上權力巔峰的良辰吉日。

「早安，各位女士先生，」謝克斯頓說著把信封放在前面的講壇。「我儘量精簡內容，以省得各位心癢難熬。我即將與大家分享的資訊，老實說，相當令人困擾。這幾份信封內包含了一樁騙局，涉案人員是政府最高層。在此很汗顏地向各位報告，總統半小時前打電話給我，乞求我——沒錯，乞求我——千萬別將證據公諸於世。」他搖搖頭表示失望。「可惜我是個信仰眞理的人。眞理再痛苦，也必須面對現實。」

謝克斯頓停頓一下，舉起信封，誘惑著椅子上的記者群。記者的視線跟著信封來回遊走，活像一群淌著口水的狗，看著不明美食在眼前移動。

半小時前，總統致電謝克斯頓說明原委。通話之前，賀尼與瑞秋交談過。瑞秋已安全登上飛機，正在某處飛行中。謝克斯頓在電話上得知，白宮與航太總署似乎在這樁失敗的騙局中屬於無辜的旁觀者，而騙局的首腦是威廉·匹克陵，令人難以置信。

首腦是誰已經不重要了，謝克斯頓心想，反正札克理·賀尼這一跤準會摔得悽慘。

謝克斯頓但願自己能化身爲蒼蠅，能停在白宮牆壁上觀察總統，看看謝克斯頓公開祕密時總統臉上有何表情。謝克斯頓在電話上同意即刻前往白宮面議，商談出一套向全國揭露隕石眞相的最佳方式。賀尼此時此刻或許站在電視機前，震驚得說不出話來，瞭解到任憑白宮的本事再大，也無從制止命運之手。

「朋友們，」謝克斯頓說著以視線接觸人群。「本人經過深思熟慮，斟酌是否尊重總統的意思，暫時將這項資訊保密，但我必須憑直覺行事。」謝克斯頓垂頭嘆氣，有如受困往事之中。「眞相就是眞相。我不願爲各位戴上有色的眼鏡來看待這些事實。我只願單純呈現這些資料。」

謝克斯頓聽見遠方傳來直升機螺旋槳轉動的巨響。一時之間，他懷疑總統也許自白宮慌張趕來，希望對記者會喊停。那樣的話算是錦上添花，謝克斯頓喜孜孜地想著。到時候，賀尼臉上會寫滿多少歉疚？

「開記者會公布這件事，本人也是萬不得已，」謝克斯頓繼續說，自認步調掐算得十全十美。「不過本人認爲，我有職責讓美國民眾知道有人說謊。」

飛機隆隆靠近，在右邊的空地著陸。謝克斯頓的視線瞟過去時，發現降落的居然不是總統專用直升機，而是大型鶚式傾斜旋翼飛機。

機身上以大寫註明：美國海岸防衛隊。

謝克斯頓一時難以理解，看著座艙門打開，走出一個女人，身穿橙色海防隊短大衣，面貌憔悴，彷彿甫經戰火洗禮。她走向記者會區域。謝克斯頓起初沒有認出她。後來才猛然驚醒。

瑞秋？他震驚地張口。她來這裡做什麼？

人群興起一陣喃喃低語，滿臉問號。

謝克斯頓在臉上貼起一幅開懷微笑，一面轉向記者群，舉起一根手指表示歉意。「麻煩各位稍後一分鐘，我非常抱歉。」他疲倦地嘆氣，幽自己一默。「家人第一。」

幾名記者笑了。

女兒從他右邊氣呼呼走來，謝克斯頓認定這場父女重逢的場合最好避開眾人眼線。可惜的是，目前隱密之處難尋。謝克斯頓的視線射向他右邊的大分隔板。

謝克斯頓仍面帶鎮定的微笑，一面朝著女兒揮手，離開麥克風。他以面對女兒稍偏幾度的方向前進，設法讓瑞秋不得不走到分隔板後方與他見面。謝克斯頓在分隔板中央停下，避開了記者群的視線與聽力範圍。

「乖女兒？」他說著，面帶微笑展臂迎接迎面走來的瑞秋。「多令我驚喜啊！」

瑞秋走向前去，賞他一巴掌。

瑞秋與父親兩人在分隔板後面獨處，瑞秋的眼神充滿了憎恨。她這一巴掌下手很重，但父親卻幾乎不為所動。他鎮定得令人心生寒意，一臉假笑逐漸融化，轉為具告誡意味的怒容。

他的語調化為惡魔般的低語。「妳不應該來這裡。」

瑞秋看出他眼中的憤怒，而這一次是她有生以來首度不怕父親發脾氣。「我向你求救，你卻出賣我！害我差點沒命！」

「妳看起來好端端的嘛。」他的語調近似失望。

「航太總署是清白的！」她說。「總統向你解釋過了！你幹嘛還開記者會？」瑞秋搭乘海防隊的鶚式飛機前往華府的航程雖短，她卻利用時間匆匆打了幾通電話，聯絡上白宮、她父親，甚至也與心急如焚的凱蓓兒・艾許對話過。「你答應札克理・賀尼要去白宮的！」

「沒錯。」他冷笑著說。「大選的那一天。」

瑞秋想到這人居然是生父，不禁感到噁心。「你要做的事情是瘋狂的舉動。」

「是嗎？」謝克斯頓咯咯笑。他回頭向講壇指了一下。從分隔板的盡頭可見講壇。在講壇上，一疊白色信封等著與媒體見面。「那些信封裡的資訊是妳傳給我的，瑞秋。妳。妳手上沾滿了總統的血。」

「我傳眞給你的時候是向你求救！我那時誤以爲總統和航太總署是共犯！」

「將證據列入考量的話，航太總署確實顯得有罪。」

「可是他們是無辜的！我們應該給他們一個認錯的機會。你已經打贏了這場選戰。札克理・賀尼已經垮臺了！你心裡明白得很。讓他保留一點尊嚴吧。」

謝克斯頓嘟噥著。「好天眞。瑞秋，重點不在贏得選戰，而是在於權力的大小。要贏就要取得壓倒性的勝利，表現出偉大的氣勢，壓垮對手，控制華府各方勢力，以後才可能推動各項提案。」

「付出什麼代價？」

「妳少清高了。我只是呈現證據。我讓大家自行引出結論，看看哪一方有罪。」

「這樣做會給大家什麼聯想，你應該清楚。」

他聳聳肩。「說不定航太總署該收山的時候到了。」

謝克斯頓參議員察覺分隔板後的記者開始不耐久候，他也無意在這裡罰站一上午聽女兒訓話。光榮的一刻正等著他領受。

「談話到此爲止，」他說。「我得去主持記者會了。」

「我以女兒的身分要求你，」瑞秋懇求。「別公開出去。想想看你要公開的事情。一定想得出更妥當的方法。」

「我可想不出來。」

身後的廣播系統傳來一陣嗚嚎的嗡聲，謝克斯頓轉身看見一名遲到的女記者低頭站在講壇前，想以鵝頸形夾子將電視麥克風固定在講壇上。

這些白痴怎麼老是不守時？謝克斯頓火冒三丈。

匆忙之中，女記者打翻了謝克斯頓的信封，掉落一地。

該死！謝克斯頓大步走過去，一面咒罵著女兒讓他分心。來到講壇邊，女記者正四肢著地撿拾地面的信封。謝克斯頓看不清她的臉，但一眼就知道她是「電視網」的人——身穿長及小腿的喀什米爾大衣，圍著色調一致的圍巾，頭戴馬海毛貝雷帽，壓得很低。她身上佩戴著ABC的記者證。

笨婆娘，謝克斯頓心想。「給我。」他發脾氣說，一面伸出一手接下信封。

女記者拾起最後一份，交到謝克斯頓手上，頭也不抬。「對不起……」她喃喃說，顯然感到尷尬。她羞愧地壓低身體，快步走進人群中。

謝克斯頓趕緊數一數信封。十個。還好。今天別人休想搶走謝克斯頓的鋒頭。他重整情緒，調整著麥克風，對記者做出揶揄的微笑。「再不趕快發下去，難保不會有人受傷！」

記者紛紛笑了起來，面露期待的神色。

謝克斯頓察覺女兒站在附近，就在舞台旁的分隔板後方。

「別公布，」瑞秋對他說。「你會後悔的。」

謝克斯頓不予理會。

「求求你信任我，」瑞秋說，音量加大。「這是失策。」

謝克斯頓拿起信封攏齊。

「爸，」瑞秋說，這時的口氣堅決，語帶懇求。「想走對路的話，這是最後一個機會。」

走對什麼路？謝克斯頓遮住麥克風，轉頭彷彿清清聲帶。他偷偷瞄向女兒。「妳就跟妳媽同一副德性——崇尚理想又志向渺小。女人根本無法瞭解權力的眞正本質。」

塞爵克．謝克斯頓回頭面對蠢動中的記者時，早已忘記女兒的存在。他高高抬頭，繞過講壇，將信封遞給期待已久的媒體。他看著信封快速在人群中發散開來。他能聽見封蠟剝離聲，也聽到記者將信封當作耶誕禮物拆開。

一片寧靜頓時籠罩在現場。

在寂靜之中，謝克斯頓可聽見政治生涯的關鍵時刻來臨。

隕石是一場騙局，而揭穿騙局的人是我。

謝克斯頓知道，媒體必須花一段時間來消化眼前的資訊：透地雷達影像顯示冰層下方的植入穴；與航太總署化石幾乎雷同的現存海洋生物；在地球形成球粒的證據。所有資訊全部引導出一項驚人的結論。

「參議員？」一名記者呑呑吐吐說。他看著信封裡的資料，震驚得難以言語。「這東西是眞的嗎？」

謝克斯頓語重心長地嘆一口氣。「對，可惜眞的是如假包換。」

疑惑的喃喃聲傳遍了人群。

「各位請花幾分鐘一一消化資料的內容，」謝克斯頓說，「然後我再爲各位解答疑難，說明眼前資料的含義。」

「參議員？」另一名記者發問，語氣是徹底迷惘。「這些相片是眞的嗎？……沒有被動過手腳？」

「眞實性百分之一百，」謝克斯頓說，口氣更加堅定。「如果有一絲造假，我就不會呈現證據給各位。」

記者群的疑惑似乎加深，謝克斯頓以爲自己甚至聽見了笑聲——與他料想的反應背道而馳。他開始擔心自己高估了媒體的解讀能力。

「呃，參議員？」有人說，口吻出奇地帶有笑意。「麻煩你再聲明一次，你願意爲相片的眞實性擔保？」

謝克斯頓洩了氣。「朋友們，我再聲明最後一次，各位手裡的證據是百分之百正確。如果有人能證明造假，我就吞帽子給你們看！」

謝克斯頓等著眾人大笑，但現場反應冷淡。

一片死寂。目光呆滯。

剛才發問的記者走向謝克斯頓，一面翻閱手上的影印資料。「你說的沒錯，參議員。這些資料的確構成醜聞。」記者停下來搔頭。「只不過，我們百思不解的是，爲何你決定現在跟我們分享這消息，特別是你先前還否認得振振有詞。」

謝克斯頓不瞭解這記者的話。記者將影印資料遞給他。謝克斯頓看著資料——腦海瞬間一片空白。

啞然無語。

他凝視著前所未見的相片。黑白影像。兩個人。一絲不掛。手腿交纏。一時之間，謝克斯頓解讀不出眼前的影像。接著他明瞭了。感覺像被砲彈擊中腹部。

驚恐之中，謝克斯頓猛然抬頭面向記者群。記者這時哈哈大笑，半數人已經開始向編輯通報消息。

謝克斯頓覺得有人拍他肩膀。

他恍惚地轉身。

瑞秋站在他背後。「我們出手想阻止你，」她說。「給了你所有機會。」一名女子站在瑞秋身旁。

謝克斯頓顫抖著將視線移向瑞秋身邊的女子。她是剛才身穿喀什米爾大衣、頭戴馬海毛貝雷帽的人，也是撞翻那疊信封的記者。謝克斯頓看著她的臉，血液頓時結冰。

凱蓓兒的深色眼珠射出光芒，彷彿要在他臉上鑽孔而過。她伸手掀開大衣，展現腋下整齊的一疊白色信封。

132

橢圓形辦公室內陰暗，僅有賀尼桌上的黃銅燈散發出柔和的光線。凱蓓兒・艾許昂首站在總統面前。總統背後的窗外，暮色正逐漸罩下西草坪。

「我聽說妳想走了，」賀尼語帶失望。

凱蓓兒點頭。雖然總統好意提供避難所，讓她無限期待在白宮躲避媒體追逐，但凱蓓兒寧可不要待在暴風眼避風。她只想遠走高飛。至少躲一陣子再說。

賀尼以佩服的眼光凝視著辦公桌前的她。「凱蓓兒，妳今早做出的決定……」他遲疑了一下，彷彿一時想不出貼切的話。他的雙眼單純而清晰──與塞爵克・謝克斯頓的眼神大異其趣。當初吸引凱蓓兒崇拜的，就是塞爵克・謝克斯頓那兩池深奧的眼塘。儘管賀尼置身位高權重的地方，凱蓓兒仍能從他眼中看出眞心善意。她短時間不會忘記這份榮幸與尊嚴。

「那樣做，也算爲我自己著想，」凱蓓兒最後說。

賀尼點頭。「再怎麼說，我同樣要向妳道謝。」他站起來，示意她跟著走進走廊。「我其實希望妳多待一會兒，讓我有時間延攬妳擔任預算幕僚。」

凱蓓兒對他投以懷疑的神情。「停止揮霍、開始補網？」

他咯咯笑著說，「差不多啦。」

「總統，我認爲你知我知，我目前對總統的意義是負債大於資產。」

賀尼聳聳肩。「再過幾個月，一切終將事過境遷。很多偉人歷經類似情況，最後還是能揚眉吐氣。」

他眨眨一邊眼睛。「其中幾個人甚至還當過美國總統。」

凱蓓兒知道這話有道理。失業短短幾小時的凱蓓兒，今天已另外推掉兩個工作機會——一個ABC的尤蘭達．柯爾，另一個是聖馬汀出版社。聖馬汀提出天文數字作為訂金，要求凱蓓兒發表自傳掀開一切內幕。謝了，抱歉。

凱蓓兒與總統在走廊上移動，凱蓓兒想到自己的裸體照正在電視上大肆播放。

不這樣做，對國家造成的災害恐怕更大，她告訴自己，嚴重程度更高。

破曉之前，凱蓓兒前往ABC取回偷拍照，向尤蘭達．柯爾借用記者證，然後潛回謝克斯頓的辦公室，以相同的方式偽造信封，同時列印出電腦裡的獻金支票影本。在華盛頓紀念碑前對峙過後，凱蓓兒也將她列印出的支票影本交給傻眼的謝克斯頓，同時提出要求。給總統一個機會，讓他自行宣布隕石騙局，否則要將剩下來的支票證據爆料出來。謝克斯頓參議員看了一眼手上的財務證據，將自己鎖進禮車，揚長而去。至此沒人知道他的下落。

現在，總統與凱蓓兒來到簡報廳的後台門，她聽見簡報廳裡的人群引頸企盼著。二十四小時之後，全球再次聚集在電視機前，聆聽總統發表特別談話。

「總統準備怎麼宣布？」凱蓓兒問。

賀尼嘆氣，表情出奇平靜。「過去幾年來，我不斷學到一個教訓……」他一手放在凱蓓兒的肩頭，露出微笑。「事實真相是無法取代的。」

凱蓓兒心中充滿不期然的光榮，看著總統步上舞台。札克理．賀尼即將承認他犯下此生最大的錯誤，而奇怪的是，他比以往更具總統相。

133

瑞秋醒來時，房間一片漆黑。

電子鐘亮著晚上十點十四分。她躺在不是自家的床鋪。她靜靜躺了幾秒鐘，懷疑自己人在何處。一切往事緩緩重回她腦海……地幔熱柱……今早在華盛頓紀念碑前……總統邀請她留在白宮作客。

我人在白宮，瑞秋總算明白。我睡了一整天。

海岸防衛隊的飛機奉總統命令，將疲憊的麥克·陶倫德、寇奇·馬林森與瑞秋·謝克斯頓三人從華盛頓紀念碑送來白宮，讓三人享用豐盛的早餐，再經由醫師診治，最後任他們從白宮十四間臥房裡挑選一間休養身體。

三人欣然接受。

瑞秋不敢相信自己一覺睡了這麼久。她打開電視，訝然看見賀尼總統已經結束記者會。瑞秋與其他人主動願意陪總統對外宣布隕石騙局。我們所有人一起中了圈套。但賀尼堅持一人獨挑全責。

「令人難過的是，」一名政治分析家在電視上表示，「到頭來，航太總署還是沒有找到太空具有生命跡象的證據。這是過去十年來航太總署第二度錯判隕石，誤以為找到外星的生物。這一次不同的是，有幾位廣受尊重的民間人士也同樣被擺了一道。」

「依照常理而言，」另一位分析家接著說，「以今晚總統描述的內容來看，鬧出這麼大的騙局，絕對會對總統的政治生涯造成嚴重損傷……然而，今天上午在華盛頓紀念碑發生過那件事之後，我不得不說，札克理·賀尼連任的聲勢達到最高點。」

第一位分析家補充說，「這麼說來，太空沒有生命跡象，謝克斯頓參議員的選情也沒有生命跡象。而現在，根據剛接獲的新消息指出，參議員飽受周轉不靈之苦——」

有人敲門，將瑞秋的注意力吸引過去。

麥克，她希望著，趕緊關掉電視。早餐到現在，她一直沒見過陶倫德。抵達白宮後，瑞秋只想倒臥他懷中安睡。雖然她感覺麥克也有同感，兩人中間卻殺出一個寇奇，杵在陶倫德的床上，興高采烈地大談以尿濕全身救自己一命的事，而且百談不厭。最後筋疲力盡的瑞秋與陶倫德死了心，分別回臥房睡覺。

現在，瑞秋向門口走去，先照照鏡子檢查儀容，發現自己身上荒謬的衣著忍不住笑了。上床前，她只在梳妝臺抽屜裡找到舊舊的賓州大學美式足球衫，當作睡衣，長度及膝，有如男用襯衫式長睡衣。

敲門聲持續。

瑞秋打開門，失望地發現來人是女特勤幹員。她的模樣健康可愛，身穿藍色休閒西裝上衣。「謝克斯頓小姐，林肯臥房的男士聽見妳打開電視，請我來通知妳，既然妳已經醒來了……」她遲疑一下，揚起兩邊眉毛，顯然看慣了白宮樓上的夜半遊戲。

瑞秋臉紅了，皮膚覺得麻麻刺刺。「謝謝。」

女特勤帶領瑞秋走上布置得一絲不苟的走廊，來到附近一間模樣普通的臥房門口。

「林肯臥房，」特勤說。「來到這間門口，我一向應該說，『晚安，小心幽靈。』」

瑞秋點頭。自白宮落成以來，林肯臥房便頻頻鬧鬼。據說丘吉爾曾在房間裡見過林肯的鬼魂，許多其他人也指證歷歷，包括羅斯福夫人艾蓮娜、卡特夫人愛咪、演員李察·德萊福斯，以及數十年來的女傭與管家。雷根總統的愛犬據說曾在門外一吠叫就是數小時。

想起歷史上鬧鬼的事件，突然令瑞秋覺得此地神聖。她忽然害臊起來，身穿美式足球長衫站在門口，還光著腳丫，活像溜進男生宿舍的大學女生。「穿這樣得體嗎？」她低聲問特勤。「這裡畢竟是林肯臥房吧。」

特勤眨眨眼說，「本樓的政策是『不過問也不多說。』」

瑞秋微笑。「謝謝。」她手伸向門把，已對即將發生的事產生期待。

「瑞秋！」鼻音濃厚的尖嗓音從走廊另一端傳來，有如圓鋸一般。

瑞秋與特勤轉身。寇奇・馬林森拄著兩支拐杖，歪歪斜斜走過來，小腿已由醫生包紮妥當。「我也睡不著！」

瑞秋的背駝了下去，心知浪漫幽會的美夢即將幻滅。

寇奇的眼睛打量著特勤美眉。他對她開懷微笑。「我喜歡穿制服的女人。」

特勤掀開休閒西裝，亮出一把看似凶險的佩槍。

寇奇向後退。「瞭解。」他轉向瑞秋。「麥克也醒來了嗎？妳要進去嗎？」寇奇看起來急著想插花。

瑞秋嘟噥著，「其實啊，寇奇……」

「馬林森博士，」特勤一面搶話，一面從休閒西裝裡取出紙條。「陶倫德先生交給我這張紙條，明確吩咐我護送你去廚房，請主廚爲你準備你想吃的任何美食，也請你以生動的細節描述歷險的經過給我聽，解說你如何在九死一生的情況下救了自己……」特勤遲疑了一下，繼續讀出紙條內容，難掩竊笑。「……方式是對自己灑尿？」

顯然特勤說出了令寇奇著魔的字眼。寇奇當場甩開拐杖，一手摟住特勤美眉的肩膀當作支撐，然後說，「帶我去廚房吧，親愛的！」

特勤心不甘情不願地攙扶寇奇，在走廊上一拐一拐地離去，瑞秋認定寇奇・馬林森一定樂呆了。「關鍵就在那泡尿，」她聽見寇奇說，「因爲鯊魚的端腦嗅球特別發達，再小的血滴都聞得到！」

瑞秋進林肯臥房時，裡面一片黑暗。她訝然發現床上無人，也沒有睡過的跡象，四處不見麥克・陶倫德的人影。

一盞古董油燈在床邊燃燒，藉著柔和的光芒，她隱約分辨得出布魯塞爾地毯……著名的紅木雕花床……林肯夫人瑪麗・陶德的畫像……甚至也看得見林肯簽署解放宣言時的書桌。

瑞秋進入臥房後關上門，赤腳感覺到一陣濕冷的寒意。他跑哪裡去了？臥房另一邊的窗戶開著，白色透明硬紗窗簾隨風飄舞。她走過去想伸手關窗時，衣櫃裡傳出詭異的低語聲。

「瑪……瑪……麗……麗……」

瑞秋連忙轉身。

「瑪……瑪……麗……麗？」櫃子裡再度傳來低語。「是妳嗎？……瑪麗・陶德・林肯？」

瑞秋趕緊關上窗戶，轉身面對衣櫃。她的心跳加速，卻覺得是無聊裝有趣。「麥克，我知道是你啦。」

「不……不……不是……」人聲持續。「我不是麥克……我是……艾伯。」

瑞秋雙手插腰。「噢，真的嗎？誠實的艾伯？（譯註：Honest Abe是林肯的綽號）」

有人捂嘴笑場。「誠實度尚可的艾伯……沒錯。」

瑞秋也噗哧笑了出來。

「害……害……怕……怕……吧，」人聲從衣櫃裡呻吟著。「怕……怕……得……發……抖……吧。」

「我才不怕。」

「拜託嘛，害怕一下……」對方繼續呻吟。「在人類感官中，恐懼和性慾的感覺有密切的關聯。」

瑞秋哈哈爆笑。「你都用這方法挑逗女生嗎？」

「原……原……諒……諒……我……」對方呻吟著。「我已經有好……多……多……年沒碰過女人了。」

「那還用說，」瑞秋說著拉開衣櫃門。

麥克．陶倫德站在她面前，露出頑皮的斜嘴笑。他身穿海軍藍的綢緞睡衣褲，散發難以抗拒的魅力。瑞秋看了第二眼才看清胸前的總統徽章。

「總統御用睡衣？」

他聳聳肩。「擺在抽屜裡，不穿白不穿。」

「我卻只分到這件足球衫？」

「誰叫妳不選林肯臥房嘛。」

「你當初應該主動邀約吧！」

「我聽說這間的床墊很爛。馬毛做的古董床墊。」陶倫德眨一邊眼皮，朝大理石桌面的包裝禮物示意。「算是對妳的補償。」

瑞秋大受感動。「送我的？」

「我請總統的助理去幫妳買的。剛剛才送到。別亂搖喲。」

她小心打開包裝紙，抽出裡面沉甸甸的禮物。裡面包的是一個水晶球大魚缸，養著兩條醜陋的橙色金魚。瑞秋既困惑又失望。「你在開玩笑，對不對？」

「吻鱸，」陶倫德驕傲地說。

「你幹嘛買魚送我？」

「這是很罕見的中國接吻魚。非常浪漫。」

「麥克，魚才不浪漫。」

「不信去問問牠們小倆口，一親就親好幾個鐘頭。」

「該不會又是你挑逗女生的招數吧？」

「我的浪漫頭腦生鏽了。妳打分數時能把苦勞列入考量嗎？」

「麥克，我不妨現在告訴你，以免你以後再出醜，魚絕對沒辦法挑逗女生。試試看鮮花。」

陶倫德拿出背後的一束白色百合花。「我本來想送妳紅玫瑰，」他說，「結果溜進玫瑰花園時差點吃子彈。」

陶倫德將瑞秋的身體拉近，吸氣嗅聞她頭髮中的淡淡清香，感覺到多年來閉關獨身的過去從心中消散而去。他深吻著瑞秋，感覺她以身體迎合著他。白色百合花掉落腳邊，陶倫德心中的障礙突然開始融化。他從不知道這道障礙已豎立心中數年。

往事的幽靈飄走了。

他這時感覺瑞秋推著他步步走向床邊，在他耳際柔聲呢喃。「你該不會真的以爲魚很浪漫吧？」

「是眞的啦，」他邊說邊再吻她一次。「妳應該看看水母交配前的儀式。讓人慾火焚身喲。」

瑞秋設法讓他躺在馬毛床墊上，同時緩緩將柔軟的胴體貼上去。

「海馬也是……，」陶倫德說得上氣不接下氣，享受著她雙手在綢緞睡衣外遊走的觸感。「海馬也會表演……求偶舞蹈，撩人肉慾，超乎想像。」

「別再介紹海洋生物了，」她低聲說，一面解開他睡衣的鈕釦。「不如介紹一下高等靈長類的求偶儀式？」

陶倫德嘆氣說，「可惜我對靈長類動物不太瞭解。」

瑞秋褪下美式足球衫。「好吧，大自然王子，我勸你趕快學會。」

終章

航太總署的運輸噴射機在大西洋高空轉彎。

機上的羅倫斯・艾斯崇署長對貨艙裡的焦黑巨岩看最後一眼。回歸海底，他心想。回歸發現你的原地。

艾斯崇一聲令下，飛行員打開貨艙門釋放巨岩。機上人員看著大石頭垂直掉出飛機，劃過陽光普照的海洋上空，激起一道銀色水柱後消失在浪濤中。

巨岩迅速下沉。

沒入海面之下三百呎，光線已不足以照出翻滾巨岩的輪廓。五百呎以下，巨岩已陷入完全漆黑的環境。

急速下沉。

越陷越深。

下沉了將近十二分鐘。

隨後有如隕石撞擊月球的陰暗面，巨岩墜落在海床上大片平坦的泥地，揚起一團沉積物。等待細微的沉積物逐漸平息，海中數千種未列入文獻記載的生物之一游過來檢視新來的怪東西。

這條生物看過之後不感興趣，轉身游開。

1-V-116-44-11-89-44-46-L-51-130-19-118-L-32-118-116-130-28-116-32-44-133-U-130

中文版編註

前頁爲作者在內文之後的謎題設計。阿拉伯數字指英文版章節數，找出該章節第一個字母，例如第一章第一個字母是T，第一一六章第一個字母是C，得出：TVCIRHIOLFENDLADCESCAIWUE二十五個字母。接著用凱撒方格排列，

TVCIR
HIOLF
ENDLA
DCESC
AIWUE

由上面往下讀得出：

THE DA VINCI CODE WILL SURFACE，達文西密碼即將面市。

藍小說 99
大騙局

作　者—丹・布朗
譯　者—宋瑛堂
副總編輯—葉美瑤
編　輯—黃嬿羽
美術編輯—陳文德
責任企劃—黃千芳
校　對—余淑宜、黃嬿羽

總編輯—余宜芳
發行人—趙政岷
出版者—時報文化出版企業股份有限公司
10803台北市和平西路三段二四○號三樓
發行專線—(○二)二三○六～六八四二
讀者服務專線—○八○○—二三一—七○五・(○二)二三○四—七一○三
讀者服務傳真—(○二)二三○四—六八五八
郵撥—一九三四四七二四時報文化出版公司
信箱—台北郵政七九～九九信箱

時報悅讀網—http://www.readingtimes.com.tw
電子郵件信箱—liter@readingtimes.com.tw
法律顧問—理律法律事務所　陳長文律師、李念祖律師
印刷—盈昌印刷有限公司
初版一刷—二○○七年一月十五日
初版三十六刷—二○一八年四月十六日
定價—新台幣三六○元

時報文化出版公司成立於一九七五年，並於一九九九年股票上櫃公開發行，於二○○八年脫離中時集團非屬旺中，以「尊重智慧與創意的文化事業」爲信念。

大騙局／丹・布朗（Dan Brown）著；
宋瑛堂譯. -- 初版. 臺北市：時報文
化, 2007〔民96〕
面：　　公分. --（藍小說；99）
譯自：Deception point
ISBN 978-957-13-4582-6（平裝）

874.57　　95023498

Deception Point by DAN BROWN

ISBN 978-957-13-4582-6
Printed in Taiwan